玉佩记

顾其斌 / 著

上册

百花洲文艺出版社

BAIHUAZHOU LITERATURE AND ART PRESS

图书在版编目（CIP）数据

玉佩记 / 顾其斌著. —南昌：百花洲文艺出版社，
2023.2

ISBN 978-7-5500-5012-9

Ⅰ.①玉… Ⅱ.①顾… Ⅲ.①长篇小说—中国—当代
Ⅳ.①I247.5

中国版本图书馆CIP数据核字（2022）第256177号

玉佩记

YUPEI JI

顾其斌 著

出 版 人	陈 波	
策划编辑	陈启辉	
责任编辑	熊 娜	
书籍设计	王春霞	
制 作	江西墨刻文化有限公司	
出版发行	百花洲文艺出版社	
地 址	南昌市红谷滩区世贸路898号博能中心一期A座20楼	
邮 编	330038	
经 销	全国新华书店	
印 刷	廊坊市海涛印刷有限公司	
开 本	700mm×1000mm　1/16　印张　35.5	
版 次	2023年6月第1版	
印 次	2023年6月第1次印刷	
字 数	616千字	
书 号	ISBN 978-7-5500-5012-9	
定 价	119.00元（全2册）	

赣版权登字　05-2022-313

邮购联系　0791-86895108
网　　址　http://www.bhzwy.com

图书若有印装错误，影响阅读，可向承印厂联系调换。

目 录
CONTENT

序 章

YU PEI JI

天地混沌,鸿蒙未开。九州八荒亿万里之遥而无际,宇宙苍穹历千万年变化而无常。大地山河不知受何玄力控制,山岳震而崩摧,海怒哮而翻腾,气象变化万千,万物生灵繁衍新创,光怪陆离,千奇百怪。此际人、妖、兽同生共居,为自我生存,屠戮杀伐,生灵涂炭。

在聚阴山谷口,一片苍松翠柏环绕着一池清澈的湖水,白天阳光照耀在水上,波光潋滟,碧水熔金。夜晚清辉洒在湖面上,一轮皎洁的明月倒影显现在湖中。溪女是这潭湖水的主人,每到子夜,溪女都要在湖边沐浴,她赤裸着身体,那曲美的线条,洁白润滑的皮肤,在月光下妩媚迷人。溪女走进湖中,双手梳理着乌黑的秀发,寂静的湖畔发出哗哗的响声,湖中的明月随着哗哗的水声震颤,水面上一束青光在湖中摇曳荡漾。溪女姣美面容向着湖心,一双秀丽的双眸凝视着湖面,目光带着忧郁和惆怅,她守护在这里也有千年之久。

灵祖也是这片山谷的守护者,每隔三日,灵祖都要进山谷巡视,巡视完离开时,他总会把山谷的情况告诉溪女。通常,灵祖都是早晨进谷,中午离开。今天是绝有的一次,灵祖来到聚阴山谷口时,夕阳已经隐藏在西边山峰的背后,晚霞被夕阳渲染得殷红绚烂,映衬着绵延起伏的如黛峰峦。灵祖走进峭壁陡立的深谷,峭壁间的小路狭窄阴暗,向上望去只能看到一线天空,谷间的小路蜿蜿曲折地伸向谷内的山坳,小路旁矗立着形态各异的铜铸或石雕,有佛陀和仙尊。当灵祖走过它们身边时,那些铜铸或石雕便发出耀眼的金光,灵祖能感觉到它们所蕴藏着的强大灵力。

山谷上空一股无比强大的瑞气压制着谷内浓重的阴气,谷内密林阴森,怪兽游走,林间不时能够看到它们影影绰绰的影子,山谷中不时会传出怪兽的怒吼和凄厉的长啸。那声音令人心惊肉跳,毛骨悚然。灵祖对着千年如此的状况,早已习以为常。他的法力能够感知谷内任何一个地方的异常。

灵祖一进入山谷,周边的怪兽便四散奔逃,瞬间没有了咆哮和鸣叫,那些树精也停止了摇动,不再发出悚然的声响。他没走多远,便感觉谷内的山坳妖气翻腾,阴气异常。灵祖腾空飞起,化作一道闪电来到山坳异常处。只见一只体形硕大、面目狰狞的红眼灰狼正死死咬住头狼的脖子,那只头狼已经断了气。看到灵祖,硕大的灰狼并没有逃走,它放下咬死的头狼,血红的眼睛带着凶狠的目光怒视着灵祖,它张着血盆大口,露出锋利的牙齿,口水从嘴边滴答滴答向下流着。灵祖大怒,拔剑跃起,那只红眼灰狼也向着灵祖扑了过来。灵祖的动作快如闪电,他在空中划了一个弧形,飞到红眼灰狼的上方,红眼灰狼还未着地,灵祖的穹苍剑就将红眼灰狼拦腰劈成两段,一股黑色的魔气飞向山口的湖里。

灵祖手持着穹苍剑落了地,这群灰狼依然排成一排,慢慢地向前移动着,它们张着嘴,用凶恶的目光怒视灵祖。灵祖大喝一声:"畜生,退下。"喝声宛若惊雷炸响,这群灰狼立刻停止前进,站立在原地,怒视着灵祖,灵祖的穹苍剑上耀眼的青芒闪烁着,青芒从剑柄末端一直滑到剑锋的顶尖,上下循环着,等待着灵祖向着群狼出击。这时,一只体型硕大的红眼雌狼匍匐着向灵祖爬来,爬到灵祖脚下,用舌头舔着灵祖的鞋面,灵祖抚摸着雌狼的头部,一圈金光从雌狼头部滑到尾部,雌狼驯服地望着灵祖,然后转身向着群狼走去,此时,群狼凶恶的目光全都变得温顺了,它们随着红眼雌狼向着黑黝黝的松林走去。

灵祖跃身向着幽谷深处飞去,在密林深处,四只小妖正在撕咬着一只瘦弱的小妖,被撕咬的小妖发出凄惨的叫声。灵祖落地,四只小妖惊慌地向着密林深处逃去,那只被撕咬的小妖则向着它们相反的方向逃去。

灵祖巡视了一周,将到谷口时,看到一只落单的幼小的鹿怪,小鹿怪的臀部有一条长长的口子,一缕一缕的黑烟正从伤口处冒出,小鹿怪绝望地哀鸣着。灵祖抬手朝着小鹿怪的伤口一挥手,一股灵力从小鹿怪的伤口掠过,伤口立刻复原，灵祖再一挥手，一道黑烟将小鹿怪送到雌鹿怪的身边。

　　此时已到子夜时分，天空群星璀璨，一轮皓月分外皎洁。灵祖走到松林边，他迟疑了一下，接着大步迈进松林，这时，松林之中发出低沉的警告："灵祖！你已走入禁区！灵祖！你已走入禁区！"灵祖没有停下脚步，继续往里走。"灵祖！溪女在洗澡！赶紧退出树林！"灵祖依然没有停下脚步，还是往里走。"灵祖！灵祖！"警告声在林中回响着，灵祖走过松林，来到湖边。此时溪女正从湖水中走上岸，他拥有了溪女。这时松林开始枯萎，湖水在迅速地干枯，山谷发出隆隆的声响，山谷小路旁的铜铸和石雕的法力已经荡然无存，山谷上方的瑞气已被漆黑的妖气吞噬。而此时灵祖和溪女全然没有感知到这一切。当他们刚刚完事，灵祖突然感觉自己的法力正在迅速流失，而溪女的肚子也在一点一点地凸起，不断地变大。溪女已预感到自己生命将要走到尽头，她的魂魄似乎已被腹中的婴儿快速地吸走，她用尽最大的气力呼喊："灵祖帮帮我。"但已经发不出声音了。

　　一个眉目清秀，惹人喜爱的婴儿出世了，他周身散发着金光。溪女想用最后的力气抱一下自己的孩子，但她刚刚伸出两臂，两只胳膊随即就化成如碎石大小的颗粒，四散空中，紧接着整个人也化成颗粒飘散在黑色的夜空中。灵祖绝望地呼唤着溪女，可是他的全部法力已经殆尽，连手中的穹苍剑都拿不动了，身子瘫在地上，无法站起。

　　山谷正发出隆隆响声，同时伴着飞兽尖厉恐怖的鸣叫，从山坳中不断飞出各种形态的古怪飞禽，它们似黑夜中的幽灵，在空中盘旋。怪兽从山谷奔驰而出，带着令人胆寒的咆哮。禽怪首先发现了金光闪闪的婴儿，看到了忽明忽灭闪着微光的灵祖，它们俯冲下来，用尖利的嘴峰和锋利的爪子对着灵祖又啄又刺，尖利的嘴峰和锋利的爪子穿透灵祖微弱的光罩，刺进灵祖的身体，灵祖遍体鳞伤，血流满身。这时一只巨大龙怪俯冲下来，一只巨爪如利剑般穿透灵祖的颈部，灵祖身上的最后一缕微光消失了，他化成一缕白色的烟雾飞入男婴的体内。霎时，男婴的金光突然变得异乎寻常强大，他的身体迸射出万丈光芒，照亮了整个山谷，在他周边的怪兽和飞禽即刻被这金光吞食，烧成缕缕黑烟。同时，聚阴山开始剧烈地震颤，随着一声地动山摇的轰鸣声，整个聚阴山轰然崩塌，男婴也随即消失，那婴儿所在的地方只留下一块闪耀着金光的玉佩，而这时整个聚阴山已完全笼罩在漫天的烟尘之中。

一、娶亲

YU PEI JI

夏洲之地为九州的中心，土地广袤，地貌复杂，名山大川，不可胜数。其雍州为夏洲国都，于嵩川之滨，洛山之旁，是九州最富庶、最繁华的地方。

一日，夏洲王庭都尉施明德与好友数人在洛山打猎，几人信马徐行，行至一片草甸，这里草木葱绿，百花争艳，溪水潺潺，蝉鸟争鸣。突然，施明德发现一只棕兔从草丛跃出，施明德动如闪电，随即一箭射中棕兔，那棕兔带着箭一跃而起窜入梁下，施明德策马追了过去，当他越过山梁，惊诧地发现梁下四野无人，唯有一妙龄女子，那女子貌若天仙，娉婷袅娜。她用手指着一方，施明德随着女子指着的方向看去，一只带箭的棕兔倒在那里。女子嫣然一笑随即消失在丛林的小路里。施明德呆呆坐在马鞍之上，眼睛直勾勾地望着那片丛林。这时几位好友也跟了上来，其中一位一眼就看到已死的棕兔，策马直奔棕兔而去，而另两位则来到施明德旁边，看到他盯着前面的树林，其中一人问道："明公在看什么？"施明德这才如梦方醒，一笑道："没什么，走，喝酒去。"

两天后的下午，施明德躺在寝室的床榻上感到闷热和烦躁，无法入睡。于是他起身走出了寝室，穿出长廊，跨出院子的后门，沿着小径步入后花园。下午的后花园静谧无声，一池碧水半池荷花，蝶舞蜓飞，杨柳依依。明公靠着水榭的亭柱，望着粉如桃花、白如瑞雪的荷花，听得啾啾鸟鸣，吱吱蝉叫，身心感到些许松弛。忽然一阵微风袭来，一池荷叶婆娑起舞，婀娜娉婷。他竟依柱昏昏睡去，并进入了梦乡，梦中他见到城东的熠瑰斋内一妙龄女子正穿堂而过，此女子正是那日在洛山草甸见到的那位仙子。更奇的是那女子颈下佩戴一物束束发光，仔细看去竟与自己所佩戴的玉佩一模一样。明公大惊而醒。醒后，他沉吟半晌，梦中的情景依然清晰在目，于是，来到厅堂，唤来贴身仆人陆儿，牵马奔向城东的熠瑰斋。

　　来到东城银饰大街，大街两旁店铺林立，鳞次栉比，街道上人来人往，熙熙攘攘。施明德来到熠瑰斋门前，把马交给陆儿，径直步入大厅，厅内一位老者微笑地迎了上来道："官人需要点什么？"施明德笑着答道："我来这不是想买什么东西，是有件事想叨扰先生。"老人赶紧引入里面会客室内请施明德坐下，并唤佣人送上茶水。老人问："官人您需要什么尽管告诉老衲，老衲一定尽力。"施明德从颈下摘下玉佩递给老人道："这是我从小就佩戴的，家父告诉我，此玉佩原为一双，让我留心寻找另一块，我知本斋收藏众多的天下奇珍异宝，特慕名而来，兴许有幸能得到些指点。"那老人将玉佩仔细观看之后，递给施明德，面带着慈祥道："我家主人吩咐了，今天有贵客光临，不用通禀，直接到后院找她即可，您可从后门直接到后院，我家主人就在那里。"

　　施明德谢了老人，起身穿过大厅后门，直奔后院。后院的门口站着一个十三四岁的清秀女子，见施明德走来，开口道："官人是找我家主人的吗？"施明德礼貌地点点头说："是的，烦劳小姐帮忙通禀一下。"那个小女子笑着道："您跟我来吧。"说着带着施明德走进后院厅房。

　　一入厅房淡淡的幽香沁人心脾。施明德觉得这里应是女子所居之处，厅房的后门正巧开着，他站在厅房内向里观望，小女子道："官人在此略等片刻，我去禀告一下我家主人。"说着走出后门。

　　透过后门施明德看到一位绝代女子正同几个仆人说话，施明德又惊又喜，此女子正是两天前在草甸所见的那位小姐。他心中暗想上苍眷顾明德，今日又能得见这等绝代女子，真是三生幸事。不过施明德还是赶紧收回目光，心中却略带些紧张。

　　女子吩咐着，几个仆人随口答应着，施明德已猜到这位绝代女子定是这里的主人。小女子走到那位小姐近前，说了几句话，然后转身回来："官人随我来。"

　　她带施明德从侧门而出，沿着回廊走进一个幽静的小院，撩起门帘让施明德进去，然后退出了小院。不大会的工夫，帘笼挑开，施明德顿感一股幽香袭来，只见一位身穿薄罗透纱的女子跨入门槛，此人正是刚才所见的小姐。她肌肤如雪，姿容艳丽，步履婀娜，风姿楚楚，决然是一位美丽女子。施明德急忙躬身行礼道："在下今日冒昧拜访熠瑰斋，能得店主赏见，实在是三生有幸，还望店主不吝赐教，能谅在下叨扰店主。"

女子嫣然一笑道："官人客气了，小女实不敢当，小女一直等待官人来此，不知官人是否为玉佩而来？"

施明德点头，并从颈下拿下玉佩递给女主人。女主人接过玉佩，立刻明眸睁大，抬头端详施明德，见施明德相貌俊美，仪表堂堂，不觉面颊发热，心跳加剧。她还回玉佩，柔声问道："官人可知这玉佩为何物？"

"当然知道，这是婚配信物。家父告诉我，此玉佩原是一双，要我务必找到持另一玉佩的女子。家父还告诉我，此玉佩是灵气之物，若两玉佩相遇，咒符便会显现。家父临终嘱托我，让我务必娶此女子，说这是天作之合。"

女主人听罢，也从颈下取出一个玉佩。施明德一见，那玉佩与自己的一模一样，他将自己手中的玉佩往女主人手中玉佩靠近时，正巧两个玉佩相碰，顿时各自手中的玉佩突然出现了四个金色的文字。

施明德看着手中玉佩念道："先天地生。"

女主人接道："双佩合璧。"

施明德将玉佩的背面与女主人的玉佩的背面合在一起，合璧的玉佩突然金光闪耀，合成一体，同时一阵香风骤起，施明德抱住女主人，女主人依在施明德怀中道："我爹叫我蓉儿，以后你就叫我蓉儿吧，今日我把身子托付给夫君，夫君切不要负我。"

施明德道："我爱蓉儿胜过一切，从今日起我们永不分离，携手到老，至死也不分开。"

蓉儿捂住施明德的嘴说："不许说死。"

施明德温存道："两天后我就把你娶入府中。"

蓉儿道："我与夫君天作之合，七日正是嫁娶之日，夫君那天娶我即可。"

俩人蜜语甜言，情意缠绵，时已是金乌西坠，玉兔东升。施明德对蓉儿说："蓉儿，我已有一妻云儿和一妾惠儿，她们都给我各生下一子，云儿和惠儿都很是贤淑，很好相处，不知蓉儿是否愿意与她们同住府中？"

蓉儿道："妾既已以身相许，一定谨遵夫言，与两位姐姐融洽相处。"

一轮清辉从窗内透过,蓉儿柔声地对施明德说:"快到子夜了,夫君还是早点回去吧,切记七日迎娶蓉儿。"

施明德点点头,不舍地望着蓉儿,将她紧紧地搂在怀中,抚摸着,热吻着。蓉儿娇声道:"太晚了,回去吧。"

梆声在寂静的深夜梆梆地响过,蓉儿将施明德送出屋门,施明德道:"夫人回去了,不然我真的走不了了。"

蓉儿深情看着明德,望着施明德走出院门。此时一轮满月高挂天边,施明德上马,踏着铺着银辉的道路离开了熠瑰斋。

翌日,施明德唤云儿和惠儿来到客厅,将蓉儿的事从头到尾讲述给了云儿和惠儿听。云儿道:"夫君与蓉儿是天作之合,也是爹的嘱托,夫君放心,我和惠儿一定好生对待蓉儿,我回头就准备布置七日的迎娶,夫君看把西院给蓉儿是否合适?"

施明德很是满意地说:"就按夫人说的做,还要有劳夫人了。"

惠儿道:"我也可以帮助姐姐,姐姐需要我做什么尽管吩咐。我们定将蓉儿当作妹妹一样对待。"

施明德道:"二位夫人一向贤淑,这也是我明德的福气,明德谢过二位夫人。"

云儿道:"夫君何出此言,我们都是夫君的内人,替夫君做事是我们本职。"

正逢七日,施府张灯结彩,红灯高挂,一队送亲的队伍从熠瑰斋一路行来径直入了施府,蓉儿见过云儿和惠儿,双方各自客套寒暄一番之后,蓉儿将两副价值连城的装饰物取出,一副纯金镶钻的华胜送给云儿,一副翡翠镶钻金簪送给惠儿。蓉儿道:"这两副物件是蓉儿特意为两位姐姐挑选的,不知两位姐姐是否喜欢?"

云儿和惠儿都是识得珠宝和装饰的行家,一见便知此物件的价值,此物件绝非一般物件,起码价值万金以上,她们暗忖熠瑰斋不愧名誉天下。惠儿道:"妹妹的礼物太贵重了,云儿和惠儿谢谢蓉儿。"

云儿道:"时间也不早了,西院已给妹妹准备好了,也不知合适不合适?明德一会就会过去,妹妹就先过去吧。"

蓉儿被搀扶到西院,过了不到半个时辰,西院院门被推开,施明德走进院内,然后将院门关上。蓉儿知道是明德来了,屋门被推开,只见蓉儿凤冠霞帔,珠翠闪烁,环佩耀眼。蓉儿风姿楚楚地迎了上来,明德上前抱住蓉儿道:"我日思夜熬，终盼到佳期，从今以后断不能再与夫人分开了。"

蓉儿温柔地说："自夫君离去，妾也是无一日不思君，无一夜不想夫，妾望与夫君从此执手，偕老一生。"

明德摘下蓉儿的凤冠，解下蓉儿的霞帔，看到蓉儿乌亮的秀发，娇艳的容貌，万分喜爱，两人亲热一阵后，明德提起第一次在草甸见到蓉儿。蓉儿说："夫君可记得那天的日子，那天是七月初七，我爹生前告诉我，我那玉佩是婚约的信物，将来娶你的人定会持有与你玉佩一样的另一只，待你十七岁那年的七月初七你一定要去洛山草甸一趟，如果在那看到一人，并且三日内到熠瑰斋寻找相同玉佩的人，那个人就是你的夫君。"明德全神听着，蓉儿又说："现在熠瑰斋离不开我，我白天要在那里应酬，晚上夫君需要我，我就回来，我也在熠瑰斋为咱们安排好了一个院子，那是我一直住的院子，我爹给它取名为'天香阁'，夫君和我也可以住在那里。"

明德道："我一切听从夫人安排，夫人如何方便就如何安排，明德只要能和夫人在一起就可以。"

蓉儿说："明天夫君和我一起回去，妾想要夫君了解一下我那里。"明德点头说："好。"

二、洛西山脉

YU PEI JI

一轮红日正从东方喷薄着金色的光芒，天光早已大亮。施明德和蓉儿洗漱完毕，吃了早饭，一早就来到熠瑰斋。他们从后街的胡同侧门进入，穿过一个跨院，对面便是一堵高大的围墙，两人沿围墙绕到大院的门口，一扇朱漆大门关闭着，门上一块巨匾上写着"天香阁"，一进朱漆大门，迎面正北便是一座两层的巍峨楼阁，楼前是一个宽敞的大院，大院两边是各自三间厢房，厢房与楼阁长廊相连。天香阁雕梁画栋，绿瓦玉砌，登上六节汉白玉的台阶，直入天香阁的厅房，厅内紫檀书案，楠木交椅，各个装饰琼雕玉琢，镶金嵌翠，整个厅房宝器珠光，金碧辉煌。二楼碧纱幽香，翠屏铜灯，紫檀大床，雕龙刻凤。

明德深感震惊，万没想到这熠瑰斋的后宅竟如此豪华奢侈。蓉儿问道："夫君感觉如何？如果觉得哪里不妥，我可让他们按夫君的意思重新布置。"

明德赶忙说道："天香阁似天宫王殿，富丽堂皇，清幽雅致，明德大开眼界，哪有什么不妥之理。"

蓉儿道："夫君有所不知，熠瑰斋聚天下之宝，富可敌国，只是那些珍奇之宝并不放在这里，而是存放在郊外一处少为人知的地方，我想夫君要是愿意，我们现在就去那里，我的荃伯就住在那里，你也应该见一下他老人家，我已经把咱们的事情告诉他老人家了，他很想见一见你。"

明德很是兴奋："好，你带我去见老人家。只是，我应该给老人家带些礼物才是。"

蓉儿面带娇媚，嫣然一笑："我早就替你准备好了，我们赶紧走吧。"

一辆华顶锦围，雕轩朱轮的四架马车在通向洛山的道路上前行着，车夫武儿不断地抖动着缰绳催马疾行。大约一个时辰，他们来到一个岔路口，沿着右边的一条小路走了一段，便来到自家的洛西客栈。

客栈前后两个跨院，正对着大门是面南背北的三间大瓦房，右边有一个孔门，两旁也是三间并排的厢房，大门的两边各是马槽和马厩。从孔门进入便来到后院，里面藤萝满墙，竹林垂柳，曲廊假山，花木幽香。院内几间套房相互连通，后院墙则有一月亮小门，出了月亮门，依山而上便是一条迤逦的青石小路，路的尽头矗立着一座四角凉亭，沿着凉亭的台阶下到最后一阶台阶，就是一片丛树林。蓉儿带着明德从丛树林走出，便看到了宽阔的草甸。

蓉儿的秀目似一汪秋水，目光包含着深情与挚爱，她凝望前方："那日还真要感谢那只兔子，是它把你带到这个地方。"

明德一把抱住蓉儿："这是我们终生难忘的地方，真是要感谢上苍，把你给了我。"

明德深深地吻了一下蓉儿的额头，蓉儿带着明德又回到客栈，让武儿和劲儿准备，告诉他们去天珍阁，然后将明德带进后院侧面的厨房。厨房的套间有一个暗门，从暗门出去，便是茂密的松林，其间有一条被人踩出的小路延伸到山下。

蓉儿和明德来到山下，武儿和劲儿正站在一副滑竿边等候着他们。蓉儿上了滑竿，沿着蜿蜒崎岖的山间小路行进，这里山谷静谧，古木参天，不时传来啾啾鸟鸣和汩汩溪水之声。大约半个时辰，他们走到一处半山的山坡，从山坡望去远方是一处不大的山坳，在树林掩映下的飞檐斗拱若隐若现，对面的苍山翠岭，林木葱茏，峰峦之巅数条瀑布飞流而下，宛若一条条白练，落入山坡，从林间泻下。

蓉儿四人走下山坡，从一条弯曲的山路走出，迎面是一座巍峨宏伟的城楼，楼顶钩心斗角，雕梁画栋。城墙两侧一直延伸到与山口相接之处，并将山口封死，因此，城墙的城门是进入山坳的唯一通道。

明德和蓉儿四人一进城门，一股清凉迎面扑来，眼前似一幅壮丽的风景图画，双叠潭位于对面山峦脚下，瀑布飞流而下落入上潭，飞溅起数不清的晶莹的水珠。潭水四溢，流向低于上潭半米多的下潭，下潭池水清浅，林木倒影，一潭碧水向左流至两山的底部，然后从两山的底部的山崖飞流直下。右边则是一条梧桐荫翳的青石道路，直达山坡的院落，院内楼阁重叠，院中套院，有的楼阁相连，有的楼阁与假山相通，曲廊萦纡，甬道迂回，步入其中如进迷宫。

他们刚一进门，一位老者急忙从大门旁边的院落里出来，老者鹤发童颜，目光慈祥，脸上带着喜悦的光彩："蓉儿过来了，荃伯给你道喜了。"

蓉儿指着明德道："这是我的夫君，施明德。"

明德赶忙施礼道："荃伯好，蓉儿和我说过您老人家多次，您是她的唯一的亲人，是您老一直照顾她。"

荃伯道："看到你们成亲我真是高兴，蓉儿还是有福气，能嫁给大官人。她从小就体质单薄，以后大官人还要多多体贴照顾。"

"荃伯您放心，我会照顾好蓉儿的。"

明德把礼物送给荃伯："我和蓉儿的一点心意，还望荃伯笑纳。"

荃伯接过礼品："大官人太客气了，老夫谢谢大官人了。"

荃伯接着把目光转向蓉儿："你要不要带大官人转一转？"

蓉儿道："那我就带明德转转。"

荃伯道："你们去吧。"

明德随蓉儿进来大院，他们穿庭过院，一会向左，忽而又向右，转来转去，明德就已经分不清哪里是哪里了，根本找不到原来的道路了。

蓉儿带明德从大院后面的一扇门出去。蓉儿告诉明德：大院的后门共有三扇，中间的一扇门正处在山脉的脚下，另外两条路则通向山两边的丛林，我们走的是中间的一扇门。

出了后门，明德和蓉儿在松柏遮日的密林中穿行，阳光从林间斑驳地洒下，道路忽明忽暗，他们走进静谧的松林中，有些森然的感觉。出来松林，顿感阳光灿烂，豁然开朗，一条宽阔的青石道路直抵两层的汉白玉的台阶，台阶雕栏玉砌，围绕着一座六层六角的宝塔。宝塔的一二层存放着琴、剑、珐琅、瓷器、手雕、字画等各类古董。宝塔的六面一样，相同的六个门边都矗立一只半人高的石狮子，每只石狮子形态一致，它们二目圆睁，扩口獠牙，面目狰狞，其中每只狮子的一只前爪踩着一个圆球，圆球上套着一个圆形碟盘。从六个形状完全一样的塔门的汉白玉的台阶下去都是一条青石道路，道路曲折蜿蜒地通向山林。沿着每条青石道路走下去，就会来到另一个形状相同的六层的宝塔面前，明德随着蓉儿转了一个多时辰，才回到原处，蓉儿站在宝塔前问："夫君知道我们见了几座宝塔？"

明德指着身旁的宝塔："如果这座宝塔是我见到的第一座宝塔，应该是六座宝塔，对吗？"

蓉儿笑着点头："夫君说得没错，倘若夫君没有认出这是我们进山的第一座宝塔，就会在山里来回兜圈。"

明德大为感叹："是的，要不是夫人站在这里指点，恐怕真就在里面兜圈子，这里设计得确实巧妙"。

大家吃了午饭，明德和蓉儿来双叠潭边，蓉儿在前面走，明德后面跟着。来到两山底部的山崖边，蓉儿腾空跃起，白绫褶裙在空中舞动飘摆，似天宫中的仙女飞天，越过水面轻盈地落在对面山坡上，明德也随着飘然落下。他们在松柏中穿林而上，走出阴暗的松林，穿过一片竹林，眼前是一条直抵高墙院落的宽阔道路，他们来到一扇高大的朱漆大门前，大门上方一块巨匾写着"天珍阁"。

步入天珍阁，明德发现里面的结构与"天香阁"一模一样。明德和蓉儿从天珍阁进入后花园，只见一池碧水，竹林叠翠，亭台水榭，绿柳低垂。水榭与假山盘阶相连，亭台之下亦有假山相托。亭榭桥石皆绕水而建，全园设计得巧夺天工。蓉儿带明德登上亭台，一览整个后花园，从亭台盘阶而下，到底就是一座水榭。蓉儿下到假山的中间，突然停住了。她将一块突兀的假山石用尽全力向后一拉，一个洞口出现了，蓉儿将手伸入洞口拨动机关，假山中间居然打开了一扇门。

蓉儿将洞壁的一只火把点燃，然后将洞门关闭。火把的光芒照耀着山洞，明德随着蓉儿向着山洞的深处行进，火把的火焰逐渐熄灭，微弱的红芒逐步被墙壁上一颗一颗拳头大小的夜明珠代替，虽然荧荧之光不甚明亮，但依稀可以照清山洞的轮廓。山洞主道边有几个小洞穴。蓉儿指着洞穴对明德说："这些洞穴才是熠瑰斋存放珍宝的地方，每一件都价值连城。这个地方只有我爹、仙翁、荃伯和我知道。"

快到洞口，光线逐渐亮了起来，明德明显感到一阵阵阴凉潮湿的水汽迎面袭来。

山洞的出口被一条从山上飞下的瀑布所遮蔽，洞口侧面的不远处有一块突兀的岩石，蓉儿站在上面说了一声"随我来"，随即跃起向着对面陡峭的山坡飞去,明德紧随蓉儿,在对面的山坡凸起处落下。

　　他们在陡峭崎岖的山脊上攀爬,山上巉岩陡立,山势峭拔。身下怪石嶙峋,幽谷万仞。不多一会儿蓉儿已经累得汗流浃背,气喘吁吁。见此情景明德抱起蓉儿从山石上一跃而起,穿云破雾,腾空直上,轻盈地落在崇光峰顶。

　　蓉儿和明德站在崇光峰顶,四顾群山环抱,千峰竞秀。脚下流云翻滚,似大江奔流,对面的洛都峰高耸入云,在云雾弥漫中时隐时现。蓉儿对明德说:"夫君有所不知,对面的洛都峰险峻难攀,凶险莫测,抚养我爹的仙翁就在里面。我爹为他老人家修建了'天珍阁',他老人家觉得'天珍阁'不够清静,影响他的修炼,就在洛都峰找到一处,他老人家很少出来,我爹也很少打扰他老人家,荃伯倒是经常去他老人家那里。"

　　明德望着在云雾中忽隐忽现的洛都峰,那断崖绝壁,似斧劈刀削,在云雾弥漫中难以立足。明德对蓉儿道:"洛都峰着实险峻,没有绝高的法力恐怕难以攀上。"

　　蓉儿点头道:"是的,我从来没有去过他老人家那里。"

　　蓉儿拉着明德来到山崖边一块凸起的岩石上,望着飘动的流云,等了一会儿对面的崖壁显露了出来,明德看到崖壁上突兀的岩石。蓉儿道:"飞到对面不难,只是从这里攀登上去,就是茂密的山林,进到山林里面则无法辨认方向,极难走出,只有我爹和荃伯知晓他老人家在哪里。"

　　此时金色光芒笼罩着苍茫的山峦,在峻岭苍峰之上形成一个光晕。蓉儿对明德道:"夫君太阳已经偏西了,时间不早了,我们得赶紧下山。"

三、临产

YU PEI JI

　　从明德第一次到熠瑰斋那一日，他的玉佩就与蓉儿的玉佩璧合为一体，之后玉佩就留在了熠瑰斋。正逢一月初一，明德恰好住在熠瑰斋，子夜的天香阁内漆黑而寂静，忽然卧室外的厅房发出嗡嗡的蜂鸣声，在沉静的黑夜里蜂鸣声格外响亮。明德首先被蜂鸣声惊醒，他起身下床，这时蓉儿也醒来，她叫道："夫君。"明德点燃蜡烛道："你听。"

　　蓉儿也听到厅里发出来的蜂鸣声，两人疾步来到厅里，看到存放玉佩的抽屉罅隙内透出的金光，抽屉里也不断发出嗡嗡的鸣响。蓉儿拉开抽屉，即刻金光映亮了全屋，令两人错愕的是那光芒四射的玉佩上环绕着一圈圈的黑烟，黑烟缭绕着，袅袅地被玉佩吸食。蓉儿拿起玉佩，蜂鸣声戛然而止，一股彻骨的阴凉侵入肌肤之内，蓉儿下意识地将它放回原处。明德又拿起它，那玉佩的光芒骤然变暗，玉佩内一股股森凉煞气注入他的经脉，他的丹田气海开始膨胀，体内的真气骤然增强，这股真气之强烈，恐怕再修炼十年也难以达到。他又惊又喜，将此感受讲给蓉儿，并将玉佩递给蓉儿。当蓉儿再次接过玉佩，那玉佩的光芒全然失去，并又恢复了原来的形态。

　　次月初一的子夜，明德和蓉儿又听到厅里玉佩的蜂鸣声，两人走进厅房，忽然屋外狂风大作，屋门和窗棂被风吹得哐哐作响。那凄厉的风声忽而带着冤魂厉鬼的哀号,忽而带着婴儿的哭啼之声,甚是瘆人。而抽屉内玉佩的鸣响音调比上次更长,声音较上次更响,抽屉内发出的金光明明灭灭。明德拉开抽屉,霎时间玉佩释放出的一股浓重的黑烟将二人缭绕,当他们二人身上的黑烟散尽,外面的狂风也已停止。

第二天早朝,大王还未到,大臣正在闲聊,其中一个须发皆白,满脸皱纹的老臣道:"你们听到了吗?昨天夜里那风刮得真是瘆人,老夫活了这么大岁数,从来没有听到过,风里一会带着似冤魂的呼叫,一会带着婴儿的哭啼,真是吓人。"

一个四十开外的瘦高男子道:"武大人说的是梦中的虚幻吧。"

又一个大臣道:"我也听到了,那风虽然刮的时间不长,确实吓人。"

其余的大臣则面面相觑,将信将疑。

刚到不久的国相道:"那是妖风,是妖气聚集在我卞雍而成的妖风。"

明德站在大臣之中,心里忐忑,他面无表情地一言未发。

这时,群臣已经到齐,襄王也从大殿的后面来到群臣面前,大殿即刻变得肃静了。襄王坐定后,几个大臣奏报了一些事情,襄王一一指示后,大臣们再没有什么事情上奏了,早朝就这样结束了。

明德回到自己的府中,刚进到书房,惠儿的贴身女眷就进到院子里,明德问她何事,她说夫人病了。明德赶紧来到云儿的院子,郎中刚好给云儿开好药,明德向郎中询问了云儿的病情,郎中说是急症,已经好转,现在无大碍了,明德向郎中道谢,郎中便离开了施府。明德走进云儿的卧室,惠儿和蓉儿都在,明德摸了云儿的脉象,知道确无大碍,这才放心。云儿道:"我已经没事了,你们就放心吧,我只是有些累,睡一觉就好了。"

明德道:"我刚摸了你的脉象,无大碍,一会儿把药吃了,休息几日应该就能好了。"

明德转身对惠儿和蓉儿道:"我明日要去扶临视察,估计要一个多月,这段时间你们多照顾云儿。"

惠儿道:"这里有我,你就放心吧,我和蓉儿会照顾好夫人的。"

蓉儿道:"我这段时间就住在这,有什么事也可以和姐姐商量。"

明德对云儿道:"你睡觉吧,我一会再过来。"说完三人走出房间。

一个半月之后,明德从扶临回到卞雍,云儿早已康复,家里的一切一如往常,明德很是想念蓉儿,下午便离开施府,直奔熠瑰斋。

他从后门进了大院，他让女仆到前店唤蓉儿，自己则来到天香阁的卧室，不大一会儿蓉儿步态婀娜，款款而来。见到蓉儿美艳的容貌，明德一把便将蓉儿抱入怀中。蓉儿秋波闪烁，娇嗔道："夫君，蓉儿要告诉你一件事，大事。"

明德亲吻着蓉儿道："什么事？"

"我有了，有了我们的孩子。"

明德惊喜道："我的蓉儿怀孕了，真是太好了！"随后深情地盯着蓉儿："前头事能交给他们做就交给他们做，别太累了，以后你就别回去了，就住在这里，我过来住，陪着你。"

蓉儿依偎在明德的怀里，缠绵着柔声道："我没事，给我讲讲扶临的事。"

襄历九月蓉儿已经接近临盆，施府正为蓉儿这一两天将要到来的临盆准备着。

在静王府，兰妃正和母亲聊着天，母女俩正在等待着国相的到来，这时一个丫鬟进来禀报道："国相来了。"话音刚落，帘拢就被挑开，国相迈步走了进来，兰妃立刻站立起来叫道："舅舅。"

国相笑着："兰儿，找舅舅什么事？"

兰妃的母亲道："是明儿的事。"

兰妃接过话："明儿已经五岁了，应该给他找个老师，就像元静那样。"

国相沉默半晌："兰儿说得对，是该给明儿找个老师了。"他捋胡须看着兰妃："我给明儿算过，明儿是龙命贵相，若将来王命至尊，当有治国理政，驾驭天下的本领，需找一个合适之人。"

国相的话句句都让兰妃十分受用，她看着国相："舅舅看当朝谁最适合做明儿的老师？"

国相沉思了片刻："尹考文武全才，精通法典律条，尤其书法飘如游云，矫若惊龙，为当朝第一书法大家。我想让尹考做明儿的老师应当比较合适。"

兰妃和静夫人同时点头，兰妃道："舅舅说得极是，大王昨日说，今天晚上来昭仪宫，我先和大王说，看看大王意思。"

国相满意地点头："你先和大王说好，明天早朝我再向大王提出。"

在正阳殿，卞雍郡令对襄王道："虽然汛期已过，但近日天气变幻无常，臣建议卞河疏渠工程应推迟一个月，这一个月正好为开工多准备些物料，待天气无大变化再动工也不迟。"

襄王道："可以，就依郡令所说。"

襄王左右环视了一下："各位爱卿还有什么要上奏的吗？"

国相上前道："大王，元明已到授学年龄，大王应在列位大臣中为元明选一位合适的老师。"

襄王点头，目光注视着尹考："御史大夫！"

尹考内心一阵喜悦，立刻高声回道："臣在。"

"你是我朝公认的大学者，你来做元明的老师，意下如何？"

"臣感激大王，能得大王如此青睐，内心实在惶恐。请大王放心，臣虽才学武功有限，蒙大王不嫌，定当肝脑涂地，尽职尽责，不辱使命，不负我王信任。"

襄王道："好，就这么定了，各位爱卿还有什么异议？"

几位大臣虽然没有说话，但都点头示意认同。宁静了片刻，襄王看所有大臣再没有上奏的事情，便说道："散朝吧。"随后回后宫去了。

明德刚进府门，一个女仆正匆匆奔往西院，见明德进府，紧忙上前道："老爷，夫人要生了。"明德赶紧随女仆进了西院。女仆推门进了屋，明德则在屋门外等候着。

不一会蓉儿开始分娩，屋内一阵忙乱。此时正是正午时分，头顶上的烈日灼热而耀眼，突然天色开始暗淡下来，光线越来越暗，接着整个太阳全部被遮蔽。随即狂风大作，凄厉的风声中忽而带着冤魂的呼叫，忽而转换成婴儿的哭啼声，甚是凄惨瘆人。整个天色昏暗得近似夜晚。

在屋门外等候的明德大惊。就在明德忐忑地仰望天空之际，突然一道闪电划破天际，明德听到了婴儿的哭声。这时狂风骤停，炙热的骄阳又露出了全部面孔，金色的光芒灿烂如初。

回府的路上，国相就感觉有些不对劲，他抬头望了一望天空，感到星云的异动，于是他对车夫说："快，去天星楼！"马车飞驰着奔向国相府。

国相坐在天星楼的望星台，感知着星云的异动。忽然天色昏暗，狂风骤起，他感受到聚集在卞雍上空中的一股强大气流，这股气流充满了阴气，具有超强大的力量，它足以毁灭整个卞雍。令他感到奇异的是这种浑浊的阴气是他从来没有感受过的。忽然天空中一道闪电，他猛然感知到是一个婴儿降生了，这种浑浊的阴气正是来自这个婴儿，他预感到这个婴儿将给卞雍乃至整个夏洲带来毁灭性的灾难。

施府西院正房的帘子挑开了，女仆兴冲冲走了出来，她对明德道："老爷，夫人生了个儿子，您赶紧进去吧。"

明德走进房间,所有的佣人都退出了房间,明德第一眼看到的是一个娇嫩可爱的婴儿,接着让明德震惊的是他发现这孩子的身体竟隐隐地闪着微微的金光,同时缭绕着缕缕黑烟。紧接着他又发现婴儿的腹部长着一块胎记,那一块胎记的形状与他和蓉儿的玉佩一模一样。

虽然一般人的眼力看不出这隐隐闪烁着的微微金光和缭绕着的黑烟,但明德看得清清楚楚,他的眼睛直勾勾地盯着婴儿的胎记。疲惫的蓉儿随着明德的目光望着自己的儿子,她也看到了儿子腹部的胎记,大吃一惊:"夫君,你看这胎记和咱们的玉佩一模一样。"

明德点点头,随即他把刚才在门外发生的情况告诉了蓉儿。

蓉儿面带惶恐,声音发颤:"难道这孩子……"蓉儿只说了半句就说不下去了,眼泪夺眶而出。

明德安抚蓉儿道:"夫人不必如此,看着孩子多可爱,我看我们的儿子定是有过人之处,看看再说吧,不过夫人,咱们儿子出生的事先不要让府内任何人说出去。"明德停顿了一下接着说:"我看还是把儿子放到熠瑰斋更稳妥,这里人多事多,我有些不放心。"

"夫君说得极是,我们马上就走。"

"夫人不要着急,你先和孩子将养两日,等我把两边安排妥当,你和孩子再回去也不迟。"

昨日中午的天象异变在王庭引起了不小的震惊,各位大臣各抒己见,议论纷纷,朝堂上一片喧哗。这时国相缓步走进大殿,大家一看国相来了,立刻把所有的目光聚焦在国相身上。

国相扫视了一下大家:"各位是否在议昨日的天象?"

太傅道:"国相善卜天象,预知国运,我们大家都等待着国相的指教。"

国相刚要开口,就听见太监叫道:"襄王到!"紧接着襄王从殿后走了进来,坐定后,各位大臣已经分列两厢。襄王道:"各位爱卿可看到昨日的天象,这恐怕是不吉之兆,国相你怎么看?"

国相把昨日在天星台感知到的全部告诉了朝堂上所有的人,襄王和各位大臣大为吃惊,朝堂一阵骚乱。

这时,施明德道:"以臣之见,昨日天象不足为怪,我大夏千万里之遥,风灾水祸年年皆有,患于不同之域。若此异象实如国相所说,那各地之异象又如何解释?我大夏数载国泰民安,如此异象即令王庭如此惶恐,卞雍百姓岂又如何?"

襄王本来就将信将疑,听了明德的话颔首道:"都尉言之甚是,区区天象不足为怪,如此惊恐实所不必,此事不必再议了。"

就在明德上奏时,国相隐隐感到明德身上的气息有些异样,他暗忖着这气息怎么和昨日感知的气息一样,国相开始自己都怀疑自己了,是不是自己的感知出了问题。

大家又议了议其他事项,之后便退朝了,所有人都各自散去。

国相出了王庭,看到群臣都已经远去,便命车夫将车掉头,又返回了王庭。

襄王刚坐在勤政宫准备批阅奏章,一个太监报道:"国相求见。"襄王令太监将奏章撤掉,让国相进来。

国相进来,襄王让国相坐下后问:"国相何事?"

国相问:"大王真的相信明德公的话吗?"

襄王笑道:"都尉的话并不无道理,国相所言也确有依据,本王也听到那风声,那风声带怨戾,似有阴魂附之,确实令人悚然。"

国相面色庄重地道:"老臣绝非危言耸听,老臣是担心这妖孩一旦长成,成魔做妖,到那时恐难以收治。"

襄王道:"国相可让紫布秘密调查,如果发现此妖孩,国相务必除之。"

四、意外

YU PEI JI

次日，蓉儿问明德："该给孩子起个名字了。"

明德道："老大景璇，老二景延，咱们的儿子就叫景宇吧，夫人觉得如何？"

蓉儿想了一下："挺好，就叫景宇。"

三日之后，明德陪着蓉儿和孩子回到了熠瑰斋。他们刚上到二楼的厅房，婴儿的眼睛忽然睁开了，明德和蓉儿一惊。蓉儿急忙从女仆人手中抱过孩子，明德让女仆人退下，婴儿一双明亮清澈的大眼睛似乎在寻找什么，他的眼睛最终落在存放玉佩的抽屉上。这时明德和蓉儿都听到存放玉佩的抽屉内发出嗡嗡的蜂鸣声。蓉儿抱着孩子往卧室走，当离开厅房走进卧室时，婴儿突然大哭起来。明德则打开抽屉拿出玉佩，他手拿着玉佩走进卧室时，婴儿的哭闹声立刻停止了，水汪汪的眼睛盯着明德手中的玉佩。明德和蓉儿惊诧地看着孩子，明德故意手攥着玉佩离开卧室，婴儿即刻手脚蹬踹，哭声瘆人。同时明德明显感觉到手中的玉佩在不停地震颤。他转身回到卧室，婴儿马上又停止了哭闹，眼睛又紧盯着玉佩。蓉儿解开孩子的衣服，将玉佩放在孩子的胸前，那玉佩竟然挂在婴儿的胸前，与她小时候一样，再看婴儿已经甜甜睡熟。

蓉儿道："咱们的孩子真像你说的，恐怕与一般孩子不同。"

明德自信地道："夫人说得没错，咱们的孩子绝非平常孩子，定有过人之处，将来一定能成大器。"

时光如流水一般地飞逝,转眼间四年过去了。景宇也已经四岁了,这孩子不仅长得颇招父母疼爱,而且有过人之处,凡是他想要的东西,无论藏在何处,藏得多远,他都能感觉到。更神奇的是只要他没睡觉,明德每次回来,还没到半路,他就已经感知到明德位置。特别是十字大街,那里商铺如林,人头攒动,明德经常在那里给他和蓉儿买些东西,几乎每次明德在商家挑选东西的时候,景宇都特别兴奋,他马上对蓉儿说:"娘亲,爹在十字大街,他一定是在给我买好东西。"

还有神奇的是他读一篇文章,无论多长,懂与不懂,都能过目不忘,不仅能顺着写下来,而且也能倒着写出来,一字不错。尽管他才四岁,但学识却已和两个十岁的哥哥不相上下。

虽然这些令明德和蓉儿欣慰,但让明德和蓉儿苦恼的是经常每月初一的子夜,也是月亮最亏之日,景宇都会被疼醒,他总是哭着对蓉儿说:"娘亲,我痛。"

蓉儿深知疼痛的痛苦,她小时候也是这样,她总是心痛地抱着景宇,而明德则会两掌放在他的背上,将真气输入他的体内,只有这样景宇的疼痛才会逐渐减轻,直到天色发白才会再次睡去。

云儿和惠儿都很喜欢景宇,尽管明德和蓉儿都跟她们二人说过景宇的一些不同,但她们通过和景宇短时间接触并没有发现景宇与其他孩子有什么不同。她们很不理解为什么不让景宇住在这里,和景璇、景延生活在一起,而总是躲躲藏藏地生活,她们觉得景宇太可怜了。

明德也不愿意让景宇这样,但朝堂上,国相的一番话早已深深地刻在他的脑海里,已经成为他心中挥之不去的阴影。他对景宇更多的还是担忧。

这天午饭后,蓉儿将景宇哄睡,就到前店去了。午时刚过,天空突然暗淡了下来,月亮将太阳完全遮住了,天色昏暗得已近似黄昏。接着卞雍上空黑云滚滚,一股黑色的旋风从天空中盘旋而下,那风声带着冤魂厉鬼的哀号,如同四年前一样。

当天色变暗时,景宇突然醒来,他感到胸口被玉佩压得喘不上气,他用手抓住玉佩,玉佩顿时从颈部脱落下来,落在他的手上。这时,他感到腹上的胎记奇痒无比,接着便是灼热难耐,他用手扒开衣服,左手的玉佩刹那被一股真气吸引,左手不自觉地伸向腹上的胎记,当玉佩和胎记相接触,奇痒和灼热顿时消失了,而那块玉佩竟似膏药般贴在胎记上。就在这时,天空一道厉闪,那玉佩和腹中的胎记顷刻一起消失了。随即狂风停止,天色开始转亮。

蓉儿正在前店看账时,天色骤然变暗,她便想起景宇,急忙跟客商应酬了几句话,让老管家替她接待一下,自己疾步从前店奔向后院。这时狂风大作,蓉儿沿着连廊冲上天香阁,她刚推开门,便是一道厉闪。

当她冲进卧室,玉佩已经进入景宇体内,景宇周身筋络发胀,浑身燥热。他看到蓉儿进来,便号啕大哭。蓉儿抱住景宇,安哄道:"娘亲在这,宇儿不怕,宇儿不怕。"景宇汗流如雨,周身滚烫。她急呼贴身丫鬟环儿道:"让武儿到施府叫老爷,快!"

明德从椅子上起身,正准备从书房出来,忽然天色大变,这变化与四年前宇儿出生时一样,明德自知不妙,跑到马厩,牵马冲出施府直奔熠瑰斋。

马儿向熠瑰斋飞奔,在半路明德正好迎面撞上武儿,明德道:"是蓉儿叫你找我?"

"是的,老爷。"

明德打马向着熠瑰斋奔去。

明德奔进卧室,宇儿已经睡着,明德疾步走到床前,迅速摸宇儿脉搏,他立刻感觉到宇儿的脉搏强劲深重,一起一伏,无丝毫紊乱。同时他也感到这经脉中蕴藏着难以想象的巨大能量。

当他凝神静心,将自己的经脉与宇儿的经脉共振时,一股巨大的真气注入自己的经脉,它使得周身的经络剧烈地膨胀,血液急速奔流,他赶紧将手离开了宇儿。

看着安然入睡,平稳呼吸的宇儿,明德从容地对蓉儿说道:"宇儿的身体变强了,他体内蕴藏着巨大真气,凭宇儿的天资和悟性,若再有高人指点,将来能有多高的法力恐真难以预测。"

蓉儿的眸子带着担忧:"你说玉佩融入宇儿体内不会有事,而且他的体质还会变强?"

明德道:"是的,放心,宇儿的脉象稳定强劲,体内的气海蕴藏有超乎想象的能量。"

于是蓉儿把刚才发生的事情讲给了明德。明德道:"那玉佩是有灵气之物,具有巨大的灵力,在宇儿体内对他也是一种保护。"

果然卞雍的天象异变又在王庭引起轩然大波,并成为早朝的主要议题,一些大臣认为这等天象是上天告知我夏洲将有灾难降临,有的大臣认为这般晦暗天象绝对是大凶之兆,大殿内充满阴晦的气氛。

就在各大臣争相上奏,各抒己见之时,国相和明德却始终未发一言。而国相的注意力却全部放在明德身上。

襄王早已注意到了国相和明德的沉默,待各大臣的热议略微平息,襄王问国相:"国相如何认为啊?"国相这才反应过来,他立刻回答:"还是听听明公的高见吧。"

襄王再问明德:"都尉如何看待此事?"

明德道:"此天象异变与四年前并无不同,而这四年我夏洲风调雨顺,且无大灾大难,所以很难判定此异象就当如何,况且我夏洲根基牢固,何等灾难能动摇我大夏根基,区区异象不足为虑。"

襄王道:"国相你看呢?"

国相道:"明公说得有理,众议只是臆想推测,老臣以为无须小题大做。"

襄王沉吟片刻说:"好吧,若无别的事情,就退朝吧。"众大臣纷纷离去。

襄王郁郁不乐地走进勤政宫,靠着书案的椅子沉思,温暖的阳光透过窗棂照射进来,洒在洁白的栀子花上,屋内幽香弥漫。

昨日襄王几乎整夜失眠,他感到有些疲惫,正有些睡意之时,忽然一个太监禀报:"太傅大人求见。"襄王顿时清醒过来道:"将书案的奏章撤下,让太傅进来。"

太傅进得勤政宫,伏安拜见大王,说完拱手施礼。襄王示意:"太傅请坐,不知找本王何事?"太傅道:"元静和我提过多次,想找一两个伙伴,一起学习,臣自斟酌,有一两个孩子与太子陪读,学习经法,可以相互激励,提高些兴趣,臣思量后觉得倒是可以试一试,但还拿不定主意,特来和大王商量一下。"

"太傅不必太骄纵元静,太傅如何训教,是太傅的职责,本王一切托付给太傅了,绝不会干预。至于是否找士子陪读,本王的意思还是再等一等,不过,还是由太傅自己定夺吧。"

正在这时,太监又来禀报:"国相大人请求觐见大王。"襄王道:"请国相进来。"太傅急忙回道:"臣再斟酌一下,就先告辞了。"

太傅刚刚退出,国相就走进勤政宫:"国相参见大王。"

"国相快快请坐,国相此来是否为昨日天象之事。"

"我王果然明察圣明。"

襄王一笑:"嗯!国相请讲。"

国相道："此事与明德的关系甚大。"

襄王就是一惊，忙问："国相何以见得？"

国相道："四年前的朝堂之上众议天象异变之时，老臣就感知到明德体内的阴浊之气，当时，老臣实在不肯相信自己的感知，尽管老臣一向对自己的感知都比较自信，而那次老臣的确是违心否认自己的感知。今天朝会，老臣再次感知到明德体内的阴浊之气很重，远远胜过四年之前。明德体内阴气加重，老臣认为有两种可能，一是在修炼秘术来提升自己的法力，这种修炼一旦走火入魔，会丧失心智，嗜杀成性。二是受到家人的侵染，大有可能是他的子女。老臣感知到那瘆人的阴风是妖气所成，而且和那妖孩有关，明德体内的阴浊之气就是那种妖气。"

襄王道："据我所知明德公只有两个儿子，好像与元静差不多大。这样，让明德公两个儿子陪元静读书，国相有空可以到太傅那看一看，这样就知道明德公的两个公子如何了。"

四月的雍州，桃花盛开得艳丽夺目，梨花绽放得洁白如雪，整个雍州姹紫嫣红，鹅黄柳绿。一派生机盎然。

一场春雨过后，空气格外湿润清新，兰妃陪着襄王在湖边漫步。雨后的桃林落红缤纷，溪流里落花逐水。桃林下萋萋芳草娇嫩鲜绿，湖边绿柳低垂，碧水涟漪。

此时的景色令襄王的心情颇感愉悦，襄王道："兰妃可有雅兴与本王泛舟湖上。"兰妃露出十分兴奋的样子道："那感兴好，臣妾愿与大王共享泛舟赏春之悦。"

襄王正要传唤太监，一名老太监匆匆赶来道："禀大王，凤鳞郡役差有急件呈送大王，现在正阳宫外听宣。"襄王急忙上辇，直奔正阳宫。

正阳宫内襄王打开急奏，奏折写道：

凤鳞郡守急奏圣上：

瀛寇十万之众犯我凤鳞郡，所到之处焚村掠财，穷凶极恶。我凤鳞军奋勇搏杀，以一当十，但终敌众我寡，难敌瀛寇，今凤鳞郡尽失大半，我军亦旦夕存亡，乞圣上急速发兵，驰抵凤鳞，荡剿瀛寇，救凤鳞军于存亡。

襄王阅罢："夏公公速传国相、都尉和太傅，到勤政宫议事。"

勤政宫内，明德看罢奏章："大王，我在凤鳞郡驻守十年，那里的一山一水、一草一木我都熟悉，臣请带兵即刻奔赴凤鳞郡。"

襄王"嗯"了一声,然后看着国相:"国相你看呢?"

"大王,老臣愿亲统大军,明德公为先锋,今日即点将聚兵,明早即出师,驰援凤鳞郡。"

襄王满意地点点头:"这样极好,让子卫为后军护卫确保军需辎重。"

太傅道:"待老臣回府,即刻让犬子到国相府听令。"

五、凤鳞之役

YU PEI JI

明德率三万先头部队星夜兼程,二十天抵达凤鳞郡漳河岸边。极度疲惫的凤鳞军一片欢呼,凤鳞郡守及其将领列队迎接明德率领的王庭部队。

在中军大帐,凤鳞郡守讲述当前瀛洲部队的位置。

凤鳞郡守道:"瀛洲主力队现在凤鳞山麓地带,前几日鳞爪岭一战,我军与瀛寇浴血奋战,此战虽丢失了鳞爪岭,但也重创了瀛寇,现我军仅剩两千余人,在漳河一带布防待援。今日我王庭之师在此,我凤鳞军愿听都尉大人指挥,就是赴汤蹈火,粉身碎骨也在所不惜。"

明德道:"郡守以两万凤鳞军与五倍之众的瀛寇拼杀,重创虎狼之师,至今仍坚守在我凤鳞郡,其忠可敬,其勇可佩,我和国相一定奏明大王,嘉奖凤鳞郡所有将士,抚慰战死的英士。三日之内,国相十五万大军即将抵达,我王庭大军定不负我凤鳞郡父老乡亲,大败瀛寇,克复凤鳞郡。"

午夜时分,浩瀚的天际繁星满天,滚滚的漳河水默默地流淌,大帐外寂静的黑夜里不时传来清澈蛙音,时断时续,更远处则是蛙声一片。

大帐内几只粗大的红烛彻夜点燃着,将帐内照得通亮。明德一直坐在地图前沉思着,直到天色微明。

两日后,王庭军队陆续赶到,国相、明德和子卫在中军大帐商议对瀛军的作战部署。

国相道："我军已集结到位，我想明日向鳞爪岭推进，在卧凤村安营扎寨，明公认为如何？"

明德回道："从近几日探马获知的消息看，瀛军的位置与凤鳞郡守所说一致，我认为瀛军之所以未向凤鳞军发起最后的攻击，是在等待着与我军决战，十年前我在凤鳞郡驻守时，曾经带部队到过这里，对这一带还比较熟悉，近几日我也对这一带地形进行了仔细的分析，根据瀛军目前所处的位置，我想瀛军是想诱我军至凤鳞山麓地带或围之或歼之。"

国相的眼睛睁大，望着明德："明公何以见得？"

明德指着地图："凤鳞山麓地带地势较低，山麓再往前就是凤鳞湖，湖的周围是大片的沼泽，而凤鳞山是通向瀛洲的必经之路，此地易守难攻。它的上方是鳞爪岭，现已被瀛军占据，这是右翼情况。左翼是西凤山脉，虽此山不高，但群山环抱，林木茂盛，可将大军隐蔽于此。而卧凤村正居于左右翼之中，若我军从上坡冲下去，与瀛军决战，瀛军一部必从西凤山脉杀出，毁我辎重，断我后路，那时我军再想从下坡返回，后有瀛军主力，侧有鳞爪岭攻击，断我后路的瀛军又在上坡，那时我军将极其被动。"

国相点头："明公不阻止我前往卧凤村扎寨，想必是已有了破敌之策？"

明德一笑："在鳞爪岭右边四五公里外有一条很少被人知晓的小路，但要想通过这条小路，必须从落鹰峰的山沟穿过，落鹰峰山势陡峭，两山之间的山谷只能看到一线之天，若想通过此山谷必须占领落鹰峰，十年前我在那里训练过部队，知道那里的地形。落鹰峰山势陡峭，峰顶之处只能容纳不多的士兵，占领落鹰峰并不是件难事。如果占领落鹰峰成功，我军再从鳞爪岭后面突袭，并分为三路，一路攻占鳞爪岭，一路攻击瀛军右翼，造成瀛军右翼大乱，我则率一路冲向瀛军后路，从侧翼切断瀛军退路。"

明德看着子卫："我军后路还要子卫破费些辎重、马匹。"

国相道："后路我来安排。"

明德道："占领落鹰峰只能子夜进行，突袭行动只有借助夜色的掩护才行，所以扎住卧凤村，只有傍晚时分最为合适，待明日寅时天色微明时国相与我同时向瀛军发起攻击。"

国相点点头："好，就依明公计策而行。"

将近黄昏时分，王庭军队在国相率领下，浩浩荡荡开进卧凤村，很快卧凤村周边旌旗如林，一座座军帐绵延数十里之外，看不到尽头。

此时天色已全然黑了下来，一支周身黑色装束的部队在夜幕的掩护下，悄然离开了大营，急速向着远方而去。

子夜的落鹰峰幽深寂静，草丛中昆虫的叫声格外清晰，朦胧的月色下，所看到的一切都是黑黢黢的轮廓。这时发出的一点点声响在这万籁俱静的黑夜里都尤为清晰。

明德望了望黢黑的山岩对若兰道："你还能记清十年前我带你们训练时的道路吗？"

若兰回答："我们记得很清楚，都尉放心，上面的地形如果没有变化的话，我们这些人一清二楚，即使有变化我们也能应付。"

明德道："要谨慎，瞅准机会动作一定要快，不给瀛寇反应时间，成功后点燃火把，晃两圈为信号。"

说完，明德纵身跃起，如黑色的幽灵，沿着似刀削的峭壁飞身而上，当他在峭壁的缝隙中将脚一落下，便瞬间再次发力，接着又向上方冲去，只是几分钟的时间就在通向顶峰的小路悬崖边落下，他将绳子捆在一棵大树上，沿着绳子滑了下来，并把绳子交给若兰。

对面的山峰，明德也是用同样的方法，把绳子交给了另一组。

明德带着大军在山下等候着，大约半个时辰，两边山峰相继都发出了红色的信号，明德立刻命大军进入山谷。

夜幕下的落鹰峰，浓雾弥漫，山风掠过让人感到一股寒意。在浓雾和夜色的掩护下，明德的大军已和扎住在小路不远处的瀛军大营近在咫尺。同时，明德命若兰带一部分士兵埋伏在通往鳞爪岭的小路边，切断了扎住在小路内瀛军大营与鳞爪岭的道路。

接近寅时，夜幕开始悄然退去，东边的天际已经变成淡淡的铅灰色，这时一阵清澈的马蹄声打破了清晨的宁静，随着马蹄声的消失，似乎隐隐地不断传来喊杀声。

明德随即下达命令向对面瀛军大营发起攻击，随着一声令下，明德的大军如潮水一般冲向瀛军大营，大营内的瀛军还未反应过来，就被如潮水般涌来的明德大军斩杀和俘虏。

瀛军大帐的首领慌忙跑出大帐，他刚刚从士兵手中牵过缰绳，明德已经杀了过来，瀛军首领纵身跃上马背准备逃走，明德飞身冲来，一剑刺入瀛军首领的后心，瀛军首领从马背上一头栽了下去。

明德留下小股部队清理战场，自己率领大军向着鳞爪岭冲来。

当大军从小路冲出时，明德命千总率一部举着刚刚缴获的瀛军大旗，从鳞爪岭背后向山顶上冲，这时山顶部的瀛军正与攻向山上的王庭军队激战，看到背后自己的大旗，以为是援军到来，毫无防范。当明德的士兵冲上山，向着瀛军扑来，岭上的瀛军才反应过来，瀛军顷刻大乱，鳞爪岭随即被王庭军队占领。

若兰率另一路大军打着瀛军的大旗向着瀛军的右翼冲来，当他们到达瀛军的背后时，并没有立刻发起攻击，而是在瀛军的背后一路向前。瀛军首领挥动令旗，让一马当先的若兰立刻加入战斗，并派出传令兵向着若兰奔来。传令兵刚到若兰马前，还未来得及说话就被若兰一刀砍于马下，若兰随即命令扔掉瀛军大旗，擂起战鼓，扛起王庭大旗，从背后向瀛军发起攻击。瀛军大惊，顷刻间右翼全线动摇，一片混乱。若兰则率自己的卫队骑兵直冲向瀛军首领，瀛军首领正准备迎战，若兰一挥手，顷刻万箭齐发，瀛军首领和战马被乱箭穿身，人和马如刺猬一般倒了下去，整个瀛军的右翼全线崩溃。

明德所率的部队从小路冲出，沿着瀛军的侧翼奔驰，这支部队好似一支射出的利箭，以迅雷不及掩耳之势冲向凤鳞山口。镇守凤鳞山口的副统帅感觉不对劲，他纵身跃起，想在半山腰看个究竟，当他还未落足在山岩之上，明德发出的三支利箭已朝他射来。瀛军副统帅闪电般将头一侧，一支利箭擦着脖子飞过，"铛"的一声，撞在岩石上，即刻火星溅起，另一支箭被他挥剑打飞。然而第三支箭他却没有来得及躲过，箭头从前腹穿入，从后腰穿出，他刚落脚在岩石上，就感觉腹部一阵剧烈疼痛，就在他弯腰的片刻，明德已经飞身落脚在他的旁边，并挥剑向他劈来，此时瀛军副统帅自知已来不及躲闪了，他迎着劈下来的利剑，用尽全力将自己的宝剑刺向明德，利剑穿透明德的铠甲刺进明德的左肩，同时，明德的利剑也从瀛军副统帅的颈部劈入，将瀛军副统帅的头颅砍下。

镇守山口的瀛军在明德大军的突然冲击下，乱成一团，溃散而逃，其退路被明德切断。

就在国相率王庭军队冲过瀛军的第一道防线，向瀛军的第二道防线发起全面攻击时，在王庭军队的背后，一支瀛军的部队从凤西山脉杀出，其先头部队的兵士与战马都身披金甲，凶猛剽悍的兵士好似冲出的猛虎，锐不可当。

王庭军队被冲开了几个巨大的口子，瀛军先头部队如风暴一般冲进了王庭的几十里连营大帐，最先冲进王庭连营的瀛军士兵发现正在逃窜的王庭士兵和丢弃的马匹与辎重,他们一路向前,没有遇到任何抵抗。当瀛军先头部队的首领冲到中军大帐中央时,他突然感到不对,心想一定是中了埋伏,他勒住缰绳,命令前头的士兵停止前进,就在这时,他的部队的尾部突然大火四起,火光冲天,紧接着前后左右,四面八方火箭乱飞,周边被油浇过的帐篷和四处丢弃的辎重瞬间燃起熊熊烈火,几十里的王庭军营成了一条火龙,将瀛军的先头部队包围在火海之中,大火之处所听到的便是人嚎马嘶的惨叫之声。

跟随而来的瀛军大帅看到突起大火,大惊失色,他急忙挥手示意部队停止前进,胳膊还没有落下,部队的背后就遭到王庭骑兵的猛烈冲击,瀛军措手不及,被迫返身抵抗。子卫的马队一下将瀛军的阵型冲乱,瀛军大帅急忙掉转马头,准备冲到阵前,这时国相的大徒弟紫布率一路兵马从瀛军侧翼杀来,瀛军大帅挥刀策马向着紫布扑来,两匹战马宛若两道闪电相互奔来,就在距不到二十米的距离时,紫布一掌向着瀛军大帅击去,一道光芒将瀛军大帅从马背上击飞,瀛军大帅落地身亡。紫布接着朝着瀛军的旗手就是几掌,瀛军的大旗轰然倒下。

就在紫布和子卫的部队与瀛军拼杀在一起的时候,国相安排的另一支部队从瀛军的背后杀来,瀛军被截成数段,瀛军在没有指挥下一片混乱,他们相互碰撞,各自奔逃,整个凤西山脉的瀛军似决堤的洪水向着下坡溃败而来。

就在左侧瀛军向着下坡溃败之时,右侧国相亲率大军突破瀛军的防线,向着瀛军的退路冲来,瀛军统帅自知大事不妙,准备率自己的卫队前来阻击,忽然看到凤鳞山口部队溃败而逃,山口处飘扬着王庭军队的大旗。瀛军统帅此时已顾不上全局的战况,率领着自己的卫队向着凤鳞山口直扑而来。

此时的明德一面部署部队攻占凤鳞山,一面指挥兵士攻击溃败的瀛军部队,明德看到瀛军主帅的卫队向着自己冲来,即刻命令放箭,就在明德的兵士手中的弓刚刚拉起,箭还未射出时,一道红影凌空飞来,其快如电闪,明德手中的箭还未抬起,他便感到一股寒气袭来。明德起身飞起,直向山壁,红衣人一剑劈空。这时,国相和若兰已经赶到,看到此状,若兰即要冲上去,国相挥手止住。

明德刚落脚山岩,那个红影也跟了过来,明德剑未出鞘,那个红影就是一掌,明德即刻七窍出血,身受重伤,身子向着背后的岩石撞去,就在明德身子撞向岩石的同时,那红影的利剑也穿进明德的胸部。

国相见此状不妙,化成一道电闪扑向红衣人。那红衣人感知侧面有人袭来,急忙撤剑,明德看到了国相,猛然双手攥住刺进胸膛的利剑,那红衣人又是一掌,明德松开了双手,整这个人从岩壁上摔落了下去。

此时国相的利剑已向红衣人的头顶劈了下来,那红衣人看到头顶上方一白衣仙者劈下的利剑,他用剑一挡,两剑刚一相碰,国相已经化成一道白光,从他身边掠过,同时另一只手从他的颈部闪过,红衣人还未来得及眨眼,已经身首分离,其头颅已在国相的手中,其人正是瀛军统帅。

瀛军统帅被斩,整个阵线遭到国相和明德的部队攻击,很快土崩瓦解,连同刚刚从凤鳞山口的溃败的部队一起向着凤鳞湖败去,王庭士兵随后掩杀。

这时瀛军已经如鸟兽散,四散奔逃,人马相互冲撞,彼此踩踏,率先跑到湖边的士兵还未站住脚,就被败下来的瀛军挤到湖中,一部分逃到沼泽。瀛军看到陷入沼泽的兵士,急忙返身,又被如潮水般败下来的瀛军撞进沼泽。

把守凤鳞山的瀛军看到大势已去,放弃了凤鳞山,仓皇而逃。

十万瀛军死伤过半,其余部分全部做了王庭军队的俘虏。

国相命人收殓了明德的遗体,毫不喘息地率大军收复了凤鳞郡,并一鼓作气攻取了与瀛洲接壤的几个要塞。

六、出逃

YU PEI JI

　　清晨的银饰大街行人稀少,格外冷清,大多商铺的铺门还都紧闭。熠瑰斋的店门刚刚打开,一个佣人装束的家仆就在熠瑰斋店面前跳下马,将马拴在马桩上,疾步走进熠瑰斋的大厅。

　　熠瑰斋的老伙计抬头一看,是施府的明儿,赶紧打招呼:"明儿,这么早就过来,是不是有急事找我家主人?"

　　明儿给老伙计行了个礼:"老爷子您好,是的,我家大太太让我过来找夫人,让夫人赶紧过去。"

　　正说着,蓉儿从后面走进了大厅,看到明儿,蓉儿道:"明儿这么早来是有什么急事吗?"

　　"太太的丫头小红找我,说出大事了,让我赶快找您,叫您赶紧过去,我也没问什么事,急着就过来了。"

　　"你先回去,我随后就到。"

　　蓉儿叫武儿牵出马车,上了车,奔着施府驶去。

　　在路上蓉儿似乎有种不祥的预感,是不是明德出了什么事? 她的内心有些慌乱,于是,她叫武儿将马车赶得快点。奔跑的马蹄踏在大街的青石板上,发出有节奏的清澈响声。

马车进了胡同,就要到施府的大门口的时候,蓉儿一看到大门框上挂着的素幔,心里就是一紧,马车刚一停下,她就跳下了马车,冲进施府。

施府哭声一片,蓉儿疾步迈进殿堂,殿堂的香案上摆放着明德的灵位。看到明德的灵位,蓉儿心如刀绞,顿时泪水夺眶而出。三位夫人跪在明德灵位前放声大哭。

就在这时,殿堂外传来夏公公的声音:"圣旨到,请施夫人接旨。"

三位夫人止住哭声,依次走出殿堂,跪下听候圣旨。

奉旨:都尉施明德明睿忠烈,为我大夏股肱英士,四月之初,凤鳞郡存亡之际,都尉率先驰抵,运筹谋划,出奇破敌,决胜凤鳞。大战中,都尉一马当先,斩瀛首杀瀛敌,虽身负重伤,仍舍生忘死,奋力搏杀,终不幸殉国,其忠可昭日月,其烈名垂千古。着加恩予谥,追封忠烈将军,赏俸世袭,照将军亡例从优赐恤,赠漳河上林园厚葬,钦此。

三位夫人磕头谢道:"谢大王恩赏,我王万岁,万岁,万万岁!"

夏公公道:"夫人起来吧,本公公授大王之命,将大王所赐的丧葬之物带来了,现就在门外,我叫他们搬进来。"说着,夏公公向着跟来的随从挥了挥手,然后道:"三位夫人节哀,保重身体,这样明德在天之灵也会安心,有什么事就尽管打招呼,我会禀明大王,夫人多多保重,本公公就此告退。"

云儿道:"多谢夏公公,烦劳公公这么大年龄还要亲自来施府。"

"夫人不要客气,节哀,不要送了。"说着夏公公走出了施府。

襄王已有两年多没有来过御书院了,大轿落下之后,几个太监站立门外两旁,襄王独自走进御书院。

午后烈日有些灼热和耀眼,御书院内的棚架上绿藤攀绕,青葫垂吊。棚架前面的一池碧水清澈见底,一群硕大浅红的金鱼在水中自由地徜徉穿梭。几棵参天古松形成了一大片阴凉。

襄王正站在门内略有所思地观看着院内的景致,在授书堂的太傅通过绿纱看到襄王,赶紧走出授书堂:"老臣不知大王来此,只在专心批改元静的文章,失礼了。"

"太傅无须拘礼,本王过来是想和太傅商量景璇、景延的事。"

"大王说的极是,老臣也正想找大王商议此事,元静将要成人,业已不需要陪读了,现正逢明德刚逝,景璇、景延都要守灵尽孝,老臣以为景璇、景延的陪读就到此结束吧。"

襄王点头道："本王也是这个意思,一会景璇、景延来时,太傅就替本王转达这个意思吧。"

"好的大王。"接着太傅叹息一声道,"明德是难得的忠厚良臣,其死是我大夏的损失。"

襄王惋惜道："都尉是王庭的忠臣,想起都尉,本王也是心痛。"

太傅道："前两天若兰来我府,来送一封子卫写给我的信,说起明德公殉国之事,若兰说明德本是可以不死的,是国相迟疑并阻止才致如此。"

襄王惊奇道："若兰是如何讲的?"

太傅就将若兰所讲的情况一五一十地讲给了襄王,襄王听完太傅所讲,脸色变得十分阴沉,沉默了片刻,估计三个孩子就要来了,于是说："一会就要授课了,太傅去准备吧,本王走了。"

襄王走出御书院的大门,对恭候大门的太监们道："你们回吧,本王要自己走走。"

太监们看到襄王面色阴郁,没有一个敢发出声音,赶紧悄无声息地走开了。襄王眉头紧蹙,低着头沿着甬道朝着勤政宫缓步而行,路过甬道的宫女见到大王走来,赶忙靠在甬道边,跪下低头,等待襄王走过,襄王并没有在意,而是低头沉思,慢步走了过去。

此时,襄王的心情十分糟糕,显然他对国相极度不满,觉得国相心胸过于狭窄,他定是认为都尉修炼秘术,逼着都尉使出秘术,看来都尉还真的没有修炼秘术,死前还紧攥敌手的利剑,国相着实对都尉出手太重了。抑或是那个瀛帅的法力确实高强,国相未曾来得及反应,这也不是不可能的事情,尽管他还是相信太傅所说,但国相亲统大军大败瀛军,得胜而还,已经足矣了。此事也只能不了了之了。

勤政宫大门敞开着,和煦的阳光从敞开的大门斜射了进来,整个房间变得十分温暖惬意。元静快步走了进来:"父王找儿臣?"

襄王和蔼地看着儿子:"昨日去都尉府了?"

元静点点头。襄王道:"情况怎么样?说来听听。"

话音刚落,门外的太监就站在门前道:"国相求见。"

襄王道:"快请国相进来。"接着对元静道:"你说。"

"昨天在景璇和景延家,景璇、景延还有景宇他们三人陪我吊唁了都尉大人,云夫人、惠夫人还有蓉夫人也来了,云夫人、惠夫人感谢父王的赏赐,她们表示要让景璇、景延还有景宇要向他们的父亲一样，忠于父王，忠于大夏。景璇、景延很不舍与儿臣离开，今天就向太傅辞谢。"

襄王面带着慈祥的微笑："好，景宇是谁？"

"是景璇、景延的弟弟，是蓉夫人的儿子。"元静回答道。

国相问："太子可知道景宇多大吗？"

"我听景璇说今年六岁了。"

国相听了元静的回答，心里就是一惊，但没有表现出任何反应。然而陪同国相一起来的紫布却脱口而出道："这是不是国相您所预言的那个妖孩吗？"

国相看了一眼紫布，紫布立刻觉得失了口，赶紧把头低下。

紫卫的这句话突然提醒了元静，景璇告诉过他，千万不要把他还有个弟弟景宇告诉别人，听说国相认为景宇会给夏洲带来灾难。他只想着和父王说话，竟忽视了国相就在边上。他向父王告辞后，就匆匆离去。

国相微笑着道："我一会和紫布一起吊唁，想把大王在上林园为明德公修建灵墓的事情告诉明德公的夫人，老臣也想为修建明德公的灵墓捐些银两，明德随老臣一起出征，老臣身为主帅，明德战死他乡，为国捐躯，老臣很是心痛。为明德修墓捐些银两也是表达老臣对明德公的敬意，这样也可减少些王庭的支付。"

襄王挥了挥手："国相上奏为德公修建灵墓，已经尽了国相的心意，此次凤鳞之战，国相亲率大军大败瀛寇，为王庭立下汗马功劳，怎能再让国相为明德墓捐款，此事万万不可。再者，两军大战，牺牲在所难免，国相不要太上心，此去吊唁，本王还要托国相替本王转达问候。"

"老臣一定向明德夫人转达大王的问候，那老臣就告辞了。"

襄王点点头："你们都去吧。"

国相和紫布走出了勤政宫的大门。二人刚刚走出大门不远，忽然襄王又传唤国相回来，国相只得返回，又进了勤政宫，而紫布则站在勤政宫不远处等候着国相。

襄王对国相道："刚才元静说的那个景宇，无论怎么样，国相都不要有什么动作，毕竟都尉刚刚殉国，景宇又是都尉的孩子。"

襄王的话还未说完，国相就打断道："老臣知道分寸，大王敬请放心，什么都不会发生。"

"那就有劳国相了。"

元静出了勤政宫，匆忙奔向御书院，刚到御书院的门口，就看到景璇、景延向这里走来，元静疾步迎了上去。

元静道："刚刚父王找我，问我昨天去你家府中的情况，我正和父王说昨天吊唁的情景，国相恰好来了，我忘记了你的嘱咐，把景宇说了出来，而且让国相知道了，他和紫布马上就要去你府上，你赶快回去通知一下你娘亲，让景宇躲躲。"

景璇、景延告别了元静，匆匆离去。

在云儿卧室外的大厅里，云儿、惠儿和蓉儿正在说话，景璇、景延气喘吁吁地跑了进来，三位夫人大为疑惑。

云儿问景璇："怎么回事？你们不是去宫里向太傅和太子告别去了吗？怎么这么快就回来了？"

景璇道："我们刚到御书院，就碰上了太子，他告诉我他忘了我的嘱咐，当着国相的面把景宇说出来了，他说国相马上就来我们府上吊唁，让我通知您，让景宇先躲躲。"

听了景璇的话，蓉儿大吃一惊，她真是后悔至极，没有听明德的话，不应该让宇儿在外人面前露面。看来确实有人知道宇儿有不同常人的法力。

蓉儿忽地从椅子上站了起来，慌忙对云儿和惠儿道："我得马上回去了。"

云儿道："你赶快回去，带宇儿躲躲。"

蓉儿的马车刚出了胡同口，迎面正好撞上国相的车队，紫布骑着一匹白马走在车队的最前头。当蓉儿的马车与国相的车队相错而过时，紫布从驶过马车的车围窗口里看到一位美丽的妇人。

国相和紫布在明德的灵堂焚香礼拜，云儿、惠儿、景璇、景延都一起陪同站立着，礼拜之后，国相又对明德的家属一一问候，国相看到蓉儿一家并未出现，便对云儿道："我听明公说过，三夫人叫惠蓉，是否还好？"

云儿面色很不自然："蓉儿不住在这，今天还来了，可能家里有点事，就回去了，最近蓉儿每天都会过来的。"

紫布插嘴道："明公还有一个儿子是叫景宇吧？是蓉儿的孩子吗？"

云儿："宇儿和他母亲住一起，年龄还小，我们就不叫他过来了。"

国相道："大王对明公的不幸很是痛心，托老臣代为问候，大王命子卫暂留凤鳞郡一是处理战后的一些军务，二是命他在上林园修建明公陵墓。老臣已受大王之命将款额拨下，近期就将开工，夫人有什么要求尽管向老臣说出，老臣定会相助。"

"云儿万分感谢我王,感谢国相,这一切都好,都安排好了,大王的恩德明德全家永生不忘。国相日理万机,百忙之中还要惦念我们,我们全家万分感谢国相。"

"这是老臣分内之事,以后景璇、景延和景宇成人,老臣也会安排的,今后遇到什么麻烦就到老臣的府上找我,不要客气,明公陵墓进展情况我会让子卫随时通报给夫人。"

国相走到门口对着屋里的所有人说:"大家也陪了这么长时间,也该休息了,我们就告辞了。"

云儿带着全家送出大门,国相挥手让大家回去,车队慢慢地离开了施府。

国相的车队返回时,紫布并没有在车队前头,而是在车队的尾部,车队走了没有多远,紫布对他的几个护卫说:"跟我走。"

几个护卫茫然地跟着紫布又回到施府的大门口,管门的家人正要进屋,看到紫布又回来了,忙满脸堆笑地问:"大人什么事? 我去禀报夫人。"

紫布和蔼地笑着:"不用,刚才给明公吊唁,没有见到三夫人,我想还是要拜见一下三夫人,只是不知道三夫人住在哪里?"

"就在银饰大街,熠瑰斋,很好找,您到银饰大街问一下就能找到。"

"那好,谢谢啦。"紫布拱拱手离开了。

蓉儿的马车快马加鞭地来到熠瑰斋的后门,蓉儿语调极快地对武儿说:"你快去把宇儿带来,我们去天珍阁,快去。"

武儿跑进后门直奔书房,景宇正在读书,武儿进门一把拉住景宇:"快跟我走,蓉夫人在后门等着你。"说着拉着景宇走出屋门。

站在屋外的蓉儿的贴身丫头秀儿看到问:"武儿,你带景宇去哪?"武儿道:"我们去天珍阁,夫人在门外等着。"

武儿把景宇抱上车,秀儿也跟了出来,蓉儿向秀儿挥了挥手,示意让她回去吧,秀儿明白了蓉儿意思,退回门内,关上了大门。

国相的车队回到国相府,国相刚一下马车,一个衣冠华丽,仪表堂堂官人模样的人就迎上来,弯腰拱手施大礼道:"瀛洲特使拜见国相大人。"

国相道:"瀛洲特使,何时来到卞雍的?"

"今日刚到卞雍,瀛王遣我为使来夏洲,命我一定要拜见襄王,并有一封瀛王的亲笔信要我面呈襄王,因此,还要烦劳国相施恩引荐才是。"

"我们还是进府谈吧。"

国相正准备和瀛洲特使进府,忽然发现紫布没在身边,回头看了一下整个车队,没有见到紫布的身影,于是,问旁边的护卫:"紫布到哪里去了?"护卫看了看其他人,大家都一脸茫然。国相道:"快去找。"

国相愣了一下,随即又对护卫长说:"你到明公府问一下,问问紫布在哪,让他立刻回来。"

接着国相与瀛洲特使一起走进府中。

紫布得知蓉儿的住处,带着几个随从一路快马,风一般地来到熠瑰斋,他们跳下马,迅速将缰绳拴在马桩上,疾步走进熠瑰斋的大厅。

熠瑰斋的老伙计赶忙迎了上来:"官人是?"

紫布就接上道:"老人家好,我是都司紫布,刚刚我与国相在明公府吊唁都尉,没有见到蓉夫人,听云夫人说蓉夫人回熠瑰斋了,我还有些私事需要拜见蓉夫人,烦请老人家通禀一下蓉夫人。"

"好,紫将军略等片刻。"说着直奔大厅的后门而去。

老伙计走进后院,秀儿正在晾布单,老伙计问秀儿:"主人在屋里吗?前厅有位官人找夫人。"

秀儿有些诧异:"夫人连门都没有进,就叫武儿来找宇儿,武儿拉着宇儿和夫人一起急急忙忙地奔天珍阁了。"

"那你跟我去大厅问问那位官人是怎么回事?"

秀儿跟着老伙计来到大厅,老伙计给秀儿引荐道:"这是都司大人,大人要找夫人。"然后又对紫布道:"这是夫人的贴身丫头秀儿。"

秀儿赶忙上前施礼:"不知都司大人找我家夫人何事?"

紫布回礼:"刚才我和国相到明公府吊唁,国相告诉云夫人说大王要在上林园修建明公的陵墓,资金已经拨付了,马上就要动工了,有些急事要和夫人商议一下,也算是私事,还望夫人能赏见一面。"

秀儿迟疑了片刻道:"夫人不在,出去了,估计今天可能回不来了。"

紫布显出焦虑的样子:"事情有点急,能不能告诉鄙人夫人去何处了?"

"夫人没有说去哪。"

紫布尴尬地一笑:"那你怎么知道今天可能回不来了?"

秀儿脸一红:"噢,夫人走时说一两天才能回来,我也没敢问夫人去哪。"

紫布笑着说:"那就打扰了,待夫人回来还要麻烦您禀告夫人,就说紫布拜访过夫人,望有缘能见到夫人。"说完带人离开了熠瑰斋。

走出熠瑰斋,紫布心里一直在揣测,蓉夫人到底在不在府中? 是不是有意回避我? 于是紫布勒住马,对其中的两个随从说:"你们到熠瑰斋的周围转转,把熠瑰斋周边的情况看一看。"

不大一会的工夫两个随从回来了,他们告诉紫布还有一个后门,在不远的一个胡同里。紫布道:"走,我们去看看。"

他们从后门的胡同出来,紫布跳下马,走进一个离胡同不远的店铺,紫布对店铺伙计拱手施礼道:"掌柜的您好!"店铺伙计笑着:"客官需要点什么?"紫布道:"我想向您打听个事? 大约不到一个时辰,您可否看到对面胡同出来一辆两匹枣红马,团花锦围的豪华马车。"

"噢,您说的是不是熠瑰斋女主人的那辆。"

"对,就是那辆。"

"估计也就半个时辰前,刚刚过去。"

紫布指着通向北城门方向的那条大街:"是向那个方向去了吧?"

伙计点头:"对,对,就向那个方向去了。"

紫布再次向伙计拱手:"谢谢了。"

来到北城门,紫布将腰牌展示给门卫:"半个时辰前你可否看到一辆两匹枣红马,团花锦围的豪华马车?"

门卫马上回答:"有一辆两匹枣红马,团花锦围的豪华马车从这里驶出。"

紫布面带兴奋地问:"你看到车里的人了吗?"

"看到了,一个漂亮的女人和一个不大的孩子。"

"那个孩子多大?"

"也就五六岁。"

紫布对门卫道:"你忙去吧。"接着对一个护卫说:"你马上去督察司找徐都司让他带上人,带上令牌来找我们,我们慢点走,你们赶紧追上,要快。"护卫策马向督察司奔去。

国相的护卫长来到施府,一进大门,管门的仆人从门房走了出来:"官人找谁?"

"刚才可否有一位骑白马的将军来过这里?"

"有一位,还带着几个随从,他们去熠瑰斋找蓉夫人了。"

护卫长拱了拱手:"谢谢了。"然后上马离去了。

护卫长来到熠瑰斋门前，他向四周巡视了一下，没有看到紫布他们的马匹，他估计紫布已经离去了。于是，他走进熠瑰斋，熠瑰斋的老伙计早就看到了护卫长，护卫长一进门，老伙计就迎上来道："官人是找人吗？"

"是的。"

"是找一位叫紫布的将军吧。"

"是的。"

"他已经走了。"

"您知道紫布将军去哪里了吗？"

"不知道，走了有一会了。"

他向老伙计拱了拱手："谢谢老人家了。"然后走出熠瑰斋。

护卫长来到督察司，门卫告诉他没有看到紫布，他的护卫刚才进去了，让他去里面问一问。

徐副都司带着一行人出了北城门，在通向洛西山脉的大道上策马疾驰，很快他们就赶上紫布。

他们来到洛西山脉的山脚下，这里悄无一人，除了树林里传出的几声鸟鸣，便是苍翠的山峦，静静的树林。

这里正是两条路的岔路口，道路在这便分为西和北两条路，一条是沿着洛西山脉的山脚下一直向北，再有几公里就是官家的驿道。而另一条是向西的路，这条路则明显窄了许多，道路崎岖不平，蜿蜒曲折地伸向山谷之中。

紫布立马停在岔路口，其他人也纷纷勒住缰绳，停下马。紫布指着北边道路对徐都司说："你带一部分人向北，我带一部分向西，有什么情况我们及时联络。"说完自己带着一部向着西边的路口走去，徐副都司则向北而去。

向西的小路忽高忽低，崎岖难行，马根本就走不快，因此，他们只好骑在马上任其慢慢地行走，好在路不是很长，没用很长时间，他们就来到了洛西客栈。

紫布一跨进洛西客栈的大门，第一眼就看到了那辆两匹枣红马，团花锦围的豪华马车，不觉心里一阵兴奋，他急不可待冲着一个伙计道："蓉夫人呢？你去通禀一下，就说督察司都司来拜见夫人。"

"我家主人不在。"

"你家夫人的马车都在这里，你怎么说她不在这里？"

紫布的话，让毫无准备的伙计一下愣住了，他既不想说出主人的去处，又不知怎么回答，停顿片刻之后随口道："我家主人出去了。"

"去哪里了？"紫布紧随着伙计的话，不给他思考时间。

"我也不知道我家主人去哪了。"

紫布冲着另一个伙计问道："你知道夫人去哪里吗？"

"可能是到山里转转游玩，具体去哪我也不知道。"

"她都和谁去了？"

"劲儿陪着我家主人，还有武儿。"

"陪着着夫人的有她的车夫是吧？"

"是的。"

"就他们三个人吗？"

"是的。"

听到这，紫布的脸色突然阴沉了下来，他看了一下跟来的护卫，一个护卫退出大门，去通知徐副都司大人，其余的护卫分别奔向各个伙计而来，将他们分别带到各处询问。

正在紫布询问这个伙计时，又一个伙计从大门进来，他一进门就看到主人的马车，不由自主地自语道："主人来了。"接着转头便问紫布正在询问的那个伙计，那个伙计面对着紫布，只好悄悄地用垂下的手微微地晃动了一下，暗示他这里有情况，而这个伙计并没有注意到背着他的紫布和这么多新增的马，而是看到伙计给他手势后随口说道："不在，是去天珍阁了吗？"

当紫布回过身，伙计才注意到紫布，他这才明白手势的意思，知道自己说走嘴了，但此刻为时已晚了。

紫布叫出一个护卫，将他们带到一处，这时一个护卫从厨房出来，他告诉紫布这里有一个隐藏的小门，接着又有一个告诉紫布，北屋那个伙计是这里的主管。

紫布进到北屋，向他亮出了令牌，告诉他来的都是督察司的人，我们来到这里是为了找蓉夫人问询重要事情，夫人牵扯到这件事情，这里的人都必须配合调查，否则就是触犯刑律，将被缉拿入狱。

听了紫布的话，这位主管显然十分紧张和害怕。紫布道："已经有伙计说夫人是去天珍阁了，是吗？"

"是。"

"几个人？"

"四个人。"

"是不是有夫人的儿子,景宇?"

"是。"

紫布心中暗喜,脸色却十分冷峻,目光带着几分阴森,用一种严厉的语调:"你能否给我们带路,去天珍阁?"

主管沮丧地回道:"能,我给你们带路。"

一行人在寂静的山路中行进,中午的烈日灼热而刺眼,阳光从头顶射下,将葱茏的树林照耀得斑斑驳驳,那些裸露的岩石被晒得烫手,人们都眯着眼睛,头昏脑涨,汗流浃背向着山上攀行着。

就在他们刚刚走出山谷,从山坡向下走的时候,一个护卫忽然发现在通向天珍阁的小路上两人正抬着一副滑竿快速地行进着,他立刻问伙计:"那是蓉夫人坐的滑竿吧?"伙计回答:"应该是。"紫布马上命令:"赶紧追。"

这时,坐在蓉儿旁边的景宇似乎感觉到了什么,他对蓉儿说:"娘,咱们后面有好多人在追咱们。"

"你说什么啊?"蓉儿说着,下意识将头向侧面转,向对面的山坡望去,这一望令她大惊失色,她果然看到一行人正小跑似的从山坡上往山下冲。

她脱口道:"武儿、劲儿你们看对面山坡。"

武儿、劲儿同时望向对面的山坡,两人都看到正向他们追赶而来的一行人。

蓉儿道:"他们是冲我和宇儿来的,武儿、劲儿快点。"

"主人放心,他们追不上的。"

两个人同时加快了步伐,小跑似的奔向天珍阁。

蓉儿刚到城楼大门,一群家仆已在城门等候,武儿、劲儿大汗淋漓地喘着粗气,蓉儿面色紧张地抱起宇儿从滑竿下来,仆头大为震惊地问:"夫人,出什么事了?"抱在蓉儿怀里的景宇指着小路说:"有好多人在追我们。"蓉儿问仆头:"荃伯去淡洲回来没有?"仆头回答:"还没有。"蓉儿对仆头道:"你带所有的人到上面躲躲,我带宇儿去天珍阁,快,把城门关上。"

七、遇难

YU
PEI JI

　　国相的护卫长得知徐副都司带人出北城去追赶紫布,知道此事非同小可,急忙出北城,策马追赶紫布与副都司,骏马在行人稀少的大道上疯驰,热浪迎面扑来,道边的树木一棵棵从眼前一闪而过,当他来到岔路口,勒住缰绳,在他眼前的是向北和向西的两条路,走哪条路?他拿不定主意。正在他犹豫不决的时候,一个徐副都司的随从从北路策马奔来,护卫长急忙挥手将他拦住。

　　"你是督察司的吗?我是国相府护卫长严华。"

　　"我是督察司的,大人何事?"

　　"你知道都司大人和副都司大人在哪里吗?"

　　"我正要去找他们,他们在洛西客栈。"

　　"你找到都司大人告诉他,国相叫他立刻回国相府,不可耽误,我马上回国相府复命,拜托仁兄了。"

　　"请大人放心,一定转达到。"

　　两人打马向着各自的方向而去。

　　仆头关好城门,带着武儿等人向着上面的院子疾步而去。蓉儿则带着景宇来到双叠潭的最南角,蓉儿抱起景宇腾空跃起,掠过碧绿的水面,轻巧地落在对面的山坡之上,他们穿过松林,走出竹林小路,来到天珍阁。

除了荃叔和另外极少的个佣人可以来到这里，其他佣人一概不允许来到这里。此时的天珍阁寂静无人，蓉儿推开天珍阁的大门，大门发出"吱吱"的声响，她拉着景宇穿过天珍阁的后门，径直走进后花园。

后花园内草木葳蕤，一湖静静的碧水没有一丝波澜，骄阳照在湖面折射出耀眼的金光。蓉儿抱起景宇快步走到竹林后面的一间小屋门前。

这间小屋的屋门从来就没有打开过，蓉儿爹生前曾对她说过：这间小屋是爹为你而修的，只要爹在，你就永远不要靠近它。如果哪天爹和荃叔真的不在了，你遇到了大难，或在危急关头，你就将手掌摁住门上的玉佩图案，心中默念"神生大罗，太真九道。玄宗灵宝，聚精无量"，默念到第三遍时，这间屋子的结界就会解开，屋门就会自动打开，一只形似鹰隼的灵兽会从屋里飞出去通报仙翁，他会来帮助你。

蓉儿抱着景宇站在小屋的门前，她按照她爹教给她的方法，手摁图案，将她爹所教的咒语在心中默念了三遍。果然，小屋的屋门忽然打开了，一只形似鹰隼的灵兽忽地一下从屋中飞出，直冲云霄，然后向着洛都峰的方向飞去。

随即蓉儿小跑着对景宇说："跟着娘亲跑。"

蓉儿在前景宇紧跟着，他们跑上亭台，蓉儿再次抱起景宇疾步下到假山的半截，她放下景宇，扳动机关，打开了密道的石门。

出了密道便是一条通往崇光峰的山脊小路，小路乱石丛生，路边长满灌木和荆棘，越往上走，山路越是陡峭，此时的蓉儿已经顾不上身上被灌木和荆棘划破的伤口，她既没有疼痛的感觉，也没有因疲惫而丝毫减慢攀登的速度，她的心中只有一个念头："一定要到达崇光峰顶，也许仙翁就在那等着他们，这样景宇就会有救，就会安全，要快，一定要快，早一分钟到达崇光峰顶，景宇就早一分钟得到安全。"

她紧紧地抱住景宇，拼命地向着山顶登攀。

紫布赶到城楼下，城门早已关闭。他命护卫攀上城墙打开了城门，一进城门，眼前的美景令紫布不由得赞叹道"真乃人间仙境"。

护卫冲进城门，随即向着南北开始搜寻，向南的一个护卫很快就回到城门。

"这边什么都没有。"护卫对紫布说。

紫布走过去看了看，确实没有道路了，他便向北面山上走去。还没有到院门口，他就看到了院门前放着一副滑竿，一个护卫大叫："大人您看这滑竿？"紫布点点头:"走,我们进去看看。"

走进院门,紫布便问先到的一个护卫:"找到人了吗?"护卫道:"没有,一个人也没有。这里面好像迷宫似的,快把人转晕了,怎么会把房子建成这个样子。"

紫布没再说话,在院子里转了转,然后找了一间离院门不远的屋子坐下,时间没过多久,徐副都司带着一路人气喘吁吁地赶了过来。

徐副都司进到紫布所在的房间:"大人,搜到什么了吗?"

"没有,他们正在搜,目前还没有发现一个人。"

"大人要我做什么?请大人吩咐。"

紫布指了一下旁边的椅子:"你先坐下,叫他们去搜,我们在这等等。"

不大一会,一个护卫慌慌张张地跑进屋来道:"大人不好了,我们的人从这个院子的中门出去,上山去搜,结果人进了山上的宝塔就没出来,进去一个没有出来,再进一个又没有出来,现在六个人进去了,一个人也没有出来。"

紫布和徐副都司听了就是一惊,紫布对徐副都司说:"你在这盯着,我去看看。"说着同护卫一起走出屋。

紫布在护卫的引领下走出庭院后面的中间一扇门,穿过幽暗的松林,行走不远,迎面便是一座高耸的六角宝塔,宝塔在骄阳的照耀下愈显出它的巍峨与华丽。

紫布走上台阶,围着宝塔转了一圈,发现宝塔的六面都是一个样子,他从其中一个台阶走了下去,沿着蜿蜒曲折的山路一直往下走,没用多长时间,又来到一个一模一样的宝塔下面。走上宝塔,发现和刚才那个宝塔没有差别,这时他明白了为什么进到这里的随从都没有走出来,这里一定是一个来回循环的圆周。

他施展法力,从台阶上腾空而起,落在宝塔的顶尖之上,这时终于看清楚了这座宝塔道路的情况,这座宝塔只有一条路与另外宝塔相通,其余道路都是来回循环的。于是,他继续向前,将每座宝塔的道路都弄清楚了,并告诉了里面的随从如何走出来,之后,便回到了城门处。

站在双叠泉边,他思忖着,这里的建筑如此玄妙,定是建造者建造时就已经设计好如何对付入侵者和偷盗者,看来我们是落入建造者设想好的陷阱了。于是,他再施法力,腾空驾云,向着南边双叠泉的尽头掠去。

掠过双叠泉旁边的山脊,在空中,他忽然又看到在一个不大的山坳处有一座建筑宏大的庭院,他在庭院门前落下,大门上方的匾额上刻着三个金灿灿的大字"天珍阁"。大门微关着,轻轻一推,大门吱的一声就被推开了,他的心里就是一动,警觉地走了进去。

院内死一般的寂静,没有一点声音,宽阔的庭院,巍峨的大殿显得格外静谧和空旷,走上大殿的台阶,半扇殿门开着,进了大殿,光线顿时昏暗了许多,一个朱漆木梯通向大殿的上面,爬上木梯,上面是书房和卧室,除了富丽堂皇的装饰和家具,里面静无一人。下了楼梯,他发现后门也开着,于是,他从后门一直来到后花园。

这里垂柳、竹林、假山、亭榭建筑精巧,美如画卷,只是没有任何人的踪迹。尽管他断定这里一定有人来过,但他却找不到藏人的地方。他围着整个庭院转了一遍,还是没有发现任何可疑的地方。于是他再施法力,腾云空中,向着崇光峰的方向搜寻而来。

崇光峰顶云雾弥漫,冷风袭袭,此时的蓉儿已是精疲力竭,上气不接下气,她的眼前阵阵发黑,似乎已经快要虚脱了。她放下景宇,发现峰顶没有她所期待的仙翁,绝望和痛苦忽地涌上心头,她悲凉地面对着洛都峰,景宇看到血迹斑斑的娘亲被吓坏了,他的小手紧紧拉着娘亲,眼睛里布满了惊恐。

歇了一阵,忽然景宇带着哭腔对蓉儿道:"娘亲,我们去哪里?后面有一个人正在追我们。"

听了景宇的话,蓉儿全身的神经忽地紧绷了起来,她的内心极度恐慌,她是了解景宇能力的,宇儿所说的定是如此。她抱起景宇,慌乱地找到那块突兀的岩石。

此时崇光峰对面洛都峰白云滚滚,云雾正浓,蓉儿的心里无比焦急和慌乱,她急切地等待着云雾流过,好能看清对面的突出的岩石。同时,她也频频地向着身后张望。

忽然,景宇身子一挺,蓉儿下意识地回头一望,她似乎看到云雾中有一个身影。然而对面的云雾还没有完全过去,那块突出的山岩还只是模糊的轮廓,但蓉儿已经顾不上这些了,她紧抱景宇,拼尽全身的力气,用尽最后所有灵力,腾空跃起,向着对面的岩石飞去,然而,她只有一只脚踩到了山岩的边缘,而另一只脚却踩空了,加上她又抱着景宇,踩到山岩的边缘的那只脚刚一踩到那块岩石边缘,她就失去重心,她抱着景宇面朝上背朝下从岩石边跌了下去,咚的一声,背部和脑后撞在下面一块凸起的巨岩上,刹那间殷红的鲜血染红了岩石,撞击后的蓉儿又从凸起的巨岩上面朝下滚了下去,此时她已绝气身亡,同时,景宇也从怀中滑了出去,最后,她的身体被卡在长在峭壁上的一棵松树上。

就在景宇从蓉儿怀中滑出,向着山下跌落时,突然一道白光从山腰中闪过,那道白光一下将正在下落中的景宇带走,即刻消失在厚重的云雾中。

紫布正在雾中向着这边搜寻而来,突然他透过薄雾依稀看到一个身影飞向对面的洛都峰,他立刻向那个身影冲了过去。

当他冲到洛都峰山的崖边时,他看到的是被卡在峭壁树上的蓉儿,他抱起蓉儿,飞回到崇光峰顶,放下蓉儿,用手一摸蓉儿,蓉儿已经绝气而亡。当他将头抬起,他看到国相阴沉着脸站在他的旁边。

国相紧蹙眉头道:"你为什么不打招呼,背着为师,擅自行动。"

"师父,我,徒儿心急,担心妖孩逃脱。"

国相生气地斥责道:"大王已经吩咐我,暂不要触动他们,我已应诺大王,你叫为师如何向大王交代,你怎么会这么鲁莽。"

"师父,我去找大王请罪。"

"现在不是讨论这事的时候,马上找到那个孩子,那个孩子具有超乎寻常的法力,以他所具有的法力,即使落入谷底也不会要命的,随我去找他。"

紫布随着国相从峰顶垂直向着谷底落下,此时国相用其法力全神贯注感知景宇的灵力,但他一点也感知不到,心里大为疑惑。

突然他感觉崇光峰顶好似有异动,他对紫布道:"你继续搜,我上去看一眼。"说着化为一道白线,回到崇光峰顶。

崇光峰顶云雾氤氲,云来雾去,蓉儿的尸体依旧静静地躺在那里。国相四顾环视,一切如常,只是片刻的工夫,他感觉到了不远处一个人正向这里飞来,他估计是二弟子少青。

"师父,您在这,这是?"少青看着尸体,愕然地看着国相。

"你下去帮助一下紫布,还有你们也要把对面的洛都峰搜寻一遍。"

"好的师父,我下去了。"说着飞向山下。

国相带着蓉儿的尸体离开了崇光峰。

八、王庭权变

YU PEI JI

在勤政宫，襄王面色严峻，他正阅览着紫布的奏章。"伏乞呈奏，罪臣紫布，偏执愚钝，肆意盲动，于前日吊唁施府，未见明德公之三夫人及其子而生疑。臣睹天象异变之再，谙一婴具超强之魔力而降于卞雍。国相曾言：此子有吞神之力，纳魔之法，集阴阳于一身，具毁天灭地之能，有朝一日成魔做妖，则我大夏无人可抵，亡国之日至矣。余自妄断，疑此子与之干系，愚心至昏，避国师，擅行莽动，而致明德公之妾蒙惊遇吓，携子仓皇而走……罪臣肇事引祸，酿明德公妾亡子失，成无可挽回之后果，余心痛矣悔矣。此辱大王仁爱宽厚之德，愧明德公在天之灵，负国相拳拳之教。吾深知罪不可辞，故上奏请惩，待王圣裁，罪臣断无怨哉。"

看完紫布的奏折，襄王勃然大怒，他将奏折狠狠地摔在桌案上，紧蹙眉头，心中暗骂，什么东西，一个都司未经任何人允许，竟自作主张，去抓捕都尉的家属，逼得都尉妾亡子失，这还了得。于是，襄王叫道："夏公公，速传国相、太傅、尹考到勤政宫议事。"

襄王满脸怒气，勤政宫的气氛肃杀压抑，国相面带困色，感觉十分尴尬。大家都读完紫布的奏章。国相道："此事我有责任，一是紫布是我徒弟，我与此事脱不了干系。二是去明公府前，大王和我打过招呼，是我做事不周，忽视紫布，未把大王的意思转告给他。三是我对紫布教导不严,特别是此事其根源还在老臣这里。老臣请大王责罚。"

襄王冷冷道:"国相的事情以后再说,紫布目无王法,擅自主张,逼得都尉妾亡子失,如此胆大妄为,简直是可忍,孰不可忍,本王必惩之。"

三人看着襄王震怒的面色,沉默不语。宁静了片刻,太傅道:"大王息怒,紫布目无王法,擅自行事,惩之其咎,理所应当,老臣以为紫布尚能自省,实有悔意,且平素做事认真,对王庭之事一丝不苟,大王是否应以酌情。"

尹考接着太傅的话:"紫布妄行擅为,大王惩处自是正确,但是臣认为蓉儿终是都尉小妾,其子亦有争议,而紫布是我王庭栋梁之材,凤鳞郡之战功不可没,以后亦有仰仗之处,还望大王从轻惩之。"

襄王将目光转向国相道:"国相以为如何?"

"国有国法,家有家规。紫布所为决不可姑息,必须惩处,身为王庭大臣,我的徒儿,老臣实在为他痛心,老臣也实在难辞其咎。"

襄王道:"本王知道各位爱卿的意思了,本王会妥当处置的。"

说完,挥了一下手:"散了吧。"

庆元楼的门面气派,大厅宽敞豪华,是卞雍高官富贾宴请聚会的场所,二楼的包房幽静雅致,里面的陈设奢华,器皿装潢无比精美。

太傅正在霁月厅招待一位越州富商,而对面的明轩厅几位王庭大臣则正在谈论紫布的事情。

一位六十上下,面色红润,腮下一缕胡子的老臣道:"各位大人,我听说都司因那妖孩惹恼了襄王,这回可悬了。"

另一位四十开外,体态偏胖,气质雍容的大臣道:"有国相大人保着,不会怎么着的。据我所知,都尉的那个妖子具有撼天动地的能量,至今下落不明,若来日真的修炼成魔,来替母寻仇,那大夏可就危矣。"

又一个矮小干瘦的大臣接道:"这种推断谁说的好? 不过我听说都尉的那个小妾是熠瑰斋的老板,那熠瑰斋收藏的天下奇珍异宝无数,富可敌国。具传熠瑰斋有一个密道,那里藏的全是天下最值钱的东西,一件折成银两就可享用一辈子。"

其中的一个大臣看着暗察史:"李大人,你跟徐都司同在督察司,你应当最清楚,听说搜寻那妖子是都司亲去办理的。"

"徐都司现在被王庭留职察看,整天耷拉着脸,说不了几句话,谁讨这个没趣。再说,问他,他也不会说啊。"

这时,一个刚才出去方便的大臣进来,他随手把门轻轻关上,指着对面:"咱们的门就一直开着,你们知道对面是谁吗?太傅在对面。"

就在庆元楼不远的沁馨坊,曹公公同两个茶商从二楼走下。曹公公手里提着一个包装精美的茶篮,三人穿过茶厅,停在沁馨坊的大门口,两个茶商卑谦地向曹公公施礼道别,曹公公官气十足地抬起手来,示意他们上车:"多多保重,后会有期。"

马车沿着繁华热闹的大街向着街口走去,曹公公目送着马车离去,他刚想离开,忽然听见身后有人议论都尉的小儿子,迈出的一脚又收了回来,他回头看了一下,原来是离大门最近的茶桌,一群人正在喝茶聊天。

其中一个书生样子的,喝了一口茶放下茶杯:"各位还都记得几年前的一天,大中午的天突然就黑了,紧接着就是霹雷电闪,一滴雨没有,没一会天又亮了,还是阳光灿烂,你们知道那是怎么回事吗?嘿!是那个妖孩降临到了卞雍。"

书生样子的人说完,停了下来,拿起茶杯放在嘴前,在茶杯的上方长长地吹了一口气,接着抿了一口茶,在座的人有的好奇地等待着他继续讲,有的人似乎了解此事平静地看着他。

他放下茶杯,接着说:"这次官府缉拿那妖孩,派了好多缉捕,结果没有抓到,估计那妖孩现在还在卞雍呐。"

坐在书生对面的一个人开口道:"我听说那妖孩是当朝一个大官的孩子。"

"那襄王……"

话刚说到这,其中一位"嘘"了一声,用头示意大家,这时大家才注意到大门口站着一位宫中的太监。

曹公公也感觉到这桌人开始注意到了他,于是,他迈步离开了沁馨坊。

玉棠宫侧厅的茶几上,一只雕花剔透的白玉茶壶散发着沁人的清香,曹公公拿起玉壶将茶水倒进玉杯递给兰妃,兰妃喝了一口,一股纯香沁人心脾,顿时嗓子感觉特别舒爽。

"这是什么茶?味道真好。"

"是元洲的茗茶,元洲的茶商告诉老奴,这茶晒干后,放置两个月再沏饮味道最好,现在这茶正好放置了两个月,此时沏饮最佳。"

"嗯,这茶确实味道不错,我原来听说过元洲的茗茶天下闻名,今日一饮果然是名不虚传。"

"老奴已经把茶交给了云嬷嬷,让她每天给您沏上一壶。"

"你留了没有?"

"留了,留了,人家说了,这是孝敬兰妃的。"

兰妃笑了笑,曹公公心里很是满意,他接着对兰妃道:"老奴今天在沁馨坊听到很多人在议论都尉的小儿子,说这孩子有如何大的法力,将来还要灭了我大夏,好像还提到了大王,这些百姓添油加醋的妄议,是不是要跟大王提一提。"

曹公公提起这事,兰妃的心里犹如浮过一朵阴云,她对都尉家极为反感,此时提起都尉的小儿子厌恶油然而生,于是,她对曹公公道:"是应该跟大王提提这事。"

曹公公接着兰妃的话:"就是,应该管管了。"然后看着兰妃道:"如果没有什么事的话,老奴就先告退了。"

兰妃点了点头。

太傅一只脚刚跨出御书院的大门,等待门外的太监就对太傅道:"大王现在正在太液园,请太傅随我来。"

一湖碧水没有一丝波澜,似是熟睡了一般,湖岸的水榭却可感到些许凉意。斜阳西照,平静的湖面,葱绿的竹林,愈显得园内分外幽静。沿着水榭的曲径连廊而上就是太液宫。太液宫的青竹窗帘半卷半开,襄王坐在书案前,望着宫殿下面的太液湖出神。

"陛下,太傅到。"随着太监的禀报,太傅进殿向襄王施礼。

襄王从椅子上站立了起来,对太傅道:"走,我们出去走走。"

襄王与太傅在树荫下的曲径慢步行走,襄王道:"元静还很单纯,他有什么话还是和你说的,太傅还要多多地引导和教诲他。"

"那是自然,这是老臣分内之事。太子倒是勤奋好学,天资也颇好,缺的就是历练,宝剑锋从磨砺出,大王还要给予他锤炼的机会。"

"对,太傅说的极是,是应给他磨炼的机会。"

"我找你来有一事,子卫给我上了折子,需要王庭拨付银两,他要在瀛洲和凤鳞郡接壤地区,修建设施,改善民生,前不久,瀛洲特使要以银两赎回这个地区,子卫的建议倒是长治之道,实为上策。"

"能争取到人心,使那里的百姓能心悦诚服地归顺我大夏,这样我大夏也可顺理成章地合并此地。"

"是啊，看来子卫要在那里待上一段时间了。"

"现在正是子卫建功立业，需加历练的时候，这是大王对他的栽培。"

"有你这话就好，还有他说修建都尉的陵墓，当地的富商捐款很多，足够修建，无须王庭银两。"

"子卫的信里说都尉的陵墓已经开工了，进展很顺利。老臣觉得这消息倒应告诉一下明德的家人。"

襄王："嗯，可以。"

"对了。"襄王接着说："有人跟本王说，现在朝野上下都在热议都尉的儿子景宇的事情，谣言传得神乎其神，太傅可知否？"

"老臣还真的亲耳听到当朝大臣议论此事，昨天老臣在庆元楼招待一个越州商人，老臣对面的房间一群大臣就在谈论这个事情……"太傅把所听到的全部告诉了襄王。

襄王目光中带着鄙夷道："都尉之子的事，不过是有人妄猜，谁也没有见过这孩子，是不是妖孩哪能仅凭一人空口之说，本王担心是有人借天象之异加害他人，打击异己。倘若如此，本王断不能任这伙人为所欲为，到时，本王还得仰仗太傅。"

"大王德浴天下，四海敬仰，似参天大树，岂是蚍蜉所能撼动，老臣为王命是听，责无旁贷。"

襄王和太傅边聊边走，走出了太液园。太傅向襄王告退离开，襄王则正准备回太液宫，一个太监来到跟前道："禀大王，兰妃请大王圣驾移至玉棠宫。"

襄王刚到玉棠宫的门口，兰妃已在大殿门口恭候。

"大王，兰妃给大王施礼了。"兰妃俏丽的容貌带着妩媚，窈窕的身躯轻轻一蹲。襄王走了过来，兰妃挽着襄王走进大殿。

襄王坐定问："元明在哪？"

"在尹考那里，我去让人把他叫来。"

"不用了，本王只是随意问问。"

"臣妾曾听大王讲过，天下的名茶当属茗茶，臣妾今天请大王品尝一下臣妾这茶。"

"云嬷嬷！"兰妃叫道。云嬷嬷赶紧走进大门。

"给大王沏茶。"

"老奴已经准备好了。"

"赶紧给大王端上来。"

很快一个精致的托盘上，一壶茶、两个翠绿莹莹的茶杯被端了上来，兰妃倒满一杯，递给襄王，襄王抿了一口："嗯，这是元洲的茗茶。"

"大王说的正是，就是元洲的茗茶，是今天曹公公刚刚拿来的。"

"元洲的茗茶天下闻名，清香润喉。"

"回头我给大王送去些，大王也是好久没有到我这里了。"

"近来国事较多，让本王很是烦心。"

"大王还要注意圣体，如果大臣都很尽心，能替大王分忧，大王就可以省去些心思，也不必过度忧劳了。"

襄王苦笑一下道："是啊！"

"大王说的烦心是不是景宇的事情啊？"

襄王抬起头望着兰妃："嗯？"

兰妃微笑的脸一下变得严肃了起来，她说："紫布固然妄动，可话又说回来，若不是元静随意猜想，通风报信给景璇、景延，又岂会是今天这个样子，元静身为太子，也不想自己身上的职责有多大，随意而为，让大王烦心，国相亦受牵连。"

听到这里，襄王怒上心头，瞋目道："你一个妃子，参与这事干吗？"

"大王有所不知，现在朝野上下，大臣、百姓都在议论此事，这些都有损大王您的形象。"

襄王忽地站了起来，将茶杯"啪"地摔在桌上，怒斥道："大胆兰妃，指责太子，颠倒黑白，难道不是国相吗？都尉是怎么死的？难道与国相没有干系吗？一个妃子参与国政，扰乱王庭，你好自为之吧。"

兰妃惊恐地站在那里，满眼噙着泪哽咽道："大王，我。"

襄王"哼"了一声，一甩袖子，愤然地走出玉棠宫。

"大王去哪里？"夏公公急忙跟过来问。

"去勤政宫。"

一副龙辇抬着襄王直奔勤政宫。

襄王独自坐在大殿正中的座位上，夏公公赶紧退了出去，把大殿的大门轻轻关上。

独自坐在大殿内，襄王越想越生气，怒火从心头一股一股地上涌，他对兰妃感到极度地失望,恨不得立刻将她废掉。他从座椅上站立起来,在大殿内来回踱着步子。最后,他又回到座位上,过了好长的时间,才恢复了理性。

他的猜忌转向了国相,国相说明德体内有妖气,凭这就见死不救,眼见明德死于瀛寇手里,明德对自己忠心不二,掌握着兵权,对这个老东西是个牵制,他又是兰妃的舅舅,兰妃又是元明的母亲,现在明德已经死了,除掉了他们一大障碍,将来自己一旦不在,元静不仅性命难保,恐怕就连元明也是个摆设,这种局面不能再下去了,必须即刻就根除国相和兰妃的威胁。

于是,他立刻起草了三道圣旨,对王庭的权力架构做了重新安排。

其中第三道圣旨是写给子卫的,圣旨的内容是:"大夏都司紫布不日即赴凤鳞郡承命镇守。着兔子卫辐监尉,凤鳞郡镇守紫布抵郡,即刻赴都,听命新任,钦此。"

起草完圣旨,襄王便唤道:"夏公公,传各大臣,明日务必到朝,本王有圣谕颁布。"

"诺。"

接着,他又把第三道圣旨递给夏公公道:"把这道圣旨即刻下传至凤鳞郡镇宁府。"

"诺。"夏公公接过圣旨退了出去。

正阳殿,满朝大臣分为两列站立着。襄王坐在大殿正中的御座上,他面带愠怒,目光威严。大殿鸦雀无声,站满大臣,大臣们似乎感到襄王气场中所带着的杀气,气氛沉闷而紧张,每个大臣的心中都上下忐忑。

而大臣中最感到不安的则是国相,他看到襄王逼人的冷峻目光,便有一种不祥的预感,料想襄王马上就要做出对自己不利的决定。

太傅是了解内情的人,襄王如此震怒的样子他并不感到意外,只是静静地等待襄王的发说。

大殿沉寂了一会,襄王怒斥道:"自下雍出现天象异变以来,就谣传着一种说法,说下雍降临了一个妖孩,这妖孩蕴藏着无穷法力,将来必亡我夏洲。"

他停顿了一下,接着说:"斗转星移,天象之变,天力所为,自有其运作之规,不是谁言是则是,谁言非则非。起初妄言,本王未予理睬,以为是臆断妄猜,无实之论,不过如此。不曾想有人竟以此之妄断为据,致使我王庭大臣之眷因此而亡,事已至此还不停息,身为王庭大臣,如此不辨是非,肆意妄言,生事造乱,致下雍朝野上下乌烟瘴气。妖子之论,纯属胡言,自今日起,谁再谣言惑众,搬弄是非,莫怪本王言之不预。"

襄王说完俯视着下面的群臣,片刻,国相高声道:"我王圣明,罪臣谨遵圣谕。"接着所有的大臣齐声呼道:"我王圣明,罪臣谨遵圣谕。"

襄王道:"凤鳞郡之役明德公为国殉职,都尉之职尚无明确之人,需有人暂且代理。"襄王指了一下夏公公。

"都尉之职系兵之大事,不可久空,着邵成暂理都尉之职,待适者再定,钦此。"

"老臣遵旨。"太傅赶忙谢恩。

襄王向着一列大臣看去,说道:"紫布在否?"

"罪臣在此。"

襄王道:"都尉家眷之亡你要负首责,本王念你一向做事勤勉,再给你机会,希望不要辜负本王的期望。"说完看了一眼夏公公。

"凤鳞郡与瀛洲接壤,系国之安宁,今烽火方熄,然争议之地民心未定,经济凋敝,需重建安抚,着免紫布都司之职,任凤鳞郡镇守,即刻赴凤鳞郡,钦此。"

"谢大王圣恩,紫布定当全力报效,不负我王期待。"

"本王期望你尽快赴凤鳞郡就任。"

"诺,罪臣下朝后,即赴凤鳞郡。"

襄王道:"国相已跟本王表明,此事难辞其咎,朕谕免国相一年俸禄。"

襄王接着说:"本王以为王庭和京师的戍卫应统一于一处,故决定设立禁卫府,统管御神军和护卫军,同时督察司亦作为禁卫府下属机构。禁卫府最高职务御廷尉之职还需考虑,以后再做定夺。"

"各位爱卿,有什么异议吗? 有则即刻奏明,没有则散朝。"大殿一片寂静,没有任何回答,襄王挥了挥手:"那就散朝。"襄王说完,起身走向大殿后门。

大臣们鱼贯而出,各自散去。国相面色阴郁,缓步向着庭外走去,他知道襄王这是在削弱自己的权力,让太傅拥有兵权,把紫布调走,召回子卫,明显是要将御廷尉之职授予子卫,看来襄王是要另有倚重了。

他上了马车,马车刚走出王庭不远,一个家仆模样的人就拦住了马车,国相掀开车帘看去,他认识,是静侯府的人,便问:"何事?"

静侯府的家仆回答:"夫人请国相去静侯府一趟。"

"兰妃是否在静侯府?"

"王妃娘娘在静侯府。"

他明白了,定是兰妃惹恼了襄王,他蹙着眉头:"去静侯府。"

一进侯府大厅,看到兰妃好似梨花带雨,哭得似泪人一般。静夫人又心疼又愤恨,一见国相进来便大声对家仆叫道:"你们都退下。"然后"嘭"的一声把门关上,随即便把昨天襄王和兰妃事情一五一十地告诉了国相。

听完妹妹的话,国相道:"早朝襄王大发号令,发配紫布去风鳞郡,免去我一年的俸禄,让太傅代理都尉,还要将御神军、护卫军和督监司统统交予子卫,看来襄王是要另有倚重了。"

静夫人恶狠狠地说:"这老襄王真够寡恩的。"

国相赶紧给妹妹使了个眼色,示意不要在兰妃面前讲这种的话。

兰妃听到国相刚才所讲的,立刻感到事态的严重性,她停止了哭泣,带着求助的目光看着舅舅。

国相冲着妹妹说:"看来襄王对我和兰妃已存有戒心了。"

然后,国相慈善地看着兰妃:"兰妃啊,历来王心最难测,元明还小,你也要替元明着想,不可忤逆襄王。"

"兰儿不敢忤逆大王。"

"这就对了,一定要顺从襄王,你要向襄王表示出诚心,表现出忏悔,你也可以让元明帮你,要笼得住襄王,你明白舅舅的意思吗?"

"兰儿明白。"

"以后你也要少来这里,你和舅舅也要少接触,不要让襄王觉得我们内外联手。这样会对你好一些。"

兰妃点头,"嗯"了一声。

一支马队奔驰着来到卞雍的大门,清一色的枣红战马,整齐的马鬃在阳光照耀下显得油亮光泽,马队最前头是一个英姿勃发,器宇轩昂的英俊青年,身后则是两排身披青黑甲胄,手持长戟的威武护卫。

他们刚一进入城门内,就有一个宫中模样打扮的人叫道:"是子卫将军吗?"

"正是子卫,公公有何吩咐?"子卫从战马上跳下。

"大王命将军至勤政宫觐见,请将军随本公公前往勤政宫。"

"公公请。"二人并马走向王庭。

雄伟高大的王庭城墙,巍峨壮丽的王宫殿宇让子卫感到格外亲切,离别卞雍已经有一年多了,今朝又回到卞雍,这令他感慨万千。他一来到勤政宫门前,站在门外的太监立刻招呼道："辎监尉请。"

子卫走进勤政宫："子卫拜见大王。"

襄王显然十分高兴："刚到卞雍就把你叫来，辎监尉辛苦啦，坐吧。"襄王指着旁边的椅子。

子卫受到襄王如此礼遇有些惶恐："子卫不敢，站着与大王说话即可。"

襄王微笑着，目光带着怜爱："不用拘礼，坐下说。"

子卫坐下，襄王道："跟从国相出征到现在已经有一年多了，这一年多感觉如何啊？"

"自国相还朝之后，子卫掌管镇宁府军政事务，每日事情很是繁杂，颇费心思，感觉时间过得太快了。"

"本王看到一些奏本，知道你在那里很是辛苦，百姓和官员对你的评价颇高，本王很是欣慰。你和紫布都是我大夏王庭年轻将才中的翘楚，本王很是看重你们。此次把你召回，是希望你能承担起更大的重任，本王欲命你任御廷尉，统管禁卫军、御神军和督察司，你能否担当啊？"

"子卫愿全力报效王庭，不负大王栽培。"

"御廷尉之职系王庭和卞雍安危，责任重大，担子艰巨，本王信任你，期望你能担起这份重担，我看你明日就到禁卫府任职吧。"

"诺，子卫一会就想去禁卫府一趟，看一看情况。"

"你先回去，还是明日再去吧。"

离开勤政宫，子卫刻意向着王庭的后门走去，在路过云莫宫的道路上，他突然停住了。那是青儿住的地方，那里有他最思念，最牵挂的人。在凤鳞郡的日子里，只要闲下来，青儿的笑貌就会不自觉从他心里浮出，青儿是他青春的梦幻与遐想。他望着不远处的云莫宫，不由自主地摸了摸胸兜内的玉佩，站立了片刻，不无惆怅地离开了。

七日之后的一天，温暖的斜阳洒进子卫西房的正厅，长衣素装的子卫，显出愈发的英俊潇洒，对面是美丽端庄的青儿，她姣美脸上绽放着青春的笑容，一举一动都显示出高贵典雅的气质，洁白细腻的皮肤，穿着银白绣花的素裙，犹如圣洁的仙女。久别后的重聚，令子卫充满了幸福，他目光洋溢着兴奋的光芒，一年多的分别，他对青儿有着说不尽的心里话，两人正兴奋地交谈着，太傅从外面回来，他推开子卫正厅的大门，青儿见到太傅赶紧给太傅施礼道："青儿见过太傅大人。"

"是青公主,好久没见你了,前两天你伯母还说,子卫一走也见不到青儿了。"

"青儿刚才见过伯母了,伯母一点都没有变。"

"我们都老了,王后近日还好吗?"

"母后很好,太傅您身体如何?"

"老夫还行,你回去替我向王后问好。"

青儿笑着说:"青儿一定转达给母后。"

"那你们聊吧,老夫就不打扰你们了。"

"不了,伯父,我已经和子卫聊了半天了,我也该回去了。"

子卫将青儿送出,临别时青儿道:"明日,你到云莫宫来。"子卫点头。

子卫来到太傅的书房时,太傅道:"我儿可知,青儿是谁?"

"襄王的女儿,当今的公主。"

"她是大王的爱女,王家后裔,而你只是个臣子,无论你与青儿的感情如何,你们两个人相处得怎么样,青儿的婚姻都是要由襄王决定的,你首要的事情是禁卫府,你明白吗?"

"孩儿知道。"

"无论今后襄王将青儿许配给谁,你都必须接受,绝不能影响你的情绪,影响到你在禁卫府做事,现在你是御廷尉,你的责任关系王庭安危,很多大臣都在注视着你,你能做到吗?"

尽管子卫的心里一阵发紧一阵作痛,但还是坚定地回答:"爹爹放心,孩儿一定做到。"

襄王特意来天宁宫是找王后商议青儿的婚姻之事,襄王问王后:"青儿近来如何? 每天都来你这里吗?"

王后眉头微皱面带愁容道:"唉,子卫一回来,青儿就异常兴奋,我听说去太傅府了,我每天都说她,她根本听不进去。"

"看来两人确是情投意合。"

"婚姻大事岂是情投意合,这还得大王给她做主。"

"那王后觉得子卫如何?"

"子卫办事、才干比不上紫布,真是可惜,唉,大王还是要将青儿托付给一个可靠的人。"

"王后啊,你可知道紫布是国相的大弟子,对国相言听计从,绝无二心,国相又是兰妃的舅舅，我更不用说了，你应该明白。你我都有百年的时候，最终还是要将王业交给元静，我之所以将紫布调走，将子卫调回，掌管禁卫府，自是为了元静的未来。"

"臣妾明白了，大王所考虑的确实如此，如果大王要将青儿许配给子卫，臣妾愿按大王的意思办理此事。"

"这很好，那就由王后具体操办此事吧。"

次日，太傅正在府内批阅文书，忽然一名天宁宫的宫女求见。太傅急忙召见所来的宫女，宫女道："王后娘娘请太傅大人去一下天宁宫，不知太傅大人可否随奴婢一起去天宁宫。"

"老臣这就随你去天宁宫。"

太傅与宫女一起来到天宁宫，宫女通报后，太傅走进天宁宫，王后立刻请太傅坐，然后道："好久未见太傅大人了，看上去太傅的气色很好，整日为大夏操劳身体还吃得消吧？"

"老臣这把老骨头还能为大王尽些力气觉得很欣慰。"

"是啊，我们都老了，孩子们都长大了，你刚做太傅的时候元静还是个孩子，现在都做了太子，时间过得多快啊。"

"元静聪明伶俐，又仁慈宽厚，大王也很看重。"

"这也有太傅的心血，大王和我还要多谢太傅对元静的教诲。"

"这是老臣分内的事情。"

"子卫这孩子大王也很青睐，这次凤鳞郡的历练，大王授御廷尉之职是很倚重子卫的。"

"犬子不才，真能成为我王庭、成为大王的可倚重的干才还得靠他自己努力。"

"子卫这孩子也不小了，太傅可为他婚配否？"

"老臣也是事情太多，还未来得及为他考虑这事？"

"昨日大王提起青儿的婚配之事，大王说青儿和子卫情投意合，倒是很般配的一对，大王有意将青儿许配给子卫。"

"青公主是龙凤之子，王家后裔，子卫只是老臣之子，一介臣子，与青儿相比岂能相配，大王不要只看在两个孩子的意愿上，委屈了青公主。"

"男大当婚，女大当嫁，两个孩子倒也合适，只是不知子卫是否愿意，太傅意下如何？"

　　"老臣能受大王和王后如此恩遇,老臣感激之情无以言表,子卫能娶青公主那真是几世修来的福分,也是我邵家的无限荣耀,子卫对青公主感情颇深,将青公主许配给犬子,着实随了犬子的心愿了。"

　　"那好,我就禀报大王,商量把他们的婚事定下。"

　　"老臣谢大王和王后的圣恩。"

九、身世

群山万壑，林海莽莽的朴拘山西起荒凉贫瘠的淡洲，东至波涛汹涌的彭海，东西绵延万里之遥。而朴拘山系中青珋山位居彭海之边，青珋山山势峻拔，松林茂密，瀑布湍流散布其间，发源于西番的大青河贯穿青珋山，浩浩荡荡，奔腾汹涌地注入彭海。由于大青河，彭海潮湿气流沿着大青河进入青珋河谷，使得河谷内林茂水深，遍布沼泽深潭。

一百年前，夏洲与淡洲在彭海大战，彼此伤亡巨大，最终双方商定青珋山地区为中间地带，彼此谁也不许进入青珋地区，因此青珋山也就成为无人管辖的地区。

在青珋河谷的尽头华银岭的半山处，有一座上下三个院落的不大寺庙，庙内住着一老一小师徒二人。他们是十年前来到这里。老者弘义仙翁十年前曾在洛西山的洛都峰修炼。那日仙翁正在山谷采集炼丹的药草，忽然感觉有些异样，他愣了一下，放弃了采药，立刻向着住处返回，当他来到静虚洞看到空中盘旋的鹰隼，那正是他在艺真家设下结界中的鹰隼，他吃了一惊，知道定是蓉儿遇到了大麻烦，他立刻将鹰隼收回，而后施法力，驾云向着崇光峰的方向飞去。

他来到崇光峰看到蓉儿遇难，景宇正从蓉儿怀中坠落，跌向万丈深谷，就在这刹那，他似一道厉闪，将景宇抓住并放在洛都峰一平坦处，设下结界。当他看到蓉儿身边的两个人向谷底而去时,他便来到蓉儿身边,发现蓉儿已经气绝身亡,这时他感觉崖下灵气正在向上而来,他急忙离开了蓉儿的尸体,带着景宇来到静虚洞。

仙翁知道静虚洞已经不安全了,为了确保景宇的绝对安全,仙翁毁掉了静虚洞,带着景宇来到了华银岭。

当景宇来到华银岭时,情绪稳定了很多,他知道这位仙翁就是他以后的亲人,他开始变得顺从并无时无刻地跟随着仙翁。仙翁从洛都峰开始就对景宇的情况大感意外,他发现景宇体内气海充沛,体内蕴藏着无穷的真元之气,这种真元之气如此磅礴强大,能聚天地阴阳之精气,若加以感悟修炼,则可具有移山蹈海的威力。最让他欣慰的是他已经感觉到景宇体内的玉佩,他晓得这是天意要留下灵祖的气脉,让莫离家族的香火延续传承。于是他对景宇道:"孩子,从今天起,我就是你的师父,你就是我的徒弟,以后为师就叫你程昊。"

十年光阴转瞬过去,景宇已从一个天真懵懂的儿童成长为一个俊朗强健的少年。这十年间,仙翁呕心沥血将所有学识和法术悉数传授给他。他携程昊东起彭海感大海澎湃之狂澜,西至淡洲体狂沙风暴之威力,南赴生洲观大地宇宙之苍茫,北达祖洲晓星辰日月之变化。

他们所到一处,那里的一山一水,仙翁都会悉心讲授,让他感悟、理解星辰运行,大气流动,气象运转、山势气运。每讲到一种阵法,仙翁便会带他到适合此阵法的地方,让他了解山势的形态,气流的变化,地形与五行的转换,使他在操控阵法时,能积聚天、地、人三者之力为一体,以最大限度地发挥阵法的威力。

华银岭的十年,仙翁让他了解各类兵器的特点,讲述不同法术的特征。仙翁发现程昊对所讲东西一学即会,所读的书籍过目不忘,领悟力和感知力极强。为了发挥他体内真元之气威力,仙翁将威震江湖的震天诀传授给他。

驭龙决为天下剑客敬仰,也是仙翁独有的剑法。其剑法绝妙,人剑合一,它能集天地之精气,气贯长剑,击之似雷霆电闪,有万钧之力。程昊虽然仅十六岁,但得到仙翁的真传,加之体内玉佩所具有的超强大的真元之力和非凡的感悟力,使他将驭龙决驾驭得炉火纯青,其剑术已是一般教主和洞主所不能比拟,即便是修炼顶级的大师恐怕也难分胜负。

五月的华银岭林木葱茏,五颜六色的鲜花遍山开放,泉水在山间汩汩流淌,百鸟在林间纵情鸣唱。已近午时时分,耀眼的阳光将寺庙的庭院和正房照耀得一片金黄，居住在后院的仙翁坐在正房叫道："程昊，到为师这来。"程昊急忙跑进后院，来到仙翁的正厅，他看到仙翁正端坐在条案前，条案上放着一个剑谱。

仙翁看着已经长大的程昊，感慨道："程昊，师父带你在华银岭已有十年了吧？"程昊点了点头。

"那时候你还是这么高的孩子。"仙翁抬手比画了一下。

"你现在已经长成大人了，师父把毕生的功夫都传授给了你，只是有两件东西师父还没有交给你，以你现在的法力，为师认为它应该可以适合你了。"

仙翁指着条案上的剑谱："你看到这个剑谱了吗？"

"徒儿看到了。"

仙翁指着剑谱："它的来历和你的身世为师跟你说一说。"

程昊望着师父，目光中闪着光芒和期待。

你的先辈并不在九州之内，而是在九州之外遥远的巫咸国，巫咸那个地方实际没有国家，只是九州之内的人这么称呼。巫咸国地域十分辽阔，几乎有半个九州的面积，那里盛行魔道和巫鬼之术，阴气极重。巫咸国内有两个最大的大家族。一个是莫离家族，另一个是鬼离家族。莫离家族修炼的是仙法之道，同时也杂糅魔道和巫鬼之术。鬼离家族修炼的是魔道和巫鬼之术。而你的先辈则来自莫离家族。

莫离家族族长莫离玄与我的父亲十分相好，家父擅长研炼丹药，寻阳丹是家父研炼出的一种阳气极重的丹药，一般人不可食用，只有具有极强内力，法力极高的修行者才可服用。尤其是修炼到极高层次，需要破镜时，此丹药极是有用，它能极大提升修炼者的阳气，大大提高修炼者的功力，助力和加速修炼者尽快破镜。

由于巫咸国地域阴气极重，而莫离玄又修炼的是仙法之术，需要补充阳气，而寻阳丹对他来说则是极有裨益的。

巫咸国与淡洲被千里气海所隔绝，气海内黑暴肆虐，那黑暴就是深不见底的黑洞，一旦被卷入进去，便从此消失得无影无踪。若侥幸碰到黑暴边缘，即使不被吸入吞噬，逃离而出，也会五脏俱伤，法力折损大半。

而莫离玄却能自由穿行于千里气海，这是因为他体内有一块能够吸纳阴阳真气的玉佩，使他能敏感地辨别出阴阳之气。当他还未接近黑暴时，他就已经能够感觉到黑暴的距离，而且能够感知出黑暴的大小和强弱。

徒儿可知道,阴阳之别犹如水火冰炭,不能相容。但如果阳气里能溶进阴气,则阳气之力数倍增强,阴气里能溶进阳气,则阴气之力数倍增强。当莫离玄触到黑暴的边缘时,他体内的玉佩能大量吸取阴气,黑暴不仅伤不了他,而且会使他的阳气威力瞬间激增,体内真元之气便会提升到极致,使他可以迅速脱离危险。

日久天长他长期在巫咸国与淡洲之间往返,他对千里气海内黑暴的地点和变化规律了如指掌,而且他还找到了一条几乎遇不到黑暴的路径。

巫咸国有一种涅石,它被烧红后,会长时间保持一个极高的稳定温度,只有用这种涅石炼制出来的寻阳丹才能达到极高的功效。因此莫离玄给家父提供涅石,家父供给莫离玄寻阳丹。

据莫离玄所说,巫咸国有两个不大的山系,一个是锺向山,那里有一座大山叫座成山,这座山夜晚光影晃动,忽明忽暗。从座成山凿下来的山石在九州被称为瑾和瑜的玉石,而这东西在巫咸国就像九州人看待岩石和沙粒一般,毫无价值。而另一座叫尧光山,那里有很多山银光闪耀,寸草不生,从那里凿下来的金属,在大夏被称为银两。莫离玄发现这两样东西在大夏都非常值钱。

由于莫离玄经常住在家父那里,他与我的小妹有了私情。那时我在耄童峰拜吾陆大仙学习法术,家里只有家父和小妹,不幸的是家父在一次尝试炼出丹药的效果时,服用后中毒身亡,全家的事务只能落在小妹一人身上。那时小妹已有了身孕,莫离玄只好不断往返于巫咸国与淡洲。后来小妹生下艺真,也就是你的外祖父。

自从有了艺真之后,莫离玄很想永久居住在九州,把根基扎在这里,但他又是莫离家族的族长,那里又离不开他,于是他把他最贴身的家仆莫离荃派到小妹身边,帮助小妹照顾艺真。只要莫离玄不在淡洲,莫离荃就住在淡洲,他也像莫离玄一样,往返于巫咸国与淡洲。

随着艺真渐渐长大,小妹一直等待莫离玄放弃巫咸国,永久定居淡洲,但莫离玄舍弃不了莫离家族,小妹非常生气。于是她暗下决定一定要到巫咸国看一看。她求我回来,我把小妹的请求告诉了吾陆大仙,仙师很是理解,让我回去。

为师回到家之后,莫离玄也在,大家在一起生活了一段时间后,莫离玄就要离开,回巫咸国,小妹跟我说她要和莫离荃一起去送莫离玄,莫离玄推脱不过,只好任小妹所为。谁知道莫离玄刚走不远,小妹就要跟踪莫离玄去巫咸国,莫离荃百般劝阻，小妹就是不依，她已经横下心来，死活也要去巫咸国看一看。莫离荃无奈，只好带着小妹加速追赶莫离玄。

他们进入千里气海不远，莫离玄就感觉到后面似乎有气场跟随着，他等了一会，小妹和莫离荃跟了上来，小妹死也不回去，莫离荃只好独自回去，莫离玄带着小妹奔向巫咸国。

千里气海不仅潮湿，而且潮湿的空气里裹挟着大量阴气，虽然没有遇到黑暴，但是由于小妹吸食了大量阴气，一到巫咸国就病倒了，而巫咸国那里阴气极重，小妹的病情急剧恶化，小妹要莫离玄把她带回淡洲，不得已莫离玄又只好把小妹带回淡洲，由于重返千里气海，回到家里小妹已经奄奄一息，临终前小妹把艺真托付给为师。

小妹离世后，我也再没有回吾陆大仙那里，而莫离玄在为师家住的时间也更长了。因为艺真是莫离玄的血脉，他能将阴阳之气杂糅在一起，他的真元之气远强于一般修行者。为师传授本家法术，莫离玄传授莫离法术，艺真将二家法术贯通一起，其法力已达到上品。但他并不热衷修炼法术，而更喜欢游走九州，开店经商，尤其是卞雍的熠瑰斋，生意做得风生水起，如火如荼。

莫离玄有一位得意门徒莫离燕。莫离燕不仅天资聪慧，而且貌美端庄。于是他便与为师商量，要把莫离燕许配给艺真。起初我心里是不太愿意，我希望艺真还是娶一位九州女子，但莫离玄是艺真的父亲，艺真的婚姻大事还是要由莫离玄决定，我自然也不能说什么。

不久，莫离玄带着莫离燕来到淡洲，莫离玄约为师到英竹山静月庵，在那里我见到了莫离燕。这姑娘长得确实很有姿色，人也非常懂得礼数，为师甚是喜欢和高兴。之后，我便把莫离玄决定将莫离燕许配给艺真的事情告诉了艺真本人。

据莫离荃所说，鬼离家族的族长慕阴寮潜心修炼鬼藏阴龙。那鬼藏阴龙法力无穷，乃是魔道和巫术的顶层，一旦练成，在巫咸国之内将无人匹敌。

莫离荃说，就在他准备第二天离开巫咸国的那个夜晚，突然夜空中卷起数十丈旋风，地动房摇，正在修炼穹苍剑法的莫离玄立刻感知到慕阴寮练成了鬼藏阴龙，这时莫离燕和莫离荃都跑到莫离玄的功房。莫离玄已经感到大事不好，他跟莫离荃说："你马上把准备好的东西带上，立刻过来。"

当莫离荃回来时，莫离玄已经把体内的玉佩植入到莫离燕的体内，并让她带上穹苍剑谱，跟莫离荃一起回淡洲为师家里，他说他已经感觉到慕阴寮正向这里来,并说慕阴寮是冲着他的玉佩而来的,他让莫离荃带着莫离燕快走,他来挡住慕阴寮,莫离燕不想离开,莫离玄震怒,大吼着让莫离燕和莫离荃立刻离开。

莫离燕和莫离荃没走多远,莫离燕便说,她要回自己家一趟,她对莫离荃说我们在英竹山静月庵会合。没等莫离荃回话,莫离燕已飞身而去。

你的外祖母叫惠兰,那一日她随她的爹爹一起到静月庵去见她的娘亲,因为她的娘亲已经觉得自己在这个世上的日子不多了,她想最后见上惠兰一面。

据惠兰说,他们一家人刚见面不久,还没有说上几句话,突然一股气浪从院外冲来,窗户被撞飞,半扇墙轰然倒塌,她被气浪推了出去,夹在一块倒下的木板内,她看到黑白两股旋风盘绕在一起,听到金属的碰撞声,忽然一道火花,黑白两人被撞开,向着各自背后的方向飞出,接着便是又一股巨浪扑来,烟尘四起,乱石横飞。当烟尘散去,她看到一个黑衣人面色阴灰,深红的眼球发出凶残的光芒,她的对面是一位妙龄女子,同时她看到她的爹爹身子挂在一根折断的木桩上,娘亲则从倒塌的乱石和断木中站立了起来,手握一把利剑。

惠兰说让她吃惊的是,那黑衣人头部一晃,刹那间一头乌发如散开的大网,无数根细发向着那位妙龄女子包围了过来,同时也有数根头发穿过娘亲的身体。而那个妙龄女子则划出一道闪亮的弧线,将大部分冲来的乌发卷成一团,一剑斩断,紧接着两人的剑碰撞在一起,并产生一股巨大的气浪。奇怪的是她娘亲手中的利剑像是被黑衣人施了魔法,剑忽然从娘亲手中飞出,向着那个妙龄女子的后背刺去,妙龄女子一侧身,利剑从妙龄女子的背后掠了过去,之后,又忽然转了个弯,变成一道厉闪,刺向女子腹部,剑头从女子腰部穿出,只见那妙龄女子化作一道刺眼的银光冲向黑衣人,那黑衣人挥手形成一个黑罩阻挡住冲来的银光,片刻银光穿破黑罩,在黑罩内银光擦过十支尖利的钢指,迸出数道金光,且发出了刺耳的声响。

当惠兰奔向死去爹爹和娘亲,悲痛欲绝的时候,忽然她被一股气流吸了过去,她这才看清楚对面是一位美貌的妙龄女子,她面色苍白,强睁着眼睛,挣扎说了一声:"姑娘过来。"惠兰战战兢兢走了过去,那妙龄女子将手放在惠兰的腹部,惠兰顿时感觉到一股热流充满周身,接着就昏迷了过去。

当艺真和莫离荃赶到静月庵时,莫离燕和惠兰的父母均已死去,莫离荃说距离莫离燕不远处的黑衣的尸体好像就是慕阴寮,以慕阴寮的魔力莫离燕远远不是他的对手,他之所以被莫离燕所杀,可能是受到气海内黑暴的伤害,而莫离燕变得如此强大则是因为玉佩。

他们三人回到为师家里,我摸了惠兰脉象,知道惠兰并无大碍,只是因为体内真元之气太重,无法承受而导致昏迷。我还感受到她体内的玉佩,晓得莫离燕临终前将玉佩植入了她的体内。

十、穹苍剑

YU PEI JI

　　艺真的真元之气和惠兰体内的元气相吻合,他们气脉交流得非常顺畅,惠兰苏醒过来后,艺真每日给惠兰调理,艺真温柔细致,体贴照料,惠兰容貌俊俏,娴静善良,二人很快就产生了感情。

　　艺真跟我说要娶惠兰为妻,恰好惠兰家里也没有亲人,于是为师替他们二人做主,让艺真和惠兰完了婚。

　　莫离荃向我建议,这里离巫咸国太近,不怕一万就怕万一,最好还是找个安全的地方,离开此处。我觉得很有道理,于是,我们便搬到艺真的熠瑰斋。艺真知道我爱清静,就在洛西山重建了天珍阁。

　　我在天珍阁住了段时间,觉得还是不够清静,于是我就找到了一僻静之处,就是洛都峰的清虚洞,那里山势险峻,林深草茂,我觉得那里更适合我修炼。

　　惠兰很快便有了身孕,自从有了身孕,惠兰的身体逐渐好了起来,再没有阴阳不调的疼痛。

　　惠兰在生下你的母亲蓉儿时就离世了,据救你母亲的一位仙人说,惠兰体内积聚了大量阴气,而这阴气恰恰积聚在子宫之内,她腹中的玉佩也转移到你母亲蓉儿的体内。惠兰生产时需要极强的阳气护体,而我们这些人没有人知晓这个道理,所以惠兰就这样离世了。

惠兰的离世对艺真的打击很大,他不再对经商感兴趣了,只是将痛苦转化为对功法的修炼。他对蓉儿倍加疼爱,可惜蓉儿生下来就是阴阳不调之体,过一段时间就会周身疼痛,我和艺真都没有办法医治蓉儿的阴阳不调。

随着蓉儿的长大,蓉儿的阴阳不调之症越来越厉害。我清楚地记得那一日,为师正在清虚洞修炼,莫离苙急匆匆来找我,他说蓉儿滴水不进,浑身高热,病得实在厉害,要我去看一看。我急忙赶到艺真家,看到蓉儿病得很是痛苦,我和艺真一起用真元之气救治蓉儿,然而一点效果都没有,眼看蓉儿就不行了,艺真已近似绝望。

忽然,一个家仆匆匆地跑了来,说街门外有一位仙人说宅内有一位小姐病得不轻,他可以为这位小姐治病,我和艺真疾步来到街门外。

我看到一位飘逸洒脱,道骨仙风的仙人。艺真急忙请那位仙人来到蓉儿的卧室,他摸了一下蓉儿的脉象,说没关系,他让蓉儿坐起来,接着缕缕白烟缭绕着蓉儿,很快蓉儿就被祥瑞的烟雾笼罩了起来,当烟雾散去,蓉儿似换了一个人,原本枯黄肤色变得娇嫩洁白,秀美的眼睛充满了神采。

那位仙人说蓉儿会越来越漂亮,定是一个容姿绝色的女子。他把她体内的玉佩逼了出来,现在虽然她的阴阳不调之症已无大碍,但这玉佩与她的经脉相通,不可长时间离开她身体,一旦玉佩离开她身体超过一日,她就会有生命之忧。

仙人说完,用手一划,那玉佩即刻挂在蓉儿胸前,他用手在蓉儿的左手上一划说:"这玉佩如同长在你的身体上,只有你能用你的左手把它取下来,别人是取不下来的。"他提醒蓉儿,轻易不要把它摘下来,摘下来后务必要再把它戴上,否则就会有生命之忧。

然后他跟艺真说,我把玉佩从她身体逼出,现在她已同一般人没有太大的差别了,现在她体内仅剩极少的真元之气,这点真气无论如何修炼也不会有多大的法力,而且她的阴阳不调之症也未完全痊愈。

仙人又问:"这孩子是何年何月何时出生的?"

艺真告诉那位仙人蓉儿的出生年月和时辰,并提到惠兰的不幸。

那仙人说:"蓉儿和她娘亲是一种体质,在身体出现极度不适时,需要强大的阳气保护,否则很难闯过。蓉儿的命相主凶,四年之后,也就是她正满十七岁那日起,三日之内,应该是在洛西草甸那里,如果蓉儿能遇到一个和她一样,也有同样玉佩的人,而且两人能成为夫妻,则她的命相将会改变,她的阴阳不调之体也可痊愈,玉佩自然也就不用再佩戴了。"

那位仙人走了后,蓉儿再没有犯病,这使得艺真的修炼得以迅速提升,很快他就破镜,达到七境的高度。

艺真跟我说破镜之前,他看穹苍剑谱,怎么看剑谱里都是看不懂的古怪符号。破镜之后再看,那些古怪的符号似乎有了灵气,总在他脑子闪动。

一日中午,他正在功房研习穹苍剑谱,蓉儿进来找他吃饭,当蓉儿走到他的面前,他忽然感到剑谱内的字符与蓉儿的玉佩产生一股气场,他立刻运用真气再读剑谱时,那些古怪字符皆是剑法的招式。

之后,随着他对剑谱感悟的加深,他发现剑谱内蕴藏着无穷法力和奥妙,他对剑谱的研习已达到痴迷的程度,每日从早到晚都在钻研。

仙翁说到此,端起茶杯,喝了一口茶水,便把穹苍剑谱递给程昊:"徒儿,这穹苍剑谱只有具有阴阳法力的人才能读懂它,你现在的法力远远在你外祖父之上,你把剑谱拿回去,为师给你三天时间,你把它潜心研读一下,三日后,你把研习的情况告诉为师。"

程昊将穹苍剑谱拿到自己的房间,他打开穹苍剑谱,剑谱上全是稀缺古怪的符号,他启动腹中的玉佩,将真元之气运在掌中,然后将剑谱中的字符一一扫过,当他的真气扫过每个符号时,每个符号忽然开始放大,且发出闪闪金光。

他将剑谱的每个字符扫过之后,整个剑谱已深深地刻画在他头脑里,他开始闭上双目,全神贯注地在脑海里回味着每一个字符。

闪动在脑海的每一个字符都是一招一招的剑式,然而当他把字符在脑海连贯起来,那一招招的剑式便成了一套套的剑法,而那一套一套的剑法竟是如此绝妙神奇,令他眼界大开。

两日过去了,他依然一动不动地坐在屋里,整个精神完全处于高度的兴奋状态,在他的脑海里字符与字符之间,招式与招式之间,剑法与剑法之间不断地组合和排列着,变化出无数神奇的招数和无穷的杀气。

已是三日的午夜时分,巍峨的华银岭死一般的沉寂,沉沉的黑夜没有一点声音,屋内伸手不见五指,忽然眼前一片金光,他感受到剑谱内所蕴藏着巨大法力,那法力足以使风云激荡,让江海翻腾。不一会股股气流从腹中的玉佩涌出,经过丹田直冲脑海,刹那间,他的感知穿透黑夜,直冲浩瀚的天空,他看到星夜里闪亮的北斗七星,感觉到了宇宙中星河的运转,天地间大气的流动。

他收了真气，推门走出屋子，站在院中遥望着银河中的满天繁星。

清晨的华银岭似披上了薄薄的轻纱，云雾缭绕，翠林迷蒙。程昊来到后院的大门，刚到门前，就听到仙翁的叫声："徒儿进来。"

程昊推开大门，穿过院子，来到师父的房间。仙翁道："昨夜为师感觉到你强大的气场，这气场远胜于艺真，看来你是悟出了剑谱的真谛。"

"是的师父，我了解了剑谱所蕴藏的巨大法力，感知到了星云的运转。"

仙翁的目光闪烁着光彩，他的内心充满了感慨，程昊是他的骄傲，是他心血的结晶。他满意地点点头，然后对程昊说："随为师来。"

程昊随仙翁来到后院的山墙边，仙翁对着山墙的一角一掌击出，轰的一声，山石迸溅，一个一人高的洞穴显现了出来，仙翁走进洞穴，拿出了一个3尺长的木匣子。

仙翁打开木匣子，木匣子放着一柄宝剑。

当程昊来到这一柄宝剑面前，骤然间出现了一股强大的气场，与此同时那柄宝剑在木匣内不断震荡，散发出阵阵寒光，匣内的宝剑似乎是在呼唤它的主人。

"徒儿，拿起它来。"

程昊从木匣内拿起宝剑，立刻感觉到一股巨大的真气从体内冲到掌内，并从掌内直接贯入剑中。只见宝剑金光绽放，刺眼的光芒盖过东升的阳光，让人两眼难睁。光芒过后，程昊只是将剑轻轻一挥，一股巨大的气流将院内的树木吹得哗哗摇晃。这时，在他脑海里闪出一个字符，那宝剑瞬间离开他的手中，嵌入他的手臂内，之后很快消失了，接着他一抖手，宝剑又即刻握在手中。

仙翁很是惊喜道："看来这穹苍剑找到它的真正的主人了。"

程昊将剑收入手臂内，问道："这就是穹苍剑吗？师父能否把这柄穹苍剑的来历给徒儿讲一讲？"

仙翁回到屋内坐定，程昊跟了进来坐在仙翁对面，仙翁面带感伤地说："你的外祖父艺真自修炼穹苍剑谱后，法力大增，但是没有穹苍剑，剑谱里的许多法力无法修炼，当年莫离玄也是因没有穹苍剑而苦恼。于是艺真遍寻书籍，他找到一本叫《南仿录》的书，里面记载灵祖是阴阳一脉的鼻祖，《穹苍剑谱》为他所著。《南仿录》还提到他的穹苍剑就在聚阴山底。"

于是，他又开始寻找和打探聚阴山的位置，但很长一段时间都没有找到答案，那日他在一堆书籍里，看到《杂录》这部书，里面提到巨吴山原名为聚阴山，艺真于此推断巨吴山可能就是《南仿录》所提到的聚阴山，如果是这样，那么穹苍剑也就一定在此。

他问莫离荃巨吴山在哪里，莫离荃告诉他巨吴山好像是在明洲、淡洲和巫咸国交界处。他对莫离荃说他要去巨吴山，让莫离荃照看一下蓉儿，并对莫离荃说先不要把此事告诉我，十几日过去了，艺真没有回来，莫离荃有些放心不下，于是就来到清虚洞找我，将此事告诉了我。我得知此事后，怕艺真遇到什么应付不了的事情，决定亲自到巨吴山走一趟。

我刚离开清虚洞不远，就感觉在洛都峰的一隅有微弱的灵气发出，我来到此处，看到的竟是艺真，他背靠着一棵大树，坐在地上手中紧握着穹苍剑。

他全身黑紫，呼吸艰难，我来到他的身边，他努力地睁开双目，用微弱的声音说他找到了穹苍剑，却被妖兽咬伤，他杀了妖兽，没想到那妖兽身含剧毒，他跟我说他不行了。我摸着他的脉给他注入真气，但我知道他已经剧毒攻心，他能还坚持活到现在，已经是不可想象了，他"帮我"的话还没说完就走了。

讲到这，仙翁的眼眶内有些湿润，他有些动情说道："穹苍剑是艺真用命换来的，今天它找到了它的主人，这也可以告慰艺真的在天之灵了。"

中秋山林日渐寒凉，夏日的溽热和鼓噪早经消失得无影无踪。挥霍不尽的灼热阳光已经变得温暖柔和了。从夏至秋程昊的穹苍剑法日渐精进，几乎只要三四日他的剑法就能上升一个层次。随着修炼的日益提升，他已接近穹苍剑法的最高层次。

一日的下午，斜阳无声无息地移到山峦的西边，金灿灿的阳光已经改变了色彩，变得殷红瑰丽。此时程昊静坐在空场上修炼穹苍剑法，他凝神静气开始启动他的真气，不大会工夫他就觉得经脉内真气澎湃，这时面前的穹苍剑忽然释放出巨大气场，它不断震颤着，与他体内的真气相互感应，他握起穹苍剑，即刻玉佩的真气与剑内所蕴藏的气场合为一体。骤然间穹苍剑剑锋如风暴的风眼，似大海中的漩涡，这股异常强大的力量在华银岭的上空形成数丈高的旋风云。黑色旋风云随穹苍剑的剑锋呼啸着、盘旋着直冲天空，整个华银岭的树木都在震颤着，晃动着，发出哗哗的响声。

他将穹苍剑收入手臂中，兴奋地疾步来到仙翁的房间，仙翁正背靠在椅子上，捋着腮下的胡须，面带微笑着等着他。

见到仙翁，他的声音带着激动："师父，徒儿练成了穹苍剑。"

"为师替你算了一下，自你修炼穹苍剑开始，到今天整整一百一十二天，徒儿的天资不错，现在剑法初成，还要努力练熟，等你练熟之后，为师决定带你去卞雍见一见莫离荃，你也应该到你娘亲和你外祖父的墓前祭奠一下。然后，我们去淡洲，回我的家乡，为师也要祭奠我的父亲和小妹。"

程昊很是喜悦，他顽皮道："师父已经好多年没有带徒儿出去了。"

"好多年？师父也就三年没有带你出去，你赶快把穹苍剑练熟，什么时候把穹苍剑练熟，师父就什么时候带你出去。"

已是掌灯时分，师徒二人开心地聊着，烛光摇曳，映照着仙翁慈祥的面容，他沉浸在往事的回忆中，侃侃地讲述着过去的温暖时刻。

已入深秋，程昊的穹苍剑已臻成熟，每日清晨，他都依然如旧，按时修炼穹苍剑法。这日，他在空场地刚一坐定，忽然感到一股灵气向这里急速而来，他急忙向着灵气而来的地方望去，还未看清，一道电闪向他击了过来，这电闪威力之大，里面蕴藏着巨大的阴气。他一跃闪开，一个身穿绛紫风衣，身躯高大，面堂黑红的老者已在近前。程昊一剑扫过，一绺寒光向着老者拦腰斩去，老者腾空跃起，同时两掌击出万钧之力，程昊摆剑相迎，两股真气相撞，将周围的树木全部震倒。

那老者一落地，右手刚要发力，一下就被紧紧地箍住，一点都动弹不得，他只得左手向着箍住他右臂的仙翁击去，仙翁回掌相迎，但还是被那老者一掌击中，身子剧烈地颤抖一下。此时，程昊已将周身的真气全部凝聚在穹苍剑的剑锋之上，他使出一招幽门地火向着老者一剑刺去，那老者顿时感知到一股巨大的磅礴气浪，他用尽全部真力来阻挡着难以抵挡的剑锋，那剑锋似高速旋转的钢锥，穿透他的气浪，划出熊熊的烈火，直向他的胸部而来，就在同时，仙翁将最后的真气运用掌中，向着那老者的头部一掌击出，那老者的头部顿时被击碎，穹苍剑也已将老者的胸部烧出碗口大的黑洞。

这时，仙翁的嘴角不断滴出殷红的鲜血。程昊过去抱住仙翁，一把攥住仙翁的手腕，仙翁经脉尽断，眼看就要不行了。

程昊浑身就是一颤，失声大哭道："师父！师父！徒儿就你这么一个亲人，师父你不能走，别扔下徒儿。"

仙翁声音微弱："你已经是大人了，以后要靠自己，要学会隐忍，做事要小心，把穹苍剑谱毁掉，轻易不要使用穹苍剑，不得已就到卞雍找莫离荃，师父不在了，你马上离开这个地方，离开这里，答应师父。"

程昊满眼是泪，哽咽着点了点头。

"好孩子，我的好徒儿，记住师父的话。"

仙翁的眼睛合上了，双手瘫软地垂了下去。

程昊抱住仙翁的身体失声大哭，那悲声穿过林间，在山谷中回荡。

程昊站在仙翁的墓前，泪水止不住从眼里簌簌流下。阴郁的天空似乎映衬着他悲痛心情，星星点点的雪花飘落在他的脸上，融化在他的泪水里。他站立了许久，悲痛的心里充满了不舍，他要从此离开养育和教导他的师父，离开他成长的华银岭，去走向一个未知的世界。

最后他看了一眼仙翁的墓，说了一声："师父安息，徒儿走了。"

此时漫天的大雪扯面拉絮般铺天盖地地纷飞落下，将华银岭披上一层素装，程昊迎着漫天飞舞、扑面而来的飞雪，向着山下走去。

十一、丹水城

YU PEI JI

丹水城是夏洲最北的一座十分繁华城市,丹水港则是澎海的一个重要港口。丹水城东起彭海丹水港,西通西番,北连淡洲,南往夏洲内地,是连接南北、横贯东西的通衢之地,也是夏洲的北方重镇和要冲。

程昊曾随仙翁游历各地,走出华银岭的第一站就是丹水城,所以他对丹水城十分熟悉。丹阳客栈也是他曾经多次居住过的客栈。

他在丹阳客栈安顿好,便走到街道尽头,跨过小桥,沿着河边向着南大街集贸市场走去。

南大街集贸市场是丹水城货物批发和货物中转的聚散地,这里车水马龙,人来人往如潮水一般,四通八达的街道内店铺林立,四处都是小摊小贩的吆喝和叫卖声。

程昊来到南大街集贸市场正随着人流在热闹嘈杂的街道漫无目的地闲逛,忽然他看到两个衣衫破旧的男人正尾随着两个衣着华丽的女人。当两个女人在一个摊位前,其中一个年轻的姑娘从腰间拿出一个锦花的布包时,尾随在后的其中的一个男子突然出手一把抢过年轻的姑娘手中的布包,那个年轻的姑娘"啊"的一声未落,程昊的手已经似钢钳抓住了那贼的手腕,那贼疼得立刻松开了手,布包落在地上。程昊随手将那贼的手反扭到背后。这时,另一个贼人一拳打了过来，眼看拳头就要打到程昊，程昊猛然将另一个贼人的手腕也攥住，一扭将其手腕扭到背后，随后两手一靠，两个贼重重地撞到一起，程昊向前一推，两个贼人被摔出几米开外。两个贼人爬起来，立刻消失在人流当中。

年轻的姑娘捡起布包，那中年妇人上前对程昊道："谢谢公子了。"

"不用客气，应该的。"

那年轻的姑娘羞涩地微笑："谢谢公子了。"

"不客气。"

已是下午申时，斜阳夕照，些许院落已开始升起袅袅炊烟。程昊沿着河边往丹阳客栈走，当他走到一片小树林旁的时候，忽然从小树林冲出一群手持铁锹棍棒的人，他们将他拦着，其中一个上午被他放倒的毛贼道："老大，就是他妈的这小子。"另一个被放倒的毛贼道："这小崽子力气不小。"一个满脸横肉，脸上一道疤痕的大汉走到面前："小王八蛋，敢动老子的人，你吃了熊心豹胆，赶紧给爷跪下，磕三个响头，舔舔爷的鞋子，爷兴许还能饶了你。"

程昊蔑视着这伙人："一群毛贼，还敢拦我，小心我把你们的脑袋拧下来。"

那疤脸大汉大怒："打死这小王八蛋。"

一群毛贼举铁锹棍棒向着程昊打来，就在一霎间这些毛贼的铁锹棍棒无不从手掌飞出，每个毛贼的臂膀都被震得疼痛难忍，那疤脸大汉还没看清怎么回事，就觉得左腿的膝部被一重物重重击了一下，他咕咚一下摔在地上，疼得快要晕厥过去。上午那两个毛贼见势不好拔腿就跑，程昊将手掌一挥，一根棍棒忽地从地上飞了起来，眨眼间打在一个毛贼的脚踝骨上，那毛贼"啊"的一声摔在地上。而那根棍棒并没有停下来，接着照着另一个跑着的毛贼的小腿打去，那毛贼也应声倒下。然后，程昊将手掌向后一拉，两个毛贼如两片薄纸一样被吸了回来，落在那疤脸大汉的旁边。

众毛贼都看傻了，还没反应过来，程昊唰的一下从剑鞘里拔出云流剑，云流剑寒光闪闪。程昊手握利剑向着疤脸大汉走来，那疤脸大汉看到程昊挥起宝剑，大声叫道："爷爷饶命！爷爷饶命！"并如捣蒜般跪着磕起头来，立刻众毛贼也一起跪下，喊着："爷爷饶命！爷爷饶命！"

程昊用剑指着那群毛贼道："别让我再看到你们，让我再看到你们，我看到你们一回，打你们一回。"

说完转身向着丹阳客栈走去。

四天过去了，程昊决定到丹水港走走，看看那里有没有适合自己能做的事情。

　　来到丹水港，这里水天一线的湛蓝海面上，数不清的货船往来穿梭，码头上帆樯林立，舳舻相接。装货、卸货的大船鳞次栉比，拉货进货的车辆来来往往，港口一片繁忙喧闹的景象。

　　程昊沿着码头的大道往前走，一绺拉货的车队正迎面向他走来。就在他前面几米开外处，一个衣衫破旧的男人恰巧转过身来，两个人的目光正好撞在一起。那个衣衫破旧的男人正是四天前在南大街集贸市场被抓的毛贼。毛贼一见是程昊吓了一跳，他转身拔腿就跑，想从迎面过来的车队前头穿过去，由于事发太突然，车队最前头的大汉来不及立刻停止，而那毛贼又跑得太快太急，两个人撞到一起，那毛贼倒在地上，打了一个滚，爬起来一溜烟地跑了。

　　被那毛贼撞上的大汉，由于拉着一车的货物，身子一下失去了重心，连人带车向着一侧倒下。就在这一刹那，一只手抓住了车帮，一下将就要倒下的车和人归了原位。大汉惊魂落定之后，车队停了下来，一伙人都围了上来。一个衣着华贵，四十上下、满脸放着光泽的中年汉子道："这位公子真是神人神力，谢谢少壮士了。"

　　"不用客气，随手的事情。"

　　这时，人们发现刚才差点摔倒的大汉表情痛苦，他脸色发白，一只胳膊已经动弹不得了。

　　那个四十上下的中年汉子道："怎么了阿奎？"

　　大汉忍着疼痛："我胳膊动不了了。"

　　程昊走上前看了一下，他用手抓住大汉的胳膊道："你的胳膊脱臼了，别动，忍一下。"

　　说着将大汉的胳膊一抻，那大汉一皱眉，程昊道："好了。"

　　那大汉顿时一点疼痛也没有了，胳膊完全可以自由活动了。

　　大汉立刻拱手："谢谢公子，您是我的大恩人，太谢谢了。"

　　"不客气，你的胳膊刚好，就别拉这车了，找个人替你一下。"

　　那个四十上下白脸的中年汉子道："你先在这看着货，等一会叫他们来替你。"

　　"不用了东家，不碍事，我行。"

　　程昊道："我也没有什么事，我来替你，你就跟着走吧。"

　　程昊抄起车把。

"公子,我行。"

"没事,你就带路吧。"

阿奎跟着程昊向前走着,口中骂道:"那小子太可恶了,也不知道跑什么。"

"那小子是个毛贼,四天前我在南大街集贸市场抓住过他,当时他正抢一个姑娘的布包,叫我给扭住放倒,凑巧今天又撞上了。他一见我吓得就跑。"

东家听到这,马上说道:"少壮士能否把那天的具体经过给我们讲讲?"

于是程昊把那天在南大街集贸市场抓住两个毛贼的过程讲述了一遍。

东家听完道:"少壮士,家住何处? 现在做何营生?"

"我是四天前才来丹水城,现在暂住在丹阳客栈,是想在丹水城找些事做。"

三个人说着话来到一个大宅门前,车队进了大宅门,东家对程昊道:"少壮士,随我来。"

走进一个院门,东家对侧面的厢房喊道:"夫人出来一下。"

房门一开,一个三十多岁、皮肤白皙的女人走了出来,她一眼就认出自己相公身边的年轻人。

"是你。"

然后她对自己的相公说:"这就是我跟你说的在南大街集贸市场帮助玲儿的那位公子。"

东家得意地微笑着说:"我猜就是,少公子请。"

程昊随着东家进了大厅坐定后,两人寒暄了几句,东家道:"我叫任大成,是这里的东家,你叫什么名字?"

"我叫程昊。"

"少壮士,你看这样行不行? 你不要再住丹阳客栈了,就住在我这里,吃住我都管了,你就帮我管一下仓库,你觉得合适就在这里,觉得不合适再找别的地方。"

"程昊谢谢东家,以后程昊就叫您任东家了。"

"好,我叫人把房间给你准备出来,你到丹阳客栈把你的东西拿到这里来吧。"

十几天过去了,程昊每日都随着任东家管理仓库货物的入库和出库,由于货物的摆放是按货主堆放的,有的占地大,有的占地小,进货多的时候常常货物放不下,只好暂时放在别的货主的货物里,因此出货时也就难免多货或少货,然后,伙计再翻来覆去地找货。程昊一来,每次出货时,总能精确地知道每个货物放在了哪里,再没有出现多货和少货的现象。东家和每一个伙计没有不佩服的。东家记录进货的情况,但是对进货出货的情况总是没有程昊清楚,程昊会经常更正东家的错误。

这一天,仓库所剩的货物没有多少了,程昊觉得这是一个绝好的时机,于是他把仓库整理了一下,便将东家叫到仓库。

他对东家说:"东家,我把仓库分成了四个存放区,第一个区是大件区,第二个区是中件区,这两个区内又分成1~4个独立的小区。第三个区是中小件区,第四个区是小件区,这两个区主要是货架。进货时要在货物上贴上标签,标明货主,并记录存货的位置。"

任东家知道程昊的记忆好,无论如何摆放都不会出现错误,便回答道:"好,你就指挥他们按你说的去做吧。"

半个月过去了,东家和伙计都看出这样存放货物的好处,仓库的地方大了许多,有了进货、出货的道路,进货出货十分方便。每次进货有了标签和存货记录,随时都能知道货物存放的位置,出货进货的效率大为提高。

伙计们没有不夸赞程昊的,东家对程昊则更是另眼相看。

这天下午,东家正在正厅看账,程昊走了进来,东家抬起头问道:"找我有事?"

"是的,东家。"

"什么事?"

"我想把每个伙计都确定一个编号,他们每进一车货物和运出一车货物都按照他们的编号记录在账务上,由他们画押,支付他们薪水时就按照他们画押的记录支付,多劳多得,少劳少得。"

"这个主意好,就这么做。"

"东家,我还有一个想法,不能只有进货的记录,还要有出货的记录,要把进货和出货的记录并在一起,进了多少货,出了多少货,还剩下哪些货未出,都要记录在账上。"

"行,你先做,做完给我看一看。"

程昊的办法实施了一段时间,产生了巨大效益,过去干活推诿,现在争着揽活,每个伙计都想多挣些工钱。过去,根本就搞不清楚的进货和出货,现在一目了然。任东家喜得不亦乐乎。于是,他做出一个决定,他对大家道:"以后你们有什么具体事情就找程昊解决,程昊就是我们家的少管家,他解决不了的

事情再找我。"

从此以后，任府货物的进出、仓库和账务、伙计的管理一切事务都由程昊掌管，伙计们遇到自己解决不了的大事小情也都找程昊解决。

时光飞速流逝，眨眼间半年过去了。程昊把任东家的事情管理得井井有条。无论是东家和伙计都称呼他为少管家，程昊也确实成为名副其实的少管家，而东家基本上成了甩手掌柜，他只是每隔两三日向程昊过问一下财务和货物的情况。

每天上午程昊都会例行去仓库巡查一遍。这一日，他刚到仓库的大门，看门的老伙计赶紧站立起来："少管家来了。"程昊对老伙计笑着点了点头，他发现仓库里一群伙计正背对着他，围成了一个松散的半弧形，他便问老伙计："他们怎么没有去港口卸货？"

"卸不了了，这货船还有王东家的货，他们不来，咱们也卸不了货，阿奎已叫人去王府了，他们都在这等着。"

程昊走了进去，伙计们的注意力全部都集中在牌桌上，没有人注意程昊的到来，程昊也就站在后面看着四个伙计赌牌。一个多时辰过去了，一个小眼睛、一嘴小胡子的伙计大赢，其余的三个伙计都输了，输得最惨的就是阿奎，他已经输得精光。但他很不甘心，于是他对赢钱的伙计道："今天老子手气太背，我先欠着。"

赢钱的伙计道："不行，不行，等你有了钱再来。换一个人。"

程昊已经看会了牌的赌法，便说道："我来吧。"

这时伙计们才注意到少管家在这里，大家都紧张地看着程昊，四个赌牌的伙计都站立了起来，惊恐地看着程昊，程昊对赌牌的伙计挥挥手道："坐，坐。"然后坐在阿奎的座位上说："来，我跟你们来几把。"

打了不到一个时辰，程昊始终控制着牌面，三个伙计的钱都要输光了。程昊道："好了，就到此为止。"

接着程昊逐个问三个伙各自输了多少，然后将他们输了的钱原封不动地还给了他们，剩下的还给了阿奎。

程昊对伙计们说："以后你们打牌可以，但不许赌牌。"

到了午时阿奎派去的伙计才回来，告诉大家可以去码头卸货了，程昊对伙计们道："走，我跟你们一起去。"

傍晚时分，程昊才回到任府，伙计们都在等待他，他将货物登记入库后，伙计们散去了。他来到东家的门前,叫道:"东家在吗?"门被打开。"少管家,今天辛苦了,进来坐。"

程昊进屋坐定:"今天上午我去仓库,货船不让卸货,伙计们只能在仓库等着。"

"这件事我已经知道了。"

"下午我同伙计们一起去了码头,我同船主谈了谈,您知道每个船主最不情愿的事就是货船在码头等待的时间过长,船主都想赶紧卸完货,马上就走。最怕的就是货主耽搁时间,造成货船无法正常起航。我与船主商量,如果货船到港,货主没到,我们都把货物卸下来,倘若卸货有什么损失,我们承担,我们的运费打七折。我与船主商谈这个条件,船主还是十分愿意的。"

"那卸下来的货放在哪里?"

"我想在码头建立一个储运仓库,卸下来的货物就放在储运仓库,东家可以从七折的折扣拿出一成给伙计,能多挣钱,伙计们求之不得。另外货主的货物存放在咱们的储运仓库,咱们可以比船主少收些存储费,这样无论怎么算都是合算的。"

东家沉默了片刻,心里盘算了一下,觉得是这个道理,微微地点点头道:"那这件事你就去做吧。"

码头一里外有一个僻静的地方,一条坑洼的小路蜿蜒地伸向一片小树林,穿过小树林,前面就是一座已经破败不堪寺庙,当地人称作东关庙,由于多年的荒废,寺庙的墙壁也被风雨侵蚀得斑斑驳驳,庙内的殿宇大都坍塌,院里杂草丛生,蛇行鸟啼。

程昊带着伙计用了将近一个月的时间,将坑洼的小路拓宽铺平,在小树林的旁边盖起一个十米开外的大庭院,在院内盖起了四个简易仓库,丹水港第一个储运仓库就这样建成了。

储运仓库的办法果然效果很好,不到几个月的时间,不仅成本完全赚了回来,而且人手还不够用了,程昊又招了十个伙计,全部放在储运仓库这边。

就在程昊将东家生意做得顺风顺水的时候,丹水城的货运出现了危机。许多家的货物在运往货主家的途中被劫匪掠走,送货的东家或取货的货主都要找镖局送货,这样镖局的生意倒是火了起来。

从夏洲的丹水城到淡洲的颍城有两条路,一条是宽阔平坦的大路——庆延路,另一条是山谷中的小路——石盘路。两条路虽然距离差不多,但绝大多数货运都走庆延路。

最初的匪患是从石盘路开始的,凡是走石盘路运货的车队几乎全部被劫,几个镖师不是死在匪首的刀下就是死于匪首的飞镖,至此再也没有货物敢从石盘路经过。石盘路的匪患令官府头痛,更让商家担忧,尤其是匪首徐飞镖,一提到他几乎是人人谈虎色变。据说此人身材魁梧,手中一把金刀百公斤重,挥起来神出鬼没,更厉害的是他的飞镖,有百步穿杨的功夫,左手一抖五镖齐出,百发百中。一时间恐慌在丹水城蔓延开来。

更糟糕的是这伙强盗从石盘路打劫开始,现在又开始延伸到庆延路,几家的货物都被这伙盗匪打劫一空,商家只好找镖局,可是镖局同样也被这伙强盗劫了货物,于是许多商家只好到官府救助,而官府也没有太有效的办法,只好向上奏报。

而恰在这时,程昊的储运仓库正好有一批丁家的货物,数日过去,丁家仍未来取货,程昊决定亲自到丁家一趟,和东家面谈,确定最后的取货日期。

他来到丁府的大门前,丁府的大门紧闭着,程昊敲了数下,大门才缓缓地打开。从大门门缝里伸出一个头来,那人一看是程昊,急忙把门打开,点头哈腰,满脸堆笑:"是程管家,进来进来。"

"东家在吗?我是来找东家的。"

"知道,知道,您肯定是为东家存在您那里的货来找我们东家的。"

"是的。"

那家仆显出尴尬的表情,摇着头:"唉!我也不瞒您,我们东家带着家眷跑了,走前东家跟我说,他在您那里还存着没有发出去的货,您一定会找上门来,这货一批是淡洲的上宿黄家的,另一批是淡洲的颖城岳家的。货您就看着办吧,这两家都没有付运费,您能运就自己运过去,我们东家管不了。"

程昊脸一沉:"管不了了?"

"东家跑了,还怎么管您那里的货。"

"你们东家为什么要跑?"

"您知道最近几家货被劫了?这几家损失最大的就是我们东家,一旦货主找上门来,我们东家根本就赔不起,所以东家带着家眷走了。"

"你知道去哪里了吗?"

"我哪能知道?现在这丁府就我一个看家的,我只是一个仆人,程管家您看我能做什么?"

"你们东家说，这货要我看着办，是吗？"

"是的，东家就是这么吩咐的，您看，您要是把货放在这里，丢货的货主一旦发现东家还有这批货，这批货就不安全了，我只是个看家的，这里我也做不了主。"

程昊的心一沉，他立刻想到丁家的货放在自己家的储运仓库也未必安全，纸里包不住火，早晚人家会知道自己那里存放着丁家的货物。程昊紧蹙着眉头问道："你知道这两家的具体地址吗？"

"知道。"家仆赶紧把地址递给了程昊。

程昊仔细地看了两位货主的具体地址，然后对家仆说："你不要告诉任何人我那里存放着你们东家的货。"

"您就放心吧，我明白，绝不会对任何人讲。"

程昊悻悻地离开了丁府。

已是午饭时分，十亭大街的大酒楼、大饭庄家家爆满。程昊心情烦躁，无心吃饭。大街上来往的行人川流不息，他向右拐进一个僻静的胡同，走出胡同，对面正好是太龙镖局，程昊走进太龙镖局。

镖局的大门微关着，程昊一推，大门吱的一声敞开了。程昊穿过寂静的大院，直接来到镖局的大厅，一进大厅，一个虎背熊腰，脸膛圆圆的彪形大汉站立起来，拱手道："客官何事？"

"我有批货物，要运往淡洲的颖城，现在自己走货不安全，想委托镖局运货，故此来问询一下。"

"您是要去淡洲？"大汉把声音拉得很长。

"是的。"

大汉皱着眉头道："现在哪家愿走淡洲的镖？风险太大了，去淡洲镖行都不敢单走，要几个镖局凑在一起走，你打算什么时候走货？"

"就这两天。"

大汉晃着头道："不可能，不可能，起码要十天之后了，而且我还得跟您说，价钱要比原先贵上一倍，现在哪家镖行都一样，还没有几家镖行愿意走。"

程昊笑着拱手告辞道："知道了，谢谢您了！"

"不客气。"

在回丹水港的路上，程昊思忖着，这批货物不能久放储运仓库，一旦丁家丢货的货主找上门来，又是一番纠缠，最好的办法就是把货赶紧送出去。现在

东家不在，一切正好自己做主，不如自己亲自把货送到货主那里。想到这，程昊的心情立刻轻松下来。他打定主意，决定立刻开始行动。

他回到储运仓库，对伙计们道："我要出去两天，你们看好仓库，千万不要出什么事情，一会我会叫阿奎过来，一切等我回来再说。"

伙计们答应："少管家放心，不会有问题的。"

程昊匆匆离开丹水港前往任府，一进任府，程昊直奔阿奎的房间，把阿奎叫了出来，程昊道："我要出去两日，你到储运仓库帮助照看一下，等我回来，我现在马上就走。"

"没问题，您尽管放心去，我立刻就过去。"

第三天的一大早，程昊回到丹水港，伙计们刚刚起床，阿奎也在，程昊对阿奎道："你跟我回任府，我有事情跟大家说。"

在东家的仓库里，阿奎把伙计们都召集在一起，程昊看大家都来齐了，语气平和地对伙计们道："现在丹水港的储运仓库还有一批货放在那里，是丁府的货物。大家都知道，当前匪患猖獗，商家和镖行都有货物被劫，丁东家就是被这帮强盗劫了货，损失惨重，他带着家眷跑了。他把存放在我们这里的货交给了我们，不管了。你们觉得我们应该怎么办？"

一个伙计高声说道："把货运到丁府，别再放在咱们这里，交得起存储费就把货全退给他，交不起就把一些货折成钱扣下。"

又一伙计道："人家东家不在，货主找来怎么办？"

阿奎道："不行，丁东家跑了，我们把货送过去，万一那些丢货的货主把我们送过去的货抢走，我们两头讲不清，绝对不行。"

"那是他们的事，不关我们的事。"

"你说得轻巧，到时候丁东家找上门来，麻烦就大了。"

伙计们七嘴八舌，吵作一团。

程昊看到大伙的情绪已经被调动起来，抬高了嗓门："大家静一静，听我说。这批货放在我们这里肯定不安全，这些货物是两家的，一批是淡洲的上宿黄家的，另一批是淡洲的颖城岳家的。前天我已经去过这两家，他们已和我商定好，由我们运送这批货物。"

听了程昊的话，所有的伙计都吃了一惊，每个人都睁大眼睛，面面相觑，一时间偌大仓库一片沉寂，鸦雀无声。

接着，几个伙计不约而同喊道："少管家，不行啊！"

程昊脸色严峻,用冰冷的目光看着叫喊的伙计说道:"怎么？是怕咱们的货也被这帮强盗劫了？"

没有一个人回答,寂静了片刻,一个伙计壮着胆子道:"是的少管家,已经那么多家的货被劫,我们这时候去送货？"

没等伙计说完程昊道:"运货的道路我已经走过两次了,这伙强盗的具体位置我已经摸清楚了,只要大家按照我的时间,跟着我走,是不会遇到这伙强盗的,大伙放心,没有把握事我是不会干的,我保证你们每一个人都是安全的。"

阿奎道:"是不是等东家回来再决定。"

"不用,没有问题,你们听我的好了,我们下午就走。"

程昊看着大伙严肃的表情道:"你们有不敢去的吗？"

大伙都沉默着,阿奎首先道:"我们听少管家的。"

随即伙计们道:"我们听少管家的。"

程昊点点头道:"为了安全起见,现在我们所说的话,不许再让其他任何人知道,你们回去准备一天干粮,带上过夜的衣服,饭后午时大家到储运仓库集合。"

正午的丹水港依旧是嘈杂喧闹,车水马龙。阿奎带着五个伙计都到了储运仓库,程昊又从储运仓库选了四个伙计,他们将五辆马车装上货物,每两个人一组,程昊将每辆马车检查了一遍,感觉货物捆绑扎结得很实,于是对伙计们说:"我带着两辆车先走,到北城护城河槐树口那片树林,你们半个时辰来一辆,我在那里等着你们。"

已到酉时时分,一轮火红绚烂的夕阳染红了半边云霞,奔波一天的归鸟在枝头吱吱鸣叫着,一排一排的燕子围着城楼忽高忽低地盘旋着,不时传来阵阵叫声。

在槐树口那片树林里五辆马车头尾相接地排列在树林的草丛中,伙计们都坐自己的马车边沉默不语,大伙各怀心事,只等待程昊的命令。

天色渐渐暗了下来,天边的最后一抹红云也淹没在厚重的云层里。程昊对大家说道:"我们出发吧,大伙要盯好前面的车辆,我在前面带路,大家一定跟紧喽。"

车队从树林中走出,排成一列,在夜色笼罩下沿着通向北方的道路缓缓地行进。

十二、盘石路

浓重的夜色将一切都淹没在黑暗之中,没有月亮,不见星光。所有的伙计已经辨别不出方向,他们紧盯着前方的火把,跟着前面的马车行进。车轮轱辘轱辘滚动着,每个伙计都感到湿漉漉的寒意。也不知走了多久,最前面的车辆停了下来,伙计们都围了过来,程昊道:"再往前走一段就是十里弯了,进了十里弯就不能再用火把了,必须摸着黑进去,山谷里岔路太多,只能我牵着马车,一辆一辆地把你们带进去,到了那里你们就静静地等着,等着五辆马车在蜈蚣岭下聚集。现在我先带阿奎过去,一会我再回来,接第二辆,你们就在这里等着,阿奎随我走。"

程昊牵着马,阿奎坐在马车上,马车走得很快,一点不像是走在伸手不见五指的山谷里,而倒像是走在阳光灿烂的大道上。约莫半个时辰马车就停住了。程昊道:"你在这等着,我去接下一辆。"

不到三个时辰,五辆马车都聚集在了一起,伙计们紧张的心情似乎也舒缓了一些。此时浓重的黑夜已经开始褪色,伙计们已经可隐约看到黑黢黢的山廓。又过了一段时间,天色开始亮了起来,程昊道:"大家准备好,检查一下货物和车辆,我们一会就要穿过蜈蚣岭,大家记住走进蜈蚣岭的山谷时,千万不要让马发出叫声,你们先在这里等着,我一会就回来。"说完,程昊走进树林,眨眼就不见了。

不大一会程昊回来了，他说道："大家跟我走，要跟住，千万不要让马发出叫声。"

此时的天边已经出现一抹熹微，尽管山谷依然薄雾笼罩，但眼前的道路却还能模糊看清，程昊在前引路，五辆车前后排成一列，沿着蜿蜒的山谷小路开始行进。

就在山谷的上方的蜈蚣岭上，一个山贼从山路树林边的一棵大树旁懒洋洋地站立了起来，他伸了个懒腰，望了望铅灰色的天边，正准备往山崖边走，忽然，远处有人招呼道："老幺，没什么事吧？"

"呦，起得够早的，没事。"

来的山贼一挥手："回去歇着吧。"

守夜的山贼咧嘴一笑："那我就回去了。"

刚来的山贼走了过来，见老幺离去，便开始来回转悠起来。他溜达走到山崖边，透过将要散去的薄雾，似乎看到一个朦胧的黑影，他急忙喊道："老幺，过来瞧瞧。"

老幺听到叫声，疾步走了过来，山贼指着山谷的小路道："你的眼神好，是不是前面山道上有什么东西。"

老幺放眼望去，也看不大清楚，于是说道："我一会骑马下去看看，有事我就招呼你，没事，我就回去睡觉了。"说着，快步向着山寨走去。

程昊一行车队已经快要走出山谷，忽然程昊感觉山谷上有一匹马正朝着这边而来。他对阿奎道："你认识这条吗？"阿奎道："我认识。"

"你就带着他们往前走，我回去一下，一会就回来。"程昊说着转身向着山谷里走去。

当阿奎回头招呼伙计时，他刚刚还看到程昊就在身边，眨眼间怎么就不见程昊的人影了。所有的伙计们也都回头望去，看到的只是蜈蚣岭那条蜿蜒曲折、静悄悄的小路，而全无程昊的踪影，伙计们惊诧万分。

一匹白色骏马从蜈蚣岭的山上冲了下来，它四蹄蹬开，沿着山谷小路奔跑了起来。当白马快要跑到刚才在崖顶瞭望的山下时，一块飞石重重地打在白马的腿上，白马一下倒了下去，山贼毫无准备，突兀随着白马侧倒在坚硬的岩石上，倒下的白马身子瞬间向前滑动，被压在白马身下的山贼即刻奄奄一息，很快就断了气。

程昊又回到车队前,他带着大伙走出幽长的山谷,上了大道,这时已是天光大亮,东方升起的太阳正喷薄着金灿灿的光芒,此时每个人心情就好似这喷薄的太阳充满了光明,伙计们的脸上开始展露出笑容,他们挥起马鞭,催马疾行。

当艳阳高照,车队已经来到鱼泗庄,这是夏洲与淡洲接壤的最后一个村落。鱼泗庄城墙高大,宽敞的城门车来人往,村内几家旅店伙计在门外吃喝着,招揽过客。程昊对伙计们道:"你们要不要在这休息一下,还是继续赶路,出了这里不远就是淡洲了,我们到颖城就得下午了。"

阿奎道:"少管家,我们还是赶路吧,到了颖城再休息。"

他回头问伙计们:"你们说呢?"

伙计们道:"对,到颖城再休息吧。"

车队穿过鱼泗庄,向着颖城而去。

颖城的规模虽然没有丹水城大,繁华程度却不亚于丹水城。程昊一行来到月阳客栈,上宿的尹管家已在客栈等候程昊车队的到来,管家见到程昊,笑着拱手道:"程管家果然准时,一路辛苦了,我已经为大伙预定好客房了,大伙吃完饭,好好休息一夜,明天一早我带你们去上宿。"

程昊亲热地拱手回道:"有劳尹管家的安排,程昊谢谢了。"

程昊和尹管家安排货物去了,客栈小二则带着伙计进了大堂。

第二天在尹管家的引导下,程昊将货物送到了黄府,双方验货交款之后,黄东家亲自送程昊到上宿城门,程昊与东家拱手道别,黄东家道:"程管家,少年有为,以后我黄家的货物就靠程管家了。"

"东家放心,只要有货我一定给东家送到。"

二人拱手道别。

任大成匆忙回到家中,发现院内冷冷清清,只有一个伙计坐在仓库里。任东家问:"程昊去哪里了? 人呢? 都去丹水港了吗?"

伙计回答:"程昊带着奎哥一伙去上宿送货去了。"

"去哪?"任东家吃惊地问。

"去上宿送货去了,程昊找了镖局,镖局都不愿意送这批货物,现在盗匪猖獗,镖局都不敢轻易去淡洲,而且价格太高,少管家决定自己押送这批货,阿奎和伙计们都不愿意,少管家说,出了问题由他来承担,和我们没有关系。阿奎和伙计们也不好反对,就跟着少管家去了。"

任东家听完,表情木然,眼睛直勾勾望着仓库,愣了半晌,然后一屁股坐在货箱上,带着悲腔道:"我真是看错了人,要是货丢了,再搭上几条人命,那该如何是好啊?"

"东家,少管家聪明伶俐,办事有办法,不会出什么问题吧?"

任东家挥了挥手道:"这可不一样,不一样啊,我要早回来几天就不至于如此了。老天爷啊,这是让我倾家荡产啊!"

说完颓然地站起来,向着自己的住处走去。

三日后,程昊带着阿奎一行十人回到任宅,三日不思茶饭的任东家听到程昊回来了,忽地站立起来,疾步走出厅门,由于走得太着急,迈出厅门时,一脚被厅门槛绊了一下,踉跄了几步向前栽去,程昊闪身上前将任东家扶住。

程昊道:"东家慢点。"

任东家猛力甩开程昊,看了一下回来的人,问道:"货呢?"

"全送到上宿,黄东家也付了运费。"

任东家忽然怒不可遏地指着程昊:"程昊,你好大的胆子,谁给你的权力,竟敢擅自做主,带着所有伙计去走镖,货被劫了怎么办?死了人怎么办?我真是瞎了眼了,认错了人,你可把我给坑苦了。"

程昊眼睛瞪了起来,申辩道:"东家,货我给您送到了,钱我一分不差地给您拿到了。"

没等程昊说完任东家骂道:"拿到个屁,还有一半的货,怎么办?"

"我照样把货给您送出去,钱一分不差地给您赚来。"

"还去送,啊呸!你小子真是不知死,现在盗匪猖獗,连镖局都不敢走镖,你去送,再送甭说货就连你的性命恐怕也得搭上,搞什么他妈的储运仓库。趁早给我滚蛋。"

程昊铁青着脸:"既然是这样,东家,你觉得储运仓库给你带来损失,储运仓库我把它盘下来,一切损失我来承担。"

"你敢吗?你担得起吗?"

"担得起,我说到就一定能做到。"

任东家气得手直哆嗦,指着程昊:"好!我现在就跟你立字据,货物和储运仓库都归你,从此那里跟我一点关系都没有,赚了是你的,赔了都由你担着,你敢和我立字据吗?"

"我现在就跟您立字据。"

"好小子,有种。"

于是,程昊和任东家立了字据,货物和储运仓库转让给程昊,一切责任全部由程昊承担,任东家和货物和储运仓库再无任何瓜葛。双方签字画押后,任东家指着阿奎一行人道:"你们原来属于我任家的六个人留下,其余的人你们就找程昊吧。这次的钱我照发,程昊的除外。"

程昊向东家拱了拱手道:"给东家添麻烦了,程昊告辞了。"

"不送。"

程昊面带愠怒,大步向着丹水港走去,四个伙计跟在后面一声不吭,远远已经看到仓储大门,程昊对四个伙计道:"你们先回去吧,我自己走走。"说完向着东关庙走去。

通向东关庙的小路寂静无声,程昊沿着小路前行,此时他的内心五味杂陈,他明白任东家很精明,这四个简易仓房值不了几个钱,而且又是他带伙计们干出来的,没有花一分工钱。这四间破房对东家已经没有用处了,他再不会做什么仓储了,就是剩下的这批货物让他忧心,他怕给他带来大麻烦,如果能推给自己,他就彻底甩掉麻烦。不过,这也是件庆幸的事情,有了这批货,有了属于自己储运仓库,一切可以重新开始。想到这,他挥手一掌,一棵几十米高的杨树轰地倒了下去,砸在不远的几棵小树上,发出了噼啪的响声。他清楚,莫说是送这点货物,就是杀尽这帮强盗也不是什么难事。但现在当务之急还是把这批货送过去。他思忖着,再走石盘路恐怕风险大了些,说不定这帮强盗已经有了防范,走庆延路?庆延路的情况如何?现在还不清楚,他停止了脚,深深地吐了一口气,去摸摸庆延路的情况,想到这里,转身向回走。

走进储运仓库,伙计们都站在他的面前,一张张严肃的面容,目光中带着茫然,他们不愿意就此散伙,而失去生活来源,又担心继续以后会有风险。程昊淡淡地一笑:"大家知道怎么回事了吧?"

伙计们纷纷嚷道:"姓任的太不仗义了,我们冒着风险给他挣了钱,他怕事,就把风险转给少管家,把我们交给少管家了。这样的东家,不给他干也好。"

一个家境困难的伙计道:"少管家,您做我们的东家,我们跟着您!"

几个不想散伙的伙计道:"对,少管家,您做我们的东家吧,我们跟着您!"

程昊看着支持他的几个伙计,从心里感到一股温暖,感到一股力量。他激动地说:"大伙信任我,我不会辜负大家,从今天起我就是你们的东家,你们的事就是我的事,我不会让大伙吃亏,只要大家听我的,我们的钱会越赚越多,我们储运仓库会越做越大。"

程昊接着对伙计们道："仓库的这批货我们要尽快地运过去，这两三天大伙把货看好，我要出去办些事，你们等我回来。"

听到程昊说还要把剩下的最后一批货送出，有几个伙计害怕了，其中上次和程昊走过盘石路的兄弟二人闫秉贵和闫秉财反应最为敏感，秉贵道："东家，再走盘石路劫匪会不会有防备？我们都没有武功，万一见到劫匪，真就像任东家说的了。"

程昊很是不悦："怎么能让你撞上劫匪，让你们撞上劫匪还送什么货，我从来不做没有把握的事情，我必须保证你们和货物的安全。"

闫秉贵接着道："我娘就我们兄弟俩，这次能不能让秉财留下。"

"你们自己考虑，我向你们保证的，我是一定能做到，而且我给你们送货的收入是任东家的三倍，愿意去就跟我去，愿意留下的就留下，不愿意留下的也可以走。"

闫秉财一听收入是东家的三倍，看着闫秉贵："哥，我还是跟你去吧。"闫秉财没有说话。

程昊看着大家："你们还有什么想法？"

大家相互看了看，几个伙计道："我们听东家的。""我们跟着东家。"

"大家看好货物，我去两三天就回来。"

"东家放心，我们这里不会有问题的。"

从丹水城到颖城若走庆延路要经过两处歇脚站，第一站是云宿城，再下一站便是霸庄，过了霸庄就是颖城，如果从丹水城到颖城马不停蹄一刻不歇也就是一天的路程。程昊再走庆延路之前，寻访了几家被这帮强盗打劫的商家和镖局，得知在没有这伙强盗出现之前，商家一般是一早出丹水城，下午入住云宿城，第二天中午后到达霸庄，午时抵达颖城。自这帮强盗在这条路频繁打劫之后，镖局一般是两种走法，一种是一早出丹水城，下午入住云宿城，第二天一早出发，穿过霸庄，下午抵达颖城。第二种走法是一早出丹水城，穿过云宿城，傍晚入住霸庄，第二天抵达颖城。了解到了情况之后，程昊便一早沿着庆延路奔颖城而去。

他一路走一路留心观察，住云宿，宿霸庄，抵颖城，一路下来，他发现这伙强盗打劫地段都是在霸庄通往颖城的路上，而且离霸庄不远的地方，打劫设伏的地方非常巧妙，定是有充足的时间，做了精心准备。而令他疑惑的是如果货物一早从云宿城出发,不在霸庄住宿,且是快速穿过霸庄,盗匪是没有太多的时间根据车辆的情况做好充分准备的。但实际情况这伙强盗是做了充足的准备,可以肯定他们是在货物离这里很远的地方就掌握车队的情况。

程昊沿着霸庄去往云宿城的道路上巡视着、观察着,他发现来往霸庄与云宿城的道路并非一条,若这伙强盗在半路瞭望,倒不如在云宿城设点监视,这样既更有把握,也更为经济。

他来到云宿城北城门,一提真气,飞到北城门城楼的楼顶,从楼顶向下俯视,通往北城门的大街小巷尽收眼底,很快,他的目光锁定在一个二层的茶楼上,茶楼面积挺大,雕梁画栋很是气派,它的位置正好在通往北城门必经街道的路旁,无论你走哪条街道、哪条巷子,只要出北城门,都必须经过这里。

程昊飞上翠林茶楼的楼顶向院内观看,他看到茶楼院的东角喂养着信鸽,他明白了,这伙强盗很可能就是用信鸽传递情报,这家茶楼大概就是这帮强盗的贼窝点。他提起真气,飞回霸庄,霸庄并不是很大,不大一会他便在十合客栈的后院发现同样喂养的信鸽。

回到了丹水港,伙计们看到东家回来很是高兴,程昊道:"我这两天了解一下情况,过两天我们就要把货送出。"他指着三个伙计道:"一会你们几个跟我去一趟南市大街,我们去买四辆马车。"

"好嘞,东家。"

程昊把目光转向一个姓于伙计:"我听你说你哥哥在曲东家那里做活?"

"是的。"

"你能不能让你哥哥跟曲东家打个招呼,说我明天上午我去拜见一下他。"

"行,东家,我现在就去找我哥哥。"

第二天的上午,程昊来到曲东家的门前,刚一到门前,一个个子不高,脑门光光,面容清癯的中年男子迎来。他向程昊拱着手,眼睛笑成一道缝道:"程东家,稀客啊,快请,快请。"说着,领着程昊走进客厅。

曲东家给程昊倒上茶说道:"程东家少年有为,不愧为年轻人中的翘楚,这么年轻就成为东家,可惜任大成真是没有眼力,曲某敢说过不了多久,程东家一定是咱们丹水城数得上的一号。"

"曲东家过奖,晚辈实不敢当,在您老面前程昊更是羞愧。"

曲东家笑了笑,挥挥于,程昊接着说:"不瞒曲东家,我的储运仓库刚刚起步,实力过于单薄,现在我那里有一批货要运出去,我的马车不够用,想求曲东家帮一帮,能不能借用东家一辆马车,价格由东家您说,不知东家是否愿意?"

曲东家拿起茶杯喝了口茶,笑着道:"咱们都是同行,程东家开口,我哪有不帮的道理。只是我要问一下程东家,你的货要送往哪里?"

"哦,是去颖城。"

曲东家点头声音拉低地道:"去颖城?"他将目光对着程昊道:"去颖城的风险可大啊。"

"是的,我知道,我前两天已经送了一趟货了,还没有送完,这也是最后一趟。"

曲东家呵呵地笑了几下道:"程东家真是了不起,这个时候去颖城送货,而且还安然无恙回来,真不简单。"

程昊道:"要是没有把握我也不会去送,曲东家放心,我有储运仓库,还有四辆马车,如果您的马车有任何问题,我会一丝不差地赔付给东家。"

曲东家连忙挥手道:"不是这个意思,不是这个意思。"

他看着程昊,用手指了一下茶杯:"喝水。"

程昊端起茶杯喝了口茶,用期待的目光看着曲东家,曲东家将头向程昊这边靠近道:"不瞒老弟,我这里也有一批要运往颖城的货物,而且这批货物十分贵重,是四大车的绸缎,跟老弟说实话,明天震声镖局和太龙镖局就押镖去颖城,我都没敢把货给他们,我真怕出什么意外。但是我相信程老弟,如果程老弟不出意外的话,等你把货安全送到颖城,我的四大车货就交给程老弟,程老弟安全送到,你借的马车就归您了,你看这样行不行?"

"行。"

"那咱们就这么定了。"

程昊点头,曲东家似乎突然想起什么似的说:"噢!对了,我那还有一车茶叶也要送颖城,能不能让我的两个伙计跟着你去一趟,你走的时候,我叫他们把两辆车都赶过去,他们对这两辆马车都熟,老弟你看行不行?"

"行,就这么着吧。"

"程老弟痛快,那就这么着。"

第二天的黎明,一队马车出了丹水城的北门,清晨的薄雾刚刚散去,一条笔直大道伸向北方,向北远望寥落的原野与北方的天际合成了一线。

程昊在北城的城墙上,俯瞰着远去的车队,见车队已经走远,他似一片落叶飘落城下,随后尾随着车队。

车队未时进入云宿城，他们来到老林客栈，伙计老远就迎了出来，满脸堆笑："尹镖头，一路辛苦了，都给您准备好了，赶紧去歇息吧。"说着牵着马，带着车队进了客栈。

翌日，天色刚亮，云宿城里的店铺大门还都紧闭着，老林客栈已经走出一队马车，马车踏在青石板的街道上，在寂静的大街上发出蹄哒蹄哒的声响，马队一出北城门，便加快速度向前行进。

就在车队驶过斜字大街后，从翠林茶楼院中一只白鸽掠过茶楼飞向天空，当它飞过北城城墙时，它忽然在天空中静止了，拼命地扇动翅膀，但根本无法前行，瞬间它从空中坠落而下，落在程昊手中。它的腿上绑着一块兽皮，上面写着"马车十辆，二十一人，辰时出北城门"。程昊看完，将兽皮重新绑在信鸽的腿上，抬手将它抛向空中，信鸽窜向天空，展翅飞向清冷寥廓的北方天空。

程昊腾云而去，他看着白鸽落到了十合客栈，不大一会另一只白鸽从十合客栈飞出，程昊同样将白鸽吸在手上，将白鸽腿上的兽皮取下，还是那张兽皮，上面只是多了四个字，"到三号站"。

白鸽被程昊抛向天空，它煽动着翅膀向着西方窜去，掠过一片茂密的山林，飞过叠翠谷，在石鹿山一处山寨内的一间两层木屋的窗前落下。程昊在一棵枝叶茂盛的大树上观察着，很快吊桥落了下来，一匹黑马上面坐着一个黑袍大汉，他跑在最前头，后面是四匹各色马儿，还有十二个步行的强盗跟在后面，强盗沿着山路跑去，而最后的两个强盗并没有跟着队伍，他们钻进了一片林间。

程昊跟着钻进树林的两个强盗，他们出了树林，走到山底，下面是杂草茂盛、芦苇丛生的一片湖水，两个强盗撑着一条大船消失在茂密的芦苇之中。

程昊又回到这帮强盗的山寨，他惊奇地发现，山寨的强盗几乎是倾巢出动，仅剩下一个留守的强盗，山寨内有一个马厩，两个大木屋，其中一个木屋内气味呛人，一个大通铺，定是这帮强盗们的住处。另一个是仓库，里面堆放着几堆货物。在两个大木屋的中间是一座两层的木屋，这是这伙强盗匪首的住处。

摸清楚强盗山寨的情况，程昊很快追上这伙强盗，这伙强盗在一个上坡和下坡凸起的路段埋伏好，程昊也找到一个可以观察的地方隐蔽了起来。

午时过后，在蜿蜒曲折的大道远方一匹骏马奔驰而来，马在树林边停下后，钻进树林不见了。不久，远方一队马车向着这边走来。

道路慢慢地变窄，车队也逐渐变成了一绺长长的队伍，走在最前的马车边是一匹白色骏马，上面端坐着一位剑眉凤目、仪表英武的汉子，他正是尹镖师，马队的最后是一匹枣红马，马上坐着震声镖局的龙镖头。

马车缓缓地爬上斜坡，然后快速地从上坡冲下，由于下坡较陡，车夫不得不勒紧缰绳让马车慢一点跑下斜坡，而后面的马车则是要等到前一辆马车冲下斜坡后再走，马车一辆跟着一辆等候着。

当第五辆马车刚冲下斜坡时，忽然从不远的树林冲出三匹骏马，冲在最前头的是一匹黑色骏马，马背上是一个穿黑靴黑袍，手握一把三尺大环宝刀的匪首，后面紧跟两匹枣红骏马。与此同时，尖厉哨声响起，坡上、坡下同时从树林中冲出一伙强盗。

黑马似一道黑烟，眨眼间冲到第七辆马车附近，那黑袍人从马背上腾空跃起，似一道黑色电闪从空中落下，马车上的车夫还没反应过来，就被一脚踹飞，重重地摔在地上，就在此时，两条绳索同时飞来，一条绳索的抓钩钩住了马车的车辕，另一条绳索抓钩钩住了马车的车轮，马车轰的一下倒下了，马车一旁的镖师急忙跳到一边。这时，车队最后的龙镖头已经跳到黑衣强盗的近前，向着黑衣强盗挥起一剑，只听见铛的一声，龙镖头的宝剑飞向空中，黑衣人抬起一脚将龙镖头踢出几米开外，龙镖头滚到斜坡的下面。坡上的几个镖师一见不妙，拔腿便跑。

当强盗刚刚出现，第六辆马车车夫急忙驾起马车冲下斜坡，斜坡下六辆马车围成一圈，镖师们拨打着飞来的乱箭，强盗们号叫着，几个强盗手持着大刀，向着车队慢慢地靠近，镖师们各持刀剑准备搏杀。

不一会儿，又传来一声哨响，强盗们立刻退却，钻进了树林，坡上的四辆马车已经不见了，一切又恢复了平静。此时，那伙凶悍强盗早已无影无踪了，四野一片寂静，只留下惊魂方定的镖师们和满载货物的六辆马车。

钻进树林的强盗很快又聚集在一起，他们拉着劫来的四辆马车，在蜿蜒的河滩边的小路上疾行，走了一段路程，前面便是一条河道，一只大船停靠在岸边，强盗们把货物搬运上船，拉着空车沿着河岸回山寨。

当强盗们回到山寨下面的湖边，大船早已停靠在湖边等候多时，强盗们熟练而快速地将货物送进山寨，三辆空空的马车被停放在山寨外的山路上。一个强盗闲适地坐在一辆空车上，目光四处逡巡着。大约一顿饭的工夫，山寨的吊桥徐徐落下，一排小推车从吊桥上依次下来，强盗们将货物装上马车，由六个强盗护着向西而去。

马车在坑凹的山谷中颠簸着行进,出了斜阳谷,强盗们又进入了夏洲的境内,他们从一条罕为人知的崎岖山谷穿出,那里正是十里弯的一条少为人知晓的岔路小径。

已过申时,夕阳已经隐瞒在群山之后,唯有西边鱼鳞状的红霞依然绚烂艳丽。车辆走出十里弯来到蜈蚣岭下,夜幕降临,强盗们举着火把将马车赶入星星灯火的山寨,一个宽衣长袖,体形魁梧的大汉从山腰中的一间石屋中出来,他的后面跟着一个保镖。

大汉快步走下台阶,六个强盗慌忙迎了上去道:"大寨主,二寨主叫我们把刚上手的货送来。"

大汉声如洪钟:"二寨主没过来吗?"

"他没有过来,只让小的们把货赶紧送过来。"

"你们休息去吧。"大汉对几个强盗说完,转身对身边的保镖说:"去叫管家过来。"保镖离开了,大汉脚步咚咚带响,迈着大步向后山走去,小喽啰赶着马车跟在后面。

快如电闪,如鬼魅幽灵,在毫无察觉中,程昊如空气般掠过前寨,落在后山的崖壁上,他看到一个瘦高身材的人,让喽啰们从货物堆里分出了一部分装上了一辆推车上,其余的货物装上另外的推车推向不远的仓库。

那个大汉推起留下的一辆车走向一条小路,在小路的路口有一个木栅栏门,此门高大沉重,一般人难以拉开,门上挂着一把大锁。那大汉打开大锁,一只手便将木栅栏门拉开,足见那大汉的力气之大。大汉将车推到山脚下,用手推开一扇石门,并将车推了进去。

程昊回到丹水港已是二更天了,漆黑的大海似乎要吞没这黑暗的世界,海浪拍打着岸边的礁石,发出阵阵轰轰的响声。程昊站立在海岸边沉思着,不自觉地抬头仰望着繁星满天的浩瀚天空,忽然感觉到天际中大气的异样变化。他腾空而起,划出一道长长的黑色弧线落在丹水港最高的山冈顶峰,他施展法力全神贯注地感知着大气、星云的运转,慢慢地心头涌起一阵惊喜,他决定还走盘石路。

五天过去了,储运仓库的伙计们的情绪已经有些焦虑,他们只是在仓库等待着东家,没有人知道东家在哪里,他去做什么,大家都心照不宣,有人担心他会出什么事,会不会被劫匪杀了。大家也没有好的办法,只能默默地等待着。

清晨,清冽的海风袭过丹水港,程昊站在马厩边放上饲料,饶有兴趣观赏着四匹马低头咀嚼着草料。一个伙计走出仓库,看到东家在马厩旁,他立刻招呼伙计们:"东家回来了。"

伙计们都冲了出来,程昊笑着对伙计们道:"好几天了,大伙等着急了吧?"

"是的东家,我们也见不到您,也不知道您什么时候回来?昨天曲东家还派人来找过东家。"

程昊问:"今天我们就把货送出去,有问题吗?"

"我们全听东家的。"

程昊道:"你们先吃饭,吃完饭,于伙计拉车和我去买些东西,你们几个伙计准备些火把,每辆车配上二十只火把,一共六辆马车,你们要准备一天干粮,带上过夜的衣服,去准备吧。"

吃完早饭,程昊带着于伙计走出大门,没走几步,曲家的伙计就来了,曲家的伙计见了程昊忙说道:"程东家,您在呐,我们东家让我过来问,您准备什么时候去颖城?"

"今天我们就走,你让你们东家午饭后把一切准备好,午饭后我一定到。"

"好咧!那我就回去了。"

正是午饭时分,曲东家早早就把货物和两辆马车在大院内准备好了,曲东家在大院内来回踱着步子,显得急躁不安,两个伙计站在马车旁边,曲东家望了望沉沉的天空,似是自语又像是对着两个伙计说:"这小子有谱没谱,别又反悔了,现在也该来了。"他对一个伙计说:"你出去看,看那小子来没来?"

伙计刚出去片刻就跑了回来:"来了,来了,程东家来了。"

曲东家阴沉的脸即刻转变成笑意,他对马车边的两个伙计道:"留点心眼,多观察道路,那小子不简单,学着点。"

两个伙计卑谦地点着头:"记住了,东家。"

程昊一出现在院门口,曲东家即刻大步迎上去:"程东家真是言而有信,太准时了。"

"东家您都准备好了吗?"

"准备好了,就等你来了。"

程昊走到马车前,曲东家指着两辆马车和伙计:"就是这两辆马车,这是我的俩伙计,他们对这两匹马特熟悉,就让他们俩跟你走一趟。"

程昊对两个伙计道:"你们准备一天的干粮,带上过夜的衣服,我和曲东家验完货、装完货、画完押,你们就跟我走。"

一切办完后，程昊带着两个伙计离开曲府。

回到丹水港，伙计们将最后一辆车装上货物，程昊检查每辆车情况，发给每辆马车二十只火把，一根卷好的缆绳，让大家吃些东西。闫秉贵心里打鼓，发给大家那么多火把和缆绳做什么？应该带些刀剑才是，他走到程昊跟前，带着笑："东家，我们是不是应当带着防身的家伙，我是说万一，万一遇上劫匪……"

没等秉贵说完，程昊一摇手："不用带家伙，没有万一，你就听我安排，放心吧。"

大家吃完饭，程昊带着六辆马车踏上去往颖城的道路。

虽然刚到申时，天色却越发阴暗，好似黄昏，伙计们都知道此番路程风险极大，如果遇上强盗，他们的性命不知道会是如何。因此，每个人都无心说话，只是跟着东家行进，他们都期盼着一路平安。

车队默默行进着，越走天色越暗，也不知道走了多长时间，道路和车影已经变得模糊不清了，程昊让大家点起火把，大家紧盯着前面的火把前行着。大约一个时辰，熊熊燃烧的火把的光亮都开始暗淡下来，程昊道："大雾起来了，大伙盯紧喽，千万别掉队。"程昊在前头控制着车队的速度，车队越走越慢。约莫半个时辰，大雾便将火把的熊熊火焰吞没成了星星火点，程昊将车队带到一个宽敞的地方说道："还有不远的一段路就到十里弯了，现在用我发给你们的缆绳把每辆车都相互连起来，火把一灭，就什么都看不见了，你们坐在车上不要动，我先带一辆车过去，一会我会一辆一辆地把你们带过去，你们就在这里等着。"

大雾似雪崩般涌来，雾色越来越厚重，然而对程昊却没有太大影响，他将马车一辆一辆带出蜈蚣岭。当六辆马车全部聚集在一起时，天光早已大亮，然而，厚重的浓雾仍未散去，大伙依然看不清前面的道路，程昊让大伙重新点燃火把，带着队伍继续前行。

已时时分，伙计们从薄纱般的雾色中蒙眬地看清了道路和前面的马车，接近午时，尽管天色阴郁晦暗，但雾色已经消失得无影无踪，他们赫然看到鱼泅庄高大的城墙，程昊对伙计们道："我们穿过鱼泅庄直接去颖城。"

伙计们这时才松了一口气，大伙兴奋地叫道："我们听东家的。"

十三、扶远镖局

YU
PEI JI

近两日，曲东家最是心烦，先是前天的大雾令他有些心神不定，他担心他的一车货物和两辆马车。昨天又听说震声镖局被那伙强盗劫了，吓得出了一身冷汗，他心想，真是太悬了，幸亏没把货物送给震声镖局，真要将这批货送到震声镖局，那可就真惨了。随即他又立刻想到了程昊，这小子行不行啊？别是个只会吹牛的银样镴枪头，这帮狗娘养的强盗再把这小子给劫了，那可就坏事了。他越想越后怕，后悔不应该这时候往枪口上撞。

正烦着，两个伙计赶着一辆马车回来了。曲东家立刻喜上眉梢，咧嘴乐着道："呦呵！回来了，够快的。"

伙计笑着答道："都办妥了，程东家太有本事了。"

曲东家呵呵笑着道："说说怎么回事。"

两个伙计绘声绘色地将他们这一趟的全部经过讲给了东家。曲东家听完伙计们的讲述，不由得赞叹道："看来这小子还是真有本事。"

一大早，一个伙计就在程昊的门前叫道："东家，任东家来了。"

程昊开门出来，任东家已经走到门前，脸上堆着谄媚的笑容，他疾步走上前，拱手道："程东家，我早就该来，早就应该来给你赔个不是，错怪了程东家了，对不住，程东家不要记恨我。"

"东家哪里的话,程昊非常理解东家的不易,哪有什么记恨的,东家千万不要挂心,这点小事情不值一提,都过去了。"其实程昊何尝不明白,又何尝不了解这位曾经的东家,他哪里会亲自到储运仓库来道歉,他到这里一定是有什么事情求帮忙。程昊面带微笑,一双闪亮的明眸注视着任东家。"进屋来吧。"

任东家干笑着道:"生意做得还好吧?"

"还好,一切都很顺利。"

任东家吐了一口长气,显出一副亲近的样子道:"我是了解你的,你的才干别人不知道,我还能不知道,什么事情能难倒你程东家。"

"东家过奖了,程昊也就是混口饭吃。大家做生意都不容易。"

任东家叹气道:"唉,是啊!难啊!也不知你知不知道,前几日震声镖局被劫了,货丢了一半。你说这官府无能,镖行又不敢再走淡洲的镖了,像我们这样无权、无势、无靠山的商家可怎么办啊?"

"怎么啦?东家遇到什么事了?"

任东家表情阴郁,语调带着几分凄然道:"嗨!别提了!怕什么来什么,现在没有商家敢接淡洲的货,我也是凡淡洲的货,该退货的都退货了。你说偏偏这混蛋的徐家,我早就告诉他,我不接这批货了,他居然把一批玉器和铜器用船运过来了,徐家在恒岳,千里之遥,我和船家说把货退回去,船家就是不干,把货物卸下不管了,这批货要送往颖城,现在就在我那里,我是退退不回去,送又送不出去,真是愁死我了。"

程昊明白了,任东家此番亲自登门道歉,目的是要我帮他把货物送往颖城。

程昊道:"现在应该是没有哪家镖局去颖城了,太不安全了。"

任东家急忙道:"我听阿奎说了,程东家确实有办法,如果程东家能把我这批货送到颖城,我愿付三倍的价款。"

任东家饱含满怀期待的目光望着程昊,程昊低头沉默片刻,淡淡一笑:"东家相信程昊了。"

"相信,当然相信,只要程东家答应再去颖洲,我愿先付款,付三倍的价款。"

"行,我们就先这么定下,两日后我到您府上,咱们再办理一切手续。"

"好,程东家!大后天的一早我在府中等着程东家。"

程昊点头,任东家道:"那我就先告辞了。"

程昊将任东家送出大门。

程昊刚回到房间,曲东家就来了,程昊赶忙将曲东家迎进屋里,坐定之后,曲东家道:"程东家好本事,我的两个伙计都跟我说了,鄙人佩服。程东家什么时候再去颖城?"

"伙计们一路辛苦,我让他们休息两日,两天以后就把东家您的那批货送过去,东家两天后午饭前让伙计把货送过来就可以了。"

"没问题,我一早就把货给程东家送过来。"

"好,那就这样。"

曲东家眸子闪着狡黠,表情带着几分揶揄:"我刚才看见任东家,那老东西无情无义的,看着挺忠厚,实际从来不干吃亏的事。刚才是找程东家来了吧?"

"是,他是向我来赔不是的。"

"你甭听他的,这老东西不定又打你什么主意那,你可得小心点。"

程昊一笑,曲东家道:"行了,那就这么说定了,过两天,一早我就把货给你送过来。"

程昊和曲东家扯了一会家常,便把曲东家送出大门。

曲东家走后,程昊独自在屋里来回踱着步,他知道自己的这帮人都是赶车送货的伙计,他们不像镖局里的镖师,有武功在身,见到强盗能够拔剑而战,毫无惧色。若他们真见到强盗,甭说保护货物,不吓得把裤子尿了就不错。倘若自己带着他们真的遇上强盗,自己既要打退强盗,又要保护伙计,还要守住货物,同时完成这三件事,恐怕会有些风险。他皱着眉头,思忖着,想要把这批货送到颖城,最安全的办法就是趁这伙强盗没有准备之际,首先向他们发起攻击,趁着他们在混乱之时,把货物送出去。

程昊走出储运仓库大门,向着东关庙独自信步,此时阳光温暖而灿烂,照在身上暖洋洋的。他反复思考着,琢磨着,一个方案在他的脑海终于形成了。

两天后的一大早,曲家的四辆满载绸缎的马车停在程昊的储运仓库门前,程昊验完货,伙计们将货物搬进仓库后,曲东家的四辆马车便空车返回了。

程昊来到任东家的府上,任东家早早已经把货物准备好了,程昊一到,很快一切就都办完了,程昊与任东家告辞,阿奎带着伙计们,赶着载满货物的四辆马车跟着程昊回丹水港。

浑圆鲜红的夕阳映红了半边天空,广袤田野一片寂静,一条宽阔的道路蜿蜒地伸向北方的天际,一行满载货物的车队缓缓行进着,好似一幅美丽的风景画,一张宁静的彩色图片。

伙计们已经随着程昊走过一次,大家按照程昊的命令行动,寅时时刻,八辆马车都在蜈蚣岭下静静等候着天明。当东方的曙光即将来到时,程昊对伙计们道:"你们做好准备,等着我回来。"说罢转身走向树林。

蜈蚣岭上,强盗的山寨悄无声息,山寨寨顶的瞭望塔上一个强盗正迷迷糊糊、似睡非睡靠在木柱上。一道黑影快似电闪地掠过前院,径直落在山寨的后山。程昊提起真气,手掌一攥一张开向着下面一挥,立刻从仓库到树林都燃起了火焰,随即他将衣袖一抖,一阵风起。

火焰熊熊燃起,大火在后山迅速蔓延肆虐,火苗从后山刮了过来,落在前院的木寨和树木上。瞭望塔的强盗被一股掠过的凉风吹醒,他惊得半张着嘴,瞪着眼睛看着被大火映红的后山和刮来的火苗,大叫道:"着火了! 着火了!"此时,后山已是一片火海,烈焰蹿出几米之高。

程昊掠过蜈蚣岭时,随手一挥,山口站岗的强盗忽然感到身后一股强风吹来,他回头一看,大吃一惊,就见山寨浓烟滚滚,冲向天空的浓浓黑烟中忽隐忽现闪烁着的火焰,不好,着火了。强盗大叫着向着山寨飞奔而去。

程昊从树林走出,伙计们正在四处张望,程昊对伙计们道:"我们走吧。"八辆马车从山谷中快速地穿过,走上通往鱼泅庄的大道。

金色的朝阳耀眼灿烂,马车在空寂的大道疾行,阿奎止不住好奇地凑到程昊身边,悄声地问:"程东家,我们从蜈蚣岭下大摇大摆地过去,这伙强盗看不见吗?"程昊诡异地一笑:"只要你们听我安排,就不会有问题。"阿奎没有再问。

刚过申时,车队已经进了颖城,程昊将两批货物交接完后,已是一更天了,车队进了客栈,这时大伙才算安顿下来。第二天一早,他们开始返回,程昊低头默默地坐在空车上,伙计们看到东家似乎有心事,便没人去打扰他。

程昊盘算着,紧靠储运仓库的伙计是不够的,尽管现在自己手下没有镖师,但所做的事情就连镖局也做不到,目前这种状态恐怕是不行的,必须要有镖师。如果有了镖师,岂不是就可以开镖局了。于是,他便想到了东关庙,那里是设立镖局最理想的地方,只要将倒塌的庙宇重新修葺,将围墙重新粉刷一下就可以了,至于镖局的名字,就叫"扶远镖局"。

回到丹水城,程昊把自己的计划告诉伙计们,并带着伙计们在东关庙开始动工,他打听到震声镖局已经倒闭,便从震声镖局招来了四位镖师。

这日,"扶远镖局"大匾刚刚挂在东关庙的大门之上,程昊正在距大门外一两米处踌躇满志地仰头观赏匾额时,从储运仓库疾步走来一个伙计,伙计见到程昊道:"东家,黄东家找您,他在仓库等着您那。"

程昊走进储运仓库大门，一个其貌不扬，肤色蜡黄，双眸闪闪发亮的瘦小的中年男子从仓库出来。程昊赶紧迎上去拱手："黄东家，让您久等了，抱歉！抱歉！"

"没有，没有，程东家客气，刚来，刚来。"

程昊伸手示意，与黄东家一起走进自己的房间。程昊拿起茶壶给黄东家倒上一杯茶水道："我这里简陋，黄东家只好将就了。"

"哪里，不客气，这里不错，仓库蛮大，很好。"

"黄东家亲自到我这里，不知道什么事情？"

黄东家带着几分神秘的样子："我从曲东家和任东家那里听说，你前几日去了一趟颖城，程东家真是好本事，现在丹水城都在私下议论，说你程东家是个了不起的人物，丹水城也只有你程东家还敢去淡洲。"

程昊明白，这又是一个让他帮忙去淡洲送货的。程昊面有难色道："不瞒东家，我前几日是帮助曲东家和任东家送了一趟货，那也是两位东家实在为难，恳求我帮忙，而且我和曲东家事前有约，不得以才为之。近日，我刚开设镖局，也准备做镖局这一行当，但是不准备走淡洲的镖。"

黄东家眼睛眨了眨："呕！是这样，我来求程东家也是没辙了。自从淡洲被打劫开始，我就没敢把我手上的一批货送出去，因为这批货太贵重，它是三车精美昂贵的绸缎和一车稀有的貂皮。我就是担心，一旦这批货出了什么岔子，我是倾家荡产也赔不起，所以一直放在我手里。三天前方财主家的管家找上门来了，让我无论如何也要把货送过去，程东家您说这时候让我把货送过去，我怎么送啊！我跟他解释，这李管家怎么也不干，偏要闹到官府去，我是费尽口舌让他容我几日，我去找送家，他这才总算答应，我是到处碰壁，没有一家肯去颖城送货。程东家，李管家跟我说了，送货的价钱可以由送货家来定，只要能送过去，哪怕贵上五倍、六倍他都出，程东家我跟您说，李管家出多少钱我就再出多少钱，如果你觉得少，我还可以再加钱。不知程东家能帮我这个忙吗？如果程东家能帮我这忙，以后程东家有用得着我的时候，我黄某人绝无二话。"

程昊想了想，沉默了片刻道："现在去淡洲的风险的确太大，既然黄东家确实有难处，我想先和李管家谈一谈，如果能谈妥，咱们就按刚才您说的办，黄东家您看呢？"

"那就谢谢程东家，只要你和李管家谈妥，他付多少价钱，我就付多少价钱。"

"那我还要问您送到淡洲什么地方？"

"颖城，方财主可是颖城数得上的大户。"

"那好，你明天叫李管家到我这里来。"

"李管家就在我府里，我现在就回去，马上叫他过来找你谈，你看如何？"

"行，我就在这里等他。"

"好的，程东家，那我就告辞了。"

第三天的早晨，程昊从颖城方府回到丹水城后，直奔黄府，与黄东家签订了字据，之后便回到丹水港的扶远镖局。

扶远镖局的外墙已经粉刷一新，红墙绿瓦颇显气派。前院的正殿和两边的厢房都已经封顶。程昊见了大为满意，他和伙计们说了几句话，就回储运仓库去了。

一到储运仓库，他感到有些疲乏，于是吩咐伙计，没有重要的事情不要打扰他，便回房间休息去了。

第二天将近午时，黄东家的管家来到扶远镖局，程昊赶紧走出大门，王管家一见程昊笑着道："程东家忙着那。"

"是啊，里面乱得很，我们就在外面说吧。"

两人走到马桩边，王管家道："我们东家让我告诉您，后天，您不用去我们东家那里，我们东家一早就把货亲自拉过来。您看行不行？"

程昊明白，黄东家是着急了，能早一点脱手就早一点脱手，程昊道："没问题，你跟你们东家说，他把货送来，验完货，我们就出发去颖城。"

"好嘞，我回去就把您的话转达给我们东家，我也不打扰您了，您忙吧，我告辞了。"

两人拱拱手，王管家便离开了。

午时时分正是饭点的时候，王管家走进老林面馆，这家面馆面积不大，但知名度却不小，面做得颇有味道，一到饭点就座无虚席。王管家进去一看，还有一个空的座位，便疾步走了过去，赶紧坐在空位子上。对面正在低头吃面汉子一抬头："呦！这不是王管家吗？您也到这来吃面。"

王管家也感到意外："王镖师！真是有缘，我刚去了趟扶远镖局，这不是正赶上饭点，就来这了，还真巧，正好这里还有一个位子，还正遇上您了。"

面馆的小二走了过来道："您要点什么？"

"给我来碗面就行了。"

"好嘞！一碗面。"小二说完走了。

王镖师皱着眉头思索着，看小二走了，问道："扶远镖局？哪个扶远镖局？在哪？我怎么不知道啊？"

王管家问："程昊你认识吗？"

王镖师似乎明白了："我知道，不就是起初给任大为做管家，后来又当了东家那孩子吗？怎么着！又开镖局了？"

王管家不无郁闷地回道："可不是，就在东关庙，自己当镖头，别看年纪小，本事可不小。"

王镖师好奇地问："你找他干吗？找他押镖啊？"

王管家带着几分嘲讽道："是啊！我们东家找你们虎镖头，你们虎镖头不敢接啊，这不才去找那小子吗！人家还真敢接。"

王镖师吃惊地看着王管家，随即点点头："行！你们东家胆子还真大。"

小二端着一大海碗面走了过来道："客官，您的面，给您放着了，您慢用。"

王镖师端起大海碗，将碗放在嘴唇上，用筷子迅速地将碗里的残渣胡撸到嘴里，然后一仰脖，将碗里的面汤一饮而尽，把干干净净的大海碗放在桌子上，用袖子一擦嘴道："您吃着，我先走了。"

王管家一笑："回头见。"

王镖师一进虎头镖局，穿过前院，径直走进后院。副镖头吴间正站在后院当中，王镖师看到吴间，问道："吴镖头，总镖头在吗？"

"在，正和管家说事那，要不你等一会。"

王镖师向虎镖头的房间看了一下，大门关着，屋里传出管家尖细的声音，他有些失望，对吴间说："也没什么大不了的事，我中午在老林面馆遇上黄东家的管家，他告诉我，他们东家把咱们拒绝的那批货给程昊了，王管家还告诉我，程昊开了镖局，就在东关庙，叫扶远镖局，就这事，回头您跟总镖头说说，我先走了。"

管家走后，吴间进了虎镖头的房间，将王镖师的话告诉了虎镖头。虎镖头也感到震惊，一个十八九岁的娃娃，竟敢接这么贵重的镖，看来还真有点本领，他自己最清楚，为什么不接去淡洲的货，货太廉价冒那么大风险不划算，货太贵重，必定是得自己亲自押镖，他久闻匪首徐飞镖厉害，若要是真的遇上，那肯定是一场你死我活的决斗，为了一趟货去搏自己的命有点不值当，而且若和徐飞镖交上手，肯定是顾不上货了，万一货物出了岔子，那镖局的损失可就大了，

所以太贵重和太廉价的货物他都拒绝了。可是黄东家去找程昊，人家还接了，这让他的自尊心实在难以接受，让他感到羞赧，他可是镖行的头号人物，是这个行当中镖师们所敬仰、所崇拜的人物，他的地位和荣誉是绝对不容丝毫损伤和玷污的。他想，既然有人不怕徐飞镖，我，江湖上人称虎爷的总镖头，不妨也走一趟颖城，不遇上徐飞镖则已，若真的遇上了，我倒真要领教领教这徐飞镖是何许人也。

想到这，他对吴间道："你去于府问一下，他那两车香料和一车茶叶怎么处理了，如果还在他手里，我想我亲自押镖，去一趟颖城。"

吴间很明白总镖头的心思，他立刻说道："我马上过去，要不要我跟您一起押这批货。"

"不用了，我跟扶远镖局一起走。"

吴间点头道："对，就这样。"

也就半个时辰，吴间回来了，他告诉虎镖头货还在于东家的手里，于东家听说总镖头亲自押镖，高兴坏了，他说咱们什么时候走，到他那里拉货就行。虎镖头道："好，就这样。"他接着说道："你们刚押回来的货，现在就送到任府？"吴间回道："都准备好了，我们这就送过去。"

虎镖头翻着账本："你带他们先过去吧，我随后就到。"

吴间走了，虎镖头找到这批货的记录后，核对了一下管家算出的价款，装好字据走出了房间。刚一走出后院，他忽然想起自己押镖去颖城的事，还应该早点告知扶远镖局，让程昊也有个思想准备。

前院空荡荡的，他刚要喊管家，黄镖师带几个镖师正好押镖回来。见到虎镖头，几个镖师同时叫道："总镖头。"虎镖头笑着问："回来了，怎么样？"黄镖师答道："一切顺利，我们去管家那。"虎镖头对黄镖师道："你再辛苦一趟，去丹水港的东关庙，告诉扶远镖局的程镖头，说我要亲自去颖洲走趟镖，让扶远镖局走镖之前通知一下，我和他们一起走，你现在就去。"黄镖师诧异地问："扶远镖局在哪？我怎么不知道？"

虎镖头恍然："扶远镖局在丹水港的东关庙，程昊是扶远镖局的镖头。"

"程昊，我知道，任大为的小管家。"黄镖师轻蔑地一笑："我这就去。"转身向着大门走去。

虎镖头看着其他几个镖师："管家在，你们去找他结账。"说完也走出了前院。

在去丹水港的路上，黄镖师很是不解，自己离开丹水城也就一个多月，这么一个小屁孩居然开镖局了，倒听说这程昊挺会管事，人挺机灵，怎么和总镖头拉上关系了，总镖头何许人也，镖行的老大，还要和他一起走，让老大给他保镖，这小子还真有本事。

黄镖师来到储运仓库门前，走过小树林，果然看到扶远镖局的大圖，他来到大门将马拴在马桩上，走进大门，院里面堆着木料、沙石和大块的青石砖块，这一堆，那一摊，一片狼藉。一个伙计看到从大门外走进一个威武的中年男子，问道："您找谁？"

"我找你们程镖头。"伙计向里面喊道："程镖头，有人找您。"程昊从正殿走了出来。

黄镖师看到从正殿走出来的程昊，心想就这么个白脸公子，一副书生样子也敢开镖局，这不是他妈的瞎胡闹吗！他再一看这帮人，不是车夫就是装卸的伙计。黄镖师的内心顿时充满鄙视，不觉得脸上带出一副傲慢神态，眸中露出蔑视的目光。

黄镖师不自然地一笑道："程镖头？"

程昊拱手："在下正是，您是？"

"我是虎头镖局的黄镖师。"

"您找我有何事？"

黄镖师略皱了一下眉头道："是这样，我们总镖头，虎镖头！你知道吧，他老人家让我知会你一下，我们总镖头要亲自押货走一趟颖城，听说你也要押货去颖洲，胆子不小啊！我告诉你，你确定好了，要真下决心去颖洲，就先到虎头镖局来一趟，告诉我你什么时候走，我跟总镖头说一声，等我们总镖头安排好，我通知你，你可以跟我们总镖头一起走，听明白了吗？"

程昊尴尬地一笑道："谢谢虎镖头了。"

没等程昊话说完，黄镖师皱着眉头一挥手道："好了，别啰唆了，我还有事，告辞了。"说完转身出了大门。

程昊叫道："黄镖师，听我把话说完。"

黄镖师解开马缰，跳上马道："你看着办吧，想跟着总镖头走就来找我。"说着打马而去。

程昊铁青着脸走进大门。

十四、庆延路

已是掌灯时分，虎镖头叫吴间到自己的房间来一下，吴间推门走进虎镖头的房间，虎镖头坐在一把宽大的披着一张虎皮的太师椅上，等吴间坐稳，虎镖头道："吴镖头，于东家的这趟镖我可能去不成了，晚饭前，萧师爷来了，有一尊盘龙木雕要我送到西番铁木郡守府，我这一去一回怎么也得四五日。我想扶远镖局的货不大可能四五日后才走，我现在拿不准是我回来后再送，还是你跟着扶远镖局去一趟？你看怎么样才好？"

吴间道："您去您的吧，我和扶远镖局走一趟，明天我就把于东家的货拉过来，您看那？"

虎镖头犹豫片刻："行吧，我明天一早就走了，你多加小心。"

第二天上午，吴间将于东家的货拉进虎头镖局，他想下午去趟扶远镖局见一下程昊，跟他约定个时间，俩人带队一起走。不想几件事都要马上处理，等一切处理完毕，天色已经变得十分昏暗，眼看天就要黑下来了。他只好放弃今天去扶远镖局的安排，等明天一早再去了。

一大早，储运仓库的伙计就将四辆马车拴好，四个镖师也都在仓库内，整装待发。一切刚准备停当，黄东家就拉着货物就来到储运仓库的大门前，程昊急忙迎出来道："黄东家早啊，快进来。"

黄东家领伙计们将四辆马车赶进大院，他对程昊道："还得辛苦程镖头了，验一下货。"

　　伙计把货卸下，程昊验完货，程昊的伙计们将货物装上自己的马车上，程昊则给黄东家介绍四位镖师，大家寒暄一阵之后，货物已被伙计们捆绑扎结好。程昊对黄东家道："黄东家，我们一起走吧。"

　　于是程昊的车队和黄东家的空车一起走出储运仓库的大门，在驻马口的岔路上，程昊和黄东家道别，程昊道："东家我们就此道别了，您尽管放心，货物一定送到方府。"

　　黄东家一脸严肃，拱手道："谢程镖头，此忙黄某记下，以后有求黄某的时候，黄某一定尽力。"

　　"黄东家不必客气，告辞了。"

　　"好，那我就敬候佳音，程镖头辛苦了。"

　　两个车队各自向着自己的方向分开了，程昊的车队奔着云宿城的方向驶去，黄东家的车队则往丹水城的大门而去，黄东家满怀心事地坐在空车上，心悬在嗓子上，实在放不下。他耷拉着脑袋，紧皱着眉头，身子随着车的颠簸晃动着。快到丹水城的东大门，忽然有人叫道："黄东家，早啊！"黄东家抬起头，见是吴镖头，连忙回道："早啊，一大早，干吗去啊？"

　　吴间道："到扶远镖局找程镖头。"

　　黄东家小眼睛睁得大大的："程镖头走了。我们刚在驻马口分的手，他的车队奔云宿城去了，你现在赶紧追，恐怕还来得及。"

　　吴间大感意外，他急忙和黄东家拱手道别，打马回到镖局，一进门便高声大叫，镖师们赶紧出来了，他对镖师们道："你们赶紧把于东家的货装上车。"镖师们见吴镖头焦急的样子，七手八脚迅速将货物装上车，并捆绑扎结好。吴间快速检查一下，看了看没有什么问题，带着七个武艺高强的镖师催马向着丹水城东大门奔去。

　　此时，东大门来往的车辆和行人还很稀少，吴间的车队疾驰而出，他们来到驻马口，向北踏上通往云宿城的道路。

　　吴间骑在马上，内心十分懊悔，他忽视了问总镖头，他是怎么与程昊沟通的。他很纳闷程昊为什么不打招呼，躲着总镖头，自己偷偷地走了，从货物的安全起见，不应该啊！他想不出个所以然，心里存着疑惑和不解。于是他催促着伙计们加快速度，一定要追上程昊的车队。

　　程昊的车队在通往云宿城的道路上行进着,他忽然感到似乎有一行车队正向这个方向疾驰而来,程昊对镖师和伙计们道:"你们加快速度前行,我到后面看一下,马上就回来。"眨眼间,程昊就不见了。

　　程昊掠过树梢,落在一棵大树上,从树上望去,他看到车队前头一匹棕色骏马上端坐着一位身穿藏青色绸衫,脚蹬皮靴的镖师,那正是副总镖头吴间。马车上插着虎头镖局的镖旗。马车扬起一道尘土,程昊明白这一定是在追赶自己的车队。

　　只是片刻的工夫,程昊又出现在自己的车队前,所有的镖师和伙计都感到震惊,他们眼看着程昊忽然就不见了,忽然间又不知道从哪里冒了出来。大家没人敢说,心里却都感觉到他们的总镖头可不是一般人。

　　程昊对赶车的伙计们道:"我们现在必须加快速度,赶紧走。"听了程昊的话,所有人顿时紧张了起来,大家心头一紧,心想是不是后面有劫匪追了,赶车的伙计摔起马鞭,催马奔驰。

　　车队疾驰了好长一段时间,前面是一条岔路,程昊对赶车的伙计道:"我们走小路,从胥阳村过去。"车队转向岔路口的小路,很快便消失在一片尘烟之中。

　　吴间的车队一路疾驰,快要到云宿城的南门,也没有见到程昊车队的影子。吴间开始怀疑了,是不是黄东家说了瞎话,在要弄自己,转念一想又好像不大可能,他怎么会得罪虎头镖局,招惹虎镖头那。怒火在胸中翻腾,他心里暗骂着,好个程昊,小王八蛋,让老子这么折腾,早晚得教训教训你这个小兔崽子。他忍了忍,咬着牙,皱着眉头走进云宿城的南大门。

　　就在吴间车队进入云宿城南大门不久,程昊的车队也从西门进入了云宿城,程昊找了一家离北门最近的客栈入住,并对客栈的伙计说自己的车队是胥阳村的,自己姓丘名月,是个管家。

　　吴间带着镖师们住进云宿客栈,云宿客栈的老板从后院过来,满脸谄媚地笑着:"吴镖头,久违了,有一段时间没有见到您了,您老可好啊!"

　　"还行,生意不错吧。"

　　"托您的福还行,咱们还是老规矩?"

　　"行!还是老规矩。"

　　"上好的房给您准备好了,再过一个时辰就给您准备晚饭。"

　　"晚饭不着急,我们还要先办点事,等办完事再招呼你的伙计准备晚饭。"

"没问题，我们随时候着，您什么时候招呼我们，我们就立刻给您准备。"

"好，就这么着。"

老板拱拱手，说了声："我不打扰您了。"然后就离开了。吴间对几个镖师道："这云宿城也不大，你们几个对这里都熟悉，你们分头到各个客栈都问一下，看看有没有扶远镖局的人和程昊入住。"几个镖师按照吴间的吩咐商量了一下，就分头行动了。

当天色完全黑下来的时候，最后一个镖师才回来，他们的结果都是一样的，所有的客栈都没有扶远镖局的人入住，也没有接待过叫程昊的这个人。吴间满心的不悦，带着大伙吃饭去了。

第二天，天刚大亮，程昊就带着车队奔着云宿城的北大门而来，快要路过斜字大街时，程昊对大伙说："你们先走，如果城门没开，就等一等，城门一开你们就走，我估计现在应该是开了，我随后就到。"车队沿着斜字大街向着北城门走去。

车队刚刚来到北城门，城门的守卫正在换岗，城门被徐徐拉开，程昊的车队立刻走过清冷寂静的城下空场，穿出城门，踏上雾色苍茫的北方大道。

就在程昊的车队缓缓地走过斜字大街后，不大一会从翠林楼飞出一只信鸽，当它飞越巍峨高大的城墙时，它头忽然朝下跌了下去，一下落在程昊的手中。程昊从信鸽的腿上取下兽皮，上面写着"四辆马车，八人，辰时出北门"。程昊将兽皮重新放好，用手在信鸽的上方一划，那只信鸽立刻睡了过去，他从腰间取下一个盒子，将信鸽放了进去，并设下结界。

吴间睡到后半夜就再也睡不着了，他知道下一段路程并不安全，会不会遇到那伙强盗？会不会遇到徐飞镖？自己应付得了还是应付不了？他心里都没底。屋内一片漆黑，他睁着眼睛，心神难以平静。他想到了程昊，他的车队是在云宿城，还是在霸庄？还是在什么其他的地方？明天程昊的车队会走在他的前头还是在他的后头？他的思绪一片混乱，捋不出个头绪。

天色微明，他就走出客栈的房间，让客栈的伙计给镖师们准备能带的早餐。天刚大亮时，他把镖师们都叫起来，他估计一下，现在就走，到城门等待不了多久城门就开了。于是，他让镖师驾上马车走出客栈。

车队走过两条大街，正准备穿过一条宽阔的街道时，他们忽然发现前面的路被挖出一条大沟，沟上铺着两块木板。人从木板上走过去肯定没有问题，但马车要从上面过去恐怕宽度稍差一点，何况还满载着货物。车队不得已又只好返回,走另一条路。当车队来到北城门时,城门已经开了。吴间让车队停在北门前的空场上,空旷的空场冷风袭袭,吴间让镖师们吃早饭,自己则站在空场上向着城内张望。

吴间等到镖师们吃完早饭,也没有看到再有车队过来,城门除了守门的兵士和自己的车队,静悄悄地空无一人,他看镖师们都吃完饭,便领着车队走出了北城大门。

程昊在城墙望着吴间的车队走出城门,然后把目光盯向翠林茶楼,果然不多长的时间,又一只信鸽从翠林茶楼飞出,程昊同样将这只信鸽吸到手中,取下信鸽腿上的兽皮,上面写着"三辆马车,八人,辰时一刻出北门"。他用同样的办法将信鸽放入盒中,然后腾空而起,追上车队。

一路上,程昊让车队快马加鞭,急速前行,距离霸庄还有一刻钟的路程时,程昊勒马而立,他对大伙说:"你们先走,我一会就到。"车队走后,他先将记有吴间信息的信鸽放出,过了一会又将另一只信鸽放出。他已经计算好了,第一只信鸽飞到十合客栈,然后再从十合客栈放出信鸽飞到强盗所住的石鹿山,最快也要半小时,强盗们再从石鹿山到设伏的地点大约一个时辰的路程。自己现在到达霸庄的十合客栈也就一刻钟的时间,等到这伙强盗到达设伏地点时,自己早就到了通向颖城的大道上,那里已经是淡洲的境内,而且大道上来往车队和行人很多。其次,这伙强盗的设伏地点往前不远就是夏洲和淡洲的边界,在边界线上有驻守的淡洲军队,他们绝不会到达边界线的边缘上,一是这里不远有驻守的淡洲军队,二是货物也很难快速运走。所以这伙强盗打劫的最远距离也就是离树林不远的地方。

程昊放出信鸽,追上车队,对赶车的伙计道:"我们必须在一个时辰内到达。"去往颖城的大道上,伙计们立刻挥鞭策马,宁静的大路上车轮滚滚,烟尘四起。

十合客栈的匪头坐在客房的长条椅上,沏上一壶茶,头靠在椅背上,双目微合,正怡然自得地休息。咣当一下门被猛地推开,匪头立刻睁开眼睛忽地坐了起来,一个喽啰拿着一张兽皮冲了进来,语调急速地说:"三爷,来货了。"匪头伸手拿过兽皮,看了一眼后愣了一下:"怎么这么晚才拿来?"喽啰回道:"刚到。"匪头对喽啰道:"你赶快去庄头看看,估计用不了多久他们就会过来了。"

他走出房间,对另一个喽啰道:"你快去,点烽火。"喽啰牵出一匹马,打马而去。

匪头疾步走向自己房间,换上一身紧身衣服,他还没出屋,又一个喽啰在屋外叫道："三爷,又来一份。"匪头出门接过兽皮道："是刚到的吗?"

"是的,三爷。"

匪头皱起眉头骂道："他妈的老四是不是又泡上哪个妞了,送的这是什么蛋消息,时间都不对,老大还说老四细致,纯粹是他妈的扯淡。"

匪头话音刚落,刚派到庄头的喽啰就跑了进来,匪头怒声道："怎么啦?"喽啰用手指着大门外："来了,过来了。"匪头大惊,朝着门外走去,他刚到大门口,程昊的车队已经风驰般从他的门口过去了。匪头望着奔驰而过的车队,自语道："来不及了。"他回头对刚去庄头回来的喽啰道："你去到一号站迎一下二爷。"

匪头悻悻地往屋里走,刚才的那个喽啰疾步跟了过来道："三爷,不是两份消息吗? 说不准还有镖那?"匪头烦躁地说："现在哪还有走单镖的。"他略微地迟疑了一下对那喽啰说："你说得不错,你去看一看。"

其实,吴间的车队始终距程昊的车队没有太远距离,就在距霸庄还有半个多小时的路程时,吴间突然发现在他们后面的大道上来了一支车队,他立刻让车队放慢速度,等待后面的车队跟上来,他想等后面的车队走近时,看一下就知道是不是程昊的车队。走了一大段路程,后面的车队不仅没有跟上来,而且不见了。吴间让车队停下,等一下,自己则飞马向后奔去,在不远处的岔路口上,他看到拐进岔路的车队,他急忙追了上去,一问是去前面村子的车队,他十分扫兴,立刻打马回到车队。这么一耽误,自己的车队便和程昊的车队拉开了距离。

快到霸庄的时候,他对镖师们说："前面不远就是霸庄了,这一段路最不安全,我们必须加快速度,到了边境线就安全了。"

镖师们抖动缰绳,挥鞭打马,马车如骤起的狂风一般,奔驰着向着霸庄奔来。庄头瞭望的喽啰忽然看到奔驰而来的车队,他跳上马背一抖缰绳返回客栈。

喽啰冲进客栈,匪首也出来了,喽啰兴奋地对匪首道："来货了,三辆车。"匪首顿时目光一亮,对喽啰道："去零号站接二爷。"匪首的话刚完,喽啰已经跳上马冲出大门。另一个喽啰也牵过一匹马,匪首道："把所有的烽火都点上,快! 要快!"这个喽啰也奔出大门。

这时,客栈里只有匪首和一个干瘦的老喽啰,匪首对老喽啰喊道："拿钥匙,把后面的仓库打开。"老喽啰拿着一串钥匙奔向仓库。匪首牵出最后一匹马,将马车套在马身上。

这匹马似乎不大愿意,匪首用力扯缰绳,马就是不动。匪首大怒,从马车上抄起鞭子,"啪"的一声抽在马背上,那马一声嘶叫,身子一转,头转向马厩,匪首再次举起马鞭,从后院回来的老喽啰急忙叫道:"三爷,别把它打惊了,我来。"说着跑过去,接过马鞭。匪首骂着:"妈的,狗日的东西。"疾步走向后院的仓库。

仓库里摞着几大箱的成块的碎岩石,以往一箱石块都要三四个喽啰一起抬。匪首搬了一下,根本搬不下来,这时,老喽啰正好牵着马车来到后院。匪首喊道:"老彪,过来帮忙。"老喽啰跑过来,双手抓住箱子的一边,两人同时猛地用力,大箱子忽地一下从下面的箱子上被抬到地上,老喽啰的两只胳膊被猛地一抻,险些脱臼,箱子差点脱了手。匪首在前托住箱子,老喽啰在后用力推着,到了门槛处,两人又重新抓住箱子的两边,匪首双臂猛地用力,将箱子抬起同时两脚先后迈过门槛。后面的老喽啰用尽全部力气抓着箱子,当他迈出仓库的门槛时,他的一只脚刚迈过门槛,另一只脚还在门槛里,手就抓不着箱子了,就听见"咚"的一声闷响,箱子落在地上。由于箱子太重,摔在地上,箱子的一边立刻裂开了。匪首骂道:"你真他妈废物。"

老喽啰哭丧着脸道:"太沉了。"

匪首再次抓起箱子,哗啦一下一些石块从箱子的裂开处滑出。匪首急忙松开了双手,瞪了老喽啰一眼,老喽啰傻傻地站着,匪首疾步走出后院。

当他走出客栈大门,吴间的车队正巧迎面过来,两人的目光相遇,吴间阴冷的、锐利的目光,令他心里一惊。

石鹿山的匪首从信鸽腿上取下兽皮,看到兽上写着红色的一,知道时间紧迫,他走下木梯,向喽啰们招呼了一声:"一号,快点!"很快喽啰们跟着他走下吊桥,他刚准备抖动缰绳,眼看又一只信鸽落到他房间的窗户上,他急忙返回自己的房间,从信鸽腿上取下第二份兽皮,两份消息差不多,匪首将兽皮一扔,暗骂道:"他妈的,这老三又喝多了。"他放好信鸽,走回吊桥下。

强盗们走下山路,绕过树林,匪首忽然看到远方升腾的三股滚滚黑烟,黑衣匪首即刻意识到镖食可能快到地点了,他对喽啰们道:"来不及了,去零号,快! 你们从树林穿过去。"说完一抖缰绳,黑马张开四蹄,沿着小路冲下去,后面紧跟着三匹马。其余步行的强盗钻进了树林。

程昊的车队一路疾驰,将要到达通往颖城的大道时,程昊令车队慢一点,车队缓缓地行进着,程昊骑在马上,他忽然感到有两队奔驰的人马将要遇上,他对镖师和伙计们道:"你们就在这里休息一下,我一会就回来。"说完话,即刻就不见了。

吴间的车队一路奔驰,刚走过树林,突然听到后面有马蹄奔跑的声音,他回头望去,一匹黑马似黑色的闪电向着他们扑了过来,后面紧跟着六七匹骏马。吴间掉转马头,拔出青龙剑,镖师们迅速将车辆围成一圈,亮出兵器。

跑在最前头的黑马还未到达车队,黑衣人突然从马背上飞去,他似划过天空的流星向着车队掠来。吴间腾空而起,挥剑劈向黑衣人,两人刀剑相撞,发出叮当不断的响声,吴间的青龙剑神出鬼没,剑剑毙命,黑衣人的九眼连环刀快似闪电,舞出一排排刀影,两人拼死相搏,这时,一个强盗从马上跃起,划出一道弧线,两脚轻飘地踩在一个十米多高的树干上,身子向上一蹿,稳稳地站在一个树杈上。他随手抽箭搭弓,就在此时,似从天降,一道身影无声落在他的上方,那强盗正准备拉弓,上方的程昊一掌打下,强盗头朝下身子笔直地摔在树下,颈椎立刻被摔断,当场毙命。

吴间和黑衣人正打得难分胜负,忽然吴间听到身后轰的一声巨响,他知道是他的马车倒了,他虚晃一剑,左手突然打出一镖,同时身子向后飞去。黑衣人感到一股寒气袭来,身子一侧,飞镖擦着身子飞了过去,接着他紧随吴间跟了过来。就在黑衣人将九眼连环刀举到一半,吴间打出的飞镖忽然折返了回来,速度之快,力度之猛一下扎在黑衣人的背上,镖尖径直插进黑衣人的骨头,黑衣人身子一抖,就在这一刹那,吴间的青龙剑向着黑衣人脖子扫了过来,黑衣人将头侧着一低,青龙剑带着黑衣人额上的一块皮肉划了过去,黑衣人身子向后飘去,落在自己的马背上,他吹了一声口哨,强盗们立刻随着黑衣人退向树林。

吴间立马盯着退却的强盗,镖师们将倒下的马拉了起来,他们重新装上散落的货箱时,三箱茶叶已被强盗劫走。吴间走到树底下,发现强盗已经死去,他查看了一下货物,损失还不大,于是他带着车队继续赶路。

程昊回到车队,镖师和伙计们正在吃饭,程昊和大伙吃完饭,带着车队驶上通往颖城的大道。

吴间阴沉着脸端坐在马背上,他不时地抖动缰绳,他的白马忽走忽跑,看得出来他的心中充满了愤怒,车队紧跟着他,快速地行进着。他们进了颖城,路过中心大街时,正好看见不远处,一座门面气派,富丽堂皇的绸缎庄的门前,程昊正和一个衣着华贵、气质雍容的男子攀谈,伙计们正在从车上卸货。两个镖师走到吴间的跟前道:"镖头您看见了,您说怎么办?"吴间狠狠地盯了一眼程昊的车队,咬了咬牙道:"我们有货,先去送货,这事回去再说,走。"

十五、剿灭劫匪

YU PEI JI

东关庙的前院主体工程已经完工,屋内和院内的地面已经铺好石砖,正殿和厢房的门窗已经装好。程昊正指挥着伙计们开始在后院动工。忽然一个伙计气喘吁吁地跑进后院道:"镖头不好了！虎头镖局要抢走咱们的马车,你快点去看看。"

"在哪?"

"在储运仓库门口。"

程昊快步走出扶远镖局,眨眼来到储运仓库的门口。一个伙计正紧攥着马的缰绳,嘴里说着:"您等我们镖头来。"程昊走了过来问道:"怎么回事?"伙计道:"我从仓库刚赶马车从大门出来,他的马车就冲了过来,我急忙躲闪,没有躲过去,是他的马车蹭了我的马车,他说是我撞了他的马车,他要把我的马车牵走。"伙计刚说到这里,虎头镖局的黄镖师抬起一脚,将伙计踢出几米开外。

程昊怒吼道:"光天化日之下竟敢在我门前撒野、抢劫。"

黄镖师怒目圆睁,口中骂道:"不中用的兔崽子,我他妈就是撒野。"说着抢拳朝着程昊的额下打来,就在拳头挥过来的时候,程昊一把攥住他的手腕,黄镖师顿感手腕的骨头似被攥碎了,他眼前发黑,还未明白怎么回事,就被程昊拎了起来,甩了出去,黄镖师从吴间的头顶飞过,摔在七八米之外地方。

吴间伸手拔剑，但怎么也无法从剑鞘拔出宝剑，他感到剑柄的周围有一股强大力量，他的手随即从身后使出一只飞镖，正要打出，一股气流撞在手上，飞镖被撞了出去。程昊一挥手，吴间似被狂风卷起的树叶一般，一下被吸到程昊面前，他还没反应过来，后腰带就被程昊抓住，程昊随手将他抛向一棵大树上，就听见"咚"的一声，吴间重重撞在树上，摔在地上没爬起来。

程昊将目光转向虎头镖局赶车的镖师，那个镖师立刻从惊愕中反应了过来，他一抻缰绳，马车立刻向着丹水城的方向跑去。

黄镖师将吴间拉了起来，扶上马，两人打马离去。

程昊重新回到扶远镖局，继续指挥伙计们施工，不到一个时辰，又一个伙计神色惊慌地跑到后院，他对程昊道："镖头，虎镖头来了，您看怎么办？"

程昊走出扶远镖局的大门，虎镖头和黄镖师正好来到门前，两人跳下马，虎镖头把缰绳递给黄镖师，大步走到程昊面前道："你就是程镖头？"

程昊回答："正是。"

"我知道你原来是任大为的管家，现在开镖局了，开镖局有开镖局的规矩，开镖局要讲信誉，不是诓人，骗人，而是言而有信。"

程昊道："总镖头，我程昊何时何处诓人，骗人，言而无信了？"

"我让黄镖师找过你，他没来过吗？他没请过你吗？你小子言而有信吗？"

程昊指着黄镖师和伙计们道："黄镖师在这，伙计们也在，他们都是当事人，那日黄镖师来，他态度傲慢，他跟我说，您去颍城走镖，我如果要和您一起走镖就去找他，他问我听明白没有？我要跟他说话，他说他还有事，我请他等一下，听我说句话，黄镖师说别啰唆了，要想跟您走就去找他，让我自己看着办。您可以问一下黄镖师和伙计们。"程昊正说着话，虎镖头突然一掌打出，那掌力带着一股巨大的气浪，犹如挥举在半空抡下来的铁锤，冲着程昊的胸口击来，虎镖头看到自己的天雷击打出时，程昊就在眼前，可怎么不见程昊了，倒是程昊身后不远处的一棵高大杨树被击断，近十米高的杨树从半腰轰然倒下。

虎镖头还没缓过神，就觉得身子背后有股气浪，他急忙转过身，程昊剑眉竖起，双眸带着怒火："老匹夫，竟敢如此下贱！"

虎镖头咬着牙："小兔崽子我要你的命。"

随即他使出了一招双雷击，即刻两道寒光射向程昊。这次他还是没有看见程昊，只是不远处一座石碑被寒光击打得碎石崩飞，石碑被击打成数段。

他的余光似乎看到了在他侧面的程昊，便抬腿扫了过去，一根拴马的马桩被扫成两节,一节斜倒在原地,另一节则飞出十米开外。紧接着他身子突然翻起,使出一招长猿倒挂,头朝下,腿朝上,双掌同时击出,就在他翻转的刹那,他果然看到在他背后的程昊。程昊也吃了一惊,不假思索地启动自身的法力躲开了虎镖头的攻击,以虎镖头无法想象的速绕到他的身后。

虎镖头双脚刚一着地,就觉得脚下有一股气浪冲过,这股气浪如开闸的洪水,似拍打过来的巨浪,把他的双脚冲起,身子倾斜着倒了下去,就在他身子往下倒地之时,程昊的一只手托住他的背部。程昊使出震天诀的一招佛手托心。虎镖头被程昊一托,霎时感到浑身的经脉紧紧地攥到一起,心脏被一股气流压制着,难以自由地伸缩。他顿时感到天旋地转,呼吸困难,他用尽全力把控住自己,顽强地站住,然后拱了拱手道:"虎某领教了。"之后,用尽气力走到马边,跳上马背,一抢马缰打马而去。

在回镖局的路上,虎镖头感到周身的经脉被一股阴气压迫着,收紧着,越走心脏的压迫感越强,他的呼吸更加困难。他坚持着,大脑中只有一个意识,"坚持!别倒下!一定要回去!"他目光恍惚、面色灰白,一进虎头镖局的大门,人就从马背上摔了下来。

黄镖师和虎头镖局几个镖师急忙过来,将总镖头扶起来,把他搀进房间。虎镖头对他们说:"你们先出去,我疗一下伤。"

虎镖头坐定,将真气从丹田上运,真气被拥阻在上腹,他用力将真气上提,上涌的真气和体内的阴气合成一股浊气,冲过胸膛,将体内的经脉崩断,心脏被这股浊气冲破,一大口鲜血从口中喷了出来。

刚一跨入总镖头房间的吴间听到总镖头卧室的声音,飞步走到卧室门前,拉开卧室的门,墙壁和窗上四处溅满鲜红的血迹,虎镖头倒在炕上。吴间上前抱起虎镖头,虎镖头声音微弱地道:"我上当了,那小子武功太高,我们不是对手。"说完,眼睛一合便断气了。

镖师们都来到总镖头的卧室,吴间对镖师们道:"你们都离开这里,不要动。"然后对管家道:"你准备两份银子,一份给都令大人,另一份给萧师爷,让他给我们写状子,把那小子缉拿进大狱。"

第二天将近午时,丹水城官府的大堂上,樊都令还在审着程昊,昨日刚到的马总兵有事要问樊都令,他到后院去找樊都令,缉捕说樊老爷在大堂审案,马总兵便信步走进大堂的后堂。

肃静的庭堂上,就听见"啪"的一声脆响,樊都令将惊堂木往公案上重重一拍,用尖厉的声音吼道:"你好大的胆子,伤人性命,通匪劫货,你还再诡辩,说你如何通匪,赶紧据实招来。"

站在后堂的马总兵正在环视着后堂,"啪"的一声惊堂木的响声,吸引了马总兵的注意力,接着听到"通匪劫货",立刻引起高度重视,他来就是剿匪的,他马上迈步走进大堂。

樊都令一见马总兵走进大堂,即刻站了起来,卑谦、谄媚地行礼道:"马总兵,您怎么过来了,您坐。"樊都令让开自己的位子,让马总兵坐。马总兵挥挥手,示意樊都令坐下:"你接着审。"说着,坐在侧面的椅子上。

樊都令盯着程昊道:"速速招来。"

程昊道:"您说我伤人性命,我已经跟您说过了,证人都在您可以去核实,看我说的是否有半点不实之处。"

樊都令再一次一拍惊堂木,大声道:"我问你通匪劫货,赶紧据实招来。"

程昊道:"请问大人,你凭什么说我通匪劫货,我怎么通匪?怎么劫货?您有什么证据?"

樊都令道:"在丹水城所有去淡洲的镖局和货商都被这伙强盗打劫过,而只有你来去自如,这伙强盗从来就不打劫你的货,你给本都令解释解释?"

程昊把目光转向马总兵:"您是总兵大人?"

马总兵面色严峻,目光威严地看着程昊:"正是本官。"

"您一定是刚来不久,是来剿灭这伙强盗的。"

马总兵道:"你到底要说什么?"

程昊道:"关于这伙强盗的事情,我想和总兵大人单独讲,不知大人可否愿意?"

"好,你随我来。"

马总兵带着程昊来到自己的房间,程昊把强盗所在的据点、眼线、打劫的地点和如何打劫全部告诉马总兵,并把与虎镖头冲突的原委讲给了马总兵,程昊问:"请问总兵大人,你何时到的丹水城?"

"昨日刚到。"

程昊道:"大人,您昨日刚到,想必还没有多少人知道大人来剿匪之事,如果时间长了,大人剿匪的消息走漏出去,特别是被这伙强盗知道了,他们若有所防范,事情就不好办了。"

马总兵认同地点点头道:"依你的意思?"

"我认为事不宜迟,马上就行动。"

"嗯,我看可以。"

于是,程昊向马总兵提出了具体的行动方案,马总兵大为赞赏道:"好,就按这个方案行动。"

马总兵和程昊回到大堂,樊都令和萧师爷赶紧赶了过来。马总兵对樊都令道:"此事的原委我已经清楚了,虎头镖局的吴间胆大包天,颠倒黑白,藐视我大夏王法。"他指着樊都令:"你即刻派人,将吴间缉拿入狱,本总兵要亲自审理此案。"

樊都令听了马总兵的话,脸色骤变,他用眼睛看了一眼萧师爷,萧师爷即刻明白了樊都令的意思,默默地退了出去。

樊都令道:"程镖头,有马总兵和本都令在,你尽管放心,本都令定会依法断案,把事情搞得清清楚楚,给总兵大人一个满意的交代。"

樊都令把目光转向马总兵道:"大人,这不过是一件小小的民事纠纷,下官实在无能,大人肩负剿匪的重大使命,还让大人为此小事分心,下官实在无地自容,大人放心,下官一定办好此案。"

马总兵点点头:"都令大人,程昊现在有重要使命,不得干扰他。"

樊都令赔着笑:"下官明白。"

马总兵看着程昊:"你先回吧。"

程昊拱手:"程昊就先告辞了,您等我。"

"好,你去吧。"

程昊又转向樊都令道:"大人,程昊告辞了。"

樊都令冷冷地看了一眼程昊:"回吧。"

"程昊多谢大人。"

虎头镖局的匾额上黑幔环绕,后院内挂着白绸素段。吴间正在大厅安排布置灵堂,前院的一个镖师匆匆走进后院,来到吴间跟前:"镖头,萧师爷来了,在您门口等着您呢。"吴间来到自己的门前,拱手道:"师爷,您怎么来了!"萧师爷面色严峻指着门:"屋里说。"

吴间急忙打开门,萧师爷一步跨了进去,随手将门带上:"吴镖头,实在出乎意外,昨日马总兵带兵抵达丹水城,今天马总兵来找樊大人时,樊大人正在大堂提审程昊,樊大人让程昊招认通匪劫货的事情,程昊要求与马总兵单独交谈。马总兵将程昊带到后院,两人在后院密谈将近一个多时辰,我看马总兵与程昊绝非一般关系，他对程昊是欣赏尤佳，马总兵出来便命樊大人缉拿你入狱，他要亲自审理，樊大人巧妙周旋，我这才脱身出来。吴镖头，官大一级压死人，马总兵的官阶樊大人是万万不敢得罪的，我看吴镖头最好是出去躲躲，避避风头如何，再做打算，马总兵不可能待在这里太久，有樊大人在，吴镖头不必担心，吴镖头先应付一下眼前的事情，我不能久待，就告辞了。"

吴间迈步要送萧师爷出门，萧师爷抬手制止："吴镖头不要送了。"说着迈出门，将门关上。

吴间愣愣地站在屋里，他明白樊都令是怕他捅出他收取虎头镖局的巨额贿赂，他想起总镖头临死前所说的话"我上当了，那小子武功太高，我们不是对手"。他由衷地感到程昊厉害，思索了一会，决定还是先离开这里。

他立刻取出银子，放在一个包里，这时，门外一个镖师叫道："吴镖头，有人找。"吴间打开门，一个镖师装束的男子站在后院的门口。吴间招手叫他进屋。

一个镖师装束的男子走进屋里，拱手道："我是扶远镖局的李镖师，程镖头请吴镖头到扶远镖局去一趟，您要是同意就跟我走，不同意我就回去了。"

吴间沉思了片刻："走，我跟你去见你们程镖头。"

吴镖头和李镖师骑马来到扶远镖局大门前，李镖师道："您在这里等一下，我去找一下程镖头。"说着牵马走进大门。

程昊将吴间带进厢房，请吴间坐下："吴镖头，我也不跟你绕弯子，我就实话实说了。你在状书上告我通匪劫货，这可不是一般的滋事斗殴，而是要掉脑袋的重罪，不知吴镖头有何证据说我通匪劫货？"

吴间站起来，拱手道："程镖头，对不住，是我无端揣测，信口胡言，吴间给程镖头赔罪。"

程昊用手指着椅子道："你坐，这件事已经触动了马总兵，你我心里都明白怎么回事。我实话告诉吴镖头，马总兵要缉拿你入狱。"

程昊说到这里，吴间警惕地盯着程昊，手下意识地向后摸镖。程昊道："我看你背着包裹，想必你也知道这件事情的后果，我有个建议，你来选择。一是我们合作，你的事，我找马总兵帮你解决。否则，只能是你离开了。"

吴间道："我们怎么合作？"

"一起帮助马总兵剿匪，不知你愿意与否？"

吴间瞪大眼睛，追问道："此话当真？"

程昊的眸子里闪着冷峻而坚定的光芒："当真！这岂能是儿戏。"

"我愿意听从程镖头的指挥,随你调遣去剿匪。"

程昊忽地站起来,盯着吴间的眼睛道:"你真的愿意吗?"

吴间严肃地说道:"我吴间一言既出,一诺千金,请程镖头信我。"

程昊兴奋地说道:"好!吴镖头,既然吴镖头也有心剿匪,我就把实情告诉你。"

于是,程昊把今晚的行动计划告诉吴间,程昊道:"石鹿山是在淡洲境内,夏洲的士兵不能进去太多,他们只能以镖师的身份剿匪,我这里有四个镖师加上你一共五个。"

吴间道:"我可以带上虎头镖局的镖师们。"

"恐怕虎头镖局的镖师们会有情绪,我们这次行动高度机密,必须万无一失。你配合范副总兵就可以了,还有,你一定不能让那个黑衣的匪首逃掉,他现在背后有伤,再和你交手,恐怕已经不是你的对手,你最好将他擒获。"

吴间惊奇地望着程昊,程昊笑着说:"吴镖头还记得霸庄郊外,你与黑衣人交手时,你打出一镖,那镖打出去后又折返了回来?"

吴间道:"我一直觉得蹊跷,不知道怎么回事?"

"你和这帮强盗交手时,我也在,就在那个死去强盗的树上,他正要用箭射你,我把他打倒在树下。"

吴间咕咚一下跪下:"吴间惭愧,对不住救命恩人,吴间实在该死。"

程昊上前搀起吴间道:"吴镖头使不得,只要吴镖头愿意,你可以到我这里,你做副镖头,我们一起把扶远镖局做大,程昊随时恭候吴镖头。"

吴间道:"只要程镖头能把这事在马总兵那了结,吴间愿追随程镖头。"

程昊道:"好,我们一言为定,时间也差不多了,我们现在就去找马总兵。"

已到二更天,按照计划,马总兵带兵在进入十里弯的山口等待程昊的到来。

程昊同范副总兵带着五十人乔装镖师,在二更天悄悄来到石鹿山,程昊、范副总兵和吴间三人首先潜入强盗的寨内。此时,山寨一片寂静,强盗们都已入睡,朦胧的月色下,依稀可以看到在吊桥边不远处一个强盗依靠在木栅栏上。程昊向范副总兵和吴间说明寨内每个屋里的情况,然后三人回到山寨外。程昊对范副总兵道:"马总兵还在十里弯等着我,我就告辞了,天一亮我们同时行动。"

范副总兵道:"程镖头,辛苦了。"

不到三更天，程昊来到十里弯的山口见到马总兵，程昊将石鹿山的情况汇报给马总兵，然后对马总兵道："十里弯岔路很多，士兵们一定要跟紧，不要走散，我们现在就进山。"

临近五更天，官军已经在蜈蚣岭的山口聚集完毕，程昊对马总兵道："大人，我先上去，把上面山口的强盗干掉，然后我们就上山，将山寨包围，您等我片刻。"说完人便不见了。

只是片刻的时间，程昊又回到马总兵面前："大人，上面的强盗已经干掉，随我上山。"程昊带着官军沿着山路登上蜈蚣岭，在蜈蚣岭山上的路口处躺着一具强盗的尸体，马总兵不觉倒吸了一口凉气，心中一惊，这程昊绝非是一般人，居然有如此高的功夫。

五更时分，官军已经潜伏在山寨的外围，等着马总兵的冲锋命令。

这场剿匪行动最先是在石鹿山发起攻击的，夜色即将褪去，天还似明似亮之时，吴间突然跃起，他掠过木栅栏，奔向靠在木栅栏的强盗，那强盗还没有反应过来，一道厉闪划过，强盗的脑袋即刻从脖子上滚落下来，身体咕咚一下倒了下去。

吴间放下吊桥，官军随即冲进山寨。居住在两层木屋内的匪首听到声音，刚迈出屋门，吴间如同天降，挥剑向他劈来，黑衣匪首跳下木梯，范副总兵已经来到近前，一剑刺来，黑衣匪首摆刀隔开，吴间和范副总兵一左一右，两把宝剑紧紧缠住黑衣匪首，黑衣匪首左右抵挡，只有招架之功。吴间突然向着黑衣匪首拦腰虚晃一剑，黑衣匪首挥刀去隔，吴间迅速抽回宝剑，腾空而起，使出平生的气力，划出一道寒光，从空中向着黑衣匪首的头部劈下，黑衣匪首横刀相迎，由于宝剑劈下来的力量太大，黑衣匪首宝刀与宝剑相撞时，黑衣匪首的伤口突然崩裂，宝刀脱手，范副总兵一剑刺进黑衣匪首的喉咙，黑衣匪首即刻栽倒在地。

就在吴间和范副总兵与黑衣匪首打斗之时，冲在最前头的官军一脚踹开强盗木屋的大门，一个强盗刚从炕上跳下来，就被冲进来的官军乱刀砍倒，几个跳起的强盗也被官军砍死，剩下几个趴着没动的强盗被官军绑了起来，押出屋外。

范副总兵割下黑衣匪首的人头，将仓库里的货物装上马车，押着强盗迅速离开了石鹿山。

天光刚刚露出鱼肚般的白色，程昊对马总兵道："马上换岗的强盗就要出来了，只要寨门一开，我们就冲进去，我去擒徐飞镖，大人您在山寨大门指挥和接应各路，别让一个强盗逃走。"

马总兵道："好，一定要擒住徐飞镖。"

"大人放心，我定将徐飞镖擒住。"

果然，不大一会，山寨的大门被拉开一道缝隙，一个强盗刚从缝隙走出，程昊一掌击出，强盗被打飞，当场毙命，大门轰地被一股巨大的气浪撞开，程昊似一道闪电进入寨内，瞭望塔上的强盗还没有看清楚，就被在院内的程昊一掌打中，强盗从瞭望塔上摔下而亡。这时，山坡上徐飞镖的屋门忽地开了，一个强盗推开屋门，手提一把大刀从屋中出来，同时一只飞镖从窗户飞出，向着程昊飞来，程昊抬手一挥，飞镖突然转向，快似流星向着刚出门的强盗飞去，那强盗未来得及反应，飞镖已洞穿胸口，那强盗从坡上滚落下来。

就在那强盗滚下的时刻，一个影子从屋里的窗户飘出，同时五个亮点向着程昊五个不同的方位闪来，程昊一挥手，五只飞镖掉头向着飘出的影子打了过去，那影子一侧身，五只飞镖插在山壁的岩石上。

徐飞镖脚刚一着地，程昊的流云剑迎头劈来，徐飞镖摆刀相迎，流云剑碰在金刀上，就听"呛"的一声，徐飞镖持刀的臂膀似电击般一颤，金刀险些脱手，他即刻将两手攥住刀把，程昊一只手握着流云剑，向下压着金刀，徐飞镖运足真气，拼力抵挡，他的双脚已将脚下的青石板踩碎，两脚已经深深地陷入土中。程昊不断地加力，他的双臂开始在颤抖，程昊照着他的肋下一点，金刀即刻从手中脱落，整个人跌倒在地，浑身抽动起来。在大门督战的马总兵带着随从走了过来，程昊一脚踩在徐飞镖的身上，马总兵道："绑了。"随从把倒在地上如一摊烂泥的徐飞镖绑了起来。

面对突如其来涌入的大量官军，强盗们大惊失色，只有几个想反抗的强盗刚举起刀枪，被官军乱刀砍死外，其余全部投降，官军将他们捆绑起来。

程昊对马总兵道："大人，您随我去后山。"程昊和马总兵带着一伙随从来到后山，他们来到大栅栏门前，程昊一剑将锁砍掉，随手将大栅栏门推开。程昊走到山脚下，用手一推，一个石门被推开。程昊对马总兵道："大人，这里都是徐飞镖存货物的地方，您带人进去吧，我要赶紧去石鹿山看一看。"

马总兵道："对，你赶快过去看看。"

程昊飞身离去。

此时，在云宿城和霸庄的抓捕行动也已经开始，翠林茶楼和十合客栈两处匪窝被官军一举捣毁,所有强盗全部俘获,至此整个剿匪行动大获全胜。

随着匪患的消除,丹水城与淡洲的货物往来日益频繁了起来,丹水城与淡洲的贸易又恢复到原来的样子。而现在主要承接货物往来的就是程昊货运车队和扶运镖局。

为了加快去往淡洲货物的运送速度和扩大运货的规模,程昊在云宿城、霸庄、颖城和十里弯山口都开设了客栈,货物放到客栈,车队就可返回,客栈再将货物送到下一个客栈或商家,这样货物的运送时间极大缩短,运送货物的数量迅速增加。同时,他又在丹水港最好的位置设立了几个储运仓库,船主都希望将货物存放在储运仓库,以减少停泊时间。由于程昊采用了一系列全新的经营模式,扶远镖局经营规模不断扩大,经营范围也已从押镖扩展到货运、仓储等综合性经营,扶远镖局已成为丹水城规模最大、实力最强的镖局和商家,且开始走向一个全胜的时期。

数年风雨的洗礼,商战的锤炼,程昊已经从一个仙翁呵护下的少年,成长为在丹水商界里叱咤风云、举足轻重的人物。他如同一只展开双翅的雄鹰,翱翔在北方辽阔的天空。

十六、秋明被捕

YU PEI JI

一百多年前西番还是一片人烟稀少的地方，在这辽阔广袤的土地上零星散布着众多的弱小部落。他们敬畏巫鬼之术，将有法力的妖鬼作为自己的图腾。

大青河的发源地是一片肥沃的土地，就在这片肥沃的土地上出现了一个法力高强的妖人叫图拉干思，他能感知祸福，用咒语驱物，加之心机过人，他便很快成为沙陀部落的首领，接着他以高超的感召力降伏了周边所有的部落。沙陀部落迅速崛起和壮大，这引起了镇守西北的龙威将军龚奇的注意，他给沙陀部落发出了警告。

然而，雄心勃勃的图拉干思并不满足于现有状态，他并没有就此收手，而是依然不停止地扩张。他得知乌托部落有一对姐妹花，姐妹俩倾国倾城，人们称之为圣女。于是，他率沙陀部落偷袭了乌托部落，得到了这对姐妹花。图拉干思娶姐姐为妻，将妹妹送给了龚奇。龚奇见到眼前的女子，即刻就被这女子迷倒了，至此，图拉干思便与龙威将军龚奇有了一层亲戚的关系。

图拉干思利用与龙威将军龚奇的这层关系，四处征讨，扩大自己的版图。然而，他又绝顶聪明，推崇夏洲的礼仪和文化，亲自到卞雍拜见夏王，希望大夏能派些官吏帮助他管理自己的疆域，在龙威将军龚奇的庇护和帮助下，图拉干思将整个夏洲西北边陲数百平方公里的广袤土地全部归入自己的版图，这也就是今天的西番。

之后，他又带着贵重的贡品，两次赴卞雍拜见夏王，请求将西番归入夏洲，并得到夏王的信任，夏王任图拉干思为西番郡郡守，并世代沿袭。

历经一百六十多年，西番的面貌发生了天翻地覆的变化，人口扩大数倍，昔日大青河的发源地盘溪镇业已成为一座繁华的大都市。巍峨高大的城墙，宏伟壮观的郡府，纵横交错的街道，鳞次栉比的商铺，使盘溪镇成为西番的首府，政治和权力的中心。

现任的郡守图拉铁木已是第四代的世袭的郡守。此人狂傲跋扈，目空一切，而且野心勃勃。他为人狡黠，上任郡守伊始就一改历任郡守对夏族的政策。他对各部落首领采用拉拢手段，封赏官职，赐予土地，使各部落依附于他。另一方面则抑制夏洲族民发展，他表面尊崇夏洲礼仪，维护夏洲官员，暗地里怂恿和帮助其他部民与夏洲族民为敌，他执政西番的二十多年，夏洲族民的利益受到极大打压。虽然他的阳奉阴违引起夏洲王庭的极度不满，但夏洲王庭依然遵循一贯对西番采取的宽厚怀仁政策，采取了姑息隐忍的方针。然而图拉铁木越来越不知收敛，他大量购买铁矿石，打造兵器，并招募强壮青年，扩充军队。

时任西番辅监司的秋明已经察觉到铁木郡守的异常行动。他给襄王的密报中写道："……图拉铁木招募强丁，打造兵器，恐怀不轨之心。……穆图阿法力高深莫测，且素存不端之欲，藐视我夏洲族民，铁木任其为国师，整训兵马。……实令堪忧，臣恐若不加遏制，任其蔓长，势必成祸，望王庭速做决断。"

夏洲王庭密令秋明增加耳目，密切注意铁木的动向。

近十多年来，夏洲可以说是风调雨顺，国泰民安，卞雍城锦绣繁华，歌舞升平。而在王庭内，已近耄耋之年的襄王体力和精力已大不如从前，多病缠身，常感疲惫无力。因此，许多事情都交给元静处理。

夏洲的重大国事元静都会向襄王请示，一般事务则自行处置，襄王对元静也很是放心和满意。元明业已长大成人，襄王对元明也颇为喜爱。随着元静和元明长大，夏洲的权力架构已经悄然发生了变化，形成了从权力的顶尖襄王之外，又分叉出以元静和元明为代表的两个权力派系。一个是围绕元静由太傅和子卫组成的实权派，另一个是围绕元明由国相、兰妃、紫布和尹考组成的元老派。

元静是襄王的法定继承人，掌管着军政大权。国相曾经权倾朝野，可谓一人之下万人之上，自"景宇事件"之后，国相的权力受到极大地削弱，兵权转移到太傅和子卫手中,重大国事也是在元静、国相和太傅三人商议下,由襄王决策。这种局面令国相心寒和失落。

国相把希望寄托在元明身上,他多次向襄王建议,元明业已成人,应该给他历练的机会,在他的建议下,襄王让元明掌管都察司,并把紫布召回,让他协助元明。

秋明的密报襄王和元静都十分重视,元静向襄王建议:"父王,铁木早图自立之心,我看还是要早做准备,对西番用兵恐怕是在所难免。"

襄王道:"等一等,再看看情况。"

元静道:"诺,我再派些人去西番,尽可能更多地掌握铁木的动向。"

"可以,对西番用兵之事你去和太傅商议,先制定出一个方案来。"

在西番,由于铁木大量招募强丁并进行训练,以及不断购入铁矿石,郡守府的财政已经出现了严重亏空,无法再继续支付如此大的开支。不得已,铁木决定废除夏洲的银币,开采西番的铜矿,铸造新的铜币,以此代替银币。将银币兑换成铜币,这样就可以使郡守府重新获得大量银币,继续购买战略物资。于是,他派出大量贫民在夹殷开采铜矿,并准备炼铸铜币。

秋明得知此事,立刻密报王庭,并建议王庭停止对西番的一切贸易。之后,他多次到郡守府求见铁木,但均被郡守府以各种借口回绝了。

元静也从密探得到同样的消息。

襄王召集元静、国相和太傅一起商议此事,最后决定采取两个步骤。第一步,下诏命图拉铁木进京面述。第二步,即刻整集部队,准备赴西番,如遭到铁木阻挡和反叛,就坚决予以平定。

身在险境中的秋明发现,自己的辅监司布满了铁木的缉捕,只要他一出辅监司就有缉捕跟踪,这给他监视铁木的动向带来极大的麻烦。

这天他得到绝密情报告之,铁木命各个部落首领带领自己的强丁务必在两周之内到天虞山集结,并在夹殷开始铸造铜币。由于这个消息太重要、太紧急,他亲笔给襄王写了一封密信。他知道这封亲笔密信一旦落入铁木手中后果不堪设想,于是他决定动用盘溪最隐蔽的站点,他要亲自将这封信交送站点,并指令站点要以最快速度送到襄王手中。

接近酉时,他让贴身护卫明睿牵出马车,将马前的鞍带换成白色,把盖顶的顶穗换成金色,然后,出府直奔木俱商行。当马车一进大街口,秋明打开户帘,让车夫将马车速度放慢些,同时将目光向着不远处的一家商铺望去。那家伙计一眼就看到马前的白色鞅带和盖顶上的金色顶穗,他看到秋明,两人目光一对,秋明便合上户帘,退进围帐里。马车到了木俱商行,商行生意很是兴隆,顾客进进出出。秋明下了马车,走进商行直奔后院,很快一个与秋明一样打扮的人走出商行,两个假扮顾客的店员挡住盯梢的视线,店主与装扮秋明的店员拱手道别。

店主回到后院,秋明将信交给店主,店主看到贴着红签的信件知道这是最高机密和最紧急的信件。秋明道:"这是我的亲笔信,一定要确保安全,你现在就走,送到下一站。"店主即刻离开了房间。

秋明脱下外衣,换上一身便装走出后院,穿出胡同,走上大街,正往前走着,忽然迎面一人叫道:"秋大人。"秋明一抬头,一个面堂黝黑,体型肥胖,一副官气十足的中年男子笑着招呼他。

秋明略感意外:"千长大人,想不到在这见到您了。"

"我的府宅就在这,走,到我府里,我还有事要和你谈谈。"

秋明不好推辞,只得跟着千长来到府中,千长带着秋明来到厅房,千长命仆人摆好碗筷,拿出西番最好的名酒"一盏香",不大一会便摆上了一桌丰盛的筵席。

千长道:"没有秋大人的帮助,我穆某恐怕已成郡守的刀下之鬼了,大人的救命之恩,穆某刻骨铭心。"

"这是应该的,郡守高高在上,哪里知道做事大臣的艰辛,我是知道穆大人的不易,像我们这样真正做事的人彼此不相互照应,谁还照应咱们。"

千长向门外看了看,感觉外面确实没人,小声对秋明道:"秋大人,你对我有救命之恩,我也说几句实在话,大人现在如同站在薄冰之上,随时都有灭顶之灾,不知大人可否觉察?"

"千长大人说得极是。"

千长道:"郡守刻薄寡恩,素有异志,据我所断要不了多久,西番和夏洲必有一战,你身为夏洲的监司,身在盘溪,岂不是居于虎口,命在旦夕之间。我劝大人尽早离开盘溪,大人若有需要,我穆某一定全力助之。"

秋明道:"大人有所不知,我也是进退两难。"

两人一边饮酒一边相互发起牢骚。

明睿驾着马车直接进了辅监司,装扮成秋明的店员对明睿道:"秋大人要你到药铺等他。"

明睿道："我马上就去。你还是在这里吃饭吧，等秋明大人回来后再走。"

店员答应了，明睿又赶着一辆拉货的空车出了辅监司。

在郡守府铁木面带怒色，虎目圆睁道："所有通往夏洲的道路都关闭了吗？"

"郡守大人，都关闭了，没有一条可以通行的道路。"

铁木阴沉着脸，思考了片刻道："这个王八蛋的秋明，这事肯定与他有关，奄达，即刻搜抄辅监司，将秋明押入大牢。"

一位大臣道："现在抓捕秋明，是否会过早引起夏洲的反应？"

铁木道："无妨，即刻抓捕。"

三子图拉奄达道："父王，盘溪秋明耳目众多，即刻抓捕秋明影响过大，不如先将辅监司秘密包围，待二更天再搜抄辅监司，捉拿秋明。"

铁木道："就这样，去做吧。"

明睿来到药铺，这里也是秋明的一个站点，明睿等了许久仍不见秋明的影子，于是他跟药铺老板打了个招呼，如果秋大人来了，让他在这里等我，我去一趟木俱商行。

他来到木俱商行找到二店主，店主告诉他，秋明就没有在这里待着，他交代完事情就走了。店主问道："小三呢？"明睿道："我把他留在府里，等秋大人回来后再走。"

店主道："我派人去叫小三，你还是去药铺等秋大人，有什么情况我会通知你。"

明睿又赶回药铺，他在药铺没待多久，木俱商行的一个伙计就急匆匆来到药铺，他把明睿从药铺叫出来，说道："不好了，辅监司被包围了，只许入，不许出，店主叫你赶紧过去。"

明睿赶到木俱商行，店主对明睿道："看来铁木要动手了，秋大人有危险，必须赶快让秋大人离开盘溪。"

明睿焦虑地道："现在就要关城门了，我们不知道秋大人在哪里。"

店主道："你想一想，秋大人会去什么地方。"

明睿道："我也不知道，不过，一会天就黑了，去往辅监司的道路不会有太多人，我们可以分别在去往辅监司的路口盯着，如果遇到秋大人赶紧把他拦下。"

店主道："那里已经有人，我再派几个人过去。"

千长把秋明送出大门，秋明喝得有些醉意，他慢步向着辅监司走着。街道上灯光昏黄,在他的身后拖着一条长长的影子。正当他低头前行着,忽然身后有人低声叫道:"大人。"他回头一看是明睿,大感意外道:"你怎么在这?"

"大人,辅监司已经被包围了,您赶紧随我去木俱商行,二店主在那里等着您那。"

秋明心里一惊,醉意立刻全消,他随着明睿来到木俱商行,二店主见到秋明很是惊喜:"秋大人,铁木动手了,您必须赶紧离开盘溪城。"

秋明道:"现在已经快到一更天了,你有出城的办法吗?"

二店主道:"我知道一个地方,城上的巡逻士兵很少到那里,我们送您和明睿从那里翻过去,翻城的东西都准备好了,现在不到一更天,我们马上就走。"

二店主一行带着秋明和明睿来到南城一段城墙下,一对城墙上巡逻的士兵正好从城上走过。看到巡逻士兵走远,二店主对俩伙计道:"往常这里没有巡逻的士兵,看来今晚有变,快,爬上去,要快。"两个伙计很快爬上城墙,并投下两个绳制木梯,秋明和明睿迅速蹬着木梯攀上城墙,紧接着又翻下城墙,消失在黑夜之中。

就在两个伙计马上要从城墙下来的时候,一队巡逻的士兵发现了他们,一个巡逻的士兵喊着:"站住!"二店主带着两个伙计上马而逃,城墙上的两个伙计刚跳下城墙就被抓住。

二店主和两个伙计策马跑进一条胡同,当他们快要跑出胡同口时,忽然发现胡同口已被一排士兵堵住,身后追赶的士兵眨眼来到近前,三人只好束手就擒。

他们五人被带到巡查营,巡查管事提审五人,五人都说是要去黄源抢货,因为货是属于他们的,他们经常从南城这个地方翻出去。巡查管事要他们在提审记录画押,准备将五人一起放走。就在这时,提审寺的一个缉捕突然出现在巡查营,他询问巡查管事今天晚有没有什么情况。巡查管事指着准备放走的五人道:"这五个,今天晚上想偷翻南城墙,去黄源抢货被我们拿获。"

提审寺缉捕道:"辅监司的秋明跑了,我要把这五个人押到提审寺审问。"

巡查管事一听吓了一跳,急忙道:"我马上派人,把这五人押到提审寺。"

未过四更天,奄达大有斩获,二店主和乔装秋明的伙计都没有扛过大刑,二人全都招认,而且二店主还将店主所去兴都城的秘密站点也招供了出来。

秋明和明睿午时来到兴都城郊外,他们在一片树林边停住,秋明对明睿道:"你去笼沟巷十二号观察一下,如果安全你就进去,你问'这里是不是刘阳老板的住处？我在他那里定了一把楠木椅。如果对方回答，您记错了吧，是一张松木桌子，在这里已经放了五天了'，对方就没有问题。"

明睿道："那我去了，您就在这里等着我回来。"

"好的，多加小心。"

明睿上了大道，向着兴都城走去。

就在午时，笼沟巷十二号刚被提审寺破获，里面所有人都被带走了，院内和周边布满了缉捕。

明睿打听到笼沟巷的位置，他走进一条长长的巷子，当他快到十二号时，他放慢了脚步，从容地走过十二号的大门，他看到对面的一户的大门有一道缝隙，同时他也注意到巷头和巷尾都有人。他绕到后巷发现也有人，为了安全起见，他急忙离开笼沟巷。然而，令他没有想到的是从他在笼沟巷不远处询问具体位置时，他就被缉捕盯上了，当他匆匆走出兴都城的东门时，跟踪的缉捕认定他一定有问题。

他快步走向约定的地点，不时地回头张望，观察是否有人跟踪。当他走下大道，向着不远处的树林奔去的时候，秋明就躲藏在不远处凸起的土坡上注视着他，看到明睿匆匆走过，并不时地向后瞭望，秋明便没敢出现，他观察着明睿的后面是否有人跟踪。过了不大一会，果然在明睿后面出现四个青壮男人，二个在前，二人在后，他们始终保持适当的距离，秋明陡然一惊，他知道明睿被跟踪了。

他在土坡后面等了一会，估计四个青壮男人已经走远，便疾步走上大道，向着明睿相反的方向快步而去，他的精神高度紧张，脚步快得似乎跑了起来，道路静悄悄的，他不时地前后张望着，突然在他的前方出现了一队飞驰的马队，他即刻放慢脚步，装出一副若无其事样子在路上走着，马队从他身边飞驰而过。

当马队赶到小树林时，明睿已被四人拿住，马队的首领拿出两张画像看了一下，他认出了明睿，他对明睿道："你就是明睿，秋明在哪？"

明睿回道："大人，你们认错人了，我不知道什么明睿、秋明。我叫吴越，我只是一个人。"

马队的首领没再理明睿："给我搜。"

几个缉捕在小树林搜寻了一遍发现没有人。那骑在马上的首领突然想起刚才过来时在路上遇到的那个人，他对手下人道："你们看到刚才在路上的那个人了吗？"他的提示令手下人恍然醒悟，几个人策马向着来时的方向飞奔而去。

首领带着剩下几个缉捕，押着明睿也向着兴都城的方向返回，当他们走到半路时，刚才去追的几个缉捕返了回来，他们很是失望："大人，没有。"

首领思忖着，怎么这么短的时间就没影了，那人不可能就这么快消失了。他四处逡巡着，目光落在远方的一片树林上。他对缉捕道："我们去那边树林看看。"

马队向前走了一段，前面是一条干枯的小溪，他们下了河岸，正准备跨过河床，首领忽然看到不远处的一座木桥，于是，指着远处的木桥："你们到那座木桥看一下。"

两个缉捕来到木桥边，跳下马，一个缉捕走下河岸，来到木桥下，他一抬头，看到桥桩上爬着一个人。缉捕大叫："人在这。"

岸上的那个缉捕向着马队一挥手，随即冲下河岸。当秋明爬下桥桩，马队也冲了过来，他被押入提审寺。

就在秋明被捕后的几天，夏洲王庭的圣旨被送到郡守府，铁木正在与手下人议事，铁木道："将信使带进来。"

卫士将信使带进郡守府的议事大厅，信使看到怒目而视的大臣们，猜到铁木可能反了，他面色惊恐地来到铁木近前："这是襄王给您的圣谕。"

铁木用冰冷的目光看着他："念。"

信使迟疑了一下，打开圣旨："据查西番私开铜矿，招募强丁，引王庭哗然沸议。着西番郡守图拉铁木、辅监司秋明即刻一同赴京面议，钦此。"信使读完将头低下，等待铁木的发落。

铁木道："你是夏洲的信使，我不为难你，你把两件东西带回夏洲王庭，一件是本王颁布的檄文，一件是秋明的脑袋。"

然后铁木将目光转向三子奄达："速将秋明斩首，送信使回去复命。"

"诺。"奄达带着信使离开了。

信使日夜兼程，十日后赶到了王庭，他将两件东西交给襄王，并讲述了在西番的全部经过。襄王让他拿着东西到正阳殿等候，然后命太监速招元静、元明、国相、太傅、子卫、紫布、尹考等一些重要大臣到正阳殿议事。

大臣们很快都聚集在正阳殿，襄王把秋明的首级给大臣看过后，对信使道："你把铁木的檄文念一下。"

信使念道："自圣祖干思之始，于今一百六十余载，先烈披霜踏雪，栉风沐雨，拓疆土，图兴邦，创西番之伟业。现番首承先祖之余烈，英睿宏伟，方至今日西番富强之景象。……西番各部与夏洲本属同邦，当与九州同列，互执王者之尊。而夏洲视西番如奴似仆，榨吾之髓血，刮吾之民膏。吾西番诸部岂甘为牛马，任其宰割。……夏之狂犬秋明，素与西番仇雠，犯上作乱，死有余辜，现斩其首，以明番王之志。……今神佑鬼护，吾西番各部同仇敌忾，披甲执戈，决意弃夏而自立，檄如律令，布告天下。"

信使念完，襄王命其退下，所有大臣群情激愤，大臣们一致请求襄王即刻发兵，平定西番，缉拿铁木，将其正法。

襄王道："小小西番不过夏洲一隅，人口不过几万，狂徒铁木竟丧心病狂，杀吾大臣，谋反自立，本王决定派元静带十万大军荡平西番，将铁木缉拿至卞雍。"

元静道："父王放心，儿臣定踏平西番，将狂徒铁木囚押于王庭。"

襄王看着国相道："元静第一次带兵出征，本王想派一位久经沙场的老臣辅佐元静平定叛乱，国相如何？"

国相道："老臣已十多年不闻兵事，而且近期身体确实不适，一直在府养病，恐怕难以胜任。"

太傅接着国相的话："老臣愿同元静一同前往西番平叛。"

襄王道："好，明日出征。"

十七、平定西番

YU PEI JI

丹水城内人心惶惶,街头巷尾人们都在疯传西番要反了,铁木要自立为王。不久,通往西番所有的道路都被夏洲的士兵设卡封闭,与西番的一切往来和贸易全部中断。

丹水城最大的镖局——扶远镖局在盘溪有大量的业务,通往西番道路被封,无疑给扶远镖局带来巨大麻烦。有几家货主找到程昊,他们的货物是扶远镖局送到盘溪的,但货款还没有收回来,他们向程昊询问情况,希望能尽快拿回货款。程昊安抚几家商户,要他们放心,耐心等待一段时间。由于他也不清楚盘溪的情况,因为送货的镖师没有一个回来,因此他决定亲自去一趟盘溪,摸清那里的情况。

他对副镖头吴间道:"吴镖头,我去一趟盘溪,这里就全交给你了。"

吴间道:"盘溪的道路都被封锁了,你一定多加小心。这里你就放心吧。"

黄昏时分程昊离开丹水城,当天色完全黑下来的时候,他已经通过夏洲的关卡,进入了西番。

第二天卯时黑夜仍未褪尽,眼前的景物影影绰绰,朦朦胧胧。他来到了天虞山下。天虞山是通往盘溪的必经之路,也是进入盘溪的最后一道天然屏障,越过天虞山则是一马平川,盘溪也就再无天险可依了。

程昊一入天虞山，发现里面布满西番的营帐，山道所有的路口都布有巡逻的士兵和岗哨。程昊如一个黑色的幽灵，在天虞山各个山脉、山谷和山口如闪电般地掠过。他越转越有兴趣，他已经识出这个大阵，这是"天龙阵"。

此时已是天光大亮，他已经摸清整个"天龙阵"的布局，便离开了天虞山，向着盘溪的方向而去。

第三天的申时他进入了盘溪城，径直来到盘溪城的"扶溪客栈"。这个客栈是程昊在盘溪城开设的唯一客栈。

程昊一进客栈，客栈的伙计都十分吃惊，程昊笑着对伙计们道："没想到我会来吧。"

"真没想到总镖头您会这时到来。"

客栈的老板、伙计和镖师们都来到前厅，大家又惊又喜。老板道："总镖头，我们去后面吧。"程昊问了问伙计的情况，然后与老板还有镖师们进到老板的房间，程昊问几个镖师："你们的货款都收到了吗？"镖师们回答都收到了，我们把货款都存在这里了。程昊这才放下心来，他对镖师们说："我刚过来，所有的路都封了，你们一时半会还回不去，就在这里多待一段时间，食宿都由孙老板负责。"

镖师们道："我们听总镖头的。"

"你们先去休息，我和孙老板谈点事。"镖师们都退了出去。

程昊问孙老板："镖师们的货款你现在放在哪里了？"

店主道："都在客栈的密道里。"

"安全吗？"

"没有问题，您一会可以跟我去看一下。"

程昊表情严肃地道："夏洲和西番马上就要开战了，以后的形势很难预料。你要做好最坏的打算，万一客栈被查封，要确保货款的安全。"

"我会的。"

程昊道："我们去密道看一下。"

第二天早晨，程昊对老板道："镖师们的费用就算在客栈支出里，要照顾好他们。"

"总镖头放心，我会照顾好他们。"

程昊临走时对伙计们道："这段时间大家务必一切小心，生意好坏无妨，一切要从安全起见，谨慎处事。"他转向镖师们："你们就安心待在这里，家里的事情我会安排好。"然后便与大伙告辞,匆匆离开了客栈。

他还是卯时来到天虞山,这次与来时显然不同,此时天虞山充满了杀气,大阵内旌旗飘扬,刀枪如林,兵士们如一团团黑色蚂蚁聚集在一起,蓄势待发,整个天虞山山谷内密密麻麻布满西番的士兵。

当东方的朝阳升起,金色的光芒照耀着整个天虞山时,突然,鼓声大作,杀声震天,呐喊声、兵刃碰撞声响彻山谷。

程昊站在一处山脊上,正观察从哪里出阵,忽然从远处一队人马向着自己这边奔来。马队飞驰而来,越来越近,程昊看清楚是夏洲的部队,跑在最前面的是一匹枣红色的宝马,马上之人金盔金甲,手握一把宝剑,宝剑在阳光的照耀下,闪着耀眼的寒光。他的身后紧随着一队持戟握枪的侍卫,后面的侍卫不断抵挡追杀过来的一条黑影,那条黑影不断地在马队上方击出一股股气浪,将抵抗的侍卫打得人仰马翻,一个一个不断地落马或身亡。

忽然,那条黑影从侍卫的头顶飞过,向着跑在最前面的那人冲了下来,就在这一刹那,程昊气贯于掌,向着那条黑影一掌打去,一道电闪击向那黑影,那黑影挡住了程昊的气浪,却被震出几米之外。

程昊手腕一抖,穹苍剑便握在手中。那黑影还未落下,程昊已到近前,黑影瞬间围着程昊绕了数圈,同时连续击出数掌,程昊舞开穹苍剑划出无数光点。只是这一瞬间,那黑影也被穹苍剑刺出十几处伤口。原来当那黑影连续击出十几掌时,他每击出一掌,他发出的真气都被一股强大的力量所吸住,那吸力如同套住他的铁链,把他拖进穹苍剑的攻击范围之内,并将他身体刺伤。他自知不是对手,转身而走,就在他飞身而走的刹那,程昊将手中的穹苍剑一挥,穹苍剑的剑锋划出一道锐气,那锐气如闪电划过,那黑影头颅与身子即刻分离开来,头颅落在地上,无头的身子向前飞出半米,跌落在地。

程昊用剑挑了一下无头的西番将领身子,这时,那位金盔金甲的将领走了过来。此人一双朗目如一汪清水般明亮清澈,洁白脸膛,肤如脂玉,修长身材,举止俊逸,带着一股王者的气质。那将领拱手:"多谢壮士救命之恩,本人乃夏洲太子元静。"

程昊心中暗惊,自己搭救的竟是夏洲太子,程昊急忙回礼:"能遇太子实乃程昊三生有幸,程昊乃大夏子民,大敌当前,程昊愿助太子破此大阵。"

元静微笑看着程昊:"好,能得程壮士相助,是本太子的大幸,壮士随我来。"

侍卫牵过一匹战马,二人回到中军指挥处,太傅也在那里,程昊向太傅施礼,寒暄了几句之后,程昊道:"此阵为'天龙阵'。"

程昊向四处环视了一下接着说:"'天龙阵'有两个关键处。"

他向太子和太傅指着远处的高地道:"那里就是一处,是'天龙阵'的阵尾,占领那处高地再向前一直杀出,就可以冲出大阵。还有一处是'天龙阵'的阵眼,也叫阵首,阵眼一旦被攻下,大阵就会混乱,从阵眼杀出去,就是通往盘溪的大道。"

程昊又指后面的一座山岭:"看到那座山岭了吗?"

太子和太傅随着程昊所指的方向望去,并点点头,程昊道:"只要攻下那座山岭,咱们就有了一处可以安全立足的地方,占领这个地方,阵尾的番军就不敢轻举妄动,他们必须保证阵尾的安全,我们就无后顾之忧。现在四处出击,只会大量损伤自己的兵士,不会给西番造成多大损失。"

程昊对太子道:"殿下您令士兵向这里收拢,我带一路人马攻下后面的山岭。"

太傅道:"太子你负责指挥部队,我随壮士攻下山岭。"

程昊道:"太傅大人,您挑出一队最强的兵士,马队在前,步兵在后,跟随着我,我从战线的中间突入,趁其不备,一鼓作气,直捣山岭底下,攻下山岭。"

太傅挑选出一队最强骑兵和士兵,程昊道:"大人,您在后面指挥全局,我带部队冲过去。"

程昊在前,骑兵紧随其后,程昊回头对着骑兵大声道:"我杀到哪里,你们就跟到哪里。"

说完,程昊将穹苍剑指向天空,将剑一挥,顿时天空形成一股数丈高的黑烟,那黑烟盘旋着形成一股强大飓风,似一张开的巨口,整个山谷的树木都在摇摆晃动,发出哗哗的响声,程昊将剑向着前面的西番的士兵挥下,旋转的飓风似拉开闸门的洪水,带着势不可挡的气浪向对方的战线席卷而来,西番的兵士即刻被卷入、吞噬在飓风中,人仰马翻。

那股飓风还未褪尽,程昊大喊一声"随我冲",接着又是一股黑色巨浪直冲西番的战线,西番的人马被强大气浪冲击得四处横飞,一片混乱。眨眼间黑浪冲到山岭底下,程昊腾空而起,挥剑向岭峰扫去,山岭上的西番士兵被强大的气流撞出山岭,落到山下,程昊落在峰顶,将穹苍剑舞起,一道道电闪扫向奔逃的西番士兵,很快跟随在程昊后面的夏洲兵士也从山道上冲了上来。

山下的存活的西番士兵惊恐万状，扔下兵器，举手投降。

程昊来到太子和太傅面前，二人睁着惊奇的眼睛看着眼前的青年，太子突然反应过来，目光溢满了惊喜："程壮士真乃神人，有程壮士在，夏洲无忧矣！"

太傅不禁道："此我夏洲之幸，大夏之福啊！"

程昊道："殿下、大人过奖，程昊定全力报效，平定西番。"

程昊对太傅道："山岭已被我军占领，我们有了立足之地。"他指着前方高地："我想那里的番兵不会向这里发动太大规模的攻击，我们这里地势偏高，番兵向我们这里攻击，必然伤亡较大，这会对他们把守阵尾极其不利，您就镇守在这里。"

"殿下，您随我去攻打阵眼，等我们攻下阵眼，再打阵尾。"

"一切听程壮士安排。"

程昊指着左侧两山间的一条山谷："那条山谷是八字形，我们这里山口窄，越往里越宽，冲出山口就是开阔地，'天龙阵'的阵眼就在那里，攻下阵眼大阵就被攻破，通往盘溪的道路就被打通，整个大阵差不多就被我们围在里面。"

元静很是兴奋，他问道："如何攻破阵眼？"

"阵眼一定是西番兵力最强，人数最多的地方，要攻破阵眼就要快，不给番兵反应时间。首先，我们要以最快的速度杀到山口，然后要以闪电般的速度冲出山谷。我们要使对方在没有反应过来，还来不及调动部队之前，就让我们的部队全部冲出山谷。"

元静问道："能这么快吗？"

程昊指着山口："对面的山口也就几百米，我在前头开道，后面的骑兵随我往前冲，很快就可以到达山口，然后，后面要有足够多的骑兵跟我冲出山口，骑兵们都要配足弓箭，冲出山口，如果番兵来攻，骑兵就万箭齐发形成箭雨，这必将给番兵造成极大伤亡，也会放缓番兵的前进速度，为步兵冲出山谷赢得时间。"

元静点点头："那就拜托程壮士了。"

部队准备完毕，程昊对骑兵道："听我的命令，跟着我。"随即高喊了一声："随我冲。"

一股黑色的巨浪滚滚地冲向山口，番兵还未反应过来，即被迎面扑来的巨浪撞飞吞没，随后被策马奔驰的夏洲的骑兵踩踏而过。程昊冲到山口，似一条出水的蛟龙，快似电闪直冲到山顶上方的空中，他将穹苍剑左右斜着扫下，山顶上已经准备好的石块、木桩和番兵即刻腾空而起,接着被一股气浪冲了过来,把石块、木桩和番兵卷向山谷外两侧的山崖。

夏洲的马队未遇任何阻挡就冲出了山谷,大军随后如潮水般涌出山口。元静也随着大军冲出山口,程昊来到元静马前:"殿下,您在这里指挥部队,我到前面看一下。"说完,化成一道黑烟向着番军阵眼冲去。

坐镇阵眼的穆图阿已经调动好部队,正准备向夏洲军队发起攻击时,看到冲来的黑烟,他似一道厉闪,迎着黑烟冲了过来,两股气浪撞在一起,穆图阿随即冲向空中,他将宝剑划出一个弧形,顷刻变成了一个气团,就在同时,程昊将穿苍剑一抖一股巨大的黑色烟雾将气团围住。

黑雾内影影绰绰,程昊使出穿苍剑中的九龙缠身,九把利剑闪着九道寒光,在穆图阿上下、前后、左右几个不同的方向同时发起攻击,穆图阿忽高忽低,忽左忽右移动着,他舞开宝剑四处抵挡。忽然他看到一个黑影正反身对着他,他一剑刺去,黑影顿时不见了,他的右臂一痛,刹那整个右胳膊被穿苍剑砍掉。穆图阿自知不妙,将身子猛地一转,转出一个气罩。当他后背对着程昊时,程昊一剑刺向气罩,穿苍剑穿破气罩,径直穿过穆图阿心脏。黑烟掠过番阵的上方,程昊将手一挥,几只长枪从番兵的手中飞出,穿过穆图阿的胸口和腹部径直插在番阵右侧的崖壁上。

番兵看到大国师尸首被挂在崖壁上无不大惊,这时,元静高举宝剑大喊一声:"冲!"顷刻,鼓声大作,夏洲军队似狂风卷来,冲在前面的马队万箭齐发,利箭如同暴雨倾下。程昊则从侧翼冲向番阵,黑浪冲过之处人仰马翻。夏洲的骑兵将番兵冲得七零八落,溃败的番兵相互冲撞踩踏,乱作一团。很快,夏洲军队便冲出山口,整个大阵被夏洲军队包围在里面。阵眼的番兵已经丧失了战斗力,时间未过多久便缴械投降。

程昊对元静道:"殿下,我去太傅那里,拿下阵尾,一会阵尾溃败下来的番兵就会向这里逃窜,您在这里设伏,把他们围歼在这里。"

元静道:"好的,有劳程壮士了。"

程昊离开元静,来到太傅的指挥处,程昊将阵眼的情况告诉了太傅后,太傅道:"我军正与番军对峙,就等程壮士了。"

程昊道:"大人,您在后面指挥,我率部队冲过去。"

"全靠程壮士了。"

程昊站在骑兵队前,对将士和兵士道:"听我命令。"他把穿苍剑一举,喊了一声:"冲!"

他似一道电光冲向番军。阵尾的番军总领立马队前,看到冲来的影子,忽地从马背上纵身而起,跃起空中,挥剑向着黑影劈去,他的剑刚举到半空,一股气浪打来,番军总领的身体如崩碎的岩石血肉横飞。程昊将穹苍剑横扫番阵,阵前的番军即刻马倒人飞,随即程昊冲入敌阵,番阵内黑烟冲过之处人仰马翻,同时夏洲的骑兵也冲了过来,慌乱中的番兵被夏洲兵士杀得丢盔卸甲,四散奔逃。

败下来的番兵沿着山道向着阵眼仓皇而来,就在他们离阵眼不远的时候,山的两侧突然鼓声大作,山上数不清的夏洲兵士万箭齐射,岩石、滚木向着山下番军砸来,番军死伤无数,没有伤着的番兵转身向后逃窜,后面败下来的番兵拼命向前冲来,双方互相冲撞挤在一起,很快,太傅率领的夏洲兵士从后面冲杀了过来,番兵只好举手投降。

程昊、太傅和元静三人重新聚在一起,程昊对元静道:"殿下,'天龙阵'已被攻破,阵中的番兵大都被我们俘获和歼灭,所剩已经不多了,我想盘溪一定空虚,我们最好趁这个时机,不给铁木喘息之机,一鼓作气,将盘溪拿下,活捉铁木。"

太傅十分赞同:"程壮士说得极是,这里我来收拾,你和太子直捣盘溪。"

元静道:"好,马上开拔,直捣盘溪。"

"殿下,我带一部骑兵先前开路,您率大军随后。"

"好,拜托了。"

程昊率领一部夏洲骑兵向着兴都城扑去。

程昊的骑兵在半路遇到不少溃逃的番兵,随即心生一计,他令夏洲的士兵斩杀和俘获了一些番兵,然后让一部骑兵换上番军的服装,让这部骑兵乔装番军在前,剩下的大部在后,双方拉开一段距离。

程昊带着乔装番军的马队故作溃败下来的番军,径直冲进了兴都城门,守城的士兵果然中计,马队冲进城门,占据了南城大门,随后后面的大军冲入城内将兴都城占领。

程昊立刻命令部队关闭兴都城所有城门,将通往盘溪的道路卡死,只许进不许出,这样就切断了铁木获得信息的最快途径。

此时天色已黑,程昊在通往盘溪的道路上布满了明岗和暗哨,只要有人靠近兴都城即刻就会被抓捕。将近一更天元静的人马进入兴都城,不到二更天程昊带着原先的骑兵奔向盘溪城。

在郡守府,铁木已经得到几个探马带回的消息,探马说他们看到从天虞山溃败下来的番兵,还有的探马说他们从溃败下来的番兵口中听说穆图阿战死。铁木十分震惊,他不太相信探马带回的消息,第一"天龙阵"不可能这么快就被攻破,穆图阿说"天龙阵"即使不将夏洲士兵消灭,困上个半个月一个月没有问题。第二,凭穆图阿的法力怎么可能轻易阵亡。到了二更时分,又有探马带回消息,说有很多败下来的番兵逃到兴都城。到这个时候,还没有得到穆图阿派人传来的消息。

铁木开始感觉不妙,于是他又派出了几拨探马,并派人拿着他的手谕到兴都衙府下达命令,要兴都衙府收拢败下的兵士,等穆图阿到来,由他指挥,在兴都城抵挡住夏洲军队。

直到天色快亮才他去休息,他刚入睡不久就被侍卫叫醒。他猛地从床上坐起,问道:"什么事?"侍卫道:"探报在外面等着您。"铁木疾步走到外厅,探报看到铁木大声道:"大王,城门发现夏洲的军队。"铁木简直不敢相信自己的耳朵:"你说什么?"

"报大王,南城门外发现夏洲的骑兵。"

不大一会,各个城门的探报相继来报,城门外都发现夏洲的军队。

他立刻召集所有的官员包括他的五个儿子议事。官员们当听到穆图阿战败,夏洲兵马兵临城下时,无不惊诧万分。

铁木问大儿子巴特:"现在城内还有多少兵马?"

巴特回道:"有五六百人。"

铁木将目光转向守城的首领道:"哪个城门夏洲的兵力薄弱?"

守城的首领道:"每个城门都至少也有三四千的夏洲士兵。"

铁木感到大难临头了,内心泛起一阵恐惧,他用目光扫过眼前所有的人,眼前没有一个骁勇善战的将领,他问道:"各位有何良策?"

官员们有主战的,有主降的,众说纷纭,莫衷一是。就在铁木手下人争论不休的时候,守城的副首领气喘吁吁地走进大厅:"大王!夏洲的主力到了,城下铺天盖地全是夏洲的兵马。"

事实的确如此,元静率主力一路星夜兼程,在辰时左右赶到盘溪,大夏军队立刻将盘溪城围得如铁桶一般。

程昊对元静道:"殿下,您叫铁木上城与您对话,我趁此时机擒住铁木。"

元静即刻在兽皮上写了两行字："大逆穆图阿首级,限图拉铁木一刻时,上南城与本太子对话,迟之,即刻攻城。"兽皮被捆在装着穆图阿首级的木匣上,被夏洲士兵抛上城墙。

官员们簇拥着铁木来到南城城楼,铁木向城下望去,城下旌旗招展,战马嘶鸣,黑压压的全是夏洲兵士。铁木站在城头对城下士兵喊道:"本人图拉铁木,请太子前来对话。"

元静抖缰信马走向城门,就在离城门不远的时候,程昊电掣般越上城头,他将流云剑一划,铁木周围的人瞬间被气浪推出,有的跌落城下,有的被撞倒在地,程昊的流云剑已经压在铁木的脖子上,程昊厉声对铁木道:"立刻打开城门,否则与穆图阿同样下场。"说着将流云剑向着铁木的脖子压下,大儿子巴特叫道:"住手!"接着大喊:"开城门!"

城门被打开,夏洲士兵冲进城中。

两天后,太傅也来到郡守府,程昊问太子:"殿下,您准备如何处置铁木?盘溪下一步如何安顿?"

元静道:"我要将铁木押往卞雍,盘溪由太傅安顿。"

程昊道:"西番之乱,有两大原因,一是铁木欲自立为王,二是郡制有所弊端,西番与夏洲有别,夏洲襄王之尊遍于四海,令行禁止,而西番是偏远异族,部族林立,各自为治,我大夏之威难及各部,铁木正是借郡制之弊为其所用,封赏部首,立己之威,蛊惑各部叛我夏洲。"

太傅十分赞同道:"程壮士言之甚是,不知有何良策吗?"

程昊道:"我以为有两件事必做。第一,要削弱郡守府的权力,册封铁木几个儿子领地,将西番分而治之。第二,南部天虞山、西部寮淞城濒临泾海,要在这两处设立兵马府,派我夏洲兵士镇守,这样盘溪南部和西部同时受到我夏洲的威慑,郡守府自然不敢轻举妄动。"

元静道:"不错,是应该如此,夹殷的铜矿也应由夏洲兵士接管。"

太傅道:"西番的事情就交给我和程壮士,你尽早回卞雍向襄王复命。"

元静道:"那就有劳太傅和程壮士,我明日就囚押铁木和奄达回卞雍。"

第二天巳时,大夏士兵押送着两辆囚车出了郡守府,囚车里的铁木和奄达面无表情,两眼直勾勾地看着前面。囚车来到南城门,士兵将囚车交给准备返回的夏洲士兵,这时,太傅与程昊也来到南城门,他们与太子道别后,太子带着大部夏洲兵马开拔,浩浩荡荡向着卞雍而去。

十八、一查到底

YU PEI JI

　　就在元静离开卞雍出征西番的当日，紫布和尹考都到国相府求见国相，二人恰巧在国相府门口相遇，两个人的看法一致，都不看好元静的西番平叛。

　　国相心情颇好，命仆人上茶，然后怡然地问道："紫布找我何事？"

　　紫布谦敬地回道："徒儿有些疑惑，来请师父您给我指点一下。"

　　国相一笑道："你是说太子出征西番吧？"

　　紫布道："就是此事。"

　　尹考接上："我也是因此事来请教国相的。"

　　国相道："你们怎么看太子平叛这件事？"

　　紫布道："西番虽为夏洲一隅，人口不过四五万人，但那里部民剽悍，据传铁木所敬的大国师穆图阿法力高强，非凡人所及，他在天虞山布下大阵，徒儿觉得唯有您才可破得此阵。"

　　紫布把目光转向尹考："尹大人，您觉得呢？"

　　尹考道："我也听说穆图阿甚是厉害，以太傅之能恐难以应付，太子从未经历兵阵，更不必提，我看此次征讨是凶多吉少。国相您觉得呢？"

　　"襄王对我们存有芥蒂，即使如你们所说太子出征凶多吉少，老夫欣然而去，荡平西番，襄王未必感激，大王总觉得理所应当。所以老夫以为不如先等一等,待局势明朗,再因势而行。"

紫布和尹考大为赞同,三人畅谈了一阵方才离去。

襄王知道元静率十万大军抵达西番最快也要半月的时间,而此次元静要攻破天虞山,拿下盘溪怎么也要数月的时间。然而,仅二十天的时间,襄王就得到元静探马带回的消息,告之天虞山已被攻破,大军正直捣盘溪。襄王简直不敢相信,这的确是太快了。

又过五天,襄王竟得到元静的亲笔信,告之二十天后将囚押铁木和奄达抵达卞雍。襄王大喜过望,兴奋得彻夜未眠。

第二天早朝,襄王对大臣们道:"本王要向各位爱卿宣布一个消息,过几天太子就要回京了,铁木已被囚押,西番叛乱已经平定。"

襄王此言一出,群臣惊诧,接着朝堂一片沸腾,大臣感慨、赞叹,纷纷向襄王祝贺,国相、紫布和尹考三人愕然地互视了一下。元明则板着脸,毫无笑意,睥睨着群臣。襄王的目光扫过元明,心里一阵不悦,但脸上却没有表露出来。

襄王一招手,一个太监拿着太子的亲笔信读道:"父王圣鉴:儿臣襄历四月初一发兵,十五日抵天虞山,大逆铁木倾全郡之丁,令穆图阿在此布阵,其焰嚣张,欲亡我军于此阵之中。儿臣督十万大军攻剿……战时突遭强贼偷袭,命悬一线,危亡之际得神人相救。此人法力绝世,神勇异常,斩阵主穆图阿,擒大逆图拉铁木,威慑敌胆,此天赐我大夏之神将……今西番之乱已平,儿臣将半月内囚押铁木及其三子奄达抵京复命。"

襄王道:"此次太子出征告捷,凯旋还京,朕欲携众臣在王庭外亲迎太子归来。元明!"襄王看着元明。

元明赶忙回应道:"儿臣在。"

"你和紫布、尹考在北城门迎候太子,我和国相在王庭外等候。"

"儿臣遵旨。"

国相高声道:"大王,此次太子平叛,是我大夏征讨以来少有之神速,十万大军,即使不战,往返行军也要一个多月。太子破敌阵,取盘溪,擒铁木,行动之快,可谓用兵之神,老臣也要与元明一起在北城门迎候太子凯旋。"

襄王道:"国相不必了,就与本王在王庭外一起等候太子。"

襄历五月初十,午时碧空如洗,骄阳灿烂,整个卞雍照耀在金色的光芒之下。在通向北城门的大道上,三千马队浩浩荡荡向着城门而来,马队军容齐整,旌旗飘扬,侍卫们手持长枪大戟,帅旗下一匹枣红色的宝马上端坐着太子元静,他周身的甲胄在强烈的阳光照射下耀眼夺目。

元静一接近城门,便看到一队官袍齐整的官员在元明带领下,列队在城门前恭迎着他的到来。元静急忙跳下战马,向着他们走来。

元静还未走到近前,迎接的官员们齐声道:"奉襄王之命,恭迎太子凯旋。"

太子拱手致谢道:"有劳各位大人了。"

迎接的官员们请太子上马,马队进入城门,街道两旁万人攒动,人们都渴望着目睹太子的风采。当元静的马队走过街道时,人们一片欢呼,元静不断拱手致意。

在王庭外,大臣们依次排列,当元静的马队出现时,鼓乐齐鸣,元静看到襄王向着自己走来,即刻从马上跳了下来,上前几步咕咚跪下:"儿臣授命出征,今西番叛乱已平,特向父王复命。"

襄王兴高采烈,满面春风,很是欣慰地看着元静:"我儿不辱使命凯旋,父王实在为你高兴,快快起来吧。"

元静随着襄王,后面的满朝大臣走向正阳殿。

七月的骄阳灼热似火,太傅带着大队人马抵达卞雍的郊外大营。太傅要程昊暂住卞雍的郊外大营,自己进京面见襄王。

太傅刚到卞雍城门,已经有太监早早在城门等候,见到太傅赶紧引领着来到勤政宫,襄王走出门外,太傅急忙施礼:"老臣拜见大王。"

襄王将太傅领进门内:"太傅辛苦了,快坐。"

太傅坐定后,将西番的情况详细讲述给了襄王,当谈到程昊时,太傅道:"程昊是老夫平生所遇难得之人才,此人文韬武略,法力无穷,做事果决干练,实在不可多得,绝对可以做我大夏的栋梁,他两次要回丹水城都被我劝下,我想把这年轻人推荐给大王。"

"太傅做得极是,我听元静给我讲了程昊,他对元静还有救命之恩。"

"是啊!这次平叛还多亏了有这个年轻人,我们少伤亡了多少兵士。"

此时天色已经暗了下来,就要到掌灯时分了。襄王道:"我们只顾说话了,已过用餐时间了,太傅和本王一起用餐吧,本王还有许多事要和你商量。"

随即襄王招呼太监:"晚饭准备了吗?"

太监回道:"已经准备好了,就等着大王那。"

襄王对太傅道:"我们去吧。"

第二天下午,元静带着程昊来到勤政宫,程昊一进勤政宫的大门便跪下施礼:"草民叩见大王。"

"起来吧。"

程昊站了起来,襄王打量着眼前的年轻人,见程昊面如冠玉,剑眉朗目,修长的身材,英俊的面容带着勃勃英气,不禁心生喜爱。

襄王高兴地指着一旁的椅子道:"坐下吧。"

程昊没有动,看了一下太子。元静道:"父王叫你坐就坐吧。"

襄王用慈祥的目光看着程昊道:"年轻人不必拘礼,坐吧。"

元静拉着程昊在一旁坐下。

襄王道:"这次太子西番平叛你是立了大功了,你还救了太子的命。"

程昊道:"为王庭出力,报效大王是每一个夏洲子民的义务,能有此机会尽子民的义务,也是程昊的荣幸,只要王庭需要,程昊绝对义不容辞。"

襄王笑着:"说得好,现在你可是我夏洲的大英雄,满朝文武都希望一睹你这大英雄的颜容,后天本王要大宴群臣,你是贵宾,元静,程昊由你安排。"

"诺,儿臣一定安排妥当。"

襄王点头:"程昊啊,你要做好长期待在卞雍的准备。"

"太子,你怎么安排程昊的住处?"

"父王,静安府我已经准备出来了,一切都已经给程昊准备好了。"

襄王满意地点点头:"对,那里不错。"

"程昊你就暂住在那里,有什么需要,有什么要求就找太子,他会安排的。"

夕阳西照,太子和程昊出了勤政宫,太子带着程昊直奔静安府。

在正阳殿内,襄王为平定西番大摆筵宴,满朝文武汇聚一堂,襄王坐在殿上,殿下分坐两列,每个桌上排放着美味珍馐,金樽玉盏。襄王看大家都来齐了,对大臣们道:"大家都来齐了,本王举办此次庆宴一是庆祝我夏洲一举荡平西番叛乱,二是给太子和太傅庆功。同时本王还要给大家介绍一人。"襄王示意程昊站起来,程昊站立起来。

襄王道:"程昊,本次平叛西番的大功臣,恐怕大家都知道程昊的事情了。"

"草民程昊,得大王如此恩惠,实在惭愧,程昊给各位大人见礼。"说完拱手给群臣施礼。

襄王很是高兴道:"程昊坐下吧,今天是高兴的日子,大家不必拘礼,尽情畅饮。"接着襄王站立起来举起酒盏,群臣一齐站立起来,高呼:"大王万岁! 大夏永固! "便一饮而尽。

管乐齐奏,在欢快的乐曲中,宫女们翩跹起舞,软腰如风吹柳摆,彩裙随着乐曲旋转飞扬,大殿内觥筹交错,大家痛饮尽欢。

就在程昊站起给群臣施礼时,国相打量着这个年轻人,他感觉到了程昊体内的真气绝非寻常,令他惊愕的是这年轻人的真气似乎与十多年前的明德曾经所带的真气一模一样,他的心里忽地一想,难道眼前这位年轻人就是十多年前失踪的景宇。

程昊正和太傅说着话,他忽然感觉到从国相那里发出的强大气场,而且这气场紧紧围绕着他,他惊讶的是这气场竟是如此之强烈,难道国相是想从他身上探寻什么。他想起师父给他讲过他六岁时母亲遇难丧命的事情,而且师父说母亲携他而逃就是为了逃避国相,因为他具有独特的真气。

程昊没有向国相的地方看,而是依旧与太傅说着话,太傅对程昊道:"我们去给国相把盏。"太傅带着程昊来的国相面前,太傅给程昊指引:"这就是国相大人。"

程昊急忙施礼:"程昊见过国相大人,草民给国相大人敬酒。"说完一饮而尽。

国相目光炯炯地看着程昊:"好个英气逼人的年轻人,这么年青就有如此的作为,实在令老臣感慨欣慰。"

"程昊能得国相大人如此夸奖实在是受之有愧,晚辈再敬国相大人一盏。"接着将酒盏的酒饮尽。寒暄了几句,程昊便又给太子把盏。晚宴直到一更末尾襄王才道:"时间不早了,今天的晚宴就到此为止,大家散了吧。"

群臣纷纷散去。

第二天一早,国相的家丁就到督察司找紫布,家丁对紫布道:"国相有要事找您,请大人马上过去。"紫布急忙随家丁来到国相府。

"师父找徒儿何事?"

国相阴沉着脸对紫布道:"昨晚你看到那个叫程昊的年轻人了吧?"

"看到了,有什么问题吗?"

"这年轻人法力绝非一般,我感觉出他体内的真气与十年前明德的真气一样。"

紫布惊愕地瞪大眼睛,他稳了一下神,沉吟了片刻,这年轻人面孔眉目确实有几分明德的样子。他恍然明白这年轻人就是十多年前从洛都峰跌下去的那个景宇。

紫布蹙起眉头:"确有几分明德的模样,应该查一下这个程昊的来历。"

国相颔首:"太子的平叛如此顺利,说明这程昊的法力深不可测。要查,而且要查清楚他的一切。我听说他是来自丹水城,你今天就走,要秘密地走,不要让任何人知道你离开了卞雍,你回督察司交代一下,说要到我府中待些日子,有人找你,我会安排好的。叫少青和你一起去。"

"好的,督察司我会安排好的,下午我就和少青出发。"

"嗯,就这样。"

紫布与少青秘密地来到扶平郡的上春,紫布带着少青直奔督察郡,都察一见都司大人到来大感意外,他慌忙迎上道:"在下不知都司大人到来,实在失礼,我立刻召集属下。"

紫布道:"我是受国相指令秘密到此,大人不要惊扰太多的人了,现在主要管事的人都在吗?"

都察急忙回道:"在,都在。"

"你现在就把这些主事的人召集起来,我们马上分工布置下去。"

很快督察郡的主事人都聚齐在议事厅,都察给主事们介绍都司紫布,然后请都司训话。

紫布道:"我是受国相之命,秘密到此,来调查一个叫程昊的人,此事必须秘密进行,此人曾经在丹水城做过总镖头。国相托付一定要把这个人的全部情况都搞清楚。"

紫布接着向大家介绍:"这是大理寺的理寺少青,具体事情由少大人指挥,我和都察坐镇督察郡协调。"

紫布把目光转向都察:"刘大人,你挑选十名精干人员,由少大人率领,下午就去丹水城。"

都察对副都察道:"莫大人你会后马上挑选十名干练、有经验的缉捕,交给少大人。"

都察接着道:"此任务是国相嘱托,都司大人亲临督战,大家必须全心尽力,务将此事办好。"

会后,莫副都察很快挑选出十名精干的缉捕交给少青,下午少青带着一干人马匆匆奔向丹水城。

一到丹水城,少青问跟随着的缉捕:"你们谁熟悉都令府?"

其中一个缉捕上前:"大人,我熟悉都令府,去年我在都令府办案,在那里住过一段,樊都令认识我,我和都令府的人都很熟。"

少青道:"你就不必惊动樊都令,找一个知道情况的办事人员,搞清楚程昊的情况就可以了。"

缉捕道:"好的大人,我现在就去。"

于缉捕来到都令府,进了正院的左厢房,都令府徐主事抬头一看是于缉捕,笑着道:"于缉捕,稀客啊,有一年多没来了,今天怎么到我们这清水衙门来,是来看我的,还是来办案?"

"看你,看你我就烦,当然是来办案。"

"那你找樊都令,别找我。"

"别废话,现在你能走了吗?"

"干吗,又找我喝酒?"

"算你小子聪明。"

"走,现在就走。"

于缉捕把公文打开,交给徐主事道:"我就不找樊都令,你转给樊大人。"

徐主事看了一下公文道:"就这事,放在我这就行了,给了樊大人他也得转给我,我和他打个招呼就行了。"徐主事把公文放好,和于缉捕一起走出都令府。

两人找了一个两层的酒馆,要了一个包间,于缉捕点了两盘荤菜,两盘素菜和两樽上好的清酒。两人边吃边聊着。于缉捕问:"你知道程昊吗?听说是个总镖头。"

"知道,这程昊算得上丹水城的风云人物,被押到都令府的大堂被樊大人审过,后又成为都令府的座上宾,他的手下副镖头吴间和樊都令可不是一般的关系,他是都令府的常客。"

"哦!快给我讲讲。"

"我听说程昊原来是任家的一个管家,后来自己开了镖局,叫'扶远镖局'。因为押镖与虎头镖局的总镖头打了起来,程昊手黑,将虎头镖的总镖头给打死了。结果虎头镖局的副镖头就是现在'扶远镖局'的副镖头吴间给告了,说他通匪,樊都令把他押到大堂问审,巧了,扶平郡的马总兵正好在大堂后面,听到程昊通匪就到了大堂前亲自旁听樊都令审。"

徐主事喝了口酒,把程昊与马总兵一起剿匪的经过细致地讲述了一遍。然后徐主事道:"你要想了解他的具体情况,还得从他的东家开始,要不要我和你一起查。"

于缉捕道:"不用了,我们查就行了,需要时再找你。"

两人喝到很晚才离开。

于缉捕回到督察郡的客栈,立刻将所获得的信息毫无纰漏地汇报给了少青,少青道:"明天我去任东家那里。"

第二天,徐主事见到樊都令后将于缉捕带来公文交给樊都令,樊都令看完公文,并没有当回事,他把公文交给徐主事道:"知道了,你把公文归档吧。"说完就走了。

少青带着一个缉捕来到任大为的府上,少青亮出督察郡的腰牌,说明来意就是了解一下程昊的情况,请任东家尽可能细致讲述一下程昊的情况。

听完任东家的讲述,少青问:"你不知道程昊来丹水城之前在哪里吗?你没有问过他?"

任东家无奈道:"我还真的不知道,他只说过他从淡洲来的,其他什么也没说过,不过他和我手下的阿奎挺熟,问问阿奎,兴许他能知道一些。"

任东家把阿奎叫进屋,让阿奎讲一讲程昊的情况,阿奎将两次同程昊去颖城送货的情况讲给了少青。任东家问阿奎:"程昊和你们说过他在淡洲的事情吗?你们谁知道他在淡洲什么地方?"

阿奎道:"程昊从来不跟我们多说什么,他只是要我们按他说的去做,不告诉我们为什么。我想大人,您可以找他的副镖头吴间问问,他与黄东家和曲东家也很熟,您也可以问问。"

少青向两位道谢,带着缉捕离开了任府。

少青又走访黄东家和曲东家都没有得到程昊在淡洲的情况。

在上春督察郡坐镇的紫布看到少青送来的报告,没有获得什么有用的信息,感到有些失望和焦虑。第二天,他独自到兵马大营拜见马总兵,询问程昊的情况,结果也没有得到什么有价值的东西。

正在对程昊的调查一筹莫展的时候,虎头镖局的黄镖师找到少青。黄镖师举报扶远镖局的吴间对樊都令行贿。

黄镖师道:"吴间原先是虎头镖局的副镖头,这人十分圆滑,他是都令府的常客,樊都令还有萧师爷都与他关系极好,之所以如此,是因为他们从吴间那里得到好处,虎镖头给樊都令和萧师爷的好处,都是吴间在中间操作,不知吴间送给他们多少银两,这事虎头镖局的人都知道。他本来和扶远镖局的总镖头

程昊是死对头，吴间告他通匪，被樊都令押到都令府的大堂问审。后来，他又成了扶远镖局的副镖头，这还不是程昊看他和樊都令有着不一般的关系，利用他的这层关系，好做生意，至于扶远镖局有没有贿赂樊都令我就不知道了。"

少青问："你说吴间行贿樊都令和萧师爷，有什么证据吗？"

"我没有具体证据，虎镖头已经死了，您可以问问虎头镖局的管家。"

少青将这个情况汇报给紫布，紫布看完少青送来的报告，眼睛一亮，他从座位上站起，有些兴奋，他在屋里来回踱着步，心里盘算着，一定要抓住这个突变点，一旦程昊行贿成立，不管他是不是景宇，行贿就足可以让他身败名裂，让襄王抛弃他。

他立刻召唤莫副都察，莫都察推门进来，他便对莫都察道："你马上派人到丹水城，让少青将虎头镖局的管家和黄镖师请到督察郡，另外告诉派去的人，对这两人一定要客气。"

"知道了大人，我立刻派人去。"

就在黄镖师举报的第二天，吴间恰巧在路上遇到任东家，任东家问："怎么督察郡的人在调查程镖头的来历？"

吴间大为疑惑道："什么督察郡的人？问总镖头的来历？我怎么不知道？"

任大为有些疑惑，他把督察郡那天调查的情况告诉了吴间。吴间又找到黄东家和曲东家核实，黄东家和曲东家告诉他督察郡的人来过，主要问程昊的来历。

吴间觉得有些不对劲，督察郡的人为什么不找他，是不是怕他通风报信？程昊怎么了？为什么要调查这么多人？这是怎么回事？

吴间十分敏感，虽然督察郡是调查程昊，但他和樊都令、萧师爷都有着非同一般的关系。他担心调查会牵扯到他与樊都令、萧师爷的关系上，他们之间有着巨大的利益关系，一旦查到他们之间的金钱交易，那么行贿与受贿的罪名是逃脱不掉。还有一个令他疑惑的是查程昊的来历干吗？不去问程昊，为什么要来丹水城问个遍？难道程昊出什么事了吗？

他思考着向前走着，一抬头，正好前面不远就是虎头镖局钱管家的家，他想也好久没见了，顺便拜访一下。他走进胡同，来到钱管家的门前，敲了敲大门，门吱呀一声被打开，开门的人一见是吴间，略带惊讶的口气道："呦！是吴镖头，好久没见了。"

"一直没有空，今天正好有时间过来看看钱管家。"

家人道:"您说说,平时在家时,没人找,今天正好出去,尽来找他老人家的。"

"是吗?"

"可不是,就刚才督察郡的人还来找我家主人那。"

吴间听到督察郡的人来找,心里就是一颤,他强笑道:"我也没有什么事,哪天有空再来看他。"说完便告辞离开,疾步向着都令府走去。

此时天色已经黑了下来,吴间走进都令府的大门,看门的衙役正坐着发呆,吴间赶紧打招呼:"刘头,樊都令在吗?"

"在。"

吴间走过大堂,直奔樊都令的内宅。

樊都令正和萧师爷正在聊天,两人兴致正浓。吴间在门外叫道:"樊大人在吗?"

"吴镖头,进来吧。"

吴间推门进屋,他向樊都令和萧师爷问候后,便将他与任东家、黄东家和曲东家的事情告诉了两人,他接着说道:"我刚去过虎头镖局钱管家的家,他不在,他的家人说督察郡的人刚才找过他。您说督察郡的人调查程昊找钱管家干什么? 钱管家与程昊毫无关系,按理说我比较了解程昊,他们应当找我,但他们从未找过我,我是一点都不知道,程昊估计也一定不知道,我觉得很是蹊跷。所以来找大人和师爷商量商量。"

樊都令道:"我是知道督察郡来人查询程昊的情况,但没想到来这么多人,查了这么久。"

萧师爷道:"我看这事不那么简单,肯定有什么大事。"

此时三人都觉察有些不对,樊都令道:"我倒是和督察郡的都察莫大人挺熟。"

萧师爷道:"大人不妨拜见一下莫大人,兴许能从他那里能得到些信息。"

吴间道:"我觉得萧师爷说得有道理,小心行得万年船,大人不如去一趟上春。"

樊都令道:"可以,我明天去一趟上春,拜见一下莫大人。"

第三天的未时樊都令带着一名随从来到上春的督察郡,樊都令让随从拿着都令府的腰牌进督察郡,到里面问一下莫都察在不在,如果在里面,先不要打扰他,赶紧出来。随从拿着腰牌进了督察郡,正好一个人过来,随从笑着问道:

"莫都察在吗？"

"莫都察在。"

"在哪个房间？"

那人指给他莫都察的房间。随从向那人道了谢,便向着莫都察的房间走去,当随从回头见那刚刚指引他的那人离开了,便急忙转身走出督察郡,来到在不远处等待他的樊都令面前,随从道:"莫大人在里面。"

樊都令点了点头:"走,我们去莫大人家等着。"

已过了未时,太阳已经偏西,沐浴在金灿灿的阳光之下,有着一种温暖与惬意的感觉。街道不是很宽阔,行人也不多,不时地有马车走过,挂在车上的铜铃发出叮当叮当的响声。

这时,一辆蓝色帷帐的马车向着胡同口走来,樊都令用眼睛示意随从跟上去,马车在莫都察的家门口停了片刻,大门打开,马车驶了进去。

随从跑了回来:"大人！是莫大人的马车。"

樊都令叩响莫府大门,大门被打开,一个家仆打量着樊都令,似乎有些眼熟,语调长长地问:"您是？"

樊都令赶紧回道:"我是丹水城的樊都令,烦劳您通禀一下莫大人。"

家仆恍然记起:"樊都令,您稍等片刻,我这就通报莫大人。"

很快莫大人来到大门,喜笑颜开地施礼:"樊大人,快请进。"上前引着樊都令走进客厅。莫大人令家仆沏上茶,樊都令道:"我到上春看望一个老友,正好也有机会拜见一下莫大人。"

莫都察道:"我们两年多没见了,你还是老样子,一点没变。"

两人聊起两年前一起办案的事情,聊得十分畅然,随着话题樊都令道:"莫大人可能不知道,前几日你们督察郡的人到我都令府查一个叫程昊的人,我说要不要派人协助,他们说不用,自己就行,现在还在丹水城那。"

"我怎么能不知道,这人是国相亲自要查的人,都司亲自到上春坐镇,现在还督察郡那。"

樊都令故作惊讶的样子道:"就一个小民程昊,有什么查的,还用那么长时间。"

"嗨！别提了,昨天我还派一个缉捕去你们丹水城,要把虎头镖局的管家和镖师请到督察郡来,看来一时半会完不了。"

"需要我都令府帮忙就打招呼,我们一定全力协助。"

"需要时还真得有劳樊都令。"

二人又聊了一段时间，樊都令道："时间不早了，樊某就告辞了。"

莫大人道："今日能与樊大人畅然一叙，很是高兴，就在我这里吃饭吧。"

"老友已经安排好了。"樊都令说着将一个盒子放在桌上道："一点薄礼，不成敬意。"

"樊大人客气。"莫都察将樊都令送出大门。

樊都令和随从离开莫府，樊都令的脸色阴沉，一走上大街上，樊都令对随从道："快，我们马上回都令府。"

随从惊愕："再过半个时辰天就黑了，我们摸着黑回去吗？"

樊都令狠狠地回道："对，摸着黑回去。"

接近午时，两天前派去的缉捕和少青的两个缉捕一起来见莫都察复命，莫都察问："人都请来了？"

缉捕道："请来了，住宿都安排好了。"

莫都察道："好好招待，一会我去见都司大人，有事我再找你们。"

"好的大人，我们回屋等着。"

莫都察随口问道："请这二位来是什么事？"

一个缉捕道："那个镖师举报扶远镖局副镖头行贿樊都令，管家可能掌握着具体证据。"

莫都察听到行贿樊都令，脑袋嗡的一下子，腿都软了。他立刻对缉捕道："你们去吧。"

缉捕离开房间，莫都察稳了稳慌乱的心神，他知道樊都令的突然造访绝非偶然，他回想着昨天与樊都令见面、聊天的每一个细节，他恍然明白樊都令是有备而来，是到他这里来摸底的，他紧咬牙关，眼睛里闪出凶狠的目光，看来事态很严重，必须马上汇报给都司。

莫都察即刻来到紫布的房间，将昨天樊都令来家的情况一五一十汇报给紫布，莫都察道："此事万不可耽搁，必须争分夺秒，都司大人，我想亲自带人，即刻奔丹水城，羁押樊都令。"

紫布道："好，要把樊都令、他的师爷和扶远镖局的吴间一起羁押，要快，勿使三人逃脱。"

莫都察带着刚刚回来的缉捕快马加鞭奔向丹水城。

樊都令第二天的巳时回到丹水城，一进城门樊都令便对随从道："你赶紧去扶远镖局叫吴间到都令府来。"随从朝着扶远镖局而去,樊都令则回到都令府。

樊都令刚换完衣服,让下人准备饭菜,萧师爷来到房间,樊都令和萧师爷没说上几句话,吴间就匆匆赶来了。樊都令将他与莫都察的谈话给两人讲述了一遍,萧师爷和吴间心照不宣地对视了一下,樊都令道:"我们要做最坏的打算。"

萧师爷道:"大人,我们不能坐以待毙,必须有所准备。"

吴间道:"程昊现在在卞雍,我马上就去卞雍,让程昊也有所准备。"

萧师爷道:"大人,如果我也离开都令府,即便就是有什么人告我们也没有确实的证据,仅凭没有证据的一面之词奈何不了我们,何况到底如何我们也不知晓。我想我先避一避,这也是谨慎之策。"

樊都令不情愿道:"好吧,那就先这样吧。"

这时一个下人进来:"大人,饭已经准备好了。"

樊都令不耐烦地挥挥手:"知道了,你先下去吧。"

樊都令看着萧师爷和吴间:"你们先别着急走,回去再谨慎地想一想,我们下午再聚一下,再决定。"

萧师爷道:"大人说得是,我们回去再慎重地考虑考虑,一切下午定,您先吃饭,休息一下,我们下午未时见。"说完二人一起离开。

出了都令府的大门,吴间对萧师爷道:"师爷,我看樊都令似乎存有侥幸之心,我怕时间来不及了,我必须赶紧去卞雍,下午就不来都令府了,您替我跟樊都令解释一下。"

萧师爷道:"吴镖头说得极是,你速去程昊那里,樊都令这边就交给我吧。"说完,二人分手奔向各自方向。

樊都令一觉醒来,一看已到未时,他焦虑等待着萧师爷和吴间的到来,等了许久仍不见二人到来,他命一个缉捕到萧师爷家让他速来见他,那个缉捕刚走不久,少青和莫都察带着人就进了都令府,直接来到樊都令的房间,樊都令大惊。

莫都察厉声道:"大胆樊勇,竟敢诓骗本都察,假借拜访之名,打探消息,真是胆大包天,有人告你贪污受贿,本都察现在就拿你归案。"

樊都令脸色煞白,绝望地望着莫都察。这时被樊都令派去的缉捕来到后院,一看这个架势,被惊得傻傻地站在原地,他看到樊都令被带出房间,转身要走。莫都察叫道:"站住,你是干什么的?"

缉捕惊慌地回答："我是这里的缉拿。"

"你到后院干吗？"

"樊都令派我去叫萧师爷。"

莫都察一听眼睛就是一亮，问道："萧师爷人呢？"

缉捕回答道："家门锁着，我就回来了。"

少青道："你现在就带我们去他家。"

少青又找了一个缉捕带着另一拨人去找吴间。

少青带人打开萧师爷家的大门，里面空无一人，缉捕带着少青等人向萧师爷家的邻居询问萧师爷和他的家人哪去了，邻居们说两天前就看见萧师爷的家人装了满车的东西，之后就再没有见到萧师爷和他的家人。

少青回到督察郡的客栈，派去找吴间的一路人马已经回来了，他们告诉少青，吴间不见了，他跟手下说他要出去一段时间，他把事情安排完就走了，具体去哪里没有说，他是午时离开扶远镖局的。少青问樊都令，萧师爷和吴间去哪里了。樊都令只知道吴间去卞雍找程昊了，至于萧师爷去哪里就不知道了。

少青立刻派两名缉捕回上春汇报这里的情况。

紫布得知情况后，决定将丹水城的人马撤回，他让少青和莫都察押着樊都令返回上春。

少青和莫都察一班人马回来后，紫布对少青道："调查程昊的来历就到此为止了，现在的关键是从樊勇这里找到突破口，让他交代清楚罪行，主要搞清楚他与程昊的关系，我现在就回卞雍，向师父汇报这里的情况，这里就拜托你了。"

少青道："大师兄放心，这里就交给小弟。"

十九、王子之争

YU PEI JI

吴间骑着乌骓马日夜兼程，十五日后终于抵达下雍，此时天色昏暗，快到掌灯时分，大街上的店铺大都打烊，上板关门了，路上的行人和车辆已渐稀少。他找了一家客栈住下。

第二天一早，他向客栈小二询问道："你知道静安府在哪里吗？"

小二道："您出去，沿着大街往北走，走到头，您就问太子府在哪里，一般人都知道，您找到太子府，问一下太子府的人，就能找到静安府了。"

吴间谢了小二，沿着大街走到尽头。他一路询问，最终找到太子府，太子府的门丁告诉他静安府的位置。

吴间绕到太子府的后门，转过一条大街，眼前霍然出现一座高墙绿瓦的宫殿，他沿着高墙走到尽头，拐过去，便看到宫殿的朱漆大门，两扇宽大厚重的大门上挂着一块楠木巨匾，上面三个金色的大字"静安府"格外耀眼。

静安府的大门和旁边的侧门都紧闭着，他扣响侧门的门环，侧门打开，里面站着一人问："你有何事？"

吴间赶忙上前施礼："我是扶远镖局副镖头吴间，不知我们的总镖头程昊是否住在这里？"

那人上下打量着吴间道："程昊是住在这里，他现在不在，明天才能回来，你明天再来找他吧。"

吴间笑着道："烦劳您见到总镖头转告一下,说吴间现住在北城朝来客栈,他知道定会来找,有劳您了。"

"没问题,一定转达。"

吴间拱手离去。

第二天下午,太阳已经偏西,吴间仍没等到程昊的到来,他开始焦虑了起来,在屋里坐立不安,最后他决定还是自己再去一趟。

他又来到静安府,扣响侧门,那人告诉他程昊还没有回来,吴间很是失望,只得快快返回。

他沮丧地走在大街,满腹忧虑地踟蹰前行着,忽然眼见一匹白马迎面而来,两人正好打了个照面,白马上的程昊大惊:"吴镖头,你什么时候来卞雍的?"

吴见满面惊喜道："两天前我就来了,昨天我找您,您不在,门卫说您今天回来。"

随即面色又严峻起来:"总镖头,丹水出了大事,我是不得已才来找您的,我们回去说吧。"

程昊带着吴间进了静安府,两人疾步进了程昊的房间,二人相对而坐,吴间将丹水城的情况讲给程昊。吴间最后说:"他们最初是冲着您来的,现在恐怕是对着我、樊都令和萧师爷,我担心这事也会牵扯到您,所以我马上就过来了。"

程昊的心情十分复杂,他刚到卞雍时内心充满了期待,但自从那场晚宴,国相对他的强大气场,那种要探查个究竟的架势,就让他感到不安,这些日子襄王的冷落,无所事事的闲在,让他心中的期许冷了大半。今天听到吴间所讲述的一切,他的心彻底凉了。他实在没有想到会是这样的结果。

此时天色已经变暗,天边最后一抹残阳即将隐没在烟霞暮霭之中。他问吴间:"樊都令说国相嘱托要查清我的来历,都司亲自到上春督察郡?"

吴间肯定地回道:"绝对没错,樊都令亲口对我说的。"

他不由自主地喃喃道:"看来王庭也不是个清静的地方。"他晃晃头,苦笑了一下:"我叫人把客栈的账结了,你就住在这里,我们吃完饭再仔细商量。"

饭后,二人又回到房间,程昊对吴间道:"你刚才说我们现在就离开,我以为还是不妥,现在离开还为时过早,我们必须搞清楚再决定。至于行贿樊都令这事,镖局不是你的,行贿也是总镖头干的,你充其量只是替总镖头做事,这是你的职责,至于行贿多少你就一口咬定不知道,只有虎镖头和樊都令知道。"

吴间道:"具体数额我还真是不知道。"

程昊道:"我估计现在萧师爷已经不在夏洲了,那人很狡黠,颇有城府,你一走,他肯定也就走了,说不定在淡洲某个地方隐居下了,想再找得到他恐怕很难。樊都令是问案的行家,他最清楚其中的奥妙,不会留下太多的把柄,如果萧师爷失踪,他会把事情都推到萧师爷那里。至于我和樊都令的事情,你就如实说,我早有准备。"

接着,程昊把自己如何遇到太子,如何攻破"天龙阵",怎么来到卞雍,如何住到这里都讲给了吴间。二人又长谈许久,商量了可能出现的情况和应对办法。

子夜时分,二人才结束长谈,程昊安顿好吴间的住处,自己独自走回休息的院子。

漆黑的夜空没有星辰,月光也被云雾遮盖,忽而露出一块昏晕的青光,很快又被阴云遮蔽。程昊站在院中,望着墨似的天空,预感到一场风暴即将来临。

紫布知道吴间已经离开丹水,到卞雍找程昊去了。为了防止吴间逃脱,他以督察郡的名义以最快的方式,将急件直接送抵督察司元明手中。元明得到紫布送抵的急件十分兴奋,他知道程昊住在静安府,那个丹水城逃脱的吴间也一定在那里。但是,若督察司亲自到太子的静安府抓人,必然会得罪太子,不如把这事交给卞雍郡令,让他到静安府抓人。他知道卞雍郡令是个不惧权贵,极认死理的人,把这事交给他是再合适不过了。

清晨天光放亮,刚刚露头的红日正从东方冉冉升起,静安府的大门突然被重重地敲打着,门丁开门一看吃了一惊,大门外全是郡令府的缉捕,为首的正是卞雍郡令,丁郡令道:"据报在逃犯吴间潜逃于静安府,本郡令在此缉拿在逃犯吴间,你速到里面通禀,将吴间交出来。"

家丁关上门,慌忙跑到李管家的屋里,将大门外的情况告诉李管家,李管家道:"你跟我出去,然后你去太子府通知太子,让太子马上过来。"

李管家和家丁走出大门,赶忙向丁郡令赔笑施礼:"郡令大人,刚刚家丁已经告诉本人了,您要缉拿在逃犯吴间,让本府即刻交出此人,这事要问太子怎么回事?我们不清楚,太子吩咐过有事找他。"

李管家将头转向家丁道:"你还站在这里做什么,马上叫太子过来,郡令大人在这里等着那。"

家丁一溜烟跑了,李管家赔着笑道:"抱歉了大人,您得稍等片刻。"

丁郡令绷着脸道:"你去吧,我就在这等着太子。"

大门被关上了,李管家对院内的几个家丁道:"你们盯着,等着太子来,有事叫我。"说完,疾步奔着程昊的院里走去。

太子带着一行人来到静安府的门前,官轿落下,太子走出官轿,丁郡令急忙上前给太子施礼:"下官给殿下施礼。"

太子道:"你在这里等候片刻,我一会儿就出来。"随即走进静安府。

太子一进大院,一眼就看到一个肤色偏黑,面色光亮,浓眉薄唇,体态魁梧的中年汉子。程昊上前一步给太子介绍吴间:"这是扶远镖局的副总镖头吴间。"吴间面带紧张地给太子施礼:"草民拜见殿下。"太子道:"进屋说吧。"

三人走进大厅,程昊让吴间将丹水城的情况讲述给太子,太子听完后道:"我清楚了,你们去做你们的事,这事交给我。"然后,走出大门。

太子一出大门,丁郡令就迎了上来,太子道:"这件事我知道了,就交给我吧,你带你的人回去吧。"

丁郡令大声道:"殿下,这可不行,下官是卞雍的郡令,缉捕逃犯是下官的职责,您曾多次训教大臣们,要恪守法纪,秉公办事,现吴间就在静安府内,是被缉捕的逃犯,下官断不能撤走。"

太子心头顿感不悦,他紧蹙眉头,阴沉着脸:"吴间在丹水城,按理应属于督察司的事,而不是你郡令的事。"

"殿下此言差矣,下官正是收到督察郡的急件,得到元明殿下的亲口指令来缉拿逃犯的。"

"得到元明的指令? 你把元明给我找来。"

丁郡令对一个领头说道:"去请元明殿下。"

领头打马而去,过了不长时间,那个领头就回来了。丁郡令问道:"元明殿下呢?"

领头答道:"元明殿下去王庭拜见大王了。"

又过了一段时间,王庭的一个太监来到静安府,见到太子道:"大王命殿下到勤政宫觐见。"太子上了官轿,太监瞪了丁郡令一眼,鄙视地说了句:"什么东西。"而后随着也上轿而去。

勤政宫内襄王正等着元静,元静一进门:"父王找儿臣?"

襄王道："刚才元明来过了，怎么，你不让丁郡令缉捕逃犯？逃犯就在静安府？"

"事情可能不是元明所说的那样，儿臣还没有搞清楚，想亲自审理这个案子。"

"这个案子还是让元明去办吧，让他搞清楚怎么回事。你就不用管了。"

元静急切道："父王，这件事大有蹊跷之处。"

没等元静再说，襄王不耐烦道："你就不要管了，赶紧把逃犯交予丁郡令。"

"儿臣遵旨。"元静没敢再说什么，急忙退了出去。

回去的路上，太子在想这吴间到底是什么样的人？最让他感到十分的疑惑和不解的是国相和紫布为什么对程昊的身世如此感兴趣，竟然大费周章地去丹水调查，直接问程昊或自己不就完了吗？而且紫布还亲自去了丹水城。他思忖着，不对啊，紫布替国相在卞雍周边调查土地情况，怎么会在丹水城？难道吴间说的是假话？

吴间被带走之后，太子问程昊："吴间说国相在调查你的身世，都司去了丹水城可信吗？"

程昊肯定道："吴间从丹水跑来就是为了告诉我这个信息，他不会说谎的。"

太子道："我会派人去丹水城调查此事，你需要我帮你做什么吗？"

"我想把我给樊都令运货的账本拿回来交给殿下，我给管家写好了一封信，让管家按照我所写的把那个账本取出来，请殿下叫人带回来。"

太子点头："好，你把信给我吧，我叫人去办。"

太子临走时对程昊道："没有的事就不用怕，你就在这里安心地待着。"

太子回到府中立刻叫若兰速到太子府，若兰急匆匆来到太子府，太子让他秘密去一趟扶平郡的上春，调查一下紫布到没到过督察郡，然后再到丹水城按照吴间所说的情况逐一调查，并到扶远镖局找到扶远镖局管家，将程昊的亲笔信交给他，按信中的交代把程昊所要的账本取出，并带回来。

若兰星夜兼程，半个月后来到上春的兵部，若兰刚住进兵部，马总兵就来到若兰的住处。马总兵带着歉意道："不知道统领大人莅临兵部，未曾迎接，实在抱歉。"

若兰道："我是受太子之命秘密而来，不宜宣扬，我要先在这里了解一下上月督察郡的情况，这件事还需要你的协助。"

马总兵道："这是下官职责，一切听从大人吩咐。"

"我想了解一下上月紫布是否来过督察郡？"

"来过啊。"

若兰略感诧异道："你能肯定吗？"

"当然，紫都司亲自到兵部找过我，询问程昊的情况。"

若兰大喜过望道："你把当时的情况给我讲一下。"

于是马总兵把紫布那日来访的情况毫无疏漏地讲述给了若兰。马总兵走后，若兰立刻写了一份马总兵所述的情况汇报，命兵部即刻将此份汇报火速送抵太子府。

太子接到若兰的汇报先是震惊而后是震怒，他感到这是元明一党在挑事，他们暗中调察程昊，实际是针对自己。他即刻启动兵部最快的情报传递机构，他令若兰速按吴间所述在丹水城的情况去察访，并将情况随时传回。

若兰在丹水调查的情况不断被传回，完全如吴间所说，若兰还调查出吴间行贿是督察郡在调查程昊来历的过程中，虎头镖局的黄镖师知道督察郡在调查程昊，遂举报吴间行贿樊都令，之后，督察郡便停止调查程昊的来历，全部撤出丹水城。

元静明白元明抓走吴间是为了找出程昊的把柄，兵部已经将程昊所要的账簿传送到元静的手中，他仔细翻看了全部账簿，一切正如程昊所说，他松了一口气，内心很欣赏程昊做事的稳妥。

他来到都尉府见到太傅，把近期发生的事情和掌握的情况讲给太傅，太傅道："看来他们是把程昊看成眼中钉，肉中刺。不遗余力地要找出程昊的毛病，让襄王对程昊有所反感和顾忌，把程昊搞走，让殿下处于尴尬的境地。至于你说的程昊的来历，这让我想起十多年前的景宇，不管怎么样，他们不搞掉程昊绝不会罢手，我看这事最终还取决于大王。"

元静叹息道："父王是不太清楚，我也是担忧。"

太傅沉吟半晌道："这样吧，我去和大王说一说。"

在勤政宫，襄王正在批阅奏章，忽然一个太监前来禀报："大王，太傅求见大王。"襄王抬起头道："宣太傅进来。"太傅走进大殿给襄王施礼："大王。"襄王示意太傅坐下问："太傅何事啊？"

"这两天我从太子那里得知程昊的事情，太子很是忧虑。"

襄王道："噢，是程昊的副手，元明在查办此事。"

太傅诚恳地道："大王啊，程昊是难得的人才，他的法力在当朝无人可抵，即便就是国相也根本无法与其相比。他以后可以作为太子的依靠。老臣说句心里话,大王与老臣岁数都大了,太子做事持重,有分寸,有委屈不会轻易说出。大王还是要从百年基业着想,不要轻易放弃程昊,老臣是太子的老师,可能更偏爱太子,说出这些话也不知妥不妥当,老臣岁数大了,想法难免固执偏愚,还望大王不要过于责怪老臣多言。"

"太傅多虑了,本王是会过问此事的。"

"那老臣就不打扰大王了,老臣退下了。"

襄王微笑地点点头,太傅离开了勤政宫。

元明接到扶临督察郡的回件,回件写道:"据樊勇供词而查,其所受贿银两账目不清,既有于私,亦有于公,大部惠于听差办案人员,若将所有银两全部归罪于樊私吞受贿确有不实,樊极力拒之。樊某诡诈,始终称一切具体事宜均由萧参(师爷)所为,自己不甚清楚,故定于重罪恐有不公。而据所之供词,程昊之事亦更为浑浊,樊称程某实非善辈,素无好感,与其仅几面之交,至于是否收取扶远镖局银两,樊称应有,具体皆由萧参经办,现无萧、程之词,罪无所据,督察郡已封扶远镖局,查其账簿,以获实证。"

元明看完一股怒火冲上胸膛,将回件狠狠地摔在地上,目光中燃烧着愤怒的火焰,脱口骂道:"真是废物,花这么长时间,一无所获,真是一点用都没有。"

丁都令捡起回件,看完后:"殿下息怒,樊勇身为都令,谙熟律法,查案堂审乃都令之本责,岂能留下过多把柄。吴间不过是办事之人,现在唯有程昊才是在案重要之人,缉拿程昊或许能有突破。"

听了丁都令的话,元明心里一动,他想,丁都令说得极是,程昊是在案重要之人,缉拿程昊理所应当,如果程昊束手就擒就在督察司除掉他,这才解我心头之恨。倘若拒捕反抗,势必刀兵相见,凭程昊的法力,恐怕难有人抵挡得住,到时候人死兵伤,看元静怎么收场。想到这里,他对丁都令说:"此事重大,你先不要对任何人讲,等我考虑出一个万全之策再行动。"

第二天,元明让徐副都司到府中,他对徐副都司说:"你回去把全部人员都召集到督察司待命,今夜有重大行动,现在还不能告诉你们太多,你马上回去准备。"

徐副都司走后,元明又派人请护卫军都统到府中议事,护卫军都统裘良带着一个护卫来到元明府,元明满脸笑容走出厅门将裘良引进客厅。两人寒暄了几句,元明道:"裘大人,还要请你帮忙,只是这次和以往不一样,这次可不是十几人,而是几十或上百号人。"

裴良错愕地问:"什么案子需要这么多人?"

元明道:"此人可非一般,是程昊。"

裴良一惊,刚要说话,一个家丁在厅外叫道:"殿下,钟先生在大门口求见。"

元明不耐烦地站起身,对裴良道:"裴大人稍等片刻,我去去就回。"

元明刚出大院,裴良即刻走出客厅,他向厢房的护卫招招手,护卫刚跨出门槛关上门,裴良面色紧张,语调急促地道:"一会招呼你,让你回去,你先找子卫汇报,赶紧回屋。"说完疾步走回客厅。

元明很快就回来了,一进门,裴良放下茶杯问道:"殿下,要用这么多人抓捕程昊,我得向太子通禀一下。"

元明笑着挥手道:"这事恐怕你说不行,得我去跟太子说。"

"诺,那我就回去准备。"

"唉,你先不要回去,我还有事要跟你说。"

"我不回去怎么能调动护卫军?"

"你让你的护卫告诉副都统,你带着调兵的兵符吗?"

"带着。"

"我写个手谕。"说完元明提笔写道:今晚督察司与护卫军联合行动,现所有护卫军准备待命。落款写下元明,随即将手谕递给裴良。

裴良看完,走到厅门外,大声招呼护卫,护卫从厢房走出,裴良用眼睛盯了一下护卫,示意刚才所讲的话。护卫略微低了一下头表示明白。

裴良转身回屋,坐回椅子上对刚进屋的护卫道:"你拿着殿下的手谕,还有我的兵符给刘都统就行了。"说完解开上袍从腰间取下兵符。他侧头又对元明道:"是否让刘都统也来一下?"

元明微蹙眉头,挥手道:"不用了。"

裴良对护卫道:"那你去吧,交代完就回来。"

护卫出来元明府,直奔禁卫府。护卫在禁卫府见到子卫,把元明的手谕和裴良的兵符交给子卫,并讲述了经过,最后护卫说道:"都统让办完事回去。"子卫:"我知道,你先和我去一趟太子府,听候太子指令。"

太子刚听完密报讲述丹水城扶远镖局被督察郡查封的消息,并让密报离开,子卫就带着裴良的护卫来了。听完子卫的汇报,元静很是震惊,他没有想到元明如此歹毒,他是要逼反程昊。他对裘良的护卫道:"你回元明府吧,刘副统领那我会安排,你不要露出任何破绽,赶紧去吧,别让元明产生怀疑。"

裘良的护卫走后,太子对子卫道:"元明是要对程昊动手,护卫军交给你了,你在禁卫府听候我的命令。"

子卫道:"御神军、护卫军随时听候殿下指令。"

子卫走后,元静命人到督察司打探,看看那里什么情况,打探的人回来道:"督察司内都是缉捕,人到齐了,督察司的门卫说一定有大事。"元静听罢心中怒火燃烧,他让管家把程昊接到自己府中,自己带着元明的手谕、裘良的兵符和程昊的账簿去王庭求见父王。

紫布一直在督察司办公,下午太阳已经偏西,他将客人送出大门,他忽然感到有些异样,今天督察司的人好像比平时多了很多人,他随口问大门的门卫:"今天督察司怎么这么多人?"门卫道:"今天督察司的人都来了。"同时目光里带着疑惑,似乎是说难道都司您还不知道吗?

紫布没有直接回自己的房间,而是直接来到徐副都司的房间,他问徐副都司:"今天怎么来这么多人?"徐副都司感到有些意外道:"唉!元殿下没有告诉您?今晚有大行动。"紫布诧异地问:"什么重大行动?"

"元殿下没有说,只说全体人员待命,您不知道吗?"

紫布顿时猜到了,元明这是要抓捕程昊,将他逼反。他阴着脸说了声:"我知道了。"

随即出了徐副都司的房间。他心中懊恼这元明做事怎么这么莽撞,程昊岂是随意就可以抓捕的,没经过襄王允许,谁敢动他,而且他又有太子的庇护,怎么抓?那太子掌握着御神军和护卫军的兵权,凭督察司这点力量怎么能动得了程昊,这简直是胡闹。不行,必须马上找国相汇报,阻止元明的行动。

紫布急匆匆来到国相府,他将情况汇报给了国相,国相气得脸都变了形,他对紫布说:"元明要坏大事,你拿着我的令牌,要阻止督察司的行动,你去吧。"紫布走后,国相将护卫长叫来,他让护卫长去一趟元明府,让元明速速过来。

国相的护卫长来到元明府,见到元明施礼:"殿下,国相有重大事情要和你相商,请殿下务必和我过去一趟,事情很急,您最好马上跟我走。"

元明烦躁地回道:"你等一下,我安排一下就跟你走。"说完,他把师爷陆鸿叫来,陆鸿走进了客厅,元明道:"陆先生,这是护卫军都统裘大人。"陆鸿拱手施礼:"久有耳闻,今日能见到裴大人,幸会,幸会。"

裴良急忙回礼,元明道:"国相找我,我必须马上去趟国相府,陆先生,你陪陪裴大人,和裴大人聊一聊。"

陆鸿殷勤道:"殿下您去国相府吧,能向裴大人求教,着实荣幸。"

元明道:"那好,你们聊着,我去去就回。"说完,匆匆离去。

襄王起身正准备走出勤政宫,元静满脸怒色来到勤政宫门前,襄王诧异地问:"这么晚了,你来何事?"元静道:"父王,儿臣有事要和父王讲。"襄王重新坐下,看到元静脸色如此难看说道:"你坐下,慢慢说。"

"元明做事着实过分,不知父王可否知晓?"

襄王疑惑地看着元静:"什么事?父王不知道。"

"元明命令全部护卫军和督察司今晚联合行动。"

"什么行动?"

"闯入静安府,抓捕程昊。"

襄王愕然:"有这种事情?你怎么知道的?护卫军不是你掌管着吗?"

元静将元明的手谕及裴良的兵符呈给襄王,随即将子卫所讲的情况汇报给襄王,元静道:"我派人去了督察司,督察司所有人员今天全都在,另外裴良已被元明强迫留下,现还在元明府中。"

元静又把国相调查程昊身世,紫布以巡查卞雍之名,秘密去丹水城,以及若兰调查的结果和程昊所述的情况全部讲述给了襄王,并把程昊的账簿呈给襄王。

襄王面色铁青,紧咬着牙关,等元静讲完,襄王严厉喊道:"夏公公,速到元明府中,将元明和裴良一起带来,快去。"

不大会工夫,夏公公带着裴良来到襄王面前。襄王问:"元明那?"夏公公急忙答道:"元明殿下去国相府了。"襄王道:"你再去国相府,让元明速来见我。"

襄王问裴良:"是元明让你调动护卫军,准备今晚的行动吗?"

"是的。"

"今天晚上什么行动?"

"元明殿下说要抓捕程昊。我听元殿下的门客陆先生讲,元殿下已经掌握程昊的犯罪证据,只有尽快抓捕程昊,才能将案子了结。"元静道:"儿臣知道那个陆先生,他叫陆鸿,是元明的师爷。"

接着，裘良便将整个经过讲了一遍。裘良讲完，襄王看着元静："你让程昊回去吧，这事你不用管了，我来处理。"接着挥了一下手道："你们都回去吧。"

元明来到勤政宫，襄王的眸子里闪着阴冷的光芒，似一把尖利的匕首，径直插进元明心上，让元明有些胆寒。

元明声音带着胆怯："父王找儿臣？"

襄王把他的手谕扔了过去怒斥道："你好大的胆子，竟想闯太子的静安府，私自调动护卫军，你要造反啊！"

元明慌乱地回道："父王，儿臣抓捕程昊，是因为儿臣已经掌握程昊的确凿证据，他有重大嫌疑，是樊勇受贿案的主要要犯。"

襄王吼道："你给我住嘴，程昊是我亲命留在卞雍，准备受命的大臣，太子替朕处理朝政，静安府是太子的偏宫，护卫军为太子亲自掌管，你不知道吗？你算什么东西！"

元明咕咚跪下带着哭腔："儿臣错了。"

襄王眼里喷着怒火道："你以为你的目的父王看不出来吗？你想得倒美！父王告诉你，父王让你是什么你就是什么，父王可以让你做殿下，也可以让你什么都不是，你给我记住了。"

"儿臣记住了，儿臣再也不敢了。"

"从现在起你回自己的府中，没有父王的指令，不许出府。"

接着对门外喊道："夏公公，带他回府。将陆鸿押入死牢。"

襄王又喊了一个太监道："你到督察司宣紫布过来。"

不大一会儿，紫布来到勤政宫，襄王示意紫布坐下道："都司近期忙些什么事情啊？"

"国相让臣验收卞雍的周边土地测查情况，近些日子才回到督察司。"

"卞雍周边的土地可不小，是需花费些时日的。你都转了，情况怎么样？"

"臣花了将近三个月的时间，周边的荒地不少。"于是他把卞雍周边土地的具体情况向襄王汇报了一遍。

襄王道："你现在就到郡令府，让丁都令把吴间的案子交给督察司，你来接过这个案子。你现在就去办。"

第二天，程昊来到太子府见到太子，程昊道："程昊在静安府住了已有三个多月了，承蒙殿下关照，程昊感激不尽，近期的变故，给殿下增添不少麻烦，程昊很是内疚，我想近日离开卞雍，回丹水城。"

程昊还没说完,太子眼睛湿润:"程昊,你对我有救命之恩,你我亲如兄弟,近期之事皆是因为我,你所受的委屈我心里清楚,作为太子让你受到这样的伤害,我心里十分难受。程昊,只要我还是太子,就不允许他人伤害你,至于大王你要给他点时间,父王不是糊涂的人,我想父王会明白的,你再忍耐一段时间,等有个明确结果再决定。"

"殿下,程昊在这里,事情就难以平息,结果也难以预测。我想请殿下帮个忙,向大王通禀一下,说程昊想求见大王。我想走之前能见上大王一面。"

太子点头道:"没问题,我马上就去见父王,你回静安府等我消息。"

程昊道:"我一会儿去趟太傅那里,之后就回静安府。"

二人同时走出静安府,向着各自的方向走去。

太傅府内,程昊和太傅推心置腹地交谈着,太傅不无忧虑地对程昊道:"程昊啊,让你受委屈了,你我也是忘年之交,无论今后你在哪,遇到难处和麻烦时,能用得到我和太子,你就告知我,老夫一定帮你。如果你决意一定要走,一定见过大王后才能走。"

就在这时,王庭的一个太监来到太傅府,太傅赶忙迎出。太监道:"襄王请太傅大人勤政宫觐见。"程昊急忙和太傅道别,太傅随太监奔王庭而去。

太傅坐在襄王的下手,襄王道:"本王请太傅来,是想和你商谈一下程昊的事,太傅和太子极力推荐程昊,本王也考虑再三,想让程昊做你的手下,让他任副都尉,不知太傅觉得如何?"

太傅眸子闪出惊喜的光芒:"我王圣明,让程昊任副都尉之职再合适不过了。老臣为我王能收此将才而高兴,一旦我王庭需要用兵之时,程昊必有大用。"

"那就这样定了。"

太傅离开王庭已近黄昏时分,他没有回府而是直接奔向静安府,来到静安府,太傅的仆人让静安府的门丁传报太傅来访,大门打开,程昊急忙迎了出来,他上前搀着太傅道:"您老怎么来了,快请进,太子殿下也在里面。"

太傅目光炯炯:"老夫有要事要告诉你们,走,里面说。"

他们走进客厅,太子也在里面,三人坐定,太傅道:"刚才大王找我,商议程昊的事情。"

太子道:"我也刚到,还未和程昊说上几句话您就来了。"

太傅笑着:"大王圣明,让程昊做我的下手,任副都尉。程昊,老夫先给你道喜了。"

然后他对太子道："我现在可有一位得力的助手，老夫也可以轻松轻松了。"

程昊既意外又惊喜，他的内心充满对太子和太傅的感激，眸子里蕴含深情和激动，他对太子和太傅道："程昊铭记殿下和太傅的恩情，随时听从殿下和太傅调遣，全力报效我王。"

太子颇有感触："父王终于做出了决定，太好了，程昊这静安府就送给你了，以后这里就是你的府宅。"

"殿下，这样不妥，程昊一介草民，静安府不合程昊的身份，且尽人皆知静安府为殿下的偏宫。"

"你现在是都尉，我的手下，这是本殿下给你的第一个命令，你不用说了，就是执行。"

"那今天晚上，殿下和太傅就在这里用饭，行不行？"

太子和太傅高兴地应允了。

二十、继位

YU PEI JI

次日的早朝与往日有些不同，在正阳殿内的大臣中少了元明，多了一个新人程昊，对这个变化最为敏感的当属国相和紫布，国相面色凝重，低头思忖着。紫布则阴沉着脸，紧蹙眉头，二人心照不宣地相互对视了一下。

不大会工夫，襄王来到殿前，坐定后俯视群臣："今天本王要向大家宣布一件事情，程昊。"程昊上前一步，襄王指着程昊："不用介绍了吧，诸位爱卿都认识。现在本王宣布一项决定。"说完回头看了一眼夏公公，夏公公高举圣旨道："襄历四月初太子东征，程昊破阵擒首，骁勇善战，着任程昊为副都尉之职，钦此。"

程昊施礼道："程昊谢大王隆恩，程昊定全力报效王庭，不负我王期待。"

襄王道："散朝后，你和太子到勤政宫，本王有话要和你们单独一述。"说完用冷冷的目光看了一眼国相。

朝堂上又议了一些事项，便散了朝。程昊和太子一起来到勤政宫。

二人坐下后，襄王对程昊道："程昊啊，本王说过你是栋梁之材，当做大事，太傅年事已高，诸多具体的事情还得你去做，你要做好太傅的助手。"

"程昊一定尽己所能，全心尽力做好太傅的助手，不负大王的期待。"

襄王颔首："兵者，存亡之道，本王知道你法力高强，谙熟兵法，是难得的帅才,以后一旦国之有难,还要依靠你。"

程昊眸子发出兴奋而坚定的光芒道:"只要大王吩咐,程昊赴汤蹈火在所不辞。"

襄王微笑着:"今天就到这,你们去吧。"

已到掌灯时分,国相的客厅内光线昏暗,映在墙壁上的烛影不时摇曳。国相独自闭目仰靠在太师椅上,他的内心感到从未有过的孤独、冷落。襄王任程昊为副都尉,极大增强了太子的实力,从而根本上改变太子与元明的力量对比。而自己也真正遇上了强有力的对手,论法力程昊只在自己之上,不在自己之下。只是不知这妖孩修炼成了何物? 是人还是魔? 不管怎么样现在是襄王要依靠他,自己已是无能为力了,他睁开眼睛,胸中充满愤懑和压抑。

忽然,一个仆人在门外叫道:"国相,紫布大人求见。"

"叫他进来。"紫布推门进来,落座后:"师父,徒儿已经查明。"

国相坐了起来,问道:"什么情况?"

"元明被襄王禁足了,不许出府。"

国相微微颔首,似乎是在预料之中。

紫布带着抱怨的语调:"元明太糊涂了,他把裘良扣住,让裘良的护卫带着兵符和他的手谕调动护卫军。他也不想想,裘良是太子的下属,他让裘良去静安府抓捕程昊,真要如此,太子不要他的命,那裘良岂能听元明摆布,他和护卫串通好,那护卫拿着元明的手谕和裘良兵符直奔禁卫府找子卫,子卫又转给太子,太子拿着这两件东西直接呈给襄王。"

国相气得一拍椅把站了起来,恶狠狠地骂道:"逆子,十足的混账东西。"

紫布接着道:"襄王令夏公公到元明府中找元明和裘良,元明正好在您府中,夏公公把裘良带到襄王那里。"

国相明白襄王眼神的意思了。他无奈地道:"夏公公又到我这来,把元明带走了。"

紫布愤愤道:"吴间在我手中,不如做掉他,给程昊点颜色看看。"

国相问:"襄王让你接管吴间的案子时说了什么没有?"

"他没对这案子说什么,只是问我近期在做什么。"

国相追问道:"你怎么回答的?"

"我说近三个月在帮助您巡查卜雍周边的土地。"

国相长叹道:"唉,看来襄王是知道你去了扶平郡了。"

紫布顿时明白了，襄王就是要看自己如何处理这个案子，这老襄王真够阴险的，看来是想免去自己都司的职位，如果处理不好，恐怕都司的职位真的要丢了。他对国相道："看来襄王是在盯着这个案子。"

国相认同地点点头："那老襄王刻薄寡恩，可不好惹。你还要留着都司这个位子。"

"徒儿明白，我会放了吴间，我明天就传令下去，让督察郡解除对扶远镖局的查封。"

"这样做很好。"

第二天一早，紫布走进督察司的大牢，狱长疾步迎了出来，满脸堆笑："都司您怎么过来了？"

紫布道："您去把特号间的大门打开，我在特号间等着你把吴间提来。"

狱长有些诧异，赶紧答道："好的。"说完快步离去。

紫布走过昏暗幽长的大牢通道，来到特号间，他坐在特号牢房内的椅子上，狱长和吴间两人站在面前，紫布对狱长道："你去吧，我跟吴间说几句话。"狱长走后，紫布对吴间道："我把你从都令府转到督察司，是为你的安全着想，你的案子基本已经查清，你所说的属实，我认为你是无罪的，只是你还要在这里待上几天，等待案子彻底结了。这里是特号间，条件不错，你就在这里休息吧，有什么要求提出来。"

吴间的眼睛有些潮湿道："吴间感激都司大人，大人的恩德吴间铭记在心。"

"好，你休息吧。"说完紫布关上狱门，离开了大牢。

几日后紫布在勤政宫觐见襄王，紫布道："吴间的案子基本可以结案了。一、指控樊勇有重大受贿，证据不足，樊勇收受银两大都充用于公，构成重大受贿依据不足。二、吴间只是中间人，许多事情并不知情，其所交代情况属实，构成行贿的事实不清晰。三、经对扶远镖局审查，樊勇索取扶远镖局的银两与程昊账簿记录一致，可以确定是程昊迫于都令府压力不敢收取，并不构成犯罪。臣已命督察司传令，解除对扶远镖局的查封，并准备释放吴间。"

襄王沉默了半晌道："既然没有什么大问题，就按你的意思办吧。辛苦了都司。"

"这是臣分内之事，理应办好。"

襄王微笑地颔首表示满意。

吴间被释放回到静安府，程昊摆上一桌丰盛的酒席为他压惊。席间程昊道：

"吴镖头,我想你还是留在卞雍更好,卞雍的条件比丹水好上很多,我想把我们的生意做到卞雍,这里还要依靠你,另外,我想以后都尉府的事情你也可以帮我做一些,这样也为你今后做些长远准备。"

"一切由您安排,我就留在卞雍,具体如何去做,吴间听您指示。"

程昊将西院的整个套院给了吴间,让他住在那里。吴间也就留在了卞雍。

一个风和日丽的日子,午时阳光温暖而柔和。太子府内,兵部的将领们都汇聚在由太子举办的丰盛筵席上,人们举觥把盏,谈笑风生。席间,元静对程昊道:"程昊你得给裴大人把盏,感谢裴大人机敏应变,把抓你的消息及时送出,没让元明得逞。"

程昊举起酒盏对着站在边上的裴良敬酒:"程昊感激裴大人,此恩程昊铭记在心,程昊敬大人一盏。"说完一饮而尽。

裴良看着眼前的俊秀青年,眼里充满喜爱,裴良道:"都尉客气了,这是本都统应该做的。"

午宴进行到了下午才散去。

几天后,元静来到静安府,程昊急忙迎了出来,元静道:"我来和你商量件事,我们到屋里说。"程昊赶忙将太子请进客厅。

元静微笑看着程昊,程昊有些疑惑看着太子,沉寂了片刻元静道:"裴大人看上你了,让我做媒人,他想把他的女儿许配给你。玉儿很漂亮,我觉得你们很般配。"

程昊愣愣地望着太子,元静道:"你愿意不愿意? 我好给裴大人回话。"

程昊腼腆地道:"程昊要麻烦殿下了,由殿下来定。"

"好,那我就和裴大人商量,给你们选个良辰吉日,这静安府要装饰得喜庆、气派。"

"程昊感谢殿下,一切谨遵殿下的意思。"

静安府披红挂缎,朱纱红灯挂遍了整府,夜晚红灯齐放,红光映照着庭院,整个府宅笼罩在喜庆的氛围之中。

翌日,鸣锣开道,鼓乐喧天,在一队送亲的队伍中一抬八人花轿来到静安府的大门前,玉儿带着红色的头盖,走下花轿,被贴身丫鬟搀扶着走进婚堂,程昊和玉儿参拜之后,玉儿被带进洞房。

近几日襄王感觉身体极度乏力,恶心厌食,吃了几服药毫无效果。由于数日都未批阅奏章,他想到勤政宫阅览一下有无重要奏章,刚走出正和殿的大门,就觉眼前一黑,一头栽倒在大门前,昏了过去。太监急忙唤来太医们,所有的太医给襄王诊断的结果都是一致的,就是襄王时日不多了,将要驾崩西去。太子、嫔妃、国相和其他重要大臣相继到来,正和殿外站满大夏的重要人物。国相和太傅来到还在昏迷的襄王床榻前,二人先后摸了襄王的脉象后,太傅摇了摇头,国相道:"不行了。"

太子让大家先回去,只是太子、元明和几位重要的大臣一起守候在正和殿内。子夜时分,襄王睁开眼睛,床前模糊的人影渐渐清晰了,他吃力地说道:"元静继位,诸位要尽力辅佐。"然后只是张张嘴,就说不出话了,天色微明时,襄王驾崩了。

大殿内外一片哭声,太子哭得尤为伤心,在一阵哭声中,太傅首先想到不能总这样,还有大事必须马上决定。太傅道:"大家节哀。"然后太傅对悲痛的太子道:"殿下,还有些大事现在必须商议一下。"

太子止住了悲伤,泪眼蒙眬看了一下大家,语气低沉道:"各位大臣到勤政宫议事。"

十几位主要朝臣来到勤政宫,太傅首先发话:"国不可一日无主,殿下应按襄王的遗言而行,即刻登基。"

"还是先办理父王的丧事,登基之事待父王丧事办妥再办。"

"办理襄王的丧事与殿下登基并无冲突,大王让殿下代理朝政,就是事先已筹谋到今日,继承王业是大王的托付,也是大王的遗愿,即刻登基我王也可安心啊。"

子卫道:"臣遵大王遗言,请太子登基。"说完,跪在元静面前,高呼道:"臣跪拜我王登基,大王万岁,万万岁!"

接着太傅和其余的大臣都跪下齐声高呼:"大王万岁,万万岁!"

元静道:"既然若此,元静就禀遵父王遗言,继任王位,各位为父王殚精竭虑,尽心尽责,今后本王还要仰仗各位。"

翌日,王庭一片缟素,正阳殿内气氛沉重肃杀,大臣们垂手而立,默无声息。这时,太傅道:"先王已逝,禀遵先王遗言,太子继承大统,更王号为静王。列位行登基大礼。"

说完,太傅领着众臣跪拜,行三拜九叩礼,众臣高呼:"跪拜静王登基,我王万岁,万万岁!"

众臣行完跪拜礼之后,元静道:"先王一世英名,伟业丰功,本王诏谕先王为圣祖仁王,本王和元明守灵七日,卞雍丧期为四十九天。"

随即元静率群臣到灵堂悼别先王。

七日后便是襄王入葬之日,大清早天空乌云低垂,冷风习习,细微的小雨时断时续,襄王的棺椁在前,元静率领众臣随后,慢慢地向着襄王的陵墓而去。在陵墓前元静主持完入葬仪式,襄王的棺椁被放入墓葬之内。

太傅从襄王入葬回来之后,第二天就病倒了,几日之后,病情每况愈下,以至于已经不能下地,只能卧病在床。

二十一、宇岗之役

YU PEI JI

　　宇岗盆地由西面的银甸山山系、西北的南禹山系、南面的鸡乌山系、东面的会夷山系、北面的锺越山系环绕而成。百年前的宇岗盆地林深草茂，湖泊星罗，凶兽猛禽遍布林间河湖。这里雨水丰沛，土地肥沃，伊水、霄水、熏水等众多河流纵横交错。

　　百年的变迁，宇岗盆地从人迹罕至发展到人口急剧增长，形成了夏、禹、敬三大族民。其中夏民来自夏洲子民，他们翻越锺越山系来到宇岗盆地，历经百年的开拓建立了夏爵部落。禹民皆是禹洲的子民迁徙到宇岗盆地，他们在这里生息繁衍形成了慕真部落。而敬民则是敬洲的子民，他们翻过鸡乌山系，进入宇岗盆地，在这里世代耕耘劳作形成了鲜容部落。

　　随着三大部落人口的不断增长和生存空间的不断扩展，他们对土地、河湖等各种自然资源的占有和享用的需求急剧增加，由此产生的部落之间的冲突和矛盾也日益尖锐。在三大部落中，夏爵部落人口增长和面积扩张得最快，约占到整个宇岗盆地的人口和面积总和的三分之二。面对绝对强势的夏爵部落，慕真部落和鲜容部落相互联手，他们各自求助自己本洲势力的帮助，获取大量的武器和辎重，开始对夏爵部落进行挑衅和反击。

　　夏爵部落族长深知，各部落后面的势力都在觊觎整个宇岗盆地，与其让它归入禹洲和敬洲，不如归属夏洲，于是亲赴余饶郡的郡守府拜见郡守纪平，表明来意。郡守厚礼款待夏爵部落的族长，极大赞许族长的远见，并应允了族长的请求。

族长走后，纪平即刻上奏静王，奏折写道：伏乞圣王，宇岗之地毗邻余饶郡，我余饶之民翻山涉水，深入宇岗，历经数代，栉风沐雨，开荒拓土，而成夏爵部落今日兴旺之势。然慕真、鲜容二部视夏爵如猛兽洪水，二部串通禹、敬两洲，发难夏爵。夏爵族长亲赴本府，痛陈厉害，表明归属夏洲诚意，现禹、敬两洲虎视眈眈，觊觎宇岗之地，而慕真、鲜容二部亦有投怀送抱，倦鸟归林之意。当此速断决绝之时，臣请王庭趁此良机，速成夏爵归属之愿，余饶郡厉兵秣马，以候王师至矣。

纪平的奏章很快传递到静王手中，静王看完奏章，立刻宣程昊来勤政宫议事。程昊来到勤政宫，静王将奏章递给程昊，程昊看完后思忖片刻道："大王事不宜迟，迟则生变，这里有九州的地图吗？"

元静把九州地图打开，程昊仔细观看，且琢磨一会儿对静王道："禹洲距宇岗最近，据我所知，从禹洲的空桑到宇岗若以十万大军算，起码要五天。而敬洲若以十万大军算到达宇岗最快也要二十天的时间。所以我王庭大军必须十日进入宇岗。"

静王迷惘："从卞雍到宇岗十个郡，十万大军昼夜不歇也要二十天才可，十日如何到达？"

程昊道："我想把十个郡分成三个部分，从卞雍开始，三个郡一段，最后一段四个郡，每一郡要准备一万到一万五千的轻骑，我一路过去，通知各郡，立刻凑齐兵马即刻向余饶郡进发。我今夜就走，率后四郡兵马聚集余饶郡，估计用不到一日就能到达良丘郡，从良丘郡到余饶郡，再从余饶郡进入宇岗十日足够了，人马也有五六万人。我估计只要王庭军队一入宇岗，禹洲和敬洲必然出兵。"

静王道："敬洲十万铁骑快似闪电，且凶悍勇猛，你四郡人马最多也就六七万，恐怕要有一场凶煞恶战。"

程昊道："我所担心是禹洲和敬洲的兵马合在一处，那可就难办了，必须在两洲兵马没有合兵一处之时，分而歼之，因此必须要快。"

静王道："如此风险极大，本王还是有些忧虑。"

程昊道："大王放心，程昊定能击败禹洲和敬洲兵马，将宇岗归于我夏洲版图。只是程昊有个提议，还请大王参考。"

静王道："你尽管讲。"

"我想让若兰带领中段，裘良带领三千护卫军轻骑和京外五千铁骑。"

静王道："很对，这样很好。"

"我马上召集两人到静安府议事，制定出一个具体方案。"

静王道："方案出来你先走，让裘良交给本王，你走之前到禁卫府去一趟，司南在那里等着你，他掌管着情报传递，我即刻让司南把各郡准备兵马的密诏传递下去。"

程昊回到静安府，与若兰和裘良制定出了具体行动方案，若兰带领中间三郡十日抵达余饶，裘良则从下雍出发二十日抵达余饶，计划确定后，三人匆忙离开。

程昊离开下雍之后，静王很是忧虑，他几乎每日都要向司南询问程昊的情况，为了确保此次行动的绝密，半个月后，他才向众臣宣布要将宇岗盆地全部归并大夏，且程昊已率十万大军前往宇岗。静王讲完，朝堂上开始窃窃私语，接着一位大臣道："大王，程昊出征宇岗，势必引发我夏洲与禹洲和敬洲的战争，我军率先进入宇岗，于理上将处于被动。"

另一位大臣道："战争一旦爆发，我夏军将与禹军和敬军同时开战，敬军骁勇善战，十万铁骑更是威震九州。禹洲的国相和国师乃是当今名将，我夏军贸然进入宇岗，臣以为过于草率。"

紫布道："若我军与禹军和敬军陷于胶着状态，那我军就被动了。"

这时，明王爷元明眼睛一亮，眸子闪过一道惊喜，随后又恢复平静。国相面无表情，静静地看着众臣，他发现静王在盯着他，连忙说道："程昊骁勇善战，既然敢赴宇岗，应当胸中有数，我们还是拭目以待，等待程昊的消息。"

早朝一片哗然，莫衷一是地散去。

程昊离开下雍的第二天就来到良丘郡，程昊下达命令，命良丘总兵率一万轻骑务必六日内抵达余饶郡，随即离开，到下一郡下达命令。第三天，程昊已经来到余饶郡，余饶郡守和总兵即刻前来拜见程昊，程昊道："静王已决意归并宇岗，此举必然触动禹洲与敬洲，与禹、敬两洲开战不可避免，两位大人是否有此准备？"

纪平道："都尉大人，我和于总兵早有准备，现一万五千轻骑，五千铁甲军随时待命出征，且余饶郡还备好五万大军的粮草。"

程昊满意地颔首道:"很好,六日之内禾、柔、良三郡的兵马会相继到来,加上本郡兵马已有六万之多,你要安排和隐蔽好这六万兵马,莫让消息走漏出去。"

于总兵道:"诺,我和纪大人去安排。"

程昊道:"你把禹洲和宇岗的地图拿来,并把这两个地方的情况给我讲述一下。"

很快于总兵拿来禹洲和宇岗的地图,于总兵和余饶郡守讲述了禹洲和宇岗的情况,程昊听完后道:"我要到禹洲和宇岗实地探查一翻,三四日后就回来。"

于总兵道:"我派些人跟随大人。"

程昊道:"不用,我自己去就可以。"

程昊离开余饶郡,直奔宇岗盆地,他在沿着夏爵部落的西北部巡视后,便转向慕真部落,之后穿越南禹山系进入禹洲,他按照地图的标示,从叽石口径直到达禹洲的京都空桑,再从空桑沿第二条路线到达银甸山系,然后出银甸山系的山口进入慕真部落的南段,接着北上再次进入南禹山系,巡视了一圈,对禹洲军的作战方案基本确定,首先要迫使禹洲军走叽石口这条路线,其次是在南禹山系内布下大阵,并将禹洲军引入大阵,最后要将围困在大阵中的禹洲军在两日之内予以歼灭。

程昊进入南禹山内仔细观察着,不禁被南禹山的壮美秀丽所震撼。这里群山峥嵘,气势磅礴。高峰峻岭耸立如林,密林芳草青翠欲滴。站在玉苍山巅俯瞰山峦,座座奇峰烟雾缭绕,时隐时现。玉岱湖似镶嵌在群山中的一颗蓝色宝石璀璨晶莹。玉苍山下轰鸣阵阵,数十条瀑布飞流而下,溅起几米高的白色水雾,瀑布顶端数条彩虹凌空飞架,五彩夺目。

程昊在玉苍山的每个山谷,每座山峰穿梭巡视着,混罗阵的布设在他的脑海里已经形成。他确定好各部人马应部署的最后位置,便回到余饶郡。

他首先给若兰发出密令,让若兰大张旗鼓带领人马向宇岗进发,并让他故意将归并宇岗的消息走漏出去。次日禾、柔、良三郡的将领均已抵达余饶郡,程昊即刻组织余饶郡守和四郡总兵以及主要将领举行作战会议,部署围歼禹洲军的具体作战行动。他在地图上确定了各位将领所带部队的位置,命令所有将领做好准备,今日夜晚戌时部队出发,穿越锤越山系,拂晓抵近宇岗盆地,天亮后在锤越山附近隐蔽休息,第二日夜晚沿慕真部落的边缘抵达南禹山系,第三日夜进入南禹山系到达玉苍山,第四日申时前各部队务必到达指定地点。

若兰率一万轻骑刚从卤杭郡秘密抵达下京郡,就得到程昊的密令,若兰即刻向所有将领和士兵下达命令,八日到达余饶郡,十日内必须进入宇岗,随即率领部队打出先锋的旗号,大张旗鼓向着余饶郡进发。

三日后空桑得到消息,赵王满面愁容,因为禹洲真正能率兵征战的两位老臣都不在。国相子燕赴敬洲拜见敬王,意图联合敬洲瓜分夏爵部落。国师赴仓亥郡处理军务。此时夏洲出兵,赵王深感难办,他即刻召集几位重要大臣商议,御史大夫卫青道:"大王,夏洲此时出兵,着实麻烦,现在国相和国师都不在空桑,能解燃眉之急的恐怕只有国相之女蝉汐了。"

正说着,太子陪着蝉汐来到大殿,蝉汐走进大殿给赵王行礼:"蝉汐拜见大王。"

赵王和蔼地望着蝉汐:"太子和你讲了吗?"

蝉汐道:"太子已和蝉汐讲了,国相走前为准备同夏洲开战,已组织了将近十万部队,空桑距宇岗也就几日路程,现在即刻出征,十万大军六日足可以兵出南禹山,第七日即可进入慕真部落,我估计现在夏洲部队应该将要抵达良丘郡,从良丘郡进入夏爵部落再快也要八天时间,我禹洲军提前到达,在慕真部落相机而动,等待国师到来。"

赵王道:"你说得不错,就按你说的去做,本王命你率十万大军出征,兵抵慕真部落。"

"诺!蝉汐即刻领兵出征,直抵慕真部落。"

赵王高兴道:"好,就这样,不过还要谨慎行事。"

蝉汐率领的十万禹洲军出了空桑,不到一日程昊就得到探马的消息,接着消息不断传来,禹洲军果然向着南禹山而来,程昊计算着禹洲军行军的时间,当还有一日就接近叽石口时,程昊立刻下达命令,让一直隐蔽在南禹山的一部的轻骑突然出现在夏爵部落,并命令刚进入余饶郡的裘良部队必须在两日内抵达南禹山口。蝉汐得到夏洲军队出现在夏爵部落的情报,惊愕不已。她没有想到夏洲的军队竟会如此之快。此时她的先头部队刚刚进入南禹山,她即刻命令部队快速前进,务必傍晚前走出南禹山,午夜全部抵达慕真部落。

禹洲军进入玉苍山也接近西时,此时雾气蒸腾,山色渐显朦胧之状,禹洲军在山林茂密,奇峰林立的山间道路上急速行进,这里到处是岔路山谷,稍一落下就会迷失道路。

程昊已经在许多山谷的路口安排了夏洲的士兵,他们换上禹军士兵的装束,潜伏在岔路口,随着雾气越来越重,程昊操控着大阵,他俯视禹洲军行进,施展法力,将雾气不断聚集在引诱禹军进入设定好的山谷之内。

当雾气聚集在山谷的岔路口,顿时大雾弥漫,士兵只能看到影影绰绰的身影,这时潜伏在岔路口的夏洲士兵马上放置些石块等路障,使行进的禹军部队拉开距离,他们伪装成禹军士兵,让后面的禹军士兵随着他们的身影进入到预定的山谷之内。

蝉汐率领着部队急速行进着,慢慢地整个部队的联系中断了,她感觉不妙,立马定神观察,即刻感觉出一股异样气场,她腾空而起,就在她升空的瞬间,她已经清楚地意识到自己的部队已经落入夏洲布好的大阵里面,这座大阵如此之大,它正被一股强大的气场所控制。就在她惊魂未定,落在山巅之际,一股气流向她冲来,这气流如此强大,犹如骤然卷起的狂飙,她抽身飞起,快似流星闪电向后飞去,但她还是没有躲过如此迅猛快速的气流,她被重重地撞击了一下,化成一道弧线落了下去。

她所下落的地方正是玉岱湖的旁边,就在她将要落地的一刹那,她体内的真气已经运足,随之忽地再向空中腾起,并周身放出一片金光,那金光随即化成一个金红色的气罩。与此同时,跟随而来的程昊施展法力,将玉岱湖水搅起,使出了一招银蛇寒霜,那玉岱湖水似一条条白色的巨蟒,向着蝉汐缠绕过去,湖水与红色的气罩纠结在一起,化成一团巨大的白雾。

程昊将两掌划出两道弧线并同时推出,一条水柱似一根银色晶莹的棍棒径直插进白雾之中,冲进的水柱将白雾中的蝉汐的盔甲撞飞,蝉汐从水雾中穿出,程昊向湖面一挥,顷刻从湖面激起的数不清的水珠变成无数冰锥向着蝉汐呼啸而来。

蝉汐急忙径直而上,此时程昊手握穿苍剑向着蝉汐刺来,就在这瞬间,他才看清面前之人竟是一位绝代美艳的女子,美得让他心里一颤,他手一抖,刚触碰到蝉汐衣服的剑锋向上一划,穿苍剑便进入程昊臂内。蝉汐还未反应过来,即被一绺黑烟缠住,任她如何发力都无法动弹。

忽地一下,她被一人夹在怀中,她抬头一看,是一位年轻英俊的将军,她用力挣脱了一下,但一点也不能动弹,她所性不再动了。程昊夹着她绕着大阵从上空掠过,此时,夕阳已将西边的滚滚云海涂抹得金红艳丽,半天赤红云霞蔚为壮观。蝉汐俯瞰着大阵内自己的部队,全部都被围困在山谷之内,随时都有被全歼的可能。她痛苦地闭上了盈满泪水的眼睛,不再看了。

蝉汐被带进程昊的大帐内，大帐内几只粗大的红烛闪烁，金黄的光线下，程昊看着站立在帐中的蝉汐，不禁被她的美艳所征服。他听余饶郡首说过禹洲国相子燕之女美艳天下，看来眼前的这女子定是蝉汐。程昊道："你是国相子燕之女吧？"

蝉汐道："本人正是国相之女蝉汐。"

蝉汐的声音清润悦耳，一举一动显露出高贵雍容的气质，她那绝色容貌和那令男人难以抵御的目光，令程昊心动神摇，神魂颠倒。他为了掩饰自己的内心，将目光避开了蝉汐明眸。蝉汐立刻看清楚他的内心。

程昊道："现在禹军已经全部进入我混罗阵的围困之中，只要我一声令下，顷刻禹军就会尸横遍谷，歼灭你的部队用不了两个时辰。"

蝉汐一咬牙："蝉汐有一请求，不知将军可听否？"

"请讲。"

"请将军不要伤我禹军，一切由蝉汐一人所担，蝉汐愿任由将军处置。"

"这话可是你说的。"

"自是蝉汐所言，若将军不伤我禹军一人，蝉汐愿将身子给予将军。"

程昊眸子一亮："若你真能如此，程昊定不会伤禹军一人，明日我把你的部队带出，一人不少地交付给你。"

"将军可守信诺？"

"当然！"

蝉汐走到程昊的近前，程昊抱紧蝉汐。蝉汐道："将军不可欺我，不可负我。"

程昊真挚地望着蝉汐："嫁给我吧，和我一起灭敬军，我会答应你的一切要求，一切都听你的。"

"只要你不伤我禹军，我就助你。"

一夜过去，天刚微明，蝉汐对程昊道："程将军，你如何将禹军交付给我？"

程昊带蝉汐来到通往慕真部落南段的一个山坳处，程昊道："你的部队就在这里集结，你的先头部队已经被包围在南禹山的出口处，你和我过去，你要让你的部队服从我的命令。"蝉汐点头表示同意。

程昊面色严肃道："我会向我的将领和士兵宣布，你我合兵一处，共灭敬军，你也要让你的士兵听从你的命令，然后你带着这支先头部队先到这里。还有你要把你的将领也带到这里，告诉他们放下武器投降，我会把你的部队从玉苍山内分批带到这里,你在这里等着部队一起会合。"

程昊将被包围在南禹山口的禹军先头部队让蝉汐带进山坳,接着蝉汐召集她的将领聚集在山坳里做了一番交代,就在蝉汐聚集将领的同时,程昊也召集他的将领,程昊对将领们道:"禹军将领蝉汐被我擒拿后,表示愿意和我军一道共灭敬洲军,不过我看这只是她的脱身之计,但这也正是我所需要的。无论是她愿意跟随我军,还是被我军大量俘获,这对我军都很不便,我军要急速前进,迎战敬军,带着禹军实在不利,若禹军逃走,把辎重留给我军这才是最好。"

程昊把目光转向若兰:"你带一万人马埋伏在银甸山口,蝉汐的部队过去时,你万万不要阻截,让她的部队过去,然后你将山口封住,设置路障,你即刻行动。"

"诺。"若兰随即离开大帐。

然后程昊安排各部将领按照他的计划将禹军一批一批带到山口出处,当大部被俘的禹军赤手空拳汇聚在这里时,蝉汐看到自己的部队几乎快要到齐,她对她的将领道:"你们带着部队快速前进,进入银甸山口,我在这里断后,快走,要快。"

当禹军的部队进入银甸山口时,若兰将情况传递给程昊,程昊带着几个随从来到山坳处。程昊让几个随从在后面等候,自己一人一骑向着禹军走了过来,蝉汐看到程昊向着自己队伍而来,脸色立刻变得十分严峻,她对旁边的将领道:"你带部队赶紧走,我去迎着他。"随即策马而来。

蝉汐拱手:"蝉汐感激程将军信守承诺,放我禹军回归禹洲。"

程昊目光带着不舍:"蝉汐,留下吧,我们在一起。"

未等程昊说完,蝉汐道:"将军与蝉汐一样,皆为各自大王,当各尽为将之忠,蝉汐已尽自己所言,还望将军谅解。"

程昊道:"蝉汐,程昊一片真心。"

蝉汐急得眼里噙满泪水:"将军若再逼蝉汐,蝉汐宁愿一死。"说着手去抓剑柄,程昊手一抖,一股气流萦绕在她的掌中,她翻掌而视,上面一行金色的字迹"王问诈约认夏归并宇岗",随即气流散去,她再抬起头来,程昊已背朝她而去。

当蝉汐的部队全部进入银甸山口,若兰命士兵设置路障,将道路封闭,程昊让余饶郡守和余饶郡总兵把守山口,他带着若兰和裴良率十万大军向着鸡乌山挺进。

就在若兰从下京郡大张旗鼓向宇岗进发后的第六天,敬洲的敬王得到情报,夏洲的先头部队已经到达下京郡。敬王十分懊悔,他后悔没有听从南竹太史的建议,立刻出兵独吞夏爵部落,而是一直等待禹洲国相的到来,商议一起发兵瓜分夏爵部落,结果让夏洲提前出兵。

他传旨大帅樊龙和副帅关越,即刻到殿,两位大帅到来后,敬王将夏洲出兵的情况告诉二人,樊龙不以为意道:"大王不必忧虑,我敬洲铁骑威震九州,既然夏洲敢犯鲜容,那就让夏洲尝尝我敬洲十万铁骑的厉害。"

关越道:"莫说夏洲还未到宇岗,就是现在占据了整个宇岗,我敬洲铁骑一到,也将踏平宇岗,请我王放心,樊帅与我定将整个宇岗拿下。"

敬王满意地点头道:"本王敬候两位大帅的佳音。"

樊龙道:"大王,我与关帅率十万铁骑即刻发兵,不出一月定将夏爵部落收归我敬洲。"说完,两位大帅匆忙离去。

程昊将一万部队留在玉苍山,两万部队镇守银甸山口,自己率九万大军经夏爵部落的突出部进入鸡乌山系。程昊命若兰封锁住进入鸡乌山的各条道路,让裘良在进入鸡乌山一处扎下大寨休息,自己则一人向着鸡乌山内巡查地形。

他运足真气腾云而起,驾云在鸡乌山上空忽上忽下地巡查着。这里山势峻拔,林深草茂,霄水从鸡乌山的白沙谷穿出,浩浩荡荡地进入白沙岭下的丘陵地带,然后滚滚西去,流入沱江。

他来到鸡乌山系的出口少咸山,一条大路蜿蜒在数十里的丘陵当中,过了丘陵便是一片低洼地带,这里有大片的湖泊和沼泽,再往上就是宽阔的沱江,渡过沱江就是一望无际的草原和丛林,再向前六十里就是敬洲北部的重镇南竹城。

程昊到达南竹城,然后从南竹返回到少咸山。他站在少咸山之巅俯视远方大片丘陵,这时山巅之上猎猎山风裹挟着微细的雨滴吹了过来,他向西面的天边瞭望,层层乌云似鱼鳞状排布着。他在一平坦处坐下,双目微合,将九脉真气运足,并启动他体内的玉佩,瞬间体内的真气融入浩瀚的宇宙,他感知着天际间气流变化和日月星辰的运转。约过了两个时辰,他便有了方案,他重新掠过丘陵,沿沱江逆流而上,在易水和沱江交汇处停住,接着返回沱江和霄水的交汇处,沿白沙岭进入鸡乌山。

回到中军大帐,他派人到夏爵部落找些木匠来,接着召开作战会议,他命若兰在少咸山口的半山处扎寨,两日后将山内两处山溪堵死,并在山寨伐木扎筏。接着又命一路人马今夜出发,到易水与沱江的交汇处,在易水河筑起堤坝,留一个口子放流,并等待命令随时准备将易水拦住。命裘良率三万人马在东丘陵最高处垒石扎寨,准备木筏,士兵要备足弓箭,并以长枪和长戟为主要兵器。自己率三万人马在西丘陵最高处垒石扎寨,明日一早出发。

当敬洲十万铁骑到达南竹城时,程昊即刻放出信鸽,命在易水的部队即刻将易水拦住,并命令裘良准备土袋和一头削尖的木桩放在寨边。

樊龙和关越刚进入南竹城就得到情报,得知夏洲军队分成三个部分,少咸山口一部,东、西丘陵各一部,二人闻听大喜,马上展开地图,关越道:"大帅,夏洲在东、西丘陵扎寨,之间间隔近五里,从丘陵到少咸山口三十多里,估计夏洲没有想到我军来得如此之快。"

樊龙道:"不管如何,趁夏军还处在如此部署之机,迅速将其分割包围。"

随即十万铁骑如滚滚洪流,风驰电掣般向着丘陵地带奔驰而来,很快就将东、西丘陵的大夏军队包围。关越则带着一部铁骑马不停蹄向着少咸山口奔去。

就在敬洲铁骑出现时,程昊放出信鸽,命在易水的部队将拦截易水的堤坝放开,命东、西丘陵扎寨的士兵将木桩的尖头朝外用土袋压住一层层排开,大寨上面的士兵开始垒石加固。

看到丘陵之上夏军的行动,敬洲阵前将领来到中军大帐向樊大帅报告情况,将领们随着大帅刚走出大帐,一道闪电划破天际,接着狂风大作,雷声滚滚。豆大的雨点掉落下来,接着便是倾盆大雨,顿时天地间电闪雷鸣,暴雨如注,倾泻而下的大雨尽情地宣泄着,雨幕将天地遮盖得混沌不清,让人睁不开眼睛。

樊龙知道不妙,对一个身边的将领喊道:"快去,让关越快速撤回!"

接着对将领叫道:"部队迅速撤到沱江南岸,要快。"

部队没有后撤多远,撤在最前的士兵忽然转身返回,大喊着:"不好了!洪水下来了。"

士兵告诉樊龙:"大帅,沱江涨水,溢出堤岸,洪水下来了。"

樊龙知道此处低洼,必须迅速抢攻夏军所占领的东、西两处最高的丘陵。此时大雨越下越大,水很快涨到马的肚子。

樊龙见情况不妙,不能再迟疑片刻,他瞪着西面夏军所占据较低的丘陵对他的卫队道:"随本帅冲上夏军大寨。"樊龙的卫队向着西面的丘陵冲来,樊龙冲到夏军大寨的下方,两掌击出,轰的一声,数支木桩被掀起,飞到空中然后落下。他飞到空中,刚要对下方的夏军攻击时,被程昊一掌击中,樊龙从空中向着后上方飞出,接着一道寒光闪过,樊龙被拦腰斩成两段,尸体落在水中,鲜红的血水染红了一片雨水，随即连同尸体被洪水冲走。程昊将流云剑一挥，一股巨大的气浪向着冲向山坡的敬军冲去，一大片敬军被撞飞，落到汹涌的水中。程昊再将流云剑向水中击去，轰的一声掀起一股巨浪，将水中的人马掀翻，即刻被滚滚洪流冲走。

一些爬向丘陵的敬洲士兵，由于雨太大，山坡太滑没走几步就滑倒了，滚落进滚滚洪水之中。侥幸爬到山寨前沿的敬洲士兵不是被乱箭射死就是被乱箭射伤纷纷滚落下去，不多的爬上大寨前沿的敬洲士兵则被夏洲士兵用长枪和长戟捅死。

洪水急剧地上涨，水势湍流迅猛，山寨下的八万敬洲铁骑很快就被势不可挡的凶猛洪水冲走。

而关越率领的两万敬洲铁骑沿着通向少咸山的道路上疾驰狂奔，当离少咸山还有十几里的路程时，突然电闪雷鸣，瓢泼大雨倾盆而下，大雨铺天盖地，好似落下来的雨幕，很快眼前就是一片汪洋。关越拉住马缰让部队停下，他立马在暴雨之中巡视着，半晌，他喊道："撤退！"

部队刚掉头行进不远，迅速上涨的雨水已经没过马的小腿，关越回头望去，从少咸山方向滚滚洪水奔腾而来，马队越往前走水越深，关越明白前面正是低洼地带，然而部队已经没法回头了，后面的水势越来越猛，此时，他完全明白了敬军中了夏洲的圈套，看来自己和这两万人马恐怕是难逃厄运了。

果不其然，没过多久，他的部队已经完全被淹没在湍急的洪水之中，随着洪水向着丘陵的最低处漂去，就在南、北两股洪水的汇合处，他看到从樊龙部冲下来的大批人马。两股洪流汇集在一起浩荡汹涌地冲向白沙岭进入霄水，随着霄水注入宽阔的沱江。

两个时辰后，大雨渐渐停了下来，此时洪水高度已经到达西面丘陵大寨堤坝的中间。不久，天色已经黑了下来，士兵们举着火把巡查着堤坝情况。

第二天天明，洪水已经退去，从山寨向下望去，遍地的水洼上漂浮着死去的敬洲军士兵和马的尸体，山坡、草丛和泥地上四处是遍身淤泥的死人和死马。夏洲的部队从山寨下去，只救上几十名幸存的敬洲士兵。程昊命令若兰打扫从少咸山到沱江的战场，自己和裴良率六万大军渡过沱江，扑向南竹城。

南竹城的军民对夏洲军队的到来毫无准备，顷刻南竹城就被夏洲军队占领。

二十二、多舛蝉汐

YU PEI JI

　　蝉汐带着十万禹军出了银甸山,她率领五万大军虚张声势成十万大军的规模,慢慢向空桑回撤,而将另五万人马秘密派往重镇安唐,自己率先回到空桑。

　　赵王早已知道蝉汐大败的消息,容貌绝艳的蝉汐一进昭和殿,大殿内立刻肃静了,蝉汐跪下道:"罪臣蝉汐向大王请罪。"

　　赵王一见走进大殿的蝉汐,不觉心中泛起一股怒火,他阴沉着脸:"蝉汐,你率十万大军未经一战就全军被俘,你要向孤王做个解释。"

　　"大王,是蝉汐低估了夏军,错判夏军的行军速度,我军刚到南禹山就得到消息,夏军正准备进入夏爵部落。臣急于在夏军之前赶到慕真部落,以确保慕真部落不落入夏军手中,于是命大军火速进入南禹山,想在下午申时抵达慕真部落。不曾想,夏军早已到达南禹山,夏军进入夏爵部落只是诱军之计,是臣未曾料到,结果落入夏军在玉苍山布下的大阵之中。当臣发现不对,查看我军状况时,我军恰与夏军统帅相遇。臣挥剑与其相斗,难分胜负,战到玉岱湖旁,臣施法将其困住,使其难以脱身,但时间一长,臣的气力锐减,臣自知再坚持下去恐难将其困住,而当时我军已处在夏军包围之中,一旦夏军统帅脱身,则我军有焚身灭顶,全军覆没之险。于是臣与其谈判,告之,与其鱼死网破,不如让我军返回禹洲,臣诈称我禹洲承认整个宇岗归属夏洲。夏军统帅也担心与我军交战会造成一定伤亡,夏军还要与十万敬军厮杀,于是,夏军统帅同意只要承认宇岗归属夏洲且不再与其交战,即放我大军出此大阵。我与其约定好,方才脱身。现臣率五万人马回空桑,另五万兵马,臣已秘密派往安唐,一旦敬洲与夏军开战,我军可根据战况,从夏军的侧翼突袭夏军。”

赵王道:“还是等国师回来再说吧。你也先不要回去了,暂在梨月宫住下,把情况写明,待孤王发落。”

“罪臣谢大王。”

赵王道:“李公公,带蝉汐去梨月宫。”

蝉汐走后,太子即刻道:“父王,蝉汐虽败,但未伤一兵一卒,十万大军安然而回,只是损失些辎重,还望父王从轻发落。”

赵王狠狠地瞪了太子一眼,对着御史大夫道:“卫大人,国师何时才能回来?”

御大夫道:“国师最多三日就能回到空桑。”

“那就这样吧,等国师回来再议吧。”几位重臣离开了昭和殿。

梨月宫原是丽妃的寝宫,丽妃逝去后,梨月宫自然也就空寂冷落了,只剩丽妃的两个贴身仆人依旧料理着宫苑,打发着空虚的岁月。

蝉汐进来不久,太子就带着自己府中两个最中意的女仆来到梨月宫,太子对仆人道:“蝉汐与我已定婚约,这些日子要暂住于此,你们要好生照料,不得有半点闪失。蝉汐需要什么,这里有什么情况立刻向我报告,不得耽误。”

仆人点头:“是,殿下。”

其中一个自己府中的仆人道:“殿下放心,我们会尽心尽力,蝉大人的情况我们会随时告诉殿下的。”

“好,你们去吧。”说完走进蝉汐的房间。

看到太子进来,蝉汐起身迎了上去:“殿下,你怎么来了?”

“我来看看你,我带来了我府中两个机灵的仆人,有事你就找她们俩人,我已经吩咐她们了,她们会告诉我的。”

“让殿下费心了,我这里没事。”

“父王那里我会尽力的,过两天就会有国相的消息,你暂住这里,有什么消息我会随时告诉你的。”

“我没事,你不要太挂念,你总来大王会不高兴的,你先回去吧。”

蝉汐把太子送出宫门外,太子不舍地离去了。

两日后国师赶回空桑,他在路上就知道蝉汐战败的消息,他没有回府,而是直接到王宫拜见赵王。

赵王将情况详细告诉了国师,并说:"孤王已得到消息,敬洲已经发兵,樊龙、关越的十万铁骑已接近南竹,夏军也已出鸡乌山,看来夏洲与敬洲定要有一场大战。"

国师道:"大王,安唐城有我五万人马,老臣估计敬军与夏军交战之地就在南竹与少咸山之间,而石楼在二者的侧翼,若臣率安唐五万人马出余贺到石楼,即可从夏军侧后翼进行攻击,臣判断我军到石楼正是敬军与夏军激战正酣的时候,此时出击,正是我禹洲雪耻之时。"

赵王点头道:"嗯,这样我禹洲便会主动了许多。"

国师道:"大王,事不宜迟,老臣即刻就赴安唐城,请大王命太子率空桑的五万兵马在五日之内抵达安唐城。"

赵王道:"孤王马上命太子率五万兵马奔向安唐城。"

程昊占领南竹,两日后又大败一万敬军占领了合台镇。程昊正准备继续攻占白臼城,然后与敬洲谈判,忽然探报传来消息,安唐的禹军倾巢出动,奔向余贺。程昊即刻取消了攻占白臼的计划,派使者前往敬洲的都城西灵,要求若敬洲承认以少咸山口为界将全部宇岗归属夏洲,并暂将合台镇以北至少咸山口为缓冲地带,彼此不得进驻军队,等双方确定宇岗归属夏洲没有争议时,敬洲军队方可进驻合台镇以北至少咸山口地带。夏洲军队则退至少咸山口,如不若此,大夏军队将攻陷白臼城。

程昊命若兰率四万人马夜间隐蔽行军奔向石楼,命裴良率两万大军秘密返回,向石楼进军。同时,留下两万人马,佯装成六万人马的大营,摆出准备攻取白臼城的架势。部署完毕之后,程昊离开南竹城来到石楼城。

程昊在石楼城周边巡视了一周,最后选中了距石楼城十里的郊外,一处叫"教山村"的地方。这个地方两三里处就是石楼城通往少咸山和南竹的大道,从大道至东面的教山村是一个宽阔平坦的斜坡,斜坡上方就是教山村,大道西面差不多六七里处有一个较大的山坳。程昊认为在这片地方隐蔽部队比较理想。

当国师率五万禹军出了石楼城,向着少咸山的侧翼而来时,他们忽然迎面撞上佯装前往石楼城的夏洲军队,国师以为是夏洲溃败的部队,即刻命令禹军向夏洲军队发起冲锋,夏洲军队仓促迎战,顷刻大败,向着教山村逃去,禹军随后追击,很快禹军便看到在教山村扎寨的夏军大营。国师亲自在阵前督战,命部队攻下山寨。禹军迅即展开,向着山寨围攻过来。冲在最前头的部队离山寨不远时,程昊命令将滚木放下,数十根五六米长的粗大木桩从山坡上开始滚动,程昊将穹苍剑向着木桩扫去,刹那间木桩被一股强大的气浪冲起,横着冲向坡下,冲在前面的禹军兵马被急速滚下的木桩撞翻压倒,大片的禹军兵马非死即伤。

国师见此状,似骤起的狂飙,向着程昊冲来。国师的金杖与程昊的穹苍剑撞在一起,顿时一股强大的震波将双方的士兵和马冲起一米多高,摔落在数数米开外。就在金杖与穹苍剑碰撞之际,程昊接着一掌击出,国师回掌相应,两股气浪撞在一起,国师被撞飞到半空之中,他随即施展咒法,忽地变成一条灰色的巨龙,张开獠牙,伸开五只锋利的龙爪向着程昊扑来。程昊似电闪般绕到龙尾,一剑刺去,龙爪抓住穹苍剑,但依然没能阻挡利剑刺进,剑锋与龙爪和龙鳞摩擦出无数金色的火花,利剑刺入龙身,顷刻刺入处一片殷红。就在这时,那龙身一转,龙头张开獠牙,张着血盆大口向着程昊咬来,程昊气贯于掌,使出一招天雷霹雳,照着龙头一掌击去,那龙头瞬间变大随即又变小,整条龙飞向空中,即刻灰龙转换成了国师。只见空中的国师一口鲜血喷出,那血滴似天空中炸开的红色烟火四散而飞,就在国师从空中下落之时,程昊向着国师的背后又是一掌,国师重重地摔落在地上昏了过去,同时一股黑烟将国师缠住,被程昊抓在空中,程昊将手一挥把国师扔进大寨。

这时,若兰的两万人马已从山坳中冲杀过来,程昊命山寨的两万人马随他冲下山坡。程昊将手中穹苍剑一挥,一股滚滚的黑色气浪冲向坡下的禹军,禹军顷刻人仰马翻,后面的两万夏军跟着杀了过来,四万夏军前后夹击,禹军立刻大乱,相互冲撞,乱成一团,后面的禹军掉头而逃,夏军随后追杀。就在溃逃的禹军快要到达石楼城时,突然鼓声大作,喊杀震天,裴良率两万大军拦住道路,刹那间箭如雨下,接着两万夏军如猛虎般扑了过来,禹军很快扔掉武器,全部投降,程昊率大军进入石楼城。

国相子燕就要到达敬洲的都城西灵时,忽然禹洲的驿卒送来赵王的谕旨,国相看完,即刻给敬王写了封书信,告诉敬王禹洲已经出兵,自己要即刻返回率兵,望敬王也出兵灭夏军。他命驿卒速将此信交给敬王,自己马上返回禹洲。

赵王得知国师战败,五万大军除死伤外大半被俘,国师生死未卜,大惊失色。接着又还得知威震九州的十万敬洲铁骑全军覆没。他这才知道夏军的战力远远超出他的想象,以太子的五万大军与虎狼之师的夏军队作战,无异于以鲜肉投饿虎,等同于白白送死。他立刻传旨让太子固守安唐,不得出兵。就在他惶恐不安,不知所措的时候,国相回到空桑。

赵王将当前的情况告诉了国相,国相知道形势严峻,他对赵王道:"太子从未经过大的战阵,国师尚不是夏军的对手,恐太子难以应付,老臣请求即刻赴安唐替换太子。"

敬王欣慰道:"那就有劳国相了。"

国相道:"大王,还有一件事,老臣走之前要见一下汐儿,老臣此去不知能否再回空桑,若老臣真的不能再回,望大王宽恕汐儿。"

敬王表情尴尬道:"蝉汐与太子已有婚约,也是孤王的未来儿媳,国相大可放心。"

"老臣谢过大王,我见过汐儿就赴安唐,老臣告辞了。"

国相来到梨月宫,蝉汐见到爹爹,眼睛立刻湿润了,她极力控制着自己的感情,生怕眼泪流出来,但还是哽咽叫道:"爹爹。"国相心痛地看着蝉汐:"汐儿,爹爹不在,你受苦了。"

"都是汐儿无能,孩儿不怨。"

国相坐下,把赵王所讲的全部叙述给了蝉汐,蝉汐这才知道十万敬军铁骑和自己留在安唐的五万大军全军覆没。这令她惊诧不已,她深知程昊法力的高深,用兵颇有手段,以爹爹的修为恐怕不是程昊的对手。

国相道:"汐儿,爹爹此去安唐,如果真的不能回来,你要照顾好自己。"

蝉汐再也控制不住自己的情感,扑到爹爹怀里哭了起来。

国相极力控制着自己道:"我的汐儿已经是大人了。"

蝉汐止住委屈,感觉屋外没有人,便把与自己如何失身,程昊临别时在她手上写出的那句话的全部经过告诉国相,蝉汐道:"爹爹,程昊虽然法力高深,用兵莫测,但很守信誉,爹爹不要与他轻易而战。"

"爹爹清楚了,委屈我的汐儿了,爹爹知道该怎么做,爹爹走了,你要照顾好自己,等着爹爹回来。"

蝉汐点头,国相离开了梨月宫。

国相赶到安唐,程昊已经攻下余贺,大军刚好兵临安唐城下,国相让太子即刻返回空桑,命令士兵准备应敌。程昊在安唐城外扎起大营。他命令镇守在玉苍山的余饶郡首率一万人马出玉苍山攻占龙泽镇,命若兰率两万人马出银甸山攻占焦平城,命各营加强警戒,明日准备攻城。

第二天,晨雾刚刚散去,一轮红日冉冉升起。夏洲的军队旌旗招展,一排一排的步兵和马队排列整齐,气势威严向着安唐城压来。忽然安唐的城门打开,几人冲到夏军队伍的阵前,为首的一员老将,金盔金甲,骑在一匹枣红马上威风凛凛,身后跟着几个随从。老将军拱手:"本人禹洲国相子燕,请程大帅阵前对话。"

程昊来到阵前,眼前一位六十开外的老将军,长须飘然,气宇非凡,程昊拱手:"本人程昊,不知国相大人有何话讲?"

"子燕荣幸见到程将军,老夫以为我禹军与夏军未必非要一战,老夫愿与将军帐中一叙,不知将军以为如何?"

程昊道:"程昊从不好武,若老将军能到我帐中一叙,程昊欢迎。"

"那好,今日午时,老夫愿到将军帐内一叙。"

"程昊敬候国相大人到来。"

双方各自回归本处,国相对副将吩咐道:"午时我去夏军大帐与程昊谈判,结果如何难于判断,你要多加小心,守住城池,没有我亲自叫城,勿开城门。"

"国相放心,下官就是怕夏军有诈,国相要多加小心。"

国相道:"我自会随机应变的。"然后他对两名偏将道:"赵楚、田玉随我去夏营。"

二人齐声道:"诺。"

午时阳光灼热刺眼,国相带着八名随从连同赵楚、田玉十一人骑马来到夏军大营的前面,程昊和几名偏将在大营门前等候,双方见面后,国相一行人下马,相互拱手施礼后,程昊与国相寒暄了几句,便来到程昊的中军大帐。双方坐定后,国相道:"我听蝉汐说,程帅与蝉汐已有约定,程帅只要我禹洲承认宇岗归并大夏,双方就不会刀兵相见,可如今夏军占石楼,夺余贺,围安唐,侵我禹洲大片领土。"

裴良道:"难道国相不知,蝉汐信誓旦旦与我家大帅立约,要助我大夏共灭敬军,程帅信守承诺,将落入我军大阵的禹军一卒未伤地放出,而当若兰将军奉程帅命令与蝉汐合兵时,蝉汐背弃承诺,率十万大军仓皇而逃。若兰将军本欲率兵击之,是我家程帅阻止才让禹军撤回,可以说程帅仁至义尽了。但是,赵王恩将仇报,在我夏军与敬军交战之机,却想从后背夹击我夏军,请问国相对此做何解释,难道是我夏军想要如此吗?"

国相道:"大禹出兵就是要和敬军夹击夏军,老夫还不敢断言。一是我禹洲并未与敬洲有约,二是国师仓促与夏交战定是有什么误会,总之,此次老夫所来就是要找出彼此都可以接受的方案。"

赵楚道:"程帅可知在玉岱湖我家蝉汐将军……"国相闻听立刻脸色大变,他打断赵楚的话:"赵楚,不要说了,这事让蝉汐与程帅说。"

程昊道:"程昊是按与蝉汐承诺而做的,若蝉汐将军也按承诺而为,彼此也就相安无事了。但今日状况是你方不守承诺,是赵王无信不义所致,一切责任要由你方承担,程昊不是妄言,十日之内我十万大军即可攻入空桑。"

"老夫来此就是不愿禹夏刀兵相见,互死互伤,老夫还是希望程帅考虑你与蝉汐的约定,化干戈为玉帛。"

程昊道:"我已经说过了,今日之结果皆是赵王所酿,若国相坚持蝉汐约定,恐难成其愿,到时我夏洲之军兵临空桑城下,国相定是不愿。程昊也知道,国相是有诚意的,愿与我夏洲化干戈为玉帛,程昊以为我们彼此休兵三日,三日后我们再谈,国相以为如何?"

"好,我们三日后再谈。"国相的目光带着忧郁和迟疑,他拱手辞别了程昊,带着一行人走出夏军大营。

国相刚进城门便对赵楚道:"你现在马上回空桑,将谈判情况汇报给大王,务必三日后带回消息。"

午夜的天空月光惨淡,一个黑影从安唐的城墙上飘然而下,似黑色的幽灵掠过夏军的大营,落在程昊大帐之外,坐在帅椅上的程昊道:"国相进来吧,程昊已经等候多时了。"

国相走进程昊的大帐,拱手道:"老夫深夜来此,打扰程帅了。"

"国相请坐。"

"老夫今晚所来是要感谢程帅顾忌蝉汐的名节。谢谢程帅了。"

"国相不必客气,程昊理当如此,实不相瞒,程昊并不想为难国相大人,敬王已答应从少咸山口往内将整个宇岗归并夏洲,我已命深入南竹和合台的夏军全部退到少咸山口。程昊希望赵王也能如此,承认从禹洲的南禹山口和银甸山口往内的整个宇岗归并夏洲,至于安唐、余贺和石楼程昊并不想占。程昊所言句句属实,现国相已知程昊之底,就看国相做何打算了?"

"如此甚好,老夫亦能体谅程帅的难处,若能按程帅之言达成一致,老夫亦甚是满意,老夫定当尽力为之。"

"程昊钦佩国相的见识,现我与国相已达成共识,若有国相鼎力相助,程昊以为夏洲与禹洲定能化干戈为玉帛。"

国相满意地颔首,之后两人闲聊几句,国相道:"我不能在此过多耽搁,既如此,老夫就告辞了。"

赵王得到快报,南禹山的夏军出玉苍山占领了龙泽镇,银甸山的夏军出银甸山口攻占了焦平城。赵王召集几位重要大臣商议,赵王道:"现在夏军三路兵马向空桑同时而来,本王难以断定哪路是夏军主力,据本王所知夏军统帅程昊用兵狡诈,作战凶狠,我空桑防守空虚,现在已经没有能够作战的部队和将领,一旦夏军兵临空桑,恐怕空桑难保。"

御史大夫卫青道:"大王,现在国相率我军主力镇守安唐,安唐无事,空桑就无大碍,若夏军率主力围攻空桑,安唐必然空虚,臣以为夏军不攻克安唐不会贸然进兵空桑。"

赵王紧蹙眉头道:"不知安唐现在如何?"

正在此时,太监来报:"大王,国相派偏将赵楚紧急求见大王。"

在场的人无不面色紧张,赵王立刻道:"宣赵楚进殿。"

赵楚走进大殿:"末将赵楚参见大王。"

"国相派你带来了什么消息?"

赵楚将国相如何阵前与程昊对话,以及谈判的情况详尽汇报给了赵王和各位大臣。听完赵楚的汇报,赵王和各位大臣悬着的心才算落了地,所有人紧绷的面容终于松弛了下来。赵王对赵楚道:"赵楚,你先下去休息,等一会再唤你上殿。"

赵楚下殿后,赵王道:"各位大人如何认为?"

枢密使道:"国相以蝉汐承诺为界,恐夏军不能接受,但若以现在夏军所侵占我禹洲之地为界,臣以为不可,我们还是要做好谈与战的两手准备。"

御史大夫道:"若国相战败,再谈更难。"

太子道:"我们可以与夏军谈判,让夏军退出安唐、余贺和石楼,将一些偏僻之地划给夏洲。"

赵王道:"以谈为主当是稳妥之举,至于以何处为界,还要看谈得如何,如果维持现状,也是最后的底线。"

御史大夫道:"臣以为让夏军退出安唐、余贺和石楼,以龙泽镇和焦平城为界,西归我禹洲,东归属夏洲。"

赵王和几位大臣一致认可。

御史大夫道:"臣愿前往安唐与夏军程昊谈判。"

赵王满意地道:"还要仰仗御史大夫和国相共同配合,孤王希望你们运筹捭阖,争取一个满意的结果。"

御史大夫道:"臣定当尽力,不过臣有一个想法,最好让蝉汐将军同臣一道前往,有蝉汐将军在,兴许会对谈判更为有利一些。"

赵王恍然道:"御史大夫所言极是,就让蝉汐随你一同前往。"

赵王将赵楚唤上大殿:"你把孤王的谕旨送交国相,你先归安唐,不日御史大夫和蝉汐就可到达。"

"莫将走时问过国相,是否请蝉汐将军来安唐,国相说蝉汐来只会添事,与议和无益。"

赵王道:"这事你就不要管了,把孤王的谕旨交给国相即可。"

"诺,末将即刻返回安唐。"

"去吧。"

赵楚回到安唐,将赵王的谕旨交给国相,国相展开谕旨,谕旨云:安唐之状赵楚悉数报之,现除安唐扎住夏军之外,玉苍山之龙泽,银甸山之焦平均为夏军占领。孤王与众臣议定,禹夏疆界之争当以议和为本,尽避兵戎相见,此谈判之要以夏军退出安唐、余贺和石楼,孤王承认宇岗归属夏洲,以龙泽镇、焦平城之界为据。具体事宜,待御史大夫卫青、将军蝉汐抵达详细筹议,两人不日即可到达,此间,国相相机行事。

国相看完谕旨,知蝉汐也要来安唐,不觉紧皱眉头,他对赵楚道:"蝉汐也要来安唐?"

"我已将国相所说的话转述给了大王,大王说此事末将不要管,把谕旨交给国相即可。"

国相点了点头:"你先退下吧。"

赵楚走后,国相的心绪异常烦乱,他知道蝉汐的姿色会让男人难以抵挡,特别是程昊这样的年轻人,若要以蝉汐作为交换,事情可就复杂了,他烦躁地走出房间。这时风吹得正急,狂风将尘土卷起,接着便是雷声大作,眼看大雨就要来了,他转身疾步又回到房间,提笔写了一份书信交给了偏将金超,要他立刻将书信送到夏军大营,让夏军兵士转给程昊。

午夜,大雨一直下个不停,漆黑寂静的深夜只有雨水落在地上的哗哗响声。一个黑影越出城墙，飞过夏军的前排大营，来到程昊的帐前，程昊撩开帐布让国相进来，国相道："赵王的使臣这两天就要到了，是御史大夫卫青。赵王的底线是以夏军退出安唐、余贺和石楼，禹洲承认宇岗归属夏洲，以龙泽镇、焦平城之界为据。程帅如何打算？"

程昊道："我已向国相承诺过，不会改变。程昊想听听国相如何安排？"

国相道："我想明日就与程帅谈判，敲定此事，以免御史大人介入，不知程帅以为如何？"

"程昊明白，就依国相的安排。"

"老夫感谢程帅的守信。"说着深鞠一礼。

"国相大人无须客气，明日谈定，程昊即令龙泽和焦平的部队退至禹州的南禹山口和银甸山口。"

"老夫铭记程帅的仗义慷慨，我们明日午时见，老夫就此告辞了。"

就在这大雨滂沱之夜，御史大夫卫青与蝉汐一行人已经到达凤羽湖畔，这里离安唐也就不到一日的路程，他们穿着蓑衣，打着油伞，举着火把沿着湖岸巡视着，湖水暴涨了许多，暴涨的湖水一浪接着一浪拍打着湖岸，发出阵阵轰鸣。

他们沿着湖畔走了一段路程，发现远方闪烁着几点微弱的亮光，疲惫的队伍立刻振作了起来，他们牵着马，加快脚步来到亮光处，原来这里是一个只有几户人家的小渔村。卫青与蝉汐一行人来到渔村，找到这里一户最大的人家，一位四十开外中年汉子将他们引进屋子，御史大夫道："渔家，能否今夜将我们一行人送过湖去？"

那位四十开外中年汉子道："今夜不行，明日早晨我将你们送过湖去。"

蝉汐道："我们现有军务在身，不能耽搁时间，我们可以给您多加银两，船家可否帮帮我们？"

船家道："湖中风大浪急，就是白天也有风险的，何况这样风雨交加的黑夜，如果此时渡湖十有八九会沉在湖中，官人只能等天明再过凤羽湖了。"

御史大夫无奈，只得在此住上一夜了。

第二天的上午，国相带着赵楚、田玉一行人来到程昊的中军大帐，与以程昊为首的主要将领进行最后谈判，双方认定宇岗归属夏洲，以禹州的南禹山口和银甸山口为界，山口以内归属夏洲，以外为禹洲疆界。待双方大王确认后，夏军退出安唐、余贺和石楼。

协议确定后,赵楚道:"末将有一请求？"

程昊道:"请讲。"

"程帅能否将石楼被俘的三万余人放归我禹洲？"

裴良道:"若将你禹洲三万被俘士兵放回,需以两万匹马,三万士兵的辎重交换方可。国相大人,你以为如何？"

国相道:"可以,程帅以为如何？"

"就按裴将军所说的定。"

黄昏时分,御史大夫一行人进到帅府,国相立刻安排帅府的人招待他们,待一行人休息之后,帅府内只剩国相、御史大夫和蝉汐三人。御史大夫道:"昨天赶上暴雨,夜晚凤羽湖水暴涨,耽搁了一夜,让国相等急了吧。"

国相微笑道:"无妨,与夏军的谈判已经有了结果。今天上午我与夏军的程帅进行了谈判,已有了结果。"

御史大夫惊愕地问:"国相大人,赵楚没有把大王的谕旨交送给您吗？"

国相笑了笑:"给了,是这样,昨日那一场大雨老夫实在担忧,程昊善于利用天气、地形。老夫知晓敬军十万铁骑是如何覆灭的,因此生怕程昊会利用大雨偷袭我军,所以即刻差人给他送了一封本人的亲笔信,约他第二天午时谈判,以稳住夏军。"

国相停顿了片刻,拿起茶杯喝了口茶,接着说道;"此次谈判老夫并没有抱太大希望,想着等御史大夫到来仔细商议再谈,因此,也就没有顾忌尽可能地提出我方的要求,这样可以为你我与程昊的谈判创造些有利条件,没想到程昊竟然应允了。"接着,国相就将谈判的情况讲述给了御史大夫和蝉汐。最后国相道:"我已派赵楚回空桑,禀报大王,最终的结局还要等夏洲静王的认可,所以现在我们还要提高警惕,若静王不认可,恐怕未来的情况还很难说。"

御史大夫道:"多谢国相能谈成这样的结果,以敬洲的结果看,国相所谈的结果与敬洲一致,我估计静王应会应允。"

国相道:"如此甚好,你们一路奔波,现在就在这里好好休息,恢复几日,等待最后的结果。你们的房间我都准备好了。"然后,他把目光转向蝉汐道:"汐儿,你等一会儿,一会儿我和你一起去你的房间。"

蝉汐道:"好的,爹爹。"

御史大夫离开国相的房间,独自向着自己的房间走去,这时他那紧张的心情忽然放松了,几日的劳顿,一路的风尘让他感到极度疲惫和劳累,他回到房间便倒头睡去。

几日之后，谈判的结果得到静王和赵王的认可，程昊将部队撤出了安唐和余贺，最后的移交在石楼进行，此时，程昊和若兰已经离开宇岗返回下雍，交接仪式由裴良主持。

国相对御史大夫道："我和汐儿要到银甸山口和南禹山口巡视一下，然后返回空桑，这里的一切就都交给御史大夫。"

"好的，这里就交给我，国相，您和蝉汐就放心地去吧。"

国相与蝉汐并马离开安唐，在去往银甸山的大道上，国相将如何夜访程昊大营，二人又是如何约定等等所有的一切全部详尽地告诉了蝉汐。父女二人边走边谈，徐徐地向银甸山行进着。

御史大夫带着战马和辎重来到石楼城，他与裴良约定：先交付三千匹战马和五千人辎重，换回三千被俘的禹洲士兵，待夏洲全部退出禹洲地界，禹洲再交齐剩余部分，且换回剩下的全部被俘的禹洲士兵。在举行完移交仪式后，裴良将石楼城归还，并将国师和三千禹洲战俘移交给御史大夫，自己率两万人马带着御史大夫送来的战马和辎重离开石楼城前往宇岗盆地。

在石楼城的帅府，御史大夫率领所有的官员迎请国师归来，当国师出现在帅府门前，从官轿走下时，御史大夫见到如大病初愈的国师，颧骨凸起，眼窝塌陷，整个人消瘦了许多。御史大夫赶紧上前，抬手挽着国师道："国师可好？"

"老夫还行，感谢御史大夫如此热情地迎接。"

"国师哪里的话，我们都盼着国师归来，国师快请。"

在帅府御史大夫和国师都简短说了几句话，国师向大家表示感谢之后，御史大夫道："国师一路劳顿，别让国师太累了，大家还是早些散去吧。"官员们纷纷向国师告辞离去。很快，帅府大厅内就剩下御史大夫和国师两人。两人聊起了石楼之战，当国师讲到自己被程昊打昏时，御史大夫诧异地问："那程昊会是如此厉害，蝉汐曾说她将程昊困在玉岱湖很长时间，蝉汐既能如此，以国师的法力，程昊岂是国师的对手。"

国师摆摆手："那程昊的法力高深莫测，老夫竭尽半生修炼的神龙大法尚无法抵挡程昊的法力，蝉汐能够困住程昊，老夫不敢妄信。"说完此话，国师觉得说走嘴了，连忙补充道："或许蝉汐修炼了什么密功也未曾可知。"

听国师讲完，御史大夫对国师道："国师就在石楼多休养几日，过两日我就回空桑向大王复命，这里还有劳国师了。"二人又谈了一段时间，国师便离开了帅府。

御史大夫送走国师，自己独自坐在房间内沉默了好长一段时间，他感觉很是郁闷，他想和国师一起分析一下他对国相和蝉汐的疑惑，可是一提到国相和蝉汐，国师就闪烁其词，好像在刻意回避什么。看来国师是不想与国相和蝉汐有什么联系。或许因为国师现在是败军之将，抑或是怕得罪国相？他思来想去，心中存有太多的疑惑。

他先后找来赵楚和去夏营送信的偏将了解情况，得知程昊是一个英俊的年轻将军，在谈判中国相竭力阻止赵楚提起蝉汐，在接到赵王的谕旨后，国相立刻就给程昊送去一封书信。最后的谈判出乎寻常顺利，夏方没有进行任何讨价还价，国相所提的要求，程昊全部答应。他觉得国相和程昊之间似乎有着一种默契，抑或是一种非同一般的关系，这只是他的感觉。

御史大夫知道此事非同小可，需立刻向大王如实禀报，于是，第二天他急忙求见国师，告诉国师今日就回空桑，请求国师照料这里，国师应允后，他便匆匆离去了。

见到赵王，他将所了解到的情况汇报给了赵王，最后他说："大王，臣有两大疑惑，一是蝉汐所述她将程昊困住，臣以为国师的法力远远胜过蝉汐，国师尚不是程昊的对手，险些命丧他手，蝉汐又岂能困得住他，而且臣询问过，从傍晚蝉汐与程昊交手之后，再没有人见到蝉汐，直到早晨蝉汐才回到中军大帐。难道蝉汐与程昊打斗一夜，这期间的原委无人知晓。"

赵王脸色铁青地听着，但眼神流露出对御史大夫的信任，御史大夫沉寂片刻，望着赵王，赵王道："第二呢？"

"二是国相与夏方的两次谈判前后反差太大，据臣了解的情况，第一次谈判，夏方血口大张，索取我领土甚大，而且几乎不允许我方讨价。而第二次谈判，国相提出的条件，夏方全部接受，且没有任何讨价还价，臣甚感蹊跷，而且据臣了解，赵楚刚将大王的谕旨交给国相，国相读完谕旨，即刻写了一封书信送给程昊，要求谈判。"

御史大夫讲完，赵王道："孤王多谢卫大人留心，你和国师谈过国相和蝉汐吗？国师有什么看法？"

"国师伤得不轻，至今一经脉无法愈合，每日都承受着伤痛的折磨，他对此事没有太多思考，尤其此次战败，国师状态有些消沉，对这事他不大关心。"

赵王的手紧攥着椅把，目光阴鸷，半晌没有作声，寂静了片刻，赵王道："幸好御史大夫亲赴安唐,此一行辛苦了,你回去吧。"

御史大夫离开了王宫。

赵王将枢密使申录召来,赵王和他谈了一番,要他秘密调查御史大夫所讲的关于国相和蝉汐的情况。

枢密使申录是一个极有城府、十分老到之人,他知道太子与蝉汐已有婚约,蝉汐的容貌绝色倾国,文武全才,得罪蝉汐,太子岂会善罢甘休。国相法力高深,位高权重,也是赵王不得不倚重之人。秘密调查此二人着实是件棘手的事情,他对赵王道:"此事绝非小可,待为臣调查清楚,大王再做决断,此次与夏谈判国相还是尽力的,免我大禹兵戎之祸,和谈结果亦是最佳,大王等些时日,臣速去查办此事,将此事查明。"之后,他向赵王讲述自己的计划和行程,便离开了王宫。

国相和蝉汐回到空桑,请求拜见赵王,一个太监走出宫门,对国相和蝉汐道:"大王让二位暂先回去,等待大王的宣召。"

几日过去,国相依然没有等到赵王的宣召,国相估计赵王是听到某些谗言,他来到御史府拜见御史大夫,二人坐定后,国相问:"御史大夫何时回来的?"

"我回来有些日子了。"

"夏军可否退出石楼? 现在谁在那里镇守?"

"下官佩服国相的纵横捭阖,夏军全部退至银甸山内,现在国师在那里镇守。"

国相吃惊道:"国师回来了,身体怎么样?"

"身体还可以,精神状态不太好,人显得虚弱,我看他身体不好,没有和他说太多的话,第二天就回空桑见大王复命了。"

国相与他谈了一会儿,发现御史比较冷淡,并不想与他多聊,于是起身告辞了。

在回府的路上,国相十分懊恼,他后悔忘记了国师,他在安唐的时候,国师的生死就在他的手里,只要和程昊打个招呼,程昊就能要了国师的性命,而如今国师的存在对蝉汐是巨大的危险,国师与御史大夫见面谈了什么? 第二天御史大夫就回空桑面见赵王,而如今赵王拒他而不见,这肯定都与国师有关。

一回到府中,他便唤来相府主事田培,田培四十开外,人显得颇为精干,他是国相最信得过,对国相最忠心的人,彼此视如父子。国相向田培交代一番,让田培到安唐找副将金超,国相曾经让他去夏营送过信,国相道:"你找到金超,他会帮你的。你多带些银两,这样会好办事情。"

"义父放心,我即刻就走,等我消息。"

不过十日,田培返回相府,他对国相道:"义父,国师和枢密使已从石楼返回空桑,用不了几日就到了,儿臣怕耽误事情,匆忙赶了回来。"

国相给他倒满一杯茶:"你坐下慢慢说。"

田培道:"枢密使去了石楼,据说是受大王之托接国师回朝。国师受伤了,是因为不敌夏军大帅程昊,被程昊打伤,至今未愈。还有枢密使和御史大夫都在调查什么,可能与您老和汐儿有关,您和汐儿要有所防范。"

"义父知道了,你回去休息吧。"

国相出了书房,沿着长廊走出前院的后门,向着后面的修炼功房走去。已过正午时分,正值阳光灼热之时,树上的蝉鸣不止,一片聒噪,国相烦躁地背手而行,突然背后传来蝉汐的声音:"爹爹。"

国相回过头:"正好我有事要和你说。"

"我刚到您书房,您不在,知道您就奔后面来了。"

后院少有人来,又是午时燥热的时候,院内悄无一人,二人走进功房,蝉汐将门关好,蝉汐道:"爹爹脸色如此难看,是田叔带来不好的消息?"

国相目光带着怒火:"赵王派枢密使调查你我。"

"真像爹爹说的那样。"

"汐儿,事情比爹爹估计的还要坏,是爹爹大意了。"国相紧蹙眉头:"我们父女俩为那赵王付出那么多,救了十万兵士,避免禹夏兵戎之灾,这老东西不知报恩,竟如此不通情理,先禁你,现又查我,爹爹真想与他拼个鱼死网破,要了这老混蛋的命。"

蝉汐急忙道:"爹爹不可,赵王虽昏庸无道,但伤不了爹爹和汐儿的性命,孩儿以为爹爹和我离开这个王宫就是了,没有必要与其争个是非对错。"

国相觉得有理,爱怜地看着蝉汐:"汐儿说得对,只要不伤我的汐儿,爹爹不会计较什么的。"

没过两日,国师和枢密使申录回到空桑,国师回到自己的国师府,而申录则直奔王宫。在明清宫,赵王召见了申录,赵王道:"申大人,此去如何?"

申录道:"此去,臣按照大王的吩咐做了全面调查,臣问了几位当时一同随蝉汐进入玉苍山的将领,他们都说进入玉苍山是在申时过后,当时大雾弥漫,人影绰绰，而且那里山峰如林，山口岔路随处可见，即使没有大雾，也难免走失，正是因为如此，大军才误入夏军的大阵，臣也找到一些兵士核实，的确如此。他们看到蝉汐与一夏军将领打斗是在黄昏时分，因雾太大，瞬间就不见了。臣以为如果战到晚上，夜晚漆黑如墨，再加上大雾，迷失方向也是在所难免。蝉汐天亮才回也是情理之中。"

停顿了片刻，申录接着说道："敬洲的情况与我们差不太多，敬洲十万铁骑覆没，夏军占领了南竹与合台，夏军大帅程昊提出只要敬洲承认宇岗归并大夏，就退出南竹与合台，敬王承认宇岗归并夏洲后，夏军退出了南竹与合台。这与国相的谈判所提要求一致，看来夏军大帅程昊只是想吞并宇岗，并无其他索取，占领宇岗以外之地，只是为了获得对宇岗的承认。臣以为这也是夏军大帅最佳的选择，如果占领山口以外之地，夏军还要派大军长期驻守，能否守得住还很难说，所以国相提出，夏军一口答应当是自然。至于御史大夫很可能是联想太多，即使不是空穴来风，也没有确凿的证据，仅凭推测，不足定论。臣以为这个证据只有夏军大帅程昊知道。"

申录看着赵王，赵王似乎若有所思，没有说话。申录接着说："国相法力高深，蝉汐也非一般之人，现在国师重伤在身，大王若是对国相和蝉汐相逼甚急，恐对我王和王庭不利，臣望大王三思。"

赵王颔首表示认同："枢密大人说的不无道理，孤王会审慎考量，辛苦你了，你回去歇息吧。"

第二天早朝，太子、国相、国师、枢密使、御史大夫、蝉汐和众臣齐聚昭和殿，赵王对国师问候了一番，并没有理会国相和蝉汐，殿上的众臣大都感到诧异，这时国相奏拜道："大王，臣镇守安唐与夏军议和，避免了禹夏之间一场大战，现禹夏疆界已定，夏军皆已撤走，臣的使命业已完成，现向大王请求，老臣想带蝉汐回我的老家，祭奠一下蝉汐的母亲，不知大王可否应允？"

赵王道："国相此次与夏议和，孤王尚是满意，国相要带蝉汐一同回老家祭奠，孤王应允，你可多待些时日，不必急着回来，蝉汐可在那里长住，待孤王宣召再回京都。"

"老臣谢过大王。"

蝉汐接着也施礼："蝉汐谢过大王。"

退朝后，赵王刚出昭和殿，太子就跟了过来，赵王阴着脸，太子道："父王。"

"去明清宫再说。"赵王冷冷地说。

二人来到明清宫，赵王坐下，太子站在赵王面前，一脸焦虑，目光充满错愕和疑惑。赵王示意他坐下，他没有坐，依然站在赵王面前："父王为什么要这样对待国相？"

赵王把国师如何被程昊打伤，御史大夫如何调查国相全部讲给了太子，最后赵王道："蝉汐在玉岱湖那夜很有可能被程昊所俘，国相在得到孤王的谕旨，即刻就给夏军程昊送信，就是担心蝉汐再与程昊接触，孤王以为这正就如御史大夫所说，国相和蝉汐与程昊三人关系非同一般。"

太子愤怒了："父王，国师此次出征大败，还不及蝉汐，自是郁闷，他自然不会说蝉汐的好话。御史大夫一向固执较真，此去一无所获，从国师那里抓住点捕风捉影的东西，当然不会放过，父王不要完全听信这二人的，这对国相和蝉汐太不公平了，这样会伤了人的心。"

赵王怒斥道："住嘴，不争气的逆子，孤王没有加罪他们就不错，简直气死孤王了，你给我退下，以后不许再去国相府。"

太子的目光带着绝望："儿臣记住了。"太子说完退出了明清宫。

国相和蝉汐一行人出了空桑的南城门，向着符榆而去，忽然大道上一匹白马奔驰而来，国相让队伍停止前进，眨眼间，太子来到近前，跳下马来。

国相和蝉汐赶忙施礼，蝉汐道："太子殿下，你怎么来了？"

太子愤怒道："父王听信谗言，如此对待国相和你，真是岂有此理。"接着就把父王告诉他的全部告诉了国相和蝉汐。

国相道："太子不可冲动，大王为天下之君，一言九鼎，殿下一定要隐忍行事，现在大王正在气恼当中，一切等过了这段时间再说。"

蝉汐道："太子殿下一定要从长计议，保护好自己。"

国相道："殿下回去吧，记住，不要忤逆大王。"

太子眼里噙满了眼泪，不舍地望着蝉汐，蝉汐极力克制内心的情感，眸子内带着痛苦："你要记住国相的话，蝉汐只希望殿下安好，蝉汐就此别过殿下了。"

太子哽咽着说不出话，眼里的眼泪最终还是没有止住流了出来，二人急忙回身，各自上马离去了。

当太子再次回头时，他只能看到在黄昏暮霭下蝉汐一行人的模糊背影。

二十三、贬谪回乡

YU PEI JI

　　两个月过去了，程昊大败禹军和敬军，将敬洲的十万铁骑全部消灭，俘获禹洲兵三万人并将国师擒拿，敬洲的敬王和禹洲的赵王承认宇岗全部归并大夏的消息传遍九州。此一役九州惊愕，夏军威震天下，程昊也成为九州公认的战神。

　　程昊和若兰回都，静王大喜，封程昊为振国大将军，并命在静安府的基础上扩建，改造为将军府。

　　此时，程昊才得知太傅已病逝，他很是难过，亲自到太傅府吊唁。

　　从初夏到深秋，宇岗已经一切恢复正常，程昊对静王道："宇岗已被裴良治理得秩序井然，百姓安居乐业，静王应尽快在宇岗盆地设立宇岗郡，任命宇岗郡守，以此明示禹敬两洲。"

　　静王十分认同："大将军以为谁可为宇岗郡守？"

　　"臣以为裴都统做事干练，此次宇岗之战，战功显著，禹敬两洲对其也多有畏惧，臣率大军撤离后，裴都统掌管宇岗军政事务，宇岗稳定和谐，民安乐业。臣撤离宇岗仅留一万夏军兵马，裴都统未向王庭求助一钱，而是向禹洲讨求索赔，现已经训练出五万铁骑，裴都统实可为大王的股肱之臣。宇岗地处偏远，又有群山环绕，大王定要托付一可信之臣。"

静王点点头："那就裘良吧。"接着又思忖片刻："户卫军都统何人可担？要不你先担着？"

"我向大王推荐一人，可供大王参考。"

"何人？"

"余饶郡首纪平。"

静王一听，恍然道："甚好！甚好！宇岗归并夏洲纪平功不可没。本王一直想召他来京，此时正好。"静王接着道："太傅已经离去，你任都尉之职，若兰接替副都尉。"

"太子业已成人，军政事务也要让太子介入，让太子历练历练，也为以后太子能成为大王可以托付之人。"

静王道："此事不要操之过急，一切还要慢慢地来。"

在正阳殿，群臣们两厢站立，除子卫父子不在，满朝大臣基本都到齐。程昊站在国相的下手，坐在御座上的静王声调平缓："现宇岗部族和睦，百业兴旺，本王决意将宇岗盆地设为宇岗郡，使我夏洲再增一郡。孤王决意命裘良为宇岗郡守。"

静王话刚说完，元明马上道："大王，宇岗郡地处偏远，群山所围，如独立之国，此郡之守首应交付可靠之人，任裘良为宇岗郡守似乎让人有些忧虑。"

国相附和道："明王爷说得极是，宇岗郡守应是公而无私，对大王绝对尽忠之臣，这样大王才可无忧。"

程昊明白，明王爷和国相出来反对，实际是针对自己，裘良是自己的老丈人，纪平同自己一起征战，定是自己提拔的人。他们当然希望提携自己的人。而群臣在利益面前，只会明哲保身，他们是在观望，静王是怎么决定的，如果静王支持元明和国相，以后他们就会跟着元明和国相，如果静王支持自己，那么以后他们就会看着自己的眼色和态度。于是程昊道："裘大人在朝多年，一向奉公值守，无论是圣祖先王还是大王都对裘大人褒奖有加，对大王的忠心毋庸置疑，臣以为大王任裘大人为宇岗郡守，实为最佳人选。"

静王听到元明和国相反对，心中十分厌恶，程昊话刚说完，静王赶忙道："程大将军所言极是，毋庸再议了。"他对御史道："即刻下诏任裘良为宇岗郡郡守，命其返都面叙。"

他接着又对御史道："你再下一份谕旨命余饶郡首纪平赴都，任护卫军都统。"

大殿一片宁静，众臣看着静王阴冷的面孔，没有再作声，寂静了片刻静王接着道："太傅已逝去，本王命大将军程昊继任都尉之职，若兰接替副都尉之职。"

大殿鸦雀无声，静王面带怒色，语调带着阴狠："哪位有什么想法，站出来说。"

大臣们很清楚冒犯大王，无异于自戕，静王这时要拿不长眼的大臣开刀立威，他们自然没有一个敢站出来反对，若兰站出来："我王圣明，臣肝脑涂地也要报效大王知遇之恩。"

众臣一齐高呼："我王圣明，臣衷心拥护大王圣旨。"

静王目光冷冷地看了一眼元明王爷和国相，没有称呼元明为王爷，而是直呼其名："元明、国相，你们还有什么要说的？"

元明和国相知道触怒了静王，国相道："罪臣所言实在不妥，老臣衷心拥护我王圣旨。"

明王爷赶忙接着国相的话："罪臣罪该万死，触犯大王的威严，愿受大王惩处。"

静王看着司礼："礼司大人，以后重大事件的奏折送交本王处置，其余奏折交于大将军处置。"

"诺！"

静王站起来："散朝！"

裴良回到下雍后，静王召见他，对他一番鼓励之后，命他三日后即赴宇岗郡任宇岗郡守，裴良向静王发表一番慷慨誓言之后，谢过静王便离开了王庭。他在赴宇岗郡之前，亲自到将军府找程昊，程昊把老丈人迎进客厅，玉儿带着外孙女也来到客厅。裴良见到玉儿和外孙女格外高兴，他抱起一岁的外孙女，孩子见是生人哭了起来，裴良又把孩子交给了玉儿。三人聊了一段时间，临走前，裴良道："我带明睿去宇岗，玉儿你就多照顾。"然后转向玉儿道："我放不下心的就是你弟弟，你和程昊要多帮助他。"

程昊道："岳父大人放心，程昊自有安排，明轩不会有事的。"

将近中午裴良才离开了将军府。

国相和蝉汐一行人历时半月终于来到重梁郡的符榆城，一路上蝉汐心事重重，寡言少语，不像以往和国相出去总有说不完的话。看到女儿闷闷不乐，国相十分心疼和理解，他再也没有打扰她。

他们进了符榆城，路过普众寺时，国相道："汐儿，陪我去普众寺拜访一下睿真仙人，两年前我与符榆都令一聚，恰好睿真仙人也在，我们三人聊得很投机，席间为父得知睿真仙人想要修缮普众寺，只是资金还未凑齐，难于动工，爹爹就把尚未凑齐的资金捐资给了普众寺，今日我们路过，正好到普众寺看一看。"

普众寺依山而建，从山底依次而上六座大殿，大殿红墙绿瓦，巍峨雄伟，每座大殿两侧分别是南北跨院，跨院内古木参天，连廊迂回。国相一行人来到普众寺门前，前来这里的人们络绎不绝。国相走进寺内，对寺内的一个修行者道："麻烦小施主，请向睿真大师通禀一下，就说子燕求见大师。"

不大会工夫，睿真大师带着几位掌事匆忙来到寺院大门，睿真大师惊喜地施礼："国相大人驾到，普众寺着实荣幸，老衲不曾想国相今日来到，欢迎，欢迎。"他向国相指着身后几人道："这是几位掌事。"

几位掌事施礼："拜见国相大人。"

"各位掌事好，老夫今日正好回乡路过此地，特来拜见睿真大师和各位掌事。"

这时蝉汐走了过来，当他站在国相身边，睿真大师和院内许多人的眸子顿时放大，心中不禁赞叹好个绝色女子。院内有人道："今是什么日子啊！"

国相向睿真大师和各位掌事道："这是我的小女蝉汐。"

蝉汐施礼："大师、各位掌事好！"

睿真大师和各位掌事赶忙回礼，睿真大师道："久闻蝉汐将军大名，今日有幸相见，国相和蝉将军里面请。"

国相看着前来的人们："普众寺的人真是不少。"

睿真大师道："国相有所不知，今日广宇大仙出山义诊卜卦。广宇大仙修为高深，法力无边，多难治愈的疑难杂症，大仙都能手到病除，求卜之人，不用一语，大仙一看就能知他的过去与将来，神奇得很，老衲给国相引荐一下。"

国相和睿真大师一伙人走进偏院，只见一位须发皆白的老者，一身素白的长袍，宽衣大袖，飘逸超然，儒雅仙风之气似天仙降入人间。大仙端坐屋门外台阶之上，台阶之下排着一溜长长的队伍，坐在大仙对面的一对夫妇，男方道："太谢谢仙人了，我的内人真就怀孕了，真是太神了。仙长能帮我们断一下是男孩还是女孩？"

广宇大仙淡淡地一笑："是男孩。"他转向女方道："你已经怀孕两个半月了，从今日起，两个月内不要做剧烈的活动，以防流产，我给你开个方子，吃上两周即可。"说完手一晃,一个开好的方子就在手上了,他把方子递给男方。夫妇俩急忙道谢:"谢谢仙长。"广宇大仙微笑着示意他们可以离去了。

这时,国相和睿真大师一伙人来到广宇大仙面前,广宇大仙站了起来,睿真大师向国相介绍:"这位就是法力神通的广宇大仙。"然后又对广宇大仙道:"这是当朝国相大人。"二人相互施礼问候,之后,睿真大师又向广宇大仙介绍:"这位是国相之女蝉汐将军。"蝉汐上前给大仙施礼,这时她心里有了打算。广宇大仙赶忙回礼,当两人目光相遇时,大仙一眼就看出蝉汐已经怀孕了。从蝉汐的目光里,大仙知道蝉汐有求于他,于是他对国相道:"今日能见到国相大人,实在是老衲的幸事,老衲平素都居住在京凉山的云岫洞,很少出山,只是每个月出来到普众寺做些善事。国相若有闲暇,欢迎国相到云岫洞来。"

国相道:"大仙济世众生,大慈大悲。我与小女今日回乡正巧路过于此,特来拜访睿真大师,有缘与大仙相见很是荣幸,他日一定拜访大仙,大仙现在正忙着,就不打扰了,我们后会有期。"国相与大仙拱手告辞。

父女二人回到家中,蝉汐依然面带忧郁,闷闷不乐。次日,蝉汐随国相来到母亲的墓前,父女二人祭奠之后,蝉汐无声地在母亲的墓碑前站立了许久,她的内心充满了悲愤、痛苦和绝望。望着娘亲的墓碑,娘亲临走之前的话又反复在脑海里回荡着:"汐儿,娘要走了,娘就是放心不下你,你要听爹爹的话,照顾好自己。"此时此刻,她有太多的委屈,想要发泄出来,可她不能,要是娘亲知道,她在天之灵也不会安生的,爹爹也会难过的。

"汐儿,汐儿。"国相叫了蝉汐两次,蝉汐这才从痛苦中清醒过来,国相道:"跟爹爹回去吧。"蝉汐点点头,跟在国相的后面离开母亲的墓地。

次日早晨,东升的旭日驱散了薄薄的晨雾,潮湿的空气带着些许的清冷。蝉汐知道爹爹在后院修炼,于是对贴身的丫鬟碧霞道:"碧霞,一会儿国相找我,你就说我出去一下,晚些回来。"碧霞点头答应,蝉汐便走出大门。

她一路向西,很快就看到远方高耸云端的京凉山,她运足真气,向着京凉山飞来,来到京凉山的近前,放眼望去,京凉山群山环抱,密林如海,茂密的古木松柏将巍峨峻拔的苍山包裹得严严实实,周边云雾飘动,弥漫缭绕。蝉汐在山峰间迂回巡视着,忽然她看到一道破雾穿云的耀眼金光,她随着那道金光径直冲向发源之处,当她俯冲而下,那道金光即刻消失了。这时她看到山腰处有一片空地时,只见一白衣老者正凝视她,老者端坐在洞穴之前的石凳上,不远处是一片竹林,竹林边溪水潺潺,清澈的溪水随山势而下。

蝉汐飘然落下，老者笑着示意："蝉汐将军光临寒舍，老衲甚是欢迎，将军请坐。"

"感谢仙师指引，蝉汐又能荣幸再次见到您老人家，蝉汐给您见礼了。"说着拱手给大仙施礼。

"将军不必客气，快快请坐。"

蝉汐在广宇大仙对面坐下："蝉汐此来叨扰仙师了，蝉汐有一事想请仙师帮助。"

"蝉将军请讲。"

蝉汐凝了凝神："恕蝉汐冒昧。"她却犹豫地支吾起来。

"将军莫有顾虑，请讲出来，老衲会尽力帮助将军。"

蝉汐吞吐道："蝉汐已有身孕，不知仙师可帮我结束此孕？"

广宇大仙看了蝉汐片刻道："将军怀孕已有三个月零十天了。"

"仙师说的毫厘不差。"蝉汐暗自惊诧。

就在此时，大仙愣了一下，他将手掌翻了过来，掌内只见国相正在空中四面环顾，蝉汐也看到大仙掌中的爹爹，一道金光从掌中发出，大仙道："老衲欢迎国相大人。"话音刚落，国相已来到近前，大仙站了起来，二人施礼后，国相道："匆忙造访大仙，打扰大仙了。"

"国相哪里的话，国相到此，我这里蓬荜生辉，国相请坐。"

国相看着蝉汐道："我知道你会来大仙这里。"

蝉汐顿时脸色绯红。

"蝉汐将军已有身孕，特来向老衲问询。"

国相面色平和，其实当他看到蝉汐在此的时候，他就断定蝉汐一定是已有身孕了，她来这里定是求大仙帮助做掉孩子。他对大仙道："还请大仙指点。"

大仙对蝉汐道："请将军把手伸过来。"

蝉汐将手伸到大仙的面前，大仙将自己的手掌张开，一股气流流过蝉汐的手掌，蝉汐就觉得自己的心脏被抻了一下，瞬间感到一下刺痛。同时，从大仙的掌中看到胎儿的血脉与蝉汐的心脏连在一起。

大仙道："国相和蝉汐将军看到了，胎儿之血脉与蝉汐将军已经连为一体，子存则母存，子亡则母亡，切记勿伤胎儿，否则，蝉汐将军有性命之忧。"说完，将手掌合上。

国相和蝉汐的脸色变得十分难看。

大仙知道父女二人心中郁闷，说道："临产之日是三个月后的今日，那时若蝉汐将军不想留下婴儿，就送到老衲这里，老衲替蝉汐将军抚养这孩子。此孩子法身慧命，绝非寻常之人，将来恐怕老衲也不及此子。"

国相道："感谢大仙的指点。"

"蝉汐将军是否记住老衲的话了。"

"蝉汐记住仙师的话了。"

三人又聊了一些事情，国相邀请大仙有时间到府上一坐，之后，父女二人便离开了大仙的云岫洞。

近些日，赵王面容憔悴，暴躁易怒。禹军的两次接连大败，已使他极度愤懑，加上蝉汐和国相的糟心事，更是雪上加霜，平添了更多的恼怒，这种难以释怀的积郁让他的身心受到极大摧残。他一下老了许多，走路都显得有些吃力。他非常清楚自己的身体一日不如一日，于是他想到太子的婚事，他要尽快解决这件事。

正在他想要为太子重新选择一个合适女子的时候，忽然传来消息，夏洲已在宇岗盆地设立宇岗郡，裘良为宇岗郡郡守。很快，敬洲的国相来到空桑拜见赵王，表达敬王欲与禹洲订立攻守同盟，赵王表示赞同，并让敬洲国相代为转达，具体条款待研究后，会派使者到敬洲拜见敬王。

这日早朝众臣商议了与敬洲订立攻守同盟的具体条款后，便散朝了。赵王宣国师和御史大夫到尽阳宫议事，国师和御史大夫随着太监一同走向尽阳宫。在路上国师心想让我与御史大夫同去，会不会是赵王要谈太子婚约的事情，他对自己曾和御史大夫说蝉汐根本不可能打败程昊的话已经悔青了肠子。若真是因为自己的失言造成赵王解除了太子与蝉汐的婚约，太子定对他恨之入骨，看到赵王恹恹的样子，说不定哪天就完了，到那时一旦太子登基，一定会报复自己。因此，他从心底不愿参与此事。

二人在尽阳宫参见了赵王，赵王让二人坐下，赵王道："二位爱卿，蝉汐的事情你二人最清楚，太子的婚姻关乎我禹洲的长远，孤王思虑再三，觉得还是应给太子选择一个比蝉汐更合适的女子，二位以为谁家的女子更为合适？"赵王说完，目光盯着国师，国师捋着胡子，故作沉思的样子，没有作声。

御史大夫道："据臣所知枢密使申录的女儿端庄秀美、气质高雅，倒是许配太子的极佳人选。"

赵王颔首，看着仍在思索的国师有些失望，赵王道："国师以为呢？"国师急忙道:"若如此,大王还是要先与国相解除婚约,老臣以为若解除太子与蝉汐的婚约还是让国相向大王提出为妥。"

御史大夫道:"此时若无大王的允诺,国相怎么会主动向大王提出解除婚约啊!"

"御史大夫没有明白,老夫的意思是不能大王亲口向国相说出解除婚约之事,而是要国相向大王提出解除婚约,这中间需要你我之中一人向国相转达大王的意思。"

赵王道:"国师说得极是,国师向国相转达若何?"

"没有问题,此事就交给老臣办理。不过大王还是找个理由让国相尽快回到空桑。"

赵王道:"孤王正要和你二人说与敬洲联盟之事,御史大夫,你这几日就尽快完成与敬洲联盟的草议,然后我们再商议确定下来,等一切办妥,让国相出使敬洲,孤王今日就下诏让国相回都。"

赵王走进畅春宫,棠儿见到父王到自己住处既意外又兴奋,赵王摸着棠儿头道:"我的棠儿越来越漂亮了,过两天就是你的及笄日,父王允许你在上林苑招待兄弟姊妹。"

"真的吗父王?"

"真的,你是主人,如何招待你定,你去找东宫主事李公公,宴席和所有的费用父王全都包了,到时父王也会来的。"

棠儿十分高兴:"谢谢父王。"

赵王道:"你能把申录大人的女儿秋月请来吗?让她也来参加你的及笄日。"

"当然可以,秋月是我最好的朋友,只要父王允许,棠儿一定把秋月请来。"

"父王允许,一定把秋月请来。"

上林苑是赵王宴请群臣,接待九州贵宾的地方。苑内碧水湖光,山色青葱,水榭亭台,雕梁画栋。苑内最雄伟的建筑是坐落在湖边的一座三层二十多米之高的清风殿,清风殿的大门前有一个三十米长二十米宽的汉白玉平台,雕栏玉砌的平台宛若一座广场,衬托出清风殿的宏伟巍峨和王庭的宏大气派。

棠儿和兄弟姐妹还有秋月在午宴中开心地说笑着,赵王和太子来到清风殿,孩子们即刻停止了欢笑,齐声呼:"父王。"

赵王笑着:"今天是棠儿的及笄日,父王希望你们尽兴,不要拘束。"他走到棠儿面前,示意棠儿给他和太子引荐秋月,棠儿把秋月拉到赵王和太子面前,秋月紧张地给赵王和太子行礼道:"秋月见过大王。"然后对太子道:"秋月见过殿下。"

赵王道:"申大人的爱女,秋月对吧?"

"是的大王。"

"果然端庄俊秀,孤王今天见到你很是高兴,以后你可以多来王庭玩,孤王和太子今日是来看看你们,你们玩得高兴,孤王和太子也高兴,你们玩吧,孤王和太子就不打扰你们了。"

赵王和太子走出清风殿,太子感觉不对,他估计父王一定想把秋月许配给自己,解除他与蝉汐的婚约。他佯装出一副着急的样子:"儿臣来时匆忙,没有跟父王说,转运使李大人一直还在明清宫等候儿臣,时间太久了,儿臣必须马上回去。"

赵王瞪着太子,不悦道:"等等,今日让你随父王到上林苑,就是让你见一见申大人的女儿秋月,这孩子相貌气质都十分姣好,与你还是般配的。"

"父王,儿臣与蝉汐……"

未等太子说完,赵王不耐烦道:"蝉汐的事情不是跟你说过了吗?你的婚姻关系王庭的声誉,蝉汐做臣子可以,做正妻未必合适,女人要贤淑守德。你听明白了吗?"

"父王可否容儿臣想一想。"

"你想什么?还想蝉汐吗?"

太子胆怯小声道:"儿臣明白了。"

"你去吧。"

太子都不知道如何离开父王,又是如何回到明清宫的,他坐在屋里,神情恍惚,头脑嗡嗡作响,大脑一片空白。

月儿去王庭参加棠公主的生日宴请后,申录就一直在府中不安地等待着,他有种不祥的预感,他担心月儿被卷入太子与蝉汐婚约之中。月儿单纯什么也不懂,太子对蝉汐一往情深,视之如命,谁破坏他与蝉汐的婚约,就等于与他结下了生死之仇,他日一旦登基王位,他必定寻仇报复,不仅月儿会遭殃,就是我整个申家恐怕也难逃厄运。申录独坐屋里胡乱猜想着,忽然,听见家仆的声音:"小姐回来了。"申录急忙叫道:"月儿,到爹这里来。"

月儿兴高采烈地走进客厅,申录问道:"今天去棠公主那里玩得怎么样?"

"我们今天去了上林苑,爹爹猜我见到了谁?"

申录心里就是一惊:"你见到谁了?"

"我见到大王和太子了,太子长得好帅啊。"

申录的脸变得异常阴冷:"大王说什么没有?"

"大王说女儿果然端庄俊秀,让我以后多来玩,爹爹怎么啦?不高兴?"

申录马上强装笑脸,慈祥地看着月儿道:"爹爹没有不高兴,爹爹高兴,去休息吧。"

已到掌灯时分,申录出府直奔太子的明清宫,申录来到明清宫门前,门丁一见是枢密使大人,忙上前搭话:"申大人,是要拜见殿下?"

"是,还烦劳您给通报一下。"

"您稍等片刻,我这就进去通报。"

不大一会,门丁苦着脸出来道:"殿下让申大人回去吧,有事朝堂上说。"

申录即刻明白怎么回事,自己所担心的事情已经变成了现实,此时他又愤又恨,他随即对门丁道:"你跟太子说,我要告诉殿下关于蝉汐的事情,要他务必见我。"

门丁再次进去后,回来带着申录来到太子的客厅。太子的脸色极其难看,眸子内闪着鄙视和仇恨,冷冷地道:"申大人请坐吧。"

申录压低声音道:"下臣今晚来见殿下,是要和殿下谈一件重要事情,此事关于下臣的身家性命,切不可让他人听到。"

太子走出门外,对院内的家仆道:"你们都离开院子。"看到仆人都走出院子关上院门,太子才又走回客厅,关上客厅的大门。

申录道:"我问殿下一句话,太子莫要诓我。"

"申大人请讲。"

"殿下还愿意继续与蝉汐的婚约吗?下臣只问殿下个人的想法。"

"申大人何出此问?当然愿意。"

"既然殿下愿意,下臣就不枉此行。殿下可知道大王让月儿参加棠公主及笄日宴请的目的吗?"

"父王决定解除我与蝉汐的婚约,指定申大人的女儿做我的正妻。"太子的目光带着憎恶。

听到太子的话,申录如五雷轰顶,怒从心起,他控制住自己的情感道:"大王一定是听了小人的谗言,才做出如此鲁莽的决定。如果殿下信得过下臣,臣愿助殿下,帮殿下商议出一个对策,不知殿下愿意否?"

太子的面色即刻缓和了许多,他期待地看着申录道:"我信申大人,申大人有什么对策?"

"大王近日尤显憔悴,身体日渐变差,因此,对殿下的婚姻之事尤为迫切和着急,殿下切不可忤逆,否则适得其反,殿下一定先应允下来,从长计议。下臣给殿下出个主意。"

申录停顿了一下:"就是'拖'。"

太子眸子里闪出光芒,急切地道:"如何拖?"

"第一,大王要解除婚约需要国相回来,得让国相同意,下臣想大王不会亲口对国相讲,他会找一个人与国相讲,这个人是谁不好说,但一定是大王信任的人。第二,国相同意后,大王一定会找我,如果我不在空桑,大王就不能立刻敲定此事,需要等我回来,我可以因公事尽力拖延时间。不过这需要殿下配合,殿下先向下臣催问战俘交归的事情,让臣必须赶紧办理,不可再拖,臣会随机应答,这样大王会立刻命臣到宇岗办理此事。第三,我回到空桑,会向大王提出让殿下去宇岗接洽战俘移交事宜,到那时再看情况如何,我们再随机应变,殿下以为如何?"

"看来也只好如此了,本太子谢谢申大人了。"

次日的早朝上,赵王向群臣宣布将派国相出使敬洲,并已宣国相回都。这时,太子道:"父王,我禹洲两万多兵士还在夏洲,儿臣担心兵士在夏洲越久,变数越大,臣不知道交给枢密使大人筹办马匹与辎重的事情办理得如何?"

申录马上道:"殿下,马匹与辎重筹备已有多半,臣有一建议,臣想与夏洲裘将军商洽,先以此马匹与辎重交换一批兵士,等凑齐下一批再交换,不知大王以为如何?"

赵王道:"可以,退朝后你马上就去宇岗与裘良商洽,将情况随时传报给孤王。"

二十四、生子

YU PEI JI

　　蝉汐已经快要临产了，忽然一道圣旨传到符榆的国相府宅，命国相即刻返都，国相叮嘱蝉汐几句，让碧霞照料好蝉汐，并告诉蝉汐他会派可靠的人来，将空桑和这里的情况随时传送，之后就匆匆离开了符榆城。

　　国相回到空桑，赵王命国相带着拟定好的禹敬攻守同盟的条款出使敬洲，国相接着又赴敬洲。两个月过去了，禹洲与敬洲正式订立了攻守同盟，国相也欣然返回空桑。

　　国相刚到的空桑的东门，国师就迎了上来，国师道："国相大功告成，不枉此行，老夫在此恭候国相，是受大王之托。"

　　"呕，是何事？国师请讲。"

　　"国相还是随老夫府中一叙吧。"

　　二人来到国师府中坐定，国师道："老夫与国相共事多年，你我可为十分默契，老夫今日请国相来谈此事，实非老夫情愿，只是受大王之托，也只得勉为其难了。"

　　"国师有事请讲，不必有所顾虑。"

　　"老夫要和国相大人谈的是太子与蝉汐婚约的事情。"

　　国相脸色顿时变得十分难看，眼里似乎带着怒火，国师故作犹豫，停顿了下来,尴尬地看着国相,国相道:"国师请讲。"

"大王看中枢密使申录大人的女儿秋月,大王和太子已在上林苑见过秋月,大王颇为满意,托我将此事转告给国相大人,不知国相有何打算?"

国相沉默片刻:"大王的意思是让老夫提出解除太子与汐儿的婚约,老夫说得对否?"

"正是,正是。老夫以为大王此举多有不妥,恐怕太子十分抵触,可此事是王家私事,老夫也不便介入,只能听大王吩咐,还望国相谅解。"

"王命不可违,何况这事本来就不是可以强求的事情,国师不必多虑,老臣这就去王庭参见大王,提出解除太子与蝉汐婚约的事情。"

国师将国相送出大门,国相向王宫走去。此时国相的心里十分难过,眼里有些潮湿,他觉得没有保护好汐儿,汐儿还没有出嫁就被废除了婚约,这对汐儿的声誉是多么大的玷污。

国相在尽阳宫参见赵王,将出使敬洲与敬王签署协议的经过讲述给了赵王,赵王道:"国相此次出使敬洲的成果圆满,孤王很是满意,国相辛苦了。"

"臣今日回到空桑,在东城见到国师,国师邀请老臣到他府宅一叙,国师向老臣讲述了太子在上林苑见到枢密使大人的女儿秋月的事情。作为父亲,老臣知道父亲对孩子的父爱,大王期望给殿下选定一位温柔贤淑、体贴周到的女子照顾好太子,臣非常理解,也认同大王的选择。既然大王已为太子选定枢密使大人的女儿,老臣以为殿下与汐儿婚约就此解除吧,婚姻大事本就是父母之命。"

赵王尴尬地道:"孤王的内心对国相和蝉汐还是十分愧疚的,尤其对蝉汐,孤王下诏封蝉汐为忠勇将军,命其回都。"

国相道:"大王不必如此,老臣给她讲明道理,汐儿自会理解,大王不用加封汐儿。"

"国相不用说了,加封蝉汐是孤王的决定,你叫蝉汐回来即可。"

"老臣想向大王提出一个请求?"

"国相请讲。"

"汐儿毕竟对殿下有很深感情,老臣想亲自回符榆与汐儿当面说明,然后,老臣就回空桑,待殿下大婚之后,再让汐儿回来,不知大王可否同意。"

赵王思忖片刻道:"也好,国相就再回一趟符榆吧。"

国相面色极其难看地回到府中,晚饭后国相独自回到房间,屋里漆黑一片，没有掌灯，仆人们知道国相心情不好，没有人再去打扰。这时，一个仆人匆忙来到国相房间的门前叫道："国相，太子殿下在府门外，要求见国相。"

国相心中无限烦躁，但又无奈道："请太子殿下进来。"

国相点起蜡烛，屋内瞬间明亮了起来。太子走进房间，国相请太子坐下，命仆人给太子上茶。太子道："国相大人是今天下午刚回到空桑的。我听说国相刚到空桑，国师就邀国相去国师府中，是否有此事？"

国相道："是的，国师邀请老臣去他府宅谈一件事情。"

"我猜是同国相谈论蝉汐与我婚约的事情？"

"正是，国师告诉老臣，大王已经给殿下重新选定一位贤淑的女子，到时大王会告诉殿下的。"

太子愤然道："是枢密使申录的女儿秋月，父王已经同我在上林苑见过秋月。父王是听信小人之言，做此背信弃义的糊涂之事，本殿下绝不会放过这些小人。"

太子停顿了一下，接着道："国师邀请国相，是否要国相向父王提出解除婚约之事？"

"正是此事。"

"大王决意解除婚约，只是难于开口，老臣提出免去大王的些许尴尬，儿女之事自是父母决定，父母都希望儿女美满幸福，殿下还是要理解大王。"

太子目带凶光，揶揄道："为儿女美满，不过是信歹人之言，为小人蒙骗，此事本殿下绝不会罢休，定不会放过这些小人。现在，父王身体每况愈下，诸多事情都叫我办理，申录大人得知此事亦如本人所感，他来过本府，痛斥毁我与蝉汐婚约的小人，并献计要我以拖待变，现已去了宇岗，以拖延此事。"

听到太子所言，国相大惊，想到申录也尽力躲避，知道此事恐怕比自己想象得复杂，看来太子不会善罢甘休，他日登基一定会报复御史大夫和国师二人。

国相道："老臣由衷感激殿下对蝉汐的感情，殿下的情义和所说的情况老臣会向汐儿转述，殿下和汐儿的感情老夫自是清楚，老臣老了，一切都可以无所谓，但殿下身为太子，做事要考虑周全深远。大王一言九鼎，殿下断不可违，婚姻之事与太子之位，孰轻孰重，老臣不说殿下也应自知，老臣只望殿下以大局为重，有太子之位方有一切，切不可因小失大，殿下明白？"

"明白，我有一份书信，还托国相交给蝉汐。"

太子将书信交给了国相,国相道:"殿下放心,老臣一定转交给蝉汐。明日老臣就回符榆,朝堂之事,老臣不能帮助殿下了,殿下还要一切谨慎。"

太子点头:"国相的话我记住了,那我就告辞了。"

国相将太子送出门外。

就在国相被赵王召回的第三天夜晚,蝉汐顺利分娩,生下一个男婴。因那一夜晚浩瀚的夜空中一轮满月格外皎洁,蝉汐便给孩子起名为"月生"。月生果然如广宇大仙所说,与一般的孩子不同,一个月就能说话走路,三个月无论是智力与身体都如八九岁的儿童,每天跟在蝉汐身边形影不离,蝉汐颇为喜爱,每天教他认字,给他讲故事。

一日,蝉汐和月生从屋里走出,碧霞正好走进院子,蝉汐问:"霞儿,早晨给月生洗的那件衣服干了吗?"

霞儿道:"干了,我已经叠好,放起来了。"

蝉汐点头,"嗯"了一声,发现月生不见了,再一抬头,看见月生正站在对面的屋顶上对着她笑,蝉汐大惊,碧霞随着蝉汐惊诧的目光看去,竟吃惊地张着嘴忘记了说话。蝉汐道:"生儿,你怎么上去的? 快下来。"

月生不仅没有下来,反而纵身跃起,忽地飞向另一间房的屋顶,蝉汐提起真气,飞起追他,月生看到娘亲追来,异常高兴,笑着在房顶间四处飞蹿,蝉汐竟然抓不到他。这引着府内所有的仆人都出来观看,蝉汐怒斥道:"生儿,不许再跑了,为娘生气了,再也不管你了。"

月生看到娘亲真的生气了,才回到蝉汐的身边。

这天,国相再次回到符榆,蝉汐又惊又喜,急忙把月生拉到国相面前,月生见到国相有些胆怯,蝉汐让月生叫外公,月生腼腆地叫了一声"外公"。

国相看到四个月的月生,已是八九岁孩子的样子震惊不小:"我的小外孙长得这么大了。"他抱起月生觉得好沉。蝉汐把月生交给碧霞,跟着国相走进客厅,国相将赵王重新选定申录之女许配给太子,如何解除婚约及太子的情况悉数讲给蝉汐,蝉汐未作声,始终静静地听着,可是她的内心却波涛汹涌,她万分委屈和难过。最后国相将太子写给她的信件转交给了她,之后,便回自己的房间去了。

蝉汐打开太子的书信,书信写道:

挚爱惟殿下亲笔:

空桑一别,倏忽数月,日望南方,念之尤切。昔尔在之日,朝夕可见,今偨在符榆,我在空桑,遥遥千里,相见无期。每思汐,神之恍恍而茫茫,视暮色云霞之灿若见汐之容艳,望夜空皎月之光似见汐之明眸。汐之离兮吾心痛矣,心若刀绞,涕泪纵横。

自尔走后,父携吾于上林苑召见枢密使申录之女秋月,父王欲废前约而选申录之女,吾虽拒之,然父命难违,不得以,亦只虚与委蛇。幸申录大人深明大义,筹谋日后,为吾献计曰:"以拖待变。"申大人施计,父王命其赴宇岗与夏谈判,故重定婚约之事,要待时日。

吾与汝之情水乳交融,鱼水难分。吾与汝之婚天作之合,世人皆知。然风催绽蕾之英,水淹禾田之苗。父王妄听歹人之言,背信弃义,置你我之如此。余身为太子,虽父王之下,然亦群臣之上,岂任小人之言而就此。吾誓曰:"伤吾者必得惩,害侬者必得诛。"

吾对汝之情坚如磐石,似林海之火难熄,如万江之水难枯。人常言成事在天,谋事在人。吾意昭然,相见有期。

看完太子的书信,蝉汐难过地流下眼泪,她已经有了月生,和太子的缘分已尽,今生不可能再和太子成婚了。既然赵王已经为太子重选申大人的女儿,她只能祝愿他们幸福。

于是她拿起笔,给太子回了一封书信。

汐儿复书敬鉴:

惟书启阅,不觉泪沾衣衫,殿之深情汐之刻骨,殿之痛楚汐之铭心。岁月不居,相离日久。天各一方,抑郁惆怅。余常独立庭楼,望流云飞雁,顿有悲天寥落之感。昔自觉天之骄子,配与殿下,珠联璧合。亦常幻之,为君之妻,举案齐眉,夫为妇随,享后宫之威仪,尽人妻之贤淑,育子双双,膝乐融融。

然天有不测风云,夏寇犯禹,国难当头。殿奉王命请余,身为一将,责无旁贷,受命出征,生死难度。玉苍之战,十万大军深陷彀中,幸得全身而退。王愤之,禁吾梨月宫,再遭妄测,吾心绝矣。余自知与殿之婚如阴阳之隔,永绝矣。

汐一介女子,无足轻重。殿下承王业,负国任,自当以国之为重,不负王愿。天意弄人,汐无此命。唯愿殿下舍儿女情长,图天下大计。申大人之女贤淑端庄,适为殿选。汐乞福殿下,切勿过伤,万请珍重,汐祝殿之美满,候之佳音。

国相简直无法想象,月生不仅长得很快,智力也非同寻常,所看书籍过目不忘,特别是他体内蕴藏着巨大能量,让他震惊不已,月生极其活泼好动,房上房下,上蹿下跳,国相修炼了数十年,可谓法力高强,但是想要抓住月生,不运足全部真气,使出全力,根本无法办到。

　　国相开始担忧,月生才四个月,就有如此高的内力,若再大一些那还了得,整个符榆城还不家喻户晓,若再传到京都,岂不招来大祸。于是国相把蝉汐叫到自己的房间,让仆人不要进院,然后把窗户和屋门关好,对蝉汐道:"汐儿,生儿一天天长大了,而且长得很快,你必须做出决定,是你一直带着生儿,还是将他托付给广宇大仙,爹爹以为你把生儿托付给大仙,与爹爹回空桑最妥。"

　　蝉汐道:"爹爹,汐儿绝不会与生儿分开,除非汐儿死了。"

　　国相面色凝重道:"你以为太子会善罢甘休,放过你吗？我看赵王不是长寿之命,不定哪天就驾崩了,到时太子登基,找上门来,你又当如何？"

　　"汐儿想过,太子大婚之日,汐儿就带生儿离开禹洲去越洲,到娘亲那里。"

　　父女两人争论到天黑,最后国相无奈地接受了蝉汐的想法,国相道:"生儿如此活泼,住在这里恐非安全,若招引符榆城家喻户晓,岂不是麻烦大了。"

　　蝉汐道:"汐儿去过孤岐山,找了大半天才找到爹爹修炼的地方,那里远离尘世,少有人迹,尽管那里已经不成样子,只要加以修缮,我和生儿可以住在那里。"

　　国相道:"那里与世隔绝,你和生儿住在那里倒是很安全,像生儿这么好动,又有如此高的内力,在那里确实合适。爹爹明日就到朝霞馆,把那里整理出来,然后,你们就过去。"

　　第二天一早,国相就奔朝霞馆,第三天的中午才回来,国相对蝉汐道:"我回来是想带几个人过去,估计六七天才能把那里修缮好。我在周边巡视了一下,孤岐山下有一个不大的村落叫'于槐村',那里到朝霞馆有三四十里的山路。于槐村二十几户人家,我想在于槐村建一座大院,在那里也安个家,需要什么东西,或者偶尔你们也可以住在那里。我回到空桑就让田培带些人在于槐村建一座大院。"

　　蝉汐道:"一切由爹爹安排。"

　　七天后,国相将朝霞馆修缮好。国相对蝉汐道:"汐儿,爹爹不能再在这里耽搁了,今天就回空桑了,你照顾好自己,有事就立刻告诉爹爹,爹爹会派人过来,专门传递消息,另外爹爹会让你田叔带几只信鸽来,这样你就不用在朝霞馆来回跑了。"

　　蝉汐和月生将国相送出大门,国相叮嘱了几句,便匆匆离去。

　　蝉汐和月生带着碧霞还有几个仆人住进了朝霞馆,这里幽谷深壑,山林茂密,云蒸雾绕,远离尘世。大家开始住的时候很不习惯,居住了好一段时间才慢慢适应。孤岐山气候潮湿,雨天尤多,住在这里阴晦天气最为常见。时常蝉汐将月生哄睡,坐在窗前,目光忧郁地凝视远方阴郁昏暗的天空,听着雨打树叶的噼啪响声,不觉愁绪万端,悲从心起。她不知道还能在这里待多久,她不想离开禹洲而漂泊到越洲,她舍不得离开爹爹,爹爹老了,她是爹爹唯一的亲人。想到这她便泪水盈盈,夺眶而出。

她看着熟睡的月生,心如刀绞。想生儿的命是这么苦,这么小就住在这与世隔绝的大山里,以后还要随着她漂泊到越洲。越洲会是如何?她和生儿将来的生活会是什么样子?她都无法想象。

这天,她带着月生来到母亲的墓前,祭奠之后,蝉汐对生儿道:"这是你外婆的墓地,外婆的家离这里很远很远,在越洲。等再过一段时间,娘亲就带你离开这里,我们去外婆的老家。"

"那里和朝霞馆一样吗? 也都是山? 老下雨吗?"

"娘亲也没有去过那里,不知道那里是什么样子?"

国相回到空桑不久,枢密使从宇岗给赵王送来消息,他与夏洲宇岗裴良谈妥,条件是除已交付的马匹和辎重外,再交付三千匹战马,即可将被俘禹洲兵士全部遣还。

在尽阳宫,赵王道:"枢密使传来消息,再交付给夏洲三千匹战马,被押禹洲兵士即可全部遣还。"

国相听到这个消息十分高兴,因为在押的战俘大都是自己统管的兵马,能够全部遣还很是兴奋。而国师所担心的是赵王定要摊派马匹,那些被俘的人几乎没有自己统管的兵士,但终究是因自己打了败仗,这些兵士才成了夏洲战俘。

赵王看着二人接着说:"孤王想让国相和国师从自己的领地各出一千五百匹战马,尽快交付到宇岗,这样在押的兵士就能尽早些返回禹洲。"

国相道:"没有问题,只要两个多月,老臣就可把一千五百匹战马送交到宇岗。"

赵王看着紧蹙眉头的国师道:"国师有什么问题吗?"

国师道:"若二三百匹,老臣马上还可勉强凑上,一千五百匹战马恐还要些时日。"

"需要多长时间?"

"老臣也不好说，不过怎么也要半年以上。"

国相道："时间太久了，这样吧，三千匹战马老臣就全包了。两个半月交付裘良。"

"好，就这样，还要辛苦国相了。"

没过多久，赵王感到极度疲乏，下床都很困难，他急忙召枢密使申录即刻回空桑。见到枢密使，赵王道："孤王有一事要和你商议，一直没有机会，太子和蝉汐的事情恐怕枢密使业已知道，国相已向孤王提出解除婚约，太子和蝉汐的婚约已经解除。御史大夫推荐秋月，孤王和太子都已见过，孤王觉得秋月端庄秀美，与太子颇为般配，不知申大人意下如何？"

"大王能青睐小女，臣荣幸之至，臣谢过大王，不知太子可否？"申录故意将话讲到一半，眼睛看着赵王。

"太子没有问题，你我就给他们做主了。"

"大王，这事就这么定下了。另外臣还要向大王再提一事。"

"申大人请讲。"

"接回宇岗兵士之事夏洲内部反对者较多，裘良力排众议，坚持全部送归，只差最后议定。臣担心功亏一篑，还是先把此事办妥，也就最后这一步了，臣打算即刻回去，办完就回来，或者让太子去更妥，显示大王的重视。"

"让太子去吧，你还是准备秋月的婚事，这事不能再耽搁了。"

"臣遵旨。"

太子离开空桑的第二日，忽然王宫的大主管安公公飞马来到太子的马前，安公公带着悲腔道："殿下不好了，大王驾崩了。"

太子大惊，匆忙返回京都。

二十五、月生

国相回到空桑,赵王已大殓入葬。第三天,惟殿下举行登基大典,众臣跪拜齐呼:"惟王万岁,万万岁!"

惟王大悦:"众爱卿请起,今日是孤王登基之日,以后我大禹还要仰仗诸位的勤勉敬业,孤王决定群臣放假七日,七日后上朝,今日就到此,散朝。"

本来国相从宇岗回来,准备参见惟殿下,但正赶上惟殿下忙着登基大典,也就没有把夏洲移交兵士的情况禀报给惟殿下。惟殿下登基后放假七日,国相休息了三日后,第四天来到王宫,宫内大主管安公公亲自出来,极度卑谦热情地道:"国相大人,您怎么来了?"

"老臣有事要拜见惟王,还烦劳安公公命人通禀大王。"

安公公知道,子燕不仅是当今的国相,而且马上就要做国丈了,以后自己的命运和生死都掌握在蝉汐的手里,这位国丈大人岂能得罪。

安公公赶紧上前:"国相还不知,大王三天前就已经出宫了,去重梁郡的符榆城了。"

国相心里一惊,他知道惟王一定是找蝉汐去了,国相拱手施礼:"谢谢安公公,老臣就告辞了。"

安公公回礼道:"国相大人走好。"

国相匆忙赶回府中,向家仆做了一番交代,便离开府宅。他出了空桑城,运足真气,一路向着重梁郡方向巡查而来,果然在离符榆还有两日的路程看到一行人马正策马向前奔驰,国相认出这正是惟王的御林军。国相躲过惟王的御林军,腾云飞驰来到朝霞馆。

蝉汐和月生正在午睡,国相突然到来,蝉汐惊诧不已:"爹爹,怎么来了?"

国相面带紧张道:"赵王驾崩,惟殿下已经登基,现在正向着符榆而来。"

蝉汐听罢,惊愕不已。她知道现在带生儿离开禹洲恐不是上策,她面色凝重,思忖着如何应对。

国相道:"你现在就回符榆,生儿我先帮你照看着,你把府宅整理一下,不要让惟王看到月生的东西,你现在就立刻回去。"

蝉汐道:"生儿醒后爹爹跟他好好讲,让他等我回来。"

国相道:"生儿你就放心吧,这里有我,不会有问题的,你快去吧。"

蝉汐看了看熟睡的生儿,然后飞身而去。

第二天的下午,一队威武的马队风驰电掣般进入符榆城,符榆都令已接到谕旨,全班人马都在都令府等候御林军到来。当惟王到来,符榆都令见到惟王时,咕咚地跪下,满面惶恐地道:"小官不知大王驾到,未迎王驾,大王恕罪。"声音有些颤抖。

"孤王并未告之都令,何罪之有?快快请起。"

都令站了起来,惟王面带微笑看着都令道:"你派一人带孤王去国相府,我带的御林军要留下一部分,你安排一下。"

"小官已经安排好了,小官愿随大王去国相府。"

"不必,你安排御林军吧,派一人就行啦。"

"诺。"

惟王带着一小部御林军来到国相宅院的门外,一个侍卫上前叩门,开门被打开,侍卫道:"大王驾到。"

蝉汐出门相迎道:"殿下,你怎么来了?"

惟王疾步上前抓住蝉汐的两手道:"汐儿,父王已经仙逝,孤王已登基。"

"大王。"蝉汐要跪,惟王拉着蝉汐道:"我们进去说。"

二人走进客厅,其余的人全部退出院子,惟王将她离开空桑后的情况讲述给她,两人一直聊到天黑,用完饭后,蝉汐将惟王带进自己的卧室。

蝉汐道:"大王,你明天就要接汐儿回宫?"

"孤王来这就是迎请王后回宫的。"

"那大王今晚就同汐儿同住于此。"

"汐儿,还是等群臣跪拜王后之后,孤王再与汐儿同床。"

蝉汐立刻脸色大变,眼里噙满泪水道:"惟王与你父王一样,不喜欢汐儿。"

看到蝉汐落了泪,惟王心痛地一把将蝉汐抱入怀中,用嘴唇吻着蝉汐美丽的脸颊道:"我怎么不爱我的汐儿,快别哭了,心疼死孤王了。"

"大王今夜就与蝉汐同寝。"

"孤王答应汐儿。"

第二天,蝉汐同惟王一起返回空桑,临走前,蝉汐趁惟王到外院的片刻,匆忙对一个家仆道:"我必须和大王返回京都,国相在朝霞馆,等我走后,你到孤岐山下的于槐村,把这里的情况告诉田叔,让碧霞照顾好月儿。"

这时,惟王走进内院,蝉汐看惟王走过了,对家仆道:"我马上就走了,你们一起听田叔安排。"

家仆道:"小姐放心,我们会把府宅看好。"说着给大王施礼个礼,慌忙离去。

惟王道:"汐儿,我们出发吧。"

蝉汐随着惟王返回空桑。

月生醒来,看到外公,不见了娘亲,他叫了声"外公",然后问:"娘亲在哪里?"

国相道:"你娘亲出去办些事,可能今天晚上回不来了,你先出去玩吧,晚饭前必须回来,说不定你娘亲就回来了。"

月生走出屋,飞向大山,眨眼就不见了。

第二天的中午,月生还没有见到蝉汐回来,便开始哭闹着,我要找娘亲,无论国相和碧霞如何哄他,都无法止住月生的哭闹。国相烦躁地对月生道:"你在家里等着,我去找你娘亲。"说完,飞身而去。

国相来到于槐村的大院,田培刚接到由国相府信鸽传递来的消息,蝉汐已同惟王返回空桑了。国相立刻起身,奔向京凉山的云岫洞。

来到云岫洞前,这里已是杂草丛生,蜘网密布,一片荒芜空寂之状。看来广宇大仙已离开此处许久了。国相无奈,只得失望地返回朝霞馆。

国相回到朝霞馆,发现月生不在。碧霞道:"生儿闹着要找小姐,我怎么哄都不行,估计去于槐村了。"

国相道："蝉汐同惟王回京都了,估计难以回来。"国相目光忧郁地看着碧霞道："霞儿,老夫拜托你了,以后生儿就由你来照料,我会给你派些人来,需要什么他们做不了的,你就让他们找我,生儿全靠你了。"

碧霞流着泪道："老爷放心,霞儿一定照料好生儿,让小姐放心吧。"

月生来到于槐村的大院,在大院里没有找到蝉汐,便放声大哭,他哭着叫着："娘亲! 娘亲!"

大伙面面相觑,田培过来拉着月生手道："娘亲出去了,过不了多久就回来了。"

"娘亲去哪了? 我要找她。"

"爷爷也不知道,回去问问外公,你先在这里洗洗脸,吃点东西。"

月生愣了一下,他感觉到外公就在朝霞馆,于是道："我回去找外公。"说完,飞身而去。

月生见到国相道："外公,娘亲呢?"

国相道："你娘亲去越洲了,娘亲要你跟霞姨在家等她,娘亲在那里安顿好,再接你过去。"

月生大哭："娘亲说带我一起走的,娘亲不要我了。"

碧霞含着泪,拉着月生道："生儿,娘亲怎么会不要你,你娘亲先到那里给咱们找好房子,等那里安顿好,才能接你过去。"

月生哭叫着："娘亲你在哪? 我要找娘亲。"

国相、碧霞和所有的人都在哄月生,直到深夜才把他哄睡,国相对碧霞道："月生就拜托给你了,我不能再耽搁了,必须马上走了,需要什么跟田管家说。"国相看了一下熟睡的月生,便离开了朝霞馆。

这天无疑是禹洲一个重要的日子,是惟王与蝉汐大婚之日,也是群臣朝贺的日子。巍峨的昭和殿内群臣官衣华服,齐刷刷地站立殿内两旁,等待着禹洲两位至高无上人物的出场。温暖柔和的阳光从宽敞的大门射进,照耀在大殿正中高台上空着的王座和侧座上,随着袁公公的一声："大王、王后驾到!"惟王和王后从殿后走出。

惟王身着黄缎龙袍,威仪俊逸。王后发结插着镶翠金钗,锦缎长裙丰韵婷婷,多日没见的蝉汐,今日再现,真是容貌绝代,美艳天下,着实耀人眼眸,令满殿生辉。

惟王和蝉汐坐定,群臣一齐跪拜："恭贺大王、王后。大王万岁,万岁,万万岁。王后娘娘千岁，千岁，千千岁。"

惟王满面春风，兴高采烈地让群臣平身。群臣好一阵恭贺，惟王亦不断夸赞群臣一番。这时，蝉汐发现群臣中唯独没有御史大夫卫青的身影。蝉汐估计定是惟王记恨于他，将他排除。朝堂恭贺和赞美之言不绝于耳，惟王极其受用和欣慰，在心满意足之后，惟王才宣布散朝。

惟王和蝉汐回到后宫，蝉汐问："怎么没有见到御史大夫？"

惟王道："此事还没来得及告诉王后，卫青昨日已被孤王押进死牢。王后觉得应该如何处置卫青。"

蝉汐知道自己只应该做一个皇后，朝中大事是要惟王做主的，自己过多地介入，会使大王产生不悦。于是蝉汐道："朝中的事大王做主，汐儿只是疑惑，问一下大王，并无其他意思，汐儿一切听大王的。"

惟王将汐儿搂入怀中道："父王说你文武全才，适合做大臣。孤王确实想听王后的建议。"

"汐儿听大王的，不过汐儿认为对国师还要谨慎，大王刚登基，群臣都在警惕关注大王的决定，国师是大禹的老臣，法力高强，又掌控着一部分兵权，尤其御史大夫被囚入死牢，他一定十分敏感，观望着大王下一步行动，汐儿以为对国师还要尊重，大王要从禹洲大计考虑。"

"王后不愧为孤王的贤内，孤王也是这么想的。"

时光似流水般过去，转眼三个月过去了，蝉汐已有身孕，虽然惟王每日都来仪宁宫，但蝉汐不能侍寝。

这日惟王与蝉汐在仪宁宫闲聊，蝉汐对惟王道："大王还记得父王曾给你约定的婚约吗？"

"那都是父王的意思。"

"汐儿以为大王应该履行父王的承诺，大王为一国之君，三宫六院，妃嫔媵嫱，是王庭礼制。申大人深明大义，秋月俊美端庄，做大王之妃，再合适不过，大王应速成此事。"

"王后的心意孤王深领，孤王现在只想和王后在一起，多照看你。秋月的事再等等。"

"大王，这事并不冲突，有了秋月，臣妾也有一个伴。"

"孤王考虑考虑。"

两天后，蝉汐见惟王未提起此事，便来到映霞宫求见母后，见到母后，蝉汐把父王曾经给惟王和秋月约定婚事的事情讲给母后,并说出了自己的想法,母后大为高兴,称赞蝉汐贤淑知理。

蝉汐道:"母后,此事汐儿已跟大王提起,大王说考虑考虑,可现在也没给汐儿一个答复。"

母后道:"这事我跟惟儿说,一切由我来办。"

蝉汐和母后又聊了一些惟王的事情,之后,蝉汐告辞,离开了映霞宫。

母后的出面,此事进展得十分顺利,惟王同意册封秋月为月妃。母后和申大人商定,三日后秋月入宫。

此事定下后,没有不高兴的人。惟王对秋月本来就很是喜欢,虽然其无法与蝉汐相比,但做妃子惟王还是十分满意的。

秋月自在上林苑见到太子后,太子俊逸的外表,令她倾倒和心仪。当爹爹告诉她,她将做惟王的妃子,秋月高兴得简直不敢相信爹爹的话。

对申录而言,大王的确守信用,重情义,自己之前的投入最终得到满意的回报。不仅自己以后的前程似锦,而且月儿也有了最好的归宿,成了大王的妃子,他深为女儿高兴。

对蝉汐来讲,她需要一个能够让惟王分担出一部分情感的人,从而减轻几分惟王对自己的关注,她始终挂念着月生,等待着时机,能回到朝霞馆看看生儿。

母后自然是高兴不已,她希望惟儿多妃多子,自己也是孙儿满堂。

秋月入宫前,申录来到月儿的房间,月儿不舍地望着爹爹:"月儿明天就要入宫,不能和爹爹在一起了。"月儿的眼睛有些湿润。

申录道:"爹爹没有事,有空会去看你的。爹爹有几句话要嘱咐你。"

申录慈爱地看着月儿:"月儿,王宫不同于家里,一入王宫深似海,最是薄情帝王家。做了王妃一定要顺从惟王,无论何时都要谨慎行事。你与大王的关系,关系到你的安危,也牵扯着咱们申家。"

"爹爹放心,月儿明白,月儿会小心做事的。"

申录道:"即使得到惟王的宠爱,你也要记住爹爹的话,千万不可得罪王后。王后可非一般女子,她有倾国之貌,亦有为将之才,在王庭所有的大臣没人敢得罪于她,莫说后宫了。惟王对王后爱之甚深,万不可对王后有不敬之处。"

月儿点头,面色严肃地望着爹爹。

申录道:"有空爹爹会去看你,你休息吧,爹爹回房了。"

月儿入宫不久,蝉汐便生下王子崇凌,惟王很是高兴。月儿也经常到仪宁宫看望王子,陪伴蝉汐聊天。两人常在一起,彼此视如姐妹,相处得极为融洽。

半年过去了,惟王终于等到又可以与蝉汐同寝,蝉汐不想惟王冷落秋月,总是不断和惟王说秋月的好话,称与秋月也成姐妹,希望惟王对她们两人都好。

惟王很是高兴,有这么两位贤淑的女人,颇为满足。然而惟王确实真爱蝉汐,他喜欢蝉汐的美貌、喜欢她的善解人意,喜欢她的贤淑达理。然而,尽管她拥有着惟王的宠爱、有着富贵和权力,但从她与惟王再次重逢的那一天起,就从来没有快乐过,痛苦和忧虑一直萦绕在心头,她挂念着远在符榆的生儿,期盼着能与生儿重见的一天。

三个月后,蝉汐又怀孕了。正巧快到清明之日,母后要到惟儿的父王墓地祭奠。那里离空桑要五六日的路程,惟王要和母后一同前往,自然王后和王妃也要陪驾随行。蝉汐对惟王道:"大王,臣妾又有了身孕,身体反应特别不适,同大王祭奠,怕给大王和母后增添很多麻烦,臣妾想这次就不同大王前往了。"

惟王道:"你就在宫里吧,母后那里我去说。"

"臣妾多谢大王了。"

惟王一行人刚离开空桑前往赵王的墓地,蝉汐就对安公公道:"公公,我要回国相家住些日子,有事你就到国相府找我。"

"王后还要注意身子,老奴一定遵旨照办。"

蝉汐离开王宫来到国相府,家仆打开大门,见到小姐回来很是惊诧,急忙跪下给王后行礼,蝉汐道:"都是一家人,不必拘礼,快快起来。"接着对身后的相随的太监道:"你们回去吧,我要在这里住上几日,哪日接我会传你们的。"

太监带着车队离去。蝉汐走进客厅,不大一会,田培匆忙走进客厅,见到蝉汐赶忙施礼,蝉汐上前搀住田培道:"田叔,一家人快别如此,您身体还好吗?"

"还好,小姐怎么突然回来了,国相刚出去不久,我已派人去找了。"

蝉汐把惟王和母后出行祭奠赵王,以及自己如何回府的事情告诉田培,最后她对田培道:"我就不等爹爹了,宫里若有事让爹爹帮我应酬一下,我即刻就去符榆,看看生儿。"

"小姐注意身体,这里有国相和我,小姐就放心去吧。"

蝉汐改变了装束,离开国相府,飞身直奔符榆。

蝉汐申时来到朝霞馆,一进屋门,碧霞惊诧地愣了一下,接着突然反应过来,满眼泪水,哽咽地一时说不出话。蝉汐上前拉着碧霞道:"你们都好吗? 生儿呢?"

碧霞满脸是泪道:"生儿出去玩了,快回来了。"

正说着,一个身影从空中落在院子里。蝉汐转身冲出屋子。生儿看到冲出屋门的蝉汐愣住了,随口道:"娘亲。"

蝉汐看到月生,一下扑了过去,抱着月生,泪流满面。月生放声大哭,蝉汐紧紧地抱着月生:"生儿,我的生儿,娘的宝贝,娘亲对不起你啊,我的生儿。"

"娘亲你到哪里去了,娘亲不要生儿了,生儿想你。"

母子俩脸贴着脸,眼泪流到一起,哭作一团。哭了一阵,蝉汐反应过来,止住了哭泣,拉着生儿走进屋子。

自从蝉汐回来后,生儿与蝉汐形影不离,两天以后,月生对蝉汐道:"娘亲,我想到山里去玩。"

"娘亲和你一起去。"

两人腾空而起飞向大山,大山内山峰起伏,幽谷林深,猛兽凶禽出没其间。蝉汐道:"这里猛兽这么多,你在这里玩很危险。"

"生儿不怕,它们谁也没有我快,它们离我还很远,我就知道它们在哪。"

蝉汐和月生回到朝霞馆后,蝉汐带生儿来到国相修炼的地方,拔出腰间的青鸾剑,青鸾剑寒光耀眼,蝉汐道:"此剑娘亲就送给你了,娘亲交你一套凤阳诀,你仔细看着。"

蝉汐舞开青鸾剑,寒光飞舞,剑身忽红忽亮,诡异莫测,突然蝉汐将青鸾剑向着十米外一块岩石击去,那块岩石顿时四散崩碎。蝉汐将剑归入鞘中。剑一入鞘,忽地又飞了出来,握在月生手上,月生舞动青鸾剑,剑速远快于蝉汐,似流星闪电,银光与红芒交替,华光飞扬。月生练得炉火纯青,更胜蝉汐一筹,最后,青鸾剑向山脚处一棵高大的苍松划去,苍松被斩成两段,轰地倒了下来。青鸾剑"嗒"的一声进入鞘中。

蝉汐惊诧得两眼大睁,她一下抱住月生:"我的生儿,你怎么会的,比娘的剑法还强。"

"我是看娘舞的,就会了。"

"我的儿果真是神身法命。娘将咱们家传的'凤火七式'传给你。这也是娘至今修炼到的最高层次。"

只见一道寒光从青鸾剑的剑鞘飞出,带着低沉的鸣声落在蝉汐的掌中,低鸣声刚止，整个剑身变成了赤红色，蝉汐将青鸾剑舞开，顷刻火焰蹿腾，气浪翻滚，地下沙飞石滚，山边树摇叶落。突然一个巨大的红色火球升到空中，接着一道红色的霹雳从空中劈下，轰的一声巨响，山脚的一块巨石带着泥土倒塌了下来。

蝉汐从空中落下，对月生道："生儿接剑。"

青鸾剑刚一落入月生的手中，整个剑身即刻变红，月生舞动青鸾剑，将人剑融为一体，顿时气浪翻滚，如狂飙掠过，天空中窜出数条火蛇，忽然一个火球直冲半空，随即一道霹雳从空中而下，震得周边地动山崩，蝉汐刚才的那处山脚坍塌了一大片。月生从空中落下，青鸾剑径直归入鞘中。

蝉汐震惊不已，蝉汐曾以为这世间无论多么高深的功夫，多么深奥的法力，都需要毕生参悟和修炼才能不断达到越来越高的境界，可是生儿见之即会，瞬间参悟到顶层。这完全超出她的认知，况且生儿还不到三岁，其法力已经超过自己，她的心里既惊又喜。她知道未来生儿的法力将无法估量。

她不解地问月生："生儿，娘亲的'凤火七式'如此复杂，你是怎么一看就会的？"

"生儿感知到娘亲真气是如何运行的，生儿也会和娘亲一样运用自己的真气。"

听到月生的话，蝉汐大感欣慰，对月生的担忧缓解了许多。

一周很快就过去了，蝉汐第二天就必须离开朝霞馆返回空桑了，尽管她舍不得离开生儿，但她也没有办法，只能忍着痛苦离去。走之前，她必须告诉生儿她要离开这里，离开他，虽然这对生儿是残酷的，但也只能如此。

她把生儿拉到面前，看着稚嫩天真的月生，她竭力控制着自己的情感，尽量不让月生看出自己的难过，可是月生还是看出蝉汐的难过，他说："娘亲为什么要哭？娘亲要离开生儿了吗？"

蝉汐抱着月生，泪流满面，一时难过得说不出一句话。

月生哭着道："不要，我不要离开娘亲，我不要离开娘亲。"

蝉汐忍住哭泣道："娘亲还欠着人家的债，得要还给人家，娘亲要去还债，过一段时间娘亲会回来看你的，你在家里和霞姨等着娘亲回来。"

"我要和娘亲在一起，不让娘亲走。"

蝉汐和碧霞一起哄劝月生，直到天黑月生才不哭了，依在蝉汐的怀里道："娘亲早些回来。"

"娘亲一定早些回来。"

第二天黑夜尚未褪尽,光线还十分昏暗,蝉汐就已经准备停当,她嘱咐碧霞几句,看了一下熟睡的月生,忍痛离开了朝霞馆。

蝉汐回到空桑的国相府,向国相讲述了朝霞馆的情况,讲到月生,蝉汐很是难过。看到汐儿对月生如此不舍,如此痛心,国相十分忧虑,汐儿终究已是王后,已有了太子,现在又有了身孕,这样下去如何是好!国相安慰了蝉汐一番,道:"过不了几日惟王就回来了,你明日赶紧回王宫吧,过一段时间我去符榆看看生儿,你不要总挂念他。"

蝉汐把传授生儿"凤火七式"的经过讲述给了国相,让国相下次去符榆将"赤凤金刚掌"传授给生儿,国相答应了。此时,已是更漏时分,蝉汐和国相都觉得有些疲乏,便各自回屋睡去。

三日之后,惟王一行人回到空桑,后宫又恢复了往日的样子。很快五个月过去了,蝉汐已离临产不远了,月妃也有了身孕,惟王则是经常到王后和月妃处询问和看望。

接连几日,天气阴晴不定,忽是一阵雨,忽又是阳光灿烂。惟王刚从仪宁宫回来,独自坐在尽阳宫深思,忽然一个太监禀报:"国相大人求见大王。"

"宣国相大人进来。"

国相走进尽阳宫,惟王让国相坐下,道:"国相有何事?"

国相道:"前年为扣押在宇岗兵士全部归返,老臣将上旬所有良马全部送给夏洲,最近我领地传来消息,今年马匹存栏数少了许多,老夫想回上旬巡看一下那里的情况,特向大王申请,可否准予老臣回上旬一巡?"

"不知国相要去多长时间?"

"最多也就一个月的时间。"

"孤王准予,国相回来把上旬情况禀明孤王,孤王会将上旬的损失补偿给国相。本来石楼一战,五万兵士不是死伤就是被俘,咎在国师,送交战马之事国师理应争先,而国师却不愿尽为臣之忠,无半点战败肇事内疚之感,借口拖延推诿。国相为我王庭不计个人得失,深明大义,孤王深计,此事国相莫忧。"

"子燕感激大王的褒赞,老臣铭记大王的恩遇,明日就赴上旬,早去早回。"

"好,国相早去早回。"

上旬位于重梁郡的东南,符榆城则是到达上旬的必经之处。国相到达符榆城住处已是傍晚,他在相府住了一夜。次日,天色微明,他便离开府宅,直奔朝霞馆。

国相来到朝霞馆，月生刚好起来，看到外公来很是高兴，国相看着又长高的外孙道："外公给你带了些你喜欢吃的东西，还有你娘亲让我带给你的书简。"

"娘亲什么时候回来？我想娘亲。"月生低下头，不愿意让外公看到他湿润的眼眶。

"我听你娘亲说你练成了'凤火七式'。"

月生点点头。

国相道："一会你给外公展示一下你的'凤火七式'，外公还要把'赤凤金刚掌'传授给你。"

"外公，咱们现在就去吧。"

"好，咱们现在就去。"于是，爷孙俩来到国相修炼的地方。

国相道："你把你娘亲传授给你的'凤火七式'练给外公看看，外公要看你修炼到什么程度。"

国相话音刚落，青鸾剑已然出鞘，在月生的手上显出赤红色光芒。月生舞开青鸾剑，顿时云聚风起，火凤飞蹿，站在远处的国相面对着迎面扑来的滚滚热浪，心里震撼不已，尽管他听蝉汐说月生是如何神奇，一看即会，但亲眼所见月生能达到这样高的境界，简直令他难以置信。忽然一个火球冲向半空，接着一道霹雳凌空而下，月生落在地面。

国相不禁喝彩道："好孙儿，你的'凤火七式'远超你娘亲，我的孙儿好厉害。"

接着国相运足真气道："生儿，看着外公，外公将'赤凤金刚掌'传授给你。"

国相将九式逐一展开，其掌的变化一式更深一式，最后国相将两掌收回，即刻曾经被月生和蝉汐在山脚处击塌的石土树木被气浪卷起，国相两掌推出，石土树木撞向山体，发出一片轰隆的响声。

就在石土树木刚一着地，突然又被一股气浪卷起，月生将两掌推出，石土树木猛烈地撞向山体的另一方。接着月生将"赤凤金刚掌"原封不变地给国相演练了一遍。

国相心里好生赞叹和钦佩，自己苦苦修炼了一生，竟和自己的孙儿不相上下，而自己的孙儿仅仅是看了一遍。国相微笑着摸着月生的头道："我孙儿法力如此之高，谁能比我孙儿。"

国相带着月生回到朝霞馆，国相和碧霞说了一会话，然后对月生和碧霞道："我现在就走了，这里很好，我就放心了。有事通知我。"

"外公告诉娘亲，早点来看生儿。"

国相点头道："外公一定告诉你娘亲，早点来看你。"说完便离去了。

国相没有直奔上旬，而是向京凉山的云岫洞而来。他来到云岫洞前，眼前的景象依然如上次来时一样，一片荒芜凄凉，无人涉足，国相伫立良久，只得再次怏怏而去。

他来到上旬，在那里巡视了一番，住了几日，便离开了上旬，返回空桑。

回到空桑，他得知蝉汐为惟王再添一子，便来到王宫求见惟王，惟王在尽阳宫召见国相，惟王高兴地告诉他蝉汐又生一子，并称赞一番王后贤淑达理，之后问国相上旬的情况如何。

国相将上旬情况讲述给了惟王。

惟王道："国相请安心，国相替王庭捐出的三千匹战马，王庭定会如数返还给国相。"

"老臣感激大王的恩遇，不过三千匹战马，还让大王如此挂心，老臣并未当回事，此事就算了，不必再叨扰王庭了。"

"国相为王庭付出甚多，孤王已是十分歉疚，孤王自有主张，今日之事就如此。"

国相告辞，离开了王宫。

就在上月国相离开空桑去上旬之后，惟王就命新任御史大夫派人到国师的领地泰昌调查那里的所有情况，惟王就等待着新任御史大夫的汇报。

两个月后，御史大夫向惟王汇报了对国师的领地泰昌的调查情况，御史大夫道："泰昌百姓对王庭所派的调查人员很不配合，所以调查得很是费力，恐怕与真实情况存在出处。"

惟王内心很是满意，他要的就是这个结果，这样就有了治罪国师的借口，惟王道："孤王料到会是如此，你将此事办到如此就可以了，退下吧。"

御史大夫退出后，惟王召国相进宫，国相来到尽阳宫。

惟王道："国相明日去涟军大营，检查一下涟军粮草运输情况，国相能否去？"

"这当是老臣分内之事，老臣明日一早就去，三日后回来。"

"此事烦劳国相了。"

这些日国师尤为焦虑,不久前,泰昌来人急报王庭派人调查泰昌人口、土地和马匹等情况,国师知道定是惟王要报复自己。自从御史大夫卫青被投入死牢,他就一直不安地关注惟王的行动,听到领地来人报信,国师立刻让传信人马上回去,全力配合王庭调查的官员,不得有半点隐瞒和怠慢。传信人回到泰昌,王庭调查的官员已经离开泰昌。

就在国相前往涟军大营的当日,在正阳殿的朝堂上,惟王阴沉着脸:"卫青在先王在世时,趁先王患病期间,欺君罔上,更甚竟借先王之命加害于孤王,实属罪大恶极,孤王决定今日将卫青问斩。"

惟王说完,扫视着殿下的群臣,群臣无不知晓此事,自然没有一人站出来替卫青说话。

看到群臣缄默,惟王道:"孤王命御史大夫调查全洲状况,各郡和各大臣之领地都应全力配合,可是此次孤王派去泰昌的官员遭到当地一些人员的怠慢和瞒报,调查进行得颇不顺利,倘若以后各郡、各领地皆是如此,王命为何! 威仪何在!"

国师高声道:"大王,此次泰昌调查,老臣近些日才得知出现怠慢和瞒报我王庭官员之事,老臣决意彻查此事,绝不放过一个怠慢和瞒报之徒,恳请大王再派御史官员与老臣同往泰昌,将不法之徒抓捕监押,依法重办。"

惟王道:"此事国师不知,孤王相信,孤王不再追究国师,但国师要按所说的去做,将不法之徒法办,把泰昌情况如实报送给御史大夫。"

"老臣一定据实报送给御史大夫。"

惟王颔首:"还有一事,孤王记得先王在时,我禹洲实施以马匹还兵士约定之时,尚欠三千匹战马不能凑齐,先王请国相和国师各出一千五百匹战马,国师说一时无法凑齐,结果是国相倾尽上甸所有战马,送交夏洲,换回被俘兵士。石楼一战,我大禹五万兵士或死或伤或被俘,国师有不可推卸之责,凑齐三千马匹换回我大禹兵士国师理应自告奋勇,怎么能让国相为之?"

国师道:"老臣之罪,老臣愿出五千匹战马送交王庭。"

"孤王以为国师应将五千匹战马送交至上甸,交还到国相那里。"

"老臣遵旨,五个月之内定将五千匹战马送至上甸。"

"孤王相信国师定能将此事做好。"

"退朝后,老臣即刻去办。"

惟王看着众臣:"各位爱卿还有何奏?"见没人再上奏,道:"散朝。"

已过六月,骄阳似火,空气里热气蒸腾,令人憋闷烦躁,倒是尽阳宫内还算凉爽舒适。惟王正在批阅奏章,一个太监送来一份敬洲的信函,是敬洲继位老敬王之子列王的亲笔。信中邀请惟王赴南竹,续签两洲攻守同盟的协定。惟王回复一份书信,约定下月初在南竹会面,并将派枢密使申录赴西灵洽谈具体事宜。

六月中上旬,惟王带御史大夫等一行人赴南竹与列王会面,空桑留下国相暂时处理王庭的应急事务。

惟王走后,蝉汐决定去符榆看望月生,她向国相说明后,跟宫中大主管安公公道:"我去国相府住上五六日再回宫。"

安公公道:"王后娘娘放心,宫中有老奴那,有事老奴会通禀王后娘娘。"

蝉汐回到国相府,改换装束之后,直奔符榆而去。

国师亲自将五千匹战马送至上旬后,带着两个徒弟先行离开了上旬,他们来到符榆城,找到一个客栈正准备进去,忽然国师感知到一股真气从不远的空中掠过,国师腾空而起,向着不远处的空中飞去。

当他飞到空中,看到远方一个身影一转绕进大山,尽管只是一闪而过,但这瞬间一瞥,他觉得这身影怎么像蝉汐的身影。他也加速拐进山里,进入山中除了绵延不断的群山,已经没有了那个好像蝉汐的身影。他在群山中四处搜寻着。突然,他发现在树林中卧着一只斑斓猛虎,那猛虎身体硕大,金色鲜亮的黄色皮毛上横着一道道黑色斑纹。国师随即向它而来,那只斑斓猛虎立刻警觉地站了起来,不停地摇晃着粗壮的尾巴,目光凶恶地盯着向它而来的国师。

只见一道金光射向猛虎的头部,就在那道金光即将触到猛虎的头部时,一股气浪将那道金光撞起,一只金杖悬在半空,国师大惊,随即要将金杖收回,可金杖竟没收回,国师看到一个七八岁的孩子想要将金杖拿到自己手里。两股真气同时作用在金杖上,使金杖静止在半空中。此时,那只斑斓猛虎早已被惊吓得窜进林中,随即赶到的国师两个徒弟见到此景,拔剑向着小孩刺去,冲在最前头的是国师大徒弟,当他离那个小孩很近时,那个小孩忽然收回了真气,向着冲到近前的大徒弟一掌击去,那大徒弟刹那间被击飞出去,人与剑在空中分开,跌落山林之中。

那个小孩不是别人,正是在林间玩耍的月生。当月生收回真气,金杖随即向着国师手中而来,国师将手一抖,那金杖忽地改变方向,向着月生打去。这时,国师的二徒弟已经挥剑向月生砍去,只见那金杖快似闪电,忽然横着扫向挥剑的二徒弟,二徒弟即刻被金杖打烂,尸体飞向远方。

就在国师惊诧的瞬间,金杖似乎以万钧之力向他打来,国师闪过,随手抓住金杖,挥杖向着月生扑来。月生转身窜入林中,国师紧随其后,月生在群山密林中左右上下地飞奔,然而无论如何也甩不掉国师,国师用尽全部真气穷追不舍。眼看国师就要贴住月生将其抓住,突然一个火球窜向空中,国师避开火球,同时变成一条灰色巨龙,伸开五只利爪向着火球抓去,陡然那火球也变成一条灰色巨龙,与冲向他的巨龙盘在一起,十只利爪紧紧扣在一起,国师将龙头仰起,运足真气,张开獠牙,回首准备向着对面的巨龙咬去时,就在国师昂头运气之时,月生感觉到国师背部的气流不畅,月生突然低下龙头,先一步将獠牙刺进灰龙的腰部,国师顿时一阵眩晕,整条灰龙软了下来。月生趁势俯冲而下,接着一个猛力盘旋,试图将盘绕身上的巨龙甩出,然而虽猛力一转将盘在自己身上的灰龙甩了出去,但那条灰龙的后爪还是本能地抓住月生那条灰龙的后爪,两条灰龙一上一下一起朝着山谷的一个洞穴落下。

突然那洞穴"嗡"的一声,洞穴内释放出一股强大气流,那气流高速旋转,恰似飓风中的风眼,强大的气旋将两条巨龙卷进高速旋转的气旋当中,很快国师显出了原身,身体被高速旋转的气流肢解得七零八落,并随即消失了。

月生也在高速旋转的气流中由灰龙变回了原身,身体随着高速旋转的气流飞转,月生的身体很快发生了变化,原来的肉身开始变成了金色,同时迸发出耀眼的金光,忽然整个山体开始震动,一块闪着金光的玉佩从洞穴底部升起,也随着气流旋转着,两个金光同时飞速旋转,并越来越靠近,刹那两个金光合在了一起。就在两个金光合并的时刻,整个群山陡然间开始剧烈地震颤起来,随即一声巨响,月生周边的山体轰然崩塌。

蝉汐见子心切,她先到了于槐村的大院,放下给月生带来的东西,和那里的仆人说了几句话,便向朝霞馆而去,她刚到朝霞馆院门前,一个仆人正好出门,蝉汐落下,仆人吃惊地赶紧给蝉汐施礼,蝉汐问:"月生在吗?"

仆人道:"月生出去玩了。"话音刚落,整个山体晃动起来,蝉汐腾空而起,向着烟尘滚滚的地方飞起。

当蝉汐来到烟尘升起的数历山时,她大惊失色。只见月生平躺在半空中,人似乎处在熟睡状态,通体放射出耀眼的金光。广宇大仙将手轻轻一挥,半空中的月生移动到蝉汐胸前,月生依然熟睡着,人悬在地面之上。蝉汐不禁叫道:"生儿,娘亲在这。"随即伸手按住月生的脉搏,这时她感到月生的体内正澎湃着无比强大的真气,那真气强大得难以想象,以至于月生的周身金光闪烁。

广宇大仙道:"王后,您摸一下生儿的肚子。"

蝉汐将手放在月生的腹部,她立刻感知到这强大的真气来源月生腹中的东西。

广宇大仙道:"生儿已在数历山法冢洞渡劫成神,如今他已不是凡身肉体,而是神身法体。现在那聚天地之灵气,有移山蹈海之力的通灵玉佩嵌入了生儿的腹中,需老神引导修炼,才能将玉佩的灵气和法力与生儿融为一体。王后就把生儿交给老神吧,我就收你的生儿为徒了。"

蝉汐咕咚一下跪在大仙面前,两眼泪如泉涌道:"生儿是禹历润月十六日子时满月而生,蝉汐给生儿取名月生,望大仙待生儿长大后告诉我儿,蝉汐将生儿托付给大仙了,求大仙好生待我生儿,蝉汐感谢大仙的大恩大德。"说着将头一磕到地。

大仙上前将蝉汐搀起道:"王后莫要如此,收月生为徒是老神的使命,王后放心,老神记住王后的嘱托,老神定会悉心传授月生,月生也一定会成为一代大神。待月生长大,我会将王后的嘱托和他的生辰告诉他,老神还是用月生的名字,以便你们母子日后相见会更好些。"

接着广宇大仙拱手:"王后,老神带月生走了。"

言罢,划出一道金色的长虹,向着布满红霞的天边飞去。

二十六、大将军府

YU PEI JI

　　元明王爷自从在朝堂遭到静王的申斥之后,幡然醒悟,他再不能重蹈触怒父王的覆辙,一旦失去督察司的掌控权,他将成了一个没有任何事情可做的空头王爷。他必须收敛锋芒,调整策略。于是,他对静王、太子和静王所倚重的朝臣格外的尊重,尽量帮助静王排忧解难。

　　纪平被召入下雍做护卫军都统,在朝堂上纪平向静王请求:"大王,与禹洲之战,臣曾向余饶郡百姓强征一些马和粮草,大战后,战马损失近百匹,五万大军的粮草用尽,臣已向百姓许诺,战事平息后一定将征用的马和粮草归还百姓,臣离开余饶郡时向于大人许诺,下官定向大王请求拨付三百匹战马和一部分粮草给余饶郡。"

　　静王将目光转向程昊:"大将军,能否拨付三百匹战马和一万担粮草给余饶郡?"

　　程昊道:"大王,能否延迟一年,现在裴大人在宇岗仅有两万五千兵马,骑兵不超过一万人,而裴大人所面对是新败的禹洲和敬洲,宇岗郡面积又大,且由三个部族合并而成,裴大人夙兴夜寐,急需扩充兵马,尤其是骑兵,他数次来函,请求王庭予以支持,臣已答应裴大人,将这三千匹马和二万担粮草拨付给宇岗郡。"

程昊看着纪平："纪大人，明年我定将三百匹战马和一万担粮草如数拨付给余饶郡。"

纪平赶忙道："即使这样，还是先应急裘大人，余饶郡不急。"

这时明王爷开口："既然纪大人已向于大人许诺，余饶郡百姓业已全力支持纪大人，纪大人不守信诺自然不好。"

明王爷停顿片刻，看着面带尴尬的纪平，接着说："这样，我捐给纪大人五百匹战马，一万五千担粮草。"

纪平慌忙摆手："怎么能麻烦明王爷，这些马和粮草又不着急用，早点晚点无关紧要。"

明王爷不以为意道："这些东西在我那里也没有多大用处，捐给余饶郡正好，大王觉得如何？"

静王满意地看了一眼元明又注视着纪平："纪大人，你可欠明王爷一个人情，孤王就替你谢谢明王爷了。"

纪平万分感激地给明王爷施礼："下官谢谢王爷。"

元明对元静的两位殿下更是关爱有加，特别对二殿下格外关照，他对静王说："齐云将来要接我的班，我要让齐云历练历练。"所以他常带着齐云一起处理一些重大案件，让他积累经验，为他树立威望。

太子齐风已经开始办理一些朝政事务，程昊向静王提出为齐风修建太子府，静王同意了。元明推荐让尹考主办此事，于是静王命尹考督办太子府的兴建。

太子府兴建得宏伟气派，府内的用料、装潢极为讲究，家具、装饰尤为奢华。程昊巡视太子府大感意外，太子府如此奢华，远远超出王庭的预算支出，于是，程昊询问尹考，太子府兴建花了多少钱，尹考告诉程昊，太子府是遵照明王爷的指示兴建的，一半多的费用是明王爷捐的，这是他做叔伯对太子的一番心意，程昊听了没再说什么。

兴建太子府的事情，程昊向静王做了如实汇报，静王命司工到太子府巡查了一番，知道元明出了一大笔钱。他触动颇大，感觉元明变了很多，抑或是对元明的提防心过重，他对元明的成见消解了很多。

事情过了不久，程昊便向静王提出请求要在卞雍的邑河边兴建自己的府宅，静王一愣，随即道："邑河那个地方较荒凉，又在城边上，不如在城西建更好。"

"邑河虽荒些,但比西边离王庭较近些。"

"你不是有大将军府吗? 远些也无妨。"

"大将军府原是大王您的府宅,臣有了新的府宅,静安府就还给大王了。"

静王抬手摇了一下:"孤王已经说过,静安府已经成为大将军府宅了,孤王是不会再要的。"

"臣想把新宅兴建得大一些,静安府对臣也就没有什么意义了,齐云也该有自己的府宅了,不能再耽搁了。将静安府作为齐云的府宅,臣以为还是合适的。"

静王笑了:"大将军做事总是想得很周到,那就将静安府作为齐云的府宅吧。兴建大将军府由王庭承担。"

"臣只请求大王批复扩修邑河到王庭的道路,所花费的费用臣会报给大王,兴建将军府臣自己完全可以承担,王庭不必承担,一切由臣安排。"

就在程昊兴建将军府的同时,他还在筹划另一件事。这件事情是因为在他指挥同禹洲和敬洲的战役中,最不得手的就是情报,因此,他要建立一个囊括九州的秘密情报机构,以便能够及时、准确地掌握九州,包括夏洲的情况。

他认为他有这样的便利条件,这个便利条件就是他的扶远镖局。在他的心里,这个秘密的情报机构必须是绝对保密的,保密到只有他一个人掌握,而且不能让王庭内任何一个人知道,这当然也包括静王。那么谁来组建这个情报机构? 这个人必须完全可靠,而且行为又不会引起他人的注意,他经过反复思考,认为由明轩组建这个机构最为合适。

这一日,明轩来大将军府看望程昊的两个女儿仪儿和婉儿。程昊将明轩带进内宅的卧室,他让所有人都退出,将院门关好,他和明轩进行了一次绝密谈话。他告诉明轩要建立一个秘密情报机构,想让他来组建这个机构。明轩听了十分兴奋,欣然答应了,并接受了程昊的首次指令,首先在卞雍设立秘密机构,以卞雍为基地,向全夏洲乃至其余各洲扩展。

明轩果然显示出他的才干,只用了三个月的时间,就依托程昊在卞雍的商铺,建立了一个分工严密,各层级联系安全绝密的情报机构。程昊大喜过望,于是两个人进行了半个多月的秘密筹划,制定出了一个复杂、多步骤的宏大方案。

方案的第一步就是程昊委任明轩为将副总管,管理程昊名下的所有商铺,他有权决定商铺的合并和开设,有权支配所有商铺的资金使用,他只服从总管程昊一人的管理。程昊召集夏洲各郡、淡洲、禹洲和敬洲的分支总管齐聚下雍开会,宣布明轩的权力,让所有分支机构的总管服从和支持明轩的管理。

玉儿得知程昊任明轩为副总管很是担心,她对程昊道:"我爹说明轩懒散好色,挥金如土,是我们裴家的败家子。"

"你也这么看明轩?"程昊问。

"我觉得爹说得差不多,明轩不是追求女色,就是约一帮狐朋狗友打猎喝酒,他怎么能做得了副总管。"

程昊微笑道:"你们都不大了解明轩,明轩是个不愿受人管束的人,喜欢潇洒自在的生活。其实明轩非常聪明,也是一个极其敏感的人。"

"明轩确实很聪明,头脑很好使,就是不务正业。"玉儿摇摇头,皱起眉头。

程昊诡秘道:"那你可说错了,现在明轩可是做着一项极其重要和绝密的事情。"于是,程昊把明轩所做的事情告诉了玉儿,并说明为什么让明轩做副总管。玉儿听完后道:"明轩行吗?"

"明轩表面游手好闲,花天酒地,是故意给人们看的,他就是要给人们这种印象,只有这样他做事才不会被人察觉,做起事情才会更方便、更安全。明轩绝对是一个出色的秘密情报的组织者,他擅长深藏不露,把自己隐藏得很深,他的组织也和他一样。"

玉儿颇感欣慰道:"要是这样,阿爹会高兴死的。"

之后,明轩在程昊的帮助下,开始利用程昊在夏洲的商铺有步骤地进行全夏洲秘密情报网的建立。明轩很精明,他只是利用程昊商铺的业务、人脉,自己另行开设商铺,实在资金不足就与程昊合办商铺,程昊也秘密给他提供一定的资金和业务支持。由于明轩的干练和足够的资金,他组建的秘密机构开始向夏洲的重要部门和各个领域渗透,初步形成了覆盖整个夏洲的情报网。而他的下一步就是要将他的秘密组织向其他各洲扩展。

坐落在邑河边上的大将军府竣工了,整个大将军府分为前院、中院、后院和后花园四个部分。前院是程昊办公的地方,中院是办公人员和仆人住的地方,后院则是内宅,是程昊家人所住的地方。后院的正院起名为昊园,是程昊和玉儿的卧室,旁边的侧院则是为明轩准备的,起名为轩园,偶尔明轩会来大将军府,就住在这里。轩园的后墙与明轩自己的住宅仅是一墙之隔。

后花园则很大,园内的莲水湖是将邑河水引入园内而成的,湖面碧水涟漪,波光粼粼,两岸的荷花接天连碧,摇摆婀娜。园内水塘绕土丘,土丘傍水塘,

塘与塘之间水道相连,土丘与土丘之隔曲径迂回,土丘上绿草葱茏,树叶繁茂。登上莲水湖边上的观水阁,便可将后花园的美景尽收眼底。

观水阁下面有一座高墙大院,园内翠柏梧桐,假山长廊,大院内四个小院连通,最后一个小院内的假山后面有一小门,打开小门就是明轩府宅的后院。这一片院子,除了亲信家仆过来打扫之后即迅速离开,其余的时间不允许别人到此,这里只有程昊和明轩在此见面议事。

随着情报网的日益扩展,明轩需要和程昊紧急商议,即刻处理的要事越来越多。通常,程昊与明轩都是在观水阁下面的大院见面,有紧急的事情,明轩才会以看望玉儿和孩子的名义来大将军府,晚上住在轩园和程昊商议事情。但是紧急的事情越来越多,明轩总来大将军府会引起前院人们的注意,从后面进入,也难免会遇到在后院做事的家仆,于是,明轩想出了一个谨慎的办法。

他知道新的大将军府需要买进几个家仆,为了确保轩园的安全和隐蔽,不让人产生任何怀疑。他和程昊、玉儿商量从他的情报机构里派一人来做后院的女仆,然后按照他的计划实施,同时在后院的昊园侧墙修一个小门,从这个小门就可以直接进入轩园。

很快几个家仆被买入大将军府,其中一个女子长得十分俊俏,皮肤白皙,一双秀目秋波流转,总是带着多情的笑意。她就是明轩派来的那个女子,叫春杏,玉儿便将她安排到后院做事。

春杏做事很是主动,也很勤奋,脾气特别温顺,与其他的仆人相处得十分融洽。玉儿也总夸她,常让她去轩园打扫。

一日午时,玉儿招呼春杏,一个女仆道:"春杏不在。"

"去什么地方了?"玉儿问。

"不知道去哪了。"

"你去把香草叫来。"

那个女仆很快就把香草带到玉儿面前,轩园的门半开着,玉儿带着两个女仆走进轩园。一进轩园,他们似乎听到明轩的卧室有动静,三人疾步走到明轩的卧室门前,玉儿示意香草去推开明轩卧室的门,香草上前一推门,卧室门被推开了,同时香草"啊"地惊叫一声,随即将门关上。玉儿问:"怎么了?"

"明少爷和春杏在里面。"

玉儿故作愕然:"明轩在里面?"

香草惶恐地点点头,这时明轩双手系着睡袍的袍带走出房间,玉儿对两个仆人道："你们两个先出去。"

两个仆人退了出去。

晚上,玉儿来到中院,把所有仆人叫到正房,玉儿道："春杏以后就不在将军府忙活,去明轩的府宅。"

然后玉儿看向春杏道："春杏,明轩怎么说?"

"明少爷让我今天就过去。"春杏带着羞色怯声地回答。

仆人们都憋着,生怕乐出声来。

玉儿沉着脸道："那你就先过去吧,东西先不必收拾了,过几天在那里安顿好,再来整理和大家道别。你去吧。"

"是。"春杏点头,随即低着头离开了。

春杏离开后,玉儿对所有的仆人道："以后任何人不许随便进入轩园,要进入轩园之前必须告诉我,我让你们进入你们才可进入。"

仆人们齐声道："是。"

"散了吧。"说完,玉儿回到内宅。

玉佩记

顾其斌 / 著

下册

百花洲文艺出版社
BAIHUAZHOU LITERATURE AND ART PRESS

图书在版编目（CIP）数据

玉佩记 / 顾其斌著. —南昌：百花洲文艺出版社，
2023.2
ISBN 978-7-5500-5012-9

Ⅰ.①玉…　Ⅱ.①顾…　Ⅲ.①长篇小说—中国—当代
Ⅳ.①I247.5

中国版本图书馆CIP数据核字（2022）第256177号

玉佩记
YUPEI JI

顾其斌　著

出 版 人	陈　波	
策划编辑	陈启辉	
责任编辑	熊　娜	
书籍设计	王春霞	
制　　作	江西墨刻文化有限公司	
出版发行	百花洲文艺出版社	
地　　址	南昌市红谷滩区世贸路898号博能中心一期A座20楼	
邮　　编	330038	
经　　销	全国新华书店	
印　　刷	廊坊市海涛印刷有限公司	
开　　本	700mm×1000mm　1/16　印张　35.5	
版　　次	2023年6月第1版	
印　　次	2023年6月第1次印刷	
字　　数	616千字	
书　　号	ISBN 978-7-5500-5012-9	
定　　价	119.00元（全2册）	

赣版权登字　05-2022-313
版权所有，盗版必究
邮购联系　0791-86895108
网　　址　http://www.bhzwy.com
图书若有印装错误，影响阅读，可向承印厂联系调换。

目 录
CONTENT

二十七、苏卿儿

YU PEI JI

自静王登基,程昊为振国大将军以来,夏洲迎来了十年的太平盛世,这十年静王在程昊的协助下,夏洲日益强盛,国力远超过其他各洲,各洲无不深怀忌惮,再没有一洲敢冒犯夏洲。而夏洲的都城卞雍则成为九州最为富庶繁华的都市。这里富贾云集,豪门大宅比比皆是,酒楼商铺鳞次栉比,勾栏瓦舍笙箫曼舞。大街上车水马龙,熙熙攘攘。长巷内青楼章台,通宵达旦,灯火辉煌。

十年的河清海晏,也助长了官员的奢靡之风,权贵门第府宅内舞低杨柳,歌尽桃花,歌舞升平,夜夜笙歌。

此时的振国大将军程昊已是位高权重,权倾朝野,可谓一人之下万人之上。王庭的重大决策静王都要与他商议而定,他在王庭的地位已经到了除静王以外,无人可比的地步。

就在夏洲帝国国泰民安,顺风顺水的时候,却发生了一件令人意想不到的事情,这件事看似虽小,却为以后王庭的巨变埋下了伏笔,它似巨石中出现了一道微小的裂纹,当大夏王庭的风暴来临时,帝国的基石却因为这道小小的裂纹而突然坼裂,以致整个帝国的大厦轰然倒塌。

事情发生在静安十二年的一天,那日护卫军都统纪平在卞雍主要街道巡视,当他走过都令府,进入不远的马堡大街时,一户人家的街门正好打开,从门里走出一位妙龄女子。那小女子长得十分俊俏,蛾眉秀目,清澈的眸子盈满了一汪秋水,一袭红衣,走起路来似弱柳扶风,丰韵万千。

纪平的目光立刻被这小女子的美貌所吸引,目光似被绳子牵了过去,盯了片刻他才把目光收回。而与他同行出来办事的大管家纪宁看在眼里记在了心上。

第二天的晚上,纪平正靠在太师椅上凝神思考,纪宁在客厅门外问:"老爷忙着吗?"

听是纪宁的声音,纪平冲着屋门:"纪宁啊,进来吧。"

纪宁走进房间,随手将门关上,纪平示意他坐下,纪宁坐在他的旁边:"老爷还记得昨天巡视马堡大街时,见到的那一位俊俏的女子吗?"

纪平意外地反问:"怎么回事?"

"老爷可否记得,觉得那小女子怎么样?"

"当然记得,那小女子长得确实俊俏,着实招人喜爱。"

纪宁急忙凑近:"夫人回余饶郡已经半年了,估计一年半载回不了京都,老爷半年多孤单单的一人,床头也没有个说话的,不如将那小女子给老爷做个小妾,不知老爷是否愿意?"

纪平的身子忽地从椅子上直立起来,眼睛一亮:"你愿帮老爷办此事,要将此事办成,老爷可真得大大赏你。"

纪宁十分得意:"此事我已给老爷办成了五成。"

纪平惊诧不已,禁不住满脸笑意,兴奋地盯着纪宁:"纪宁啊,我的纪宁,快给老爷讲讲。"

"那小女子姓苏,名卿儿。自小与一位富商孙家定了娃娃亲。就在前年孙家因一桩买卖做赔了,接着又一批不菲的货物因海上风暴全部损失掉了,孙家欠了一大笔债。没有办法,孙财主只好把所有的店铺和宅院全部抵出偿还债务,孙财主因此一病不起,去年就病死了。幸好,家境好的时候,孙财主在马堡大街给他的夫人买了一所不大的宅院,现在这位孙家少爷孙茂就住在那里,孙财主活着的时候,就想让苏卿儿赶紧过门,给儿子孙茂完婚,结果刚提出不久,孙家就破产了。苏家的男人死了好几年了,就是母女二人过活,苏母一见孙家沦落到这般地步,就不愿意将女儿嫁给孙茂。孙母拿出了一份彩礼,跟孙家说,只要孙家把彩礼凑齐,就让女儿嫁过去。没过多久孙财主就死了,孙茂到现在也凑不上这份彩礼。"

纪平松了一口气，欣慰地笑着颔首。

纪宁接着说："昨天我去了苏母家，给苏母介绍了老爷的情况，我说让苏卿儿嫁给老爷做小妾，那苏母支吾并没有反对，似乎有些犹豫，苏母说这还要看卿儿的意思，回头和女儿商量商量，三天后给我答复。"

纪平兴奋地站立起来，踱了两步："好，好，这事办成，老爷定重重赏你。"

自纪宁提出让苏卿儿给都统做小妾，苏母就在琢磨，都统定是个大官，但这官到底有多大还得问一问自己的小叔子。

第二天中午，苏母就到街上买了些点心，直奔苏卿儿的叔叔苏启家。苏启是都令府一个主事，他的老婆闵儿很势利，苏母家光景好的时候，这位弟媳妇常来走动，苏母的丈夫死后，家境日渐窘困，这位弟媳妇就很少来往了。苏母知道人家是怕自己有求于她，所以不好主动接近，三年多了，两家几乎没有什么来往。

苏母走进胡同，眼看就要到苏启家了，苏启正从家里出来，两人碰了个照面，苏启惊诧道："嫂子，您怎么来了？快请，快请。"说着，将苏母请进屋。

苏母道："这么多年也没来你这里啦，你还好吧？"

"我很好。"

"怎么没有看到闵儿啊？"

"她去她舅舅那里了，估计下午就回来了。卿儿怎么样？"

"唉，我来这找你就是为卿儿的事。"

"卿儿什么事？"

"卿儿从小与孙茂定了婚约，孙家现在已经不行了，催着让卿儿过门，我就没答应这件事。"

"这事我知道。"

"昨天，都统的大管家到我家，要让卿儿给都统做小妾，我也不知道这都统到底是多大的官。"

听到卿儿要给都统做小妾，苏启惊得睁大眼睛："是护卫军都统纪平大人？"

"是啊，我一妇道人家，没见过什么世面，也不懂都统是个什么官，你是官场上的人，所以请你帮忙指导一下。"

"哎哟！嫂子，都统可是王庭的重臣，手握兵权，是当今大王所倚重的人，这官可就大了。卿儿要是给都统做小妾，嫂子您和卿儿这辈子可就享福了，这样我带您到都统府门前看一看。"

二人来到护卫军都统府大门对面的大街,向着护卫军都统府大门望去,只见对面都统府两扇朱红的大门上悬着一块巨大的匾额,上面写着"都统府",大门前是一个宽敞的空场,门前有两个护卫站岗,高大的红墙内,高低错落的楼阁殿顶颇显都统府豪宅的气势。这时,一辆四驾马车从大门出来,后面跟着四匹战马,马上端坐着带甲护卫,马车从二人眼前驶过,沿着大街向西而去。

苏母的心里简直乐开了花,都统不知要比孙茂强到哪里去了,做小妾就做小妾吧。苏母已经打定主意,就让卿儿给都统做小妾吧,能嫁给这么大的高官,也算是福气啦。

苏启也有自己的小算盘,侄女能给都统做小妾,以后求侄女帮忙,说不定还可以在都统府谋个肥差,或者让都统在都令那里美言几句,说不定都令还会提携提携自己。

苏母道:"今天真是谢谢你了,这么大老远的,让你花这么长时间陪我到都统府。"

"嫂子说的哪里的话,我这还不是应该的,嫂子觉得怎么样?"

"就让卿儿给都统做小妾吧。"

"这就对了,卿儿这是好福气,我侄女的好模样也没白浪费。"

苏母叹息道:"唉!这孩子支支吾吾说年龄大,又是小妾,好像还不乐意。"

"这样吧嫂子,我和您一起回去,我去和卿儿聊聊。"

苏母和苏启一起回到家里,推开屋门苏卿儿正在看书,卿儿一见苏启,赶紧站起来:"叔叔,您怎么来了?"

苏启笑着道:"我来看看你。"

"看我?"

"你坐下,叔叔要和你聊一聊。"

苏母道:"我去准备晚饭,卿儿听你叔给你讲讲。"

"嫂子,您别给我准备饭,我和卿儿说会话就走,下午我和闵儿还要出去。"

苏母走出屋,苏启将今天和苏母去都统府的事情讲了一遍,然后又把嫁给都统以后的生活会是什么样子描画了一番,如果失去这个机会目前的生活又是什么样子,一番客观地比较,和带着些许夸张擘画,终于把卿儿说动了。

第三天上午,纪宁来到苏母家,询问苏母是否能给个答复,苏母道:"我跟卿儿说了此事,卿儿还是个孩子,她听我的,我跟她商量了,她愿意给都统做小妾。"

"那可真是好事，苏小姐嫁给我们老爷，您老就放心，我们老爷人可好啦，小姐过去，我们一定伺候好小姐。"

"那就麻烦大管家了，具体怎么办，大管家和都统商量好，再告诉我。"

"好，明天我再来，把具体安排告诉您老人家，那我就告辞了。"

苏母把纪宁送到门外。

纪宁一回府，就把刚才情况告诉了纪平，纪平大喜，两眼灼灼放着光芒，他对纪宁道："给我准备一份礼物，一定要厚礼，我明天要亲自去苏家，拜访苏母和小姐。"

"我马上就去准备。"

"嗯，快去吧，回来老爷得重重赏你。"

纪宁高兴地离开了。

第二天辰时末，纪平和纪宁来到苏母家，纪宁上前叩门，苏母将门打开，见一位官人站在纪宁后面，估计是都统大人。纪宁开口道："老人家，都统大人来看望您老人家了。"

"是都统大人，快快屋里请。"

纪平急忙施礼道："老人家你好，纪某今日冒昧来此，叨扰老人家了。"

苏母有些慌乱道："大人哪里的话，快请，快请。"

三人进来院子，走进房间，恰好苏卿儿也在房里，苏母一进房间就对苏卿儿道："卿儿，这是都统大人，快快给大人行礼。"

苏卿儿见纪平四十开外，仪表堂堂，举止中自然流露着浓重的官人气质，对纪平倒有了几分好感，她深深鞠躬道："民女给大人行礼了。"

纪平赶忙还礼道："苏小姐好。"

苏母道："卿儿，你先回你的房间，我和都统大人要说些事。"

苏卿儿急忙离开回到自己的房中，她知道都统亲自来访，表明都统很是满意，看来自己不久就要过门了。做小妾会是如何？她的内心开始上下忐忑。

不到半个时辰，纪平和苏母基本谈妥，明天将彩礼送来，三日后苏卿儿过门。

最后，纪平道："苏母放心，纪某今生不会让小姐受任何委屈，小姐有什么要求尽管提出。时间也不早了，我们告辞了。"随即看了一眼纪宁。

纪宁立刻将礼品送上，纪平道："初次见面，一点心意，还望老人家笑纳。"

苏母道:"纪大人客气,我送一下大人。"

纪平连忙挥手道:"老人家勿送,纪某告辞了。"

苏母将纪平送到门外,看着二人离去。

已到三更天,纪平兴奋得无论如何也睡不着,苏卿儿的嫣然一笑,那一双又圆又大的秀目,流波生辉。白嫩的皮肤,款款的步态,一次又一次浮现在眼前,让他陶醉、神驰,他有些神魂颠倒,这样的佳人三日后就将成为自己的小妾。这一夜他辗转反侧,直到五更他才模模糊糊地囫囵地浅睡了一觉。

已过辰时,鲁英气喘吁吁跑进静安府,一进院就问一个家仆:"没人找我吧?"

"怎么没人找,宗管家找你去李家铺子取东西,你不在,宗管家叫于头去了,你今天怎么来这么晚?"

鲁英郁闷地道:"平时没人找,今天正好赶上事,管家来找了。唉! 真倒霉。"

"遇到什么事了?"那个仆人问。

"我的一个朋友,一大早就来找我,跟我说与他定了婚约的那家要和他退婚,让我去帮忙说和说和。结果我就跟着他去了那家,嘿,你猜怎么着?"

鲁英停了下来,脸上带着神秘。

那个仆人催道:"怎么了? 快说啊。"

"我们一进那家的门,我那朋友就说我是太子府的,想借静安府吓唬人家,结果我一问,嘿,人家是要把女儿嫁给护卫军都统纪大人做小妾。你猜怎么着? 我再一见那小女子,哎哟! 真让我开眼,那小女子长得那叫一个美,简直太漂亮了! 要不怎么纪大人急着把彩礼都送过去了。"

两人正说着,忽然那个仆人发现云殿下和宗管家站在不远处正听着他俩说话,那个仆人慌忙道:"殿下,大管家。"鲁英也赶忙施礼:"殿下,大管家。"

云殿下对鲁英道:"做好事去了。"

"是朋友所求,不好推脱,就跟着朋友去了,所以来晚了。"

云殿下点点头:"我刚才听你说,你的朋友被退婚了,退婚的女子去给纪都统做小妾?"

"是的殿下,我的朋友和那女子是从小定的娃娃婚,前几天纪大人巡街正巧看上了,彩礼都送去了。"

正值青春期的齐云听到鲁英对那小女子的描述,内心不觉泛起一股强烈的的欲望,他想要见一见鲁英所说那小女子,看看到底有多美。

"那小女子住在什么地方?"云殿下问道。

"马堡大街,几号我没注意。"

"你能带我去看看吗?"

鲁英愣了一下,马上点头道:"可以,可以,我这就带殿下去。"

云殿下道:"你等一会,一会我叫你。"

"好的。"

宗管家心领神会地看着云殿下:"我去准备殿下出游的那辆马车,一会和您一起去。"

云殿下点头,便离开向着后院走去。

二十八、纳妾之争

YU PEI JI

　　一辆宝马香车来到马堡大街九号停下，鲁英走到车门边指着大门："就是这里。"随即上前敲门，大门咯吱一声打开了，苏母一看是鲁英不悦道："你怎么又来了。"

　　鲁英急忙回头介绍："这是当今大王的二殿下。"

　　苏母一见，急忙跪下："小民给殿下施礼了。"

　　齐云上前相搀："老人家快快请起。"

　　苏母将殿下几人请进屋里，这时苏卿儿莲步姗姗，身态婀娜地出现在屋子的门口，云殿下一见，心里就是一动，不禁暗叹道这真是天下难得的美人，真如鲁英所说。苏卿儿见到一位玉面公子从椅子上站立起来，此人相貌俊美，气质高贵，锦衣华服，一副贵族气派，不觉秋波闪动，爱慕之情油然而生。她只觉得两腮发热，即刻低下头去。苏母道："这是当今殿下，快给殿下行礼。"

　　苏卿儿错愕不已，愣愣地抬着头，苏母眉头微皱："卿儿。"苏卿儿这才反应过来，即刻慌忙跪下："苏卿儿给殿下行礼。"

　　此时齐云的心跳急剧加速，眸子里迸发出炙热的光芒，内心抑制不住的爱慕流露在目光里。

　　云殿下急忙道："小姐快请起来，不要拘礼。"

苏卿儿再次抬起头,两对灼热的目光相遇,犹如两股巨大的电流流过两人的心房,一股澎湃、剧烈的情感冲击着两人的心房。此时的齐云只有一个念头,一定要把这个美人弄到手。

这时,站在一旁的宗管家将主子和苏卿儿两人的内心看得一清二楚。

大家都坐好,云殿下看着苏母:"老人家,我听鲁英说苏小姐退婚了,要嫁给纪大人做小妾。"

苏母的脸色立刻变得极其不自然,她将苏卿儿退婚,以及纪大人来这里,让苏卿儿给纪大人做小妾的经过讲了一遍,最后说:"纪大人很喜欢卿儿,着急让卿儿赶紧过门,昨天就把彩礼都送来了,三天后就把卿儿接过去。"苏母看了一眼苏卿儿,苏卿儿低着头。

云殿下道:"苏小姐这般容貌,以后做个妃子也不为过,难怪纪大人这么着急。"接着,云殿下长吸了一口气,遗憾地摇摇头:"唉!只可惜苏小姐已经许配给了纪大人,要是许配给本殿下,我也会如此的。"

宗管家赶忙接道:"殿下乃大王之子,天潢贵胄,岂是一个小小护卫军都统敢比,殿下,如果苏小姐愿意,不如退了纪大人的彩礼,让苏小姐给殿下做小妾,苏小姐也可富贵……"

宗管家话还没说完,齐云挥手道:"宗管家不要说了,这要看苏妈妈和苏小姐的意思。"

苏母脸露难色道:"殿下,老身已经应允了纪大人,连彩礼都收下了,这事恐怕只能这样了,我们一介草民,卿儿能如此已经是登天了,哪还有更高的奢望。"

宗管家道:"老人家,您可知道纪大人已是有妻室的人,一入侯门深似海,苏小姐是一个多么美丽单纯的姑娘,万一妻妾不和,您老人家不担心吗?齐殿下还未婚配,与苏小姐相貌、年龄正是般配,着实是天生一对,我看两人也是两情相悦,若苏小姐嫁过去,一年两载添上一子,小姐今生可托,您老人家何不成全此等美事。"

齐云抢过话头道:"老人家,纪大人那里您就放心吧,我会找纪大人说明,此事与您和苏小姐无关,是我要娶苏小姐的,纪大人终究是我元家的臣子,您老不必忧虑。"

苏母更加为难,不知如何拒绝殿下,她转头看着苏卿儿,苏卿儿面色绯红,羞涩地点点头。

宗管家一见苏卿儿点头,急忙抓住机会:"老人家还不成全两个年轻人。"

齐云咕咚给苏母跪下道:"齐云发誓我会让苏小姐幸福一辈子,一生都对苏小姐好。"

苏母和苏卿儿见殿下跪下,两人都慌乱,苏母晃着双手,大声道:"殿下使不得,老身答应殿下,就按殿下吩咐的做。"

齐云对宗管家道:"宗管家,看一下纪大人的彩礼,今日就准备一份彩礼过来。"

宗管家卑谦道:"好的殿下,一会就去办。"

齐云将屋子巡视了一下,看着苏母道:"这房子比较旧了,您老要是愿意的话,以后可以和卿儿住在一起,我想让卿儿住在明翠园,您老不妨一会去看一看,看卿儿住在那里合适不合适?"

苏母立刻回道:"不啦,不啦,我就不去看了。"

宗管家接上:"去吧老人家,这也是殿下的一番心意,您老也要给苏小姐把把关。"

宗管家将目光转向齐云:"殿下,走吧,带老人家去看看。"

"噢,走。"随即转身对苏卿儿道:"卿儿要不要也去看看。"

苏卿儿急忙摆手:"你们去吧,我就不去了。"

门外停着一辆极其奢华的四马辇车,四匹棕色骏马皮毛鲜亮,铜制轴毂金光闪烁,精雕细琢的楠木车厢颇显王家的气派。云殿下和苏母上了辇车,向着静安府而去。

来到静安府,苏母被静安府的气派所震撼,这里面高墙绿瓦,长廊、亭榭随处可见,殿宇、楼阁壮观雄伟。云殿下带着苏母来到明翠园,园内院中连院,曲廊迂回,梧桐翠柏,参天蔽日。

云殿下道:"我想让卿儿就住在明翠园,您老以后也住在这里。"

云殿下给苏母介绍着明翠园的每一处,巡遍之后,齐云道:"不知您老觉得这里如何?"

苏母紧张地回道:"一切听殿下的。"

"好的,您老再问一下苏小姐是否真的愿意,我晚上就把彩礼送过去。"

"明日吧,我这就回去跟卿儿说,殿下止步吧,我这就走了。"

云殿下把苏母送出大门,施礼和苏母道别,苏母走到马车边,等候在马车边的总管家给苏母打开车门:"老人家上车吧。"

苏母道:"我还是自己走回去吧,别麻烦了。"

"哎哟! 老人家,那我哪担待得起,您老要是不上车,殿下还不责罚我,而且我还要看一下纪大人的彩礼,我跟您老一起回去。"

第二天一大早,宗管家将两车的彩礼送到苏母家,苏母见到这么多贵重的彩礼,心里满是感激。苏母道:"云殿下真是厚道。"

宗管家道:"还有一些那,殿下让您过去看看,另外殿下还给苏小姐准备了一份厚礼,您老和小姐一起过去看看,车在门口等着那。"

苏母道:"不必了,还等卿儿嫁过去再看吧。"

"老人家,这也是殿下对卿儿的一片真情,还是不要让殿下失望啊。"

苏母看着卿儿,卿儿的眼神里充满着期待,她焦虑地看着苏母。

苏母道:"你们等一会,我和卿儿一起过去。"

"不着急,我们在门口等着。"宗管家恭敬地回道。

当马车进来静安府,云殿下已在院内等候多时,苏母和卿儿下了马车,云殿下立刻迎上去,苏母和卿儿急忙给云殿下施礼,云殿下带着苏母和卿儿在静安府转了一圈,最后来到明翠园,云殿下将一个精致的匣子递给苏卿儿道:"卿儿这是给你的,打开看看。"

卿儿打开匣子,里面有镶翠嵌珠的金钗玉簪,润泽通透的美玉珠宝,每一件都价值不菲。卿儿脸颊微红,秋波荡漾的明眸深情地望着云殿下,齐云面带微笑,内心一阵狂跳。

齐云捧出一个精致的木盒道:"这是孝敬您老人家的,一会让宗管家给您送过去。"

齐云打开木盒,两排金灿灿的金锭映入眼帘,苏母惊得险些发出声来。她慌忙道:"使不得,殿下太破费了,老身不好收下。"

"孝敬您老是应该的,您老一定得收下。"接着愣了片刻,吞吐道:"有件事……"话没说完,就停了下来。

"什么事? 殿下请讲。"

"我想现在就和卿儿拜堂成亲,不知妈妈是否同意?"

苏母愣了一下,支吾道:"是不是先和纪大人讲好,再让卿儿过门?"

齐云嗳嚅着,讪讪道:"我今日想成了亲,我和卿儿就真的定了下来,明天我可以理直气壮和纪大人讲。如果苏妈妈不愿意,就按您说的做吧。"

苏母尴尬地愣在那里,半晌没有回答,苏卿儿见此,上前揪了齐云一把,用眼神示意齐云跪下。

云殿下立刻给苏母跪下道："小婿给岳母大人见礼了。"随即苏卿儿也给娘亲跪下，两人跪拜给苏母磕头。事已至此，苏母只好认可了，二人行完礼，又寒暄了几句，齐云道："小婿明日一早就去拜见纪大人，我想卿儿从今日起就住在明翠园了，您老看行不行？"

苏母面带难色："卿儿还没过门，还是……"

苏母的话还没说完，卿儿道："娘，卿儿不回去了，卿儿担心纪大人来家，娘亲难以应付。"

苏母从心里是不愿意的，本来好好的一件事，突然冒出个齐殿下，把事情一下变得复杂了，一个是王子，一个是大王的重臣，这两个人在她的心里官大得都无法想象，她着实是诚惶诚恐，哪个也得罪不起，哪个也不想得罪，更麻烦的是卿儿死心塌地要跟齐殿下，她只期待着纪大人能尽快知道此事，让齐殿下和纪大人协商出一个结果，什么结果她都是满意的。卿儿的话打破她的计划，苏母顿时脸色铁青，大声道："卿儿，一点规矩都没有。"

卿儿语调带着哭腔："娘，你替卿儿想想。"

齐云道："妈妈，卿儿说得有道理，小婿也不能让卿儿冒险，妈妈你也不要回去了，午饭后我就去找纪大人。"说完，呼叫仆人准备午饭。

苏母追悔莫及让卿儿来静安府，她哪有心思吃饭，苦笑了一下："不啦，我家里还有事，就不吃饭了，我先回去了。"

齐殿下一再挽留，苏母还是拒绝了，她叮嘱齐殿下尽快找纪大人商量，又嘱咐了卿儿几句，便离开了静安府。

午饭后，齐云准备去找纪大人，卿儿怕事情有变，不让齐云立刻就去，让他明天上午再去。齐云应允了卿儿。

第三天早晨，宗管家带着几个人来到苏母家，他们正把纪平的彩礼搬到院子，纪宁带着几个家仆来到院子，一见此状愣住了，还没等他说话，宗管家施礼道："我是云殿下府中的管家宗贺，您是否是纪府的家人？"

纪宁道："我是护卫军统领纪府的管家纪宁，你们这是？"

"苏小姐昨日已同云殿下成婚，这是纪大人的彩礼。"宗管家指着院中的彩礼："您看一下一样不少，您就拿回去，云殿下今天会去找纪大人的。"

纪宁听罢大怒："我不认识你，我要见苏母。"说着便往里走，宗管家上前挡住纪宁的路："不是跟你说了吗，听不明白？"

这时,苏母赶紧从屋中出来,刚一到屋门口,纪宁一见苏母,指着苏母:"你好大胆子。"纪宁的话刚说到这,宗管家抬手朝着纪宁的脸上就是一巴掌:"胆大的奴才,跟谁说话那,你不想活了。"

纪宁随即抓住宗管家的前襟,双方的家仆也扭打在一起,这时门外纪府的车夫也要往院里冲,被在外面云殿下的车夫拦住,双方厮打在一起。恰在这时路过这里前往都令府的丁都令见前面堆着人,并有人厮打,便催轿上前,下轿喝道:"本都令在此,都给我住手!"

人们看到丁都令大驾光临,立刻闪开到两旁,厮打的人们也住了手,丁都令沉着脸,走进院子:"怎么回事?"

苏母赶紧上前施礼,将事情大概讲述了一下,丁都令命双方家仆退到院内,将苏母、宗管家和纪管家带进屋里,丁都令听完三个人的讲述:"情况我已经清楚了,你们把各自的陈述到都令府做个笔录,然后就各自回去,随时听候传唤。"

丁都令带着三人走出马堡大街,他心里暗自叫苦,今天真是倒霉,赶上这么个棘手的案子,云殿下和纪统领的官职都比自己大,一个是大王的儿子,一个是大王的宠臣,该得罪哪个? 他的心里正在盘算和权衡,迎面正好碰上程昊和太子的车轿驶过,丁都令眼睛一亮,心中大喜,他立刻让轿夫落轿,对随从道:"带他们回都令府去做笔录。"说完自己则朝着太子和程昊这边大步过来,他上前施礼:"太子殿下、大将军,下官正好有事要向大人汇报,请太子和大将军到都令府一叙。"

进来都令府,丁都令请太子和程昊来到客厅,丁都令将苏卿儿的事情来龙去脉讲述了一遍,之后,看着程昊道:"大将军,这事怎么办?"

程昊道:"这件事先不要张扬,暂时就我们三人知道。"他将目光转向太子:"殿下还是要找一下齐云,核实一下情况,是不是与他们三人所说的吻合。"他接着问丁都令:"都令以为哪?"

"大将军说得极是,应与云殿下核实,下官以为此事由都令府办理恐有些难度,万一云殿下与纪大人不能谈妥,以下官的职位很难协调双方,大将军您看哪?"

程昊沉吟片刻:"此事交给我吧,那三人的笔录先存放在你这,需要时我再来拿。"

丁都令将程昊和太子送出大门,程昊对太子道:"太子问清楚情况后,就回将军府,我在那里等太子。"说完,他们向着各自的方向而去。

太子齐风来到静安府,齐云对太子突然造访大感惊诧和不安:"太子怎么到我这里来了?"

太子道:"云弟,我是来问你一件事情,你昨天与苏卿儿拜堂了,现在苏卿儿在你这吗?"

"卿儿在这里,太子怎么知道的?"

太子把今天早上所发生的事情讲述给了齐云,太子说道:"丁都令已将这案子转交给大将军,我来找你就是要核实此事。"

齐云苦着脸道:"我没有想到事情会闹成这样,我本想一会就去找纪大人,向他道歉,讲明我和卿儿是真的相互喜欢。"

太子蹙着眉头:"难道你不知道纪大人和苏卿儿已经定了婚约吗?你把苏卿儿找来。"

不一会齐云带着苏卿儿来到客厅,太子一见苏卿儿暗叹道果然是个尤物,难怪云弟会做出如此之事。苏卿儿上前给太子施礼,太子让苏卿儿坐下。太子道:"卿儿,你给齐云做妾自是好事,但是据我所知在此之前你与纪大人已定婚约,要给纪大人做妾,为什么毁弃婚约而做了齐云的小妾,是不是迫于齐云的威吓?"

苏卿儿咕咚给太子跪下:"云殿下没有威吓民女,是民女一见云殿下便心生爱慕,民女只见过纪大人一面,并不喜欢纪大人,云殿下对我和娘亲很好,小女愿一世报答云殿下,死也愿与云殿下在一起。是我愿意的,绝没有什么威吓。"

太子道:"起来吧,我知道了,你们俩把事情的原委讲述一下。"

于是,齐云和卿儿将各自的经过讲述了一番。

听完后,太子道:"这个案子已交到大将军府,我会把你们所讲的情况说给大将军,若有什么事情会再来找你们的,我先走了。"

太子起身走出了客厅,太子还未跨出院门,齐云追了上来,带着哭腔道:"太子,帮帮我,我是真的喜欢卿儿。"

"你喜欢,难道纪大人就不喜欢吗?她与纪大人已定婚约,你身为殿下,干的这叫什么事。"说完,悻悻地走出静安府。

云殿下垂头丧气地回到客厅,和苏卿儿还没说上几句话,宗管家就冲进客厅,他一见到云殿下就惊慌地道:"殿下不好了,今天我被带到都令府去了。"于是,他把早上的经过讲述了一遍。

齐云烦躁地、目光带着埋怨看着宗管家："太子已经来过了,已经把你的事给我讲了,现在这案子被移送到大将军府了,太子刚离开,回大将军府向大将军说去了。"

宗管家一听太子来过,而且云殿下说"这案子",顿时脸上露出惊悚之色,他嘴角抽动了几下："移交到大将军府,殿下,这事恐怕闹大了,太子来了,奴才恐怕这事要捅到大王那里,要是大王知道,奴才怕是命都要搭上。殿下您也会有麻烦的,您赶紧想个办法,千万别捅到大王那里,否则您和……"说到这里宗管家才想到苏卿儿还在旁边,他马上把话停了下来。

齐云突然反应过来,刚才太子的造访已经让他感到不妙,但他还没有来得及细想,宗管家这么一说,他知道事情的严重性,他的心里一阵慌乱,开始害怕了起来,脸上的肌肉开始紧绷,流露出惊恐的表情。

宗管家一见到殿下这副模样,心里也凉了半截,他嗫嚅着,讪讪道："要不让卿儿先回去?"

从宗管家和云殿下对话开始,卿儿就一直听着,她的心简直快从嗓子里跳了出来,看到云殿下这个样子,她后悔了,后悔没有听娘亲的话。她开始害怕,她最怕云殿下让她离开。当她听到宗管家说让她先回去的话时,这话就如同晴天霹雳,她顿感一阵晕眩,眼前的一切都在摇晃,突然眼前一黑,闭上了双眼。

齐云赶忙过来,晃动她的双肩叫道："卿儿,卿儿,你怎么啦?"

卿儿睁开双眼,她看到眼前的云殿下,泪水顷刻喷涌而出,哭泣道："不要让我回去,殿下说了要和卿儿永远在一起。"

齐云看到卿儿醒来,略松了口气,听到卿儿的这番话,他的内心无比烦乱,大声叫道："又不是我说的让你回去,你自己看着办吧。"

卿儿哭泣地哀求道："卿儿回去怎么和娘亲交代,殿下别抛弃卿儿,卿儿已是殿下的人了,殿下别丢下卿儿,卿儿不要离开殿下。"

齐云大吼道："别说了,我去找明王爷。"说完,头也不回地大步走出客厅,宗管家也跟着齐云走出了客厅,厅里只剩下哭泣的卿儿。

齐云来到明王府,家人告诉齐云,明王爷去王庭看望兰后妃了,齐云出了明王府,在明王府的门前来回踱着步,不停地向着眼前的大道张望,他徘徊了一会,便命家仆起轿去王庭,他让家仆从王庭的后门去玉棠宫。

轿子从后门进入了王庭,就在轿子离玉棠宫不远,正好与刚从玉棠宫出来的明王爷的轿子相遇,齐云赶紧下轿给明王爷施礼。明王爷见到齐云失魂落魄

的样子很是惊愕:"怎么云儿,遇到什么事了?"

齐云带着哭腔:"王爷帮帮云儿。"于是便把苏卿儿的事给明王爷讲述了一番,明王爷道:"现在只有凤儿和大将军知道,你父王知道吗?"

"我不知道,我想父王不知道。王爷帮帮云儿,给云儿想个办法。"说着哭了起来。

叔侄俩只顾说话,没有注意正好从小路而过的静王,静王听到了他们后面的对话,厉声道:"齐云,怎么回事?"

明王爷和齐云同时侧过头,看到小路边的静王都吓了一跳。齐云顿时大惊失色,他以为刚才说的话静王已经听到,吓得咕咚给静王跪下:"儿臣有罪。"接着把苏卿儿的事向静王语无伦次地解释,当静王听到苏卿儿已定下给纪平做小妾,纪平也将彩礼送到苏家,静王气得抬起一脚将齐云踹倒,大声道:"给孤王把这逆子拿下。"

站在一旁的明王爷上前阻止道:"大王,云儿还是孩子,现在情况还没搞清,等搞清楚,大王再处治不迟。"

静王喝道:"起来,去勤政宫。"随即对太监道:"召大将军和太子到勤政宫。"

在勤政宫,静王铁青着脸听完太子讲述之后,大怒:"除护卫军都统外,将所有相关人员一起押入大牢。"

程昊道:"大王,请先将云殿下带到隔壁。我们几人商议一下。"

"银公公带齐云去厢房。"

齐云走后,元明道:"大王不要因为这等小事大发雷霆,云儿终到了应该娶妻的年龄,这时我们长辈应替他想的。"

程昊道:"此事不宜动静太太,现在也就我们几人知道。"

静王道:"此事必须严惩,尤其是齐云,不争气的逆子,太可恶了。"

太子道:"这事是由纪府的管家肇事,两个管家都是为了讨主子欢心,好得到主子的信任。"

静王道:"必须将这两个奴才押进大牢问罪。还有那苏氏母女俩一同抓起问罪。"

程昊道:"大王,纪大人乃王庭重臣,万不可因这等事情触犯纪大人,何况是齐云夺走纪大人还未迎娶的小妾,理亏在齐云,若再抓纪府管家,纪大人会做何感想。"

静王对此事很是厌烦,他对纪平很不满意,为了一个小妾两个管家大打出手,尤其是齐云是本王的二王子,去抢大臣的小妾,这让本王的颜面何在!纪平身为王庭重臣,利用巡视之便为自己纳妾也罢,竟还闹到这种地步,简直让王庭大臣的形象威信扫地。他恨不得立刻传纪平来,狠狠地申斥一番,可是他还是压了压心中的怒火,事情也确如大将军所说的,终究是齐云抢了人家的小妾,齐云是自己的儿子,怎么能再找人家,对于纪府,此事只能作罢。于是,静王道:"大将军说得有理,纪府就算了。"

太子道:"父王,苏家是小民百姓,那苏母最怕得罪官人,人家并未主动,苏卿儿完全是受他们的安排,亦是最大的受害者,将苏家抓起,确有不公。"

静王道:"那苏卿儿还在静安府吗?"

"还在静安府。"

静王道:"将静安府与此事有关的人员一律抓捕,交都令府办理,将苏卿儿赶出静安府,齐云贬至兆郡。"

明王爷道:"大王,对云儿有些太重了。"

静王道:"这个逆子,让他滚出下雍,本王不想再见到他。"

一队御神军来到静安府的门前,领队上前叩门,大门一开,御神军冲进大院,随即按照拟定的名单将参与苏家的有关人员当场全部抓捕。御神军头领问道:"苏卿儿在哪?"

宗管家道:"在后院的客厅。"

御神军头领带着两名御神军走进后院的客厅,客厅内空无一人,他们又来到云殿下的卧室,御神军头领推开卧室的屋门,苏卿儿面无表情怔怔地看着他们。御神军头领问:"你是苏卿儿?"

"是。"

两个御神军二话不说,上前将苏卿儿的胳膊扭住,御神军头领道:"将苏卿儿赶出去,永远不得进入静安府。"

两个御神军如拎小鸡般,将苏卿儿架到大门外,扔了出去。苏卿儿被重重地摔在地上,她忍住疼痛紧咬牙关从地上站了起来,屈辱和愤恨充满了胸膛。她已经失去了一切,贞洁和前程,她的脑海里闪过齐云懦弱的样子,她牙关一咬,头也没回地径直向前走去。

她漫无边际地走着,不知道走了多长时间,眼前已经没有了道路,只有脚下静静流淌着的邑河水。站在邑河岸边,眼泪似泉水般涌了出来,屈辱和悲愤令她的心碎了,一切都无可挽回了,是她没有听娘亲的话,是她看错了人,她再也没脸回去了,满怀着彻底的绝望,她说了一声:"娘亲,卿儿走了。"说完,纵身跳下了邑河。

七天过去了,纪平问纪宁:"苏卿儿的丧事办完了?"

"已经入葬两天了。"

纪平沉着脸点点头:"备轿,带我去卿儿的坟地。"

纪宁赶紧走出屋,备轿去了。

在邑河不远处的一片树林中,孤零零堆起一个土包,那就是苏卿儿的坟冢。纪宁指着那个土包:"大人,那个就是卿儿的坟地。"

纪平走到卿儿的坟前,目光久久凝视着卿儿的坟冢,良久沉默着,此时他的心情就如同这阴云密布的天空沉闷压抑。不一会,一阵凉风裹挟冰冷的雨点飘落下来,纪宁走上前:"大人,下雨了,我们走吧。"

纪平就像没有听到一样,依然一动不动地站在苏卿儿的坟前。很快,雨便连成线似的下了起来,纪宁道:"大人。"

纪平咬咬牙:"走。"

过了一段时间,这件事情已经被人们淡漠和忘却了,没有人再想起或提起此事,事情已经过去了。然而,在纪平的心里这件事却令他刻骨铭心,没有一日忘怀,苏卿儿的死,让他痛心不已,他对齐云的恨已经深到血液和骨髓里。他知道这件事大王没有向他提过一句,而是将自己的儿子贬谪到贫瘠边远的兆郡,已经是做出了巨大忍让,今后大王是不可能再提携他的,他的晋升通道已被堵死,他不可能再有什么发展空间了。

明王爷自然是非常了解此事,他还得知苏卿儿的棺材是纪平给买的,并且还去了苏卿儿的坟地。明王爷知道纪平对苏卿儿是动了真情。

在督察司,他把一位他最信任的都捕叫到他的房间,明王爷道:"交给你件重要的事情,你去秘密查访一下,卞雍城内有哪个百姓家的女子还未出阁,这个女孩一定要漂亮,而且越漂亮越好,此事一定要秘密进行,不能让任何人知道。"

刘都捕道:"王爷放心,小人这就去办。"

一周以后,刘都捕告诉明王爷在西城的城边兴字大街内有一家糕点铺,店主姓孙,有两个儿子,一个女儿。大儿子去年刚刚娶了媳妇,二儿子也应娶媳妇,因为彩礼问题,至今还未娶。最小的女儿素云还未出阁。刘都捕道:"那个小女儿长得颇为俊俏,整条街都知道孙家女儿漂亮,左邻右舍提亲说媒的无数,孙店主一个也没有看上,他知道自己女儿漂亮,就想让女儿嫁给一个当官有钱的豪门大户。我见到了那位女子,确实漂亮。真想不到这等人家竟养出这样漂亮的女子。"

明王爷若有所思地点点头:"我知道了,记住,此事不要对任何人讲。"

"知道了。"

明王爷轻轻抬了一下手:"你去吧。"

明王爷回到府中,他把李管家叫到书房,向他做了一番交代,让明日一早按照刘都捕提供的地址,到孙家铺子找孙店主。

第二天,李管家来到兴字大街,找到孙店主。李管家向孙店主说明来意,介绍了护卫军都统纪平的情况,特意提了一下纪大人的小妾刚刚逝去不久,想再续贤,同时把一份彩礼清单递给孙店主。孙店主一见这么重的彩礼,眼睛顿时一亮,护卫军都统又是如此大的高官,孙店主简直不敢相信自己的耳朵,高兴地应允了将素云给纪大人做小妾。

没过几日,李管家把两车的彩礼送至孙店主家,并把素云接进明王府。明王爷一见,这女子果然楚楚动人,心里就是一动,甚至想将其纳为自己的小妾,但是他还是克制了自己,他时刻铭记着他还要做大事,要做大事就得能克制住自己的情感和欲望,就得舍得。

素云上前给明王爷施礼:"小民给王爷施礼。"

明王爷让素云坐下,对素云道:"素云啊,这个媒是我保的,你要对纪大人温柔贤惠,让纪大人喜欢,纪府是大宅院,你要掌握些必要的礼仪,所以你要在我这里待上几日,这几日你就住在环妃那里,让她教教你。七天后是个好日子,你过门到纪大人府中。"

素云给明王爷跪下:"小民谢王爷的大恩。"

明王爷让素云起来,命家仆带素云去了环妃那里。

李管家得知素云要给护卫军统领纪平做小妾,很是费解,他急忙来到明王爷的书房来找明王爷,一进门便对明王爷道:"王爷,我刚听说素云要给纪大人做小妾,难道素云不够俊俏吗?"

明王爷脸一沉:"此事你不要过问,去跟仆人们讲,不要议论此事,更不能说出去,就当你们不知道此事,如果谁再议论此事,或将此事传了出去,本王爷是绝不会轻饶的。"

李管家惶恐地应道:"是的,王爷,我马上告知仆人们,就当此事从来没有发生过。"

明王爷颔首道："对，一定不能让府外的人知道，去吧。"

到了第七日，明王爷的一个家仆忽然来到纪府，要求见纪大人，纪平得知是明王爷府的家仆，赶紧将明王爷府的家仆迎进客厅。明府家仆道："明王爷有请纪大人到府中一趟，有要事要和纪大人相商，纪大人能否与老奴一起回府？"

纪平回道："您老略等片刻，我换下衣服就走。"

纪平急忙换上官服，同明府的家仆一同奔向明王府。

正午的太阳刚刚西斜，灼热的光芒有些刺眼，纪平眯着眼睛，心事重重地思忖着，明王爷突然找我，是不是苏卿儿的事，云殿下已被贬去兆郡，是不是大王不好当面与我直述，让明王爷代为转话。他心情忐忑地来到明王爷的客厅前，一见明王爷赶紧施礼："下官纪平给王爷施礼。"

明王爷将他请进客厅，待双方坐定，明王爷问了问他最近身体和生活情况，然后转入正题："我听说了苏卿儿的事，你还给苏卿儿出了棺材钱。"

纪平慌忙道："王爷，下官有罪。"

明王爷挥手："男人娶妾，何罪之有，我是说你对苏卿儿是动了真情，要是没有齐云的搅局，纪大人应当过得很是幸福。"

"都是我那管家纪宁把事搞砸了，下官真是后悔，要是下官在场，断不会如此。"

"不是你的过错，是齐云的不是，纪大人的心情我是理解的，你等一等。"说着明王爷起身，走到客厅的门前，打开门叫道："李管家，叫素云过来。"

很快，素云托着一个茶盘走进客厅，茶盘上放着一个精致的茶壶，纪平一见走进的女子如此俊俏，心里不觉暗自赞叹这小女子长得好相貌。明王爷道："我们就顾说话了，都忘了沏茶。"说着示意素云给纪平倒茶，自己又走出门外，让李管家备轿，之后，回到屋里，对素云道："这位就是护卫军统领纪大人。"

素云一听是纪大人，顿时脸色绯红，面带惊诧，随即羞涩地低下头。明王爷道："素云，你先出去。"素云匆忙离开。

纪平见到素云突然反常的举止，有些蒙了，他惊愕地看着素云和明王爷。素云出去后，明王爷道："纪大人不要太心烦了，你看素云如何？我替她做了媒，让她给纪大人做小妾。"随即。明王爷将素云的情况讲给纪平。

纪平惊愕、慌乱地道："这？这？"

明王爷看着纪平："这是本王爷的一片心意，收下吧。"

纪平听完，站起身来，给明王爷施礼："王爷，您对下官如此厚爱，下官无以报答，今后只要王爷有令，就是赴汤蹈火纪平也在所不辞。"

明王爷让纪平坐下："纪大人，本王爷最看好你，欣赏你，以后只要有机会，本王会大大地助你的。"

"只要王爷有事，纪平就是豁出性命也不会有半点迟疑的。"

明王爷笑着拍了拍纪平的肩膀："带素云回府吧。"

二十九、师徒别离

YU PEI JI

　　远离九州之外,越过浩瀚的海洋,在海洋的另一端是一个没有尽头、皑皑的冰雪世界。这里有连绵起伏的冰川、形态各异的冰山和辽阔平坦的冰原,它们在阳光的照耀下晶莹剔透。然而这冰雪覆盖的茫茫世界却是风暴不断,严寒的冬季狂风肆虐,漫天飞舞的雪尘遮天蔽日将天地笼罩在混沌苍茫之中。而在夏季断裂的冰层吱嘎作响,猛烈的飓风,将冰原边的海水掀起数丈高的波涛。

　　而与这洁白世界相连的则是一块绵延千里的冰寒大陆,这里群山巍峨,绵亘百里,山林间雾气腾腾,阴气森森。广袤的丘陵生长着低矮的灌木,大河深川激流汹涌。这是一块寒冷沉寂的大陆,就在这块冰冷的大陆与极寒的冰原接壤之处,有几座高耸峻拔的火山,这里终年喷发的地热与冰冷的海水结合,形成滚滚升腾的白色烟雾缭绕山间。它们忽聚忽散,将大山笼罩在雾色朦胧之中。这当中有一座火山布满低矮的灌木,山间的温泉汨汨流淌,在山腰处耸立着一座雄伟的宫殿,庭院内生长着数棵高大的松柏,这个宫殿的主人是广宇大仙,他的徒儿便是月生。

　　广宇大仙知道月生体内蕴藏着巨大能量,故而选择了这个地方,它紧靠着没有生命的极寒之地,就是为了让月生可以最大限度发挥和爆发自身拥有的巨大能量,他要激活月生的潜能,以使月生体内的巨大能量转化为月生可以掌控的法力。他要在极其恶劣的自然条件下磨炼月生体能和意志,使月生成为一名不可战胜的神祇。

月生还不到四岁就生活在这里,这里的严寒、风暴和海啸他都早已习惯和适应,他对它们无所畏惧,而且乐于在白皑皑的冰川世界里运用自己的法力,释放自己的巨大能量,从而展示出他的无比强大。当风暴、飓风来临时,给他带来的不是恐惧而是无穷的乐趣,他已经养成与大自然搏斗的勇敢精神和强大能力。

由于小时候他在数历山法冢洞渡劫时,一块具有吸纳天地能量的玉佩被嵌入他的体内,就在法冢洞渡劫的那刻,玉佩和他的身体都汲取了大量能量,这股巨大磅礴的能量存留在他体内,让他无法驾驭,并且这巨大的能量在他体内不断爆发和增强,使他的经脉、气血、五脏连同他的皮肤如火烧般灼痛。

于是广宇大仙便传授给他天心诀,并用天心诀给他施法,让他用自己意志控制肆意膨胀的巨能,使其归于他的经脉。就在广宇大仙施法的过程中,月生很快掌握了天心诀的用法,当广宇大仙将全过程做完,月生已经深知其中的奥秘。经过一段时间的修炼,他的经脉、气血和五脏再不受巨能的影响,他已将体内能量转化为自身的真气,并可以任意地掌控和支配它们。

广宇大仙告诉他,旁边的辽阔冰原就是他施展法力,展现力量的最好地方。当狂风呼啸,莽莽冰原弥漫在飞舞的雪尘冰碴之际,月生便冲入风暴,进入风暴中心。他施展法力,让更多的云层聚集在一起,使云层更厚更密,他以法力加速云团的旋转,形成更大的风暴,然后,随着风暴的方向俯冲下来,将双掌运足真气,向着冰山击去,随着一声声轰鸣,整个冰山被击得粉碎。而如果面对巨大的冰川或冰山时,他便加速冲撞过去,将整个山体撞塌、撞碎。有时他一跃至高空之上,面对着似将天地吞噬的巨大云团,他集聚起周身的真气,向着云团相反的方向发力,而使风暴的方向改变。

他喜欢这样的天气,喜欢这猛烈的风暴。在这里他可以尽情发挥自己的法力,展示自己的力量。然而,随着时间的流逝和身体成长,这里已经不满足他的需求,他需要更大的风暴,更猛烈的飓风,他要到更远的极地深处。

为了让月生能够尽可能发挥他的潜能,充分施展他的法力,广宇大仙将"觅踪大法"传授于他,广宇大仙对月生道:"凡人的视觉是狭窄的,他们对周边事物感知的距离和敏感度也是十分有限的,他们看不到空气中所含的细微物质和尘埃浮动,感受不到遥远地方气流无时无刻都在变化。"说完,他将手一划,他的法力即刻延伸到冰寒大陆的百里群山,一幅百里群山的图卷清晰地呈现在眼前。

月生看罢,也将手一划,他的真气几乎到达了整个冰寒大陆的顶端,一幅冰寒大陆的全景图映现面前。广宇大仙颇为欣慰道:"法术只是方法和技巧,能够达到什么程度,是要靠你体内的真气的支撑,你体内的真气足,你的法力就强,提高你的法力实际就是提升自身的真气,让你的真气变得更加充足。你现在掌握了觅踪大法,它可以让你追溯过去,把握现在,了解未来,你要好好领悟,熟练地掌握它。"

月生点点头:"徒儿记住了。"

广宇大仙接着道:"浩瀚宇宙,辽阔天空和我们脚下的大地都蕴藏着无法想象的能量,如果能从它们当中汲取能量,或最大限度地激发它们的能量,你就会获得超强大的法力,为师现在就把'如意得法'传授于你,你可以到更远的极地深处去修炼和领悟。"

广宇大仙展开手掌:"徒儿,把手伸过来。"

月生将手掌放在师父的手上,一股瑞气注入月生的手掌,广宇大仙将"如意得法"传授给了月生。

此时正值夏季,猛烈的飓风肆虐。尤其在极地中心,强大的飓风可以从这里一直辐射到极地的边缘。当月生初次冲入极地中心的风暴风眼时,自以为无比强大的他才发现自己是如此的渺小。风眼的气旋所具有的排山倒海的磅礴之力,使他犹如是惊涛骇浪中的一叶小舟,他在气旋中翻滚盘旋根本无法控制自己,风眼当中的巨雷炸响,响彻天地,划破天际的电闪欲将整个冰原劈裂成两段。他施展法力,想要抵住气旋的冲击,将自己稳定在气旋之中,但是,由于气流的威力过于强大以及雷电的不断劈来,使他根本无法将自己长时间稳定在气旋中,也无法施展师父所传的如意得法。但是,经过几次的尝试,他已经了解了气旋的运转规律,他可以充分利用气旋之力将自己稳定在气旋之中,并在气旋之中感悟和修炼如意得法。

随着他对如意得法的精进和努力修炼,他已将如意得法把握得炉火纯青,得心应手。而这时的飓风已经成为他施展法力,汲取能量的绝佳地方。当极地中心的飓风完全形成,他便冲入风眼,用他的法力将周围的气旋加速旋转和集聚,形成一股超大的力量,同时他又将这股超大的力量吸收。闪电也是他获取能量的便捷的方式,当接连不断的闪电划破天际时,他便迎着闪电冲了过去,让闪电通过他的身体进入到玉佩之中,并将它们的能量储藏起来。

已经是夏季之末,一连数日天气阴沉晦暗,这天早晨气温骤然变冷,他走出房间下意识向着师父房间而来,忽然他想起师父这几日不在,便停止脚步,站在院中望着阴沉沉的天色,空荡和寂静的宫院让他不由得生起一种莫名的烦躁。这时他突然感觉在不远的冰原一股寒流正在聚集,眨眼间他来到寒流的聚集处,他运足真气,向着数米厚的冰面击去,只听一声巨响,数米厚的冰层被击成细碎的冰碴,随即他的两掌忽然发出巨大能量,将塌陷的冰层内的海水轰起数丈之高,他将真气不断注入掌中,并将真气持续地发出,托住数丈高的海水不使其下落直至这些海水形成一座冰山。

然而,他胸中的烦躁依然无法释怀,他又向着不远处的一座冰山掠去,同时双掌射出巨大能量,将冰山及周边的冰层击碎,冰山裸露出黑黝黝的岩石,虽然它露出冰面仅仅几丈之高,但它一直伸向海底竟达百米。他施展法力冲入海底,启动玉佩的能量,向着高达百米的海底大山冲撞过去,海水陡然被冲开,分向两边,他的身体以万钧之力撞向大山,大山在剧烈的撞击之下瞬间倒塌,随即周围方圆百里开始震颤。由于剧烈的震颤,月生所住的那座火山的山口突然浓烟升起,接着赤红的岩浆从山口滚滚奔出,流向冰冷的大海。

月生懊悔地望着自己居住的火山,心想不好,这回可如何向师父交代。正在他后悔万分的时候,广宇大仙来到他的面前。月生急忙给广宇大仙跪下:"师父,徒儿闯祸了,徒儿愿受责罚。"

广宇大仙叹息一声:"起来吧徒儿,这里本来也不是你我久居之地,现在也该是我们师徒离开的时候了。"

广宇大仙目光充满了怜爱:"月生,起来吧,为师很欣慰收了你这样一个徒弟,你今天能有如此本领为师很是高兴,你的路还很长,九州三界需要一个不可战胜的真神去守护,你的使命就是守护九州三界。这不仅需要你有无穷高深的法力,还需要你有坚不可摧的意志,这些都要你在今后的道路上磨炼自己。你出生在禹洲,你的娘亲是禹洲的王后名叫蝉汐。"

说着,广宇大仙将手一划,五年前蝉汐在数历山跪拜广宇大仙,托付月生的场景展现在眼前,广宇大仙道:"徒儿,你我师徒终有分离的时候,今日就是你我师徒分离的日子,去九州履行你的使命,师父相信你。"

言罢,广宇大仙化作一道闪电消失在西边的天际。

月生向着西边的天空不断叫着:"师父,师父……"

然而茫茫的天际，没有一点声息，只有浮过的流云。

月生茫然地站立了许久。猎猎寒风从冰原袭来，卷起漫天雪尘。他最后环视一下四周，而后，跃起向着九州的方向飞去。

他掠过百里群山，站立在群山尽头的最高峰，将手一划，眼前的千里冰寒大陆尽收眼底，他发现在冰寒大陆的顶端的不远处，在苍茫的大海之中有一处貌似小岛的地方黑烟滚滚。他集聚真气，向着滚滚黑烟的地方施法，令他吃惊的是他的真气被阻挡在浓烟之外，无法进入。

他飞身向着黑烟处飞来，当他接近时，他才明白原来这滚滚黑烟是修炼者释放出的一种黑色真气，这黑色真气具有强大的磁场，没有极高的法力他早被吸进黑烟之中。他谨慎地靠近着，当他试图接触黑烟时，浓浓的黑烟中突然伸出五条黑色烟带将他缠住，并把他拉进黑烟之中。就在烟带将他缠住时，他急忙发力想挣脱出去，但令他意想不到的是这五缕黑烟具有如此大的力量，他不仅没有挣脱出去，反而被拉进漆黑的烟雾中，让他感到窒息，并有着一种极强的压迫感。他的周身已经开始发出金色的微光，然而他的眼前依然是一片漆黑，他运足真气，欲施展他的法力，但是他的法力却发挥不出来，就在这千钧一发的时刻，他下意识启动了玉佩，陡然间漆黑的真气通过他的身体迅速注入玉佩之中，黑色的真气被如此快吸收，犹如大海的底部突然裂开一道巨缝。这时，黑色烟雾顿时消失了，只见一个身高大约五米，青黑色的肤色，两唇凸出着鲨鱼般锋利的牙齿，一双暗红的眼睛，赤红的眼球闪着幽幽的阴光，凶神恶煞般的狰狞面孔看上去十分恐怖。他站在小岛洞口的边上，向着月生两掌击去，月生回掌相迎，两股真气势均力敌地顶撞在一起，相持不下。这时，月生感觉出这魔头的真气是从他背后的洞穴里源源不断地获取的，月生猛地启动玉佩，疯狂地吸食魔头的真气，那魔头发觉不好，立刻收住真气，就在同时，月生将玉佩吸食的黑色真气运足掌上，用尽全力向他击去。那魔头回掌反击，但被月生的真气撞了出去，那魔头转身要逃，刹那间月生两肋伸出的五缕黑烟将他缠住。那魔头回身伸出张开的手掌，五个指头向着月生的脑盖抓来，就在五指将要抓住月生的脑盖时，瞬间从月生的肩部伸出两缕黑烟，一缕将伸来的五指的手腕缠住，另一缕将魔头另一只胳膊同身体缠住，此时月生已站到洞口处，黑色气体如同开闸的洪水注入他的体内，当他将魔头手腕缠住刹那，他的五指已紧紧抓住了魔头的脑盖，他不断地加力，五指嵌入了魔头的脑盖，随即将魔头的脑盖攥碎，接着他一掌拍向魔头的胸部，魔头的筋骨、经脉和内脏均被打碎，随后他甩手将魔头的尸体抛入大海。

他明白身后洞穴内的黑色气体具有超强大的能量,他转过身,将两掌伸入到洞穴内,他施展法力迅速地将洞穴内的黑色气体吸入体内,当黑色气体被吸尽时,他脚下的小岛开始颤抖,他猛地跃入空中,此时小岛已经不见,海面出现一个十几公里的巨大漩涡,同时发出瘆人的轰鸣。

他转身向着九州的方向飞去,这时他忽然感觉很不对劲,五脏六腑似翻江倒海般的难受,他的头脑开始涨疼欲裂,周身的经脉膨胀得快要崩断。他明白这是他吸取了大量黑色阴性气体产生的能量与他体内的固有的阳性气体所具有的能量产生了排斥,两股不同的真气同时在爆发,使他如此难受。他将天心诀和如意得法切换地使用,虽然缓解了一些,但依然压制不住真气的膨胀。

这时天空中雷声滚滚,一场风暴突然来临,风暴将海水掀起几米之高,闪电划破乌云劈向海面。月生迎着闪电而去,他要从闪电中获取能量,以强大的阳气压制住体内的阴气,然而事与愿违。由于又注入了大量能量,阴气也随之更大地膨胀,两股真气相互膨胀,顿时让他失去了控制。他感觉整个身体就要炸开了,他的意识开始模糊,这时他恍惚感觉到不远处有一条大船,他下意识向着大船扎去。

在茫茫的大海上,一条大船正在风浪中颠簸前行,只听咣当一声,从空中飞来一个东西重重地砸在甲板上,船舱里有人向着砸在甲板上的东西看去,原来是一个青年人躺在甲板上,几个人跑出船舱将昏迷中的青年人从甲板上拖进船舱。人们一摸,昏迷中的青年人还有呼吸,他身上滚烫,发着高烧。人们把这个青年人放在船舱角落的一个床板上。

三天过去了,大船就快要到达铜章港口,月生从昏迷中苏醒过来,人们围了过来问:"年轻人,你是从哪里来的? 怎么被台风刮到船上的? "

月生摇了摇头,没有说话。一个年龄较大的中年男子端来一碗水,旁边的两人将月生扶起,月生将一碗水喝下,那个年龄较大的中年男子道:"醒了就好,躺下吧,等船到岸我再叫你。"

大伙离开了他,各自准备自己的事情去了,约莫半天的时间,船靠了岸,大约又过了半个时辰,那个年龄较大的中年男子带着两个伙计来到月生的面前,月生坐了起来,那个年龄较大的中年男子道:"年轻人怎么样? 我是这船的船主,这是我的两个伙计。"他指着旁边的两个年轻人。

"谢谢船主的救命之恩。"说完,站起来,就要给船主跪下,船主急忙将他搀

住:"年轻人不要客气,还能走吗? 不行就先住在我那里。"

"能走,给船主添麻烦了,船主之恩月生铭记,日后一定报答船主。"

"用不着这么客气,危难之中帮人一把自是应该的,来,我带你上岸。"

月生跟着船主走下甲板,来到岸上。船主道:"这里是铜章港口,你沿着这道路往南走,两个时辰就可以到达铜章城,只有铜章城这块地方有人居住,切勿向西和向东走,那里妖魔甚多,一旦走错方向就会被妖魔吃掉。"

月生再次谢过船主,向着南方走去。

他沿着道路向南约莫走了一个时辰,忽然感到周身发胀,体内如火燎般疼痛。他忍痛走了一会,便觉得全身发僵,接着整个身体就像被寒冰冷冻一样,周身发冷。他急忙在路旁的树林中找到一块较为平坦的地方坐下,凝神静气开始发功,他用天心诀控制体内的元气,让两股在周身肆意乱窜的元气变得有序、顺畅,尽管状况大有改观,但是过于强大的阴气还是难以彻底控制,它依然与体内的阳气发生相互排异。于是,他又切换成如意得法,将阴阳相斥的原气化解,转化成可控的真气。他周身的膨胀感和刺痛感缓解了许多,但是一部分阴阳混合的元气仍无法化解,无论他如何施法都无济于事。

正在他想尽办法试图化解阴阳混合之气,以摆脱痛苦的时候,从远处走来一位老者,老者看上去不过耳顺之年,目光炯炯,精神矍铄。他身后背着一个药篮,正是采药回来。老者也看到正在发功疗伤的月生,走了过来,问道:"年轻人病了?"

月生点点头。老者看着月生:"我看你的脉象有些紊乱。"说着将手放在月生的手腕上,喃喃道:"病得不轻啊。能站起来走吗?"

月生站了起来:"谢谢老人家,您知道到铜章城还有多远吗?"

老者一笑:"那你就跟我走吧,我就住在铜章城。"

二人边走边聊,月生知道老人无依无靠是个郎中,老人也知道月生是被船主所救,在铜章城并无亲人。于是老人说:"月生,以后你就跟着我吧,我的年龄大了,采药越来越困难,你帮我采药,我收你做我的徒了,你就随我行医,这样你也学会一门吃饭的手艺。"

"徒儿给师父见礼了。"说着便给老人跪拜。

"起来吧,徒儿。"

月生站起来,同老人一起来到铜章城,来到老人的住所。自此以后他便与老人生活在一起,老人大多数时间在自己的百草厅给人看病,偶尔也带着月生到人家里治病，不到半月，老人暗自吃惊，他发现月生对病情诊断得极为精准，其功力远在自己之上。尽管他对药物还有些陌生，但只要一接触，马上就十分清楚了。

更让老人吃惊的是带月生进山采药，刚一走进山里，月生便对郭郎中道："师父您就在这里休息一会，徒儿在山里转转，一会就把药采回来。"

老人诧异道："这里这么多山，这几十种药材都在各自不同的山上，我不带你去，你哪里找得到。"

"这点山对徒儿来说不算什么，徒儿先把眼前山里的这几种草药采了，您就在这里坐会。"说完拿起药筐，瞬间便没了踪影。

老人坐下，正琢磨月生是什么来头，也就几分钟的时间，月生便出现在老人面前，老人惊诧地问："怎么了徒儿？"

月生将药筐放在老人面前："采完了，您看是这些吧？"

老人将药筐里的采药看了一遍，一样不少，正是这座山所有的全部药材。老人面带惊恐道："徒儿，你到底是谁？"老人没有再说下去。

月生道："我原来有一个师父，他是个仙人，教给了徒儿一些本领后就走了，所以徒儿会腾云驾雾，也学到些小法术，因此很快把药材找到了，并采了下来。"

于是老人告诉月生哪座山有哪种药材，不大会的工夫，月生便把几十种药材全部采齐。要是以往，老人要采齐这些药材需大半月的时间。

数月过去了，月生的阴阳不和之状并没有多大改善，几乎每隔三四日就复发，一般是子时开始发作，犯病时他周身疼痛，忽冷忽热，疼痛难忍，他只有用天心诀和如意得法缓解，每次需要运功到早晨才能结束。

老人已经知道月生是仙人之体，凡人是帮不了他的，因此也就不去打扰他运功疗伤。

然而这几个月，整个铜章城几乎家喻户晓，都知道郭郎中的徒弟是个神医。于是找郭郎中看病的病人络绎不绝。

一日，一个骨瘦如柴，面黄肌瘦的人，怏怏地走进郭郎中的百草厅，郭郎中问那人："你姓什么？"那人道："我姓林。"郭郎中要他伸出胳膊给他号脉，月生坐在一旁看着那人，郭郎中号完脉，那人又把胳膊伸给月生，月生道："你的病十年前就开始了，一个月前还是夜里疼，现在辰时最痛，下午申时又痛。"

那人诧异道："先生真是神人，说得毫厘不差。"

月生转脸对郭郎中道:"师父,他的湿热太重,先要除湿热。"郭郎中点点头。

月生开了个方子给郭郎中,然后把药抓好,递给那人道:"这是七服,一服药每天早晚各一次,七天之后你的疼痛就会消失,你七天之后再来找我,我给你准备七丸药,每天一丸吃完你的病就彻底好了。"

那人走后,郭郎中心中大感疑惑,这位病人已经病了十年,这种沉疴痼疾七服药就能治愈吗? 而且药方中的几味药放在其中是做什么用的? 郭郎中不解地问:"月生,你开这几味药是做什么用的? "

月生将这几味药的作用给郭郎中讲了一遍,并讲述了前些日子几个病人的药方中的这些药的作用。

郭郎中终于领悟了:"你怎么知道这些药物的作用的? 你能否把所有药物的功能给我讲一下? "

月生道:"每味药的汁液和内部结构都不相同,它们对土壤和生长环境的反应存在差异,这决定它们功能的不同。凡人根据自身的感受了解它们的功能,而我是根据它们汁液和内部结构的差异,以及它们对土壤和生长环境的反应,断定它们的功效的。"

于是,月生将每一种药的功能给郭郎中讲述了一遍,这时郭郎中才知道自己对每种草药功能的了解是多么的有限,他与月生的医术差距确实是相当的大。他要把这些草药的功能全部掌握,并熟练应用还须相当长的时间向月生请教和学习。于是他对月生道:"月生,你是仙人,凡人是比不了的,现在我却做你的师父,这有些不妥。"

月生一下给郭郎中跪下:"师父何出此言,徒儿既已拜您老为师,您就是月生的师父,永远都是月生的师父。徒儿永远不会背叛师父。师父不让月生做徒儿,徒儿就跪着不起来。"

郭郎中道:"我的好徒儿快起来,师父没有别的意思,就是师父教不了你,师父还要跟你学习。"

"徒儿愿意报答师父,跟师父一起治病,永远和师父在一起。"

郭郎中感动地将月生搀起,用慈祥的目光看着月生,摸着月生的头。

七天之后,那姓林的病人再次来到百草厅,一见月生就充满感激道:"先生真是神医,果然名不虚传,我现在的疼痛一点都没有了,精神状态特别好,真是太感激神医了。"

月生道:"我已经给你做好了七丸药,你这七天每天睡前一丸,七天后你的病就彻底治愈了。"

一个月后一天中午,一个人牵着一匹马,马背上驮着两袋大米和一副匾额来到百草厅前,此人正是姓林的病人。现在姓林的病人面色红润,容光焕发,脸上已经长出了些肉,已不是一个月前枯黄干瘪的样子。

月生道:"你的病已经完全好了?"

"好了,完全好了,原来我以为我的病好不了了,已经绝望了,真没想到神医有如此高的医术。我今天就是来感谢神医的,一点心意,望两位神医笑纳。"

说着将两袋大米和匾额卸下,郭郎中和月生客气了一番,收下大米和匾额,三人聊了一会,那姓林的病人才牵马离开。

这一天早上,月生刚从后门走进百草厅,就有人不断用力地敲打百草厅的前门,月生疾步将门打开,是街头的张店主的儿子,还没等月生说话,张店主的儿子慌忙道:"你快去我家看看,我爹快不行了。"

这时,郭郎中也走进百草厅,听到张店主的儿子的话,拿起药箱就走到门前,月生暗自施法,真气已经扫过张店主的床前,他对郭郎中道:"师父,您和他先走,我拿些药,随后就到。"

郭郎中和店主的儿子一入家门,就听到屋里的哭声,张店主的儿子冲到他爹的床前,他爹已经断气了,他跪在床前号啕大哭。郭郎中走到床前,用手一摸,张店主确实已经断气。这时月生走了进来,他来到张店主的床前看了一下道:"你们不要哭,我来把他救活。"

郭郎中低声对月生道:"月生,张店主已经死了。"

月生解开张店主的上衣,将手放在张店主的胸前,片刻张店主的浑身都在抽动,接着半睁开眼睛,并发出微弱的呻吟。在场观看的所有人都吓了一跳,月生对张店主道:"不要动,忍一忍。"

张店主声音微弱道:"我好难受,心好痛啊。"

月生道:"千万不要动,忍住。"

随即将两只手放在张店主的胸前,几分钟过去了,张店主灰白的脸上有了些血色,呼吸开始正常了,月生道:"现在心脏不疼了吧,就是头晕,对吧?"

张店主道:"是的,谢谢神医的救命之恩。"

"这就好,不要再说话了,不要动,闭上眼睛休息,一会吃了药就无大碍了。"

月生与大家走出张店主的房间，来到客厅，张店主的老婆和儿子感激得满脸热泪，二人跪在地下给月生磕头："谢谢神医……"

月生急忙相搀道："不要如此，还是赶紧给店主煎药。"

很快药熬完了，倒在碗里，月生将手掌放在药碗之上，一片红光射入药内，月生将药碗里的药一半倒入另一碗，让张店主的儿子端着，走到店主的床前，月生一手扶着店主的后背，一手放在店主的胸前，将他扶起，然后让他把药喝下去，店主喝完药，月生让他再次躺下，过了不到五分钟，店主坐了起来，说自己感觉好多了，说完就要下床道谢。

月生急忙拦住道："不要下床，还是要在床上休息，现在已经没有大碍了，但还没有完全好，还是躺着为好，过三天再下床，七天以后就没有事了。晚上，把剩下的半碗药喝了，不要用火烧，用热水把药温了即可。明天，让你儿子到百草厅，我给他七丸药，你一天一丸，睡前服用，七天后就能痊愈。"

张家一通感谢之后，月生跟着郭郎中离开张家。

回到百草厅，月生对郭郎中道："师父，您的那支老参是从哪里弄来的？"

郭郎中一皱眉头："那老参可值钱了，是我爹重病时，我冒着生命危险去西山采药，偶然发现的，这可是为师用命换来的。"

月生指着西边："师父说的是西面的群山吗？"

"是的，那里妖魔很多，现在没有人敢去那里，就是咱们西边最近的几座山里，也是几乎没人进去，就是有些胆大的活着进去，少有能再出来的。"

月生望着西边的群山，他的真气扫过那里，他对郭郎中道："师父，您的老参在西山里算不了什么，我想把它作为一味药，给张店主做药丸用，等把药丸做好，明天交给张店主的儿子，我就去给您采几支百年的老参来。"

郭郎中脸一沉，严肃道："那可不行，西山你不能去，别看你会些治病的小法术，你要是遇到妖魔，你可是对付不了，有的妖怪有百年修行，我听说夏洲有人到那里修炼魔术，法术极高，一下就能把人吸得变成一具骷髅。这老参放着也是放着，用来救人，也算是用得正当。"

月生将七丸药做好已是晚上，第二天一大早，张店主的儿子就来到百草厅取药，月生将昨晚做好的七丸药给他，嘱咐他几句，张店主的儿子便离去了。月生走到院子，刚拿起药筐，郭郎中就叫道："月生，你干什么去？"

"我出去一下，一会就回来。"说完，就不见了。

郭郎中大喊着："月生！月生！给我回来。"

然而，没有一点回音，郭郎中泄气地一屁股坐在凳子上，沮丧着叹息着。

不大会的时间，月生突然出现在郭郎中的面前，他从筐里拿出五支又粗又长的百年老参。郭郎中面带愠色高声道："我已经跟你说了那里很危险，不让你去，你偏要去，你不要命了。"

月生将手一挥，整个西边的群山全部展现在郭郎中的眼前，郭郎中就是一惊。月生指着一处冒着黑烟的地方，"师父您看，那处就有妖怪。"他又指着另一处，"您看那道士，他就在修炼魔术。您再看那处，那树底下就有人参，就是还不够大。所以师父您放心，我不会遇到妖魔的。"

郭郎中这才露出笑容，开心地看着五支百年的老参，他一支一支拿起来在掌中观赏着，玩味着。突然，他似乎想到什么，他睁大眼睛对月生道："我年轻时就听说，就在咱们铜章城北面的章海内有一座仙岛，仙岛上生长着一株仙草，名字叫龙凤草也叫还阳草，听说龙凤草具有奇功效，把这株龙凤草熬成汤药灌下去死人都能活过来，你不妨试一试，兴许能治你的阴阳不和之症。只是这个仙岛没有人能找得到，你不如用你的法力找找，看看能不能找到这个仙岛。"

月生的真气扫向着北方的章海，他已经知道仙岛的位置，他将手一划，果然看到在一望无际的大海中有一座孤岛，孤岛并不大，方圆不过十里，在一个几十米高的山顶上孤零零地生长着一株半米多高的耀眼植物，火红的花柄，粉色的花瓣，花的中心金光灿烂。月生指着那株艳丽植物："师父，您看，是不是这就是龙凤草？"

郭郎中惊奇看着那株绝艳的植物："我也没见过，应该是。"

"师父，我现在就去看看。"

郭郎中一边拾起篮筐一边说着："我正好要到海边捡些贝壳，你和我一起走吧。"

师徒二人来到海边，月生把篮子放下，对郭郎中道："师父，我去看看。"

"徒儿一定要小心。"

"放心吧师父，徒儿去去就回。"说着便没了踪影。

月生来到孤岛的顶峰，落在那株娇艳植物跟前，那植物颇有灵性，感知到它的旁边有东西，它的花柄忽然变得越发的赤红，花瓣中央的金光更加耀眼。月生伸手抓住植物的花柄一拔，居然没有拔动，他吃了一惊。于是他将两脚分开，将那艳美的植物置于两脚中间，弯下腰，一手攥紧植物的柄部，用力一拔，只听见轰的一声，他脚下的岩石塌陷了下去，他手中的植物着实有着一种魔力将他向洞底下拖,他随即松开手,但巨大的引力已将他拖入洞中,强大的引力在旋转,如同当年他落入法冢洞一样。他运足真气,向着气旋相反的方向发力,两股强大的气流碰撞在一起,洞壁的岩石承受着巨大的气流撞击,洞壁的岩石开始崩裂和脱落,就在脱落的岩石的洞壁上赫然闪烁着金色的字迹,上写着"九真阴阳秘籍"。月生控制着自己的真气,让洞壁上的岩石一层一层脱落,他一层一层地阅读着"九真阴阳秘籍",直到洞底将"九真阴阳秘籍"读完。然而他的脚刚一着地,整个洞穴轰然倒塌了下来,海水带着孤岛倒塌的岩石从顶部砸了下来,就在同时,月生以万钧之力从洞底冲出海面,海水被这股巨大的力量冲开,形成了一股强大的海啸。

他站立在半空当中,俯视着汹涌咆哮的巨浪,等到大海平静之后,他环顾了一下四周,发现不远处,在蔚蓝无际的汪洋中,有几个不大的小岛。他飞了过去,落在一个小岛上,他将双腿盘起坐定,开始修炼九真阴阳秘籍,在修炼中,他忽然感觉到九真阴阳秘籍能将他体内的阴阳之气很好地把控住,它可以使两股完全排斥的混合在一起的阴阳真气转化为一种更为强大的真气。当他将整个秘籍运行了一遍后,这时他已经可以任意调控三种真气,他不断让阴阳之气混合、膨胀和爆发,同时利用九真阴阳秘籍将混合的气体转化成更大的能量。他反复地尝试着,最终将九真阴阳秘籍掌握得得心应手。此时已经是第二天的黎明,一轮红日正从东方的海面上冉冉升起。

他兴奋地回到铜章城,令他意想不到的是铜章城不见了,震惊之余,他便施展觅踪大法以寻究竟,他看到一阵海啸咆哮而来,数米高海浪以排山倒海之势瞬间将铜章城吞噬,接着退却的海水的巨大的力量将冲垮的铜章城带入波涛汹涌的大海里。

月生心里就是一紧,不禁随口自语道:"师父。"他的心里十分难过,他热爱这里,热爱这座小城,这里有与他朝夕相处,日夜生活在一起的师父,有着彼此熟悉,相互帮助的邻里,有无比尊重他的铜章的父老乡亲,然而,眼前只留下被巨浪冲蚀后的残垣瓦砾,整个铜章城已经荡然无存了。

面对这惨状,他心痛不已,他冲向大海,两掌奋力击去,陡然间巨浪翻腾,立刻他收住了真气,他怕掀起的海浪再伤害到无辜的生灵,他痛苦地望了望铜章城,然后,转身向着远方的莽莽群山飞去。

三十、错放铁木

YU PEI JI

　　在卞雍城外的夏军大营的不远处,有一处不大的院落,这里囚禁着两人,一个是西番郡守图拉铁木,另一个是他的三子图拉奄达。十年的囚禁生活,昔日颐指气使、骄横跋扈的西番郡守铁木,如今已是脊背佝偻,老态龙钟。他的三子奄达也是人到中年,终日满脸胡茬,头发蓬乱。三个月前铁木忽然感到胸闷无力,没过两天,胸口憋闷得喘不上气来,接着就大口大口地咯血,奄达急忙请求看押的守卫,要求请郎中给铁木治病。郎中给铁木开了药,铁木吃了郎中所开的药,然而一点都不见好,病情反而每况愈下,三个月过去了,铁木已是皮包骨头,骨瘦如柴,人也是一会清醒一会昏迷,他知道自己快要不行了,他对奄达道:"为父没想到竟客死他乡,连尸骨都要埋在这囚禁你我父子的地方,父王死不甘心,父王想回西番,想把自己的尸骨埋在那里。"

　　奄达泪流满面,哽咽道:"父王,儿臣这就给静王上书,请求静王放我们回去。"

　　铁木眍䁖的眼眶内滚出了一行热泪:"没有用的,他们不会放我们的。"

　　静王看完奄达的上书,命太医去诊断铁木的病情,太医回来告诉静王,铁木已经不行了,活不过半个月。于是,静王叫来程昊,将铁木的情况告诉了程昊,并打算将铁木父子放回西番。

程昊道："大王先等一等，待我亲自看过铁木的情况，大王再做决定。"

次日，程昊来到下雍郊外囚禁铁木父子的地方。铁木和奄达见是大将军到来，十分惊愕，奄达急忙跪下："罪臣想不到大将军会来此看望，烦劳大将军了，罪臣给大将军行礼。"说着跪在地上连连磕头。

程昊一抬手道："好了，起来吧。我来看看你父王的情况。"随即走到铁木的床前，铁木强睁开眼睛，干枯的眼眶变得有些湿润，他断断续续道："感谢……大将军，罪臣不该谋反……，着实罪有应得，罪臣快要不行了，请大将军能让……罪臣的尸体葬在西番。"铁木用尽气力，吃力地讲完此番话，已经是呼吸极度困难，他咳了一下，一口鲜血从嘴里流出，人又昏迷了过去。程昊摸了一下铁木的脉搏，知道他时日不多了。

奄达再一次给程昊跪下："大将军，奄达罪孽深重，先王和静王仁德宽厚，留我和父王的性命存活至今，我和父王深感圣恩，十年间父王常思忏悔，追悔万分，望大将军网开一面，体恤父王临终之言，让我父王之体能葬于西番。"言罢，热泪纵横。

程昊沉着脸："此事要大王决定，我会将你们的请求转达给大王的。"说完便离开了此处。

程昊见到静王，程昊道："铁木确实不行了，活不了多少天了。"于是把上午与铁木父子见面的情况讲述了一遍，

静王道："那就让他们父子回去吧。"

一辆马车沿着大道，向着通向西番的方向行进着。车夫不紧不慢地赶着马车，车帷内是铁木父子，奄达坐在铁木身边守护着，铁木神志模糊地半躺在车帷内，马车已经走了两天了，第二天的酉时，太阳已移到了西边，在斜阳照耀下，马车走进一座小城，在一家客栈门前停下。奄达和车夫抬着铁木进来客栈前厅，掌管看到将死的铁木，惊诧地问："二位大人，这里是客栈，您二位？"

奄达道："我们是来住店的，我父亲病了。我们要租住一间客房。"

"对不起二位大人，这里的房间都租满了，没有房间了。"

就在这时，一位满面红光，慈眉善目的仙人从后院走进前厅："掌管的，我要结账退房。"

奄达眼睛一亮道："我们就租这位仙人的。"

掌管为难道："对不住二位客官，我们是小本生意，小的担心万一您的父亲住在小店出现什么意外，小店实在担待不起，对不起客官，您还是到别处再看看。"

奄达刚要发怒,那位仙人走了过来,对奄达道:"这是您的父亲?"

"是的。"

仙人摸了一下铁木的脉搏道:"病得好重啊,快不行了。"仙人抬头看着奄达:"幸好你遇见了我。"说着从挎囊中拿出一丸药,对掌管道:"拿碗热水来。"

不大一会,掌管端来一碗热水,仙人把丸药放入热水之中,将手在碗上划过,药丸即刻溶化在热水中,仙人再将手从碗上划过,烫手的汤药立刻变得温度适合。仙人让奄达把汤药给铁木喂下,然后将手从铁木的头部一直慢慢地掠过,直到铁木的腹部。片刻工夫,铁木睁开了眼睛,以往失神的目光有了精神,病情似乎好了很多。

仙人道:"我正要去拜见我的师父,你们随我走吧,我师父他老人家定能把这老先生的病治好。"

三人随着仙人出了小城,来到金螺岭下金螺寺的山门前,仙人道:"你们在这里等候片刻,我先进去。"

过了五六分钟,一个年轻的道人来到奄达面前:"施主请随我来,我师父在清云殿等候你们那。"

奄达和车夫抬着铁木随着年轻的道人走进金螺寺的山门,已过西时,浩瀚的星河繁星满天,皎洁的月光洒在寺内,使寺内高大的殿宇显出它朦胧雄伟的轮廓。古寺幽静得有些阴森,他们沿着青石路面穿过几个院门,来到清云殿。

清云殿内烛光闪耀,居中坐着一位须发皆白的耄耋老者,老者面容清癯,目光炯炯,旁边是那位带他们而来的仙人。仙人示意奄达将病人抬到老者近前。奄达将铁木抬到老者近前,仙人道:"师父,我把您配的'回灵丹'给他服了一丸。"

老者摸了一下铁木的脉搏:"还有救。"随手开了一个方子,对站在门边的年轻的道人说:"你带他们到东厢房,按照这个方子煎药,药煎好就来叫我。"

三人随着年轻道人离开了清云殿。

三日过去了,老者这天早晨来到东厢房探看铁木的病情,此时的铁木已经恢复得看不出是个病人。见到老者到来,铁木急忙从床上下来,跪下道:"铁木感激老人家的救命之恩,也不知今生怎么报答您老的救命之恩。"

老者将铁木揽起:"救死扶伤乃医者天职,施主不必客气,今日来看看施主恢复得如何,老衲看施主的气色不错。"说着示意铁木将手伸过来,老者号完铁木的脉搏道:"施主大好了很多,已无性命之忧了,今日我给施主换个方子,按这个方子调剂一段时间,施主就可痊愈了,但这段时间切记不可大怒大喜,因为施主的血管还很脆弱,一旦大怒大喜,特别是大怒,会引起血管崩裂,那时可就生死难说了。"

"铁木记住您老的话了。"

"好好休息吧,老衲这就给施主去开方子,一会静安会把汤药拿来的。"说完老者离开了东厢房,铁木和奄达送出门外。

又过了两日,铁木感觉完全正常了,他和奄达来到清云殿想答谢一番老者,那位年轻的道人告诉他们,他的师父上午刚刚出去,跟他说要过几日才能回来,铁木和奄达失望地回到东厢房。

铁木靠在床上静静地深思着,过了许久,屋里的光线开始变得昏暗,他招呼奄达过来:"为父感觉确实已经大好,我觉得没有什么大碍了,夏洲不是久待之地,如果我病愈的情况一旦被静王知道,你我就别想再回西番了,我们要尽快离开这里,尽可能早地回到西番。"

奄达道:"父王再等两日,一是看看病情是否稳定,二是再等等道长能否回来,两日后我们就动身。"

两天过去了,铁木恢复得愈加见好,而老者仍然没有回来,第三日早晨,铁木向那位年轻的道人表达对老者的感谢,并辞行离开了金螺寺。

一路风尘,铁木父子归心似箭,一个月后终于回到西番。当铁木父子出现在郡守府,全府所有人无不惊愕万分,没有人想到铁木王爷还能回来,而其中最为惊骇的则是大儿子图拉巴特。

自西番之变铁木和奄达被囚禁于卞雍之后,十年来西番的军政事务都由辅监司贾戎和郡守府巴特共同掌管,名义上巴特代表郡府统管西番事务,而实际决策权掌握在辅监司贾戎手中。巴特对辅监司十分恭敬,也心甘情愿地协助贾戎治理西番,二人相互协助信任,关系十分融洽。

当然巴特也有自己的私心,他是要依仗辅监司贾戎的势力,在五个兄弟间确立自己的威望,他最担心的就是父王有朝一日会重回盘溪,然而一年一年地过去了,父王和三弟始终被囚禁在卞雍,这使得他忧虑的心渐渐平息了下来。

然而,父王和三弟突然出现在盘溪,让他这个从来就没有向王庭提过请求父王回归的儿子惶恐不已,尽管他表面对父王的回归表现得兴奋和感动,但内心对静王却深怀不满和恼怒。

深夜他秘密来到辅监司,将铁木和奄达回到盘溪的情况告诉贾戎,贾戎大为震惊,贾戎告诫巴特:"你不要有任何显露,秘密注视铁木的一举一动,不要让铁木看出什么来,剩下的事情我来做,你马上回去。"

当夜,贾戎写了一份密信,将铁木父子回来的情况密报给静王,并问询为什么要将铁木父子放回。他令信使连夜出城,将密报尽快送至王庭。

西番官员得知铁木郡守回来了,争相到郡守府拜见铁木,铁木的其余三个儿子也来到盘溪,一时间百官争拜铁木,铁木大有重掌西番大权之势。

令贾戎无法忍耐的是巴特下达的指令和任务,官员当面谦卑地答应,之后便向铁木请示,只有铁木应允他们才会去做。于是贾戎再次写了一封密信,火速传送给静王。

信中写道:"……铁木猝然而归,盘溪局势骤变,各级官员争相拜见,郡守府门庭若市,车马不绝。更甚之,诸多要官阳奉阴违,暗通铁木,凡郡守、辅监两府所布政令,其貌似恭随,实则得铁木应允后方才为之。区区半月,郡守、辅监两府似有为铁木取代之势,长子巴特亦是危如累卵,惶惶不可终日。臣恳请王庭速施良策,抽薪止沸,以免重蹈十年前西番覆辙……"

火红的云霞映照着太液宫雄伟的殿宇,寂静的太液园内,静王正背靠座椅阅读着书简。一个太监匆匆走进书房道:"大王,西番贾大人急件。"

静王急忙接过急件,迅速打开阅读,当他读到铁木有取代辅监府和郡守府之势,勃然大怒,他随即下达两份圣谕,命信使火速将谕旨送抵盘溪和天虞山。

第二天早朝之后,众臣纷纷退去,程昊刚走下正阳殿的台阶,一位太监疾步走到程昊的面前道:"大将军请留步,大王请大将军勤政宫议事。"

程昊来到勤政宫,静王示意程昊坐下,随手将贾戎的密折递给程昊。程昊看完后,静王懊悔道:"孤王犯了个大错,真不该将铁木和奄达放走,原以为铁木没有几日的活头,没想到这老儿命还挺大,居然活着回到盘溪。孤王已经下诏,命铁木归隐,不得参与西番政务。"言罢,无奈地摇了摇头。

程昊道:"放铁木父子回盘溪我有责任。西番民风剽悍,凶狠好斗,以现在形势看,臣担心贾戎难以应付,大王,我把手头事处理完,做好交代,三日后就前往盘溪,了解清楚那里的情况。"

静王有些犹豫地问:"大将军要为此事亲自去一趟吗?"

程昊道:"铁木在西番根深蒂固,别看他在卞雍囚禁十年,一旦回到西番,如龙入大海,虎归山林,若臣不亲临盘溪,恐无人能镇住铁木。唯有将铁木的影响彻底根除,臣才放心。臣想去盘溪之前,先到翟义将军那里一趟,让他做好进入盘溪的准备。"

静王颔首："大将军说得有道理，那还要烦劳大将军辛苦一趟了。"

一匹快马闪电般冲进盘溪城直奔辅监府，信使下马，疾步来到大厅，贾戎一见是王庭信使，急忙跪下接旨，之后他陪着信使来到郡守府，并将圣旨交给巴特。巴特阅毕，即刻召集盘溪所有官员到郡守府，信使站在郡守府的广场前台，面对一大群跪下的官员宣读圣旨。"盘溪之状据已知悉，图拉巴特勤勉慎行，倾心协办，颇为得力，殊为王庭认可。番郡诸官需服命遵从，唯辅监司贾戎、郡守府巴特之令是从。切不可因铁木放归生变，诸官自当谨遵圣谕，依如前故。图拉铁木囚禁卞雍十年有余，因痛心疾首，诚表自悔，加之病危，恳求归梓，王庭仁德体恤，允其戴罪归籍。今着图拉铁木、图拉奄达归隐自省，不得参与西番一切政务，万不可再生事端，以免兵接祸连，钦此。"

宣读完圣旨，贾戎道："各位都已听到大王圣谕，诸位为王庭官员，食王庭的俸禄，当奉遵圣旨，报效王庭，唯郡守、辅监两府政令是听，切不可阳奉阴违，违抗圣谕，如不幡然悔悟，则王法无情。"而后，贾戎示意巴特讲话。

巴特道："辅监司大人已经讲明，各位切要谨记，本郡守实不希望有一人不遵圣谕，各位回去要好自反思，好自为之，今日就到此，各位散去吧。"

郡守府的广场上一片沉寂，所有的官员都默不作声，他们静静地从郡守府的大门鱼贯而出。当所有官员全部退出后，贾戎带着信使来到郡守府的后院，有人已经通报了铁木和奄达，当贾戎和信使走进后院大厅，铁木和奄达急忙跪拜听旨，信使阴沉着脸，高声宣读圣旨，信使读完后道："图拉铁木接旨。"

铁木谢恩后，表情僵硬，脸色刷白地接过圣旨。

"铁木大人好生养病。"贾戎说完，随着信使走出后院。

奄达咬着牙，瞪着铁木手中的圣旨，他一把将圣旨从铁木手中抓过，扭成一团，扔在地上，口中骂着："王八蛋。"

就听见"噗"的一声，一口鲜血从铁木口中喷出，鲜血飞溅，斑斑殷红的血迹喷在铁木和奄达的衣服上，溅在圣旨和地上。奄达托住铁木，喊着："父王，父王。"

他搀着铁木走进卧室，将铁木扶上床。

两天后，神志模糊的铁木突然清醒了，精神似乎好了许多。他知道这是回光返照，自己就要不行了，他把二子、三子、四子、五子，连同穆图阿的儿子阿穆隆一起召集在床前，吃力地道："吾与夏洲血海深仇，吾儿切要牢记，父王拜托你们,辅佐奄达,光复我西番。"说完便又昏迷了过去。

阿穆隆有些激动,眸子中带着深深的仇恨:"奄达,我们听王爷的,跟你干,我与夏洲誓不两立。"

老五跟着附和着:"三哥,我们跟你干,你说我们怎么办?"

奄达很受鼓舞,他克制激动的情感,但语调平缓:"只要大伙齐心,信任奄达,我一定带着大家光复西番,替父王报仇,不过,现在还是要看父王的情况。"

二子敖日道:"父王的棺椁还是要准备的。"

四子朗格道:"这让巴特去办。"

奄达扫视一遍大家道:"你们先回去,这里我盯着,有什么事我会通知大家。"

四个人离开了郡守府,向着各自的住处而去。

敖日一坐进自己的马车,眉头就紧蹙了起来,他感到愤懑和压抑,他是堂堂的二哥,奄达一个被囚禁在卞雍十年的囚犯,回到盘溪仅仅半个月,就要做首领,他凭什么? 他算老几啊!

他快快地下了马车,走进自己的房间,不大会工夫一个仆人端着一个茶盘走进屋子,将茶壶放在桌子上,敖日眉头一蹙,挥手让仆人出去,仆人急忙退出,将门关好。他独坐在屋内,大脑飞速地运转,深深地陷入沉思当中,他对奄达虽然没有什么恶感,但也没有太多的好感,就像铁木对他一样,而且父王越是宠爱奄达,他对奄达的那份做兄长的兄爱就越少,现在让他拥戴这个弟弟,他在情感上难以接受。其次他的领地与镇守在天虞山的夏洲将军翟义最近,一旦开战,自己的领地首当其冲。他要保住自己的领地,让自己的家人平安地生活。一想到父王和奄达一回来就欲谋反,让西番重蹈战火之中,他的心中顿时怒火中烧,他抬手将茶壶猛地摔在地上。茶水飞溅,茶壶的碎片四散一地。他大声招呼仆人将摔在地上的茶壶碎片收拾掉,家仆看到老爷一脸怒色,没有吱声,赶紧收拾干净地面退了出去。

他在屋里不停地踱着步,怒火更胜,他心想就凭他们几个能是程昊的对手,威震九州的敬洲铁骑都全军覆没在程昊手里,几个跳梁小丑岂不是自取灭亡,这些人绝不是程昊的对手,跟着他们无异于自寻死路,他们要替父报仇,自己可没那份心情。他决定他要投靠巴特阵营。

巴特一上午都在处理政务,刚闲下来,一个家仆疾步走进房间,低声道:"老爷,托管家请老爷到西院的书房去一下。"

深感疲倦的巴特立刻精神了起来,他知道管家让他去西院书房,一定是有重大事情发生。他猛地从椅子上站立起来疾步向西院书房走去。

西院书房是郡守府最幽静的地方,寻常少有人会到这里,这里是他读书、思考和休息的地方,他喜欢一个人独自待在此院,在这里无人打扰,他可以安安静静地松弛下来。因此,他只让一两个可靠的仆人在门外候着,只有托管家可以直接到这里找他,通常托管家在这里找他一定有重要的事情。

他一进西院,托管家正坐在凉亭下,见巴特进来急忙站立起来,上前关上大门。随着巴特走进书房,巴特问:"托管家找我何事?"

管家目光闪着不安:"大人,今日一早老王爷召见二子、四子、五子还有阿穆隆,当然奄达也在,老王爷的院门紧关着,具体说了什么奴婢不知。大约半个时辰,二子、四子、五子还有阿穆隆从院中匆忙出来,而后从郡守府后面迅速离开了。"

巴特有些震惊,他感觉到事情的严重,父王一定是背着自己在做后事的安排,他有着一种不祥之感,他对托管家道:"你盯住父王和奄达那里,你去吧。"

管家走后,他的心头塞满愤恨,看来父王是想废除他,只要父王还活着,早晚有一天会大难临头。他咬着牙,走出屋里,在院子里来回走着。

子夜时分,巴特突然被叫醒,巴特走出卧室,托管家道:"老王爷过世了。"

巴特来到铁木的住处,屋里奄达和几个仆人都在哭泣,巴特走近前,看到脸色灰白、已经断气的父王,立刻跪在父王的床前大哭了起来,随后二子、四子、五子先后来到,郡守府的一群家眷也跪在屋里,大家哭作一团。这时,敖日来到巴特身边,示意他到屋外,巴特随着敖日来到屋外,巴特一脚刚跨出门槛,敖日迅速将一个布条塞到巴特手里,巴特立刻心领神会地将布条装进兜内,敖日对巴特说:"应将父王尽快装殓。"

巴特立刻又回到屋内,将托管家叫出,让他先暂去找来一副上好的棺椁,不到一个时辰,一副上好的棺椁被抬到后院,将铁木入殓到棺椁中,并在后院的大厅设立灵堂。整个郡守府素幔黑纱,庄严肃穆。

上午巳时,贾戎来到铁木灵堂吊唁,之后,巴特陪着贾戎来到前院的书房,巴特将敖日塞给他的布条递给贾戎,上面写着"子夜会面,地点兄定,速告知"。

贾戎道:"子夜东岳楼,我在郡守府西门外安排轿子,你子夜前出郡守府西门,轿子在那里等你,敖日我去通知,我们在东岳楼再细谈。"

临近子夜时分,郡守府的西门前一片漆黑,一弯淡月将黑夜中的树林映得影影绰绰，一盏昏黄的宫灯从寂静阴森的小路向着西门而来，吱的一声西门被打开，门外停着一个轿子，巴特走出西门，一个轿夫走近："您是巴特大人？"巴特点点头，轿夫道："贾大人命我接您去东岳楼，大人请上轿。"

巴特转身向打着灯笼的托管家挥挥手，西门被关上了，巴特上了轿子，轿子随即消失在夜幕中。

轿子进来东岳楼，穿过两个院子，落轿在后院的客厅门前，巴特下轿走进客厅，贾戎和敖日正坐在精雕棕漆的楠木椅上等待着他的到来。三人施礼寒暄之后，敖日将铁木临终的托付和当时各个弟弟和阿穆隆的表现告诉贾戎和巴特，贾戎感到问题的严重，他对巴特道："你要密切注视奄达的行踪，有事情迅速与我联系，你们回去后要不动声色，这里就是我们联络的地方，有什么消息就送到这里，这件事很严重，我必须即刻禀报大王。"

巴特道："是不是也应该告诉镇守天虞山的翟义将军，以备不测。"

贾戎沉吟半晌道："可以，我通知翟义将军，要他也有所准备。今天就到此，你们二人要多加小心。"三人都离开了东岳楼，向着各自的地方而去。

巴特刚到西门，门就打开了，托管家正等候着巴特，他打着宫灯给巴特照路，二人肩并同行着，托管家道："大人，您刚出去不久，奄达也从后门出去了，奴婢没敢叫人跟着，怕惊动奄大人。"

巴特满意地点头道："你做得很对，切记千万不要惊动奄达，不能让他产生警觉。一定要谨慎。"

在阿穆隆的府宅，数根洁白蜡烛将书房照得通亮，阿穆隆道："奄殿下，我认为在盘溪巴特还是有影响力的，一些官员们还听从巴特的指挥，奄殿下要成为西番的新主人，首先就要处理好巴特，不知殿下对巴特做何考虑？"

奄达道："第六天后，就是父王入葬的日子，西番所有重要官员都在盘溪，我想第六天的晚上我们几兄弟在郡守府开会，以商议父王入葬事宜为由，请巴特主持，巴特必然出席，在会议上由大家表决，让巴特交权，然后再让他按照咱们的安排在父王的葬礼后，向官员们宣布。"

听了奄达的话，阿穆隆的内心很是兴奋："既然殿下这样安排，我有个计划，就是争取两个人，若能将二人归顺，殿下的计划就可顺利实施。"

"哪两个人？"

"司马巴布尔、护庭尉乐托。"

"阿大人可有把握争取到这两个人。"

"巴布尔我是了解的,我们走得很近,他表面上顺从巴特,实际很看不惯巴特的行事,他曾跟我说过'毋宁死,也不愿意做夏洲的狗',争取巴布尔,我是有把握的。"阿穆隆自信地说。

奄达很是欣慰:"乐托哪?"

"我可以跟他谈谈,摸摸底。如果他跟着我们,盘溪就能不费吹灰之力被我们控制,如果死心塌地投靠巴特,我们只有让巴布尔带兵逼其就范。"

"这个计划很好,一切仰仗阿大人了。"

第三天的中午,贾戎得到辅监司密探的消息,司马巴布尔上午去了阿穆隆的府宅,贾戎大感震惊,他即刻命令辅监司密探一定盯住巴布尔的去向,下午密探来报,巴布尔已出城,向着西番大营的方向去了。贾戎让密探也赶赴西番大营,密切注意西番大营的动向,一旦有部队集结,迅速禀报。之后,贾戎立刻写了一封书信,将这里的情况告知镇守天虞山的翟义将军,希望他速派部队到盘溪。

这天晚上,夕照寺大街的店铺一家接一家地打烊熄灯,大街也冷清了许多,而齐晟酒楼依然是灯盏通明,宾客如云。大厅内杯光琉璃,美酒醇香。在二楼的一个小包间内国师阿穆隆和护庭尉乐托在饭桌前面对面而坐,饭桌摆着四荤四素八盘色香味美的精致炒菜和一壶上好的美酒。二人边吃边谈着,阿穆隆道:"你们乐家到你这辈已经是四代护卫西番,老乐家可以说是世代忠良,为图拉家族立下了汗马功劳。只可惜,今天将军所保的巴特远不如他的父王。"

乐托将杯中的酒一饮而尽,无奈地叹息道:"唉!这世道真是没办法。巴特大人或许也是无奈。"

"我看乐大人恐怕也是言不由衷,巴特可不是或许无奈。他是心甘情愿地为夏洲卖命。"

乐托咬牙道:"我见那个姓贾的气就不打一处来,真想一刀把他劈了。"

我告诉你一件事:"铁木王爷临终前,召集了二子、三子、四子、五子还有我,唯独没有让巴特来。"

乐托急切地问:"老王爷临终交代了什么吗?"

"那是当然。"

阿穆隆把话停止了,看着急切等待下言的乐托。见阿穆隆不说话了,乐托急切道:"老王爷交代了什么?"

阿穆隆道:"老王爷临终要我们不要忘记我西番与夏洲的仇恨,期望我们有朝一日光复我西番。"阿穆隆观察着乐托的反应,看看他是什么态度。

乐托有些激动,泪眼盈盈:"老王爷说出我的心里话,我们应该做的就是这件事情。这样才对得起他老人家在天之灵。"

看到乐托这番样子,阿穆隆很是满意,他对乐托道:"老王爷临终交代让我们辅佐奄达,我们一致表示,愿跟随奄殿下,让他做我们的首领。"

"我愿追随奄殿下,只要国师大人吩咐,下官万死不辞。"

第四天的深夜,突然一个黑影站在贾戎卧室的门前叩门叫道:"大人,大人。"

贾戎从睡梦中被叫醒,急忙下床打开卧室的大门,黑影道:"大人,有密报,密探在房间等您。"

贾戎来到卧室后院的一个房间,密探正焦虑地等待贾戎的出现,见贾戎进来,抢先开口:"贾大人,穆赤大人让我告诉您,乐托投靠阿穆隆,乐托让穆大人派人监视辅监司和您,我怕暴露得走了。"

"知道了,注意安全,快走吧。"

密探走后,贾戎感到事情不妙,形势发展得太快了,一切让他始料未及。他必须立刻通知翟义将军,让他立刻带兵进入盘溪。他疾步走进书房,写了一封密信让密探送至天虞山交给翟义将军。此时,已是天色微明,东方铅灰色的天空出现一抹熹微,为了谨慎起见,他让密探等到城门打开后再出城。

卯时过后,贾戎刚跨进前院的门槛,辅监司一个办差的就匆忙迎了过来:"大人,有人在您的房间等着您。"

贾戎快步走进自己的房间,将门关好,然后问在屋里等候的密探:"什么情况?"

密探道:"我已探明,西番大营已经开始集结兵士,他们全副武装,现在还在不断集结。"

贾戎道:"你马上回去,继续监视西番大营的情况,你带上几只信鸽走,西番大营一旦出动,就用信鸽通报。"

密探走后,贾戎深知情况危急,看来奄达的行动之快远超自己的判断,自己还是低估了奄达的力量。现在自己已经完全处于被动状态,一切计划可能都来不及了,当下唯有从长计议,尽快和巴特一起离开盘溪,等待翟义将军的到来,但是一旦离开,整个情报网就会立刻暴露,他感到进退维谷。他盘算着从西番大营到盘溪有四个时辰的路程,以马队最快的速度也要两个多时辰才能到达。他估计巴布尔要行动最快也要应该今天夜里或是明天,所以傍晚之前是能够安全离开的。他思忖着是立刻撤离还是再等等,但不管是留还是撤,必须马上制定出具体撤离方案。

正当他思考着具体行动方案时,门被急速地敲响,他的思绪被打断:"进来。"

门猛地被推开,后院主事的家仆慌忙地冲了进来:"大人,后院书房内坐着一个陌生人,我们也不知道他是怎么进来的,他说要见您。"

贾戎感到诧异:"走,我们去看看。"

贾戎走进后院,几个护卫已经在后院等候,他们跟着贾戎走到书房的门前,贾戎推开书房的房门,在书桌前的那个人将头抬了起来,贾戎一见,惊喜地禁不住叫道:"大将军!"

他回头命跟随的人退下,关上屋门,兴奋地奔到程昊面前,激动的声音有些发颤:"大将军,您怎么来了?"

程昊微笑着:"我看到你给静王的密信,有些不放心,怕出什么事情,怕你们控制不了,就先过来了。"

"大将军真是料事如神。"贾戎随即把当前的情况详细地汇报给了程昊,程昊听完不禁暗自唏嘘,他对贾戎道:"你不必担心,穆赤是我的人,事情就没有那么糟,最坏的结果就是我带着你们杀出盘溪,现在必须马上让翟义行动,我现在就去天虞山命翟义准备发兵,晚上就回来。"

就在此时在阿穆隆的府宅,奄达正和阿穆隆在商议废除巴特的具体行动方案,阿穆隆道:"奄殿下,现在盘溪基本已经掌握在我们手中了,巴特和贾戎已是瓮中捉鳖,笼中困鸟。"

奄达开心地笑了:"贾戎我们先不要动他,恐怕和夏洲难免兵戎相见,如果贾戎能为我们所有,那再好不过了,如果他拒绝合作,他也是我们的一个筹码。至于巴特如果后天晚上能按我们的要求做,我们就留下他,不按要求做,我们就干掉他。"

"我会按您的计划,一到戌时,殿下请巴特主持会议的同时,我就带人从郡守府的后门进入,将郡守府控制住。巴布尔的两万兵马也在这时迅速将盘溪的四门围住,守住四门,我让巴布尔在我的府宅坐镇指挥,大人你看如何?"

"这很好,这里一切全靠国师统筹,我这就回去通知二哥、老四和老五,后天晚上戌时在郡守府议事厅开会。"

天色黑下来，街上已经变得冷清寂静，许多宅户内烛火闪烁。程昊回到贾戎的书房，贾戎疾步来到书房，进门便急促地对程昊道："大将军，一个时辰前，敖日派人送来消息，约我子夜在齐晟酒楼见面，有重要事情面谈。"

程昊道："子夜我们一起去。"

子夜时分，在东岳楼的后院，敖日一进客厅大门便见到一位白面英俊的青年，贾戎上前介绍："敖大人，这位就是威震九州的大将军。"敖日惊愕不已，不禁道："真没想到大将军在此。"言罢，上前行大礼参拜。程昊上前相搀，三人走进客厅坐下。

此时敖日心中暗自庆幸他所做的英明决定，看来奄达一伙的结局绝不会比父王更好。于是，敖日将奄达定于后天晚上戌时在郡守府议事厅开会的事情告诉了程昊，并说后天晚上乐托将掌控郡守府。

敖日走后，程昊和贾戎回到辅监府，程昊对贾戎道："我想尽快与穆赤见面。"

贾戎思考片刻道："从安全稳妥起见，还是在东岳楼，明天子夜。"

程昊问："与巴特何时能联系上？"

"现在就可以，您什么时候想与他会面？"

"越快越好。"

"那我现在就派人与巴特联系，今夜就见面。"

程昊颔首，贾戎疾步走出书房，过了半个时辰，贾戎重新回到书房，他对程昊道："巴特在郡守府的西院书房等候您。"

"很好，你休息吧，我天亮前会回来的。"

在漆黑的夜色中，一个黑影悄无声息地落在西院书房的门前，书房幽暗昏黄的烛光下，一条影子在窗户上来回移动着，程昊轻轻地敲了一下屋门，那条影子迅速移动至门前将屋门打开。

门一打开，巴特看到一个身材挺拔修长，容貌俊美的青年人站在门前，他急忙施礼："巴特拜见大将军。"

程昊搀起巴特，把屋门关上，二人落座后，便交谈起来。程昊把目前的情况大概向巴特讲述了一下，巴特把郡守府的情况禀明程昊，程昊问："你现在手里有郡守府的结构图吗？"

巴特道："我现在就让托管家去找，但可能要花些时间。"

程昊道："不用了，你拿一块布来，把主要的结构，要点说一下，我一会去看一下就行了。"

程昊按照巴特所说,粗略绘制郡守府的结构图,随后叮嘱了巴特几句,便离开西院书房。他按巴特的介绍在夜幕的掩护下,对整个郡守府内外进行了全面的侦查,他的脑海里有了一个将奄达一伙一网打尽的方案。

第五天的子夜,东岳楼的后院客厅内,程昊与穆赤攀谈着,穆赤道:"大将军您给我的任务,我试探了几次,乐托冥顽不化,很难争取,所以也就放弃了,我改变了方式,乐托贪财,在他身上我花了不少钱,他对我倒是十分信任。"

"穆大人做得已经很好了。"

穆赤道:"今天下午乐托给我传达一项秘密任务,要我挑选一百名最精干的庭尉府的士兵,明天下午全部到庭尉府待命,晚上将有重大行动。他还特意嘱咐,一定要把他的六个特别护卫带上。"

程昊道:"我想他的计划是明天傍晚,占领和控制郡守府,确保铁木的五个儿子顺利召开一个重要会议,会议上他们逼迫巴特交出权,推举奄达为首领。"

程昊停顿了一下:"你选定的人靠得住吗?"

穆赤道:"除了六个特别护卫,其他人问题不大。"

程昊道:"明天傍晚我在郡守府的西院书房,郡守府托管家是我们的人,到时你我相机行事。"

穆赤离开后,程昊立刻做出安排,他让贾戒从辅监府选出十名精干的人,他今夜就带这十人潜入郡守府,并让巴特马上到西院书房等他。

第六天的下午,在西院书房程昊与巴特和托管家商议了具体行动方案,之后,程昊再次返回辅监府。程昊刚到书房,贾戒面带紧张道:"大将军,我已经得到密报,巴布尔已带两万兵马从西番大营出发,估计两个时辰就到盘溪,我已经准备弓箭,做好了最坏打算。"

程昊思忖半晌,宁静片刻之后道:"按计划行动。"

此时已临近戌时,天色业已黑了下来,贾戒将五十名全副武装,整装待发的辅卫带到辅监府南门,程昊对辅卫道:"你们一定要把眼前的纱巾系牢,不要让它脱落,一会风沙一起,你们就跟紧贾大人走,千万不要掉队。"他看了一眼贾戒道:"贾大人准备好了吗?"

贾戒点点头,程昊随即将手一挥,霎时间黑风骤起,狂风带起漫天风沙,吹得人睁不开眼睛。辅监府南门即刻打开,五十名辅卫随着贾戒顺着风向,沿着定好的路线一路狂奔,很快冲进郡守府的西门,等候在那里的托管家迅速将五十名辅卫安排到隐蔽的地方。

一到戌时,奄达来到巴特房间,邀请巴特主持父王明天入葬的会议,并告知老二。老四和老五已在议事厅等候,巴特随着奄达进入议事厅。尽管程昊已经告诉他今天会议的目的,他也有所准备,但一进大门看到阿穆隆和突然出现在身后的乐托,他的面色顿时露出惊慌之色,他木然地被奄达安排到指定的座位。

就在奄达邀请巴特的同时,一百名护庭兵在穆赤的一声令下,从后面冲进郡守府,穆赤迅速指挥护庭兵占领并控制全部郡守府,一切安排妥当后,穆赤走进西院,程昊正在书房等候着他的到来。

穆赤见到程昊,他将整个护庭兵的布置告诉程昊,程昊向他交代一番后,二人来到议事厅附近,程昊说了声:"全靠你了。"随即消失了。

穆赤走进议事厅的门外的大厅,乐托的六个特别护卫把守着议事厅的大门,穆赤问:"里面人都到齐了?"

一个特别护卫道:"到齐了,正在开会,大人。"

穆赤点点头道:"你们随我来,我有事要向你们交代。"

六人来到大厅边上的一间小房间,托管家已经在桌子上整齐摆放了一排六碗酒。穆赤道:"这是托管家,我们的人,一会护庭尉让我们进去,听我的命令,谁也不许犹豫,护庭尉和我相信你们,我们只能成功不许失败。"

托管家将一碗酒送到穆赤手中,穆赤举起手中的酒碗:"兄弟们拿起酒碗来。"

六个特别护卫各自从桌子上拿起一碗酒。穆赤道:"干!"随即仰头将一碗酒一饮而尽,六个特别护卫也一口气饮尽,接着六个特别护卫便感到天旋地转,随即昏倒在地上。这时,程昊出现在小房间的门外,身后是十个辅卫,程昊命辅卫将六个昏迷的特别护卫拖走,然后向穆赤示意。

穆赤打开议事厅的大门,乐托就站在门边不远处,穆赤向乐托招了一下手示意他出来,随即将门半关着,只留了一道细缝。门被拉开,乐托走了出来,他刚要问穆赤,背后就被程昊一掌击中,人一声未吭就一命呜呼了,托管家和一个辅卫上来将尸体拖走。

穆赤再次打开议事厅的大门,似乎有东西掠过议事厅,只有阿穆隆感觉到了一股气流,他刚一愣,一道厉闪从他的颈部划过,脑袋从肩上滚落在桌子上。当场的人惊骇得瞠目结舌,就在三子奄达、四子朗格和五子格日还没有反应过来,他们的脖子被一股气流紧紧地套住,三个人已经被气流压迫得几乎窒息,他们拼命挣扎着,张着嘴,手抓着脖子,两脚乱踹着。当穆赤带着六名辅卫进入议事厅,程昊才收了法力,程昊怒斥道:"大王对你们恩重如山,尔等不思回报,密谋造反,真是怙恶不悛,死不改悔,给我绑了。"

六名辅卫上前将三人五花大绑。

快到子时的时候,程昊对穆赤道:"穆大人,你让巴布尔的那个探子过来一下。"随后小声向穆赤交代了几句。

郡守府的道路,各个大门都站立着挎刀持戟的兵士,一个兵士将巴布尔的那个探子带到议事厅的门前,士兵轻轻地敲了一下门,门被半推开,巴布尔的那个探子正好能够看到议事厅站立的奄达、巴特和朗格。

穆赤从门里走出,将门带上,穆赤对巴布尔的那个探子道:"你先回去,向巴大人交代一下,会议还在进行,内容很多,主要按照奄大人的意图在进行,进行到什么时候还不知道,你回去禀明巴大人,再回来时将外面情况告诉我,我和巴大人随时通信。"

过了半个时辰,巴布尔的那个探子又回到郡守府见到穆赤,穆赤问:"这里的情况向巴大人禀明了?"

探子道:"禀明了,司马大人交代外面已被完全控制,四个城门已被占领,辅监司已被包围。"

穆赤点点头:"好,你去休息吧,睡一会,会议一完,我就叫你。"

已过丑时,坐镇在国师府的巴布尔还没见探子回来,他开始忐忑不安了起来,他来回踱着步,随后又让两个护卫再去郡守府,他向两个护卫交代,一定要亲自见到奄达和乐托,向二人问明情况后,再回来禀报。

寅时已经过半,派去的两个护卫也没有回来,巴布尔感觉不妙,他立刻命令包围在辅监司的士兵冲进辅监司,将贾戒抓捕。

不大会工夫,士兵回报道:"大人,辅监司已经是个空府,除了六个看守大门的辅卫,整个府宅空无一人。"

巴布尔这时恍然明白,自己上当了,他命手下亚汗立刻集结兵士迅速将郡守府包围。

郡守府门前巴布尔的士兵一排排手举着火把站立在门前不远处,熊熊燃烧的火把将郡守府的四个大门前照得通亮。四个大门被完全堵上了,房上和高墙顶部站满持弓搭箭的护庭兵,双方对峙着。

一阵马蹄声从郡守府门前的士兵的背后传来,士兵们立刻让开出一条通道,几匹高大战马来到郡守府门前,其中一名身披铜甲,高大魁梧,颇显武将威猛的汉子对旁边的一个将领道:"亚汗,你去喊话,请护庭尉门前来答话。"

亚汗走到门前,对着墙顶上的士兵喊道:"速让护庭尉大人门前对话,给你们十分钟的时间,十分钟后若见不到乐大人,即刻攻入郡守府。"

几分钟过后,穆赤站在大门顶部对下面喊道:"请巴大人前来对话。"

巴布尔来带门前,穆赤道:"巴布尔,你好大胆子,竟敢带兵擅自包围郡守府,难道你要造反吗?"

巴布尔蔑视道:"穆赤你少在这里装相,铁木王爷临终已下遗嘱,任奄达殿下为继承人。你们定是绑架或杀害了奄达殿下。"

"放肆,满嘴信口雌黄,赶紧把士兵撤走,否则,教你吃不了兜着走。"

巴布尔吼道:"赶紧把奄殿下和护庭尉交出来,否则,我立刻冲入郡守府。"

这时一个护卫来到穆赤身旁,对穆赤耳语了几句,穆赤指着巴布尔道:"胆大的东西,你等着,我去叫人。"

巴布尔哼了一声:"我等着。"

不大一会,程昊和穆赤来到议事厅,程昊命辅卫将铁木的三子、四子和五子带了进来,程昊面色阴沉对三人道:"如果你们不想家人被斩尽杀光,不想马上就死,就按我说的做,你们想好了。"

接着程昊又向巴特、敖日和穆赤做了一番交代,带着奄达几人来到正门的大院内,程昊在暗处,让穆赤带奄达登上大门的顶部,巴特跟在后面,奄达走上大门的顶部,就觉得脖子被一股气流压制,浑身动弹不得,穆赤道:"巴布尔,你看到是谁了吗?"

巴布尔看到奄达道:"奄殿下。"

程昊将真气向着奄达发出,奄达一只胳膊抬了起来,横着向巴布尔挥了一下手,示意退下吧,随即被程昊真气控制着走下大门的顶部。巴特怒视着巴布尔一言不发。

接着朗格和敖日也登上大门的顶部,朗格感觉到自己的胸口被程昊的真气顶撞,他没有说话,看了一眼下面就走下大门的顶部。敖日看了一眼巴布尔道:"退兵吧。"说完,走下大门的顶部。

巴布尔不知所措地看着眼前发生的一切。这时巴特道:"巴布尔,辰时奄达和我的几个弟弟都将回到各自住所,那时你去拜见奄达吧,你听好了不许动几位王子。"说完,离开大门的顶部。

巴布尔愣在那里,半晌没有动弹,手下的几个将领则面面相觑,不知所以。这时,亚汗走了过来道:"大人,我们撤吧。"

巴布尔瞪着亚汗骂道:"放屁,就在这等着,我看辰时到来,他还要什么花样。"

郡守府大门前所有的将领和士兵都在静静等候着辰时的到来,时间一分一秒地过去了,此时东方升起的一轮红日已经照射出金色的光芒。忽然一匹战马疾驰到巴布尔的跟前,兵士跳下马急声道:"大人不好,夏洲兵马已到东城门了。"

巴布尔大骂道:"王八蛋,上当了。"

巴布尔随即大叫道:"士兵们给我冲进郡守府,阻拦者杀。"

亚汗拔出佩剑,只见一道寒光,巴布尔的头颅被砍落在地,没头的身子栽倒了下去。亚汗喊道:"巴布尔谋反弑君已被正法,所有兵士不许妄动。"

这时,站在大门顶部的巴特喊道:"亚大人,本殿下现在命你为司马,统领兵马。"

亚汗拱手道:"亚汗谢殿下。"

将领和兵士齐声道:"愿听候司马大人命令。"

巴特道:"亚司马,你速带士兵撤离,打开盘溪城四门,让夏军进入。"

"诺。"亚汗带兵离去。

辰时末,翟义所率三万夏洲大军完全控制了盘溪城和巴布尔的两万兵马。中午,在郡守府的广场上,住在西盘的所有官员一起跪拜大将军,程昊宣布了三子奄达、四子朗日、五子格日、国师阿穆隆、护庭尉乐托和司马巴布尔的罪行,并将阿穆隆、乐托和巴布尔的头颅展示给众官员,随即命士兵将三人头颅悬挂在盘溪城东城门。接着宣布奄达、朗日和格日已暂押大牢,待向大王请命后,将奄达再次押往下雍。宣布阿穆隆全族满门查抄拘捕,待大王圣谕后,全族发配。

官员听罢无不战栗,程昊怒视下面的官员:"你们拿着王庭的俸禄,暗地与铁木和奄达勾结,藐视郡守府,从现在起所有官员需得到巴特大人同意方可离开盘溪,郡守府将对每个官员进行审查,辅监司将会同郡守府一起查办。"

随后,命所有官员各回自己住处,等待审查。

下午,程昊、贾戎和翟义三人在辅监司商议,程昊道:"我今日就向大王递上奏本,说明这里情况。贾大人,你也要起草一份密折,把这次奄达谋逆的情况全面细致地汇报给大王,三天后写好后给我。"

"诺。"贾戒回答。

翟义道:"大将军,下官以为我夏洲也应在盘溪驻扎兵马,我建议这三万兵马从此就驻扎在盘溪。"

程昊道:"翟大人说得很对,翟大人可将一万兵马驻扎在天虞山,其余二万兵马就留守在盘溪。"

三人一直商议到天黑。

三十一、阴谋篡位

YU PEI JI

　　一晃五日过去了,这日一早天色灰蒙蒙的,阴沉的天空乌云滚滚,接近巳时,秋雨下了起来,雨水沿着勤政宫的台阶哗哗地流向院中。忽然,一个太监踏着院中的雨水,疾步走上台阶道:"大王,盘溪贾大人急件。"

　　静王打开密件读完,脸色骤变。他万没想到盘溪情况会演变成这个样子,原以为铁木会给王庭带来威胁,不曾想,不起眼的奄达竟被几个儿子推举为首领,看来这奄达是要走铁木的老路,又要与王庭为敌,谋反自立。想到此不觉怒火中烧,他唤一位太监道:"速召子卫和纪平到勤政宫。"

　　很快子卫和纪平来到勤政宫,二人坐定后,静王努力缓和脸上的怒色,沉着脸将贾戎送来的急件递给子卫,子卫阅完又递给了纪平。静王懊恼道:"孤王不该将铁木和奄达放走,现在西番形势的日益恶化,孤王绝意出兵盘溪,将奄达抓回。"

　　子卫道:"大王,天虞山翟义的三万兵马恐单薄了一些,臣愿带五万兵马,协助翟义进入盘溪,将奄达一伙抓捕归案。"

　　静王道:"大将军已去了盘溪,御庭尉你先做好准备,等待孤王的旨意。"

　　静王又将目光转向纪平:"纪都统,若御庭尉前赴西番,卞雍和王庭的守卫之责就全权交给纪都统了。"

纪平两眉上挑，眸子里闪着光芒道："诺！大王放心，卞雍和王庭守备之责就交给下官，定会万无一失。"

"好，你们就先退下吧。"

二人退出勤政宫，出来王庭，纪平与子卫拱手道别。之后，纪平对车夫道："快赶紧回府，快！"

车夫挥鞭打马，催马前行，马儿开四蹄奔跑起来，车轮滚滚，泥水四溅，马车一路奔跑来到纪平的府宅的门口，纪平跳下马车，对车夫道："你在这等着，装上礼品，我们马上去明王府。"说着走进大门，对家仆喊道："快把礼品装上马车。"

仆人们装上礼品，纪平重新钻进车帷内，马车疾驰着向着明王府奔去。

在明王府的餐厅内，明王爷坐在中央的上方，下面两排各是三个座位，左边第一个座位坐着紫布，右边第一个座位空着，其余的座位分别是尹考、副都司和他的两个儿子。每人的座上的酒菜都已齐备，色泽鲜美的佳肴和醇香飘溢的美酒散发着诱人的味道。大家不紧不慢地闲聊着，但心里都期待着这位缺席的客人的尽早到来，好将宴席开始。明王爷不时向着餐厅的门口看去，终于纪平匆忙地出现在餐厅的门口，明王爷微笑着招手道："来纪大人，这里坐。"

纪平疾步走到自己的座位坐下："纪平给王爷谢罪，下官迟到了，让各位大人久等了。"

"无妨，坐着也是闲聊。现在人都到齐了。"说着，明王爷举起酒杯道："今天是本王爷高兴的日子，珍妃又给本王新添一子，来大家干了这杯。"

之后，在座的几位纷纷向明王爷把盏祝贺，一番恭贺之后，紫布道："纪大人，今天是王爷大喜的日子，你来得这么晚了，是不是得重重地责罚。"

纪平赔笑自责道："应该，应该。若不是大王突然召我，我岂会晚了，我自罚三杯。"说完，连饮三杯。

大伙点头认可，明王爷道："我想纪大人也不会无故来迟，一定有重大事情。"

纪平道："大王突然召我和子卫，准备对西番用兵。"

明王爷的大公子季黎道："要对西番用兵应该是大将军的事，难道铁木又反了？"

"大将军也已经去了盘溪，铁木已经死了，铁木的几个儿子推举奄达为首领，看来又要走铁木的老路。"

纪平与季黎正说着,紫布打断道:"不要说了,今天是王爷大喜的日子,别再提那位大将军。"

纪平看了一下明王爷,刚才还满面春风的王爷,此时脸色变得十分难看,大家都看出王爷的不悦,急忙将话题转到别处,明王爷极力掩饰心中的不悦,与大家又吃了几杯酒道:"本王感到有些不适,就先回去歇息了。"

他看着季黎道:"你替我招待好几位大人。"

季黎点头道:"是,父王。"

明王爷又对大家道:"你们喝你们的,我先告退了。"

王爷一走,大伙也没了兴致,尹考和副都司起身告辞,紫布也准备离去,纪平急忙拦住道:"都司大人等一等,今天是纪平扫了王爷和大家的兴致,实在过意不去,只是不知王爷为什么如此不悦,纪某恳请都司大人给本人指点指点。"

紫布苦笑道:"纪大人有所不知,若不是这个大将军,今日的大王可就是明王爷了。"于是紫布把铁木的西番之叛,以及明王爷被禁足之事讲述给了纪平和王爷的二位公子。听完紫布讲述,纪平的心中很是郁闷,他向季黎致了谢,十分败兴与紫布一起离开了明王府。

纪平阴沉着脸回到自己的府宅,他紧蹙眉头,一声不响地直接走进自己的书房,直到晚饭时间才出来。晚饭后,他让一个家仆告诉车夫,把马车赶到大门口,一会去明王府。

他回屋换上了一袭便装,走到大门口,钻进车帷,马车在湿漉漉的道路上前行,潮湿阴冷的凉风透过缝隙吹进车帷内,他不禁打了个寒战,随手拉了一下车帘:"快一点。"

马车到了明王府的门口,家仆通禀了明王爷后,纪平走进王爷的书房,明王爷淡淡地一笑,示意纪平坐下,而后道:"纪大人不必为此区区小事而挂念,今天没让大家尽兴是本王爷的不是。"

纪平尴尬地回道:"王爷哪里的话,是下官鲁莽,冲撞了王爷的忌讳。王爷对下官有知遇之恩,下官思考了半日,有几句肺腑之言想向王爷一述。"

"纪大人请讲。"

纪平向外看了看,然后看着王爷,用目光示意,此话不能让其他人听见。王爷立刻明白了纪平的意思,站起来,走到书房门前,打开屋门对廊中等候招呼的家仆道:"京儿,把院门关好,不许任何人进来,你也回屋候着,没有我的招呼,不许进来。"

"诺。"仆人回答后,去关院子的大门,然后进了下人的房间。王爷关上屋门,坐回原来的座位道:"纪大人请讲。"

纪平犹豫半晌:"下官讲得对与不对,王爷都不要怪罪下官。"

明王爷道:"纪大人不要有什么顾虑,你还不相信本王爷吗?"

"王爷,纪平以为王爷败于西番,也可以成于西番。当今西番作乱,大将军已赴西番,不久子卫也要去西番,可以说大王所倚重两人均已离开下雍,下雍守备之责全部掌握在下官的手中,这可是千载难逢的机会,不知王爷可否认同下官的看法?"

明王爷恍然领悟,沉思半晌,他犹豫道:"本王爷也是有所顾虑,那程昊岂是容易对付,搞不好,后果不堪设想。"

纪平道:"王爷,天下是元家的天下,程昊再大的本事,也是给元家看家护院,静王在他给静王看家护院,王爷您在他就得给王爷您看家护院,没了静王,他就不给元家看家护院,难道造反不成? 若是那样,那时天下谁会支持他程昊。"

明王爷终于吐出一口气,整个身心都感到前所未有的舒展和畅快,他点点头,然后用无比欣赏的目光看着纪平:"本王真是没有看错纪大人,这天下知我者,就是你纪大人了。"

纪平慷慨道:"下官蒙王爷厚爱,刻骨铭心,现在正是下官报答王爷的恩德之时,只要王爷有命,我纪平就是赴汤蹈火,粉身碎骨也要助王爷成此大事。"

明王爷感激地望着纪平:"此事非同小可,关系你我的身家性命,要绝对谨慎,不能有任何闪失,我们每一步都要精心设计,你回去注意王庭的动向,仔细地、周全地筹划一下,过几日我们再议。"

数日过去了,纪平发现子卫没有动静,他来到禁卫府见到子卫,向子卫询问西番的情况,子卫道:"西番局势已被大将军平定,翟义将军三万兵马现驻扎在盘溪,奄达一伙已被囚禁。静王前日召见在下,大王颇为高兴,让在下不必再准备出兵西番的事情了。"接着便将贾戎的奏报给他讲述一遍。

纪平听罢大为失望,脸上却装出惊喜的样子,笑着对子卫道:"大将军真不愧为我夏洲的战神,凭一人之力就将西番平定,着实令在下佩服。"随后与子卫闲聊了一阵,便起身告辞了。

他心情烦躁地骑在马上,带着几个护卫,向着明王府而去。他走过喧闹的大街,来到清静的街巷,眉头始终紧蹙着。他低头思忖,子卫不离开下雍,他的计划就无法实施,他对王爷的提议恐怕也只能是胎死腹中。但无论情愿不情愿,内心如何抵触,他都必须把这令人沮丧的消息告诉王爷。

他来到明王府,家仆通禀后,一个家仆带他来到王爷的书房,家仆将院门关好,走进下人的房间。纪平坐在王爷的对面,将与子卫会面的情况讲给了王爷,之后,讪讪道:"王爷,我们的计划遇到了麻烦,下官还没有想出更好的良策。"

元明的确有些失望,但心里早已有些准备,他本来就认为光凭纪平一人太冒险了,尽管元静将王庭和卞雍的守备大权交给了他,但他要掌控御神军恐怕可能性不大。所以他对纪平的方案本来就顾虑重重,拿不定主意,现在看来他要启动另一个计划了。听完纪平的讲述,明王爷道:"纪大人不必太烦心,本王爷再想想别的办法,等有了可行的办法,再和纪大人商量。"

纪平走后,明王爷坐在桌前,思考半晌,他拿起笔,行云流水,挥笔而成。然后他将大公子季黎叫到书房道:"你速到象郡的紫云山庄,把为父的这封信送到陆鸿的手中,给你半个月的时间,你现在就走。"

季黎一路快马加鞭,六日后来到象郡的南庐城。南庐城是象郡最大的城池,它也是象郡的经济文化中心。而南庐城的六条街则是南庐城最繁华、最热闹的地方。六条大街四纵两横,大街与大街之间有数条小巷连通。这里商户店铺云集,宽阔的六街广场上有摆摊吆喝的,有杂耍卖艺的,有看相算卦的,整个大街和广场车来人往,络绎不绝。

季黎穿过六街广场,走到六条街的尽头,见一老者迎面走来,季黎拱手施礼:"老人家您好,向您老打听一下,您知道紫云山庄吗?"

老人转身抬手给季黎指引:"你过了前面的石桥,沿着小路向东走,也就两里路就能看到一条大河,过了河就能看到一个高墙大院,你沿着高墙向北走,就到了紫云山庄的大门。"

季黎谢过老人,上马穿过湄水大桥,沿着一条土路向东而去。一过湄水大桥陡然间就是另一番景象,这里突然变得空旷寂静,眼前是一片绿色的原野,广袤的原野绿草茂盛,一群一群的艳丽的鸟儿在草地上忽起忽落,盘旋翱翔,远处散落着低矮茂密的灌木丛和高大的树木。季黎举目远望竟不见一人。大约走了两里路,眼前出现了一条大河,河水静静地流淌着,似一条绿色的碧带穿过原野。他来到河畔,发现右边不远处有一座木桥,木桥的上方几百米处突兀耸立着一道高墙,高墙上挂满了绿萝藤蔓,环绕着墙内露出的高大茂密的榕树。

季黎催马走过木桥，沿着高墙向北而行，不一会来到紫云山庄的大门。季黎上前扣了两下大门，一位老者将一扇大门打开，季黎向老者说明来意，守门的老者道："你进门沿着湖边的道路一直向西走，走到头就是紫云山庄的住所，庄主就住在紫云阁。"

季黎谢过老人，走进紫云山庄。一泓秋湖水波光潋滟，碧水荡漾，湖边芦苇婆娑，道旁大片的竹林青翠欲滴，远处盛开的花朵娥黄嫣红，艳丽夺目。季黎观赏着园中的景色，不禁感叹道："此处真可称得上是人间仙境了。"

向西行进，不多时便可看到前方高耸着的殿宇和楼阁的顶部，他催马来到一座红墙绿瓦的院落门前，门前是由大理石铺成的空场，季黎将马拴在马桩上，迈步走上雕栏玉砌的汉白玉台阶，在门前扣了三下朱漆大门的衔环，门被打开，里面站着一位身材修长，体格健壮的小伙子。季黎将来意告诉小伙子，小伙子十分客气将他请进院内。

小伙子在前带路，将他带进小月楼的客厅，小伙子沏好茶，微笑道："您在这里略等片刻，我去禀报庄主。"

小伙子走后，季黎环视着客厅的布置，墙壁挂着山水字画，精雕的木柜摆放陶瓷古器，雕花的窗棂下，一盆飘逸灵动的盆景颇显出主人的品位和雅趣。

大约十分钟的工夫，一位身着白衣，飘逸洒脱且带着些许文人气质，五十上下的男子疾步走进客厅。季黎急忙站了起来，拱手施礼道："我是明王爷的长子季黎，您是？"季黎问询着来者。

那人一听是明王爷的长子季黎，眸子顿时一亮，他仔细打量着季黎道："季黎，都已经长成大人，真快啊！我是陆鸿。"

"您就是陆庄主，家父有封亲笔信要我亲自交给您。"

陆鸿接过信打开读了一遍，随之脸色变得严峻起来，他对季黎道："季黎啊，你在这里等候片刻，我这就安排一下，一会我同你一起回卞雍。"

陆鸿带着两个随从和季黎一行人星夜兼程，第五日的傍晚回到卞雍。一进城门，陆鸿道："季黎，你先回府中，半个时辰后，让王爷在后门等我。"

季黎回到府中，将陆鸿的话转达给了明王爷，明王爷道："此次象郡之行，只有你我知道，不许对任何人讲，陆鸿回卞雍的事更要绝对保密，你现在到后院去一趟，把所有的人都叫走，今晚到明天不许任何人进入后院，我在后门恭贺陆先生。"

"父王，要不要儿臣陪着您？"

"不用,你让人看好大门,别让人进入后院就可以了,快去办吧。"

半个时辰后,陆鸿推开明王府后院的大门,刚走进后院,明王爷便从小路迎了过来。陆鸿看到王爷,赶紧上前施礼,元明过来一把抓住陆鸿的胳膊,上上下下打量着陆鸿:"一别十多年了,老了,看着气色这么好,本王真是高兴,那年把你从棺材救出,我一直怕你活不过来。"

陆鸿眼里有些潮湿,语调坚定地说:"自从我醒来那时,我就相信我一定还有见到王爷的一天,这天终于来了。"

元明带着陆鸿走进后院的书房,二人坐定后,元明将纪平的情况和他的计划讲给了陆鸿,最后道:"程昊远在西番,纪平掌管着守卫下雍的兵权,且元静对他颇为信任,这是千载难逢的机会,本王爷隐忍十多年了,如果错过这次机会,恐怕再没有可能了。"

陆鸿颔首:"我看了王爷的信,就知道时机终于等来了。我一路都在想王爷十多年的忍辱负重,此次王爷一定是下定决心,拼死一搏。既然王爷决意动手,此次不成则亡,所以我们要出手必成,要确保万全。路上我已有了一个方案,从现在的情形看,这个方案非常可行。"

元明兴奋道:"陆先生请讲。"

于是,陆鸿将刺杀元静的方案及实施步骤,每个步骤的具体细节悉数讲给了元明。元明不住点头,对陆鸿的计划大为赞许,他的内心对这位从前的师爷十分钦佩。他恳切道:"有陆先生在,不怕此事不成,一切仰仗陆先生了。"

陆鸿道:"这第一步还要看王爷的了。"

"好,等你把麋鹿送来,我就去见元静。"

"那王爷,我就告辞了,海儿是我的贴身奴仆,也是明鸿帮的会员,现在他和我一起住在晟宁会馆,让他做联络人,没有特别重要的事情,我就不到王爷这里来了。"

"让他和季黎联系,要不先生就住到我郊外的青云宫吧。"

陆鸿摆手:"晟宁会馆都是明鸿帮会员,在那里更方便指挥,而且王爷若是一切顺利的话,要不了六七天我就回象郡了,我必须把那里安排好。"

"那好,就听先生安排。"

十天后,一只白色花斑麋鹿和一匹乌黑油亮的乌骓马被送入王爷的府宅,元明欣赏着陆鸿送来的活物,内心泛起一股冲动,他已经不能再忍耐了,此时他已横下了心,此役要么君临天下,要么家破人亡,就是一败涂地,他也要进行到底。

次日的早朝之后，他并没有随着众臣离开王庭，而是独自留下去拜见静王，静王传元明到勤政宫拜见，元明来到勤政宫，静王笑着问："我们已经很久没有单独在一起待过了，我这个做王兄的对你也是关心不够。"

"大王折煞元明了，不过父王在时，我们时常在一起的情景至今犹在眼前，转眼二十年了，我们都老了。"

"是啊，齐风和季黎都到了我们那时的年龄。"

静王忽然想起季黎，他说："对了，孤王已有两年多没有见到季黎了，哪天你让季黎到王庭来，孤王要见一见季黎。"

"好的，大王，我们这么多年没有在一起吃过饭了，元明希望中午能和王兄一起进餐。"

静王高兴道："好啊，中午你就和孤王在王庭一起进餐，我让膳房厨师准备一下。"

"我给大王带来一只花斑麋鹿，午餐把它杀了，大王尝尝这只麋鹿的味道。"

在太和宫的御池厅静王与元明相对而坐，各自的桌上一壶御酒和几盘凉菜，时间不长，两个御厨便给两桌各自端上一盘精心烹饪的鹿肉，盘内一块块鹿肉被浇上酱汁，配上青椒，看上去色泽晶莹鲜亮。静王夹起一块鹿肉放入口中咀嚼，味道的确鲜嫩可口。接着御厨又端上一盘刚刚烤熟的鹿腿，鹿腿撒上调料，浓郁的香味扑鼻而来，令人垂涎，静王撕下一块鹿腿肉品尝，酥嫩柔软的烤肉味道爽滑细腻，满口留香，令人回味无穷。静王大加赞叹："此鹿味道果然鲜嫩，可谓一绝。"

元明道："大王有所不知，此鹿来自棠水，棠水这个地方有三绝，一是斑点麋鹿，二是三色凤姣鸡，三是乌玄棠水鱼。大王今日品尝的斑点麋鹿就是我托人在棠水草甸捕来的，那片草甸很大，是大王秋猎的绝好地方，此处远比下雍郊外的猎场好上很多，现在正是秋猎时节，再过半个多月就不好捕猎了。"

静王道："棠水在象郡吧？"

元明急忙道："正是，从下雍到棠水草甸也就不到五天的路程。"

"倒也不远。"静王自语。

元明趁机建议："大王可否考虑到棠水草甸秋猎，若大王愿意，元明愿陪伴大王，大王也让大臣们品尝一下棠水的三绝。"

静王沉吟片刻："好，半月后就去棠水草甸秋猎。"

这顿午餐静王颇为满意,他们谈得更是非常开心。午餐将近用了一个时辰,之后,元明匆匆离开了王庭。回府的路上,他不禁松了一口气,元静准备赴棠水草甸秋猎,这就实现了陆鸿的第一步。

秋日午后的阳光灿烂温暖,太液园中大片的银杏树如同午后的阳光金黄耀眼,绚烂而盛大。静王传子卫和纪平来到太液宫,静王道:"上午明王爷求见孤王,和孤王提起秋猎之事,明王爷提议今年去棠水草甸秋猎,孤王应允了明王爷的提议,准备两周后在棠水草甸秋猎,御庭尉你觉得如何?"

子卫听到大王要去棠水草甸秋猎,感觉有些为难,棠水草甸地形复杂,护卫大王的安全难度较大,但他又不想搅了大王的兴致,于是道:"大王已定,臣定当确保此次棠水秋猎的安全,臣略知棠水草甸要比卞雍郊外的猎场大得多,且那里地形复杂,恐怕御神军要倾巢出动,是否请大将军速归,到棠水护驾?"

纪平急忙接上子卫的话:"大将军现在西番,两周后就去棠水,时间过于紧迫,护卫军可以助御庭尉一臂之力,这样既可以确保大王此次棠水秋猎的安全,又可以使大将军安心处理西番的事务。"

静王点头:"就按都统所说的。"

子卫道:"大王,我明天就去棠水勘察。"

纪平接道:"我和子大人一起去勘察。"

"可以,你们一起去吧。"

天色刚刚黑了下来,纪平就匆匆来到明王府,明王爷还是在书房与他见面,纪平把静王决定到棠水草甸秋猎以及他将协助子卫棠水护驾的事情悉数讲给了明王爷。明王爷大喜:"纪大人的机敏,本王爷是知道的。你在这里等候片刻,我去请一个人,一会儿你和他见一见。"说完走出书房。

明王爷来到季黎的房间,王爷提笔写道:"静王已准棠水秋猎,命纪平辅助子卫护驾,现纪平正在府中,请先生速来本府商议。"

写完后,王爷将信交给季黎:"你速去晟宁会馆将陆先生请来,从后门进来,带他到后院的书房,我和纪平在那里等他。"

季黎急忙出来明王府,直奔晟宁会馆。

明王爷又回到书房,他对纪平道:"你随我去后院的书房,我们在那里等着陆先生。"说着领着纪平向后院走去。

走进后院,明王爷命一个家仆将书房的门打开,点上蜡烛,然后对家仆道:"你把王府的后门打开,虚关上就行了,看看后院还有没有人,没人,你就守在后院的门外。"

家仆答应着离开了。明王爷和纪平坐定，明王爷道："陆鸿，陆先生十多年前是我的师爷，陆先生办事沉稳，足智多谋，此次棠水秋猎就是陆先生计划的，我们就按陆先生的计划行动。"

二人正聊着，季黎带着陆鸿来到书房，明王爷让季黎回去，然后给他们彼此做了介绍，二人彼此施礼，相互客套了几句，便进入了正题。纪平将护卫军和御神军的情况讲述给了陆鸿，陆鸿将带来的棠水草甸地形图打开，根据地形图，向明王爷和纪平详细讲述棠水草甸的地形和特点，讲到最后陆鸿道："百里山地形复杂，山谷纵横，我们就在那里动手。"

他看着纪平："纪大人，你要让我的人进入百里山。"

"放心陆先生，我会的。"

陆鸿接着道："只要能将静王引入百里山，纪大人在百里山口堵住御神军七八分钟，我定将静王取下。"他用手在自己脖子上示意了一下。

纪平点点头。

明王爷道："好，一切按陆先生的计划办，纪大人时间不早了，明天你还要去棠水，我送送你，你和陆大人到棠水再联系。"

纪平与陆鸿告辞，随后跟着王爷走出书房。

不大一会，明王爷回到书房，陆鸿道："王爷，只有将静王引入百里山，我们的计划才能成功，这关键的一环还是要靠王爷来做。"

于是他将具体步骤讲述给了王爷，接着他问明王爷："我从巫罗山请来两位蛊毒高手，她们是母女二人，五日后她们就来到卞雍，我把她们安排在了晟宁会馆的后院，到时海儿会通知王爷。"

明王爷道："我会让季黎与海儿联系。"

"这里一切全靠王爷了，我马上就回象郡，我要在子卫封闭棠水草甸之前先去勘察一下。王爷，我现在出城有问题吗？"

"没问题，我让季黎安排。"

陆鸿深情地望着元明："王爷，我们棠水事成后再见了。"

元明很是感动："陆先生保重，以后元明还要仰仗陆先生，我们棠水见。"

接着，明王爷让季黎陪着陆鸿回晟宁会馆，然后安排陆先生出城。

第二天早朝，静王对大臣们道："昨日，明王爷向孤王提议今年秋猎到棠水草甸，孤王准予，孤王已经派御庭尉和护卫统领去棠水勘察，两周后孤王准备

命一些大臣伴驾。"

明王爷道:"既然大王已派御庭尉和护卫统领护驾随行,大王又不在卞雍,京城留守是否国相暂时代理?"

静王将目光转向国相:"国相,您老就暂代留守京都。"

国相听到元明的话,他感到有些意外,但静王话音刚落,他立刻接道:"诺,请大王安心,老夫定当尽责。"

"好,今日就这样,散朝。"

大臣们纷纷离去。

回府的路上,国相内心隐隐地泛起些许不安,他担心元明又会做什么事,十多年前元明的莽撞令他至今心有余悸,他对元明还是满腹忧虑。

回到府中,他疾步走到书房,取出象郡的地图找到百里山的位置,棠水草甸就连着百里山,三十多年前他去过百里山,那里地形复杂,和迷宫相仿,难道元明真是陪王伴驾,陪静王去秋猎。若是如此,元明通常会提前和他打招呼,这次却很是反常,他对此一无所知。他盯着地图,陷入了沉思。

过了许久,他唤来一个家丁:"你速到督察司请紫布过来。"

紫布急匆匆来到国相的书房:"师父找徒儿?"

国相让紫布坐下,面带忧虑地说:"这次元明陪大王秋猎,我觉得有什么事情要发生。"

紫布惊诧道:"会有事情发生? 徒儿还请师父指教。"

"棠水草甸连着百里山,百里山地形极其复杂,那里就是个迷宫,若不熟悉那里的地形,一旦走进去就会迷路,若要在那里做事情,是再理想不过的地方了。"

紫布恍然明白了,喃喃道:"我说元明怎么会引荐大王去棠水秋猎那。"

此时,紫布体味到师父的忧虑了,元明这是孤注一掷,成王败寇。他惴惴道:"难道元明是以秋猎为由行刺大王,他要是失手,后果不堪设想。"

"为师正是担心此事,你认为元明是真的陪大王秋猎吗?"

"以我对元明的了解,恐怕元明陪大王秋猎是假,行刺大王是真。"说完,用问询的目光看着国相。

国相颔首表示认同。紫布接着道:"大王会不会有所警觉,若是如此元明可就危险了。"

国相阴着脸:"我一直在思考这个问题,我觉得大王不像有所警觉,否则他不会如此匆忙地赴棠水,也不会让我留守京都。"

"元明这是拿自己的命下赌注。"紫布补充了一句。

"这么多年过去了,他还是不甘,还是眷念大王的位子。"国相无奈道。

"师父,我们应该如何?"

"我们要有所准备,必要的时候我们还是要帮元明一把。"

"徒儿听师父吩咐。"

"这件事还只是你我的判断,晚上让少青也来,我们分工一下,这件事只有我们三人知道,一定要小心,我们只用府内可靠的人办事,不得已用上督察司的人,也要让他们守住秘密。现在有两个地方我们要特别监视,一是明王府的人,二是郊外大营的动向。明王府我来办比较合适,你去找少青,晚上我们再商量具体如何行动。"

深夜紫布和少青来到国相府,三人秘密商议决定监视明王府的行踪。

在下雍的教军场上,一匹高大强壮的乌骓马昂头傲然站立着,它体型匀称,四肢强健,竖着耳朵聆听着四周的动静,乌黑的毛色在阳光下闪闪发亮,明亮的眼睛左右巡视着。一个明王府的家仆牵着缰绳,明王爷则站在一旁。不大会儿的工夫,三匹马跑进了教军场的大门,太子从马上跳下来,疾步向着明王爷走来。

太子走到明王爷的近前,施礼:"王叔,齐风来迟了。"

"你没有来迟,是我早到了。"说完,指着身旁的乌骓马:"风儿,看看这匹马。"

齐风上下打量着这匹乌骓马,禁不住赞叹道:"真是匹好马,难得的宝马。"

"风儿果然识马,想当年你父王在你这年龄时已经率领十万大军征讨西番了,此次棠水秋猎你要好好展示一番,给你父王和大臣们看看,这匹乌骓马就送给你了,你要尽快熟悉它,让它和你配合默契,这样在秋猎时它才能发挥作用。"

齐风感激地望着明王爷:"齐风谢谢王叔。"

"好,你就熟悉熟悉吧,不要让王叔失望,我这就回府了。"随即牵着自己的马离开教军场,齐风送到大门。

元明一出教军场的大门,刚刚微笑的面容立刻消失了,他的眸子里闪出鹰隼般阴冷凶狠的目光,他已经将一张大网铺开了,他要把他所恨的人一网打尽,不留一个。现在他正在为他的王兄挖好一个布满锋利竹签的陷阱,等待他的落入。十多年的隐忍，他终于就要等来这么一天。

　　很开，国相就有所斩获，监视明王府的密探禀报，元明的大公子季黎曾经两次深夜去晟宁会馆。国相即刻让紫布调查晟宁会馆，结果发现晟宁会馆是明鸿帮设在卞雍的秘密站点。接着紫布又得到密探的禀报，晟宁会馆与象郡南庐城的紫云山庄来往密切，明王爷送给太子一匹乌骓马，此马就来自紫云山庄，又过了几日，紫布查到紫云山庄就是明鸿帮的总部。

三十二、棠水遇刺

YU PEI JI

　　金色的阳光普照着大地,在教军场上子卫一身戎装,阳光照耀着他威武的身躯,他昂首坐立在马上,身后是身披金甲、手持长戟、腰佩宝剑的铁甲卫队。马队整齐排列着,他们威风凛凛,正在等待着大王的到来。

　　太子骑着乌骓马,在四个护卫家仆陪伴下,出了太子府,向着教军场的方向而行。当他们走出一条大街的街口,正准备向北城门而去时,一辆载满酒缸的推车向着太子的乌骓马冲来,太子身旁的两个护卫立刻催马冲到太子的马前,那辆冲向太子的推车的车夫奋力将推车横了过来,由于用力太猛、太急,装满酒缸的推车撞在路边石阶上,两个酒缸顿时被震碎,浓香的清酒从破碎酒缸中流出,醇香四溢。

　　那两个太子的家仆跳下马来,其中一个大声申斥道:"怎么推的车,这是路口,你也不慢点,往人身上撞。"

　　那个车夫一脸苦相,带着歉意:"对不住,我这是给明王府送的,王爷今天有事要出去,要我马上把酒送过去,王爷要得急,我这已经晚了,所以着急了,推得太快了,一见您过来,收不住了,抱歉。"

　　太子一听是给明王爷送的酒,立刻从马上跳了下来,走过来,对推车人道:"是给明王爷送的酒?"

"是。"

太子走到车前对推车人道:"碎了几缸酒?看一下。"

正说着,一行六匹战马走了过来,走在最前面的正是明王爷,明王爷看到眼前的情景,带着几分诧异问:"太子,怎么回事?"

推车人回过身来,一见是明王爷,慌忙道:"王爷恕罪,小的早就出来了,走到半路车坏了,又临时换的车,所以耽搁了。小的着急,推得快点,在街口正好遇上太子殿下,小的没有把车停住,撞在台阶上了,把两缸酒给撞碎了,小的该死。"

"没有撞到太子吧?"

推车人惶恐道:"没有。就是碎了两缸酒。"

太子看向推车人道:"这车酒的钱我来出,你把酒送过去吧。"

明王爷抬手道:"两缸酒不足挂齿,太子不必了。"随即他对推车人道:"东儿,你打开这缸。"王爷用手指着其中一个酒缸。

推车人迅速将酒缸盖子打开,并从车上取出一个木制的小酒杯和一把木制的酒勺。他熟练地从酒缸里勺了一勺酒,倒在酒杯中递给明王爷。

明王爷指着太子:"你把酒杯给太子。"

接着对太子道:"这酒叫三盏香,你连喝三杯,感受一下。"

太子连饮了三杯,那酒的确柔软清香,三杯下肚精神为之一振。明王爷和推车人看到太子饮下三杯,彼此互视了一下,二人都心照不宣地松了一口气,太子终于饮下了这具有蛊毒的毒酒,七日后蛊毒就会发作。

明王爷问:"这酒怎么样?"

"这酒的确是好酒,入口特别柔软清香。"

"我那四海斋还有很多。"明王爷转过头,对推酒的伙计道,"一会给太子府送一车过去。"

"诺,一会小的就给太子府送上一车。"

教军场内太子、王爷和大臣们都已到齐,正到辰时,在威武的御神军的护卫下,静王出现在教军场,子卫催马上前道:"大王,太子和所有大臣均已到齐,等待大王的圣谕。"

静王看了一眼群臣:"出发吧。"

子卫率御神军在前,纪平的护卫军在后,大军浩浩荡荡向着象郡的棠水草甸进发。

秋猎的大军行进了七日,第七日的申时大军来到棠水草甸的外围,静王的大寨早被安扎好,太子和各位大臣也分别住进自己的寨房。子卫来到静王的大寨,他打开地图,将棠水草甸的地形、布防和明天围猎的区域、路线和具体的步骤做了全面汇报。

就在子卫去大寨拜见静王不久,纪平一人悄悄地走进明王爷的寨房,二人密谈了半个小时,最后明王爷将两个小瓶交给纪平,纪平道:"王爷放心,纪平定将此事办成,下官担心会有人找我,不能久待,告辞了。"说完匆匆从明王爷的寨房出来,回到自己的住处。

棠水草甸的清晨空气带着几分清冷和潮湿,湛蓝的天空白云浮动,虽然已是深秋,但草甸依然绿草葱茏,红、粉、黄、紫各色野花散布其间,缤纷艳丽。远处山峦绵延,苍翠朦胧,一排雁阵掠过,传来阵阵鸣叫。王庭秋猎的队伍一字排开,静王骑在千里雪上,立马队前,他瞭望着辽阔的草甸,呼吸着清新的空气,心情大感舒畅。

此时,一字排开的队伍中明王爷、纪平和一个护卫的精神一直处于高度紧张状态,就在静王举目远眺之际,明王爷和纪平交换了一下眼色,纪平立刻给一直等待指令的护卫一个眼神,那个护卫随即从腰间掏出一个小瓶,将瓶盖弹开,同时抛向太子的马下,他的动作之快,除明王爷和纪平没有人注意和发现他的行为。被抛在太子马下的小瓶即刻弥漫出一股奇异的香味。

太子一早起来就感觉浑身特别难受,他随着队伍来到草甸时,精神恍惚,目光迷离,完全失去以往的神采,整个人显得萎靡和呆滞,与平常简直判若两人。子卫在队伍出发不久就发现太子有些异样。当小瓶的异香四处散开,太子周边所有人都闻到时,这股奇香弥散到太子的鼻腔内,蛰伏在太子体内的蛊虫遽然异常难受,它随即释放大量毒液,蛊虫奋力向着太子的脑部窜动,太子眸子突然闪出从未有过的凶光,脸上的肌肉紧绷而扭曲,面目狰狞得吓人。子卫侧脸望向太子,不由得大吃一惊,不禁叫道:"太子。"

静王随着子卫的声音向太子望去,这一看令静王错愕不已,这时太子的乌骓马也受到这股香气的刺激,它一声长鸣,撩开四蹄,似一道黑色闪电,向着百里山口奔去。

就在乌骓马冲出队伍之后,子卫对副统管道:"保护好大王。"接着两腿一使劲,枣龙驹似一道厉闪向着乌骓马追去,那乌骓马非常熟悉这里的地形,它驮着太子奋力狂奔,子卫的枣龙驹紧随其后不远,他的身后则是跟随着的亲兵卫队。

当子卫从静王的马前冲过，静王忽然从惊愕中反应过来，他一抖缰绳，千里雪跟在子卫的卫队后面也追了上来。就在静王策马急追时，身旁的卫队护驾紧随着静王，御神军副统管正要跟上，纪平则对御神军副统管大喊道："你保护好王爷和大臣们，太子的事交给我了。"说完，带着他的铁甲精锐向着前方的静王护卫队追了过去。

乌骓马奔跑的路线事实早已经被人勘测好了，并且经过多少次专门的训练，所以它跑起来四蹄着地非常给力，而跟在后面的马队有时则会踏进草甸的积水的水坑，有时会踩在坑洼不平的草甸上。尽管如此，子卫的枣龙驹的确是一匹稀世宝马，在跑了一段路程之后，枣龙驹离乌骓马的距离越来越近，眼看子卫就要追上太子的时候，乌骓马冲进了百里山的山口，一进山口就有一条岔路，子卫跟在后面看着乌骓马奔进岔路，他略微迟疑了一下，在岔路口勒住了缰绳，当他看到自己的卫队出现时，才双腿一夹马的两肋，枣龙驹如箭一般冲进岔路。

子卫沿着崎岖的山路跟着乌骓马奔跑了一段，眼前是一个狭窄的山谷，他拉住马，环视了一下四周。此处山势险峻，道路崎岖，他曾经来过这里，对这里的地形特意勘察过，由于这片地形复杂，绘制这里的地形图时，他来过数次。此时他心里一惊，这里如迷宫一般，山谷与岔路，陡峭的山路与羊肠小道尽在其间，纪平曾向他要求过，这个山口由他的护卫军把守，他会在山口设置路障，在山口内布置一队护卫军镇守，将山口堵住。纪平曾说："镇守山口还是比较容易的，只要把山口堵死，不让任何人进出就什么都不用管了。"可他冲进山口时，原来的路障已经不见了，山口内也没有任何护卫军，他感觉不妙，随即将马头掉转过来，这时，跟随在后面的亲信卫队已经来到近前，他对两名护卫道："你们俩人去追太子，其余的人随我返回山口。"

就在子卫和他的卫队冲进山口的岔路里，静王和他的护卫队赶到了山口，静王一马当先奔进山口，他一眼就看到山路远处一匹黑马正驮着太子向前奔跑，他一抖缰绳追了上去，那匹黑马没跑多远就拐进了一个山口，他的卫队也追进山口。那匹冒充太子的黑马在山谷内左拐右拐，从一个山谷拐进另一个山谷，静王拐进第三个山谷时忽然感觉不对，他立刻勒住缰绳，立马观看，只见四周山势陡峭，怪石嶙峋，眼前的山谷内雾气弥漫，烟雾飘来荡去，波诡云谲。他恍然明白，那匹黑马是诱饵，有人假冒太子引诱他到这里，马上驮的一定是个假太子，一种不祥之感浮上心头，他对身边的护卫长道："这里山势险恶，我们可能上当了，这里有危险。"随即他骑马来到山坳的中央。

子卫曾向护卫长交代过，一旦大王遇到危险就立刻发响箭求救。静王话音刚落，护卫长已拔出一支响箭，他点燃射向天空。响箭带着尖厉的声音划破寂静的山谷冲向湛蓝的天空，并在天空中炸响。

突然，一排排乱箭从四周的山腰中射来，由于静王处于山坳中央，四周射过来的乱箭已成强弩之末，没有什么杀伤力，也没有给静王的卫队造成什么伤亡，十个护卫将静王围在中央，护卫长又接连向天空中发射了两支响箭。

此时从另一个山谷匆匆赶到的陆鸿在山腰上见此状况，即刻发出了指令，随着一声哨响，从山坳四周的林中冲出二十多名绿衣人，他们从山腰中飞下，向着立在山坳中央的静王和他的卫队杀来。然而，绿衣人还未接近卫队，一半人就被训练有素的护卫射杀而亡，冲过来的绿衣人与静王的护卫厮杀在一起。

子卫刚回到山口正在犹豫之际，突然听到山谷里的响箭声，他大吃一惊，他知道大王遇到危险了，他两腿用力一夹马的两肋，一抖缰绳，枣龙驹四蹄张开，风驰般冲向山谷，眼看就要接近山谷，富有经验的子卫忽地从马背上飞起，向着山谷的峭壁上飞起，他的脚还未落在峭壁上，几支利箭就从身边飞过，他在山谷两边的峭壁上左右上下飞奔，并斩杀了两个绿衣人，冲出了山谷。

他两脚刚一着地，枣龙驹奔了过来，他飞身上马，这时有两个护卫也从山谷中冲了出来，他们三人策马奔驰，奋力向前。这时侧面的山谷又传来两声尖厉的响箭声音。子卫知道静王的位置了。他掉转马头，向着另一山谷奔去。

三人已经离山谷不太远时，迎面四匹战马向他们冲来，同时四支利箭已到眼前，三人躲过飞来的利箭，子卫一马在先，身后则是左右两个护卫。

两队人马各持明晃宝剑迎面冲杀了过来。两个绿衣人各分左右向着子卫砍来，但他们的宝剑还未落下，子卫的宝剑已划过两人的颈部，枣龙驹从两个绿衣人身边掠过，两个绿衣人一头栽落马下。另外两个绿衣人与子卫的护卫战在一起。

此时，山谷内的血腥厮杀正在进行，宝剑在阳光的照耀下碰撞着。尽管这些擅长搏杀的绿衣人个个都是武艺高强的死士，但在静王的护卫面前仍然略逊一筹，死士一个一个接连不断地倒下。站在山谷高坡上的陆鸿见此情景大感意外，他原来已在下一山谷设计好的陷阱，只要静王一入山谷就将他们烧死，谁曾想静王就差进入到最后一个山谷时就突然明白了过来，因此没有进入他设计好的最佳圈套。另外他也没有想到静王会在极其危恶的险境下能如此巧妙地应对,更令他惊愕的是静王的护卫各个身经百战,武艺高强,他知道此时若杀不了静王,他们这伙人必将死无葬身之地。他对身边的海儿道:"海儿,杀死静王。"

他的话音未落,一匹黑马已经从山坡冲了下去,如一道黑色闪电接近厮杀的战场,这时五名杀死绿衣人的护卫已经腾出手来,他们向着海儿杀了过来,只听见几声刀剑碰撞声,五名护卫相继从马背上栽落下去,死于海儿的剑下。眼看海儿就要接近静王,静王身边的护卫长挥剑冲了上去,他的宝剑似从空中划下的一道厉闪向着海儿劈下,海儿的剑似有千钧之力,迎着他的宝剑撞了过去,两剑碰撞在一起,护卫长手中的宝剑飞向空中,随之海儿的宝剑已从护卫长的颈部深深地划过,护卫长落马而亡。

就在海儿冲到静王的近前时,从山谷冲进来的子卫见此情景,飞身而起杀向海儿,海儿见一人持剑向他袭来,一剑刺向子卫,子卫伸手一把攥着剑刃,剑刃割断子卫的三个指头,刺进了他的腹部,同时子卫的宝剑也从空中劈了下来,海儿身子一斜,一股寒气从海儿的耳边掠过,他持剑的胳膊被子卫砍掉大半。随即静王的宝剑也已斜着砍向海儿的脖子,海儿的头颅被静王砍了下来。

就在子卫的身子还未着地,一排乱箭带着阴风射了过来。原来站在山坡上的陆鸿见海儿冲出,自己带着最后的二十几人也从山坡上冲了下来,他对二十几人说了声:"放箭。"随即抽出一支带着剧毒的利箭射向静王,那支剧毒利箭的速度飞快,如黑色的幽灵一闪,噗的一下射进静王的颈部,静王大喊了半声:"元……"就从马上掉了下去。

子卫拨打开射过来的乱箭,一步跨到静王身边,见静王已经倒地断气,他悲愤至极,紧握宝剑,眼中喷发出复仇的火焰,这时,枣龙驹奔而来,他已忘记了一切和疼痛,一跃跨在枣龙驹的背上,瞪着血红的眼睛,向着冲在最前面的陆鸿杀去。

一道白光劈向陆鸿,陆鸿抬剑相迎,刹那间那一道白光不见了,子卫只是虚晃一剑,利剑横着从陆鸿的腰部似电闪般砍过,陆鸿身子即刻被拦腰砍成两段,半截尸体落在地上,一摊鲜血染红了周边的草地。

子卫从枣龙驹背上飞下,向着飞奔而来的二十几个死士杀来,他气贯宝剑,剑似流星闪电,与围过来的死士厮杀在一起,死士一个接一个被他砍倒。突然,一少队人马冲了过来,片刻工夫,二十几个死士全部被斩杀干净。子卫握剑立在原地,鲜血从剑锋滴滴答答地落下。

冲过来的一队人马是司南掌控的询探司的官兵,他们听到三支响箭的声音,知道是大王遇到刺客,即刻从清云岭的山口冲了过来。

这时,子卫已经站立不住了,刚才的拼杀和愤怒使他的肠子从腹部的伤口溢了出来,鲜血染红了整个下半身,他用断了三根指头的手拄着宝剑,另一只手从怀中掏出地图,司南带着哭腔奔了过来:"父亲。"

子卫厉声道:"打开。"司南打开地图,子卫沾满鲜血手指着地图上的清云岭:"你从清云岭下到山底,那里有条山溪,你沿着山溪逆流而上,中间有人接应,大王已遇刺身亡,纪平有问题,通知大将军。"说着从腰间拔出令符:"快走。"

司南泪流满面,上前要扶子卫,子卫眼珠子都要瞪了出来,用最后的气力吼道:"逆子,快走。"

副询探司也从怀中掏出一块令牌,交给身边的齐横道:"和司大人一起走,去给大将军府报信。"

二人上马飞奔而去,子卫看了司南最后一眼,身子笔直地倒在地上,气绝身亡。

副询探司令手下人把静王和子卫的尸体放在一起,他刚下马查看刺客身上有什么标记,护卫军的精骑冲了进来,他们的箭法精准,能够瞬间射出数支利箭,冲进来的护卫军的精骑开弓齐射,眨眼间,副询探司和他手下十几人身上如刺猬般插满利箭,顷刻毙命。

随后,纪平带着卫队也来到山谷,他来到静王和子卫的尸体前,用手摸了一下两人的颈部,确定两人已经死亡,他起身问领队:"还有能喘气的吗?"

领队道:"已经查过,没有一个活口。"

"很好。"他转身对拎瓶子的护卫道:"把明王爷请来。"

拐进岔路的乌骓马驮着太子在山谷崎岖小路奔驰,太子浑身都在痉挛,感觉四肢百骸似有万虫咬噬,他两腿紧夹着马身。乌骓马跑了一段,万刃钻心的疼痛让他再也无法忍受,他从乌骓马的背上掉了下来。这时他的眼里浮现出数不清的令人作呕的虫子,它们争抢着啃食他的骨头,他感觉喉咙、口腔内全是虫子,头痛得脑袋就要炸开,他看到前面崖壁上凸出的一块岩石,他猛地揪下头盔,向着那块凸出的岩石冲了过去,一头撞向岩石,脑浆和鲜血四溅开来,沿着岩石流下,尸体倒在山谷的小路上。

明王爷带着大臣们来到山谷,惨烈血腥的场面让大臣们震惊不已,当他们看到遇刺身亡的大王和肠子溢出、血染战袍的子卫不禁泪水盈眶,大臣们群情激愤,愤怒至极,他们叫嚷着一定要彻查此事,将这伙刺客和他们背后的主事者查清。明王爷道:"各位冷静,大家不要乱。"

他侧过头对纪平道:"纪大人,可否知道这些刺客的来历吗?"

"目前还不清楚。"

明王爷接着问:"有活的吗?"

"没有。"

明王爷顿时松了一口气,他装出一副焦虑的样子道:"严密封死所有出口,仔细搜查,一定要找到线索。"

"王爷放心,我这就按王爷的指令办。"

明王爷示意:"你等一等。"说着将纪平带到一边,从怀里掏出一个竹筒递给纪平,并低声道:"里面有一份按照大王诏书临摹的圣谕,快送过去,告诉纪宁只能成功,不能失败。"

纪平向着早晨向太子马下扔瓶子的护卫一招手,护卫疾步走了过来,纪平低声道:"速交给纪宁,让纪宁速速去办,务必成功。"

护卫上马飞奔离去,纪平道:"各位大人,纪平已经传下王爷的指令严密封锁所有出口,我即刻搜山,现在还不知道是否还有刺客,还有多少刺客,请各位大人暂且回到住处。我会确保各位大人的安全。"

御神军副统管走到纪平面前:"我速回京外大营和大将军府,调集部队,全国戒严,定将这伙刺客查清归案。"

纪平道:"这事王爷已经交给下官,统管大人你就保护好各位大人。"

御神军副统管霍麟急躁地高声道:"子卫大人已经捐躯,现在御神军我来掌管,子卫大人已经在通往下雍和其他重要路口安排了御神军镇守,我必须速到棠水镇口协调御神军严把关口,并调查此事。"

明王爷将脸一沉道:"霍麟,你还是保护好各位大人,纪大人会办理好此事。"

这时,一个护卫军的兵士策马奔来,他来到纪平跟前跳下战马:"大人,太子的尸首找到了,太子体内发现蛊虫,太子头撞崖壁自尽了。"

群臣惊骇不已,明王爷道:"尹大人,你带几位大臣过去看看,蛊虫危害极大,如果危险就将尸体处理掉。各位大臣还是先把大王和子卫的尸体运放至大营，纪大人其余的由你处理。"

"王爷放心，下官一定办妥。"

明王爷上马，几个护卫骑马跟在王爷身后，他在这块小小的山坳信马慢行着，小小的山坳四处都是遍体鳞伤的尸首，有的乱箭穿身，有的首身分离。他仔细巡视着，担心陆鸿会在其中，然而没走多远他就看到半截身体倒在草甸上的陆先生，他的心就是一沉，一拉缰绳，立马俯视着半截尸体。而这时，御史李大人和大将军府的齐大人正在回去的队伍中不断回头观察着明王爷，见王爷紧盯着刺客的尸体，二人相互对视了一眼，默默地随着队伍离去了。

就在百里山内上演着血腥惨烈的一幕的时候，纪宁一干人马在一片树林中三两成堆地坐在地上，缰绳绑在树上的战马低头咬食着野草。纪宁拔下一支带穗的野草举在眼前，在手中左右来回捻搓着。

已时已经过了一半，忽然一个家丁跑进树林道："管家，送信的来了。"

纪宁猛然站了起来，疾步走出树林。一个护卫飞马来到近前，他从怀中掏出一个竹筒，伸手递给纪宁，并说道："里面是一份诏谕，都统说，您知道如何去做，都统命您速去，切勿耽搁。"

纪宁接过竹筒道："你回都统，纪宁知道如何去做，请都统放心。"

护卫道："我一定转达。"接着掉转马头飞奔而去。

纪宁一干人马很快换上御神军的服装，披上护甲，纪宁跳上战马道："大家知道如何做了吧。"

"知道。"大家异口同声。

"好，半个月赶到兆郡陇平城。"随即一马当先，策马奔驰。

司南和齐横回到清云岭，司南跳下马对守卫在山口的两个士兵道："你把我和齐横的马带回百里山西口，我过一会就回去。"

两个士兵好似没听明白似的，莫名地望着司南，司南一皱眉大声道："把我和齐横的马带走。"

两个士兵立刻跳上战马，带着司南和齐横的战马奔向百里山西口，司南见两个士兵走远，带着齐横从清云岭山口往山下而去。

两人用了一个半时辰来到山底，他们按照地图的标记没走多远就找到山溪，两人沿着山溪逆流而上，当他们来到深潭边正犹豫的时候，林间走出一人道："请问二位是从哪里来的？"

司南亮出兵符，那人立刻拱手道："二位是子卫大人派来的，大人让我在这里等候,见到兵符就带你们去棠水河边,那里有船准备着。"

那人带着司南二人从山间的林中穿过,然后从林间下山,山下是一条杂草丛生、碎石遍地的崎岖山路,三人花了一个时辰才气喘嘘嘘、大汗淋漓地走出山路,又走了一段路,他们终于来到棠水岸边。

那个带路人指着不远处的一片小树林道:"大人,那里有条小船,子卫大人在那里安排了一个船夫。"

三人走进小树林,船夫迎了出来,带路人对船夫道:"这是子卫大人派来的,我们马上走。"

他们将小船抬进棠水河,四人各持船桨顺流奋力向着棠水下游划去,时间过去不久,船夫将小船划向一条芦苇和杂草丛生的河道,小船径直划进芦苇和杂草之中,穿过这片芦苇和杂草眼前竟是一条大河流,他们划进大河,又划了大约一个时辰,到了落雁滩。四人将船抬进树林,然后踏上一条小路来到青鸟村,村庄的大庙内临时扎住着一组御神军。

司南走进大庙,一个小头目迎了上来,司南亮出子卫的兵符,小头目见到兵符立刻将司南领进房间,墙上挂着一张地图,小头目指着挂着的地图道:"这里有两条路一条去卞雍,另一条去大琼山,从琼山湿地可去伏瑶城。子卫大人安排了两位熟悉琼山湿地的向导。"

司南看着地图,一条可直达京城,而一条则要兜大半个圈才能到伏瑶城,伏瑶城就在棠水草甸的左侧,两处相距一天的路程。然而,伏瑶城内设有寻探司的一个分支,司南恍然明白了父亲的良苦用心,父亲安排了这样一个秘密道路,他让自己悄悄地把守清云岭就是以备不测。

司南对齐横道:"你去卞雍,我去伏瑶城。"

小头目道:"子卫大人吩咐过,我们护送你们,我们分两路护送,马都准备好了,有我们在一路不会遇到阻拦的。"

司南道:"我们马上动身。"

"诺。"

在棠水草甸,大臣们不情愿地回到大营,他们三五成群聚在一起议论。大将军府的齐大人回到帐篷,他的心情异常郁闷,一种不祥的预感萦绕在心头,他木然地坐在床上,听着几个大臣的议论,感到憋闷烦躁。他走出大帐,向着御史李大人的帐篷走去。李大人也正向他这里走来,两人正好撞见,他们同时左右看看,见没有人注意他们,便走到一个帐篷的侧面。

就在他们走到一个僻静帐篷侧面的同时,副统管霍麟则从另一个帐篷的一角走出来,并疾步跟了过来。他在护送大臣们从百里山大王遇难的山坳回来时发现李大人和齐大人不断回头注视明王爷,这引起他的注意。回到大帐不久,一个御神军兵士报告说他们的岗哨外全部是护卫军的士兵把守,他来到护卫军的岗哨前,岗哨告诉他没有明王爷和纪大人的命令任何人都不许走出大营。这时他明白了他们是被圈禁了。他马上想起了御史李大人,便转身来找李大人,正好在路上遇见李大人和齐大人,他退倒帐篷后面,见二人向着那个僻静的帐篷拐去,便跟了过来。

　　李大人表情严峻,语气深长道:"齐大人,看来天要变了。"

　　"会是这样吗?"齐大人不无忧虑地自语。

　　"难道齐大人没有猜到是谁给太子下的蛊毒吗?"

　　"我当然猜到是谁给太子下的蛊毒。"齐大人有些激动,声音也大了起来。

　　"两位大人,霍某打扰了。"霍麟从帐篷后面走了过来。

　　李大人和齐大人吓了一跳,俩人面带惊愕地看着霍麟,霍麟淡淡地一笑道:"二位大人莫要惊慌,我与两位大人一样,看来这是一场有预谋、有计划的政变。"

　　听了这话,李大人和齐大人的脸色变了过来,二人颔首,李大人道:"霍大人说得极是。"

　　霍麟问道:"二位大人难道知道是谁给太子下的蛊毒?"

　　李大人道:"不瞒霍大人,三天前,我和齐大人同太子一起随队而行时,太子说秋猎带些野味回去,让我们去他的府中,他说他那里有明王爷送给他的'三盏香'。他告诉我们,在教军场集合的那天早上,他走到西口大街,给明王爷送酒的伙计推着一辆车,车上满载着酒坛,那酒叫'三盏香',推车的伙计在西口大街的路口径直向太子撞来,家仆上前挡住太子,亏得那伙计有把力气,将车横了过来,但还是撞到路牙上,撞碎了两坛酒,那酒味道醇香。正巧王爷去教军场路过此地,王爷让他尝了三盏,并让那伙计给王爷府送到府中后,再给他送上一车。第二天中午我们去找太子,太子说一早起来就身体特别不适,他从未有此感觉,特别难受。我估计那酒有问题。"

　　齐大人道:"霍大人,能否让我出去,我必须把大王遇难和今天发生的事情尽快让大将军知道。"

　　霍麟道:"两位大人有所不知,你我已经被圈禁,我的御神军岗外都是护卫军,任何人都不准出去,连我没有明王爷和纪大人的命令都不能出去。"

这时,一个御神军的士兵疾步走来道:"大人,几位大人急着要找您,他们要回京城,要你放他们出去。"

霍麟道:"二位大人,我得马上过去了。"说完,叹息了一声,皱着眉头离开了。

明王爷回到自己的帐篷,此时他心潮澎湃,一行泪水不禁从眼角流了下来,十多年的隐忍,大王的梦想终于实现了。他用手轻轻地抚去泪水,在帐内踱了几步,然后坐在椅子上陶醉在即将成为大王的幸福感之中。

午时末,纪平匆匆来到明王爷的帐篷,一进帐篷,纪平说道:"王爷,下官有一事要向王爷禀报,司南不见了。"

明王爷恍然道:"对,本王也没有见到他,他不是镇守百里山西口吗? 你跟本王说你已在通往百里山西口的道路上安排了岗哨。"

"是的王爷,下官已经派人询问过,确实没有人出了百里山西口。下官派去的人回报,静王进入草甸准备秋猎之时,司南就带一队人马从百里山西口开进,把守在清云岭。我的护卫精骑冲进山坳时,所见到的正是司南的寻探司的人马,王爷所见的那些乱箭穿身的人就是他们,但那些人里没有司南。"

明王爷走到桌前,将棠水草甸的地图打开,目光凝视着百里山西口到山坳的那条路,他转头问:"清云岭在哪?"

纪平指着那条路中靠近山坳的一个地方道:"在这里,地图上没有标。"

"清云岭有什么通向别处的道路吗? "明王爷问。

"没有路,只是路边的一座山。把守在这里可以堵住去百里山西口的道路。"

明王爷不安道:"你派人仔细搜,务必找到司南,我最担心的就是他逃出去给程昊报信。"

"我已经派人在整个草甸搜索,我马上就去百里山西口。"

"你去吧,务必找到他。"

纪平道:"还有一事,太子的尸体已经被尹大人命士兵焚烧了。下官建议王爷明天再启程回京都,这样纪宁会更有时间和把握。"

明王爷点头道:"我会的,你去吧。"

纪平一路查看来到百里山西口,他询问士兵把守山口的情况,没有什么发现,于是他命士兵去寻找一位住在百里山打猎的猎户。

太阳已经移到百里山的西边,雾气从山谷中蒸腾而去,远处的山峦烟雾缭绕,葱茏苍茫。士兵带来一位住在离百里山不远的年轻猎人,纪平问那猎人从百里山西口到山坳处还有没有其他的道路,那猎人回答:"没有了。"接着,他忽然想起什么道:"对了,我记得我爹说过清云岭下有条路,具体我也不太清楚,这得问我爹了。"

听了猎人的话,纪平心里就是一惊,他脸色骤变,会不会司南从清云岭下的那条路逃走给程昊报信去了。他立刻和蔼地对猎人道:"这位壮士,本官能否拜见一下你的家父?"

"可以,我马上带您去见我爹,只是距离有些远,到我爹的住处恐怕早已天黑了。"

"没关系,我们骑马去,壮士请吧。"

那猎人带路,纪平带着一队人马向着猎人父亲的住处奔驰而来。

已经过了一更天,山脚下的小山村一片漆黑寂静,一条游动的火龙向着小山村而来,猎人骑马在前,一行人举着火把紧随其后,他们来到猎人父亲的门口,院内的猎狗汪汪地狂吠了起来,猎人开门呵斥两声,猎狗知趣地走开了。

纪平一行人在门外等候着,不一会屋门再次打开了,猎人和一位老人从屋里走了出来,纪平在数支火把的映照下,看到一位老人,老人大约有七旬开外,须发皆白。纪平上前施礼:"老人家,半夜来叨扰您老人家,实在抱歉。"

老人道:"官人不必客气,屋里请吧。"

纪平和几个护卫走进屋子,护卫取出几支蜡烛点燃,小屋顿时明亮了起来,纪平道:"老人家,我们来是向您老请教的,请您老帮帮我们,给我们指点一下。"

老人道:"武儿跟我说了,清云岭下是有一条路。"

纪平大喜,立刻从怀中拿出地图在桌子上展开,并指给老人道:"这是清云岭,这底下有条路吗?"

"拓石山口有条小路,那小路直通拓石山的雾林松,有三四十里的山路,从拓石山口那条小路进去,走出十多里就不要往前走了,往左边的山上爬,那里没有路,只能凭着感觉,方向一定要对,否则就会迷路的,爬到半山腰然后向东走半个时辰,看到对面的清云岭,再下到山底,找到一个叫映日潭的水潭,沿着这个水潭流下的山溪而走,直到清云岭的底部。"

纪平点点头,笑着道:"谢谢老人家的指教。"然后向护卫招了一下手,护卫立刻端上一盒银光闪闪的官银,纪平道:"麻烦您和您的儿子了,一点谢意,请

老人家笑纳。"

老人和他的儿子见到这么一大盒的官银,简直不敢相信这是真的,父子俩瞪着惊喜的目光相互看着,纪平道:"收下吧老人家。"

老人满脸堆着笑道:"大人若是不嫌弃,我愿和大人一起去拓石山。"

纪平道:"那太好了,只是老人家这般年龄,我怕您老身体吃不消。"

"大人放心,我的身体没问题,武儿,我们现在就走。"

人马来到拓石山口天色还是一片漆黑,老人对纪平道:"大人,我们等天亮再进入山口。"于是一行人马便在山口边就地休息。

过了卯时,东方的天边出现了一抹熹微,老人起身带着队伍进入山口,走了十余里山路,老人带着一行人上山,他们爬山穿林,最终来到映日潭边,老人对儿子道:"武儿,你沿着山溪而行就到了清云岭山下了。"

武儿道:"爹,你放心吧,我带他们过去。"

纪平拱手道:"老人家,您在这里休息片刻,我派两人送您回去,多谢老人家了,我们就和武儿过去啦。"

老人与纪平拱手道别。纪平和武儿一行人沿着山溪的顺流涉水而去。

临近中午,纪平又重新回到拓石山口,他极其懊恼,他明白子卫是留了一手,可以肯定司南就是从这里逃脱的。他知道前面就是棠水,棠水河面宽阔,没有船很难到达对岸,沿着棠水河只有一条道路通向棠坞,而棠坞是由御神军和护卫军共同把守的,于是他带着一行人催马来到棠坞。

赶到棠坞,他立刻询问把守棠坞的头目是否有人通过棠坞,把守棠坞的头目肯定地回答:"绝对没有人通过棠坞。"

纪平感到疑惑,如果司南没有通过棠坞,那他还在棠水和草甸之间,而他是急于给程昊报信的,不可能停留在这里。于是,纪平命士兵即刻到棠坞城,将棠坞令请来。半个多时辰,棠坞令来到纪平跟前,纪平问:"万大人,从拓石山口出来就只能到达棠坞,这中间还有什么道路吗?"

棠坞令指着地图上棠坞前的一个地方道:"有啊,就在前面五六里的地方有条支流,前几日子卫大人也来过这里,河管带子卫大人去过那条支流。"

纪平心里就是一颤,他对棠坞令道:"你回去,速将河管请来,让他带我去那条支流。"

棠坞令匆匆离去,过了一个时辰,河管来到纪平面前行礼:"下官拜见大人。"

纪平道："我听棠坞令说，子卫大人找过你，你带子卫大人去过棠水的那条支流？"

"是的，大人。"

"你带我去一趟？"

"诺。"

两条大船在宽阔的棠水河上逆流而上，行驶了五六里，河管命船停下，然后从大船上放下两只小船，小船驶进芦苇之中，他们沿着小河行驶了一段，很快眼前的河面开始变宽，一条蜿蜒的河流伸向远方，他们行驶了一个多时辰来到落雁滩。河管道："大人，我们就在这里上岸，前面不远的地方就是青鸟村，大人可暂住马家大院，等人马到齐再做打算。"

纪平一住进马家大院，便展开地图观看，河管道："大人，沿青鸟村的大路不到五里有一条岔路，向南两天多的路程就可到达京都卞雍，向西也就一天多的路程就是琼山湿地，过了湿地就是大琼山，穿过大琼山就是川宁重镇，走出大琼山最快也要十天的路程。"

纪平思忖了片刻，对河管道："你先下去歇息吧。"

河管走后，不久，便有护卫向他报告在落雁滩不远的树林里发现了一只小船，在村外不远的寺庙里发现有人驻扎过。纪平认定司南定是来过这里，他很有可能从这里回卞雍去给程昊报信。

纪平这时已经有些慌张了，若司南真像王爷说的从他的密不透风的封锁中逃了出去，他如何向王爷交代。现在顾不上那么多了，他必须马上通知留守京都的国相，让国相助他在司南还未来得及给程昊传送消息之前，将司南扣押。于是，他立刻写了一封密信，将棠水草甸发生的情况大体讲述一下，请求国相协助缉捕司南。接着他命一名护卫要用最快的方式将密信送往国相府。

护卫走后，纪平烦躁地来回在屋里踱着步，他晓得若王爷知道司南逃脱，必定对他不满，但这事又不能隐瞒不报。于是他走到桌前，提笔给王爷写了一封尽力为自己开脱的信，他说清云岭的山底有一条不是路的道路，就是附近的猎户也少有人知道，现在不排除司南从这里逃脱。如果从这里逃脱，也应该在通往卞雍的路上，若是如此，他在进入卞雍之前就应该被他在路卡上隐藏的护卫军士兵认出，并且他已经通知国相，一旦司南回到卞雍就立刻抓捕。

掌灯时分，纪平的护卫军陆续到齐，护卫长对纪平道："大人，您已经两天没有合眼了，无论如何今夜您也要睡上一觉，现在大人就该休息了。"

接近三更天，黑夜笼罩着马家大院，除了大门外两位站岗的护卫，院内格外寂静。突然一匹快马奔到马家大院门口，马背上的人一拉缰绳，战马一声嘶鸣停了下来，一个护卫从马背上跳了下来，这人便是纪平派出给王爷送信的探马。

沉沉的黑夜里，战马的嘶鸣声格外清晰，纪平被战马的嘶鸣声惊醒，醒来之后，他的头脑清醒了许多。漆黑的深夜，他恍然感觉不对，司南去下雍给程昊报信既远又不安全，他应该往北去才对。他猛地从床上坐起来，叫护卫进来，护卫点燃蜡烛，他走到桌前，仔细看着铺在桌上的地图，他的目光停止在棠坞城边上的伏瑶城上，他知道伏瑶城内有寻探司的机构，司南一定是去伏瑶城了。

他对护卫道："马上把河管叫来。"

河管一边系着上衣一边迈步走进房间，纪平站在地图旁道："史河管你来看一下，走青鸟村大路能否到伏瑶城？"

河管不假思索道："当然能。"他指着地图："从青鸟村大路往西到琼山湿地边，然后向右拐，一直往东北走就到了伏瑶城。"

"最快要长时间？"

"五天多的时间。"

纪平眸子一亮，他知道从棠坞城到伏瑶城也就三天的路程，现在立刻返回棠坞城，他和司南到伏瑶城也就前后脚的时间，说不定自己还先一步到达伏瑶城。他即刻下令："护卫长，你和河管带一路人马，从青鸟村大路赶奔伏瑶城。"

而他则带一路人马即刻返回，奔向棠坞城。

三十三、十万火急

YU PEI JI

在棠水草甸，明王爷和众臣第二天中午才收起帐篷，整顿好队伍开始出发，长长的队伍浩浩荡荡地在大路上缓慢地行进着。此时，大臣们都已经清楚，此次秋猎是明王爷早就预谋好的一次刺王杀驾的政变，大家心照不宣，默默地各自盘算随着大军前行。天色刚黑，明王爷传命"停止前进，大军搭起帐篷，就地休息"。

很快，一座一座的帐篷拔地而起，火把四处游动着，帐篷内烛光闪动。忽然，一匹快马飞奔到明王爷的大帐前，一名兵士快步跑进大帐内。

尹考的帐篷挨着明王爷的大帐不远，此时的尹考正站在帐篷外，他仰望着繁星满天的夜空，思忖着时局走向将是如何，忽听到由远而近的急促马蹄声，他举目望去，一匹快马奔向王爷的大帐。

进入王爷的大帐士兵将纪平密信呈送给王爷，王爷打开信阅读着，脸色阴沉了下来，事情果如他的担心，若真是司南从纪平所说的从清云岭山底逃脱，他就有机会把棠水的情报送出去，倘若程昊得到司南的情报，突然回到下雍，形势可就被动了。他厉声道："你速回去，传本王爷的命令，加大力度搜寻司南，务必在两日内将司南抓捕。"

"诺。"士兵应答后离开大帐。飞身上马，一抖缰绳，策马奔去。尹考看着从他的帐篷前飞奔而过士兵，沉吟半晌，他整了整衣服，向着王爷的大帐走去。

此时明王爷大为光火，气得在帐内来回踱步。帐外的守卫走进大帐内："报王爷，尹大人有事要求见"

"让他进来。"

尹考快步走进大帐。王爷道："这么晚了，尹大人还没有睡，找本王爷何事？"

"我在想司南的事，如果司南已逃出……"

明王爷将桌上纪平送来的书信丢给尹考："这是纪平刚刚送来的信。"

尹考迅速将信看完，唏嘘道："王爷，我们立刻将棠水的情况通知国相，要国相有所准备，王爷也不要再在路上耽搁了，应即刻回京都，早登大宝，更换年号。"

"尹大人说得甚是，本王还要烦劳尹大人，即刻给国相写封书信。"

"诺，老臣即刻就去写。"

"好，尹大人尽管去写，写好给我，我会即刻发出。"

司南和齐横在青鸟村大路的岔路口分手之后，齐横带着两个御神军的兵士昼夜策马狂奔，他们经过两个御神军把守的驿站，更换了两次马，于第三天的中午来到卞雍的郊外大营，齐横与两位御神军的兵士道别后，更换了一匹战马直奔京都卞雍。

卞雍城内的福临客栈分为前、中、后三个跨院。前院和中院接待店的来客，后院则是传递情报人员的接待处。齐横来到福临客栈时，太阳已经偏西。他走进前院的柜台，将大将军府的令牌拿出，前厅的小二一见，知道来者非同一般，立刻将齐横带到后院拐角的一间房屋里，齐横急促道："我要见这里主事的。"

"客官略等，小的这就去叫主事的。"说完，匆忙离开。

不大一会，一位四十上下的男子走了进来，并拱手施礼："让客官久等了，我是这里的主事，敢问客官，您怎么会有大将军府的令牌？"

齐横将棠水草甸发生的事情讲述了一遍，客栈主事大睁着眼睛，眸子内闪着惊愕，齐横的每句话都令他震惊不已，他知道这个消息非同小可，他对齐横道："大人先在这里吃些东西，休息一下，等我的消息。"随后吩咐人招待好齐横，便上马奔出后院。

负责卞雍情报的舵主来到明轩的府宅，将齐横所说消息向明轩做了汇报，明轩大惊，明轩道："齐横说的无误？"

"我核实了，应该无误。"

明轩沉吟了片刻道："我估计这个消息王庭很快就会知道，卞雍城很快就要戒严，你马上带齐横出城，去南禹郡的丰邺港，在那里等待司大人，司大人到达后，安排他们离开夏洲。"

舵主道："京都离伏瑶城要六七天的路程，司南大人会不会有危险，我们在丰邺港等待司大人要几日？"

"伏瑶城有我们的人，用飞鸽传递，应该能赶在司大人到达伏瑶城之前将消息传递给他们，如果出了意外，他们会把消息传递给你，你立刻安排齐横离开夏洲。"

舵主走后，明轩疾步走到后院的书房，提笔快速在兽皮上写了一封密信给程昊，他将密信封好放在信鸽腿上，然后将笼盖打开，信鸽展开双翅飞向天空。紧接着，他又写第二封密令，命伏瑶城探子务必将司南救出，带到丰邺港。

静王带着一部分大臣赴棠水秋猎，留守在京都的国相并不踏实，他忐忑不安地注视着静王的秋猎，结果不出他的所料，静王行猎的当日，派出的探马就与潜伏在静王秋猎队伍内的探子中断了音息，探马回报棠水草甸已被封锁，无法与草甸内的探子取得联系。此时，国相对元明万分担心。

连着三日，国相寝食不安，他急切地想知道静王那里的情况，第三天的深夜，探马送来一封潜伏在秋猎队伍内的探子送出的密信，密信将静王遇刺和太子自杀的情况做了汇报，国相读罢不禁唏嘘咋舌，他真为元明的大胆倒吸了口冷气。清晨，他便收到纪平送来的亲笔信，一切都是确凿无疑了。他立刻召集紫布和少青到国相府议事。二人一到，他便将两封密信交给二人，二人看罢又惊又喜，紫布道："看来元明真是如愿以偿了。"

国相道："司南跑了出来，要给程昊报信，我们得帮助元明。"

少青道："我们怎么帮助明王爷，还请师父吩咐。"

国相道："密信中说太子是中了蛊毒自杀身亡，我想起一件事，前一段时间，监视明王的一个家丁禀报，说晟宁会馆从元明的酒坊运了几车酒，然后，深夜又将几车酒送到明王府。我当时没有理会，现在看元明会不会在酒中做了什么手脚，一会我们就抄了晟宁会馆，看看这晟宁会馆到底藏着什么秘密。"然后，他看着紫布："我们要把晟宁会馆的人全部抓捕，押到督察司立审立斩，不留一个活口。"

紫布颔首："嗯，这事我来办。"

国相将目光移到少青脸上："行刺大王的一定是明鸿帮的人,等我们抄完晟宁会馆,你就带一路人马去南庐城的紫云山庄,将那里的人全部杀掉,不留一人,然后将紫云山庄烧掉。"

"徒儿明白,我不会让程昊找到任何证人。"

国相道："紫布,你回去立刻派人盯住大将军府、庭尉府和司南府,有情况随时禀报给我。我们现在就去晟宁会馆。"

晟宁会馆是一座三大一小的套院,它分为南北前院与后院,左边有通道连着一个大院,这个大院的侧墙又有一个小院,小院的后面是一个不大的花园。一进前院大门,便是一座两层高的木楼,木楼飞檐华盖,五踩斗栱。大厅内大理石的地面明亮如镜,横梁厅柱,雕梁画栋。整个木楼壮观华丽,颇显豪华气派。

国相三人带着五十名御神军迅速将晟宁会馆包围,士兵冲进大院分散向着各院冲去,当两个士兵冲进最后的小院,拉开正房的屋门时,一捆半人高的干柴向他倒了下来,士兵随手猛地将干柴向小院内一推,干柴内突然冒出一股白烟,那白烟味道刺人,令人两眼难睁,同时十几只红色蛊虫飞快爬上士兵的身体,它们遇到皮肤的裸露处即刻就钻入皮肤内疯狂地吸食体内的血液,并且一路啃咬,两个士兵疼得满地打滚,撕心裂肺地号叫。

国相三人听到士兵的惨叫声,一跃而起飞向小院,他们看到一个老的和一个年轻的女人正从小院跑进后花园,紫布持剑从空中冲下,直冲向年轻女子,那女子看到从空中冲下的紫布,抬起胳膊向空中一抖手,数支银亮的钢针迎面向着紫布打来,就在那女子打出钢针的同时,凌空而来的国相一挥手,一股劲风将钢针扫飞,接着一翻掌一道闪电向那女子打来,那女子侧身跃起,躲过厉闪。但是,紫布已到了近前,那女子还未来得及躲闪,紫布的宝剑已经刺进她的胸膛。

这时老妇人感觉在她背后的上方有人在向她扑来,她陡然回身,用手划了一个弧形,猝然形成一张大网,国相两手猛地张开,一堵金色的光墙砸了下来,光墙与大网撞在一起发出吱吱的响声,一股腐臭味弥漫空中。随即,国相抬掌向老妇人劈下,一道金芒凌空而下,老妇人飞身跳出,跃起至空中。少青挥剑冲来,只见老妇人手腕一抬,一条白绫带着罡风,如恶蟒般向少青打来,少青持剑在空中两个翻滚,宝剑遂将白绫缠住,老妇人突兀收回白绫,国相随即一掌击出,老妇人猝然回掌相迎,然而,老妇人的力道比起国相差之甚远,国相的真气撞向老妇人的胸前,顿时她的五脏六腑崩开炸裂,一口鲜血喷涌而出,身子从空中跌下，撞向花园的后墙，就在她的身子还未直起，少青一剑刺入她的咽喉。

此时，后院内的两个士兵已经被蛊虫啃食身亡，国相三人在后院的每间屋子转一遍，看到这母女调养的蛊虫，不觉毛骨悚然。国相对紫布道："把这里处理干净，一个活口都不要留。"

"放心吧师父。"

国相又转向少青："我给你三十个御神军，将紫云山庄清理干净，然后烧掉。"

"诺。"

司南在两个御神军士兵的护卫下向西一路奔驰，到达琼山湿地时天色已黑，虽然天空中尚有微星淡月的点点光亮，但若没有火把的照耀，他们的眼前便是一片漆黑。幸好两个士兵非常熟悉这里的道路，不会迷路走进沼泽，他们没有停止下来，但行进的速度显然慢了下来。一连三日他们只夜间休息一两个时辰，第五天的上午疲惫的三人终于看到伏瑶城高大的城墙。

三人牵着马走进伏瑶城的城门洞，司南在前，两个士兵在后，他们刚出城门洞走到城楼下的空场，不远处的一个装扮成摆摊的小贩就认出了司南。他向不远处的一个人一招手，那人疾步走了过来，装扮成摆摊的小贩对过来的人道："你看最前头那牵马的人是谁？"

那人向着牵马人望去，不禁道："是他，就是司南大人。"

两人低语了几句，迅速离开了。

就在司南望见伏瑶城城墙的同时，一路护卫军的精骑正向伏瑶城的方向狂奔而来，马队似狂飙卷起一路烟尘，跑在最前面的一个领卫催促道："快！离伏瑶城也就不到半个时辰了，再快点。"

司南和两个士兵走出空场，前面就是一条十字大街。司南对两个一路相伴的士兵道："两位随我去寻探处吧。"

其中一个士兵道："不去了司大人，我们去驿站交差了。"

"谢谢二位，他日司某一定报答二位。"

三人道别后，司南催马来到寻探处的大门，拿出子卫的兵符走进大门，他把马递给门卫，走进寻探处的大院，他快步向着寻探长的院子走去，还未进院，远处一人正大步向他而来，并向他招手，他没有理睬，而是疾步走进寻探长的大院。

寻探长见到司南突然出现十分惊诧，急忙站起道："下官不知都司大人到来，未曾迎接，请大人恕罪。"

"宓大人不必客气，你速去把后山甄密室的钥匙拿来，叫那里的管事随我过去，我要在你这里写封密信，即刻发出。一会我叫你进来，你再进来。"

"诺。"

寻探长将笔和兽皮递给司南，随即走出房间。

司南拿着钥匙正和管事往后山急行，忽然后面有人叫道："司大人等一下。"

司南回过头，正是刚才向他招手的那人，此人面目清癯，身材瘦小，目光带着几分机敏。他对甄密室的管事道："你先去准备，要最好的信鸽。"

"诺。"甄密室的管事回答，便向着甄密室走去

而那瘦小的管事快步走到跟前，小声道："司南大人，我接到大将军府的密令，要立刻护送您去丰邺港与齐横大人会合。我是这里的一名管事，东门外已经准备好了，请大人与我速去。"

司南道："你在这里等着，我办完事就同你走。"

十几分钟之后，司南和甄密室的管事一同出来往回走，当走到等待他的那位管事面前，司南对甄密室的管事道："你先回去吧，我和他还有些事情要办。"

"诺。"甄密室的管事立刻离开了，那位瘦小的管事道："大人随我来。"

一队十人的护卫军精骑冲进伏瑶城，领卫指着身边的一个士兵："你跟我去衙门府，其余的人速去寻探处将所有的大门守住，不许任何人出入。"

八个护卫军精骑立刻向着寻探处奔去，领卫则前往衙门府。

护卫军领卫来到衙门府，对大门的守卫道："我是护卫军魏领卫，求见毛衙令。"

大门的守卫立刻进去禀报，毛衙令疾步从府内走来，一见是魏领卫，有些意外道："魏领卫，何时回来的？快请进。"

二人走进客厅，魏领卫道："毛大人，我是从棠坞城星夜赶来，是受都统命令，捉拿王庭要犯，都统随后就到。"

毛衙令诧异道："是逃窜到本城吗？本衙令可做什么？"

"将四座城门关闭，等待都统大人的到来。"

毛衙令对主事道："传令，速将伏瑶城四座城门关闭。"

司南和管事刚走出寻探处的东门，就见从北墙拐出两匹战马，司南一眼就认出是护卫军的精骑，他怔了一下，心忽地提到嗓子，随即转过身，随着路上的行人向南疾步。这时，两名护卫军的精骑来到寻探处的东门将大门守住，同司

南一同出来的管事一见此状,心里也是唏嘘不已,他庆幸刚好走出大门,再晚一步恐就出不来了。

两人疾步走到东墙的尽头,向右一拐,一个人正牵着两匹马等待着他们。二人走上前,牵马人对瘦小的管事道:"你带司大人去南禹郡的丰邺港。"

司南和瘦小的管事飞身上马,瘦小的管事道:"护卫军已经到了寻探处的东门,东门已被封锁了,我们先走了。"然后对司南道:"大人随我来。"言罢,打马而去。

瘦小的管事带着司南催马跑过两条大街,冲到北门。瘦小的管事跳下马,对司南道:"大人,我们就牵着马正常走过去,不要惊动守门的士兵,别让他们注意我们。"

他们不紧不慢地走出城门,刚准备跳上马背,听见城内有人在喊:"关城门,衙令有令,关城门。"

司南又是一惊,来得好快啊,要不是大将军府的人接应,今天恐怕真就在劫难逃。他们立刻跳上战马,一抖缰绳沿着大路奔去。

八位护卫军精骑赶到寻探处,立刻将寻探处大门封锁,不许任何出入,这引起整个寻探处的哗然。寻探长得知后,大感震惊,他急忙来到正门口,见两个身披铠甲的士兵站在门口,上前道:"我是这里的探长,听说你们是护卫军的精骑,是都统纪大人的人马。"

两个护卫急忙行礼,其中一人道:"正是,我们是受都统大人的指令到寻探处捉拿要犯。"

寻探长不解地问:"到我这里捉拿要犯,捉拿哪位要犯?"

"都司司南。"

听到这话,寻探长惊得不禁"啊"了一声:"探司司南?你口气不小,可否有王命?"

两个士兵相互对视一下,脸上露出尴尬之色。

正在这时,毛衙令和魏领卫正好来到近前,毛衙令跳下马,拱手道:"宓大人,这是护卫军魏领卫。"毛衙令引荐着。

寻探长和魏领卫相互拱手施礼。寻探长感觉到今天要有大事发生,他伸手邀请:"两位大人里面请。"

三人疾步走进寻探长的房间,寻探长关上门,回身问魏领卫:"都司司南是要犯,护卫军都统要捉拿司大人?"

"是的。"

"你们可有诏书或王命吗？"

"我这里没有，要等都统到来。"

"都统有诏书或王命？"

"我不知道，这你要等都统到了再说，我只是负责把守寻探处，见到司南立刻抓捕。请问大人，司南可否来过这里？"

寻探长惊愕道："司南大人持有御神军的令符，这一定是御庭尉授予，御庭尉直接受命大王，护卫军纪大人又如何动得了都司大人？"

魏领卫听了寻探长的话，惊得睁大眼睛道："听宓大人的一番话，司南来过这里？"

寻探长没有回答，沉着脸，眸子内带着疑惑和不信任地看着魏领卫，魏领卫则用阴冷目光盯着寻探长，屋内陷入一片沉静，气氛骤然紧张了起来。

毛衙令见此状，干咳了一下道："宓大人，以我看魏领卫之所以来此，定有道理，绝非贸然，我想若真如大人所说，纪都统恐怕是疯了，难道他不怕大王治罪，今日之事必有缘由。"

毛衙令的一番话，寻探长觉得确有道理，但他不能仅听二人的几句话就贸然得罪司南大人，万一处理不妥，自己以后如何是好。正在盘算之际，忽然有人敲门，寻探长打开屋门，外面站着的正是甄密室的管事，寻探长立刻走出屋将屋门拉上，问道："司南大人在哪？"

"司南大人和杨管事办事去了，司大人让我先回来。"

"你马上去四个大门，让守门全力配合外面的护卫军士兵，不许任何人进出，谁要想出去先来找我，没有我的命令任何人不许出去，包括司南大人。快去，我现在就去找司大人和杨管事。"

寻探长疾步走进杨管事的房间，屋里没人知道杨管事去哪里了，寻探长转身走出院子，与大步而来的甄密室的管事碰了个照面，甄密室的管事急促道："大人，杨管事已经出了北门。"

寻探长蹙紧眉头："司大人哪？是不是和杨管事一起出去了？"

"我问了守门的，他不认识司大人，没有注意。"

"什么时候走的。"

"也就半盏香的工夫。"

在寻探长屋内的魏领卫等了一会，见寻探长出去没有进来，于是打开屋门,发现寻探长已经不在了。他认为一定是寻探长找司南报信去了,他转身回屋对毛衙令道:"宓大人可能去见司大人了。我想派一人出城迅速通知纪都统,烦劳大人令一名衙丁送我的人出城。"

"好。"

二人走出寻探长的院子,向着前院而来,还未进前院的后门,便看到寻探长向他们匆匆走来,此时寻探长内心忐忑,司大人就这么悄无声息地离去,确实不对劲,他走到近前道:"二位大人,司大人在你们来之前到过这里,我以为他还在寻探处,刚才我的一个管事告诉我,他离开这里不到半盏香的工夫。我想是否派人去追一下,看能否追上司大人。"

魏领卫道:"宓大人,寻探处有几人认识司大人。"

"四个人没问题。"

毛衙令道:"我也派四人,魏领卫你也派四人,宓大人也派四人,三人一组,出四座城门看能否追上司南大人。"

三人一致赞同,并立刻派出四组人马,飞奔出伏瑶城的四门去追赶司南。

一个时辰后,纪平来到衙令府,毛衙令、宓寻长和魏领卫都在大门恭候着,纪平下马,将缰绳交给护卫,大步上前,身边一群身披金甲的将领跟随在后面,魏领卫急忙上前一步向纪平介绍道:"都统,这是毛衙令,这是宓寻长。"

"下官恭候都统大人,大人请进。"

纪平笑着道:"烦劳各位啦,请。"

纪平同毛衙令、宓寻长走进客厅,宓寻长将所发生的事情悉数告知纪平,并小心地说道:"都统大人,司南带着御神军的令符,这令符应是御庭尉的,下官有些疑惑?"

纪平道:"此事事关机密,目前还不能告诉二位大人,二位大人不要去猜疑,到时候自然就会清楚,二位尽管按照本官的命令去做就可以了。"

"诺。"毛衙令和宓寻长异口同声地回答。

毛衙令道:"都统大人,我和宓寻长仔细问过寻探处守门的,司南刚出大门,大人的护卫军就将大门封锁了,同时下官也命衙丁去传下官的命令,关闭四座城门,把守寻探处的大门和城门关闭的时间相差不多,下官以为谨慎起见,是否张榜图形,全城搜捕一下。"

此时,纪平已经感到不妙,司南的消息送出得太快了,现在想阻止情报的发出已经不可能了。按今天送出消息的时间推算,程昊不出十日就可得到消息。若是程昊获得情报就奔向兆郡的陇平城将齐云救出，而纪宁还未赶到，之后的结局就不堪设想了。以程昊的法力和威望，这位九州的战神一旦拥立齐云为王，自己和明王爷等一干人莫说为王，恐身家性命都难以自保。如今事情已经到了这种地步，不是鱼死就是网破，已经毫无退路了。谁赶在前头得到齐云，谁就掌控了局面。现在必须不惜一切奔向陇平城，迅速除掉齐云。

他紧咬牙关，对护卫长道："去，带上所有精骑即刻去兆郡的陇平城。"

明王爷带着王庭的队伍返回，近两万人的队伍排列齐整，气势威严地向着卞雍的方向行进着，队伍接近长泉时，已接近酉时，按理说队伍应该进城过夜，因为从长泉到达下一个城镇要走近一天的路程。元明觉得如果队伍进了长泉城，就得在长泉过夜了，若不去长泉城还可以继续再走两个时辰。于是他命令队伍继续前进，而没有拐向通往长泉城的道路。

一更时分，队伍才在一个叫黄马村的地方停了下来，大队人马安营扎寨，埋锅造饭。五更天左右，漆黑的天空忽然纷纷扬扬地飘起了雪花，不久晶莹的白雪就将空旷的原野映射得皑皑洁白。早晨队伍出发时，飘扬的雪花兀自没有一点减弱的迹象，铅灰色的天空阴暗低沉，队伍仅走了半个时辰，蓦然刮起风来，雪也突然变得大了起来，鹅毛般的大雪铺天盖地，漫天飞舞。雪越下越大，风越刮越急，天空飞扬的雪花随着风扑面而来，打在脸上，令人两眼难睁。很快雪就没过小腿，飞扬的大雪将一切沟壑尽数填平，一眼望去辽远无际的原野莽莽苍苍，一片洁白。

队伍在风雪中艰难地行进着，一直到下午雪才停了下来。临近傍晚，又冷、又饿、又累的大臣和士兵实在走不动了，队伍才在一个前不着村后不着店的皑皑荒野中扎营。夜色很快降临了，然而诡异的天气气温骤降，寒流让这支没有任何御寒准备的队伍彻夜难眠，士兵们四处砍树锯木，烧柴取暖，所有的人都在寒冷中瑟瑟战栗，为了减少人员被冻伤，天还没亮，队伍就开始进发。到了午时，大队人马终于进驻到一个仅有五六百户人家的临城。临城衙令几乎倾尽全城所有的人力物力接待近两万人的王庭队伍，但是仅有百户人家的小城根本无法满足这支庞大队伍的需求。没有办法，元明只能让队伍扎住在这里，等待天气转好再走，同时临城衙令带着府衙的人紧急向四周的村镇求援，离临城最近的陶品、莫邑两城也派出驰援的队伍奔往临城，不到一日，四面八方驰援的队伍接连不断地赶到，小小的临城顷刻热闹起来，成堆物资堆满临城，有衣物、食品和草料。队伍在临城休整了三日，寒流刚过，王爷立刻命队伍出发。

由于寒流的影响,道路的积雪被碾压成一层薄冰,人马一走快就有滑倒的危险,队伍缓慢地向前推进着,一日只行进四五十里路,还走不到平常的三分之一。两天后,天气开始转暖,然而道路越走越泥泞,一些地方的道路已经变成泥潭泽国,根本无法通行,人马只能绕道而行。

已经十一天过去了,队伍还没有走出一半的路程,明王爷显得十分焦躁和恼怒,正在这时,探马来报,司南曾到过伏瑶城,并在那里将情报送出,之后便失踪了,纪平已率五千护卫精骑奔往陇平城。明王爷听罢大惊失色,愣了半晌没有发一言。恰好探马禀报时尹考也在场,尹考见此:"王爷,下官认为王爷应带着几位武臣先回卞雍,我带大队人马随后赶来。"

王爷喃喃道:"这时离开群臣?"

尹考道:"顾不了那么多了,王爷必须赶在程昊前回到京都,控制住局面,这里就交给我。"

元明和尹考商量了一阵,制定了回京后的具体计划,此时已是天交二更,王爷道:"明日一早我召集大臣们布置一下,然后我就带几个武臣先离去了,这里就交给你了。"

尚在西番的程昊,在此次平定西番之乱后,认为铁木对盘溪的影响深厚,与本土官员的关系与利益盘根错节,许多官员均有反夏情绪,因此程昊决心借此机会彻底铲除这伙官员,将他们以及他们的利益连根拔起。于是,他向静王奏本,请求将西番的郡守府西迁寮淞城,在寮淞城重建郡守府,任翟义为西番郡守,调申豹为武将军、贾戎为中郎令、巴特为掌事令,任原镇守夹阴的常力为护庭尉,穆赤为长史令、亚汗为司空。

静王诏谕,准予大将军之奏,并授予大将军处理西番事务的一切权力,一切自行裁决,奏明即可。

程昊决意迁移郡守府,除了上述因素外,还有一个原因是寮淞城有半数以上的夏洲子民。寮淞城原本是一个天然的良港,近些年已成为重要的海运口岸,十年间这里涌入大量夏洲的商人,他们在这里定居生活,使得寮淞城日益兴旺。另外夹阴的铜矿从这里运出,大批的夏洲士兵在这里成家,大量的贸易使得寮淞城的人流、物流迅猛增长,寮淞城的繁荣和富足已接近盘溪的水平。

程昊做的另一件事就是褫夺四子朗格和五子格日的爵位和封地,将四子朗格和五子格日的封地的一部分分别赏赐给了巴特和敖日,其余全部归属郡守府。

在甄别此次叛乱盘溪各个官员的表现之后,程昊宣布将奄达腰斩,其家人连同阿穆隆、乐托和巴布尔的家人一同问斩,将此次叛乱中与铁木和奄达亲近密切的官员一律贬为庶民,充军到西番的荒凉贫瘠之地。

在对盘溪整肃之后,程昊与翟义等一行官员亲赴寮淞城,他们行进了六天,终于来到寮淞城,寮淞城的衙令和全部官员在寮淞城东门两厢站立迎候大将军的到来。程昊一到城门,所有官员齐声高呼:"恭候大将军光临!"

程昊一行人下马,与衙令等所有官员寒暄之后,程昊一行在衙令等官员的陪同下视察了寮淞城的港口和几个重要街区,看到寮淞城的富庶和繁华,程昊大为满意,之后,他们便来到之前安排好的住所,此时天色已经暗了下来。

就在程昊一行人离开盘溪的第三天的夜晚,盘溪的站点突然得到一份由下雍发来的紧急密报,此密报是专门发送给程昊的。站点的舵主立刻派人立刻前往郡守府,郡守府一名专门与站点联络的差人告诉来人,大将军已去寮淞城,来人有些难办,因为他不知道寮淞城有没有他们的站点,即使有他与寮淞城的站点也没有联系。于是他将这份紧急密报转交给了这位差人,要他务必尽快转交给大将军。站点的来人走后,差人回到府中,他看到是最紧急的密报,不敢耽误,即刻命人火速将密报送至寮淞城交给大将军。

这份紧急的密报送至寮淞城已经是三天后的深夜,探马将密报送至程昊的住处,守护大门的士兵将他带入程昊就寝的院内交给护卫,探马对护卫道:"此密报是紧急密报,务必马上转交给大将军。"

"知道了,我这就转给大将军,你去休息吧。"

探马离开后,护卫看着紧急的密报,他犹豫了一下,因为大将军刚入睡不久,是否叫醒他?他怕耽误事,还是叫醒了程昊。

"大将军,卞雍的紧急密报。"护卫说着将密报送到程昊手中,然后退了出去。

程昊一见是明轩送来的最紧急的密报,心里就是一惊。他立刻将密报打开,里面的内容完全令他意想不到,大王已经遇刺身亡,而且是纪平所为。此时他立刻反应过来,纪平的所为定是元明幕后策划的,棠水秋猎是一次刺王杀驾的政变。他必须马上赶奔兆郡保护齐云,一旦齐云被害,元明必将登基,取代元静。

他即刻对护卫道:"让郡守府内所有官员,务必五分钟内到前厅,我有重要的事情交代,快去。"

不到五分钟,所有的官员都聚集到了前厅,程昊面色严峻地道:"各位,王庭出了点问题,非常紧急,我必须马上回去,这里的事情就由郡守负责,大家还是按计划进行。另外,我走的消息暂不要急于透露出去。"

翟义道:"大将军尽管放心去,我们会按原计划进行,将事情做好。"

程昊和大家道别后,消失在漆黑如墨的夜幕之中。

纪宁一接到送来的假圣谕,就知道主子得手了,现在就是尽快把这位主子恨之入骨的二殿下赶紧除掉,他是不会忘记主子吩咐时那阴鸷的目光,那股欲将其碎尸万段的语气,他要尽快将齐云的头颅送到主子面前。

他带着由纪府精挑的六名家丁,还有陆鸿派来的六名死士和纪平派来的六名护卫精骑,一共十九人,一路日夜兼程。他十分清楚此次棠水秋猎是一次刺王杀驾的政变,主子让他去杀大王的儿子,而且给他派这么多武艺精湛的人,可想而知杀掉齐云有多么重要,他一路不敢丝毫怠慢,每日仅休息两个时辰就催促队伍上路。

经历十天的劳顿,他们离兆郡的陇平城已经不远了,走了大半个兆郡,所看到的尽是绵延的山峦和荒芜贫瘠的大片土地。他们来到一个十几户人家的村子,纪宁向村头的一户人家询问离陇平城还有多远,那户人家告诉他到陇平城还有不到十里的路程。

阳光从头顶照下,有些耀眼,已过中午时分,众人围坐在一起,开始午餐。纪宁扫视大家一眼道:"一会就到陇平城了,我们先按都统说的,找到齐云的住址,如果顺利就让他跟我们走,按照计划,今天晚上将他带到我们来时商定好的那条小溪的树林旁就餐,然后用药将齐云蒙倒,再割下他的头颅。如果不顺利被他识破,各位务必拼死也要将齐云弄死。"

纪平府中一个家丁道:"一个宫廷娇生的少爷,莫说我们这么多武功高手,就是我一个人就能将他做掉。"

几个人无奈地晃了晃头,笑了笑,似乎十分认同这个家丁的话。

纪宁道:"都统也是谨慎起见,齐云可是个重要人物,不能出现任何失手。"

一个死士道:"我们把他带出城,如果见路上没人,就一刀结果了他,何必等到晚上,还要用药把他蒙倒,干吗多此一举。"

纪宁犹豫了片刻道:"都统来前跟我说,王爷讲了齐云的剑法很好,最好不要和他动手,用药将他蒙倒,再将他杀了也不迟。"

一个护卫军的精骑满脸不屑地道:"都统大人真是过于谨慎了,我们这么多人对付一个少爷,还要陪他到晚上。"

纪宁道:"我们就按照都统安排好的计划行事吧。"

众人没有再作声。

未时他们来到陇平城,陇平城不大,街道的道路坑洼不平,到处都是低矮破旧的房屋和草舍。他们询问了几人,很快就找到齐云的住处,一个不大的院落,大门的木头有些糟朽,门上褪色的红漆多处脱落,斑斑驳驳,显得十分的破旧。

纪宁上前敲门,一个六旬开外,弓腰驼背的老人将门打开,老人见到这么多身披铠甲的武士站在门外有些惊诧:"你们是?"

纪宁道:"我们是王庭的信使,大王有诏,齐云殿下可在否?"

"在,大人们请进。"

纪宁示意大家在门外等候,自己带着两个家丁走进院子,齐云听到了门外的声音,他走出房屋。纪宁第一次见到这位二殿下,一位二十出头的俊美公子,举止动作带着王家的气质,但华锦的衣袍却已经褪色,上面打着补丁,估计生活得十分拮据。

纪宁道:"在下是大王所派信使,您可是齐云殿下?"

"本人正是。"

纪宁掏出伪诏道:"齐殿下听旨!"

齐云即刻跪下,纪宁道:"大王诏曰:父王体感不适,着二子齐云速返下雍,见诏即行,另派御神军十九人护卫回京。"

齐云霍地站立起来,急促地问:"父王怎么了?病了吗?"

"在下只是信使,殿下不必多问,还是即刻就走,速速回京为是。"

齐云立刻返回屋里,挎上宝剑,同那位开门的老者交代了几句,然后从屋后牵出一匹棕色瘦马,随着纪宁一行人上路,朝着城门而去。

马队快速向着城门行进,齐云却发现护卫他的一行人马不像是御神军,御神军的护卫各个都训练有素,无论在何种情况下,姿态和队伍都是保持不变的,而这群人的队伍混乱,特别是四个持戟护卫持戟的动作一看就没有受过任何训练。

齐云从小在王庭长大,对王庭和御神军非常熟悉,他知道持戟的护卫归属御勇营,持刀配弓归属御校营。队伍一出城门,齐云便催马来到一名持戟的护卫旁,齐云道:"你们御校营总管剑春大人还好吗?"

"还好。"持戟护卫应付地回答了一句。

"我那时总到你们御校营的英武殿找他。"

持戟护卫蹙着眉头,厌烦地回答道:"殿下我们还是快点赶路吧。"说完将头转向前方,再不看齐云了。

齐云暗自一惊,他刚才故意将持戟的御勇营说成御校营,还有剑春大人,根本就没有剑春这么个人,是他信口胡编的。这时,他猜想到这伙周身御神军装束的人马并不是王庭的御神军,而是假冒的御神军。他的大脑在激烈地旋转着,他要尽快脱身,但他被夹在中间,前后左右都是护卫,正当他寻找如何逃脱的时候,道路的前方迎面驶来一辆马车,双方的行进的速度立刻减慢了,就在双方相互错过的时候,齐云的身边就只剩一个骑马持戟的护卫,马车刚一从持戟的护卫身边驶过,齐云猛地从腰间拔出宝剑,动作之迅速没有一个人反应过来。刹那间,一道厉闪,身边持戟的护卫的脑袋被砍掉,他两腿一夹马,从倒下的护卫的马旁窜了出去,一跃而起跳出道路。就在此时,齐云的余光看到一匹黑马从他侧面袭来,一道寒光向他扫来,他用宝剑一挡,将钢刀隔开,随着一翻手腕,宝剑刺进袭来的死士的上腹,接着他将手一抖,死士从马背落下。这时他感觉背后有股凉气,他从马背上一跃而起,在空中旋转了三百六十度,一个纪府的家丁的钢刀从他的脚下扫过,他旋转的同时,华光一闪,手中的宝剑从家丁的脖子扫过,一个已经没有头颅的身体落在马下。齐云从空中落回到马背上,但是这匹战马又老又瘦,平素草料质量又差,齐云身体猛然从空中压在它的背上,这匹老马一下子有些吃不消了,跑动的身体突然停了下来。齐云的身体向前一倾,他急忙用两腿夹紧马的两肋,这时一只长戟已经刺了过来,齐云前倾的身体已经感觉到了,他顺势将身体向左一斜,戟头擦着右肋的衣袍刺了过去,他随手抓住戟杆,掌中一用力,一股气流顺着戟杆传到那位握戟护卫精骑的手上,护卫的手一颤,长戟从手中脱离,齐云以戟当棍,手腕一用力,戟杆打在护卫的腰部,将护卫打下马背。

就在这同时,另一只长戟横扫了过来,戟叉的月牙刀刃将齐云战马的一只后腿砍掉,戟头刺进马的肚子,战马陡然向左侧倒了下去。就在战马侧倒的瞬间,齐云跃身飞出马背,他的前脚一着地,便回身飞向刺倒他战马的护卫,那个护卫见齐云扑来,赶忙放弃插入马肚子的长戟,抽刀向着齐云策马而来,然而,他的刀仅从刀鞘抽出一半,齐云已经飞到他的近前,一道寒光闪过,护卫被砍下马背,而齐云恰好落在他的马背之上。然而,意想不到的事情发生了,这匹马突然两蹄腾空,昂首直立起身躯,齐云再次从马背跃向空中,这时数支利箭已到眼前,他挥剑拨打,侧身闪躲,但是,刚才被他用长戟打下马的那个护卫在地上一滚,站立起来,同时手上已经搭箭拉弓,从侧面向他射出三支利箭,齐云躲过两箭,仍有一支利箭射进他的左肋。齐云两脚着地,即刻如闪电般冲到护卫跟前,那个护卫还未来得及拔刀,就被齐云一剑刺死。

刹那间,四匹战马向他撞来,只见流光飞舞,身形闪动,顷刻四匹战马全部被齐云砍倒在地,马上四人不是被压在马下,就是被齐云砍死。其余的人一见此状,全都跳下战马向着齐云围了过来。

齐云的余光已经注意到最右边的一匹战马,他转身向着左后方飞身杀来,左后方两人挥刀砍杀,刀剑相撞,左后方的两人应声倒下。围拢的人向着左后方冲了过来,此时右方已经单薄,齐云突然反身,身形极快,一下冲到最右边的围拢者的身旁,最右边死士一刀刺来,齐云侧身躲过钢刀,一剑将他砍倒。此时,又一死士举刀拼尽全力气向着齐云迎面劈下,齐云抬起宝剑相迎,只听"当"一声,死士的刀被宝剑削成两段,齐云一脚将死士踹飞。

忽然,一股凉风向着齐云扑来,他将身子一闪,一道寒光蹭着他的左肋劈了下去,将插在他左肋利箭的箭杆砍成两段,齐云一剑刺去,宝剑径直捅入死士的心脏。齐云飞身跃起奔向最右的那匹战马,然而,由于插在他左肋的利箭被砍断时,箭头向上并向里移动一些,他飞起时左肋的剧痛使他没能直接落在马背上,而是落在距离战马还有五六步的地方。这时,站在这些战马边上的纪宁一见齐云落地,举刀冲了过来,他身边的两个家丁快于他几步冲到齐云跟前,随着两道厉闪,两个家丁的脑袋从脖子上滚落,齐云向前两步一纵身跳上马背,与此同时一道亮光向他的颈部砍来,他随势一低头,死士的钢刀从他的头部掠过,他随手一剑刺去,宝剑从死士的前身刺入,从后腰刺出,就在他抖手将死尸甩出的同时,两支利箭飞了过来,一箭射在死尸的身上,一箭射中他的右胸。由于他没有甲胄,利箭洞穿他身体,箭头从前胸射入,从后背穿出,他双腿夹马,战马还没跑出几步,他只觉眼前一黑,从马背上跌落下去,昏死了过去。纪宁和两个护卫精骑奔了过来,纪宁举刀将他的头颅砍下,提着齐云的头颅来到自己马前,他从马鞍上取下一个盒子,将齐云的头颅放了进去。当纪宁回过身时,身边只剩下两个护卫精骑,眼前横七竖八尽是被齐云杀死的人的尸体,一摊摊的血迹染红了贫瘠的土地。这时他发现还有两人正在挣扎着想坐起,一个是死士,另一个是家丁,两人都受了重伤,纪宁和两个护卫精骑急忙来到他们的身边,将他们抬到马前,并给他们敷上药膏,包扎好伤口,然后,三人将尸体聚拢在一起。忽然,纪宁似乎影影绰绰看到远方有一队黑影向这里奔驰而来,很快那队人马的影子渐渐清晰了起来,那个受伤的家丁对纪宁道:"管家,你们快走,他们我来应付。"

纪宁:"你们就说你们是王庭的御神军,让他们给你们治伤,我会来接你们的。"说完,带着两个护卫精骑策马而去。

三十四、生擒逆贼

　　马队冲到杀戮的地方，一马当先的是陇平城的衙令。原来从纪宁马队前驶过的马车是衙令府的一个主事，他正办完事回衙令府向衙令交差，当他的马车正从纪宁马队旁交会而过时，突然一匹马从他马车后面一跃而起，跳出道路。主事被吓了一跳，他侧头从车帷的窗户望去，令他惊骇不已的是跳出道路那匹战马上的那人竟是齐云，紧接着便是血腥的一幕，他立刻对车夫大喊道："快走！"车夫猛地一抖缰绳，马车飞奔向陇平城。

　　衙令带着队伍来到此处，到处都是一摊摊殷红的血迹，一排死尸，有的没了头，有的身子被斩成两段，场面令他瞠目结舌。衙令和衙役们跳下马，衙令看到在路旁横着的一具没头的尸体，他一眼就认出是齐云的尸体，他看到两个人还活着，只是因为重伤走不了了，于是上前两步，用剑头顶住其中一人的喉咙，怒目道："你们是什么人，竟敢刺杀大王的二殿下，说！"

　　受伤的纪府家丁道："我们是王庭的御神军，是奉大王密诏到此行事。"

　　衙令道："奉密诏行事，给我绑起来，押回去审。"

　　几个衙役上来将二人绑了起来。正在这时，一道黑影从空中掠过，这黑影正是程昊，他正从空中飞过，忽然看到下面的场景，死尸都是御神军的装束，他心一沉，回身落在衙役们的面前，在场所有人都被蓦然出现的程昊惊呆了，他们不知道程昊是从哪里突兀地出现在眼前。程昊道："你们是什么人？这里是怎么回事？"

衙令不解道："我是陇平城衙令，你是何人？是从哪里来的？"

"我是夏洲大将军程昊。"随手掏出大将军的令符。

衙令并不认得大将军的令符，将信将疑问道："大将军到此做什么？"

程昊指着尸体道："他们是怎么回事？"

衙令回头指着两个被绑的人道："他说他们是御神军。"

程昊来到一具死尸前，拾起死尸身后的利箭，又看了一眼死尸身旁的弓，沉着脸道："这是护卫精骑的弓箭，他们是护卫军都统纪平府的人。他们是来杀害齐云的，你知道齐云吗？"程昊盯着衙令。

"齐殿下已被他们杀害。"衙令指着路旁没头的尸首。

程昊疾步走到齐云的尸首前，他认得齐云手中紧握的龙泉剑，他蹲下扶起齐云的尸首，眼里盈满泪水，声音悲戚道："云儿，我来晚了。"

程昊站立起来，他向着道路的远方望去，他感觉到有三匹马正在大路上狂奔，他料定这三人一定带着齐云的头颅。

他回身目光带着阴冷和杀气向着被绑的那两人走来："护卫精骑，是纪平派你来的。"两人都把眼睛一闭，一言不发。

"大胆纪平，行刺大王，谋害殿下，本将军定将纪平车裂分尸，诛尽九族，你们两个奴才等着。"

程昊把衙令带到稍远的一旁，对衙令道："你把齐云的尸体保存好，这两个人务必要留着活口，将来就是人证。"

衙令带着惊恐道："诺，下官一定办好。"

"带着齐云头颅的几个伙人还没走远，我去追他们，这里还有劳衙令了。"说完，便从衙令眼前消失了。

纪宁三人打马一路狂奔，他们还没跑多远，程昊便追上他们。程昊看他们满身血迹，纪宁的马背上还驮着一个盒子，知道这三人定是杀害齐云的凶手，但他并不想马上就惊动他们，他还要听听他们说些什么，于是，他便悄悄地跟着他们。

三个人一直策马跑到天黑，在一片树林的小溪旁才停了下来。三人在溪旁擦洗完身上的血迹，砍断一些树枝，支起一堆篝火，篝火熊熊燃烧着，金红的火焰给这片荒芜漆黑的荒野带来了些许光明，噼啪燃烧的劈柴的声音在这寂静的夜里听得分外清晰。

三人围坐在篝火旁取着暖,吃着东西。纪宁道:"我们还真是低估了齐云,多亏二位,我听人说护卫精骑强弓神射,果然名不虚传。"

一个护卫精骑道:"纪管家夸赞了,今天真是好悬啊! 真没想到这齐云的剑法绝非一般。"

另一个护卫精骑道:"虽然我们死了那么多兄弟,但不管怎么说我们还是把他做掉了,可以向都统交差了。"

程昊在他们身边树林里听着,他忽然感觉到就在几里外,有一少队人马从山谷中冲出,向着这里奔驰而来。

程昊向着那马队人马飞驰去,当他从这队人马的头顶掠过时,他便认出是王庭的护卫军,接着他又返身回到树林里。

三个人正说着话,霍然间隐隐地传来马蹄的声响,他们同时向着马蹄声响的方向望去,无数流动的红色星点向着他们而来,纪宁猛地站了起来:"快把火灭了。"

一个护卫精骑拿起他们唯一的大盆几步跑到溪水边,猛地弯腰,两手端着盆向溪水中一捞,瞬间盆内装满大半盆的水,他一转身,不知怎么着,脚下似乎被什么力量猛地推了一下,身子狠狠地摔在地上,手中的盆也不知道甩到哪去了。纪宁和另一个护卫精骑急忙用刀去拨篝火,那篝火的火苗陡然窜起差点将纪宁的衣服烧着。

纪宁道:"别再管篝火了,我们上马走。"

一个护卫精骑最先跑到战马前,他抬手去解绑在树上的马缰绳,居然没有解下马缰绳,他拔出腰刀将绑在树上的马缰绳砍断,这时,远方传来喊声:"我们是都统的护卫军,你们是什么人?"

听到这个声音,三人惊喜得简直要欢呼起来,但纪宁还是没有放松警惕,他对两个护卫精骑道:"我们先别回答,看他们是不是都统的护卫军。"

片刻工夫,马队来到三人面前,马队的头领一眼就认出了纪宁,跳下马道:"纪管家,事情办得怎么样? 顺利吗?"

"任兄,我这里装着齐云的头领,现在就剩我们三人,还有两个重伤留在那里,其余的都战死了。"

那头领对身边的兵士道:"你速回,把这里情况禀报都统。"

纪宁道:"都统也来了?"

"都统离我们不到半天的路程。"

程昊在树林里听罢，飞身向着大队人马的纪平处飞去。

离纪平的大队人马不远，程昊就感觉出这队人马有五千多人，队伍黑压压地向前行进着，没过多久，队伍就停了下来。纪平命令部队埋锅做饭，休息两个时辰。

深秋的荒野雾气弥漫，寒气袭人，一座座帐篷很快被搭建起来，程昊在远处紧盯着纪平的帐篷，过了不大一会，大营的火光相继熄灭了，漆黑的大营外只有几个流动的岗哨举着火把巡视着。

纪平的中军大帐外站着两个守卫的士兵，帐外竖起的两个高高的杆子，上面各插着一支火把。

程昊飞到纪平大帐的顶部，他在大帐顶部的一角割开了一道缝隙，向里面窥视着，帐内只燃烧着一支细小蜡烛，微弱的火苗摇曳晃动着，纪平拿起一条毯子抖开，侧身躺在床上，并将毯子盖在身上。

过了一段时间，一匹战马飞驰到大营门口，马上的探马亮出令牌，然后径直奔到纪平的中军大帐前："探马，有情况要报都统大人。"

守卫走进大帐，叫醒纪平道："探马来报。"

纪平从床上坐起道："叫他进来。"

探马走进："大人，有消息，纪宁已将齐云的头颅带在身上，目前正在赶往大营的路上。"

烛光下纪平的脸显得异常兴奋，顿时睡意全无，他对外面的守卫唤道："去叫护卫长。"然后对探马道："你回探马营休息吧。"

探马刚走不久，护卫长就走进帐内，纪平道："纪宁已将齐云的头颅割下，目前正赶往大营，你去迎一下纪宁，今夜就让士兵们好好休息，这十几天士兵们太累了。"

"诺，我马上带人去迎纪管家。"而后，走出大帐。

四更天左右，纪宁随着护卫长赶到大营，他和护卫长直接来到纪平的大帐门口，守卫通报后，纪宁和护卫长走进大帐，纪平让护卫长回去休息，只留下纪宁一人。

纪宁献上装着齐云头颅的盒子，纪平打开盒子里面果然装着齐云的头颅。纪平将盒子盖好道："干得不错，可以向王爷交差了，坐吧，把经过给我讲讲。"

两人促膝而谈，纪宁将此次杀害齐云的经过悉数讲述给了纪平，纪平则告诉纪宁棠水草甸刺杀静王的大体情况。已到五更天了,纪平道:"离天亮还有些时间,我让护卫长给你安排一下,好好休息休息。"

话音未落,从大帐顶部的一角掠入一道黑影,纪平和纪宁还没有反应过来,程昊连击两掌将二人打晕,接着他打开装有齐云头颅的盒子,盒内果然装着齐云头颅,他把盒子盖好系上,并挎在纪宁身上,然后如幽灵般从帐帘闪出。大帐外的两个守卫背对着大帐,毫无察觉,程昊一掌贯头,守卫的脑盖骨顷刻粉碎,身子晃了一下,还未来得及出声就倒在地上。另一个刚一侧头,程昊已飞身于他的头上,一掌击下,这个守卫倒向地上,程昊将手一挥,两具尸体飞进大帐。接着,他快似电闪掠过大营,正好看到两个流动的士兵举着火把,并肩沿着大营的外围巡视着。程昊张开两手,若鹰隼扑下,突然从背后抓住两人后颈部,将两个士兵的颈椎攥碎,火把从士兵的手中落地,程昊抓住两人掠过大营,径直飞入纪平的大帐内。

程昊把大帐内的几支粗大的蜡烛放于两掌之间,气于掌中,两手一搓,几支蜡烛顿时成为粉末,他随手一划,蜡烛的粉末散落在两个士兵的身上和脸上,他提起真气将纪平和纪宁夹在腋下,手掌轻轻一晃,撒满守卫身上的烛粉立刻燃烧了起来。程昊夹着纪平和纪宁飞出大帐,消失在漆黑的夜色里。

寒凉的深夜,整个大营格外宁静,多日的奔跑士兵们都已经极度疲劳,因此此时他们正处在熟睡状态。中军大帐内着起火,根本没有人发现,两个死去守卫的衣服和烛粉燃起的火苗首先将他们身边的桌子点燃,接着火势迅速绵延,须臾间火焰熊熊燃起,整个中军大帐都被升腾起的烈焰吞噬。

最先发现的是巡视的哨卫,他正在大营外巡视,忽然看到大营的中军大帐处红光映照,他疾步奔去,接着便是火光冲天,他随即大叫道:"中军大帐起火了。"大帐旁边的护卫长和护卫们急忙从大帐出来,只见火光熊熊,火苗四蹿,他们立刻将中军大帐周边一切可燃物移开,然而,整个中军大帐烈焰升腾,根本无法施救,等士兵拿来成桶的清水,整个中军大帐基本已经烧为灰烬。

护卫长和几位将领看着四具焦黑还在冒着白烟的尸体,完全无法辨认出四具尸体都是谁。护卫长命令士兵在烧焦的中军大帐中再仔细寻找一番,看是否能找到齐云的人头。士兵们将焦黑的地面翻了个遍,也没有找到齐云的人头。

护卫长和几位将领都在思忖着这到底是怎么回事?是谁干的?护卫长问几位将领:"你们说是不是大将军来过?"

几个将领面面相觑,其中一个将领道:"有可能,还会有其他人吗?"

另一个将领道："那就是大将军得到消息，也不能排除还有其他法力高强的人。"

护卫长道："一切都只能是推测，当务之急我们还是立刻返回卞雍。"

大家一致认可，于是，护卫长传令："收起帐篷，立刻集合，返回京都。"

程昊夹着昏迷中的纪平和纪宁来到北陵大营的大门，他将纪平和纪宁放在地上，对站岗的士兵道："我是大将军程昊，速请牛总兵来见。"

站岗的士兵听到是大将军程昊，惴惴道："我马上禀报李千总。"转身奔向大营。

李千总得知大将军在大营外面，十分诧异，他立刻带着大营所有的将领慌忙地来到大营门口，借着火把的火焰，李千总果然见到站在大营门口的大将军，他小跑了几步，上前施礼："下官该死，让大将军站在这里等候我们，实在有罪。"

程昊道："何罪之有，半夜突然到此，叨扰大家休息了。"

众将领道："不敢，大将军，快请到大营里。"

程昊指着地上仍在昏迷的两人对李千总道："速将两个逆贼绑起，要把他们分别看押，绑好他们，看管好。"

"诺。"几个士兵上来将昏迷的纪平和纪宁抬走。

在会议大厅，程昊和将领们谈论着，牛总兵气喘吁吁地冲进会议大厅。"大将军，末将来迟了，还望大将军恕罪。"

程昊笑着："总兵大人不要客气，快坐。"

牛总兵坐好，会议大厅马上静了下来，周遭的将领们注视着程昊，程昊道："各位还不知，我擒住的二人是今日王庭的重犯，他们是护卫军都统纪平和他的管家纪宁，李千总你务必要把二人看好，他们是重要的证人，切勿要防止二人畏罪自杀。"

李千总："诺，下官定将此事办好。"

程昊转向牛总兵："护卫军的主帅失踪，他手下的将领定会星夜返回，去象郡的棠水与叛军会合，从兆郡陇平城到兴阳有两条路，一条是茂康大道，另一条是韶梁山的大梁道。我估计他们会走大梁道。纪平的这支部队有五千多人，都是骑兵，我们要设法围困住他们。"

牛总兵走到地图旁，指着地图道："若叛军走大梁道，九曲沟则是围困叛军最好的地方，若走茂康大道，必经过我们这里，我们可以在东平山伏击叛军。"

程昊道:"好,你率一万轻骑做好准备,待确定叛军的路线,我们就行动。你们去准备吧。"他把目光转向牛总兵:"给我找一个休息的地方。"

"诺,我这就陪大将军去西厅大院。"

将领们从会议大厅鱼贯而出,各自准备去了,程昊和牛总兵出了会议大厅,二人信步来到西厅大院,勤杂兵已经将西厅大院卧室布置好,程昊对牛总兵道:"我休息半日,无重要事情,午饭前再来叫我。"

此时已是晨光熹微,然而卧室内的光线兀自昏暗,程昊的确感到有些困乏,便倒床睡去。巳时过半,他醒了过来,一觉之后,精神顿感饱满。他走出房间,抬头看了一下太阳,估算护卫军已经在通往韶梁山的路上了。他催动真气,腾空而起向着大梁道的方向飞去。

果然不出他的所料,五千多护卫骑兵黑压压的,似铁甲洪流,正驰骋在通往大梁道的道路上。他返身进入九曲沟,在那巡视了一下,而后返回到北陵大营的西厅大院,他走出大院,直奔会议大厅。守门的士兵急忙通知了牛总兵,牛总兵带着几个将领迎了过来。程昊对牛总兵道:"部队都准备好了?"

"按照大将军的命令,一切准备就绪。"

"好,让部队开饭,将领们都到会议大厅,我们边吃饭边部署。"

将领们纷纷来到会议大厅,很快午饭都准备好了,程昊听取牛总兵在九曲沟的具体部署后,认为可以。他问牛总兵:"一万轻骑正午打发,到达九曲沟需要多长时间?"

"十个时辰。"牛总兵回答。

程昊道:"八个时辰赶到九曲沟,部队必须在天亮前部署就位。"

李千总带着疑惑道:"大将军,我们还没有得到护卫军走哪条大路的消息?"

程昊道:"护卫军会走大梁道的,你们就这么准备。"

牛总兵道:"诺! 我们多派些探马和岗哨,有消息随时与部队及时联系。"

程昊道:"正午准时出发。"

"诺。"将领齐声回答。

正午时分,一万轻骑从北陵大营悄然进发,下午未时探马来报,纪平的护卫军已经向着大梁道而去,牛总兵和将领们终于松了口气,他们由衷钦佩大将军的判断力。部队马不停蹄,一路奔驰,五更时分来到九曲沟。程昊命令:"各部队立刻到达指定位置,注意隐蔽,在指定位置原地休息。"

程昊的指挥所位于九曲沟的山后,各部队到达指定位置后,天光已经大亮。程昊独自走出指挥所,料峭的山风拂面而来,他信步而行,在指挥所附近的山脚下独自徘徊着。此时,他的心情异常沉重,齐云的遇害使得他的最后一线希望就此破灭了,再想挽回败局的可能性已经不复存在了。这一切都是静王对元明失去警惕,被元明的假象所蒙骗。尽管朝堂之外他一直没有和元明有任何私下接触,也时刻提防着这位王爷,但他始终没有提示过静王小心元明。他是怕大王兄弟之间产生嫌隙,怕引起大王的猜忌。他是心知元明从年轻时就觊觎王位,但这么多年过去了,元明还一直心怀不轨,如同一条蛰伏在树干上的毒蛇死盯着猎物,等待出击的时机,而且手段是如此阴险,这是他没有想到的。

他又想到纪平,是他把这么一个阴险毒辣、心胸狭窄的恶人推荐给静王。他感到十分的内疚和懊恼。现在形势十分不利,且他深知元明是个十分歹毒的人,他会不会对自己的家人做出什么,以便要挟自己?纪平对纪宁说大王和太子已经遇害,他们会不对太子的儿女和司南家做出什么?

他站住了,脸色异常严峻,他在想从目前纪平带领五千护卫军去陇平城去取齐云的性命看,满朝文武和元明一党还不知齐云的死活,一些忠于大王的大臣一定寄予着一线希望,另外自己还掌握着调动军队的权力,这些因素会使得元明一党有所收敛。但已经半个月过去了,王庭目前是什么样子?自己担心的那些人是否已经遇到危险?他无从知晓,他必须尽快返回卞雍。忽然,一个士兵疾步走来:"大将军,牛总兵找您。"程昊"嗯"了一声,大步流星地走向指挥所。

大梁道横贯韶梁山,一条蜿蜒曲折的大道,似条弯曲爬动的巨蟒逶迤绵延。它全长十多公里。两边是不高的山峦,山峦时断时续,山脊上稀疏生长着枯黄的草木和裸露着巨大岩石,寂静的山峦、蜿蜒的大道在冬日阳光的照耀下显得肃杀和萧索。

九曲沟是大梁道的必经之路,全长不过四里,位于两山之间,最窄处也就两米多宽。

清晨,一轮红日刚刚蜕变了颜色,金灿灿地悬挂在东方,忽然几匹战马飞奔而来,踏响在寂静的山道上。接着每过一两个时辰,便有护卫军的战马穿梭而过。下午未时,护卫军的大队兵马接近九曲沟,程昊命令部队做好准备,等护卫军的先头部队走出九曲沟,就将九曲沟前后出口用巨石和滚木堵死,走出九曲沟山口的护卫军先头部队由李千总将其围住。

五千多护卫军轻骑卷着烟尘向着九曲沟奔来,护卫军先头部队刚奔出九曲沟的山口,山顶上的巨石和滚木如同暴雨般倾泻而下,眨眼间九曲沟的前后山口就被堵死,同时鼓声大作,布满两侧山顶的夏洲士兵陡然站立了起来,一排排拉满弓弦的利箭居高临下直对着山谷下的护卫军,数不清的巨石和滚木瞬间出现在山顶旁,随时都可砸下山谷,令护卫军惊骇胆寒。就在五千护卫军茫然之际,一股黑风骤然而来,吹得护卫军双目难睁,这股黑风忽然在护卫长周围转成一个旋涡,变成一股龙卷黑暴,吹得将领和士兵在马背上左右摇晃,他们紧扣缰绳,抱住马的脖颈。当黑暴蓦然掠过消失时,程昊已经抓着护卫长后腰的战袍冲向半空,护卫长睁开眼睛,还未反应过来,就被程昊一甩手扔到山顶上。"咚"的一声,护卫长重重地摔在一块岩石上,几个夏洲士兵上来将他绑好。

山顶上的夏洲士兵喊着:"大将军在此,放下武器,违令者杀。"接着又是一阵黑风掠过,程昊凛然立在空中,剑指山谷下的护卫军:"护卫军的将领,士兵们! 放下武器,本大将军既往不咎,若不听令者,胆敢顽抗,诛九族。"程昊一抬手,五花大绑的护卫长即刻从山顶被吸到程昊手中,护卫长目光带着哀求道:"大将军,下官有罪,恳请大将军饶恕士兵们,留他们一条性命。"

程昊一抖手,绑在护卫长身上的绳子断成几段,身子落在地上。程昊冷冷道:"让士兵们放下武器,从山口出去。"言罢,挥剑向山口扫去,一股罡风冲向山口,只见石滚木飞,山口被气浪冲开了一道口子。

护卫军士兵们扔下武器,有序地牵马走出山口。

投降的护卫军被北陵大营的士兵一批批地带走,程昊对牛总兵道:"这些护卫军就暂住北陵大营,他们都是服从命令的士兵,要善待他们。"

"大将军放心,在北陵大营他们与我们的士兵没有任何差异,我们会相处好的。"

程昊满意地点点头:"我必须立刻带纪平和纪宁这两个逆贼返回下雍,这里拜托各位了,我先走一步。"

众将领与程昊拱手道别,程昊飞身而去。

北陵大营的拘监处牢房光线昏暗,程昊走进关押纪平的牢房,纪平的手脚带着粗重的镣铐,见到程昊走进牢房,他并没有感到惊奇,似乎他已经估计到自己是落在程昊手里了。

兵士搬过一把椅子,程昊坐在纪平面前,用森冷的目光注视着纪平。纪平面无表情,淡定对视着程昊,一言不发。程昊道:"纪平,现在你落在我手中不想说些什么吗?"

"大将军来得真快,但还是晚了一步,齐云已经被杀了,当前的情况大将军应该最清楚。"说完,停顿了一下又接着道,"大将军的声名威震九州,法力、威望和才干当今王庭无人可及,有谁不愿得到大将军的辅佐哪。明王爷对大将军的才干赞赏我自不必说了,只要大将军愿意,纪平愿效犬马之劳。"

程昊眸子里闪着鄙夷的目光,纪平低下眼皮,等着程昊说话。

程昊道:"你这丧尽天良的东西,死到临头了还不忘替你主子效忠。我举荐你入京,大王全力提携你,对你有知遇之恩,哪点对不起你。你竟忘恩负义,投靠你的主子,手段如此歹毒,行刺大王,残杀齐云,简直禽兽不如。你愿为他效犬马之劳,明王爷是什么样的人我比你清楚得多,为他不惜诛灭九族,我看你的主子愿不愿保你。"

纪平抬起眼皮,冷冷地一笑:"事情我做的,该说的我也说了,大将军想要如何? 悉听尊便。"

程昊抬手一抖,纪平如被狂风吹起的一片树叶,一下被吸到近前,程昊一掌将他打晕。接着,程昊叫来看守的士兵,命士兵打开镣铐,将他拖到监牢的大门外。

程昊走到纪宁的监牢外,士兵将牢门打开,纪宁和纪平一样手脚也带着沉重的镣铐。程昊走进大牢,打量了一下纪宁道:"你就是纪宁?"

"是的,您是大将军?"

"正是。"

"齐云是我带人去杀的,齐云头颅也是我割下来的,这一切都是我做的,与都统没有关系,要杀要剐纪宁甘愿领受。"

程昊怒目圆睁,骂了一声"狗奴才",上前一掌将他打晕。

两个昏迷的人都被拖到监牢的大门外,横躺在地上,程昊对拘监处管事道:"我带这两个罪犯回卞雍,回来你向牛总兵禀报这件事,我已经和他说过了,辛苦你们了。"

拘监处管事道:"大将军走好。"

程昊与他们道别后,抓起纪平和纪宁,腾空而起,瞬间消失得无影无踪。

三十五、谁主沉浮

YU PEI JI

申时已过，天色开始变得昏暗，眼看天就要黑下来了，一路奔波劳顿的明王爷终于回到了卞雍，明王爷刚到北城门，就看到国相带着城内的官员在城门外迎候，他的心一直悬着，眼睛急速向着所有迎候的官员扫过，他没有发现程昊，紧张面容缓和了些许，当他走下马车，国相迎了上来："王爷终于回来了。"

明王爷急切地问："所有的官员都在这里？"

国相自然明白元明的心思："所有的官员都在这里恭迎王爷回驾。再没有一个官员还在城内。"

元明悬着的心这才放下。他微笑着对迎候的大臣施礼后："有劳各位了，天已经黑了，明日本王爷有重要的事情要告知各位，现在各位就请回吧。"

大臣们散去，明王爷对国相道："国相还是到我府中详议吧。"

国相颔首，表示同意。两辆马车向着明王府而去。

二人来到书房，彼此相互通报情况，然后商量好明天所做事情的具体步骤，直至一更天国相方才离去。

离开明王府，国相直奔禁卫府，来到禁卫府他命统领带一干御神军立刻出城，国相道："你见到尹大人，命他务必明日午时赶回卞雍，所有官员都不许坐车，要骑马回来，由你护送。"

"诺。"说完走出屋门。

午时末,尹考的大队人马在御神军的护卫下狼狈不堪地回到卞雍,刚到北城门,一位王庭的太监就传旨命所有官员速往正阳殿。

尹考等一干大臣走进正阳殿,见明王爷端坐在大殿正中,台阶下站立着留守在京城的大臣们。明王爷见所有官员都到齐了,开口道:"所有人恐怕都已经知道了,棠水秋猎,大王和太子遇刺,皆遭身亡,本王爷很是悲痛。大王和太子都是本王爷的至亲,大王的丧事本王爷会亲自办理,如何办理明日本王自会公布。"

国相道:"我王崩逝,王庭不可一日无主,现王庭诸多大事需得大王诏准,不可再迟误了,老臣恳请明王爷即刻登基,为我大夏新王。"

尹考等几位老臣随即应和道:"下官恳请明王爷即刻登基。"言罢,跪拜道:"明王万岁,万万岁!"

国相、紫布等一些大臣也跪拜:"明王万岁,万万岁!"

众大臣一见如此,全部跪拜高呼:"明王万岁,万万岁!"

元明满意地俯视着众臣,声调缓慢道:"诸位爱卿请起,本王有各位爱卿拥戴和辅佐,我夏洲定能更胜于昔。刚回卞雍的各位爱卿辛苦了,各位早些回去休息,明日早朝,孤王有重要事情宣布,散朝吧。"

次日,正阳殿内鸦雀无声,大臣们两厢站立,表情严肃,他们等待明王的发话,明王道:"此次棠水秋猎,静王遇刺,太子自尽,子卫身亡,纪平负命在外,大将军尚在西番。王庭几个重臣之位暂都空置,诸多重大事情无法办理。孤王决定大将军所管事务自今日起转交国相府;季黎为太子,统管禁卫府,暂代御神军统管之职;尹考暂代纪平统管京都护卫军。"

三人谢过后回到各自的位置,明王道:"这两日数位大臣向孤王建议,静王的丧事应暂缓,先举行登基大典,确定年号,昭告天下。各位爱卿以为如何?"

御史站出道:"大王不可,这样不合礼制,倘若如此,天下人如何看待我王,此举定有辱我王声誉。"

尹考道:"御史说的恐非若此,就内而言西番之乱初定,人心浮动。于外南有敬、越两洲对我夏洲耿耿于怀,西有凤麟郡蛰伏窥伺。之所以先大典而后丧事,就是不给内外仇视我夏洲者以可乘之机。倘若这些仇视我大夏者知静王已崩而新王未就,难断不生事端。安危与礼制相较,当以保我夏洲安危为首。"

若兰道:"先喜而后丧,甚不吉利,不应前后倒置。至于各洲窥伺我夏洲大可不必忧虑,我夏洲之师威慑天下,大将军之名声震各洲,下官敢断言没有哪洲敢挑衅我夏洲。"

几个支持尹考的同时摇手晃头,其中有人道:"都尉一面之词,一厢情愿,各洲之心谁能妄定,一个铁木都能引起西番之变,何况各洲。"

大将军府的几人异口同声:"纯属荒谬。"其中一个人道:"大王已经临朝执政,大典实质只是形式,各洲岂能不知?"

双方口出不逊,朝堂上吵作一团。

明王起初以为此提议一出,以现在的形势,能有几个会反对的,此事顺理成章就办成了,不曾想还真有不少不识时务的大臣,这些人不是真糊涂就是装糊涂。他睥睨这些不安好心的大臣,心里无比厌烦,他着急还有几件事要做办,没有时间听着他们的聒噪,于是不耐烦道:"今天就议到此,此事明日再定,散朝吧。"

散朝后,他在勤政宫召见护卫府将领,对将领进行一番训话和勉励,并再次传达圣谕让尹考暂代纪平,各位将领谢恩后,离开勤政宫。

接着,明王又在勤政宫召见禁卫府和御神军的将领,同样进行了一番训话和勉励,并命季黎为御庭尉,暂代御神军统管之职,各位将领一致表示,一切听从太子指令,定全力报效王庭,不负大王的信任。

季黎和众将领离开后,已到午膳时间,明王已无心用膳,随意吃了点,有几道菜还未上,明王道:"不要上了。"

他刚用完午餐,太监就来禀报,国相有要事求见大王。

在勤政宫,二人刚一坐定,国相道:"大王,我已得到消息,程昊已经离开西番,具体从哪日离开探马未搞清楚,并且不知去向何处。"

明王喃喃道:"无非是两个地方,一个是京都,一个是陇平。"

国相道:"我担心程昊赶在纪宁前面,无论如何我们不能留下任何证据。"

明王忽有领悟:"晟宁会馆是个麻烦的地方。"

"几天前,我收到尹大人的密信,就将晟宁会馆内的明鸿帮一举铲平,没留一个活口。另外我派少青去了象郡南庐城的紫云山庄,按理说应该回来了。我上午已派人去打探少青的消息了。"

明王松了一口气,不无忧虑地道:"这位大将军还掌握着兵权。"

"也不知纪宁事情办得怎么样了?"

明王道:"我就是担心纪宁办事不力,若程昊掌握了齐云,局势可就麻烦了。"

二人正说着,一位太监在勤政宫门外道:"大王,有探马来报。"

"宣进来。"

探马进来施礼:"禀大王、国相,五千护卫军在大梁道被围,全部缴械投降,是大将军所为。"

国相问:"纪平哪?"

"禀国相,没有得到纪平的消息。"

"退下吧。"

探马走后,明王面露愠色,他从书架取出一张地图打开,找到了大梁道的位置,他的脸色越加难看,程昊的去向已经显露无遗,是奔陇平的方向。此时他的心情坏极了。

国相紧蹙眉头:"这纪平办事怎会这样。"

明王喊来一位太监:"传尹考到勤政宫。"

没过多久,尹考来到勤政宫,三人商议了一番,决定明日大王向群臣宣布后天举行登基大典,国相道:"尹大人,明日早朝,有身穿缟素者,一律更换官服再上朝,你准备一些临时的官服。"

尹考道:"没有问题,是不是要将都尉府监视起来,如果都尉要出城去郊外大营,就将他扣留起来?"

明王道:"没有必要,有没有若兰,郊外大营都会听程昊指挥,若兰起不了多大作用。监视一下也无妨。"

这时已过傍晚,晚饭时间早已过去,三人商定后,国相与尹考离开了王庭。明王心情烦乱,他最担心程昊掌控了齐云,带兵围住王庭,然后辅佐齐云为王,那自己的性命可就难保了。随意吃了些东西,便独自去了太液宫。

走进太液宫的卧室,他感到身心俱疲,躺在床上,眼睛一闭上,纪平就出现在眼前。他来来回回,一会躺下一会坐起,无论如何也睡不着。他对纪平已经讨厌到了极点,恨不得立刻把他押到眼前,一刀将他斩了。他觉得纪平看似挺有谋略,实际比陆鸿和国相差甚多,这么容易的小事都能办砸,要是依靠着他,自己一百条命都得白白搭进去,他越想越生气,后悔自己看错了人,自己拿着身家性命所下的赌注,看来要坏在这个纪平手中。

已经是天交三更,他在床上翻来覆去无法入睡,一直折腾到四更,他刚迷迷糊糊好似睡去,宫门外忽然有人轻轻在喊:"大王,有探马来报。"

明王忽地从床上下来,随口道:"叫探马进来。"

大厅的蜡烛被点燃,明王走进大厅,探马急忙禀报道:"大王,我是都统派来的探马,都统向大王禀报,纪宁已将齐云的头颅砍下,不日就将献给大王。"

明王听完,整个身心一下轻松了下来。他笑着对探马道:"一路辛苦了,下去休息吧。"

探马走了,他的恼怒已经消失到九霄云外,他感到极度的疲乏和困倦,回到卧室,倒头睡去。

程昊三更来到郊外大营,对大营所有将领道:"你们可能有人认得,这是护卫军都统纪平。"程昊指着纪平。

"是护卫军都统。"有的将领认出纪平

程昊对一个将领道:"你把这俩逆贼带下去看好,所有将领随我去会议大厅。"

在会议大厅里程昊对将领道:"纪平谋反,行刺大王,现在护卫军把守着卞雍,大王的家眷都在京都,今晚我们就要有所行动,明日辰时包围京都四门。"

随后,程昊分派了各位将领具体任务和具体地点,然后命将领们分头准备,等待他的命令。

明王这一觉睡得很沉,快要临近早朝时,太监才把明王唤醒。明王洗漱,并吃了点东西,赶紧奔往正阳殿,大臣们在那里已经恭候多时。

明王一进大殿就宣布:"各位爱卿,孤王已经决定明日举行登基大典。"

话音刚落,程昊突然出现在大殿内,手中提着两人,大殿内所有人惊诧得瞠目结舌。程昊揶揄道:"明王明日举行登基大典?"

还没等明王回答,一个太监跑进大殿道:"不好,大王京都四门都被大军包围了。"

程昊冷冷道:"你退下吧,五万大军是我带来的。"

"大将军这是?"明王没有再往下说。

程昊道:"明王看到这两个逆贼了吧,这两人已经供认不讳杀了齐云,纪平承认是他主使的,齐云的头颅现在就在郊外大营。"说着程昊将纪平按在地上。

这时,尹考一步从大臣中走了出来,指着程昊道:"大胆程昊,你要谋反不成。"

程昊怒视道:"你是什么东西。"

"我现在掌管着护卫军,你带兵包围京都,是想做什么?"

程昊一抬手,众人眼还没来得及眨,尹考已经被程昊按住脑袋,腰间的宝剑已经压在他的后脖上，恶狠狠地道："我要宰了你。"说着举起宝剑。

国相晃身来到程昊近前道："大将军且慢，尹大人说话不当，请大将军海涵。"

明王见势不妙，急忙道："大将军息怒，有什么事情慢慢说。"

程昊一抖手，尹考像被抛出的垃圾一样，从大殿内被扔出大殿外，重重摔在大殿的大门外。

程昊怒斥道："棠水秋猎，纪平内应，刺死大王，蛊害太子，其罪行滔天极恶，当诛九族，今日将其押于殿上，请问明王，此等丧尽天良之徒，该不该诛？"

国相回身，用眼睛示意明王，明王自然明白国相的意思，他自己也知道现在大兵压境，当场强保纪平，程昊必然大怒，一旦把程昊惹翻了，后果不堪设想。于是他将脸一沉，对纪平道："大胆纪平，静王对你有知遇之恩，你竟谋害静王，罪当不赦，孤王定要亲自审理，来人把这两个逆贼押到督察司。"

四个守卫走进大殿，程昊将纪平和纪宁交给四个守卫，程昊见护卫将二人推出大殿道："上殿时，大王正宣布明日举行登基大典，臣以为不妥。"

程昊话音刚落，就听见"咚"的一声闷响，程昊一提真气，四个守卫从大殿外的台阶被吸到大殿内，跌倒在大殿中央的地面上，而纪平和纪宁被程昊抓在手上，程昊一看纪平已经断气。

原来，当明王命守卫将纪平和纪宁押往督察司，纪平看到这样的结局，真是又悔又恨又气。他没想到元明已经做了大王，居然不敢为他做主，竟然为了讨好程昊牺牲他，他为了杀齐云落到这般地步，如今全家的性命都难保，他痛心疾首，绝望到了极点。当他走过大殿门外的两对大铜缸时，他对押着他的两个守卫道："你们放开我，我和大王有话说。"守卫放开他，他转身朝着大殿，走了两步，突然冲向殿门外的大铜缸，守卫还没反应过来，他用尽全部气力，将头撞向大铜缸。

明王看到纪平已死，心中一阵狂喜，现在最关键的证人都已经死了，无论程昊掌握多少情况，也无济于事，而刚才程昊所言"臣以为不妥"已表示对自己做王的承认。明王道："此事是两天前几位爱卿向孤王建议，昨日朝堂上众爱卿已经议过，只是各执一词，莫衷一是。大将军有何异议？请讲。"

"静王惨遭遇刺，两位殿下均遇谋害，今凶手不惩，尸体未葬，即行登基大典，静王在天之灵何以安息？吾和众位大臣何以忍之？"

国相道："此事正在商议，尚未定之，大将军还是把兵撤了吧。"

明王道："静王我之兄长，骨肉之情，未葬之事岂是小事，孤王欲隆丧厚葬，这需择良辰吉日，另做法事吊唁，仪式仗队都需精细准备，其烦琐绝非几日，故准备先举行大典后大丧。既然大将军以为不妥，晚些举行大典也可以，大将军以为如何？"

"诛灭谋害静王者九族，大丧静王入殓，如此行事，臣自会撤兵。"

"一切按大将军所言办理。"

"大将军还有何异议？"

"臣无异议。"

"散朝。"明王起身离去。

第二天，明王昭告天下静王晏驾，卜雍半月缟素，以示哀悼。

第五天是静王大殓入葬之日，出殡的卤簿仗队在前，明王率文武百官皆周身缟素出南城门，前往静王临时入葬之地。入葬仪式很简单，众臣看明王敷衍应付，也就无心动情，唯有程昊看着静王的棺椁入葬掩埋，抑制不住伤心，眼泪扑簌簌地落下。

一个月后，纪宁被分尸，纪平的家眷皆全部问斩，仆人或被流放或被卖掉。

一月初九，正是良辰吉日，王庭内外张灯结彩，上午巳时，礼官宣布登基大典开始，钟鼓齐鸣，百官身着绣锦朝服，分为两列，依照品级列队进入正阳宫外广场。所有官员在指定位置站立后，礼乐奏响，明王身穿耀眼的九龙五爪黄袍，缓缓地走上御台。

面对供牌，明王焚香祭天祷告，台下百官肃穆仰望。随后，明王坐在龙椅上，礼官宣读"即位诏"，定年号为明历。百官和所有侍卫一起跪拜高呼"大王万岁！万万岁！"呼声响彻宽阔的正阳宫广场。礼毕后，礼官手捧龙盘，龙盘上放着盘龙玉玺，他走到明王面前，跪下双手举过头顶，献上盘龙玉玺，明王接过玉玺，百官和所有侍卫再次跪拜高呼"大王万岁！万万岁！"

大典后，明王即刻上殿议事，明王道："明历伊始，万象更新，我夏洲国运蒸蒸日上，各位爱卿皆为王庭的股肱栋梁，当励精图治，为王效力。"

站在一旁的太监随即宣读："静王文经武纬，功德穹宇，追尊为广运弘德仁武王，于卜雍郊外昌瑞山建陵，着大将军程昊督办。"

"即日起大将军府之事务转至国相府，着国相仪轩办理。"

"着尹考为太傅，询探司归属太傅府。"

"着季黎为太子，任御庭尉，御神军归属禁卫府，裁撤御神军都统府。"

"着少青为护卫军都统,掌管护卫军都统府。"

"着季敏为督察司副都司。"

宣读完圣旨,程昊等几位大臣出列领旨谢恩,随后明王道:"散朝。"

程昊来到昌瑞山,这里山势巍峨,峻岭陡峭。程昊腾空而起在群山中穿梭巡视,赫然他眼睛一亮,面前的三座高耸的山峰令他停在空中。他注目观看,只见东西两座山峰对峙矗立,北面的山峰相对低矮。此处正是建造王陵的绝佳之地,若从北面山峰的中部开凿一直延伸到山底,旁边有两峰相衬,恰好显出王陵的恢宏气势和王家的威严气度。

他在周边又巡视一圈,觉得此处非常合适,回到府中经过一番思考,他初步确定在北峰山脚下建陵。于是他绘制一张地图,将东西两座上峰的左山峰命名为青龙峰,右山峰为白虎峰,中间为朱雀岭。

次日,他带领大将军府的一些人来到朱雀岭,其中有几位颇懂风水的下属,见到这里山势不觉交口称赞道:"这里的确是建造王陵的风水宝地。"

程昊道:"若从朱雀岭山腰开凿,最能显出王陵的气势,但是,工程太大,工时太长,耗资过重。我以为在山脚开凿更为经济。"

大家一致认同大将军的提议,随后众人就道路、建材和役夫等问题进行了一番商议,建陵方案基本确定。

几日后程昊将昌瑞山勘察的结果,以及具体方案上奏给明王,明王命国相和太傅去昌瑞山实地考察,国相和太傅都认为此地确实是一处建造王陵的风水宝地。

在勤政宫,国相和太傅向明王禀报了察看的情况,国相道:"此处实在是难得的宝地,朱雀岭正是龙脉,昭示夏洲的国运。"

太傅紧接着道:"陵寝应从半山开凿,从半山直至山脚,方可显出王陵的恢宏磅礴气势。倒是大王才最配此地。"

明王和国相会意地一笑,明王道:"那就从半山开凿。"

程昊得到圣谕,命静陵从朱雀岭山腰开凿。

程昊率大将军府一干人马扎住在昌瑞山的朱雀岭下,开始静陵的开凿筹备。工程一开始就进展得极不顺利,首先是资金不到位。程昊多次催促,国相府从中作梗,最后程昊只得上奏明王,请明王下诏。拖了许久,明王才下诏拨付了一点资金。

程昊急忙用这点资金购买修路的材料,然而,这些材料又被护卫军扣留,程昊派人找到季黎,季黎回复是太傅府的命令,只有太傅同意,才能归还扣留的材料。程昊无奈,只得再次上奏明王,然而却始终得不到明王的回复。无奈之下,事情只得不了了之。

修陵的役夫本该由国相府征派,而国相府根本就没有做这件事,程昊多次派人去国相府,国相府管事永远是那句话:"不知道此事,你找国相面谈吧。"而国相根本就不见程昊所派来的人。

三个月过去了,静陵还未动工,程昊和大将军府所有的人都知道明王根本就没打算建造静陵,明王是以建造静陵为借口,将大将军府的权力削夺,使大将军府成为一个空壳。

程昊一行人再住在朱雀岭下已经没有什么意义,他们只得回到大将军府。没过多久,几个主事就离开了大将军府,投靠到国相府的门下。

这天下午,吴间来到程昊的门外道:"大将军在吗?"

"进来。"

吴间走进房间,程昊道:"吴间,有事? 快坐。"

"大将军,你可知走的几位主事去哪里了吗?"

"有人跟我说去国相府了。"

吴间不无忧虑地道:"据我所知,国相府和太傅府发出话来,凡是大将军府的人,只要愿意来,他们一律接纳。现在府内有许多人都在自找门路,大将军不能再任由他们所为了。"

程昊道:"他们也有家口,也要奔前程,咱们大将军府现在成了明王的眼中钉,肉中刺,这些人留在府中,我也实在不忍,他们愿意走就让他们走吧。"

果然没过多久,大将军府的人纷纷离去,所剩的人寥寥无几。

如今的大将军府门庭冷落,车马骤稀,已是江河日下,日暮西山了。

这日,若兰求见明王,明王立刻命太监传副都尉,若兰来到勤政宫,明王满面笑容道:"都尉,快请坐。"言罢,注视着若兰。

若兰道:"大王,老臣近日常常夜不能寐,思来想去,深觉愧对大王,大将军返京那日,兵围京师,老臣身为副都尉,无所作为,实有无可推卸之责。"

明王道:"这事无关老将军,程昊是都尉,又是大将军,他若决意如此,老将军又何能制止,老将军不必太自责了。"

明王微笑望着若兰,等待着若兰说话。

若兰道:"老臣年事已高,思乡之情日切,常言道叶落归根,如今老臣体弱多病,办事实有力不从心之感,今日拜见大王,是想辞去副都尉之职,回到家乡,安度晚年,恳请大王恩准。"

明王真是大喜过望,眸子内闪出感激的目光:"我记得老将军的家乡是青塘。"

"正是。"

明王颔首:"孤王准了,孤王会诏谕国相,为老将军在青塘建造府宅,老将军还有什么要求,尽管向孤王提出。"

"老臣感谢大王的恩典。"

已过未时,若兰来到大将军府,程昊与若兰在书房相对而坐,若兰凄然道:"大将军,今日上午老臣到勤政宫拜见了大王,请求告老还乡,大王已经准予,我此来,是与大将军告别的。"

程昊听到若兰告老还乡,心就是一沉,若兰的离去,正好给明王在军队中安插自己亲信的机会,这是他一直最担心发生的事情。他的脸色异常严峻,但看到若兰尴尬的样子,他立刻掩饰住自己的心情,勉强一笑。

若兰道:"大将军,说句实话,老夫又岂甘愿如此,一朝天子一朝臣,如今王庭也非昔日,大将军最有感受,老夫如果还在朝堂之上贪恋此位,早晚有一日老夫会被他们算计,恐怕不是身首异处,就是身陷大牢,大将军以为那?"

程昊心中涌起一股心酸,若兰说的岂又不是如此,真是那样,自己又能做什么,还不是眼睁睁地看着明王为所欲为。于是他苦笑道:"我理解老将军的难处,与其在这里苦苦支撑,不如离开这是非之地。老将军为王庭操劳一生,终了落得告老还乡,程昊着实有愧,只愿老将军保养好身体。"

"老夫离去,恐大将军诸事更难应对,老夫也不多说了,只愿大将军深谋珍重,从长计议。"

"老将军此去,程昊别无他物,唯有这把流云剑赠给老将军,算给老将军留个念想。"

若兰目光火热,有些激动:"大将军这份情义老夫今生铭记,这把流云剑老夫就收下了。"

程昊又问了若兰一些家里情况,有什么要求,若兰说了些感谢之话,二人叙谈了一阵,若兰道:"时间不早了,老夫告辞了。"

程昊将若兰送到大门外,二人拱手道别,若兰的马车离去,程昊愣愣地站在大门口望着若兰的马车沿着大将军府拐向大街,一直到从他视线中消失。

他回身走进大门,心情倍感失落和沮丧,此时他的心中不觉萌生想要离开卞雍的念头。他无奈地感叹道"真是一朝天子一朝臣",想罢,悻悻地走回自己的书房。

第二天早朝,明王准若兰回乡,任紫布为副都尉,季敏为督察司都司。至此,夏洲王庭的权力已经基本操控在明王的手中,明王已完全坐稳大王的宝座。

三十六、策反吴间

YU PEI JI

　　司南的失踪,督察司一直就没有停止调查,就在紫布上任都尉不久,经太傅府和禁卫府的大力协助,案情终于获得突破性进展。经查逃离百里山绝非司南一人,而还有一名伙伴叫齐横,二人逃离百里山后,便向着不同方向而去,司南去了伏瑶城,而齐横则去往卞雍。于是,督察司对齐横展开了调查。

　　经调查发现,齐横在卞雍有一个哥哥,叫齐梁,住在马市大街。齐梁是个蔬菜水果贩子,他在卞雍周边收购蔬菜水果,然后送往京都的各大府宅。督察司对他进行了秘密调查,但并没有得到什么特别的发现,只是大将军府的蔬菜水果经常从他那里购买。

　　据护送齐横的两个御神军的士兵讲述,齐横与司南是在青鸟村的岔路口分手后,他们用了两天的时间赶到郊外大营,齐横告诉他们,他要去卞雍,他在郊外大营更换了一匹战马,就离开了。

　　督察司对询探司进行了查访,自从齐横随队去棠水草甸之后,再没有人看到齐横来过,询探司的各个部门也肯定没有见到过齐横这个人。督察司又对投奔国相府和太傅府的原大将军府的人进行了问询,他们都肯定没有见到齐横这个人。

　　季敏决定抓捕齐梁,并对齐梁的家人和伙计进行突审,结果包括齐梁在内所有人都没有见到齐横,无奈之下,只得将齐梁押入督察司大牢,其余人放回。

季敏和几位副都司亲自对齐梁进行审讯,审讯的结果是齐梁什么都不知道,就是一个地地道道的商贩子,据齐梁所说齐横将近一年多没有去过他那里。对他用刑之后,证明他对棠水秋猎,静王遇刺根本就一无所知,再审也毫无意义,季敏决定将其押入死牢。

齐梁的家人被放出后,过了许久不见齐梁放出,他的儿子齐润多次到督察司监牢处问询,均被阻挡在大门外。他四处托人,都没有结果。最后,他找到了大将军府的大管家吴间,他将他家的遭遇讲述给吴间,吴间确实和督察司监牢处的一个狱吏认识,于是,他对齐润道:"我倒认识监牢处的一个管事的,但你知道督察司监牢处的门槛很高,想进去可不容易,得要花钱打点。"

齐润急忙道:"只要大管家肯帮忙,钱没问题。"

吴间道:"只要有钱,我就去试试。"

"您等我三日,三日之后我就把钱送给大管家。"

齐润回到家中,把与吴间见面的情况告诉母亲,母子俩商量了一番,决定把家里最值钱的一处房产卖掉,用这笔钱去打点。

第四天的上午齐润来到吴间的住处,他将一个木盒放在桌上,对吴间道:"请大管家笑纳。"

吴间打开木盒,两排八块硕大的银锭银光耀眼,他知道这件事油水不少,抬头对齐润道:"有它,事情就好办了,我去打点,你等我消息。"

临近傍晚,吴间来到游狱吏的家门前,敲了三下游狱吏的大门。大门嘎吱一声被打开,游狱吏见眼前站着吴间,带着些许吃惊道:"吴大管家,稀客呀,快请进。"

游狱吏将吴间请进房间,沏上一壶茶,两人寒暄了几句,吴间道:"吴间今日探望游大人,是有一件事要拜托大人帮忙,我也是受人之托。"说着,将一个木盒拿出,并打开盒盖,里面是四定银光闪闪的银锭。

游狱吏看了一眼银锭,故作惊讶道:"吴管家这是?"

吴间道:"现在你们督察司的监牢处关押着一个犯人,此人叫齐梁。"

游狱吏一听,吓了一跳。齐梁的案子在监牢处狱吏们中无人不知,那是都司亲自主管的案子,是特大案子。吴间来打探齐梁,难道是与大将军有关? 他心中想着,表情却露出没有任何变化:"我还真不知道这么个人,我可以去问问。吴管家认识此人?"

"认识，他是个菜贩子，一个月内总要给大将军府送几次蔬菜和水果，前几天他们全家连同伙计一起被督察司给抓去了，说是因为他的一个弟弟，叫什么……"吴间想了片刻道："叫齐横，是探寻司的，督察司问齐横有没有来过他们家，这小子一定是犯了什么事，把他哥哥家全都给折腾进去了。现在他们全家都放出来了，唯独这一家之主齐梁没有放出来。他儿子托我，我问这孩子他叔叔犯了什么事，他说他们全家都不知道，而且他家和这位叔叔一年多都没来往了，他儿子想花些钱把他爹弄出来。"

游狱吏明白了，看来吴间是不了解这个案子，但不管吴间是真的了解，还是假的不了解，此事事关重大，必须上报都司，但目前还不能惊动这位大管家，不能让他看出什么破绽。于是他故作无所谓的样子："好办，既然吴管家开口，我明日就去问问，钱我就收下了，有了消息我就通知吴管家。"

随后，二人闲聊了几句，吴间便告辞离去。

次日一早，游狱吏就来到季敏的办公房间，将昨天吴间到他家托他帮忙打探齐梁的事情一五一十地汇报给了季敏，并将四锭银子交给季敏。季敏夸赞了游狱吏一番，并告诉他此事一定要保密，不许对任何人讲。

游狱吏走后，季敏叫来一个都捕，命他查一下齐润的近前情况，很快，那个都捕就查明齐润近期四处托人，想尽办法要把他爹从监牢处弄出来，他还卖了一处住宅，换了十六锭银子。

季敏核准了情况，即刻前往王庭，拜见父王。

在勤政宫内，明王正和国相、尹考和紫布商量事情，一个太监在门外道："督察司季敏请求拜见大王。"

明王道："传他进来。"

季敏走进勤政宫内，见宫内坐着国相等人，他先给明王施礼："儿臣拜见父王。"接着又向国相等人行礼。

明王道："你找孤王有何事？"

季敏将吴间托游狱吏打探齐梁的事情悉数说了一遍，明王听完，眉头微蹙道："孤王知道这吴间，鸡鸣狗盗之徒，着实劣性难改。"

尹考道："既然送上门了，正好，现在正查不出司南被程昊藏在哪了，倒可以利用这位大管家，让他带着齐梁儿子一起到督察司去探望，然后，将这吴间扣押，让程昊去督察司领人，如果程昊去了督察司领人，我就在督察司问他司南在哪里。"

国相连忙摆手道："程昊不会任你摆布，因这事与他翻脸，以他的法力，谁也控制不了，不可。"

紫布接上话道："我与那吴间倒有一面之交，也了解他的底细，此人极其势力，见风使舵，与其扣留他，不如借此事策反他，把他安置在程昊的身边，做我们的耳目，这样程昊的一举一动就都掌握在我们手中，以后对他采取行动也更为有效。"

明王颔首："都尉说得有理，这事就交给都尉了。"

一周后，紫布和季敏安排妥当之后，季敏命游狱吏去找吴间，游狱吏一早到大将军府找到吴间，让他今晚一更天带着齐梁的儿子到督察司监牢处的大门，游狱吏在那里等着他们二位。

在卞雍郊外的路上，一辆马车在僻静的林间小路上不紧不慢地行进着，挂在马脖子上的铃铛左右摇摆着，发出叮叮当当的响声。车夫不时地抖动缰绳，嘴里发出几声吆喝。

离督察司监牢处已经不远了，吴间掀开车帷的布帘，对车夫道："就在这吧，你在这等着，我们两人过去。"

车夫把马车停了下来，吴间和齐润走下马车，二人向着督察司监牢处的大门走去。小路异常寂静，草丛中不断发出昆虫的窸窣声响。已到掌灯时分，远远地可以看到督察司监牢处的高墙上晃动着昏黄的亮光。

吴间和齐润来到监牢处的大门，大门立刻被拉开了一条缝隙，游狱吏从门中走出，他对吴间和齐吴润道："跟我来。"

二人随着游狱吏走进监牢，院内静悄悄的，他们穿过一条昏暗幽长的走廊，来到一扇铁门前，一个狱卒把门锁打开，并小声对游狱吏道："游大人，快点，时间别太长，出了事，小的可担当不起。"

"放心，用不了多长时间。"

三人走进铁门，里面几间牢房都是空的，只有顶头一间牢房关着齐梁，游狱吏指着最后一间牢房对齐润道："你父亲就在那里头，你跟他说几句话，时间不要太长，我就不过去了，吴管家，你要不要过去和齐梁说几句话？"

吴间犹豫了一下道："我过去和齐梁打个招呼。"

"那好，你们二人过去，我在铁门等着你们。"

吴间和齐润站在牢门口，看到齐梁躺在肮脏的地铺上微合双目，似乎正在熟睡，齐润喊了一声："爹。"

话音未落,就听走廊有人大喊:"什么人?"

齐梁被喊声惊醒,忽地从地铺上坐了起来,吴间和齐润惊得同时向铁门望去,只见四五个穿着官服的人向着铁门走来。走在最前面的人看到牢门前站着吴间和齐润,大声道:"里面是什么人?马上过来。"

狱卒故作惊慌的样子,立刻跪在喊话人的面前:"大人,小的该死,不该私自带人探监,小的有罪。"

刚刚喊话的主事道:"好啊,游狱吏不经都司批准,私下带人探监,你胆子不小啊。"

随后,向着走廊外喊道:"来人把这伙人拿下。"

走廊外冲进几个狱卒,一下将游狱吏几人一起拿下。

这时,其中一个衣着官服的人对着刚刚喊话的主事道:"这就是你的属下?"

主事惶恐道:"都司大人,是下官管教无方。"

都司面露尴尬道:"把他们带下去,即刻就审。"随后转身对身边一个人道:"紫大人,您看这事?"

紫大人勉强一笑,一挥手:"带下去吧。"

吴间被押出铁门,在幽暗光线下,他一眼就认出这位紫大人正是紫布,而此时紫布的目光也在他的身上停留了片刻。

吴间被押进审讯室,一个狱吏对他进行一番审讯,吴间将齐润如何找他,怎么求他帮忙,给了他多少银锭,他又如何到游狱吏家等全部经过没有一点隐瞒地交代了出来。

吴间讲完,狱吏和笔吏都离开审讯室,吴间木然坐在牢椅上,屋里静得瘆人。过了许久,门突然被推开了,一个人走了进来。

吴间诧异地结巴道:"紫……紫……紫大人。"

紫布阴沉着脸,声音低沉道:"大将军府的大管家吴间?"

"是,大人。"

"你知道你犯了多重的罪吗?"

吴间一脸懵懂道:"我,我犯了重罪?"

紫布盯着吴间问:"我问你,你知道护卫军都统纪平吗?"

"我知道,他已被大将军处死。"

紫布蔑视着吴间道:"我实话告诉你,纪大人被程昊所抓,是因为有人秘密向程昊提供了消息,这个人就是齐横。"

吴间身子就是一颤,半张着嘴,眼里充满惊恐的目光。

紫布眯起眼睛:"难道你真的不知道纪大人是谁的人吗?"

吴间的前额已经渗出冷汗,支吾道:"他是大王的人。但我不知道是齐横送的信。"

紫布冷笑了一声:"若是大王知道你来探监,恐怕你这辈子是走不出督察司的大牢了。你的主子现在是什么处境,你应该知道,若他要是知道此事,铁定是救不了你,就连他也自身难保。"

吴间眼里含着泪,急促道:"紫大人,小的真是不知内情,请大人饶恕小人无知,饶小人一命。"

紫布的脸色异常严峻:"吴间,我可以饶你一命,但有个条件,你必须答应。"紫布收住了话,盯着吴间。

吴间一副可怜的样子,点头道:"我答应,大人请讲什么条件。"

紫布道:"我问你,你要老实回答,不许有半点虚假。"

吴间慌乱地点着头。

"你来监牢处是不是程昊要你来的?"

吴间语气肯定道:"不是,绝对不是,大将军一点也不知道此事。"

"你说的是真的?"

"小的不敢有半点虚假,刚才小的全都如实交代了。"

紫布的目光中带着阴森:"那好,现在我给你两条路,一条路就是禀告大王,等待大王的发落,结果你应该知道。第二条你做我的耳目,秘密监视程昊的行动,两条路你自己选。"

吴间不加犹豫地回答:"我愿做大人的耳目,监视大将军的一举一动。"

紫布沉吟片刻:"这样,我今天把你放回去,夜里你把我的话想清楚,明天我等你的消息。"

吴间回道:"小人已经想清楚了,愿意做大人的耳目。"

紫布道:"你不用马上回答,明天下午酉时,我在落车大街十号等你,你要做我的耳目就来找我,没考虑清楚就不用来了,你现在可以走了。"他喊进一个狱卒道:"放他出去。"

吴间战战兢兢跟着狱卒走到大门前,狱卒把大门打开,声音拉得很长道:"走吧。"

吴间点了头,赶紧走出大门。

一出大门,他那颗悬着的心可算落了地。他感到背后的衬衫湿漉漉的,他一路疾行,终于看到不远处等待的马车,他站住脚,稳了稳情绪,装出若无其事的样子,走到车夫面前道:"等的时间长了点。"

"没事,在这睡了会。"这时,他发现怎么就吴间一个人,便问道:"就您一个人,齐润哪?"

"别管他了,我们先走,他会自己回去的。"

车夫没敢多问,驾车向着回去的路走去。

第二天的酉时,吴间来到落车大街十号,他敲了三下门,不大会一扇门被打开,开门的是一个年轻的俏丽女子。吴间一愣,那女子道:"是大将军府的管家吴间吗?"

吴间带着笑:"正是。"

"进来吧,紫大人在屋里等着你那。"

吴间跟着那年轻女子走进房间,紫布靠在椅子上道:"想清楚了?"

"想清楚了,大人让我如何做?"

紫布道:"你坐下,咱们慢慢说。"

紫布问了程昊的家庭情况,程昊最近都在做什么,他跟谁关系比较密切等等。吴间一五一十,详尽回答紫布提出的所有问题,紫布听了比较满意,最后他对吴间道:"以后你每周这个日子都要到这里,汇报程昊的一周情况,你要留心程昊的一举一动。"

紫布喊了一声:"娟儿。"

娟儿走进屋来,紫布对吴间道:"娟儿是你的上司,也是你的接头人,所有的情况你就向娟儿汇报,她会转给我的。"

娟儿向吴间嫣然一笑,点点头。

吴间赶忙道:"诺。"

紫布示意娟儿送客,娟儿将吴间送到大门道:"你记住紫大人的话了吗?"声音甜润悦耳,吴间听了心里感到特别的舒服,他急忙回道:"记住了。"

每周的第三天,吴间都会来到这里,几次接触,他与娟儿已经熟络,娟儿那带着几分妖艳的俏丽脸庞,婀娜的身材,柔软纤细的小手总让他有时恍恍惚惚,他最期盼的日子就是每周的第三天。

这周第三天他又来到落车大街十号,大门好像虚关着,他一推,门嘎吱一声就开了,屋里传出娟儿柔美的声音:"是吴间吗?"

吴间把大门关上,疾步走进屋子。他刚坐下,娟儿过来给他沏茶,一股温香沁入他的鼻子,他一下攥住娟儿嫩滑白皙的小手,抬起眼睛,看到娟儿灼热的目光。

在内屋的卧室,吴间抱着娟儿,娟儿道:"你喜欢我吗?"

"我喜欢你,喜欢得要死,喜欢得永远也爱不够你。"

娟儿道:"那我给你项任务,你让我进入大将军府,我做你的小妾,你能完成任务吗?"

吴间听到这项任务,乐得简直要晕过去了,兴奋地道:"能,必须能。"

娟儿坐了起来,吴间抓着娟儿,娟儿脸一沉,瞪了吴间一眼道:"把衣服穿上,我告诉你怎么做。"

吴间穿好衣服,俩人重新回到客厅,娟儿向吴间做了一番交代,吴间道:"放心,此事一定办成。"

不久,娟儿搬进了离落车大街不远的一条胡同,胡同又窄又脏。而吴间近些日子经常隔三岔五晚饭后就离开大将军府,次日天刚蒙蒙亮才匆匆从外面赶回来,因此,晚上常常找不到他。

几次,他和家仆出去办事,他总买些东西,让马车绕到石条沟胡同,他让家仆在胡同外等着,自己一人拿着东西走进胡同,过挺长时间才空手出来。

府宅内开始私下议论大管家,是不是外面有女人了,这话很快被玉儿听到了,玉儿问守门的家仆,家仆告诉玉儿,大管家常常夜不归宿,听说外面有女人了。

玉儿把吴间的情况讲述给了程昊,程昊不以为意道:"你去问问吴间,怎么回事?"

第二天,玉儿把吴间叫到后院自己的房里,玉儿道:"大管家,我问你件事,你不要在意,我只是问问。"

吴间恭敬地回道:"夫人,您尽管问,我不会在意的。"

"你是不是在外面有女人了?"

吴间面露尴尬道:"是的夫人,我没好意思跟您说。"

玉儿道:"这有什么不好意思的,你一个人在这里,家人又不在身边,再者男人娶个小妾再正常不过了。跟我讲讲你的那个女人怎么样?"

"她叫徐娟,人非常好,一年前死了丈夫,一个人无依无靠,没有了生活来源,死了丈夫后,就靠变卖家产过活,生活得非常拮据,我看她实在可怜,一直都在帮她,她也愿意靠着我。"

"那你是可怜她,还是喜欢她?"

"当然是喜欢。"吴间一脸正经地回答。

"你嫌弃她有过前夫吗?"

"我不嫌弃,只要她愿意跟我,我就娶她做妾。"

"那好,只要你愿意,明天我去找她,我跟娟儿说,明天你带我去她那里。"

晚上,玉儿把上午和吴间的谈话告诉了程昊,程昊道:"家里的事情你做主,一切你和吴间商量着办。"

第二天,吴间带着玉儿来到娟儿的住处,娟儿打开大门,玉儿一见年轻俊俏的娟儿,恍然明白,难怪吴间这些日子夜不归宿那。

吴间对娟儿道:"这是我家夫人。"

娟儿故作惊慌之态,赶紧给玉儿行礼:"娟儿拜见夫人。"

玉儿上前拉着娟儿:"不要客气,我们进去说话吧。"

玉儿走进院子,看到小院如此窄小,土坯的泥墙似乎大风一吹就要倒塌。走进小屋,墙壁上许多地方的墙皮已经脱离,屋内虽然干净整洁,但已经没有几件家具了。见到此番情景,玉儿道:"吴间啊,你就让娟儿住在这里?"

吴间羞愧地低下头,娟儿急忙道:"夫人,我已经很麻烦吴管家了。"

玉儿拉着娟儿坐下:"娟儿,你的事情吴管家已经跟我说了,他真的很喜欢你。吴间跟随大将军几十年了,我非常了解他,你嫁给他绝对没错。女人终究要找一位靠得住的男人,这样一辈子才能安稳,娟儿,你说是不是?"

娟儿羞涩地点点头:"我是嫁过男人的女人,给吴间做妾,怕是委屈了他。"

玉儿道:"这件事我问过吴间,他不在意此事,他只想娶你,你年轻又漂亮,他不委屈。"

玉儿看着吴间道:"你觉得委屈吗?"

吴间惶恐道:"我哪里委屈,委屈的应是娟儿。"

"好了,这事我就替你们做主。我回去就让仆人把南跨院准备出来,以后你们两口子就住那里。"接着,玉儿又对吴间道:"三天后,你就把娟儿娶回去。"

娟儿怯怯地支吾道:"我不会做什么家务,得慢慢学才是。"

玉儿无奈一笑:"傻丫头,家里有那么多仆人,要你做什么家务,你没事跟我说说话就行了。这件事就这么定了,你看行吗?"

娟儿道:"娟儿谢谢夫人,一切由夫人决定。"说着要给玉儿跪下,玉儿搀住娟儿:"都是一家人了,用不着这么客气。"

玉儿对吴间道:"你留在这里,和娟儿商量一下具体还要准备什么,我回去让他们把南跨院准备好,我就先走了。"

娟儿和吴间把玉儿送出门外。

三十七、魔域

YU PEI JI

罗煞地域与九州大陆是阴阳不同的两个时空,在罗煞地域里黑雾弥漫,阴霾时常笼罩着整个地域。这里没有人类,妖和魔是这个地域的主人,在这阴森诡异的地域里,随时都在上演着魔与魔,妖与妖,魔与妖之间的征战与杀戮。

青沧郡是夏洲最为偏远的一郡。青沧郡以外再往北便是少有人涉足的地方,这里阴气很重,似地狱一般,死去的阴魂极易聚集在这里,这里妖魔横行,只有铜章城还有些许人类生存在那里。

虽然罗煞地域与九州大陆彼此相互隔绝,但青沧郡往北这片阴煞之地却有一处,这里吸纳九州的阴魂,形成极重的阴煞之气,这种阴煞之气在这里进入一个通道,穿越通道,就可进入到另一个时空,这个时空就是罗煞地域。

然而要想穿越这个煞气极重的时空通道,需要超强的法力,因为时空通道内的煞气具有巨大的腐蚀性,它会将进入者的身体腐蚀得一干二净,而这里沉积万年的阴魂会吸噬掉侵入者的魂魄,所以一般的神和魔都难以通过这个时空通道。尽管如此,数万年聚集在时空通道的阴煞之气越来越厚重,厚重的阴煞之气依然会通过时空通道不断渗入到罗煞地域。

天煞魔国是罗煞地域最南端的一片疆域,天煞是天煞国的魔君,他有一个兄弟叫天寂,天煞国的国师叫天魂。国师的名字是魔君给他改过来的,他的原名是留魂儿。

留魂儿的名字和他的出生地有关，这留魂儿并无父母，而是留魂山聚集的阴煞之气，蕴化成婴，他在留魂山修炼成秘藏魔经，接着他便在周边四处杀戮，吞噬他们的元魂。周边的妖魔不是被他杀就是被他降服，妖魔都称其为留魂儿。

他的妖妻是九幽冰潭的水妖，名字叫银缠，留魂儿将她降服后，使她怀了孕，银缠无奈，只得做了他的女人。

然而不久，留魂山这片地方就被魔撒王侵占，魔撒王在这里布下诛魂六方阵，欲将天煞魔族的兵士困死在阵中，再将天煞和天寂引入冤幽洞将其诛杀。可是，留魂儿非常熟悉这里的地形，他带着妖妻投靠了天煞，然后，他带着魔君天煞秘密潜入阵中，合力将魔撒王杀死，天寂和银缠则分别从外围破阵，很快，诛魂六方阵就被攻破，天煞大获全胜。留魂儿被封为国师，魔君天煞将留魂儿的名字改为天魂。

天魂和银缠生有一女，叫九魅。九魅长大后，天魂将女儿嫁给了天煞的儿子嬴采。嬴青和九魅又有了一子叫玄夭。

在罗煞地域的魔界和妖界里，很多妖魔都知道魔君天煞腹部有一副黑铁玄带，这副黑铁玄带是罗煞地域至尊的法器，它能汲取阴煞之气的精华，当收到对方攻击时它能变化成一座铁钟，一旦将它置于体内，法力将大大增强。

天煞国的魔宫发生政变，天煞受重伤后，他带着爱女妙羽逃出华央宫，并把黑铁玄带传给了爱女妙羽，他们穿越时空通道，天煞将她放置在西幽山的修罗山前的山坳处，然后又返回了罗煞地域。他通过时空通道，大破天魂的腐毒天罡阵，刚在留魂山立足，天寂就赶到了，天煞与他拼死一战，但毒性发作，最终战死。

天寂发现他身上的黑铁玄带已经不见了，知道天煞一定是将黑铁玄带传给了妙羽，但当时他与天煞打斗时，中了天煞的血蚕玅毒，此时正好毒性发作，他的经气瘀滞，疼痛难忍，不得不回到临霄宫。

之后，他找遍天煞国，也没有发现妙羽，魔宫内天魂、嬴青等众多首领都不甘于臣服于他，加之血蚕玅毒的不断折磨，使他最终放弃了对妙羽的寻找。

转眼，十多年过去了，玄夭已经长大，由于聪慧和勤奋，他练成了天煞的魔魂大法。九魅见玄夭练成魔魂大法，极为高兴，她对玄夭道："儿啊，你小小年纪就修炼成魔魂大法，这魔魂大法是魔界中极为霸道的功夫，你现在还不要外露，你的父君还被魔君囚禁，魔君要知道你修炼成魔魂大法，定会来找你，这会给你带来杀身之祸,你记住没有?"

玄夭点头:"记住了,那我什么时候可以不必隐瞒了?"

九魅道:"你现在的缺陷就是你的真气不足,只有你的真气提升到上乘的水平,魔魂大法才能发挥出排山倒海的威力,你的爷爷天煞的魔魂大法为什么如此厉害,就是体内的气海浑厚。"

"那我爷爷是如何让他的气海浑厚的?"

九魅叹息道:"你爷爷是如何修炼的我也不知道,不过我知道他体内有一副黑铁玄带,那黑铁玄带能汲取阴煞之气的精华,吸噬阴魂中的元魂,一旦将它置于体内,法力会大大增强。你爷爷正是有了它,才没有谁敢与他动手。"

玄夭道:"我爷爷已经死了,他的黑铁玄带没给我的父王吗?"

九魅道:"他把黑铁玄带传给妙羽。"

"妙羽是谁?"

九魅眸子闪露出仇恨的凶光,恶狠狠地道:"那个贱女人是你爷爷和一个贱妾生的一个孩子,你爷爷把魔魂大法传授给了她,可惜那个贱女人悟性极差。"

玄夭道:"那我要是有了黑铁玄带,是不是就不用再遮掩了,也就可以把我父君从临霄宫救出来。"

九魅额首:"应该差不多。只是那贱女人不知躲到何处了,据说是去了另一个时空。"

玄夭的眸子里闪出光芒:"娘说的另一个时空,真的有吗?难道可以从天煞魔国去另一个时空?"

九魅带着几分神秘:"有一个时空通道可以进入另一个时空,只是这个时空通道没有几个人知道。"

"娘亲知道吗?"

九魅道:"在天煞魔国,只有我和你外公知道,连你父君都不知道。"

玄夭恍然道:"我知道在哪,在黑藏谷。"

九魅惊愕地看着玄夭道:"你怎么知道的?"

"娘亲带我到黑藏谷时,就跟我说过,这里只有你和外公知道,连我父君都不知道。所以,我猜到就在黑藏谷。"

"我的儿真聪明,但你不要对任何人再提黑藏谷,你要记住这里只有你、我和你外公知道,明白吗?"

玄夭点头。

没过几日，玄夭一个奴仆来到九魅的住处，奴仆见到九魅："小主命我来见夫人，小主命下奴告诉夫人，他要出去一趟，要有些日子才能回来。"

"他没有说去哪了吗？"

"没有。"

九魅不耐烦地挥手："知道了，你回去吧。"

她猜到玄夭定是去了黑藏谷，去寻找时空通道了，她后悔不该让他知道黑铁玄带，穿越时空通道是件极其危险的事情，凭夭儿的法力能否穿越时空通道？她心里没底，于是她赶紧去找她的父君天魂。

九魅把玄夭的情况讲给天魂，天魂道："既然夭儿练成魔魂大法，穿越时空通道应该问题不大，我只是担心夭儿出了那个时空会遇到什么危险。"

停了片刻之后，天魂接着道："夭儿的事情你不能和任何人讲。"

"孩儿明白。"

玄夭来到黑藏谷，这里毒瘴弥漫，黑雾缭绕。越是进入黑谷深处，煞气越重，玄夭有些晕眩，他感觉到这浓重的煞气有着剧烈的毒性。他催动体内真气，猛然旋转了一周，形成了一个气罩，气罩犹如一座铁房将他护在里面。他徐徐下沉，当落入谷底，他霍然感到他的气罩有一处真气在流失，尽管流失的真气微小得难以察觉，但他还是感知到了，他运足真气向着吸噬他真气的方向冲去，越是往里，真气流失得越多越快。

一股翻滚的黑气突兀掠过，黑气似一条张开巨口的黑蟒，一下将他的气罩吸噬出一道罅隙，刹那间，他看到男女各种交媾的场面，几个半透半裸的仙女摆出各种媚态向他飘来。然而，他的心智还没有成熟到接受的年龄，他对这一切并没有任何反应，他的元魂没有任何波动。随即数不清面目狰狞，眼眶内闪着幽红的鬼火，张着獠牙的厉鬼向他扑来，他将眼睛一闭，双掌一合，体内发出一股宛若透明玻璃的气旋将侵入的阴魂挡住。

他催动着真气奋力向前，但是速度越来越慢，一股黏稠似胶水状的黑烟越发浓重，他的真气耗损尤为巨大，若要这样耗损下去，过不了多久，他的真气就会被耗损干净。这时，他已经没有选择了，他将自己的元魂和真气合为一体，施展出魔魂大法，猝然间一道赤红的烈火从黑烟中划过，黑烟中发出凄厉的号叫声，那条赤烈的电光锐不可当划开黑雾，穿过时空通道，从激起数米高的水柱中冲出。

他的眼前是一望无际的绿色大海，头顶是浮着白云的湛蓝天空。他第一次呼吸到如此清新的空气。这就是另一个时空,他已穿越了时空通道,来到了九州大陆。

他在空中俯瞰着远方,突兀间看到远方葱茏的陆地,他飞身向着这片绿色的大陆飞去。当他来到陆地的近前,眼前是苍翠绵延的峻拔山峦,这里群山环抱,峰峦叠嶂,云雾在山峰间缭绕飘动。

他在一片茂密的松树林间坐定,这时他感到极度的疲惫,他明白刚才穿越时空通道耗损了大量真气,现在必须在这里调整自己的气血和经络,让内力得到一定恢复。

他闭目凝神开始运气,突然他感到自己的身下一股阴气在窜动,他立刻跃起,然而,黑烟也随之将他缠绕,他的头顶一个巨大的蛇头张开巨口,猝然向他咬来,他瞬间化作无形,贴在一棵古松的树干上。那黑色巨蟒一口咬空,同时也感知到他在古松的树干上,巨蟒正准备再次攻击时,玄夭已经窜到巨蟒的头旁,一只巨手抓住蟒头,那条巨蟒随即在他手中化作一缕黑烟,他立刻将巨蟒的元魂吸噬干净。

但他还未着地,身子又被一条巨蟒紧紧缠住,巨蟒身上的鳞片已经嵌入他的身体,他猛地将身体旋转起来,身体内激射出一股罡气,那罡气似数百把无比锋利的钢刀,一下将巨蟒削成肉屑。接着,他将真气散开,他发现不远的山洞中还有数十条蛇精,他催动真气,使出魔魂大法冲进山洞,眨眼间,数十条蛇精化作缕缕黑烟,它们的元魂也被他全部吸噬。

此时他感到异常舒适,好似饱餐了一顿,体内的真气须臾间得到了补充。他环视了一下山洞,觉得这里还算满意,于是决定就将此洞暂且作为他的栖身之地。

休息了几日之后,他的元气恢复得差不多了,他便开始寻找妙羽。所到之处,他见魔杀魔,见妖杀妖,不仅如此,凡是他所杀的妖魔他无一不将他们的元魂全部吸噬。

这日他来到一处,见三座大山巍峨高耸,成一品字。外面两座大山对峙,中间是一条宽阔的山谷,山谷的尽头耸立着一座险峻的高山。他飞进山谷,绕过大山,里面是又一个山坳。山坳内林茂草深,阴风阵阵,阴风中带着浓重的戾气,空气中杀气腾腾。

他刚感觉到远处一片苍绿阴森的松林里的异常,一股黑浪从那里向他扑来,他用罡气罩身,向着黑浪冲去,黑浪内一排锐气拦腰扫来,他提气纵起,同时一掌劈下，一个长发飘散，面色青黑，眸子赤红的男人从林中升空，那男子十个尖利的指头向他戳来，只见十道幽红光芒射向他的气罩，但无法将气罩穿透。此时，他已到近前，双方同时展开双掌击向对方，两股气浪撞在一起，顿时树倒石飞，双方都被震出很远，立在空中。那男子声调低沉道："你是何人？竟敢闯我的三山谷。"

　　玄夭道："我是天煞国天煞魔君的孙子玄夭。"

　　披发男子诧异道："你不是九州大陆的？"

　　"是的，我是来找妙羽的，找她要回黑铁玄带。"

　　"这里只有我一人，我也没听说过什么妙羽。"

　　玄夭道："你是何人？"

　　"这里都称我为蚀月魔。"

　　玄夭拱手："既然没有妙羽，玄夭叨扰了。"说完转身离去。

　　玄夭继续四处寻找妙羽，他的到来，令其他妖魔四处逃离，有的逃到了青沧郡，使得青沧郡内不断出现人被妖魔掠走或妖魔吸噬的事件。

　　不久，夏洲的王庭得到青沧郡守的奏报，上奏青沧郡妖魔猖獗。一时间，王庭议论纷纷，有人私下窃传是元静的冤魂召集妖魔对他的屈死进行报复。

三十八、负气出走

YU PEI JI

季敏派去西番的人回来报告,齐横先于司南将情报送到西番。负责收取齐横送来情报的人已经失踪,至今也没有查到踪迹,而司南的情报是探寻司的人送到西番的,这条情报网已经查清。

季敏清楚程昊还掌握着一个情报网,令他光火的是督察司查了这么长时间,竟查不出这个神秘情报网的一点踪迹。于是,他决定亲自去大将军府,直接问问程昊,试探一下,兴许能从程昊那里得到些什么。

这天下午,他来到大将军府,在大将军府的客厅见到程昊,季敏问候了几句程昊,然后便转入正题,季敏道:"督察司一直对司南的失踪进行调查,近前已经查清,给大将军送出棠水情况的人有两个,一个是司南,另一个是齐横。大将军最先得到的情报是齐横送出的。我说的没错吧?"

程昊没有说话,沉着脸,看着季敏。

季敏道:"大将军怎么不说话?"

程昊冷冷道:"你让我说什么?"

"大将军您是知道齐横的情况的,也掌握着这条消息传送的渠道,我想请大将军告诉我,情报是如何传送给您的?"

程昊面色铁青:"你怎么对棠水这么感兴趣,大王比我清楚,你该去问问你的父王,我身为大将军掌管夏洲的事务,棠水静王和太子遇害本应当即刻将消息火速传告给我,你身为都司不清楚吗?"

程昊的目光闪着怒火,瞪着季敏。季敏倒吸了口冷气,脊梁沟发凉,没敢说话。

程昊道:"那些绿衣人到底是什么人?是谁给太子下的蛊毒?你的督察司怎么不查?死盯着给我送消息的人,本将军倒要问问你这是何意?"

季敏没想到程昊根本就没把他这个都司放在眼里,自己的虚张声势一点用没有,他尴尬笑道:"大将军息怒,晚辈说话有不妥之处,还望大将军谅解,晚辈给大将军谢罪了。"说着给程昊拱了拱手,表示歉意。

程昊抬了一下手:"我不会在意的。"

季敏道:"晚辈只是想搞清楚消息的来龙去脉,既然大将军不想说,也就算了,大将军切勿多想。"

沉默了片刻,程昊慢声道:"都司还有什么要问的吗?"

季敏勉强干笑道:"没有了,今日叨扰大将军了,晚辈这就告辞了。"说完,起身向屋外而走,程昊跟着走了出来,季敏急忙摇手道:"大将军留步,不要送了。"

程昊将他送出前院门口,季敏停住脚步,恳切道:"大将军真的不要送了。"

程昊站在前院门口,看着季敏匆忙走出大院。

季敏并没有直接回府,而是去了太傅府,见到尹考,季敏把去大将军府的原因和经过毫无疏漏地给尹考讲述一遍,最后季敏道:"我觉得此事还是您跟我父王讲更有分量。"

尹考沉默片刻:"好吧,我明天就同国相一起和大王商议此事。你等我消息。"

季敏:"有劳太傅,晚辈告辞了。"

第二天,早朝刚散,尹考便约国相到勤政宫拜见明王,见到明王,尹考把昨日季敏所讲程昊的事情悉数复述一遍,明王听罢,脸色铁青。尹考见到明王面带怒色,对国相道:"程昊早晚是个祸患,最好尽早将他除掉,不知国相可否请仙宗帮忙把程昊除掉?"

国相听罢,一股怒火从心中升起,他知道他师父是修仁德的大仙,莫说是元明这等不耻地篡夺王位,就是按法理正大光明继承王位,师父也不会涉足尘世的事务,尹考这就是对他师父的不敬,国相眉头一蹙,目光带鄙视道:"仙宗是不会涉足尘世的,他老人家不会为这等事情出世的。老夫以为尹大人还是少得罪程昊,你得罪不起他,程昊在两军阵前都战无不胜,莫说是你,就是老夫也奈何不了他,恐怕你没伤他半点皮毛,反而倒把自己的性命搭了进去。"

尹考知道刚才的话国相不爱听了,连忙赔笑:"是下官冒犯了仙宗,下官知罪。"

明王见国相如此气恼,赶紧圆场:"太傅也是为王庭着想,替本王担忧,国相莫怪,既然国相说了不要招惹程昊,太傅就不要再提程昊了。"

尹考尴尬道:"是,是,国相说得没错。"

接着,明王口不随心地抱怨了季敏几句,三人应酬了几句便不欢而散。

自棠水之变,程昊返回卞雍之后,他便让自己的小女婉儿和司南的女儿颖惠一起读书,两个孩子总是在一起,不是惠儿到婉儿的府宅,就是婉儿到惠儿的府宅。

这一日,婉儿刚从司南的府宅出来,正准备上马车,一个中年男子走了过来,对婉儿道:"是大将军的女儿婉儿吧?"

婉儿看着这位陌生的中年男子道:"你是谁?"

"我是送信的,你把这封信一定要亲手交给大将军,不要让任何人知道。"说完把信递给婉儿便离去了。

婉儿回到府宅,直接进到程昊的书房,她把在司南家门口遇见一个中年男子给他一封信的经过讲了一遍,然后把信交给了程昊后,就回自己的住处了。

程昊打开信,吃了一惊,是淡洲英王的亲笔信,信中写道:

振国大将军启鉴:自九州分立,战事频频,而近百年淡夏交好,商贸昌达,民往甚密。大将军才智绝顶,法冠天下。虽成名于夏,而出自淡,吾淡洲深以为傲。大将军少时离淡,经商于夏,平西番,败禹洲,亡敬师,成一世功名,九州共誉战神。夏至今日繁盛幸于大将军所治,夏之所以傲立九州,他国莫敢滋扰,惮于大将军之法力战功,此静王之明,亦孤王之识。而夏今之君,神昏目拙,不知夏何以至今日,不晓大将军何等之勇武。视沧海为瓢水,以高山为茔丘。常言之,良禽择木而栖,良臣择主而事。大将军之法力雄霸九州而无出其右。鹏展于万里,凤起于千仞,将军鹏凤之躯,岂甘受今日之状,屈为笼中之雀,土穴之蚁。孤王深赏大将军之德才,恳盼大将军之归梓,冀之明断,待望德音。

信内还有一块兽皮写道:三更天赵家大街慈宁药店敬候大将军。

程昊将信读完,陷入深深的沉思,英王信中的每句话都撞击着他的心灵,给他极大的触动。自若兰告老还乡，他便萌生了离开卞雍的念头，只是还没找到该去的地方，英王的这封书信使他决意辞去都尉的职务，离开这里，但他深知还不能马上就去淡洲，因为他的老丈人还在宇岗，明轩还在卞雍，他不能因此给他们带来麻烦。只有到了不得已的时候，他才能带着家人离开夏洲，去投靠英王。

正好三更时分，程昊悄无声息地飘落在慈宁药店的后院，后院的一间房内烛火闪耀，一个人正坐在烛下看书。程昊走到门前，轻轻地敲了两下房门，窗户上映现了一个身影，屋门被打开了，一个四十岁开外的儒雅男子谦和地笑着："大将军请进。"说着将程昊请进屋子。

程昊坐定后说："上午是您把信交给我的小女婉儿的？"

"正是，大将军可否看过信？"

"看过了，不知先生如何称呼？在本店做什么？"

那人恭谦道："不瞒大将军，本人受英王派遣，特来给大将军送信。我王知道此事关系大将军全家安危，须绝对保密，出于安全起见，英王才让我来给大将军送信，本人乃吏部伺冯荃。"

程昊微笑道："冯大人不远千里到此，程昊万分感激，昊拜感激英王的青睐，拜托冯大人转告英王，英王抬爱邀昊赴淡洲，程昊斟酌再三，目前还不能去淡洲，恐让英王失望，程昊深表歉意。"

"冯某理解大将军，此事让大将军急于决定，亦过草率。我王命我转告大将军，只要大将军愿意，淡洲随时恭候大将军归乡。"

"程昊多谢英王，若他日昊决意离夏，自会拜见英王，还望英王接纳。"

冯荃急忙道："下官定会转告大将军的原话。"

"昊多谢冯大人此番劳苦，还望他日我们后会有期。"

二人谈了一阵，程昊便告辞离去。

转眼一个多月过去了，这天深夜，大将军府的后花园静得瘆人，天边的一轮弯月泻在黑色湖面上。在观水阁下面大院内，程昊的书房三支雕龙刻凤的烛台内烛火燃烧，将屋内照得通亮。桌上摊着青沧郡的地图，程昊和明轩对坐着，程昊道："上颐城还是比较合适的，也算是安全。"他指着地图："它正位于西幽山和东冥山中间，穿过东冥山就是东冥湖，从东冥湖沿姣江可达龙海，从龙海便可进入太泽港。"

明轩带着几分忧虑道："既然姐夫不考虑宇岗和余饶，也只有上颐城比较安全了。但我还是担心一旦出现不测，姐夫一人穿过东冥山自然不在话下，但若将全家都带出，恐怕就非易事，东冥山绵延百里，万一前遇凶魔恶妖，后有夏兵追来，姐夫一人能否照顾得了他们三人？"

程昊道："只要我事先得到消息，夏兵不足挂齿。既然东冥山尚有人经过，说明此山没有什么太强法力的凶魔恶妖，大魔大妖都在西幽山，仪儿虽然法力不强，但还可以帮助我照顾一下玉儿和婉儿。我们出了东冥山，到达冥湖村，从那里乘船入东冥湖，沿姣江到达龙海进入太泽港就安全了。太泽港尚未归属，一旦夏兵进入东冥湖，淡洲必会出兵太泽港。"

"既然如此，我会在冥湖村安排好渔船，上颐城我马上就建站，姐夫住在那里尽管放心，一旦有重要情况必定及时与姐夫联系。"

程昊道："好，就这么定了。还有一件事，一旦我交出兵权，就再没有调动部队的权力了。你明天就派人准备，侦查我去青沧郡沿途的情况，特别是沿途各郡的兵力有无调动。"

明轩道："我会的，如果明王要在路上动手，我会不惜一切代价带玉儿、仪儿和婉儿离开。"

第二天下午，程昊到勤政宫前来拜见明王，明王大感诧异，自他登基以来程昊从未单独拜见过他，今日怎么请求召见？明王沉默了片刻，对太监道："请大将军勤政宫觐见。"

程昊走进勤政宫，明王淡淡地一笑："大将军请坐。"

程昊坐定，明王道："大将军拜见孤王有何事？"

"臣今日拜见大王，是有一事请求大王恩准。"

"大将军请讲？"

"臣向大王请辞，请求大王恩准臣辞去都尉之职。"

明王感到意外，他对程昊既忌惮又厌恶，程昊的存在就如同芒刺在背，如鲠在喉，而他之所以不敢过分得罪程昊除程昊法力高强外，还有一个重要的因素就是程昊掌握着调动部队的权力。程昊提出辞去都尉之职简直让他舒畅至极，让出了兵权，就等于程昊失去了最后的保护伞，他看着程昊，带着质疑地问道："大将军是请求孤王恩准辞去都尉之职？"

"正是，臣辞去都尉之职有两个条件，请求大王恩准？"

明王即刻回道："大将军请讲。"

"现在王庭议论，青沧郡魔患猖獗，很多人背井离乡，逃往郡内。臣以为王庭应有一法力高强之人即赴青沧郡,除魔斩妖,安定民心,确保青沧郡百姓安宁,臣恳请赴上颐城,那里是青沧郡最北城镇,也是离魔患最近的地方。"

明王大喜过望:"大将军不愧我王庭股肱之臣,孤王岂有不准之理。大将军还有什么条件?请讲。"

程昊道:"臣修炼大智渡伦颇得感悟,臣此次赴上颐城,准备布衣归隐,终身于此。臣决意卖掉府宅携全家而去。"

程昊停顿了一下,接着说道:"司南的妻小臣一直照应,视如一家,臣亦准备携司南妻小同臣全家一起赴上颐城,臣就这两个条件,请大王斟酌恩准。"

明王很是兴奋,即刻回道:"孤王准予大将军。大将军还有什么要求?"

"臣感谢大王的恩准,再无要求,二十日后臣就离开下雍。"

程昊出了王庭,刚到申时,天空阴暗得已似黄昏,冷风袭过,带着些许寒意。程昊满腹惆怅地抬头望了望阴云密布的天空,似乎要下雨。站在王庭的大门外,思忖了片刻,他对车夫道:"去唐街胡同二号。"

马车停在唐街胡同二号的大门前,程昊上前扣了三下门环,大门被打开了,颖惠出现在门里,颖惠高兴地叫道:"叔伯。"

程昊笑着问道:"惠儿,你娘亲在吗?"

颖惠点头道:"娘亲在。"

"带我去见你的娘亲。"

程昊刚走进院子,颖惠的娘亲也从屋里迎出来:"大将军,您怎么来了,快屋里坐。"

颖惠回到自己的房里,程昊走进屋内坐定,颖惠的娘亲急忙给程昊沏茶,程昊疑惑家里怎么没有一个家仆。程昊问道:"司夫人别忙了,我怎么没有看到一个家仆?"

颖惠的娘亲叹息一声:"唉!不怕大将军笑话,自司南失踪之后,我们母女俩就被赶出探寻府,我们没有地方可去,还是静公主让我们母女住在这个地方。惠儿身体不好,需要很贵的药材,我们没有收入,只能靠过去的积蓄过活,所以就把家仆都辞了。"

程昊的心里很不舒服,他对颖惠的娘亲道:"今天来是有件事和司夫人商量,我已经向大王辞去都尉之职,二十天后我们全家就离开下雍,去青沧郡的上颐城。我想让司夫人带着惠儿同我们一起走。"

司夫人大为惊愕,没等司夫人说话,程昊接着低声道:"夫人放心,司南很安全。不过，督察司一直都在调查司南的下落，现在有我在，督察司还不敢把夫人怎么样，但是，一旦我离开卞雍，我担心督察司会对夫人动手，惠儿还是孩子，若夫人不在，惠儿怎么办？所以我向大王提出带夫人和惠儿同我一起赴上颐城，大王已经恩准，是否同我一起去，还要夫人自己拿主意。"

司夫人眼含泪水，哽咽道："我死不死倒也无所谓，只是惠儿这孩子太可怜了。若我们母女随大将军一同而去，就怕太拖累大将军了。"

"司夫人怎么说这种话，司南是为了我，照顾夫人和惠儿是我的责任，我的府宅家仆不下百人，夫人和惠儿和我一起走有什么拖累的，夫人为了惠儿也应该和我们全家一起去上颐城。"

司夫人道："我和惠儿谢谢大将军了，大将军什么时候走，我和惠儿准备一下。"

程昊道："现在大将军府空房子很多，我给你们母女俩准备一个院子，这两天你们就过去吧。"

"我准备一下，准备好就过去。"

程昊点头："那好，就这样，准备好你们就过去，如果没什么事情我就告辞了。"

晚上，程昊叫吴间来到书房，程昊道："吴管家你在卞雍已有二十二年了吧？"

"正好二十二年。"

程昊道："时间过得太快了，那时候你还不到我这年龄。"

吴间不无感慨："现在我都老了。再过几年，顶多十年我就干不动了，到那时我就告老还乡，回家养老了。"

程昊面色严肃："吴管家，我今晚找你来是有件重要的事情要和你商量。"

"大将军请讲。"

"今天我去见大王，向大王提出辞去都尉之职，大王已经恩准。"

吴间惊诧道："大将军为什么要辞去都尉之职，这对大将军非常不利。"

"我准备离开卞雍，去青沧郡的上颐城，那里魔患猖獗，我想我到那里，兴许能够解决魔患之灾。我想卖掉大将军府，举家搬迁到上颐城。"

吴间听到举家搬迁更是震惊，他诧异地问道："难道玉儿和孩子也要搬到上颐城？"

"是的，此次搬到上颐城，我们全家就在此定居了，我也替你想过，我准备在卞雍或丹水城给你一家门店,这样你和娟儿的下半生也不用为生计担忧了。"

吴间的确想如此,但他知道他的任务是监视程昊,紫布不可能允许他留在卞雍,他还得随着程昊前往上颐城,于是他对程昊道:"我随大将军已经二十二年了,做管家也做了二十二年,即使大将军去上颐,家里也要有个管事的,我决定随大将军一起去上颐城。"

程昊道:"我现在无官一身轻,到了上颐城家里也用不了那么多人,娟儿跟了你,你不能让她背井离乡,你就留在卞雍吧。"

"我回去和娟儿商量一下,她要是愿意同我一起去上颐,我就同大将军一起去,如果不愿意,我再按大将军所说的去做。"

程昊道:"你不能强求娟儿,要随着娟儿的意愿,你也要替她想想。"

"大将军放心,我听娟儿的。"

"那好,你不用着急,我等你消息。"

吴间离开程昊的书房,匆匆回到自己的卧室。

子夜时分,一个黑影纵身越上房脊,而后飘落出大将军府,那黑衣人一路狂奔,直到紫布府宅的后门。黑衣女子来到门前,有节奏地叩打了几下门环,大门被打开,黑衣女子闪入大门,随后大门被轻轻关上。

没过多久,紫布出现在后院的客厅里,黑衣女子见到紫布进来,急忙站立起来,紫布道:"坐吧娟儿,有什么紧急情况?"

娟儿把吴间和程昊的谈话讲述给了紫布,紫布面色严峻:"你告诉吴间,你们必须随同程昊一起赴上颐城,监视程昊的行动,我会在青沧郡的郡府和上颐城安排人手,他们会与你取得联系的,记住,务必与程昊全家一起赴上颐城。"

"诺。"

紫布道:"程昊狡诈多疑,你们做事务必谨慎小心,你马上回去。"

娟儿出了紫布府宅的后门,回到大将军府。

第二天上午,娟儿来到玉儿的房间,玉儿正好分派完家仆们做事,看到娟儿进屋,玉儿招呼娟儿坐下:"我就知道你会来的,快坐下。"

娟儿坐下:"大将军为什么要辞去都尉之职?"

"这是男人的事情,我也只能随他。"

"昨天晚上,吴间同我说要同大将军一起去上颐,我非常愿意,吴间跟随大将军二十多年了,他都习惯了,跟大将军在一起我们也踏实,我也愿意和夫人生活在一起。"

玉儿道:"上颐可不比卞雍,那是夏洲最偏的地方,而且那里魔患猖獗,你还年轻,要替以后想想,我和大将军的想法一样,觉得你们留在卞雍更好些。"

"夫人是不是嫌弃娟儿太笨了,什么也不会。"

玉儿轻轻打了一下娟儿的手:"你这孩子,说的什么话,我怎么会嫌弃懂事的娟儿,我是替你想。"

娟儿调皮地一笑道:"我就跟着夫人。"

程昊将大将军府转卖给了明轩,二十天后的早晨,三十多辆马车和三十多匹战马走出大将军府,长长的车队沿着大街缓缓地走向卞雍的北门,车队走过街道,两旁的店铺还未开张,只有少许的过往的行人。程昊看着这熟悉、宽阔的街道,走过一家家店铺、一座座酒楼,心中倍感失落。

车队出了卞雍的北门,继续前行,车队停在北门城外,程昊对送行的明轩道:"明轩,就送到这里吧,以后靠你了,照顾好自己。"眼眸中带着深情看向明轩。

明轩点点头:"我会的。"

明轩走过来,拉着仪儿的手:"照顾好娘亲和婉儿,修炼好剑法,舅等着你再度破镜。"

他又摸着婉儿的头:"听父君和娘亲的话,也像姐姐那样,修炼好剑术。"

两个孩子点头,挥手与明轩道别,程昊带着两个孩子向着车队而去。

玉儿望着明轩:"轩儿,姐一走,这里就留下你一个人了,姐不放心,你事事要千万小心,要定期给姐来个信。"

"姐,我不是小孩了,你就放心吧,我会照顾好自己,一切我都会安排好的。"

姐弟俩道别后,明轩目送着渐渐远去的车队,直至他们消失在远方。

三十九、定居上颐

YU PEI JI

　　程昊一行人一路向东北而行，一路颇为艰辛。离开卞雍不到一个月，颖惠便旧病复发，周身疼痛，高热不退，呼吸困难，整个人陷入极度的痛苦之中。

　　程昊赶忙让吴间去找郎中给颖惠治病，司夫人道："惠儿的病郎中治不了，卞雍的几个名医都说惠儿是阴亢之体，是稀有的体质，无药可治，她每犯一次病，阳气就会折损，阴气便会增加，无论怎么恢复和调理，阳气都不会达到病前的水平。病一次阳气就折损一次，直到阳气耗尽，惠儿的寿命超不过十五岁。"

　　程昊一摸惠儿的脉象，果然如司夫人所说，惠儿天生就是少有的阴亢之体，她的病根本就无药可医。无奈之下，程昊只得将自己的真气输入到惠儿的体内。

　　惠儿的体内得到程昊的真气，堵塞的经络被疏通，淤积的气血被化解，就好似饥饿的人吃进食物一样，食物入肚，人很快就精神起来。惠儿不到半天的时间，病情就好了许多，休息两日之后，车队又继续前进了。

　　一路跋山涉水，历尽辛苦，行进了两个多月，终于离上颐已经不远了，然而，惠儿再一次犯病，程昊又一次将自己的真气输入到惠儿体内，惠儿虽然身体基本痊愈，但相当虚弱，比前一段时间差了许多。这令程昊十分担心，他万没有想到惠儿竟是阴亢之体，照这样下去，恐怕惠儿的生命也就一两年的时间。

这天早晨,程昊一行人来到长平镇,他们住进镇子里最大的一家客栈。

程昊和玉儿住在二楼一个有套间的上等房间,他们刚在房间将随身的东西放好,就听到敲门声,玉儿打开门,一个跑堂的端着一个茶盘在门外站着,跑堂道:"给您送茶。"

玉儿道:"进来吧。"

跑堂的走进房间,程昊一眼就看到茶壶上贴着的联系徽标,玉儿关上门,程昊急忙从怀中掏出一个徽标。

"您是从卞雍来的吧?除了您一家人,还有一家人吧?"跑堂的问道。

程昊示意去套间,并回答暗号:"是,我们两家从卞雍要去上颐城,你应该知道上颐城吧?"

进了套间,跑堂的将一个卷着的兽皮交给程昊,并说道:"这是严舵主要我交给您的,这里离上颐城还有五天的路程,我不能久待,这就告辞了。"说完就走出房间。程昊打开兽皮,上面写着一行字"南悦大街宝丰巷七号"。

晚上,程昊对大家道:"走了这么多日子,大家也够辛苦的了,你们在这里休整三日。这里离上颐城也就五天的路程了,我明天早上去上颐考察一下,后天上午就回来。"

第二天早上,他飞身掠过上颐城,穿过幽冥谷,然后转向东北,过丛林,越山岭,跨沼泽,落脚在东冥村,在东冥村他找到一户渔民,租了一艘大船,从东冥湖驶入姣江,沿着姣江,进入龙海,最终来到太泽港。站在太泽港的一个山丘顶部,眺望着浩瀚辽阔的龙海,聆听着海浪拍打礁石的轰鸣声,不禁愁绪万千。他想起丹水城,那里的海水也是这样的碧绿,浪涛同样这般的激荡。转瞬间已近三十年了,人生无常,命运难测,自己怎么也不曾想会到今日这般地步,一家大小就要安家在这样一个偏远、凶险的地方。他伫立了良久,转身返回了渔船。

再次回到上颐城,程昊对这里的地形已经有了了解。幽冥谷将西幽山和东冥山分为两个部分,东冥山以丘陵为主,整个地势海拔不过千米,矗立的丘陵似石林相仿,其间只有几座孤零零的高耸入云的山峰。由于东冥山地势不高,湿润的海风可以穿过丘陵进入到上颐城。东冥山林密草深,河流密布,沼泽成片。大片地区没有人类涉足,仅有最南端一条狭长的地带尚还有人涉足,从此狭长的地带再穿越丛林、沼泽和山谷便可到达东冥村,而能从上颐到东冥村的人寥寥无几。

西幽山绵延数百里,从幽冥谷渐次升高,一直延伸到龙章高原的中部。龙章高原西连章洲半岛,北接龙洲半岛,南靠夏洲内陆。它与东部的东冥山落差达到四五千米。高原内林海莽莽,幽谷千丈,深潭伏鬼,大湖藏妖,神秘广袤的龙章高原深藏着巨魔恶怪,人类早已在此绝迹。

上颐城恰在幽冥谷的咽喉处,它如一扇大门将内陆与山地隔开,同时它是又一道屏障,是进出幽冥谷的必经之地。上颐城墙依山而建,城墙宽厚高大,巍峨高耸,远望雄伟壮观。出南城门则是平坦的内陆,出北城门便进入下幽冥谷,下幽冥谷全长四十多里,出了下幽冥便是大泽盆地,东阳镇处于大泽盆地的中心,居住着近百户人家,其余村落散居在盆地各处,这里也是夏洲的边界。再北便进入了没有归属、人迹罕至的上幽冥谷。

程昊在上颐城环视一周,上颐城够得上是一个中等城市的面积,街道纵横,商铺星罗,宅院密集。而令程昊匪夷所思的是南北街道宅户相差无几,南部倒是兴旺,北部却异常冷清。此时已到酉时,众多宅户内灶火燃烧,炊烟袅袅。而城西北却街巷人稀,少有炊烟,这里商铺关张,住户闭门。

程昊突兀感到城西北的最北端阴气缭绕,诡异阴森。他全神感知,将目光锁定在一户大宅院内。这户所在的巷子并不太长,但这一户却占据了大半个巷子。

程昊觉察到城西北的阴邪之气就来自这个宅院。他飘然落在这家大户门前,眼前厚重的红漆大门上方一个黑色匾额上刻着两个金色的大字"季宅"。他向左右环视了一下,整个巷子死一般的沉寂,寂静得没有一点声息。他没有感觉出巷子里还有人在。

他抬手扣了几下门环,门内没有一点声音,等了片刻,用手一推大门,轰的一声,大门被推开了。他迈步走进大院,立刻感到正房屋内的真气。

他身子一闪进入屋内,屋内的黑影绝没有想到程昊会如此神速地进入房内,黑影一惊,慌忙从后窗冲出,程昊也紧随着跟出后窗。那黑影成了一团黑雾,窜脊越顶,似一条在水中急速变换路线的游鱼,瞬间在后花园的一棵百年老槐树前落下,那是一个披头散发,面色青黑,瞳仁幽红的女魔,她见程昊随后追来,两手伸出无数藤条从四面八方向着程昊缠绕过来,藤条上的花瓣全部张开,花瓣内是鲜红的肉色,花瓣的内壁布满尖刺,似铁刷一般。程昊舞开穹苍剑,霎时间数条赤红的火龙四窜飞舞,缠绕过来的藤条顷刻化成灰烬。

那女魔的两掌再次向程昊打来,数十条碗口粗的藤条如巨蟒冲了过来,程昊将穹苍剑一挥,一股罡气撞出,只听"轰"的一声,数十条藤条成了碎末,漫天飞舞。

女魔身子一闪进入了老槐树内,程昊的穿苍剑划出一道电闪,将老槐树拦腰斩断。

老槐树的旁边是一口枯井,程昊运足真气冲入井中。里面是一个长方形的宽敞地窖,窖内鬼火游动,忽明忽暗闪烁幽光,地窖散发出血腥的腐臭。它的顶头有一个不大的池子,一池的液体竟是人的血液,一个人影正坐在血池的中央。

程昊向着血池中的人影冲去,这时,他猛然感到背后一股阴气扑来,他一个翻身,同时穿苍剑刺进了扑过来的阴气,这一剑不偏不斜径直刺进女魔的心脏。女魔落地而亡。

池中的人影瞬间将池中的血液吸干,接着一股滚热的气浪向程昊冲来,程昊将穿苍剑一挥,两股气浪撞在一起,刹那间壁石崩飞,烟尘四起,地窖轰然崩塌。程昊和那池中的男魔都从烟尘穿出,腾入空中。

男魔两掌迸发一股强大的黑色真气,程昊紧握穿苍剑迎着这股灼热的真气冲来。程昊体中的玉佩骤然启动,男魔的真气沿着穿苍剑的剑锋被玉佩迅速吸收,男魔感觉不好,急忙收住真气,此时程昊一剑刺出,穿苍剑刺入男魔的喉咙,随即一掌将男魔打死。

这时,又两个魔孩向着程昊扑来,程昊晃身绕到一个魔孩的身后,挥剑劈下,那魔孩猝然感到背后有异样,猛然回头,程昊的穿苍剑似厉闪般劈下,魔孩被劈成两半。另一个魔孩见势不妙,返身要逃,程昊飞到近前,一掌将魔孩的身体打得四散崩飞。其余三个魔孩向着北方逃去。

程昊走到倒塌的地窖旁,将手掌一挥,地窖里的东西被一股强大的气流带到地面上,碎石当中竟有十几具尸体,他们的血已被吸干。

程昊环顾了一下四周,发现不远处还有一处地窖,他手掌一挥,地窖的顶部被掀开,他走近前一看,顿时惊骇不已,地窖里全是尸体,他用掌上的真气向里一扫,竟有一百多具尸体。他明白了,难怪整条巷子没有人了,城西北如此萧条,原来是这伙恶魔造孽。

他来到上颐城的衙府,讲明了自己的身份,衙令得知是大将军亲临,赶忙施礼,程昊将季府的情况讲述了一遍,程昊带着衙令一行人来到季府的后院,衙令一行做了一番勘察和记录,衙令道:"大将军刚到就为本城除去一害,本衙令替全城百姓谢谢大将军。大将军看如何处置?"

程昊道："这些尸体能查到家人的就交给他们的家人,查不到的就运到城外埋了吧。我看这整条巷子的人都已经被这窝凶魔杀害了,我准备就住在这里,衙令看如何?"

衙令道："这条巷子已经没有人了,大将军随便安排,下官明天就把这里清理干净。"

已到掌灯时分,衙令一行人离开了季府,程昊将衙令一行人送到大门外。

大约一更天,程昊来到南悦大街宝丰巷七号,在这里程昊见到了严舵主,严舵主已经得到总舵的指令,在这里等待大将军的到来,并把总舵交给的任务向程昊做了汇报。程昊把在季府的情况悉数讲给了严舵主,告诉他自己将把季府作为自己的府宅。程昊又问了问上颐城的一些情况,便离开了宝丰巷七号。

回到季府已经半夜了,程昊在季宅休息了大半夜,天一亮就离开了季府,回到长平镇的客栈。

五天后,程昊一行人终于来到上颐城,衙令带着几个下属在城门迎候。程昊上前拱手道谢,并将家人等向衙令做了介绍,衙令等人陪同来到季府,双方又客套了几句,衙令便带着一行人离开了季府。

程昊一家人住进了季府,司南的夫人提出要和颖惠一起单住,于是,程昊便安排司夫人母女住在季府后门对面的院子。这个院子分为前院和后花园,司夫人母女二人住足够大了,玉儿派做事心细的家仆星儿照料她们母女二人,并嘱咐星儿道:"星儿,颖惠身体不好,你要细心照料,遇到什么解决不了的事情找我和吴管家都行。"

星儿道:"夫人放心,我会做好的。"

四十、神医月生

YU PEI JI

　　月生掠过莽莽群山,穿越龙章高原,飞过东冥山系,落脚在太泽港。在太泽港他以行医为生,很快便成为太泽港首屈一指的神医妙手。

　　一日,他去东冥山采药,他将所需的药材全部采完,坐在山崖上小憩,清冽的山风掠过,他的眼皮有些发沉,不觉依着山崖小睡起来,小睡中他梦出一套"太神金身大法"。他忽然从梦中醒来,发现自己正浮在半空之中,身长已达二十丈开外,肉身已变成了坚不可摧、无比坚硬的金刚,周身金光闪耀,光芒万丈。其光芒正与午时的阳光叠加在一起,使得整个东冥山的光芒大盛。

　　他赶紧收了真身,落回到刚才小憩的山崖顶部。此时,太神金身大法的秘诀在他脑海里一遍遍地闪过,他需要立刻找到一处地方修炼太神金身大法,他明白修炼太神金身大法会显出他的真身,所以必须找一处能够遮挡他的光芒,足够展开他的身形的地方。于是,他选择了东冥山内最高的大山——日照山。

　　日照山海拔三千多米,在东冥山系内鹤立鸡群,它山崖峭立,深谷千丈,周边被几座似斧劈的峻拔的大山所包围。山腰间松柏森然,云雾弥漫。他在日照山山腰的崖壁发现一个几米的凸出平台,此处正是适合修炼的好地方,他双腿盘坐在平台,闭目凝神开始修炼太神金身大法。

　　他正在全神修炼时,忽然感觉一股真气正从山底向他这里飞驰而来,他虽未睁眼,但脑海的图像里已经清晰显现出一个身材修长,面白如玉,眸子深红的长袍男子正向他冲来,快到近前,那玉面男子将手掌一转,周边的空气即刻集聚在他的掌中,他随即一掌击出,一股巨大的冲击波向着月生冲来。

就在他将空气集聚在掌中的时候,月生突显金身,一只手掌张开,一座数米高的五指金墙挡住汹涌而来的冲击波,那个玉面男子被冲击波的反作用力撞飞。就在他向后飞驰时,月生睁开眼睛,一只手指在空中画了一个圈,那个玉面男子即刻被罩在金圈内,金圈犹如一座铁水翻腾的熔炉,那个玉面男子的身体开始溶解,月生用两指一弹,玉面男子随即灰飞烟灭,月生顺手收了男魔的元魂。

月生在日照山修炼了几日,太神金身大法已经掌握得炉火纯青,随心所欲。这日,他准备再将太神金身大法最后演练一遍,然后就回太泽港,当他演练完,最后要收真气的时候,掌心处突然痒了一下,他张开手掌一看,掌心的痒处突兀暗了一下,然后又恢复了原状,他下意识地一抖手,上颐城霍然出现在眼前。他愣了片刻,有些疑惑,于是他决定不回太泽港了,而是迁移到上颐城居住些时日。

他从日照山飞身落在上颐城,一进北城门,就察觉到夕照大街刚刚发生一起持刀杀人的抢劫案,他纵身而起,即刻出现在现场。只见一个人倒在血泊中,一个郎中在这个人的身旁,他对周边的几个人道:"不行了,咽气了。"说着站起身来。

月生扒开挡在他前面的人:"我来看看。"

那人闪开,月生来到死者身边,问郎中:"刚咽气?"

郎中无奈地点点头:"刚刚咽气。"

月生蹲下身,将真气运于掌中,把手放在死者兀自插着短刀的伤口上,过了一两分钟,他将死者腹部的短刀拔了出来,然后把手重新放在死者的伤口上,两三分钟后,月生把手移开,周边的人无不惊诧得目瞪口呆,死者被短刀豁开的伤口完全合拢上了,只留下一条暗紫色的伤痕。

月生将双手放在他的腹上,五六分钟后,死者居然睁开眼睛复活了。身旁的郎中惊得瞪大眼睛,张着嘴,愣愣地看着死而复生的人,一个伙计惊奇地叫道:"李老板活了。"

周围的几个伙计面面相觑,随后由衷地赞道:"神医啊! 神医!"

月生在施救李老板的过程中脑海里已经闪现出这起杀人事件的现场,他运足真气即刻追踪到了杀人的真凶。

原来，李育是个大米的收购商，近期大米紧俏，米价上涨。离上颐城四十里的坊邺镇有个商行，叫来福商行，专门倒卖大米，老板叫姜化。姜老板半个月前在李育这里订购了十车大米，一周前拉走了七车大米，还有三车大米未付款，三车大米还存放在李育的仓库里。

近期大米价格飞涨，姜老板定购的十车大米是半个月前的价格，这三车大米放在李育的仓库里，迟迟不来拉货。于是，李育派一个伙计到来福商行给姜老板带话，伙计见到姜老板传话道："姜老板，上周您拉货时跟我们李老板说，先付七车的米钱，剩下三车大米容您两天，两天后您就把三车米钱付了，把三车大米拉走。这都一周了，您既没有付三车米钱，也没把货拉走，我们老板让我通知您，如果您明天再不把三车米钱付了，把三车大米拉走，这三车大米之前的价格就算取消了，您再想要，就按目前的价格，您是知道现在大米是什么价格。"

姜老板急忙回答："就按李老板说的，明天我一定派人交钱，把货拉走。"

"那好，明天我等着姜老板来拉货。"说完，告辞离开了来福商行。

来福商行的伙计徐六把李老板的伙计送出大门回来，见姜老板在屋里来回踱着步，一副焦急的样子，徐六道："老板有什么着急的？"

姜老板懊悔道："我把放在李老板那里的三车大米给忘了，最近大米紧俏，所有的人都派出去了，就剩你一个人了，明天就得交钱拉货，三车大米你一个人也拉不回来啊。"

徐六道："这有什么难的，我去找几个人不就行了吗？"

"你能找到人吗？"

徐六轻松道："没问题，明天我给您找三个人来，是我的表哥，不就是李老板的米仓吗！我去过好几次，大半天的工夫就能把货拉回来。"

姜老板点头，满意地笑着："太好了，明天早上你来拿钱，办事小心点。"

"放心吧老板，我现在就回去找人。"

"去吧。"

徐六走出姜老板的房间，离开了来福商行。

被人追债的徐二甩掉了追债人，从腊肉胡同匆忙拐进名腌胡同，迎面正撞上从来福商行回来的徐六。徐六见徐二满脸惊慌的样子问道："怎么啦表哥？"

徐二急忙掩盖住惊慌，干笑了一下："没事，你干吗去？"

"我正有事找你。"

徐二有些惊诧:"找我?那就到你家去说吧。"

"行,那就家里说。"徐六说完在前头往家走,徐二跟在后面,不时地回头向着胡同口张望,生怕那几个追债人出现在胡同口。

来到徐六的家门前,徐六刚打开大门,徐二疾步闪进大门里面。徐六关上大门,二人走进屋子。徐二问:"找我有什么事?"

"我想让你帮我个忙,跟我去一趟上颐城拉大米,一天的时间,能挣点工钱,你愿意吗?"

徐二这几天一直东躲西藏,躲着那帮要赌债的人,一听徐六说去上颐城,还能挣点工钱,自然是愿意,便说道:"兄弟你张嘴求我帮忙,这忙我能不帮吗?"

徐六补充道:"三车大米,恐怕咱两人不行,你还得再叫上一人。"

徐二不以为意道:"这没问题,什么时候走?"

"明天上午,早上咱们来福商行门口见。"

徐二道:"没问题,明天早上辰时我带两人,咱们在来福商行门口见。"

二人将此事敲定后,徐二出了徐六的家,徐六回来福商行找自己的老板汇报,徐二则去找跟他混的两个小弟。

第二天一大早,徐六刚到来福商行大门前,徐二和他的两个小弟已在大门前等着他,徐六尴尬地赔笑:"表哥早啊!"

徐二一晃脑袋:"走吧。"

徐六道:"表哥,兄弟们略等片刻,我去找老板拿货款,咱们到上颐把银子给人家,人家才让咱们拉货。稍等一会。"说完,大步走进商行。

徐二一听,老六手里还有银子,便打起了坏主意。他想自己正欠着赌债,整天提心吊胆,东躲西藏,何不借老六手里的银子赌上几把,挣他一笔,把自己的赌债还了。

不大一会,徐六怀里揣着银子从来福商行出来,徐二问道:"拿到货款了?"

徐六回道:"拿到了,让表哥久等了。"

徐二拍了一下徐六道:"跟着哥还这么见外,拿到银子就走吧。"

四人离开坊邮镇,直奔上颐。从上颐城的南城门到李育的大米仓库正好路过一家赌场,徐二两年前曾经来过几次,这里赌场规模、气派要比坊邮镇大得多。当他们四个人路过赌场门口时,徐二突然站住了。他装作从来没有来过似的,仰头注视赌场的匾额,嘴里喃喃道:"横福楼。"

徐六见徐二站在横福楼前不走了,催道:"这是家赌场,咱们还是赶紧走吧。"

徐二眸子闪着诡异,盯了一下两个小兄弟:"你们两个谁带银子没有?"

两个小兄弟心领神会,其中一个小兄弟道:"你没交代我们带银子。"

另一个小兄弟道:"要知道大哥想在这来几把,我就把银子带上了。"

徐二带着几分懊恼道:"我这不刚听我兄弟说这是赌场吗,我最近手气特别好,到哪都挣钱。"

徐六不悦道:"今天咱们还有正事,改天再来吧。"

徐二道:"这也用不了多长时间,挣了钱咱就走。"

徐六有些发急,恼怒道:"你也没带银子啊。"

徐二道:"你把银子借我用一下,赚了钱咱们五五开,输了钱,我让我兄弟回去一趟,一两不差还给你。"

其中一个小弟急忙接上道:"输了,兄弟我回去一趟取银子。"

徐六蹙着眉头:"还是改日吧,今天咱们先去拉货。"

徐二板起脸来:"你求哥帮忙,哥没半点犹豫,立刻找人陪你来拉货。哥现在把话都说到这份上了,你都不肯借用一下,哥现在手气特别好,赢了一人一半,输了立马回去取银子还你,就三把,不耽误咱取货,哥最后再求你一次,就听你一句话,行,还是不行?"

徐六哭丧着脸道:"就三把。"

"就三把,多一把也不玩。"

徐六不舍地从怀里掏出银子包,徐二一把就把银子包拿到手里,迈步走进横福楼。

横福楼的伙计见有四个人走进来,立刻迎了上来,赔着笑,卑谦地道:"四位爷好,稀客,想玩点什么?"

徐二道:"我就在这掷三把骰子,甭管输赢,就三把。"

"没问题,四位爷,这边请。"伙计带着四人来到一间大房子,里面已经有两桌围着的人正在开赌。

伙计将他们带到一张空桌前,将骰子准备好,对徐二道:"这位爷,下赌吧。"

徐二从布包里拿出一小块碎银子,放在小字的栏区里。

伙计将骰子罐晃动几下，"嘭"一扣，对徐二道："您押的是小对吗？"

徐二用指头指着碎银子道："没错，开！"

伙计将骰子罐掀开，正是小点数。伙计打开一个装银子的盒子，拿出一块同样大小的碎银子递给徐二。

徐二接过碎银子，放在大字的栏区里，接着把布包里的银子全部倒了出来，拿出一半的银子，连同刚才在小字栏区里那块碎银子一同放进大字的栏区里，并对伙计道："押大。"

伙计晃动骰子罐，扣在桌子上道："您押的是大，开了。"

徐二愣了片刻，道："开！"

伙计拿开罐子，里面两个骰子合计正是大数。徐二兴奋得脸色发红，他看着徐六道："我说什么来的，我最近的手气特别好。"

那伙计拿出四条细长银子和两块碎银子递给徐二，徐二接过伙计递过来的银子，心里思忖着如果再把剩下的一半银子也押上去，这把要赢了，我的赌债就全还上了。他直勾勾地看着眼前的银子下不了决心。

赌场的伙计看他盯着银子不肯下赌，说道："这位爷手气真是不错，最后一把，下赌吧。"

徐二一咬牙，把所有的银子全部放在大字的栏内，徐六一见徐二把所有的银子全部下了赌，慌忙叫道："表哥等等。"

徐二的目光中带着烦躁，看着徐六，徐六焦躁地说："就最后一把了，你就把赢的银子押上就行了。"

徐二恼怒道："你怎么那么啰唆，你就甭管了。"

赌场的伙计看着徐二，问道："您押定了？"

徐二点头道："就这么着，押定了。"

赌场的伙计回道："好嘞。"将骰子罐晃了几晃，往桌子上一扣："您押的是大，对吗？"

"对。"

"开了。"

徐二瞪着罐子，骂了声："妈的，开！"

伙计把罐子拿起，两个骰子的点数都是小。徐二眼睛瞪得大大的，阴沉着脸，看着赌场的伙计把桌子上的银子全部收走，一言不发。

赌场的伙计收完银子："输赢都是常事，四位爷下次再来吧。"

徐二恶狠狠地道:"走。"随即悻悻地走出横福楼。

三个人跟着徐二走出横福楼,此时徐六脸色异常难看,他瞪着徐二:"表哥,看着咱们兄弟份上,我把银子给了你,现在银子都被你赌光了,这可是姜老板的货款,你看怎么办?"

徐二瞪了一个小弟一眼道:"要不你回去取一趟?"

那个小弟愣了片刻,支吾道:"啊,行。"

另一个小弟急忙道:"要不咱们先把大米拉回去,回去再把钱给徐哥,让徐哥再跑一趟,或者我陪徐哥再跑一趟。"

徐二对这两个小弟的表演大为满意,这戏演得还够真的,简直太了解自己的心思了,于是顺坡道:"唉! 这倒也行,也别白来,先把大米交给姜老板。"

徐六带着哭腔:"不把银子交给李老板,李老板是不会写提货单的,没有提货单,咱们就没法从李老板的米仓提货。"

徐二惊奇地问:"怎么,货不在李老板那里?"

徐六道:"李老板的商行和他的仓库还有一大段距离那。"

徐二立刻胸有成竹地道:"行了老六,你就带我去李老板的仓库,我保证你把货拉出来,你们都按我说的做就行了。"

此时,徐六也没有别的办法了,只得带着徐二和他的两个小弟去李老板的仓库了。

四个人来到李老板的米仓,两个管仓库的伙计看到徐六,其中一个伙计招呼:"这不徐六吗,你们老板让你来了?"

徐六点头:"是。"

"货都准备好了,拉走吧。"伙计指着仓库里装满麻袋的三车大米,并伸手等着徐六把提货单交来。

徐二见徐六愣在那里不说话,上前一步道:"我是来福商行管事的,货款已交给了李老板,李老板马上就过来,提货单在他手里,他让我们把货拉走。"说着话,走到头一辆货车旁,双手抓住车把,就要推走。

伙计急忙上前阻止道:"您等会,等我们老板来,您再拉走。"

正说着,李老板真就出现在仓库的门口,他有事正巧来仓库,徐六见到李老板出现在仓库门口,不禁惊慌地对徐二道:"李老板来了。"

管仓库的伙计也看到李老板,便以为徐二所说的话是真的,再没阻拦,徐二推车向着仓库大门而来,还没出仓库的门口,李老板已经走进仓库,他见一个陌生人推着一辆装满麻袋的米车往外走,很是惊愕,再一看,见徐六惊恐地站在不远处,他立刻明白了。他一把抓住正往外推车的徐二的手腕,徐二放下车,一甩胳膊,想从李老板的手中挣脱,但没有挣脱出,随即破口骂道:"敢跟老子动手。"另一只手挥起拳向着李老板的面门打去,李老板松开了手,躲开了徐二的一拳。李老板的力气很大,躲过徐二的一拳后,双手一把将徐二的双肩抓住,向前一带,接着往下一摁,徐二立刻被摁得弯了腰,李老板正准备将徐二甩出去,徐二突然从腰间拔出一把短刀,照着李老板的上腹猛刺进去,一阵剧痛让李老板松开了抓住徐二的手,双手攥住插进腹中短刀的刀把。徐二趁此机会,用尽全身力气抓住李老板的双臂猛地向后一推,李老板后退一步,脚后跟正绊到身后一袋装满大米的米袋上,整个人背朝地重重地摔了下去。

徐二的一个小弟见大哥动了刀,随手抄起一根靠在墙上的木棒,向着一个管仓库的伙计扑了过来,挥起木棒照着伙计打了下来,伙计用胳膊去挡木棒,木棒被挡成两段,伙计忍住剧痛,向着仓库后面跑去。另一个伙计见势不妙,拔腿跑出仓库的大门。

徐二抄起米车的车把,推着往外就走,嘴里喊着:"兄弟们!把那两辆也推上。"

两个小弟各推上一辆米车,跟在徐二的后面,冲出了仓库。徐六一直瞪着惊恐的眼睛,愣在原地,见徐二带着两个小弟冲出仓库,下意识地也跟着跑了出来。

从米仓逃走的伙计,一路狂奔回到李老板的商行,一进门就大喊着:"不好了,来福商行的徐六,带着三个人到米仓打劫,老板被捅了,大伙赶紧去救老板。"

七八个伙计抄起家伙冲出商行,向着仓库奔去。报信的伙计直奔济慈斋找徐郎中。

济慈斋的徐郎中正站在台阶上向着胡同口张望,见李老板手下伙计小乐突兀出现在胡同口,向着里面跑来。须臾,伙计小乐气喘吁吁地来到近前,徐郎中蔼然地问道:"看你急急火火的,找我什么事?"

小乐喘着粗气道:"不好了,李老板被一伙强盗给捅了,你赶紧去仓库救救我们老板。"

徐郎中惊愕道:"是李老板的米仓吗?"

"没错,就是李老板的米仓。"

徐郎中回头对屋里的徒弟道："带上药箱子去李老板的米仓，我和小乐先过去。"然后，疾步走下台阶。

二人走出胡同口，小乐道："徐先生，您先去仓库，我这就去衙令府去报官。"

徐郎中恍然道："你快去报官，我自己去米仓。"

徐郎中来到米仓，几个伙计把李老板抬到仓库内的门口，正准备去找徐郎中，徐郎中走进仓库，他蹲下身子，这时李老板已经剩下最后一口气了。徐郎中刚扒开他的眼皮，看一下他的瞳孔，李老板就咽了气。徐郎中再摸他的脉，已经没有了。他站起身道："不行了，咽气了。"

这时月生正好出现，当月生刚把李老板救活，小乐带着几个缉捕赶到仓库的大门外，月生见此状，将自己的真气掠过刚刚逃出南城门的徐二四人，猝然四个人两腿抽筋，疼得无法站立，全部都坐在地上拼命揉腿。徐二觉得稍微好了一些，挣扎地站立起来，即刻又疼得无法站立，一下又坐在地上，其他三人也是如此，只能坐在地上不断地揉腿。

几个缉捕疾步走进仓库，月生道："我来时，看到有四个人，推着三辆装满麻袋的大车，其中一人满手都是血，慌慌张张，像偷窃的盗贼。"

小乐道："对，就是捅老板的那四个人。"

月生道："他们就在南城门外的大道上，你们赶紧去抓人，别让他们跑了。"

几个缉捕返身出了仓库，去南城门外抓人，月生对周边的伙计道："你们也得去三人，把米车拉回来。"

三个伙计跑出仓库，这时，就听到人群中传来痛苦的声音："神医，救救我。"

大家顺着声音回头看去，见守仓库的另一个伙计坐在地上，身子靠在仓库的墙上，脸色苍白，正痛苦地呻吟。徐郎中走了过去，扒开伙计老牛衣袖，老牛痛苦地号叫着，他的小臂已经断了，小臂内高高地凸起一块。徐郎中道："你的骨头断了。"并摇摇头，道："你的骨头还真是还不好接。"说完，回过头看着月生，意思是请月生过来看看。

月生对活过来的李老板道："闭上眼睛，不要说话，不要动。"说完走了过去，月生一只手攥住他的手腕，向下一捺，同时另一只手沿着手腕向上一捋，伙计觉得小臂的骨头一阵火热后，月生将手掌攥住小臂骨头折断处来回转了数圈，老牛觉得骨头折断处又热又痛，接着疼痛便完全消失了，胳膊感觉已经和没断前一样了,脸色也恢复了原色。

老牛简直不敢相信道:"您真是神医,我的胳膊已经好了。"并将胳膊抬了一下。

月生道:"别动,你的骨头刚刚长上一点点,折断处的骨头还十分脆弱,千万不要动。一会给你敷上药,用夹板固定住,一个月之后就没事了。现在,你先用另一只手托着,不要动。"

老牛点头,用另一只手托着胳膊。大伙面面相觑,惊诧不已,徐郎中佩服得赞不绝口:"佩服!佩服!简直是活神仙!"

月生对身旁的伙计道:"你们抬个床板来,垫上褥子,把李老板抬回去,这两天我要亲自给他们两人熬药。你们赶紧去抬床板来。"

月生又对徐郎中道:"我开两个方子,请老先生包好,送到李老板家。"

"没有问题,神医开方子吧。"

月生开好方子,徐郎中拿着方子离开,不一会两个伙计将垫好被子的床板抬来了,伙计们把李老板抬上床板,小乐也带三个伙计推着三辆米车回来了。

小乐走到月生前:"四个强盗已被都捕抓进衙令府,大米也拉回来了,谢谢神医。"

月生道:"这就好,我们一起去李老板家。"

徐郎中把药送到李老板家,并告诉月生有好几味药没有,月生一看确实少了不少味,将徐郎中送走后,自己飞到东冥山采完了缺少的草药,回到李老板家。

两天后,李老板身体虽然还很虚弱,但已经可以坐起来了,伙计老牛带着夹板,感觉倒是没有事了。月生拿着包好的药,分成两份放在桌子上,他对伙计老牛道:"这份是你的药,每天睡前吃,吃上半个月就不用再吃药了。"

然后他转头对李老板道:"这是您的药,早晚各一次,吃五天,五天后我再给您换药。你们现在都没太大问题了,好好休养就行了,五天后我再到您的府上来。"

李老板感动得热泪盈眶:"神医,你是我的救命恩人,待我恢复了,一定去拜谢神医,不知神医住在哪?"

月生道:"我是从太泽港来的,刚一进上颐城就碰到您这事了,还没有着落,我想求您帮我个忙?"

李老板道:"神医请讲,李某一定尽力。"

月生道："我想在上颐城开个诊所,我初来上颐城,对这里不熟悉,还请李老板帮我找个铺面,我把它租下来。"

李老板还未说话,旁边的老牛道："我这里就有,铺面足够大,铺面后面就是南北两个套院,回头我带您去看看。"

月生道："好,你帮我约一下房主,我和他谈谈价钱。"

老牛道："户主早就不在了,那个地方位置不算好,在城西北,前一段时间恶魔四处掠人,城西北好多人家都有人被恶魔掠走,被掠走的人从此失踪了,听说是被恶魔吸血挖心,搞得人人惊恐,城西北有钱的人家都搬走了,就离我家不远的牛老板,跟我是远亲,他亲眼见到恶魔把他的一个伙计掠走,吓得再也不敢住在上颐城了,他临走时找到我,让我帮着照看一下他的铺面,最好能找买家给卖了,价钱差不多就行,他是不会回来了。"

李老板道："这铺面我买下了,一切装修我都包了,神医只管去住就行了。"

一周后,月生的济生堂正式营业,第一周来济生堂看病的人很少,没有几个人。一周过去了,济生堂冷冷清清,无人光顾。这日,一整日没有一个人来,傍晚月生独自坐在屋里,他想这样不行,没有人来就只能自己上门给人看病了。他将手一挥,整个上颐城的每户情况尽在眼前,须臾,他便看到几户人家有人病危,正需要郎中,他随即带上药箱,前往这几户。

不到一个月,上颐城所有的郎中都知道济生堂的月神医,医术高明,手到病除。坊间井市更是流传月神医如何能起死回生,所有的病人无论死人活人只要能让月神医诊治,没有好不了的。一时间,济生堂门庭若市,求医者络绎不绝。

此时的济生堂名声大噪,同行求教的、拜师学医的、感谢捐资的、求医看病的,小小的济生堂人满为患,月生忙得不亦乐乎。

由于地方过偏和门面太小,月生只好离开此处,将济生堂迁到城南马坡大街的中心,此时济生堂已成为上颐城内店面和规模最大的医馆。

转眼程昊住在上颐城已有一年多了,这里虽然偏僻,但日子过得十分平静。婉儿和颖惠都长高了不少,两个孩子过着无忧无虑的生活,两家人平安无事,一切岁月静好。然而这安宁的日子仅持续了一年多,这日,司夫人突然呕吐,接着就忽而昏迷忽而醒来,星儿忙请来郎中,郎中诊脉之后道："夫人不行了,恐怕也就一两天的时间了,我是治不了了,你赶紧去济生堂找月神医,兴许还能有救。"

星儿把司夫人的情况告诉玉儿,玉儿立刻命马车夫带着星儿去济生堂请月神医,马车到了济生堂,星儿走进大厅,大厅的一个伙计迎上来问道:"您是来看病吗?"

星儿把司夫人的情况告诉大厅的伙计,大厅的伙计道:"您来得真是不巧,月神医去东冥山采药了,最快也得两天才能回来,您把地址给我,只要月神医回来,我马上就告诉他。"

星儿留下地址,无奈地离开了济生堂。晚上,司夫人就过世了。

第三天的早晨月生才回到济生堂,大厅伙计告诉月生三天前求医的情况,月生立刻拿起药箱,来到季府巷司夫人家的门前,大门框上挂着白缎,月生一见便知道此人已经过世了。

月生正准备敲门,左手的手心倏忽痒了一下,他愣了一下,想起了在东冥山时也曾如此过,他再没多想,抬手敲了三下门环。不大会儿,门嘎吱一声被打开,星儿出现在门内。

月生道:"我是济生堂的月郎中,看来我来晚了。夫人已经过世了。"

星儿点头:"是的。"

月生道:"我去看一下。"

星儿打开大门,月生走进院子,刚跨进正房,便看到屋子正中放着一副棺材,月生摇头道:"不行了,太晚了,已经有两天了,夫人是大前天亥时过世的,是吗?"

"是的,先生说得一点不错。"

这时,颖惠昏昏沉沉地走进正房,星儿道:"小姐,你怎么过来了? 这是济生堂的月郎中。"

月生拱手施礼,颖惠即刻回礼。月生愣了一下道:"小姐恕我直言,你现在悲伤过度,我看你是少有的阴亢之体,现在头重脚轻,浑身乏力,应当马上卧床休息,我给你一粒丹药,务必午时前服用,否则,子夜三更会有生命之忧。"

月生将丹药递给星儿,拱手:"有事来济生堂找我,月生告辞了。"

颖惠和星儿要送月生,月生道:"不必了,快扶小姐卧床休息。"说完离开了颖惠的宅院。

月生走后,星儿扶着颖惠走进卧室,颖惠靠在床上,星儿端来一杯水,一手将一粒小小的丹药递到颖惠手里,就在这时,颖惠突然嗓子奇痒,一阵咳嗽,她手不断抖动,抖动中那粒小小的丹药从手中滑落出去,落在地上,滚入柜子底部的缝隙里。星儿怎么找也没找到。

星儿道:"我去济生堂,再找月郎中要一粒。"

颖惠无力地道:"别去了,那一小粒药也不一定管什么用,睡一觉兴许就会好些了。"

星儿退了出去,把门关上。

正值子夜,颖惠忽然病重,脉搏微弱,呼吸困难,颖惠感觉到自己快要不行了,是要去找娘亲了。星儿看到颖惠的样子吓坏了,她慌忙道:"我去找程夫人。"

就在这时,忽听见有人在敲大门,星儿跑出屋将大门打开,月生道:"你家小姐病危了,是吗?"

"是。"

月生疾步走进颖惠的卧室,他让星儿扶颖惠坐起来,然后将双手贴在颖惠的背后,他将自己的真气输入的颖惠的体内,颖惠的呼吸渐渐平缓。他用九真阴阳秘籍及输入的真气将阴气抑制,天色微明,颖惠气色已经恢复,气血脉象均已正常,静静地熟睡着。

月生见颖惠已经安全了,拿出一粒递给星儿道:"我昨日给你的丹药,小姐一定没吃,小姐醒了,一定要吃。"

星儿便把丹药如何落入地上,没有找到告诉了月生。

月生道:"丹药吃了,病情才能稳定,我明日晚上再来。"

月生走后,星儿来到玉儿的房间,把昨天的情况详细告诉了玉儿和程昊。他们来到颖惠的卧室,颖惠还在熟睡,程昊诊断了颖惠的脉象,他惊愕地发现颖惠的阴气少了许多,且气血畅通,程昊着实不解,不禁自语道:"这郎中的医术实在高明。"

程昊收回手,站立起来道:"惠儿没事了,这郎中绝非一般,不知他用了什么样的法力,把惠儿的阴气除去了许多,真是神了。让惠儿好好睡吧。"

程昊三人来到正房,玉儿道:"我真是担心,司夫人这一去,对这孩子打击太大,孩子悲伤过度,我真怕她挺不过去。"

程昊道:"司夫人的棺材不能久放在这里,后天就安排入葬,这样对惠儿会好些。"

两天后,司夫人的棺柩被入葬。出殡前程昊和玉儿开导了惠儿一番,走前星儿将一粒丹药让惠儿服下,程昊一直担着心,把出殡安排得尽可能很短,以免惠儿过度悲伤。惠儿总算安全回家,没有犯病,下午程昊和玉儿过来看惠儿没有什么事,这才放心离开。

晚上,月生过来了,他给惠儿做完调理后对惠儿道:"大家都认为阴亢之体是不治之症,最多活十几年,你信吗?"

惠儿道:"我信,我知道我不会活过十五岁,也就还有一年多的时间。"

月生道:"可现在你遇上了我,我是神医,阴亢之体对于我来说算不了什么,我一定把你的阴亢之体改变过来,你相信我,你的病一定会好的。"

惠儿以为月生是在宽慰她,点头道:"我相信你,你是神医,没有你看不好的病。"

月生把开好的药递给星儿,嘱咐她如何煎熬,如何服用,之后便离开惠儿的住宅。

一周后,惠儿的身体完全恢复,且从来没有过如此舒畅,这时惠儿和星儿和月生已经熟络起来。

这日,月生依旧晚上来到惠儿的卧室,月生给惠儿做完调理,道:"最近觉得身体好多了吧?"

"是的,好多了。"

"再有一周,你的病就完全好了,你再也不是什么阴亢之体了。"

惠儿迎合地一笑:"真的吗?"

"我是神医,哪会戏言。"月生自信地说。

星儿顽皮地一笑:"你就神吹吧。"

月生笑着,看着惠儿:"惠儿,星儿不信我,你信我是神医吧?"

惠儿嫣然道:"信,我哪敢不信你是神医啊。"

月生认真道:"不信就是不信。咱们打个赌,三天后你们一定会信的。"

惠儿道:"我信,干嘛是三天后?"

月生诡秘地一笑,看着星儿道:"星儿,记住三天后,三天后你就是见证人。"

星儿点头道:"记住了,我再见证一回我们月神医的神奇。"

三人说笑了几句,月生便回去了。

第三天下午,月生给惠儿做完调理,惠儿觉得周身异常轻松,月生道:"你现在已经有变化了,你去看一下。"

惠儿走到镜前,发现自己漂亮了许多,皮肤变得细腻光泽,原来发黄的面容已是白皙润滑,镜中里的自己完全是一个秀丽俊俏的女孩。

这时,星儿走进卧室,见到眼前的惠儿,目光带着惊诧,她回头转向月生:"小姐的病真是好了。"

"惠儿体内淤积的阴气已经完全化解消失了,她现在已经不是阴亢之体了,这才是惠儿的原本。"

"你可太神了,难怪人人都说你是神医,真是太神了。"

惠儿也走了过来,眸子充满喜悦:"我得好好看看这位神医。太神了!"

月生面带骄傲,微眯着眼,微笑着看正在欣赏他的惠儿。

惠儿顽皮地在月生面前来回踱了两步,指着月生:"神医。"

"嗯! 不是吗?"月生微笑着。

惠儿突然拿起月生的手:"我得好好看看你的手。"

月生被惠儿的举动搞得有些不好意思,两颊有些微红。星儿道:"小姐,我们请月神医吃饭,好不好?"

"好,太好了。"接着她脸上带着笑意,却瞪着月生道:"不许推辞。"

月生拉着长声道:"好,就听小姐的。"

星儿一只脚跨出门槛:"你们聊着,我去准备。"

惠儿凝视着月生:"大神医,你是我的救命恩人,我可欠你好大的人情,你说让我怎么还你?"

月生道:"只要你天天高兴,就是还我这个人情了。"

"你好会说话,只要能见到你,我就天天高兴,你以后得经常来看我。"

"行,我会经常来看你的。"

四十一、大战修罗山

玄夭在西幽山四处屠戮,但却一无所获,于是,他改变了策略,不再见魔杀魔,逢妖杀妖,而是能不打就不打,能降服就降服。他的目的就是尽快找到妙羽。

这日,他来到一处山谷,这山谷幽深曲折,渗着阴森的寒气,他进入其间不久,骤然烟雾弥漫,烟雾中不断掠过一团团黑雾,那一团团黑雾有着巨大能量,顷刻将侵入者卷入其中,黑雾中一道道罡气似利剑划过。玄夭用真气护住全身,施展魔魂大法,将人气合为一体,迎着扑来的黑雾,势不可挡地向前飞冲,他宛如一块横在空中的盾牌,与掠过的罡气摩擦而过,划出一道道金光。

冲出山谷,眼前便是一片静谧的湖泊,蔚蓝的天空下湖面倒映着周边的山岗和树林。他左右环顾,发觉湖底有异动,他挥掌击向湖中,湖水四溅,猝然间涌起一股巨浪,一个周身麟甲的似人非人的水妖从巨浪中冲出,凌空于湖面之上。水妖道:"我在这里数年,从无谁打扰,你今日能从我的阵法中冲出,看来你道行匪浅。"

水妖将手一挥,四周的山林剧烈地摇摆晃动,湖面涌起阵阵巨浪,水怪道:"你要是把我的这个阵法也破了,这个地方我拱手让给你。"

玄夭道:"我到你这里并非是要占你的这块地方,我只是要找一个人。"

"你要找何人？"

玄夭道："是一个女人，此人并非九州之人，而是来自罗煞地域，她的腰间有一副黑铁玄带，我也来自罗煞地域，我找她是为了要回属于我的黑铁玄带。"

水妖道："我这里没有你要找的人，不过你的真气我在几十年前倒是见过，是一个女子，她被降魔钟扣住，被封印在修罗山里，你要找的女人很可能就是她。"

"修罗山在哪？"

"它离章海不远，在一个叫三品山的地方，修罗山就在三品山坳的顶头。"

玄夭想起来了，他去过一个叫三品山的地方，是一个叫蚀月魔的妖怪占据的那个地方。他拱手道："谢谢妖长。"转身就要离去。

水妖指着身背后两山中间的湖面道："你从湖面走，过了那两座山，向右拐就能出去了。"

玄夭道："晚辈多谢妖长。"说完，掠过湖面，瞬间消失得无影无踪。

他绕过湖面，向着右面的青山径直飞行，穿过一个山涧，又看到一湾绿色的湖泊。他站在半山处瞭望，湖面倏然浮起一个虚影，那是一个娉婷婀娜的女子，她身着天煞魔国魔宫公主的长裙，只是看不清楚脸，玄夭断定这就是妙羽的虚影。他向着虚影飞驰而去，但那虚影总与他保持不变的距离，使他总看不到虚影的面容，他不断加速，却依然还是如此，就是看不清那女子的面容。他感到有些疲惫，索性放弃，靠在湖边树林的一棵大树下小憩了一会。

一阵凉风袭过，他从梦中醒来，此时已是黄昏时分，天边浓重的暮霭中，仅剩最后一抹残霞。他飞身而起，向着三品山飞去。

他来到三品山，天色已经完全黑了下来，一轮弯月在浓重云雾中时隐时现，这次他感到三品山里的阴煞之气远重于上次。一股强烈的欲望鼓荡着他，他顾不上那么多，催动真气冲进出谷。

一进入到山坳中，铺天盖地的阴煞之气席卷而来，阴气中闪动着数不清的黑影，黑影从四面八方向他发起凌厉的攻击，他用真气罩住周身，但是向他发动的黑影一旦攻击到他的身上，便似钢针扎入身上，疼痛万分。他持续地躲闪，并不间断地向着冲来的黑影发起回击，那些被攻击的黑影只是化作一片黑雾散开，但是仍然有数不清的黑影持续不断地向他发起着攻击，猝然间他感觉背后一个黑影带着强大的真气，那真气里充满暴戾和杀气，当他回过身时，黑影已经到了近前，他们各自同时出掌激射出强大的罡气，双方都被震出很远。接着,更多的黑影向他发起更加密集的攻击,他的痛点越来越多,感知力也变得有些迟钝。他清楚如果这样下去,早晚会被蚀月魔偷袭成功。于是,他使出了魔魂大法的一招幻影迷障,攻击的黑影接连不断穿过幻影的身体,可是那幻影总是浮在空中任黑影肆意攻击。蚀月魔知道那只是个影子,可他却感知不到对方的真气,这样下去,他会无谓地消耗自己的真气,于是他急忙收拢他的黑雾。当他迅速收拢空中的黑雾时,他突然感到其中一块黑雾不对劲,就在这一刹那,玄夭一掌打出,蚀月魔被猛地打飞出去,身子重重撞在修罗山上。

玄夭的一掌似有千钧之力,蚀月魔尽管有百年的修为,法力高深,但这一掌着实太重,蚀月魔宛如一个实心的弹丸,高速撞向修罗山的山腰处,轰的一声,修罗山的山腰石崩山裂,一道耀眼的金光从山隙中射出,直入天际。此时,蚀月魔已身受重伤,他忍着剧痛,仓皇而逃。玄夭大喜过望,正如水妖所说妙羽被罩在降魔钟内,这道划破夜空的金光就是降魔钟发出的光芒。

说起这降魔钟倒是颇有来头,是上古大仙用尽毕生精力,注入自己的精血,最后与金钟融为一体,铸炼成一口具有法力的神钟,历经数百年,最后传到道宗手里,它是太真道宗的一件法器。

太真道宗有三个徒弟,他们依次是法净、法悟和法明。大徒弟法净忠厚沉稳,勤奋踏实,在修法悟道上虽然天赋不是极高,但也胜过一般,加之颇为勤奋,道宗尚还认可。二徒弟法悟脾气急躁,虚荣心极强,尽管非常努力,但天分不够,在修法悟道上总是稳居最后,道宗教他也是颇费气力。三徒弟法明聪慧有灵力,天真活泼,修法悟道虽不勤奋,但悟性极强,颇能掌握要义,道宗对他是格外喜欢。

三个徒弟同在大流山授业于道宗,随着三个徒弟的修为和法力的不断提升,三人的法力均已到达上乘的水平。道宗便传授他们如何将自己法力发挥到极致,而这时个人的天分就发挥了至关重要作用。法净和法明基本是一个水平,而法悟则与法净和法明有了一定差距,这使得法悟的自尊心受到极大的重创。于是,他开始琢磨用什么方法让自己赶上甚至超过法净和法明,他想到了道宗的秘书阁,那里有魔教的秘籍。尽管道宗禁止他们单独进入秘书阁,必须道宗亲自带着他们才可进入,但总居人下的法悟实在不甘,内心的自卑和痛苦使他管不了道宗的禁令,偷偷地溜进道宗的秘书阁,他翻到一部异经大藏的秘籍,将它偷出秘书阁,私下抄录了下来,然后又放回原处。

他开始秘密修炼异经大藏,刚有所领悟,道宗就发现他有些异样,于是道宗对他们讲："提升自身的法力根本要靠自己的领悟和勤奋的修炼,不能借用什么异术迅速提升自己,特别是魔教的法术,我传授给你们的法术与魔教的法术相克,是阴阳不合的,一旦你们当中有人修炼,没有在为师的指导下会走火入魔的,为师提醒你们不可暗自修炼魔教的法术。你们记住了?"

三人异口同声回答:"徒儿记住了。"

道宗离开后,法净和法明都感觉师父是在提醒法悟,法净本想忠告法悟,修炼上有什么困难可以告诉他,我们可以一起探讨,实在不行让师父帮助你,但他知道法悟敏感,心胸狭窄,也就没好说什么。

法悟听到师父的话暗自吃了一惊,脊背上冒出了一层冷汗。几天内终日提心吊胆,生怕被师父问及,几天过后,并没有什么动静,他这才放下心,但也没敢再修炼异经大藏。

道宗还有另一件法器就是一条金绳,此金绳抛出,施以法术就可以布成金绳化龙阵。此阵分为五行、四向、三极,五人按金木水火土操控大阵变化,其阵法变化也最多,四人其次,三人最差,一人也可用,它可以将对手捆绑住。

道宗传授金绳的用法,并令三个徒弟操控金绳化龙阵,法净和法明颇得要领,对阵法的操控和变化基本能够达到默契,唯独法悟跟不上,阵法的变化一快,法悟就手忙脚乱,顾此失彼,使大阵频出现漏洞。

这日,道宗收到仙宗的邀请函,请他到座以山与几位仙友聚会,然后一同出去仙游。道宗临行前将三个徒儿叫到屋中,他对法净道:"为师一会儿就要去仙宗那里,与几位仙师出游。我把金绳给你,你要带着法悟和法明将金绳化龙阵练好。"

法净恭敬地回道:"徒儿记住了。我会多教导法悟的,师父回来前我们一定将金绳化龙阵练好。"

道宗颔首,将目光转向法悟:"法悟你听清楚了吗?"

"徒儿听清楚了。"

"你要多向法净和法明请教,我回来前,你们一定要把金绳化龙阵练成。你要特别下功夫,要把其中的要领悟透。"

"诺,徒儿一定勤加练习。"

道宗接着看向法明:"法明,你要多配合你的师兄,有事找他们商量。"

"放心吧师父,我会听两位师兄的指教,有事我就找师兄们商议,让大师兄给我做主。"

"你们要互相帮助,刻苦修炼。"说完便离开了大流山。

道宗一离开大流山,法悟就迫不及待地开始修炼异经大藏,没有几日他的法力果然大增,于是,他更加痴迷地修炼异经大藏,然而,随着法力的骤增,他的身体开始发生变化,一种要吸食活人鲜血的欲望开始折磨着他,尽管他极力地克制这种渴望,但是这种欲望却与日俱增。

这日东方的第一缕朝霞刚刚露出天边,他就来到后山,开始修炼异经大藏,在修炼的过程中,那种嗜血的欲望又开始从体内升腾而起,随之便愈加强烈。他竭力想排除这种欲望,然而体内血脉偾张,一股强大真气直冲头顶,他双眸赤红,神志恍惚,体内膨胀的真气让他无法忍受,他挥起双掌向着对面的山壁击去,轰的一声,山石崩塌,碎石四溅。

正在院子的法明听到后山的响声,本能地向后山望去,他突然感觉到后山的一股阴气,随即冲向后山,令他震惊不已的是法悟瞪着赤红的眼睛,面目狰狞,向他扑来。法明一落地,法悟就扑了上来,一只手已经变成五只尖利的爪子,径直向着他的胸部抓来,法明抓住他手腕,口中刚喊出"二师兄"三个字,法悟一口咬向他的颈部,他急忙将头向侧面一躲,脸颊的一侧被咬掉一块肉。他一掌击向法悟,法悟倒退了几步,也伸出两掌向法明击出,两人的真气碰撞在一起,然而法悟的力道显然比法明强大得多,法明被撞飞出去。

法悟正准备再次扑向法明,从前院而来的法净从空中挥掌向着法悟击去,法悟抬手将法净的真气挡住,兀自径直扑向法明,法净知道自己已经不是法悟的对手,他抛出道宗的金绳,这时法悟已到了法明的近前,就在这刹那,法净插在两人中间,金绳刚好落下,将法净和法悟捆在一起,法悟默想着口诀要将金绳收回,法净也默想着口诀要将金绳捆住,然而金绳没有丝毫松动。

法净对法明喊道:"快去找师父。"

就在这时,法悟的利爪插进法净的胸部,法净临死前大喊了一声:"走。"大脑中还在默念着口诀,要把金绳死死地捆住。

法明见此惨景,牙一咬,飞身离去。

法悟收了金绳,从法净的胸部掏出还在微微颤动的心脏,瞬间将法净心脏的血吸干,而后从法净刨开的胸部吸噬了大量鲜血,这时他的神志才恢复了清醒,看到被他挖心吸干鲜血的大师兄,才想起刚才的情景,他想师父断不会饶恕他的,他必须马上离开这里,到一个安全的地方躲起来。他想到了西幽山,那是最适合的地方,想到这,他纵身而起,向着西幽山的方向逃去。

法明怀着悲愤奋力向着座以山的方向飞去,此时正巧道宗仙游驾云而归,他突兀感觉法明正向自己的方向而来,他催动真气,迎了上去。果然是法明,道宗道:"法明。"

法明一见是师父,带着悲腔:"师父,法悟偷练魔术,走火入魔,将大师兄杀了,就在后山。"

道宗一惊,随即运足真气消失在云雾之中。

道宗来到后山,见此情景勃然大怒,他料想法悟很可能去西幽山了,那是最适合他的地方,于是,他催动真气,以最快的速度,似电闪般划过天际,直奔向西幽山。

果不其然,他似乎感觉到了法悟的真气,他向着法悟的方向追来。这时,他的感觉越来越明显,仓皇而逃的法悟似感到有人追赶上来,他猜想一定是师父追来了,他惊恐地落到不远的一处山林里,收起了真气,躲进茂密的树林深处。

道宗忽然发现法悟的真气消失了,他清楚一定是法悟发觉了自己,收起了真气,躲藏起来了。他俯瞰绵延不断,峰峦错落的苍莽群山,他明白一旦让他躲进密林当中,想现在就找到他恐不太可能了。他在群山中转了一阵,便返回大流山了。

回到大流山,来到后山,法明流着眼泪站在法净的尸体旁,道宗走上前查看法净的伤口,法明在旁边讲述着经过,看过伤口,道宗喃喃道:"这畜生修炼的是异经大藏。"

法明道:"大师兄不能这么白白死去。"

"法悟现在躲在西幽山,早晚为师要将这畜生拿住,给法净一个交代。"说完,从腰间拿出一个光芒闪耀的金钟,他将手放在法净被豁开的胸前,一股红烟缭绕盘旋在道宗的手掌之上,道宗将手掌放在金钟底部,红烟随即弥散在金钟体内,如果法悟在周边,道宗抛出金钟,金钟就会寻着法悟的真气将他吸入钟内。

道宗道:"为师已将法悟的真气置于降魔钟内,只要发现这个畜生,他就逃不出这个金钟。"

道宗看着法净的尸体,叹息了一声,对法明道:"你和为师把这里的事料理完,我们就离开这里,去神驹山,那里离西幽山最近。"

法悟一直躲在密林中,直到第二天即将天明时分他才突然从密林中腾空而去，他运足真气，直奔西幽山的最北端，并在修罗山落下。他觉得这个地方还比较安全，也适合修炼，他杀死占据这里的一个山妖，霸占了这个地方。

魔王天煞带着爱女妙羽穿越时空通道，进入到九州大陆，他们从章海直抵西幽山旁，天煞发现修罗山的地形很是理想，他带着妙羽来到修罗山前的山坳里，他摸着妙羽的头，语调沉重道："羽儿，这里是九州大陆，不同于咱们罗煞，你要将魔魂大法修炼成父王的境界。"

妙羽抓着天煞的一只胳膊，眼里盈满泪水道："父王，羽儿一定修炼好，你相信羽儿，羽儿天天练给父王看。"

天煞忍着内心的痛苦，不舍地看着妙羽："父王还要回一趟罗煞，过一段时间就回来，你要听父王的话，照顾好自己。"

妙羽抓紧天煞的胳膊道："女儿没有离开过父王，女儿不要离开父王。"

天煞蹙紧眉头道："羽儿听话，不要让父王难过。"

妙羽流着泪松开了天煞的胳膊，天煞划过空中，消失在湛蓝的天空中。

妙羽孤零零地坐在山坳内的一棵大树下，穿越时空通道耗损了她大量真气，她感到极度的疲惫，她开始调整自己的经脉和气血来恢复体力。

法悟从熟睡中醒来，一睁眼他就感觉出山坳里有一股真气，一定是有入侵者，只是片刻，他从修罗山的山腰来到山坳处，令他难以置信的是眼前的大树下端坐着一位绝代女子，这女子长得绝美，简直明艳得不可方物，他真的想不到天下还有这般美丽的女子，真是倾国倾城，他的眸子直勾勾地瞪着这位绝代佳人，愣了片刻。

妙羽从他还未接近山坳就把眼睛睁开了，见眼前一人怔怔地盯着她，她目光冷冷地打量着他。

法悟突然反应过来，眸子中泛着淫光，他恨不得一下就把妙羽揽入怀中，随即迈步就要过来，妙羽一挥手，一股气浪扫去，法悟被突如其来的气浪撞得向后跟跄了几步才站住。

妙羽道："这是你的地盘吗？"

法悟自豪地道："这里是修罗山，我的地盘。"

妙羽站了起来。

法悟眼睛片刻不离地看着眼前的美人，他吞咽了一下口水："你跟了我，我们两人一起占据这里，一切都随你。"

妙羽不屑地冷笑了一下，向旁边挪了一步。

法悟见眼前女子竟用鄙视的目光看着他,发恨地道:"你既然来到这里,就得乖乖地依了我,做我的女人,想走,恐怕你走不了了。"

妙羽哼了一声道:"那得看你有没有这个本事。"

法悟运足真气冲了上来,妙羽再次挥手将法悟撞了出去。法悟双掌贯满真气向着妙羽击出,妙羽将一只手掌抬起,对着法悟击出的真气,将迎面而来的真气吸入,法悟顿时一惊,他见势不妙,转身而逃,妙羽抬起的手掌划了一个弧形,一股黑色热浪将他包围,令他根本无法冲出,他自知不是对手,猛然转过身来,抬手抛出金绳,金绳向着妙羽缠来,妙羽抬手将金绳打飞,金绳飞向空中,接着似一道电闪,冲到他跟前,妙羽将双手插进他的胸口,两手向外一掰,他的身子被分成了两半,随之妙羽收了他的元魂。

就在金绳被法悟抛向空中,在神驹山的道宗立刻感应到了金绳的灵气,他向着金绳的灵气飞驰而来。

妙羽吸噬了法悟的元魂和真气,体能得到了一些恢复,她拾起落在地上的金绳,仔细端详着,突兀她感觉出一股强大的真气向这里袭来,她发觉来者的法力高强,她急忙将金绳放进腰间的布兜,一跃而起冲向空中。

道宗已经感知到妙羽杀死了法悟,并发现对方的真气十分奇特,他一抖长袖,一片金色的波浪激射铺开,并将妙羽淹没其中,妙羽施展魔魂大法,划开金浪,径直扑向道宗。此时道宗腰间的金钟不停地震动,它的灵力察觉到妙羽体内法悟的阴气,就在妙羽将要冲到道宗近前时,道宗突然发现妙羽腰间的金绳,他想到金绳的口诀,那金绳如金蛇扑食,猝然从妙羽的布兜窜出,将妙羽缠住,妙羽大惊,她还未来得及挣脱出金绳,道宗已抛出了金钟,金钟将妙羽扣在里面。

道宗手托金钟,飘落在修罗山的山顶,猎猎山风吹动着他的一袭长袍,如一位上仙伫立峰顶之上,霍然他感知到了法悟修炼的山洞,山洞位于修罗山的半山腰,洞穴幽长深邃,一直延伸到修罗山的山体内,道宗进入山洞,他将金钟置于洞穴深处,施法力将金钟封印,然后用巨大的真力将洞穴轰塌后,之后便离开修罗山,返回神驹山。

玄夭发现了降魔钟兴奋不已,他将周身的真气贯于双掌之上,不断地向金光射出的地方击出,山体不断地崩塌,金钟终于显露了出来,万丈光芒将西幽山照耀得金光璀璨。

玄夭冲到显露出来的金钟面前,他用手猛地一推金钟,那金钟却纹丝不动地伫立着,他将身子后退,双掌奋力向金钟击出,强大的真气将金钟的封印击碎,金钟翘了起来,然后又落了下去,就在金钟翘起的刹那,一道黑影从金钟内飞出,玄夭即刻向着黑影扑去。就在他擦着金钟追向黑影时,那金钟猛地向他撞去,这时他才注意到身后的真气,但为时已晚,他被金钟撞飞。

原来就在金钟的光芒从山缝射出时,道宗就感觉到了。当玄夭将金钟的封印击碎,道宗已经来到他的身后不太远的地方,正当他接近金钟时,道宗操作金钟向他撞去。其实道宗在他背后一出现,他似乎感觉到他的背后有些异样,但他太急切,太专注眼前的金钟,放松了警惕,当金钟猝然撞来,他发觉得还算较早,他反应极快,急速闪身躲避金钟,然而还是晚了一点,金钟撞在他的右臂上,但并没有给他造成太大的创伤。就在飞出的同时,他施展魔魂大法的幻影迷障,影子在空中悬浮着,人却紧跟在金钟的背后。

道宗立刻收回金钟,就在金钟将要到达近前时,道宗忽然感觉出金钟背后的真气,他想制止住金钟,金钟的速度刚一减慢,金钟背后的玄夭向着金钟猛击一掌,金钟突然加速向他冲来,道宗来不及躲闪,金钟重重地撞在他的前胸,一口鲜血从他的口中喷出。

玄夭冲了过来,道宗一掌击出,玄夭回掌相应,双方都被震得向后退却数米,道宗的口中又是一热,他紧闭住嘴,将口中的鲜血咽了下去。玄夭并不给道宗喘息的机会,他将真气运足于两掌中,向着道宗击来,道宗抬起双掌抵住玄夭的真气,就在彼此相持,眼看道宗就要支持不住的时候,一道罡气似宝刀的利刃向着玄夭斜肩扫来,玄夭急忙上窜躲过这一道罡气。这时程昊已经飞驰到玄夭近前,穿苍剑直刺玄夭的前胸,玄夭向右一闪,穿苍剑刺进玄夭的左肩,同时,玄夭的一掌也打在程昊的腹部。这一掌不偏不斜正打在程昊腹中的玉佩之处,玉佩随即吸噬了大量真气,但程昊还是被打飞出很远。

从金钟飞出的黑影正是妙羽,她从金钟飞出时,金绳依然缠绕在她的身上,她启动黑色玄铁,使出魔魂大法的龙霄淬刃,周身激射出无数锐利的罡气,那罡气刺进金绳之内,她猛然转身,同时周身的真气全然发出,只见金芒四散,如绽放开的金色烟火,璀璨夺目,金绳化成无数飘散飞扬的金色碎屑。

玄夭向着妙羽扑来,他一扬手一股强大的真气裹带浓重的黑烟向着妙羽席卷而来,妙羽也用同样的招数迎着玄夭。双方在黑雾中谁都无法看到对方,只能凭着自身的感知,彼此的速度都是极快,就在他们彼此相会时,双方都感知到了对方,妙羽出手向着玄夭击出,但玄夭却快了一步,一掌先打在妙羽右胸的上部,妙羽从黑烟中飞了出去,重重地摔在地上。

玄夭似电闪般冲来,就在这瞬间,程昊也将本人和穹苍剑化为一体,在玉佩的驱动下,化成一道赤红的火焰向着玄夭冲来,玄夭也化作幽红的电光迎向赤焰,当两道红光剧烈碰撞时,妙羽拼尽全力化成一道幽红的电光冲入玄夭的电光,妙羽的一只手戳进玄夭的后背,一把将玄夭的心脏攥碎,同时程昊的穹苍剑也刺进玄夭的咽喉。

玄夭摔落在地上,元魂飘散出来。妙羽已用尽了最后气力,她看了程昊一眼,站立不住,倒了下去。程昊一把将妙羽抱入怀中,妙羽瞬间的明眸一视,让程昊惊诧不已,令他怦然心动,怀中的女子竟是一位千古绝色的倾国佳人,这般美貌简直胜过蝉汐。

忽然,程昊察觉到不远处的树林中有一股真气,定是有什么妖魔躲在那里,他一剑劈向树林,两棵大树轰然倒下,一个黑影突然跃起,躲过了劈来的真气,似电闪般逃去。

那个黑影正是被玄夭一掌打成重伤的蚀月魔。他本躲在树林中调整一下自己的血脉,护住自己的任督二脉,正准备逃走,恰在这时妙羽和玄夭出现在附近,他看到程昊和妙羽杀死玄夭的全部过程,但他没敢贸然出现,想等待程昊走后再说,不曾想被程昊发现,他躲过程昊的一剑,仓皇而去。

程昊收回穹苍剑,忽然感觉道宗向这边而来,他急忙用自己的真气将已经昏迷中的妙羽封印住,然后将妙羽放进树林里,用强大的真气覆盖住周边,一手拄着穹苍剑,一手扶着树,看似受伤的样子。

道宗一出现,看到正在灰飞烟灭的玄夭,程昊指着蚀月魔逃走的方向道:"大师,那个女魔已被我打伤,向那边去了,快将她擒住。"

道宗道:"你受伤了。"

"我伤得不重,没有大碍,大师还是赶紧将女魔擒住。"

道宗道:"我是神驹山的太真道宗,我们后会有期。"说完道宗向着程昊所指的方向而去。

道宗一走,程昊立刻抱起妙羽来到幽冥谷的一个僻静的山林处。他放下妙羽,发现这位女子伤得不轻,他立刻输入真气护住这位女子的要害,然后开始为她疗伤,一个多时辰,女子苏醒了过来,一双绝美迷人的眼睛睁开,程昊此时再次端详,眼前的女子倾国倾城,绝世容貌顿时让他心跳加剧,惊叹不已。

妙羽看到眼前一个英俊非凡,正在给她疗伤的男子,她声调平和,却有些气力不足：“谢谢公子，刚才就是公子杀死了凶魔？”

"是我们两人一同除掉凶魔，我还要谢谢姑娘的及时出手。姑娘你的伤很重，需要有一个地方慢慢疗伤，你在这里等待些时候，我去给姑娘找个安全，可以居住的地方。"

妙羽知道自己的伤很重，嫣然道："谢谢公子了。"

程昊道："保护好自己，我去去就回。"然后飞身向着上颐城而去。

四十二、七彩仙子

YU PEI JI

当程昊怀抱着妙羽飞向幽冥谷,他有些疑惑,怀中的女子与那个被杀死的凶魔是同样的真气,同样的功夫,可这魔女怎么会有这般绝色美貌,而说到这魔女的美貌则要从她的身世说起。

在远离九州大陆的遥远太空,有一个极其神秘的地方,这个地方也可以说是距九州大陆较远的另一大陆,它是一颗极其微小的行星。这里是一个色彩斑斓的世界,如同一幅缤纷绚烂的油彩画,这里的水不同于九州大陆,它有着五种不同的颜色,五彩湖就是在同一个大湖内有着五种颜色的湖水,湖面在阳光的照耀下好似一枚璀璨夺目的五彩宝石。这里的土壤也有各种颜色,但基本都被茂密的花草树木所掩盖,最为奇幻的是这里的花草树木都是透明的,你可以清晰地看到树干和枝叶中流动的汁液。当夜幕降临时,整个大陆便成了一个流光溢彩的水晶王国,一个华光闪烁的琉璃世界。五光十色的汁液在枝干中流动,好似霓虹闪烁,光艳璀璨。当黑夜即将退去的时候,升腾的水汽在花草枝叶上形成了一层露水,那晶莹的水珠好似披在花草和枝叶上的一层薄薄的轻纱,让闪烁的流光愈加旖旎瑰丽。

最早从九州大陆来到这里的是一只修炼千年的五彩蝶妖,她来到这里自身的真气已经耗损了大半,当她飞落在这缤纷绚烂的如画大陆时,异常兴奋。她休息一个时辰,便抑制不住好奇和兴奋,跃身而起,扇动着翅膀,翱翔在天空和丛林之中,翩跹于花海异草之上。

她快乐得正在兴头,霍然发现在花丛中有一枝一米多高的四色花格外耀眼,那硕大的花瓣一层层一片片全然绽开,花茎、花托和花瓣的色彩循环变化着,只有花瓣中一个如球大的黄色花蕊始终不变,金光璀璨,整个花朵绽放开来约占有两平方米的面积,花体内流动的汁液四色转换,在阳光的照耀下,通体晶莹剔透,奇艳迷人。

这枝花实际也有千年之久,是一个已有千年修为的花怪。当五彩蝶妖刚一进入这片花丛时,这个花怪就已经发现了她,立刻绽放开全部花瓣,同时花蕊释放出诱人的香气。五彩蝶妖很快就注意到了这枝最为明艳的花朵,她立刻向这枝花朵奔来,当她离花朵不远时,她嗅到了一股诱人的香气,这香气令她陶醉,而那朵盛开的四色花正对着她,像是一个稚嫩的孩童绽开的笑脸,迎接她的到来。而当她接近这朵奇艳的花朵时,忽然发现这枝花具有极强的真气,她正要退却,这枝花的花瓣突然增大数倍,一下将她包裹在里面。花怪显然低估了五彩蝶妖的法力,五彩蝶妖奋力扑打双翼,将围拢过来的花瓣击打成碎片,粉色的花瓣如飞扬的雪花飘散下落。

这个花怪并不示弱,花蕊突然散发出数不清的金色微粒,形成了一股浓重的金色烟雾,那金色微粒具有极强的灵力,它们沾到皮肤上就会从皮肤上的毛细孔进入体内,然后再从体内侵入到经脉,使经脉大乱。然而,五彩蝶妖终究是修炼千年的老妖,她用真气护住自己的经脉,使得进入到体内的金色微粒不能侵入到经脉。

花怪的花蕊具有强大的吸噬能力,它猛力地吸噬五彩蝶妖的真气,五彩蝶妖则趁势撕开花蕊,钻进花怪的花柄,然而,花柄内的汁液腐蚀力极强,五彩蝶妖的身体开始融化和肢解,但花怪的汁液也在干枯,最后随着一声巨响,花怪和五彩蝶妖都化成了齑粉,元魂和真气向着四方激射弥散。

在这之后,这片大陆常有花妖出现,这些灵花大都吸噬了五彩蝶妖散落的真气,这些灵花修炼成妖后,便幻化成人身,只是幻化成人的灵花十分稀少。然而改变这种状况的是来自九州大陆的两个不速之客。

这两个不速之客在九州大陆修炼的都是仙术,法力极高,但二人嗜好偏邪,为同道所鄙视,加之贪心过重,肆意无度,除二人臭味相投外,再没有其他同道与其来往。二人一个自称是花痴大仙,另一个自称是酒痴大仙。

花痴大仙痴迷于绝艳花草,朝思暮想着如何将美艳的花草化育成妖。但几十载费尽心机,施尽法术始终没有成功,加之同道的讥讽斥责,于是他决意离开九州大陆,另寻他处。

酒痴大仙嗜酒如命,一切皆可全无,唯独不能无酒,终日酒壶在身,时常伶仃大醉,其丑态尽人皆厌之。他的酒瘾却日益增长,酒量也日益增大,为了满足自己的酒癖,他离群索居,寻到一处适合酿酒之地,自酿自饮。但是所居处水质单一,花果草木的种类也十分有限,酿出来的酒过于清香,烈度不够。于是他便另寻了几处,但适合的地点已被其他修炼者所占据,不得已他又回到原地。他开始翻阅大量典籍,期望从典籍中找到灵感和启示。在阅读《异成录——草木集》时,他发现里面提到了一个新大陆,这个新大陆引起他的注意,他想自己正找不到合适的酿酒之地,这个新大陆或许是一个最佳去处。于是,他又在大量典籍中寻找这个新大陆的情况,终于他在一本叫《外域奇异录》中找到了对新大陆的描述,那是一个似仙境一般的奇幻神秘的地方,只是距九州大陆十分遥远,难以到达。

他带着《外域奇异录》来到花痴大仙那里,花痴大仙读过之后,大为兴奋,二人不谋而合,决意离开九州大陆,一起奔向这个奇幻的新大陆。

二人在奔往新大陆的中途就失散了,他们只得各自奋力前行,但他们最终还是踏上了这奇幻般美丽的大陆,只是他们彼此着陆的地点和时间不同。当他们从遥遥百万里的太空来到这里,感到无比的庆幸。二人一踏上这片新奇的陆地就彻底忘却了对方,再没有考虑对方是否到达,全然被这片陆地如诗如画的景色所陶醉。

花痴大仙先一步登上陆地,看到似玻璃般晶莹的花草树木,置身于多彩光艳的新奇世界里,快乐得不亦乐乎。他休息了几日,便开始了他梦想的追逐,就是将明艳之花化育成妖。很快,他便找到一个非常合适的谷地,并在那里居住了下来。

酒痴大仙登上这片土地,立刻被这画卷般的美艳大陆所倾倒。他欣喜若狂,踌躇满志,没过几日就全然陶醉在这里的风光之中,尽情享受大自然的山水花草。不到半个月,他也找到一处适合酿酒的佳地,也是一个谷地,并在此定居了下来。

这颗小行星对九州而言相对较小,但对这两位大仙而言却是足够大,二人所居的谷地一个在东南,一个在西北,相距几千公里之遥。

　　倏忽一年多过去了，花痴大仙几乎踏遍了周边近百里的每个角落，然而始终没有实现他的夙愿，没有一枝艳丽之花被化育成妖。于是，他离开了此地，向着更远的地方去寻觅奇葩珍花。

　　他来到一处盆地，这里河湖纵横，草木茂盛。他在一片花丛中发现了好几株两色和三色的艳丽之花，这种多色花的花瓣特别大，它们的年份都在百年以上。经过一年多对花草的观察，他一眼就能识别出花草的花龄。这些多色之花，有的是两个花瓣一组，有的是三个花瓣一组，一组内的颜色都不一样，花瓣绽放开来，艳丽夺目。还有一种是一个花瓣上同时具有两色或三色，它们的花瓣绽放开更是耀眼炫目。他还发现一瓣多色比多瓣多色的花草花龄要长，而且最重要的发现是一瓣多色的花带有一些微弱的灵气，这使他恍然明白只有带有灵气的花才能化育成妖，这使他的信心大增，他随即在这里居住了下来。

　　果然功夫不负有心人，三个月后的一天，他在盆地边缘的一处山脚下发现了一株三色花，这枝花从花蕊、花瓣到花茎通体一色，只是它过不了十分钟就会变换成另一种颜色，三种颜色循环交替地变化。他大喜过望，坐在花旁仔细观看，这株花有上百年的花龄，花体内灵气十足。他将自己的真气罩在花瓣上，那花竟然在不长的时间内吸噬走了他的真气，这令他惊喜万分，他随即将自己的真气慢慢地输给它，那三色灵花吸噬了他的一点真气后就停止了，再不吸噬了。

　　自此，他每天从早晨到子夜都一直守护它，他发现这三色灵花每隔三天能吸噬一次他的真气。这三色灵花吸噬了他的真气后增长得很快，就这样持续了三个月。

　　一日他如往常一样，依然每日守护在它的旁边，正好这天是该给它输真气的日子，他用真气罩住它。那株三色灵花慢慢地吸噬他的真气，忽然间，那灵花的花蕊变成了一个美艳女子的人头，花瓣变成女子的上半身，只是片刻又恢复成原形。花痴大仙惊诧地看着这瞬间的变化，这是他梦寐以求的夙愿，是他倾注全部所要的结果，这一瞬间的幻化，证实了将花化育成妖是可以实现的，证明他已经取得了巨大的突破，他离成功只有一步之遥了。他狂喜不已，喜不自胜。

　　他将这株三色花连根取了下来，放到自己的住所，以便可以二十四小时全天候地守护，可惜这三色花被移植到住所不到一周就死去了，这令他后悔不迭，痛惜不已。无可奈何，他只得继续寻觅。

再次寻觅，他已经有了经验，他只寻找那些有足够灵力的，能够改变色彩的艳丽之花，于是，他便开始大范围的寻觅。

这日，花痴大仙穿过一处山谷，他突兀发现不远的山涧有他熟悉的真气，定是酒痴大仙。倏忽间，酒痴大仙跃起空中，两位怪仙倒是预料中的惊诧，二人在山涧边坐下，讲述了失散后如何找到这片新大陆，现在所居何处。

酒痴大仙问："花仙兄，你的化育成妖成功了吗？"

花痴大仙一副无奈的样子，叹息道："唉，还没有找到适合的花草，两年多了，还没有太大的进展。"

酒痴大仙从根本上就认为将艳丽之花化育成妖是件不可能的事情，看花痴大仙如醉如痴迷恋此事，只觉得他荒唐可笑，但表面上却表现出极度赞赏的样子，他称赞仙友的执着，说他们志同道合，都有追求，但心里却看不起这位仙友。他认为自己的行为和追求是实实在在的，明确且可行的，是与这位仙友的行为和追求根本就无法相提并论的。酒痴大仙道："仙兄莫要气馁，此地奇葩艳花胜过九州千万倍，仙兄一定能找到可塑之花，化育成妖。"

花痴大仙颔首，随即问酒痴大仙："酒仙弟，你的酒酿得如何？何时能让我到你那里享受仙弟的仙酒？"

其实这两载酒痴大仙已经酿出了好几种佳酿，清香的，浓香的，轻度的，烈度的。那些醇香浓郁，甘爽柔润的佳酿，将它们放在九州绝对是酒中的极品，但他并不想让这位仙兄无偿地享用自己的成果。他苦笑道："还不甚理想，要酿出佳酿恐还需时日，我也想找个合适之地，等酿出佳酿，我一定邀仙兄尽情畅饮，我们一醉方休。"

花痴大仙非常了解这位仙弟，他一听就明白了，这位仙弟是不想与自己有过深的交往，于是，客套了几句就各自而去了。

没过多久，花痴大仙就在一片金色湖岸的不远处发现了一株灵力十足的三色花，那花的色彩间隔不长时间就变换一种颜色，三种颜色循环变换。他兴奋不已，按照上次的经验对这株三色灵花输入真气，用了三个多月的时间，这株三色灵开始幻化出一个俊俏女子，这女子体态婀娜，容貌俊俏，莺声悦耳，香气迷人。

他汲取了上次的教训，没有把这株三色灵花移植到自己的住所，而是全天候地守护着她，直到她完全幻化成人形，彻底脱离了土壤，才将她带回居住地。

他让化育成人的三色花妖逐步适应和熟悉这个地方，当三色花妖完全适应了住处，花痴大仙便施以法术，控制她的神志，并完全掌控她，让她为他服务。

不到三年的时间，他寻觅到了六株灵花，有的三色，有的两色，他都成功地将它们化育成美艳女子，为他享用，他发现三色灵花比两色灵花幻化出的女子更漂亮，而同样是三色灵花更加艳丽的幻化出的女子更加美丽。然而令他苦恼的是这些幻化成女子的灵妖性命都不长，一般也就七八个月的寿命，寿命最长的也没有活过十个月。

幻化出女子的花妖一个接一个地死去，最后只剩下了三个。于是，他又时常离开住所，开始寻觅新的灵花。一日，他正坐在山林间休息，突然感觉出一股真气，他倏然窜出树林，见一美艳的女子站在溪水旁。她是花妖幻化成人形的，那女子忽见从树林里出现一人，惊恐万分，随即凌空而起，准备逃走。花痴大仙一挥手，一道真气将她缠绕住，接着便将她夹在腋下，向着住所而去。

他从一处山腰掠过，向右转身飞驰，迎面正好邂逅酒痴大仙驾云而来，他急忙向右转身加速飞驰而去。酒痴大仙看见他腋下夹着一位美艳女子，震惊不已。他大叫道："仙兄，等等愚弟。"

花痴大仙装作没看见和没听见，电闪般消失在远方。酒痴大仙知道花痴大仙是故意躲避他，他没有立刻追赶，而是打定主意，决定亲自登门拜访。

花痴大仙回到住所，将那美艳女子放在房间，这女子容貌艳丽，姿色妖媚，是这群幻化成女子中最为美艳的一个，他得意地欣赏着意外的巨大收获，快意无穷。他享受了片刻，他开始对这女子施以法术，女子的神志变得恍惚，渐渐地被他控制。

两天过去了，其中一个女子开始萎靡，出现所有幻化成女子的花妖香消玉殒前的征兆。这个花妖从化育成女子，已经存活了九个多月，花痴大仙知道她的生命将要结束了。

第三天的中午，花痴大仙正在后院给新收获的女子施法，以便牢牢地操控她，忽然，他察觉到酒痴大仙已到了他的大门近前，他急忙停止施法，让被催眠的女子继续睡去。

院外的大门被扣响，片刻，花痴大仙来到大门，将大门打开。酒痴大仙带着两个大酒坛子站在门前，笑着拱手："仙兄这里好难找啊，愚弟前几日刚刚酿出佳品，今天特意送些来，与仙兄一起畅饮。"

花痴大仙由衷不悦，他清楚酒痴大仙亲自登门的目的，但又无法拒绝，苦笑着："仙弟请进吧。"

二人坐在桌前，面前各放着两碗满满的清酒，那清澈的佳酿醇香扑鼻，酒痴大仙举起酒碗，花痴大仙也举起酒碗，二人饮了一口，花痴大仙顿感甘爽柔润，一股暖意瞬间从胃里升腾到喉咙，精神猛觉一振，这酒绝对是酒中极品，令人回味无穷。

酒痴大仙问："仙兄以为如何？"

"极品！是愚兄喝过的最好的酒，仙弟不愧为酒仙雅号。"

酒痴大仙得意地一笑，目光诡异看着花痴大仙："与仙兄比还是自愧不如，相差甚远。"

花痴大仙道："仙弟怎讲？"

酒痴大仙道："前两日我看到仙兄携着花妖飞驰而去，愚弟知仙兄已经化育成功。"

"仙弟也是刚刚化育出三位女子，经验还不足，尚处摸索阶段。"

酒痴大仙道："仙兄过谦了，愚弟知道仙兄的本领，今日愚弟给仙兄送酒，以后也会如此，只要愚弟酿出佳品一定与仙兄共享，仙兄何时想喝酒尽管找愚弟，愚弟绝不吝啬，今日这两坛酒就留给仙兄自用吧。"

"愚兄谢谢仙弟了，这两坛酒愚兄就笑纳了。仙弟也是知道愚兄不好饮酒，这两坛酒足够愚兄喝上一年的了。"

酒痴大仙做出欲言又止的样子，随后说道："愚兄冒昧向仙兄提个请求，不知仙兄是否愿意？"

花痴大仙知道他要提什么要求，但又不好回绝，无奈地道："仙弟提什么请求？"

"仙兄化育出如此艳丽的女子，着实令仙弟钦佩，仙兄可否借一女子，让愚弟也领略一下仙兄的法力和道行？"

花痴大仙摇摇头，叹息道："唉！仙弟有所不知，这些化育出的女子极为敏感，脆弱得很，稍一受到惊吓就会死去，愚兄只有这三位女子，每日是格外小心，生怕她们受到惊吓。"

酒痴大仙道："为兄放心，为弟绝对不会让她们受到惊吓，定会倍加呵护，如有半点损伤，愚弟一定加倍赔偿。"

花痴大仙思忖着，艳姣已经没有几天活头了，不如把她送给这个酒怪，过不了几日必然死在他的手里，现在他做出了承诺，到时候让他归还艳姣，那时艳姣已死，看他又如何交代？这样以后他也就不会再来打扰了。于是，花痴大仙装出难以割舍的样子,最后下定决心:"既然仙弟如此承诺,为兄就将艳姣借予仙弟,仙弟一定要呵护好,到时为兄会去找你讨回的。"

酒痴大仙眸子闪着光芒道:"仙兄放心,到时愚弟一定完璧归还。"

"那好,仙弟在此等候须臾,我带艳姣过来。"

时间不长,酒痴大仙带着艳姣来到前院正房,酒痴大仙见到娉婷妖艳的艳姣,不禁两眼放光,心跳加快,恨不得马上就把她带走。

花痴大仙道:"艳姣就交给仙弟了,仙弟定要好生呵护。"

酒痴大仙道:"那是自然,仙兄放心,愚弟定会视如己目,万般呵护。"

花痴大仙对艳姣道:"随大仙去吧。"

酒痴大仙拱手道别,随即带着艳姣腾云而去。

转瞬间四个多月过去了,这日,花痴大仙从一个山谷而出,他霍然发现一湾三色湖的不远处有一处宅舍。这宅舍面积不小,偌大的庭院,一半是藤蔓和树木为篱,一半是荫翳于树林之中。宅舍由各色木料拼合而成,五彩绚烂,似一幅风景彩画。

他断定这处宅舍定是酒痴的居所,他想正好和这酒怪做个了断,看看他如何交代。

于是,他来到庭院的大门前,他扣了几下大门,院门被打开,酒痴大仙满脸笑容:"欢迎仙兄来此,快快请进。"

二人走进屋子坐好,酒痴大仙叫道:"艳姣,看谁来了?"

一挑挂帘,艳姣从侧屋款款走出,花痴大仙倍感惊诧。艳姣不仅没有死,反而更加娇嫩欲滴,妩媚动人。

艳姣秋波流转,莺莺道:"艳姣见过仙长。"说着给花痴大仙行礼。

花痴大仙急忙抬手:"不必拘礼,快坐。"随后转向酒痴大仙:"艳姣被仙弟调理得越来越漂亮了。"

酒痴大仙道:"仙兄有所不知,艳姣刚到我这里一日就病了,是我的'永寿春'救了她,直到现在艳姣每天都要饮上一盏。"

酒痴大仙转脸对着艳姣道:"给仙兄拿上一壶'永寿春',让仙兄品尝一下。"

艳姣起身出屋,不一会儿端上盘子,盘子内放置一个酒壶,两个酒盏。艳姣将酒壶拿起,给两人斟满酒。

酒痴大仙指着花痴大仙面前的酒盏:"这就是我酿的'永寿春',仙兄品尝一下。”

花痴大仙饮了一口，口感甘爽柔润，略带些酸味和清香。

“不错，好酒。”

酒痴大仙对艳姣道：“你先回避一下，我和仙兄有话说。”

艳姣退出屋子，酒痴大仙缓缓道：“我听艳姣说，仙兄的女子寿命都不长，超不过十个月，你看艳姣，已经一年多了，姿容越发姣好，秘诀就是我的‘永寿春’。仙兄若是将艳姣赠给愚弟，愚弟愿给仙兄提供‘永寿春’，愚弟保证仙兄的女子每日饮上一盏‘永寿春’，绝对会和艳姣一样，请仙兄斟酌。”

花痴大仙心中盘算着，若能得到“永寿春”，那可比要回艳姣划算，但这酒怪能永久地提供吗？到时候他还会继续索要的。

花痴大仙显出犹豫不决，拿不定主意的样子：“仙弟的主意倒不是不可，如果仙弟把‘永寿春’的配方给愚兄，我自己去酿，愚兄就把艳姣送给仙弟了，不再讨回了。”

酒痴大仙摆手：“仙兄有所不知，这‘永寿春’花费了我多少心血，此酒可延年益寿，祛病强身，为天地绝有之佳品，仙兄想要配方，除了把艳姣赠予愚弟，还要每年给我一位女子。”

花痴大仙苦笑道：“我的仙弟，化育成一位女子最少也要一年多的时间，仙弟一年就要一位女子怎么可能，三年一位还倒可以。”

酒痴大仙急忙接道：“两年一位。”

花痴大仙脸色变得严肃道：“好，仙弟把‘永寿春’的配方给我，另外再赠我两大坛‘永寿春’让我带走，我每两年，就是今天这个日子，送给仙弟一位女子。”

酒痴大仙面带喜色道：“好，一言为定，愚弟这就给仙兄准备。”

一切办妥之后，酒痴大仙和艳姣把花痴大仙送到大门，花痴大仙带着“永寿春”的配方和两坛“永寿春”离开了酒痴大仙的住所。

酒痴大仙的“永寿春”果然灵验，自从女子们每日饮上一盏之后，再没有一个女子死去。花痴大仙按照酒痴大仙的配方，经过数月的尝试，也酿制出了“永寿春”，尽管质量和纯度还不及酒痴大仙的“永寿春”，但功效尚可。

将近两年了，酒痴大仙又化育出了三位女子。此时，他的经验也日臻成熟。他除了寻觅和化育花妖之外，他又开始刻写典籍，将整个过程步骤和方法的要点汇总成籍。

这日，他从山腰破雾而出，俯瞰远方，色彩缤纷的山色在阳光的照耀下炫目多彩，数条彩瀑飞流而下，仿佛华光流彩的魔幻水晶，瀑布激起的水花，宛若绽放的多彩烟花，璀璨夺目。这里暖气袭人，芳香氤氲。

花痴大仙被这瑰丽的景色所震撼，当他飘落在一处峭壁上观赏彩瀑飞流时，他猝然发现瀑布上有一个奇特的亮点，不时反射出耀眼的光亮，他好奇地来到发出亮彩的光源，令他震惊不已的是这个光源来自陡峭的山壁之上，它竟是一株七彩灵花。

这株七彩灵花明艳得炫目耀眼，其光艳远胜过周遭的景致，花痴大仙第一次见到七彩循环的灵花。他在临近的峭壁仔细观察，令他意想不到的是这株七彩灵花瞬间化成了一个婀娜女子，身着七彩罗裙，肌肤凝雪，容貌绝艳。他飞身而起，凌空来到她的身旁，那株七彩灵花受到惊吓，瞬间恢复了灵花的样子。

他将真气覆盖在七彩灵花的花瓣之上，真气即刻被花瓣吸噬干净。接着他将真气贯入掌中，径直向着花蕊输入真气，他的真气被急速地吸噬，因为吸噬得过快、过猛，他担心这株灵花无法承受，便立刻收住真气。

第二天，七彩灵花再次吸噬了大量真气之后，并对花痴大仙已经开始熟络了，她突兀幻化出人形。眼前的女子倾国倾城，美色绝尘，她的美艳简直让天宫仙女艳羡，让宫廷佳丽失色，美得千古奇绝，谁人见了都会撩心动魄。

花痴大仙已经被七彩灵花的美貌迷得意乱神失，恍惚地喃喃道："竟有这般美艳之女，简直是花之最，七彩仙子。"

第三天，七彩灵花已完全幻化成一位绝代女子，花痴大仙小心翼翼地将她带回住所。他将七彩仙子安置在自己的卧室，此时，已经临近子夜，他怕七彩仙子受到惊吓，让她在自己的卧室休息了一夜。

清晨，天刚大亮，他便开始给七彩仙子施以法术，令他无奈的是他刚将七彩仙子催眠，对她施展法术，她很快就醒了过来，他的法术也不得不停止下来。他又试着催眠了七彩仙子两次，效果越来越差，不得已只能停止施法。

他心中很是焦虑，急忙从柜中取出一部从九州大陆带来的《如意心经》，他坐在七彩仙子的侧面专注地研读起来，恨不得立刻就找到有效的办法。

七彩仙子静静地坐在旁边，目光也在注视着《如意心经》。花痴大仙边思考边阅读，当他把整个秘籍阅读完，两眼微合，催动真气，开始施用《如意心经》时，院外的大门忽然被扣响。他猛然醒悟了过来，今日正是两年前对酒痴大仙许下承诺的日子，他要将一名幻化成形的女子送给酒痴大仙。

他慌忙将七彩仙子催眠，一挥手在卧室布下结界，然后纵身来到前院的大门前，将大门打开。酒痴大仙带着一坛酒站在大门前。花痴大仙拱手道："让仙弟久等了，快快请进。"

二人坐定，酒痴大仙道："仙兄这两年可好？是否按照愚弟的配方酿出了'永寿春'？"

花痴大仙施施然道："这两年还好，仙弟的'永寿春'果然灵验，只是为兄的'永寿春'与仙弟的'永寿春'不能相提并论。"

酒痴大仙笑道："我又给仙兄带来新品'益仙酿'，这酒是愚弟酒中顶级之品，也是最吃功夫的神酒，仙兄早晚一盏，不出七日，就会经脉气血大为顺畅，此时修炼会法力大增，仙兄不妨试试。"

"多谢仙弟。"

酒痴大仙问道："仙兄可记得否两年前的承诺？"

花痴大仙立刻回道："为兄怎么能忘哪？仙弟在这里稍等一会，我去后面把她给你带过来。"

酒痴大仙悬着的心终于放了下来，他满面喜悦道："好，仙兄先把你的'永寿春'拿来，让愚弟为仙兄品判一下。"

花痴大仙一抬手，屋角的一坛"永寿春"稳稳地落在二人桌旁，接着又一挥手，一个酒碗放在酒痴大仙的面前，酒痴大仙倒了半碗，饮了一口，果然口感不爽，味道和纯度相差甚远。

酒痴大仙道："倒是'永寿春'的味道，只是力道不够，仙兄的'永寿春'都放在哪里了？"

花痴大仙指着屋角的另两坛道："除了这坛，还有那两坛。"

酒痴大仙道："你把配料拿来，愚弟再帮你调制一下。"

花痴大仙将配料拿来，酒痴大仙道："仙兄去吧，我来给你调制一下。"

花痴大仙站着没动，想看看酒痴大仙是如何调制的，酒痴大仙看了他一眼道："配料都对，仙兄去吧。"

花痴大仙明白酒痴大仙的意思，是不想让他在场，他也不想再耽搁时间，七彩仙子还在他的卧室，他急忙奔向后院。

七彩仙子被催眠后，没过五分钟就醒了过来，她知道花痴大仙不断地给她催眠是没安好意，她看屋里没人，就想立刻逃走。她起身就往屋外飞去，一下就被撞了回来，她向四处摸去，发现一堵隐形的气墙将她封在里面，她找不到任何缝隙,无论她怎么冲撞都无法冲出结界。

她焦灼地四处巡视,无意识地一低头,突然看到桌上放着的《如意心经》,秘籍是被打开的,她看着秘籍的文字,脑海在翻腾,她猛然感到周身的经脉和气血在膨胀,令她惊愕的是她忽然飘了起来,接着她又冲向结界,结果又被撞了回来。她想起花痴大仙运用《如意心经》的样子,她也坐在花痴大仙的坐处,双目微闭,脑海里默想着刚刚记下的文字,她感觉周身贯满真气,不禁睁开眼睛,霍然她看到那堵透明的薄薄的气墙,气墙忽明忽灭闪烁着幽兰的暗光,组成气墙的气流在滚动,她随着气流滚动的方向冲去,一下冲出了结界。

她从后院飞过前院,来到大门前,大门没有关上,两扇门板露出一道罅隙,她将门缝拉大,闪了出去,然后轻轻将大门微合上,随即纵身而起,向着大门相反的方向飞驰而去。

花痴大仙出了前院的正房,酒痴大仙开始调配"永寿春"的配料,他将配料调好,将它浮在两掌中间,然后放入身边的酒坛,接着对酒坛内的酒发功,清酒在酒坛内旋转,当酒坛内的酒静静地不动了,他倒出尝了一口,觉得满意,接着调制墙角的两坛"永寿春",当他给第二坛酒发功时,他忽然感到屋外有股真气掠过,他并没有在意,继续给酒发功,三坛"永寿春"刚调配完不久,花痴大仙就带着玉容来到前院正房。

酒痴大仙见到玉容也是这般美艳,不由得爱从心生。花痴大仙对玉容道:"这就是大仙,你到大仙那里要好生照顾大仙。"

玉容施礼道:"玉容见过大仙。"

酒痴大仙笑着颔首:"好!好!快坐。"接着他笑着对花痴大仙道:"愚弟已经将三坛永寿春调制了一下,仙兄不妨品尝一下。"

花痴大仙往酒碗倒了一些,饮了一口,果然比自己酿出的永寿春强了好多,不禁赞口道:"仙弟一调,即成极品,愚兄佩服。"

酒痴大仙道:"仙兄没事可到愚弟那里品品新酿,愚弟就带玉容告辞了。"

花痴大仙巴不得酒痴大仙赶紧离去,他随即拱手与酒痴大仙道别,并把他们送出大门,酒痴大仙带着玉容腾云而去,他立刻关上大门,疾步奔向自己的卧室。

令他惊愕不已的是屋内空无一人,他随手收了结界,四处观看,七彩仙子不见了。他双目圆睁,凝神感知七彩仙子的真气,竟一点也察觉不到,他开始慌了,冲出卧室将整个院子和各间屋子都查找了一遍,没有任何七彩仙子的踪影。

他不解地再次回到卧室,思忖着七彩仙子的那点真气是冲破不了他的结界的,他环视着屋里,突然看到桌上翻开的《如意心经》,他恍然明白,七彩仙子具有极强的灵性,她定是看了《如意心经》,顿然悟出,冲破了他的结界。他懊恼至极,一掌将门打碎,冲了出去。

他凌空而起,似电闪般向着酒痴大仙的方向冲去,酒痴大仙携着玉容腾云正向自己的住处飞驰,他突兀感到一股真气正向他这里而来,他停在空中转身向后观看,花痴大仙瞬间来到他们面前,酒痴大仙惊诧问道:"仙兄如此匆忙,有何事情?"

花痴大仙见到就他们二人,大为失望,他急促说道:"我的一个女子逃走了,仙弟可曾见到?"

酒痴大仙和玉容不约而同地摇头,酒痴大仙忽然想起他在调制第二坛酒时,感觉出有股真气从屋上掠过,他向花痴大仙道:"愚弟在调制第二坛永寿春时,倒是有股真气从屋顶掠过,愚弟以为是仙兄在做什么,也没太在意,是不是你的那位爱妃逃走了?"

花痴大仙拱手道:"谢仙弟了,愚兄告辞了。"

酒痴大仙也拱手道别,花痴大仙向着大门的方向飞驰而去。

他一直向着大门正对着的朝向疾驰,全神感知着周遭的一切,将要达到大陆的尽头,也没有发现七彩仙子的踪影,这时他沮丧、懊恼和愤怒到了极点。他估算了一下,凭七彩仙子的那点法力,现在应该走不出这片大陆,于是,他运足真气,开始沿着大陆的外围环绕寻找,然后将圈子逐渐缩小,他想他就是拼尽法力,也要把七彩仙子找到。

七彩仙子逃出花痴大仙的住宅,一路向北拼命疾驰,她受到了极度惊吓,心中充满了恐慌和害怕,她生怕花痴大仙追上来,她用尽全力飞驰,也不知飞驰了多远,她的气力有些不支,便落在一片树林中,坐了下来。休息了一会,当她气力恢复了一些,她双目微闭,脑海里回忆着她所看到的《如意心经》的内容,边回想边琢磨着,忽然她的身体凌空升起,她催动真气向前飞驰,速度比刚才快了许多,她不断用秘籍的方法调控自己的真气,越来越熟练,前进的速度也越来越快。她也不管飞驰到了哪里,只是一个劲地拼命向前,当她发现到了大陆的尽头,她的身子一软,感觉一点气力也没有了,索性坐在地上。

休息了不大会工夫,心情逐渐平静下来,她松了一口气,站立起来,猛然间她感到不对,随即腾空而起,发现一道白光向她而来,她慌乱地向着大陆外的太空而逃。

那道白光正是花痴大仙，眼看白光就要接近她，忽然一股气浪卷来，花痴大仙就如同被狂风卷起的一片落叶，在气浪中翻滚，而七彩仙子恰好落在这片白云之上，白云上站着一位高大威猛的男人，那男人被七彩仙子的美貌镇住了，他愣了一下，七彩仙子哀求道："救救我。"

那男子向着刚从气浪中冲出的花痴大仙又是一掌，花痴大仙被打飞了出去，带着伤仓皇逃去。

那男子再次打量七彩仙子，绝艳的美貌令他两眼发直，直勾勾地盯着七彩仙子，大脑下意识只有一个念头，这女子太美了。片刻他立刻反应了过来道："我是天煞国的魔君天煞，有我在，你不用怕。"说完，带着七彩仙子回了临霄宫。

四十三、祸起萧墙

YU PEI JI

天煞国魔君回到临霄宫,将七彩仙子安排在自己的寝宫华央宫。七日之后,天煞召集魔都所有首领在临霄宫朝贺七彩仙子为天煞国正妃,其规模和场面空前未有,大有取而代之王后的架势。

当众首领朝拜时,他们看到千古绝艳的七彩仙子,她的美艳如同旭日的朝阳灿烂耀眼,宛若夕阳尽染的红霞瑰丽绚烂,她让整个临霄宫华彩生辉,令所有的朝拜者折服倾倒。大家恍然明白,知晓了魔君为什么进行如此空前场面的朝拜。

晚宴时,天煞宣布第二项决定,扩建华央宫,将华央宫和旁边的冥锦宫合二为一。

七彩仙子的出现,无异于引发了一场地震,所有的成员无不被七彩仙子的美貌所震动,魔宫的两位核心人物天寂和天魂则私下密谈,二人都觉得七彩仙子的出现绝非好事,她必定会给魔宫带来动荡,恐怕王后离姣的位置早晚要被这位有倾国美貌的王妃取代。

在这魔宫之内最为难受的自然是王后离姣,她后悔没有阻止天煞离开魔界之地,当时天煞告诉她,自己所创的魔魂大法威力极大,大到什么程度自己也不清楚,他不想在魔界之地尝试,因为不想让任何人知道魔魂大法的威力,所以想到魔界之外。离姣既没有表示支持，也没有表示反对，只是提醒他小心，没想到他这一去竟带回一位倾国绝色女子。看天煞神魂颠倒的样子，这魔宫恐怕早晚要被这妖精所掌控，自己的王后位置搞不好也会失去。

天煞的两个儿子都对七彩仙子的美艳惊叹不已，但他们的感觉不尽相同，长子赢采虽没有他的母后那样深度担忧，却也有一种不祥的感觉，他知道父王定会非常宠爱这位王妃，他不能得罪她，但她的出现会给他的母后带来威胁，未来的魔宫恐怕是难以平静。

次子赢青的母亲三年前就已经过世，他的师父告诉他，千万不可得罪这位新册封的王妃，新妃出现或许给他带来希望，如果有了机会一定要紧紧把握住，赢青拭目以待等待着机会的到来。

天煞完全沉醉在二人的温柔乡里，七彩仙子有着与生俱来的丽质，她芳容绝艳，似梨花带雨，一行一动百媚横生，天煞对她的美艳如醉如痴，到了魂销神迷的地步，终日赏不尽美艳，餐不够秀色。特别是与七彩仙子肌肤亲热时，七彩仙子的身内会散发出诱人的香气，令他爱得难舍难分，他对七彩仙子百依百顺，宠爱至极。

一日，乐师和宫女们在华央宫为天煞和七彩仙子饮酒助兴，乐师们吹拉弹唱，金石丝竹合奏齐鸣，宫女们翩跹起舞，彩裙罗带旋转飞扬。七彩仙子的听力极为敏感，古琴悦耳的音律，引起了她的注意，她凝视着古琴上的七弦随着乐师手指变化，聆听着发出的悠扬的音响。当舞蹈停止后，她立刻把弹奏古琴的乐师叫到近前，她让乐师为她和魔君弹奏一首最动听的曲子，乐师弹奏了一曲，她大为喜欢，接着又让乐师弹奏了三遍。之后，她让乐师将古琴借她一用，她轻扶古琴，然后一手扶弦，一手弹拨，芳姿高雅，指法纯熟，曲调悠扬婉转，音韵飘逸飞扬，更胜乐师弹奏之曲。曲罢，天煞和众乐师齐为七彩仙子喝彩。

刚刚演奏此曲的乐师疑惑道："此曲为奴婢一年前所作，从未传授一人，夫人如何熟悉此曲？"

七彩仙子嫣然道："我是第一次弹奏古琴，此曲乐师弹奏三次，我便记下的。"

乐师惊愕："夫人法力，奴婢佩服。"

天煞随即命乐师取最好的材料，并配上最稀有的白玉和翡翠为七彩仙子制作一张古琴。

倏忽一个多月过去了，天煞愈加宠爱七彩仙子，一日不见如隔三秋。他由衷感到七彩仙子未成为王后,这是他和七彩仙子结合中的缺憾。这种遗憾让他耿耿于怀,他要把这缺憾弥补上,只有七彩仙子做了他的王后,他的心结才能释怀。他多次向七彩仙子提出,要立她为后,但每次都被她拒绝,她不想伤害离姣,她对王后的位置一点不感兴趣,她只想这样轻松地生活。

天煞不愿意她不高兴,只好采取了一种妥协的办法,他在后宫发布一道圣谕:"在魔宫内,七彩仙子所做的事情就是本王所要做的事情,七彩仙子所说的话就是本王所要说的话。"

这道圣谕实质是没有废后的废后,它确定了七彩仙子仅次于大王的地位。王后十分清楚天煞对七彩仙子的宠爱,知道自己岌岌可危的处境,当她听到这道圣谕还是控制不住伤心,她把自己独自关闭在卧室,潸然泪下。

这道圣谕并没有掀起什么轩然大波,魔宫仍似一条大河中静静地流淌的河水,岁月兀自如旧。转瞬间三个多月过去了,七彩仙子感觉自己的身体不舒服,她估计自己是怀孕了。

天煞曾告诉她,在魔宫的最南角有一座宫院叫丘岐宫,丘岐宫内有一泓深潭叫谶潭。它之所以被称为谶潭是因为如果你在午时站在谶潭内的那块凸出水面的方石上,将全身的影子完整地倒映在谶潭里,这时只要你想着你的忧虑和恐惧,双目注视着深潭,并用掌中的真气与潭水接触,你就能在潭水中看到你的忧虑和恐惧的结局。但丘岐宫除了大王和王后可以进入,其他任何人不允许进入,这是历代魔宫传承下来的祖制。

七彩仙子并不知道只有大王和王后才可进入丘岐宫的祖制,她要到谶潭应验一下大王所说的是否属实,她也想知道自己的忧虑是什么样的结局,于是,她带着贴身的婢女冥音前往丘岐宫。

正巧这日,王后也要来丘岐宫,她让她的贴身婢仆秋仪到丘岐宫传懿旨,让丘岐宫的掌管做好准备。秋仪刚到丘岐宫的宫门前,一排衣着华艳的队伍从远处徐徐而来,队伍前面是四个宫女,中间是一乘华丽的凤辇,最后又是四个宫女。

秋仪诧异看着队伍来到近前,这时丘岐宫的掌管成幽接到秋仪送进的懿旨,出来答复。他刚要和秋仪说话,冥音走到近前道:"王妃要去谶潭,你准备一下。"

丘岐宫的掌管拱手道:"真是不巧,卑职刚刚接到懿旨,王后今日也要到谶潭,还请王妃海涵。"

秋仪对成幽道:"丘岐宫只有大王和王后才可进入,这是魔宫的祖制,难道成掌管不知?"

成掌管尴尬地看着秋仪,嗯了两声,没有说出话来。七彩仙子听着他们的对话,不悦道:"冥音,我们走。"说完,命队伍返回华央宫。

队伍走到半路,天煞的龙辇迎面而来,天煞来到七彩仙子面前道:"本王回华央宫,知道爱妃去丘岐宫了,特意赶来陪爱妃。"

七彩仙子面色十分难看:"不去了。"

天煞眉头蹙起,看着冥音道:"成幽为难王妃了?"

冥音把刚才的经过讲了一遍,天煞勃然大怒,眸子里闪着怒火:"反了,竟敢违抗本王的圣旨。"

"爱妃,随本王过去。"

七彩仙子道:"今日就算了,大王随我回去吧,改日心情好了再去。"

天煞压着怒火:"爱妃先回去,本王一会就回华央宫。"

天煞来到丘岐宫,成幽、秋仪和所有成员跪拜在门前,天煞怒视着成幽和秋仪道:"两个奴才,胆大包天,竟敢阻止王妃进入丘岐宫。"

秋仪申辩道:"大王,奴婢是依祖制行事的。"

天煞怒斥道:"本王的诏谕你们不知道吗? 把这两个奴才拿下。"

刚刚赶到丘岐宫的离姣听到大王的怒斥,疾步走上前,跪拜道:"是臣妾管教不严,成幽也是遵旨行事,是臣妾的过错,望大王开恩。"

天煞目光阴森,鄙视着离姣:"你的王后算是当到头了,现在本王就废了你这王后,将这两个奴才押入死牢。"说完,返回了华央宫。

清早,阴暗的天空乌云密布,凉风携带着零星的雨点扑面而来,离姣正要将刚刚推开的窗户关上,临霄宫的一个管事手里拿着圣旨疾步走进大门。离姣一愣,一种不祥的预感油然而生,她疾步走出卧室,来到离泉宫的大殿。临霄宫的管事刚好也走进大殿,他见离姣在此,即刻打开圣旨道:"奉大王圣谕,即日褫夺王后之位,封七彩仙子为魔宫王后,今日朝堂谕告群臣,钦此。"宣读完后,将圣旨放在桌上,便匆匆离去。

离姣拿起圣旨,看了一遍,她的眼眶潮湿了,站立了片刻,她的眸子里闪烁阴冷的目光,她将手一抖,圣旨即刻燃烧起来,随之化为灰烬。她走进侧殿,将天煞赏赐给她的东西逐件毁掉,然后走出侧殿,几个奴婢惶恐地叫道:"王后。"

离姣面无表情,好似没有听到一样,从她们身边走过,径直走进卧室,卧室的屋门在她身后随即关上。奴婢急忙跟到门前叫道："王后,王后。"一个奴婢用手推门,屋门被真气顶住,根本就推不动。当她们推开大门时,离姣真气逆行,自断经脉,已经奄奄一息了。一个奴婢慌忙奔向临霄宫。

临霄宫众臣分列,魔君天煞和七彩仙子并坐在中央,天煞面色阴沉地俯视着群臣,他一抬手,临霄宫掌管手捧圣旨道："离姣不明贤德,忤逆圣意,着即日褫夺王后之位,封七彩仙子为魔宫王后,特谕众卿,钦此。"

太子赢采紧咬牙关,他偷偷瞪了七彩仙子一眼。天煞一蹙眉头,原本张开的手掌不觉攥成了拳头,他鄙视地看了一眼赢采。赢青见机会来了,表现出一副气愤的样子："父王,成幽、秋仪违抗圣意,胆敢阻止王后,当投入焚魂炉,以儆效尤。"

天煞颔首："就按赢青所说,将成幽、秋仪投入焚魂炉。"

赢青的师父高声道："微臣祝大王万万岁、王后千千岁!"

群臣齐呼："祝大王万万岁、王后千千岁!"

赢采的仇视,赢青的投机迎合,天寂悉数看在眼里,他的目光扫过大殿正中高台上倾国绝色的七彩仙子,一个除掉天煞占有七彩仙子的念头在心中陡然萌生。

这时,一个奴婢匆匆走到天煞身边,对天煞耳语道："大王,王后不行了。"

天煞就是一惊,他连忙对众臣道："今日就如此,散朝。"

天煞冲进离姣的卧室,离姣的元魂已经离去,身形正在破碎消散,天煞惊愕地叫道："王后。"片刻,离姣的身形已经随风而去,消失得无影无踪。

几日之后,七彩仙子告诉天煞自己已经有了身孕,天煞十分高兴,要在临霄宫庆祝一番,七彩仙子不愿意,此事也就作罢了。

天寂得知七彩仙子有了身孕,心情很是郁闷,他从魔宫后门而出,穿过盘龙太虚阵,进入龙盘山谷,出了山谷,兀自来到林木掩映中的承嗣殿。此殿也是龙盘太虚阵的一部分,大殿背后则是数十米高的陡峭悬崖。承嗣殿最高处的下面是一片石林和树木,石林和树木内阴气缭绕,诡异阴森,不熟悉太虚阵而进入其中,必然被其所伤。最高处耸立着一座石碑,此碑被称为铭志碑,是发誓许愿的地方。

天寂站在碑前,忽然感到一股真气冲入承嗣殿,他赶忙收敛气息,钻进铭志碑旁边的树林。赢采来到铭志碑前,他环视一下,没有发现什么异样,便放下心来,他双目微合,咬着牙关,在碑前默默发誓了几分钟,而后,他绕到铭志碑的背面,腾空而起,将真气运于中指,在碑顶后部的凹槽内刻下六个字"负我者必偿之"。随后,他便腾云而去。

嬴采走后不久,一直在树林中观望嬴采的天寂才走了出来。他来到铭志碑的背面,腾空而起,凌空在碑的上方,凝视着凹槽内的六个字,不禁欣慰地喃喃道:"这是要与天煞反目啊。"他嘴角带着得意的微笑,随即离开了承嗣殿。

七彩仙子的身形已经有了变化,胎儿生长得很快。这天,她从丘岐宫出来,脸色阴沉着,一语未发,回到华央宫,她径直走进卧室将门关上。冥音从她离开谶潭就感觉不对,她担心王后想不开,做出什么出格的事,焦虑地在门外来回踱着步,卧室里没有一点动静。她实在放心不下,推开卧室的屋门,走了进去。

七彩仙子两眼失神看着前方,坐在床上一动不动,冥音推门进来,她看了冥音一眼,没有说话。冥音忧虑地小声道:"王后。"

七彩仙子再次看着她:"我没事,你出去吧,让我静一静。"

冥音退出卧室,把门轻轻带上,她犹豫片刻,随后奔向临霄宫,她来到临霄宫见到天煞,把王后的情况悉数告诉天煞,天煞急忙和冥音回到华央宫。

天煞走进卧室,来到七彩仙子面前,他抓住七彩仙子两只手,面色凝重望着七彩仙子道:"王后,出什么事了?"

七彩仙子表情凄然,目光带着绝望和痛苦,语调沉重:"大王,臣妾生长在彩瀑之畔,悬崖峭壁之上,汲天地之灵,得彩瀑之润,而成人形。无奈竟被一自称仙人的恶仙搜寻到,他将他的真气施加于我,都怪我过于贪婪,急于提升自己的灵力,吸噬了他的大量真气,这也加速了我的幻化,但当时我并不知道吸噬并非同类的真气,实际上会破坏自身的经脉和造血功能。自从吸噬恶仙的真气,迅速幻化成人后,我就感觉身体非常不适,可是我一直找不到原因,今日我去了谶潭,才找到原因,但已经太晚了,我的生命还有几天,我会把我的元魂和真气传给我们的孩子,她是你的骨血,你能答应我,对我们的孩子也向你对我一样吗?"

"这不是真的。"天煞不肯相信这突然的变故,他把手放在七彩仙子的脖子的脉搏上,果然如此,他的手在颤抖,他悲伤道:"王后,我怎么才能救你?只要能救你,我做什么都可以,你快告诉我,我该做什么?"

七彩仙子抓紧天煞的手,绝望道:"没有办法了,太晚了。大王,答应我,照顾好我们的孩子,行吗?"

天煞一生从未流过泪水,此时,鲜红的泪水从他的眼眶流出,他的眼泪中带着他的鲜血。

七彩仙子恳求地望着天煞，天煞用力点了一下头，哽咽道："我会的，会的。"

"孩子就叫妙羽吧。"七彩仙子道。

天煞悲痛得说不出话，只是点了点头。

第五天正午，灿烂的骄阳透过窗棂的玻璃洒满卧室，将整个房间镀上一层金黄的颜色。七彩仙子虚弱地躺在床上，她那苍白的面容失去了往日的润泽，但却依然美丽凄艳。她的生命已经到了最后的时刻，她用尽了最后的气力将自己的灵气和元魂注入她腹中的婴儿的体内，随即身形便开始消散。

天煞抱住七彩仙子，痛苦地呼喊着："王后，我的仙子。"

然而，七彩仙子的身形却无法阻止地迅速消散了。她的一生是短暂的，宛若天上的一道彩虹，带着绚丽而来，伴着美丽而去。她本就是一株七彩的灵花，美丽、娇艳和芬芳，无论是花还是人，她都是美中的绝顶，艳中的极致。

天煞悲痛至极，他深爱着七彩仙子，爱得深沉，爱得执着，爱得真挚。他觉得他和七彩仙子的日子太短了，他要与七彩仙子永远地厮守在一起，然而这一切是不可能了，随着七彩仙子的香消玉殒，身形散尽，一个可爱的婴儿正在床上四肢蹬踹，咿呀呢喃。

她是七彩仙子腹中的婴儿，是他和七彩仙子的结晶，她的体内有七彩仙子的元魂和灵力，而且她也是自己的骨血。他悲伤地看着婴儿，随即抱起婴儿，婴儿用明亮清澈的眼睛望着他，嘴里咿呀地叫着。他的心被融化了，他要履行对七彩仙子的承诺，全心地呵护好他们的孩子。

他让妙羽留在华央宫的冥锦宫，命冥音辅助他照料妙羽，并谕告华央宫所有奴婢要尽心全力照顾好妙羽公主，不得有任何闪失。

三年过去了，妙羽发育得很快，她已经从一个婴儿长成为一个秀美可爱的小姑娘，又过了两年，她已经酷似她的母亲，玉骨冰肌，美貌倾国。她的一举一动，一笑一颦尤像七彩仙子。

天煞从她出生就亲自照料她，可谓既为父王又为母后，对她真是十分溺爱，百般地呵护。

妙羽也是越长越漂亮，天煞更是越来越喜欢自己的这位宝贝公主。一日，妙羽指着一间总是关着屋门的房间，好奇地问天煞："父王，这间屋为什么总是关着门？"

天煞的目光立刻暗淡了下来："这是你母后的卧室,你就是在这间房里出生的,你的母后生下你就离世了。自从你的母后离世后,父王就把这间房关闭了。"

"我能进去看看吗?"

天煞将屋门打开,同妙羽一起走进房间,屋内地上铺着七彩绒毡,摆放着楠木精雕大床,床边是盘凤金铜烛灯,靠墙是一张檀木妆台,墙角放着一架檀木做的七弦古琴,古琴漆面油亮,断纹清晰,两头嵌玉镶翠,在金色的阳光照耀下显得格外夺目。

妙羽走到古琴边,问天煞："母后会弹古琴吗?"

"你的母后古琴弹得非常好。"

妙羽噢了一声,便随着天煞走出了房间。

妙羽自从在母后的房里看到了那张古琴,就开始对古琴有了兴趣,她请来乐师为她演奏,并让乐师传授她弹奏技巧,她的确有同七彩仙子一样的天赋,一学一看就会,而且触类旁通,几乎宫廷的所有乐器她都会演奏,这使得天煞大为不悦,为此斥责过她几次。

这日,天煞来到妙羽的冥锦宫,冥音正在正厅鉴赏一块美玉,天煞一进门便问:"妙羽在哪里?"

冥音道:"公主在琴殿。"

天煞来到琴殿,妙羽正在制作古琴,令天煞吃惊的是殿内放着好几架做工精致的古琴,天煞问:"这些琴是从哪来的?"

妙羽道:"这些古琴都是我自己制作的。"

天煞听罢勃然大怒,他挥手将妙羽正在制作的古琴打飞,接着将所有妙羽制作的古琴全部打碎。

他瞪着妙羽道:"你是天煞国的公主,弹琴跳舞是奴婢的事情,难道你要与他们为伍,我真是把你给宠坏了。"

天煞大声申斥着妙羽,冥音疾步走了过来,看到这种情形,急忙跪下道:"大王,都是我的过错,是我没有阻止公主,以后一定不会了。"

天煞指着妙羽道:"从今天起,不许你再接触任何乐器,你听到没有?"

妙羽胆怯道:"孩儿听到了。"

天煞道:"明天起,每日寅时公主在冥锦宫大殿等我,随我去真武殿开始修炼法术,你们听到了吗?"

冥音激动地急忙接着天煞的话:"奴婢替公主谢恩了,寅时奴婢一定让公主在大殿等候大王。"

妙羽道:"孩儿听到了。"

天煞道:"此事只有你们两人知道,不许对他人讲出。"

冥音道:"奴婢知道了。"

天煞愤愤地离开了冥锦宫。

自此以后,每日寅时天煞都带着妙羽进入重阴山,在真武殿修炼法术。三年过去了,天煞倾尽全力传授法术,妙羽的天赋不逊于她的两个哥哥,只是修行的时间尚短,法力和道行还远不如他的两个哥哥,但其法力已经不可小觑了。

这日,妙羽从云业山回来,赢采正在修炼天煞传授的魔魂大法,他正修炼到一半,忽然感觉到他的背后山脚的背面有动静,妙羽刚从山后走出,赢采陡然一挥手,一股力道强劲的黑烟将妙羽包裹在里面,赢采一转身,令他惊诧不已的是妙羽已经到他的近前,他不禁脱口道:"你也会魔魂大法?"

妙羽点头:"当然。"

"你是从哪里学来的? 父王教你的?"

"是啊。"

赢采疑惑地道:"我听赢青说,你贪睡好玩,不喜练功,以你的身手,绝非一般功力,不明白赢青为什么要说你的坏话。"

"倒也不是,我白天睡觉,是因为我夜里修炼。所以赢青哥觉得我整天睡觉。"

"你夜里修炼,莫非和父王一起修炼?"

"是的。"

赢采的心一下提到了嗓子眼,他故意装出一副无所谓,随口说出的样子:"你是和父王一起去重阴山了?"

妙羽点点头。赢采的母后告诉过他,重阴山是禁区,只有魔君一个人可以进入,那里有阵法守护,有一座大殿是父王修炼的地方。于是赢采试探地问道:"你和父王都在那座大殿修炼?"

妙羽有些惊诧:"是的,我和父王都在真武殿修炼,父王说过除了我只有他一个人知道这座大殿,你怎么知道的?"

赢采顿时感到极度绝望,随之转变成了极度的妒忌和仇恨,他的心似被针扎着一样痛苦和难受。他克制着自己的情绪,生怕让妙羽看出他的内心,于是强笑着道:"我不是太子吗。"

妙羽明亮清楚的眸子表示认可,似懂非懂地茫然点了点头。

赢采凑近,然后装出一副神秘的样子:"我告诉你一个父王的秘密,你也不要告诉别人。"

妙羽瞪着一双令人神迷的大眼睛看着赢采,赢采道:"父王身上有一副黑铁玄带,那黑铁玄带是至尊的魔器,带上它会法力无穷,以后你可以注意,看看父王什么时候带上它。"

妙羽嫣然一笑道:"父王的法力无穷,黑铁玄带永远在父王的身上。"

"父王睡觉也要带着它?"

妙羽脱口道:"它在父王的腹内。"此说一出口,她突然反应过来,后悔说得太多了,赶紧把话收住了。

赢采见妙羽不说话了,立刻问道:"我听说重阴山里有一个大阵,那是什么阵?里面什么样子?"

妙羽不想再回答赢采的问题,她想赶紧脱身,于是她回道:"我回去和父王说一下,让父王带你进去。"

赢采慌忙道:"我的好妹妹,咱们俩的话千万不要告诉父王,父王知道咱们俩私下说他,他会生气的,今天的话就你知我知,明白了吗?"

"明白了,那我回去了。"说完,妙羽离开了云业山。

妙羽走后,赢采越想越生气,他听自己的母后说过,魔君修炼的地方是绝对保密的,只有父王一个人知道,除非他选定了继承人,这个继承人是可以进入父王修炼的地方,这是天煞魔宫的祖制。难道父王要让妙羽继承王位?他想起父王逼得母后自尽的一幕,不觉怒从心起,他抬起双手向着云业山的一处击出,由于他愤怒至极,贯满双掌的真气愤然而出,其威力巨大,只听一声巨响,山体塌下一大块。

住在附近的天寂感受到这股强大的真气,他飞身来到近前,见是赢采满脸怒色,目光凶狠地站在山前,天寂不满道:"发那么大脾气,你都快把我的青冥宫震塌了。"

赢采余怒未消道:"真是气死我了,为王不王,成何体统!"

天寂一听,顿时明白是冲着天煞,他的心里感到一种惬意,此时正是挑拨父子不和的机会。于是,他表现出怜爱的样子道:"王叔知道你可怜,你的母后去了,你一个人孤苦,你的父王也不关心你。"

赢采咬牙切齿道:"关心我,恐怕把我看成眼中钉,我绝不会成为我的母后。"话说了一半,他觉得说得有些不妥,立刻把话停了下来。

天寂道:"你说得对,你父王的所作所为王叔看得一清二楚,你母后死得可怜,王叔绝不能看着你再受委屈,你有什么想法告诉王叔,我会帮你。"

盛怒之下的赢采已经完全失去理智和思考,天寂的话让他已经完全忘记离姣告诫和叮嘱他的话,让他千万不要把他父王的秘密告诉任何人,怒火中烧的他把离姣和妙羽告诉他天煞的秘密一股脑地全部告诉了天寂。

天寂收获颇丰,他安慰了赢采一番,便回自己的住处去了。

夜幕笼罩下的重阴山诡异阴森,一座座耸立的孤山如石林相仿,黝黑的岩壁不时闪烁幽兰的暗光,阵阵阴风掠过,风中带着戾气和冰冷,这里实际是天煞噬魂阵的一部分。另一部分是与它相接的一湾湖水,湖面上浮着似水莲状的植物,忽明忽暗微光闪闪。

天煞和妙羽一进入天煞噬魂阵,天煞就感觉有些异样。当来到湖前,天煞袍袖一甩,一道暗红的气流似一条铺开的缎带跨越在湖面之上,随即湖面上的浮动的似水莲状的植物在那道暗红的气流的两旁整齐排成两列,它们纵着每个水莲状的植物间隔距离相等,横着与对面的一一对应。而今日却十分异常,纵着每个水莲状的植物间隔距离远近不同,横着也不是与对面的一一对应了。

天煞就是一惊,妙羽也发现不对,她对天煞道:"父王。"天煞挥手示意她不要说话,二人警觉飞过湖面,来到真武殿。

天煞和妙羽走进真武殿,天煞凝神感知整个大殿气流的变动,妙羽的目光四处巡视着。猝然天煞似一道电闪冲破真武殿的殿顶,殿顶上的黑影即刻向着远方而去,妙羽随着天煞也冲了出来,她正准备追向逃窜的黑影,天煞拦住了她,道:"别管他,是天寂。"

妙羽恍然明白了,她将昨天在云业山与赢采见面的情况丝毫不落地告诉了天煞。

接近辰时,他们修炼完毕,天煞对妙羽道:"你先回华央宫,父王要去临霄宫一趟。"

天寂从真武殿逃走后,回到自己的住处,他思忖着,他没费什么气力就穿过了天煞噬魂阵,而且也没有给此阵造成任何破坏,他在真武殿已经收敛了自己的真气,如果没有引起天煞的怀疑,是不会被发现的,他左思右想也没有找出在哪里暴露了踪迹。他知道天煞已经认出了自己,这对他极其不利,恐怕天煞早晚会对他下手。

天刚大亮,他便来到赢采的住处,赢采略感诧异地把他请入洞内,天寂环顾了一下,对赢采道:"王叔要跟你说几句私话。"

赢采一挥手,周边伺候的奴婢迅速离开了,赢采道:"王叔请讲。"

天寂蹙着眉头,眸子带着忧虑:"你昨日所说的,的确让王叔有所触动,魔宫这样下去对谁都没有好处,尤其是你,我不愿意再看到你步你的母后的后尘,王叔是有心让你成为魔宫的新王。只是王叔顾虑你有无决心?"

赢采眸子发亮,坚定地道:"不瞒王叔,我早有此意,如果王叔愿助我为魔君,侄儿愿尊王叔为重父,共治魔宫。"

叔侄俩正在商议,忽然临霄宫掌事来到,他来传魔君的圣谕,让赢采到临霄宫拜见魔君,赢采面色带着惊惶,天寂对赢采耳语道:"你先去,王叔随后就到。"

赢采随着掌事来到临霄宫的大殿,天煞坐在台上的龙椅上,一脸怒容瞪着低着头向他走来的赢采,当赢采走到台前,天煞一拍椅把:"吃里爬外的东西,我真是白养了你。"

赢采咕咚一下跪下,就在这时,天寂来到大殿门外,两个门卫正要上前阻拦,天寂一挥手将两个门卫打飞,迈步走进大殿。

天煞大为惊愕,强压怒火,冷冷道:"本王又没召你,你强闯大殿来做什么?"

天寂看了一眼跪在地上的赢采,然后对天煞道:"我是为赢采讨个公道。"

"你为赢采讨公道?本王倒要看看你为赢采讨什么公道。"

"自你从外域携七彩仙子入宫,藐视祖制,沉迷女色,逼死离姣,而今你又溺爱妙羽,带她私入真武殿,违我祖制,你的所作所为,天怒众怨,岂还能为我天煞魔君?"

天煞猛地从龙椅上站立起来,指着天寂道:"大胆天寂,你一个臣子私下打探王家的秘密,夜入重阴山,私闯王宫,利用赢采,我看你是想谋权篡位。"

"你根本就不配做天煞的魔君。"

天煞抬起双掌向着天寂击去,天寂回掌相迎,两股真气势均力敌,形成了一堵气墙,刹那,天煞射出的真气中数不清的白丝以迅雷不及掩耳之势顺着气流将天寂的双手缠住,并迅速沿着胳膊向上延伸,缠在天寂双手的白丝带着剧毒钻入天寂的皮肤之内。天寂拼力抵住压来的气流,但仍然无法挣脱,也无力阻止白丝的涌来和钻入。

天煞看着愣在一旁的嬴采,怒斥道:"逆子,还不动手。"

嬴采立刻从惊恐中反应了过来,他向着天寂身前迈了一步,抬起手一掌击出,天寂心里一沉。然而,嬴采的一掌并没有朝着天寂打来,而是向着天煞打去。天煞毫无准备,万万没有想到嬴采会对他下手。天煞的身子遭到重击,整个身体从台上飞出,撞在墙壁上,嬴采随着天煞的身体,一只手伸向天煞的腹部,准备抢下天煞腹中的黑铁玄带。

嬴采的一掌使天寂彻底摆脱了天煞,然而嬴采要夺取天煞的黑铁玄带,这是天寂所不能允许的,一旦嬴采抢得了黑铁玄带,加上嬴采现在的法力,自己恐怕将无法制服嬴采,自己所做的一切都将白费,必须趁此机会除掉嬴采,把黑铁玄带夺到自己手中。

天寂将全身的真气和寒毒运足到掌中,用尽全力向着正在空中接近天煞身体的嬴采打去,天煞尽管被嬴采击中,但嬴采并没有下狠手,天煞在被击出飞向墙壁的瞬间完全感觉出天寂一掌击出的杀气,他右手一挥,将嬴采打飞,而天寂的一掌却正打在他的胸口上,天煞就觉胸口崩裂,身子将大殿的墙壁撞出一个大洞,飞了出去。

嬴采这才明白,原来天寂是利用自己,利用自己要当天煞的魔君,他竟然如此狠毒,出手就要取自己的性命。嬴采怒从心起,决意以死相拼,抬手一股黑烟将天寂裹挟在里面,两人打在一起。

天煞忍着重伤,起身飞到华央宫,他冲进冥锦宫直奔妙羽的卧室,妙羽正准备休息,突然感到父王向这里奔来,她走出卧室,天煞来到近前,她错愕地瞪着父王:"父王受伤了。"

"随父王走,天寂反了。"说完冲出冥锦宫,妙羽紧随其后,向着留魂山的方向飞驰而去。

父女两人刚一着地,天煞一只手掠过妙羽的腹部,黑铁玄带立刻进入到妙羽的腹中,妙羽惊诧道:"黑铁玄带?"

"带上它,你的法力会大增,你跟紧我,我们要穿越时空通道。"

天煞在前,妙羽随后,很快就穿越了时空通道,从章海底部冲出,来到九州大陆。二人飞向西幽山,天煞一眼就选定了修罗山这块地方,他把妙羽安顿好,便决意重返天煞魔宫,他不能让天寂得逞,嬴采和嬴青还在天煞国,有他在,天魂和众首领就不会听从天寂的。

天魂正在留魂山修炼,他突兀感到有股强大的真气在黑藏谷涌动,难道有谁想穿越时空通道?抑或是有谁从九州进天煞国?他飞身来到黑藏谷,谷内悄然无声,只是黑雾缭绕,他再没有感觉出任何异样,他觉得有些不安,随即在黑藏谷布下了"腐毒天罡阵"。

他刚一回到住处,还未进洞口,他手下的一个首领就慌忙地跑到近前,惊慌道:"领主不好了,天寂和赢采动手了,临霄宫已经塌了,您赶紧过去看看。"

天魂听罢,飞身直奔临霄宫。

天寂和赢采拼死博杀,但赢采的法力终究不敌天寂,最终被天寂打成重伤,天寂虽受了些轻伤,但却将赢采擒住,并将他扔进魔窟。天寂没有时间耽搁,他直奔华央宫,他没有在华央宫找到天煞和妙羽,询问了一下,谁也不知道天煞和妙羽去了哪里。他思忖了片刻,猜测天煞有可能去找天魂,于是,向着留魂山而去。

天煞被天寂一掌重击,胸部多处经脉已经断裂,天寂掌中的寒毒随着经脉断裂处进入体内,他没有时间疗伤,只能用体内真气护住要害,减缓寒毒的侵入,他浑身痛苦万分,但他必须马上回去找到天魂,于是,他让妙羽照顾好自己,便重返时空通道。

重返空通道,他感到十分费力,真气耗损极大,伤势突然加重了很多。然而令他意想不到的是当他冲出时空通道,进入黑藏谷时,他便闯入天魂布下的腐毒天罡阵,阵中腐毒弥漫,锐利的罡气四窜,天煞无暇在阵中耗费体力和时间,他骤然发力,强大的气流刹那间将腐毒天罡阵崩碎,他随即冲出黑藏谷。

他的骤然发力是将周身和护住他要害的真气一起发出的,迎面扑来的腐毒和体内的寒毒混合在一起,侵入了他的要害的经脉和内脏,他感到经脉在紧缩,周身寒冷,他必须即刻找一个隐蔽的地方疗伤,把侵入要害的经脉和内脏的剧毒逼出来。

他刚在留魂山一处僻静处落地,一股强大的气流如厉闪劈下,罡气从他背后的上方激射而来,他飞身躲开,转过身来,天寂迎面扑来,双方同时双掌击出,天煞被强大的气浪撞了出去。随即天煞划出一道暗红的光芒冲向天寂,天寂也化成一道黑烟扑向红芒,两道气流相遇,擦出耀眼的光芒,天煞倒在地上,元魂出体,身形开始消散。

天寂站落在地上,周身被一层层白丝包裹在里面,如一个直立的蚕茧。天寂猛然发力，包裹在身上的蚕丝顷刻化成齑粉，四散而去，而接触肌肤的白丝除了崩散出去的部分，很多都侵入到他的体内，并在他的血液中融化变成毒液，这是天煞的血蚕尸毒。

天寂用真气护住要害，来到正在消散的天煞跟前，他发现黑铁玄带已经不见了，他知道一定是天煞传给了妙羽，此时，天煞的血蚕尸毒开始发作，他周身寒冷，疼痛难忍，他已顾不上再找妙羽，急忙返回魔宫。

天魂、赢青、赢青的师父和一些首领已经赶到临霄宫，临霄宫的大半已经在天寂和赢采打斗时被撞塌，断木碎石混杂在一起，整个临霄宫一片狼藉。

天魂等众首领已经从临霄宫的门卫了解了情况，大家都知道天寂是去寻找已受重伤的天煞，每位都各怀心思，但谁也不愿让谋反的天寂做天煞国的魔君，尤其赢青最不甘心，赢采忤逆不能做王，就应该轮到自己，但他知道父王不在，现在法力最强的就是天寂了，自己要与天寂争斗，恐怕也会和赢采一样，若父王被天寂杀死，只能仰仗在场的各位。

大家正在商议，天寂从远处飞来，大家知道天煞一定凶多吉少，赢青装作没有看到天寂飞来，大声道："谁要是敢杀我的父王，我就和他拼了。"

在场各位立刻应和着："赢青说得对，谁要是敢杀大王，我们就和他拼了。"

天寂落地，大家都带着敌视的目光看着他，原本他想告诉各位自己杀死天煞，看到这种场面，血蚕尸毒又在发作，一旦动手肯定不是天魂和这么多首领的对手，于是便改变说法："天煞申斥赢采，我是替赢采说了几句公道话，不想触怒了天煞，他竟对我动手，我只得还手抵挡，不曾想赢采竟对天煞出手，打伤了天煞，并要夺走天煞的黑铁玄带，这等丧尽天良的忤逆之子岂能存留，一怒之下，我一掌要打死这个逆子，不曾想打到了天煞，天煞逃走，我擒了赢采，我去寻找天煞，没有找到，现在也不知道他在哪里。"

天魂道："此事我们已经从门卫那里得知了一些，赢采忤逆，也应由大王裁定和处置，请问王爷，赢采现在何处？"

天寂回答："我把他押在魔窟了，现在天煞不在，天煞国不能无王，我现在就先代替天煞魔君，待天煞回来再交还给他。"

天魂道："若王爷将赢采交给我，我愿支持领主暂代魔君之位。"

天寂道："赢采忤逆，不能不惩，把他监禁在阴风洞，由你看管，你看如何？"

天魂知道天寂的法力高深莫测，心里也有着几分恐惧，既然天寂已经让步，也就到此为止，见好就收了，他颔首道："可以。"

众首领也不愿局面不可收拾，没有谁再反对。

天寂道："各位首领暂先回去，下午再议。"

所有首领便离开散去。

四十四、魔女妙羽

YU PEI JI

程昊来到上颐城，直奔南悦大街宝丰巷七号。严舵主一见是大将军，赶紧把程昊请到屋里，屋里的人都退了出去，程昊道："舵主，你能在幽冥谷给我找一处隐蔽安全的地方吗？有一个重要的人物，她受了重伤，要在那里疗伤，你有办法吗？"

舵主不假思索地答道："没问题，在东阳镇以北五公里有一处不大的村落，叫温源村，也就十几户人家，村子最北头山坡上有一个大院，那是我们的一个站点，没有人会注意到那里，那个院子既隐蔽又安全，你可以让她住在那里。"

"好，我这就过去。"

"大将军等一下。"严舵主走进里屋，很快就走了出来，伸手把一个令牌递给程昊，然后拿起笔道："我写个指令给他们，他们见到这两样东西，就会听从您的指派。"

严舵主在兽皮上写好指令，并告诉程昊接头暗语，程昊拿着这两样东西离开了宝丰巷七号。

程昊回到幽冥谷那个僻静的山林，飘然落地。妙羽坐在一棵大树下，面色苍白憔悴，看上去十分虚弱。"能坚持住吗？"程昊走上前。

妙羽努力振作自己，一笑道："能，我没事。"

"地方已经找好了，我们现在就过去。"程昊抱起妙羽，腾空而起，冲向温源村。

温源村住户不多，不过三十户人家，但面积不小。近二十户人家集聚在山坳中心的一个村落里，其余住户散居在山坳四处的山岗上。这些山岗都不高，住户一般居住在较为平缓宽敞的地方。程昊所要到的院落位于村落最北端一个不大山岗的山脊处，站在后院房顶上俯瞰，整个山坳尽收眼底，从后院的后门下到山岗的脚下便可进入山坳中心的村落，从前门出去是一条蜿蜒曲折的小路，一直伸向幽静的山谷。

程昊掠过温源村，确定了村落最北端的院落，他把妙羽放在前面不远的树林里，独自走到门前，按照约定的暗号敲了三次门。一个中年男子将门打开，双方对上暗号，程昊将严舵主的令牌和书信递给了中年男子，男子看完信："我们一切听候大将军指令。"

"你去准备吧，我马上带人过来。"程昊说完向着树林而去。

前院一间最好的房屋已经准备好，程昊把妙羽放进房间，然后从妙羽的房间走了出来，来到客厅。

住在这个院落的三个人都在客厅等候着，见程昊来到客厅，中年男子介绍道："我叫林涛。"然后指着中年妇女道："她叫英姬，是我的内人。"接着又指着年轻姑娘道："她叫杏儿。"

两个女人向着程昊笑了笑，林涛道："舵主指令我们两口子去村南头的站点，让杏儿留在这里，不知大将军有何吩咐？"

程昊点头："就按严舵主的指令，我们离得很近，有什么事情我们随时沟通。"他把目光转向杏儿："杏儿知道那里吧？"

杏儿嫣然一笑，点头："知道。"

林涛拱手："那我们就去南站了，我们在南站随时听候大将军指令。"

"等这里安顿好，我和杏儿会去你们那里的。"

林涛夫妇走后，程昊疾步回到卧室，妙羽面色苍白，双目微合在自行疗伤。程昊急忙辅助妙羽疗伤，她伤得很重，程昊从早晨到下午全力帮助她疗伤，但她伤势依然没有什么好转，直至太阳悬在西边的群山之上，她才昏昏睡去。程昊走出卧室，他给杏儿做了一番交代，便立刻返回了上颐城自己的住宅。

自从程昊夜间悄无声息地离开，就没有人知道他去了哪里。黄昏时分程昊走进院子，宅里的人见到程昊脸色灰白，衣衫多处血迹，很是惊慌，玉儿、两个孩子,还有吴间等人都迎了过来,玉儿上前搀住程昊:"老爷你受伤了,快进屋。"

"不要紧的,我们进屋说。"程昊大步走进客厅,众人随着走进客厅,程昊道:"昨夜,在西幽山脉的修罗山,一个凶魔打破了道宗的封印,我和道宗一起赶到,合力将凶魔诛杀,在与凶魔相斗中,我受了些伤,我现在就去疗伤,大家散去吧。"

程昊和玉儿去了后院,大家各自离去。

程昊换好衣服,从卧室走出,准备去练功房疗伤,颖惠大步走来,一见程昊急促道:"义父受伤了。"

"不要紧的,我去练功房疗伤。"说完,他惊异地打量着颖惠,发现颖惠皮肤光泽洁白,突然变得漂亮了,"你最近身体恢复得不错。"

"我的阴亢之体好了。"

程昊疑惑地反问道:"你的阴亢之体好了?"

颖惠把胳膊伸给程昊:"不信义父把一下脉。"

程昊一把颖惠的脉象,惊诧地目瞪口呆,简直难以置信,颖惠的脉象如常人一样,阴亢之体完全不见了。

"你是怎么好的?"程昊不解地问。

"上颐城很多人都知道,咱们这座城有个月神医,他连死人都能救活,我的阴亢之体就是他给治好的,义父要不要请月神医给治一下?"

"你能把他请来吗?"

"当然可以,我这就去请月神医。"

程昊道:"你一会把他直接带到练功房,我在那里等他。"

天色已经完全黑了下来,颖惠带着月生来到程昊的练功房,此时程昊正在极度痛苦之中,因为玄夭的法力极高,一掌击出千钧之力,程昊腹中的玉佩虽然吸噬了玄夭击出的大量真气,但腹部还是受到一定重创,更为糟糕的是玉佩吸噬的玄夭的真气缓慢地反刍,而玄夭的真气来自另一时空,他体内的真气无法吸收和消解,玄夭的真气淤积在程昊受伤的部位,阻塞他经脉和气血的运行,无论如何调整自己的真气,都无法打通受伤部位的经脉和气血,这使得他疼痛异常。

颖惠见程昊衣服已被汗水浸透,面色惨白,汗流满面,浑身都在颤抖,吃了一惊。她焦急地看着月生:"月神医快给我义父看看。"

月生疾步走到程昊的跟前,程昊打起精神对颖惠道:"惠儿,你先回去吧。"

月生回头看了一眼颖惠,微微地点了点头,颖惠退了出去,轻轻关上了门。

还未等程昊开口,月生道:"大将军无法打通腹部受伤处的经脉,并且周身异常疼痛,不知我说得对否?"

程昊暗自佩服:"月神医说得极是。"

月生将手在程昊腹部放了一下便收回,这一下使他吃了一惊,他在接触程昊腹部的一刹那就发现程昊腹中的玉佩,那是一块能汲取天地灵气,具有无穷威力的法宝,与自己腹中玉佩近似。同时,他也感知到程昊体内有着一种奇异的真气,这种真气程昊根本就没办法化解,而这真气的来源就是程昊腹中的玉佩。

月生坐到程昊的背后:"大将军体内有一种异样的真气,这真气大将军是无法化解的,它来自你腹中的玉佩,大将军不要再动用自己的真气,就如常人一样,我来操控你的真气,把你体内的异样的真气吸噬掉。"

程昊不敢相信,这位神医能够操控自己的真气,简直不可思议,但既然月神医已经说了,也只好按照神医说的去做。

月生将双手放在他的背后,果然操控着他体内的真气,这令他惊骇不已,他知道他的性命现在完全掌握在这位神医的手中,然而他也感知到他体内那股异样的真气正在被吸噬。

月生在缓缓地吸噬这股异样的真气,他用九真阴阳秘籍尝试着化解这股真气,结果完全可以,不久程昊体内的异样真气被吸噬干净,月生在他背后拍了一掌,一股真气在他的经脉中似一个强大的电流通过,他顿觉浑身舒爽,已经完全如常。

月生站了起来,程昊回身拱手:"先生医术高超,法力深不可测,远在程某之上,程某佩服。"

月生道:"大将军过奖,大将军已经彻底好了,月某告辞了。"

程昊急忙抬手:"月神医等等,能否再帮我个忙,去一趟温源村,有一个比我的伤还重的人需要救治。报酬神医尽管开口。"

月生道:"治病是为医本职,大将军带路,我们走。"

二人若飞出的利箭,划过夜空,来到温源村妙羽的住处。

此时,妙羽的呼吸已经变得十分微弱,她感到自己很快就要不行了。月生一见不禁道:"伤得这么重,再晚一个时辰就没有救了。"

程昊柔声对妙羽道:"这是月神医,让他给你疗伤。"

月生把着妙羽的脉，把目光转向程昊："这位姑娘的真气与我刚才除去你体内的真气一样。"

程昊急忙把在修罗山合力诛杀玄夭的情况告诉他，月生道："这位姑娘绝非来自九州，大将军给这位姑娘施救注入大量自己的真气，大将军的真气当时还起些作用，但过后大将军的真气与这位姑娘的真气不能相融，这位姑娘的法力又极其高深，将你的真气裹挟在里面，已渗入内脏，我现在必须把这些有毒的真气逼出来，大将军准备些湿布，一会帮助擦拭。"

月生扶起妙羽坐稳："你不要动用你的真气，一切由我来操控。"

妙羽无力地点头，月生操控着妙羽的真气，并用九真阴阳大法将她内脏的毒气逼出，黑血不断从妙羽的嘴里和鼻孔流出，程昊不断地擦拭，杏儿一块一块替换湿布。当毒气从体内完全逼出，妙羽的神志完全清醒，也有了些气力。

月生一只手顶在妙羽的后背："不知姑娘能否按照我的方式操控你的真气？试一试。"

妙羽的法力极高，立刻就能按照月生的方法操控自己的真气，月生非常满意道："姑娘的道力很深，我教你的是九真阴阳大法，它可以化解和吸收不同的真气，也可以把不适的真气逼出，还可以更快地恢复你的气血，通络你的经脉。你的经脉和气血淤塞年头已久，需要近一个月的调养，切勿操之过急，每日至少修炼一次九真阴阳大法，其余时间姑娘只能静养，第一周我会每日来为姑娘疗伤，姑娘现在已经无大碍了，安心静养就是了。"

妙羽眸子内充满感激："小女感激大神的救命之恩。"

"姑娘不必客气，这是我的本职，我明日此时再来给姑娘疗伤。"随后拱手告辞了。

程昊将月生送出屋，月生消失在夜空当中。

自此以后，连续七日天交二更，月生便来到妙羽的住处用九真阴阳大法为妙羽疗伤，妙羽的法力迅速恢复，七天之后，妙羽已经完全可以运用自己的真气自行疗伤了，月生第七日最后一次给她疗伤后给了她一粒丹药，告诉她三日后服用，服用后她的法力会大增，两周内她的一切损伤会全部修复，她的法力将恢复到她原来的最好状态。

程昊告诉玉儿，这段时间他可能不经常回家，他有重要的事情要办，之后，就回到温源村。

两周里，他精心照料妙羽，最初他把上颐城美味佳肴一网打尽，搜罗来让妙羽品尝,接着又在青沧郡寻觅美食,尽快让妙羽恢复体力和元气。他不辞劳苦,煞费苦心,可谓竭尽全力,无微不至。两周后的妙羽几乎完全复原,看到妙羽身体已经没有什么事情了,他才放心地离开温源村。

又过了一周,妙羽的身体已经处在离开天煞国前的状态,再无须任何调养。

这日清晨,妙羽走出房间,东方的一轮金色朝阳正喷薄着万丈光芒,浮动在天空的流云在金光的照耀下,似一座座洁白耀眼的雪山。妙羽凝视着辽远天空,一阵惆怅和孤独之感涌上心头。她低下头,微蹙眉头,不由得又想起了程昊,他已经三天没来了,今天能来吗?

近些日子,她的心绪很乱,她的父王一直萦绕在心头,父王为什么没有再回来?他受了伤,再回到天煞会怎么样?还活着吗?另外程昊的笑貌有时会浮现在脑海里,他那俊美的面容总带着股凛然之气,儒雅飘逸的身姿玉树临风,他做事细腻沉稳,温润如水,有他在身边便有了一种温暖,有了一种想要依赖的感觉。

她默默地转过身,准备回屋,她突兀感知到一股真气正向这而来,是程昊,她回过身眸子里闪着光芒。

每次程昊离去后的再次出现都让她兴奋,而当他要离去时,内心总是充满了不舍和留恋。当他一离去,她的内心就会泛起一阵悲凉和感伤,并许久才能平复。

程昊飘然落在她的面前,他望着晨光下亭亭玉立的绝色佳人,不禁心中赞叹,妙羽太美了。

妙羽的绝色容貌的确会让见到她的异性心动和倾倒,无论谁只要是惊鸿一瞥马上就会被她的容貌深深吸引,对她的容貌惊叹,赞美不已。

程昊抬手,将带来的糕点放在屋里的桌上,看着妙羽问:"还没吃早饭吧?"

妙羽一笑,点了一下头。

杏儿疾步走出屋子:"大将军,您来了,早饭已经做好了,吃饭吧。"

程昊道:"我给你们带来些点心,你们尝尝。"

三人走进屋里,程昊坐下,问:"这三天还好吧?"

杏儿回道:"小姐的身体恢复得挺好,就是心情不太好。"

程昊的目光带着自责,妙羽尴尬地急忙找个借口:"是太憋闷了。"

吃完饭,程昊拉着妙羽的手走出屋子:"我带你去个地方。"说完拉着妙羽腾空而起,向着东冥山飞去。

他们携手凌空,衣带飘然,一个若仙子临凡,一个似嫦娥离月。苍山峻岭在他们脚下掠过,清冽的晨风扑面袭来,程昊拉着妙羽在云岫峰的半山处落下。

这里林木苍郁,空谷幽静,一道瀑布似一条悬挂山间的白练从悬崖上飞泻而下,一泓碧绿的深潭,周边是一大片花海,各种奇花异葩缤纷绚烂,赏心悦目。茂密的树林里不时传来林鸟清脆高亢的鸣叫声。

此地如诗如画的景致冲淡了妙羽心中的阴霾,她那迷人的眼睛闪动着怡悦的光芒。他们徜徉在花海之中,伫立在瀑布之畔,言笑晏晏。突兀间天色阴暗了下来,接着便是电闪雷鸣,程昊立刻拉着妙羽腾身而起,飞进一个不大的山洞。此时,大雨如豆,倾盆而下,暴雨带着凉风涌进山洞。他们尽量往山洞里面躲,由于山洞不大,又非常浅,雨水还是不断地涌进山洞,风雨掠过,带来些许寒意,程昊索性将身子背向洞口,把妙羽抱着怀中,妙羽随了程昊,将身体紧贴着程昊身体。

此时她能感觉到程昊的血脉偾张,心脏快速地跳动。她也展开了双臂,抱着程昊。程昊幸福至极,他挚爱着妙羽,妙羽的一笑一靥,一举一动都让他醉心着魔,让他爱得刻骨铭心,即使为她舍去生命他也在所不惜。

暴雨很快就停止了,金色的太阳又从逝去的流云背后重现身影。程昊轻轻吻了一下妙羽的前额,又重新站到洞口。雨后初霁,一道彩虹凌空飞架,被雨水冲刷后的草木青翠欲滴,湿润的空气尤为清爽。

他们拉着手,俯视远方,目光中都闪烁着兴奋和甜蜜。过了片刻,妙羽道:"我们回去吧。"

程昊一下将妙羽抱在怀中,凌空而起,向着温源村而去。

妙羽倒在程昊的怀中,她脸颊的一侧贴在程昊的胸前,两颊泛起了微微的红晕。

回到住处,程昊沏好了一壶茶,放上两个精致的茶盏,他们一边品着茗茶,一边彼此倾心地交谈着,他们各自讲述着自己的身世、成长的经历、遇到的风险以及各自的喜好和期待。他们倾心真诚,相谈甚欢,从上午一直聊到日暮西山。晚饭后,程昊就要离去,他抱住妙羽:"我明天再来,等着我。"

妙羽不舍地点点头,深情地看着程昊。程昊将妙羽抱得更紧,热吻之后,妙羽站在门前,看着程昊飞身消失在夜空之中。

第二天晚饭前,程昊才赶到妙羽的住处,妙羽心情很是不悦,但并没有表现出来。而令她没有想到的是程昊一进门却带着一架做工精致的古琴,顿时心中的不悦化为兴奋和喜悦,脸上洋溢着灿烂的笑容。

程昊将古琴放好,带着歉意道:"我来晚了,我去了几个郡,都没有我要的古琴,最后还是在虞临郡风月城买到这架古琴。"

妙羽拉着程昊去厨房:"这琴我太喜欢了,你累了吧,我们去吃饭。"

他们三个吃完饭,程昊和妙羽回到前院。

静静的夜色下,一轮满月洒下银色华光,妙羽端坐古琴前弹奏,程昊手持玉笛随曲附和,琴笛和鸣,悠扬的天籁缭绕在寂静的庭院中。

程昊一袭白衣,晚风习习掠过,吹动着他的长袖。清辉映照着他俊美的面容和修长的身材,玉笛、白衣和飘逸的身姿,他在皎洁的月色下宛若天宫的神仙,洒脱俊逸。

曲尽声息,程昊与妙羽四目凝视,程昊的目光炙热如火,妙羽秋波似水。程昊望着月光下妙羽绝色娇美的容貌,上前一下将妙羽抱起,兀自进入卧室。

随后数周,彼此已如胶似漆,难舍难分,完全坠入温柔之乡。

程昊的心里十分矛盾,他想把妙羽接回上颐城,名正言顺纳妙羽为妾,可他知道这样不行,妙羽来自天煞,九州视她为魔女,那些法力深厚的上仙和宗主都要铲除她,他必须保证她的安全。

妙羽自然非常清楚自己的处境,她的内心也很矛盾,她舍不得离开程昊,又挂念着父王,心系魔宫。自从她被封印在降魔钟内,她就盼望着父王能够来救她,以父王的法力必定能够将她找到,并救她出来。可是父王始终没有再出现,如果父王没有遇到什么不测,绝对不会丢弃她的,恐怕父王是凶多吉少,魔宫很可能已经掌控在天寂的手中,她若是回去会有极大风险。可她不甘心,她要知道父王怎么了,魔宫现在是什么样子,至于程昊所说的不能接她去上颐城,她一点都没在意。倒是她的内心十分纠结,她想回天煞国一探究竟,但又怕程昊多想和失望,何况她也舍不得程昊,几次想与程昊商议此事,但都欲言又止,最终还是没能开口。

程昊的来无影去无踪,让玉儿产生了些许疑惑,她问程昊:"你近一段时间总不在家,我真的有些担心,你告诉我会不会出什么大事?"

程昊道:"我有重要的事情安排,不会影响到家里的安危,现在还不能告诉你,等我把一切安排好再告诉你。"

玉儿听了程昊的话,这才放心:"我只是有些担心,没事就好,你还是要多加小心。"

"好的,我的行踪还是要保密。"程昊提醒玉儿。

"那当然。"

然而,在程昊的府中有两个人也察觉到了程昊的异样,他们就是潜伏在程宅的吴间和他的内人娟儿。平常他们总能在府中见到程昊,即使程昊有事,吴间也能隔三岔五见到程昊。而自从程昊受伤之后,吴间见到程昊的机会明显减少,几次他找程昊请示,都被玉儿拦住,玉儿告诉全府:"大将军在内宅调养修炼,任何人不许打扰,有事情直接找我。"

玉儿告知全府之后,在内宅除了居住内宅的仆人外,很少有人进出内宅,即使进入内宅的人也没有人敢打听内宅的事。吴间自然知道府内的规矩,更知道此事的轻重,而且即便打探也得不到任何消息,反而会暴露自己。

这日,他到内宅的前院找程昊,请示维修马棚的事情,丫鬟把他请到客厅,便去通禀玉儿,玉儿来到客厅,吴间赶忙把维修马棚的事情告诉玉儿,玉儿沉吟片刻,抬头道:"大将军还在修炼,等我问问大将军后再动,你先等等。"

"好,我等夫人的指示。"说完,告辞离开。

他从客厅出来,并没有直接走出前院,而是向左一拐进了前院的侧门。他是要到内宅的厨房,问一下内厨还需要什么食材。他刚走到内宅厨房的门前,就听见掌勺大师傅的徒弟问:"师父,我要不要问一下夫人,是不是不准备大将军的饭了。"

大师傅有些不耐烦:"夫人不是交代过了吗,要做大将军的饭会通知后厨的,没有通知就做夫人一个人的饭就行。你怎么老问这个问题?"

"知道了,那我就不去问了。"

吴间在门外听到二人的对话没有立刻进屋,而是返身走进厕所,他不急不慢地小完便,才再次走到后厨的门外,然后走进厨房,问了大师傅还需要什么食材后才离开内宅。

回到寝室,他把刚才的情况告诉了娟儿,两口子分析了一番,觉得程昊肯定在做什么事情,应该把程昊自受伤到现在的情况告诉联络站点,并等待指示。

第二天的丑时,娟儿悄悄地走出院子,沿着东墙蹑足疾行,来到一棵大树下,纵身跳上大树的树枝上,而后从树枝上无声地落在高墙上,随后纵身跃下,消失在漆黑的夜色里。

四十五、独闯魔域

　　程昊自从与妙羽同居后，一周五天的夜晚都在妙羽这里，白天则根据两处的情况决定在哪里。倏忽一个多月过去了，妙羽忽然觉得身体特别不适，起初两天还没在意，又过了两天不适进一步加剧，她感到周身疼痛，于是，她静坐下来，调整自己的经脉，这时她才感觉出自己是怀孕了，身体的极度不适原来是来自胎儿。

　　酉时时分，太阳已经移动到西边的山峦之上，程昊来到妙羽的住处，妙羽将自己有身孕的情况告诉了他，他一摸妙羽的脉象果然如此，而且脉象紊乱。他的内心上下忐忑："我去找月神医，让他帮你诊断一下。"

　　妙羽点点头，程昊出屋奔向济生堂。

　　程昊来到济生堂，月生的徒弟迎了过来："先生是来看病？"

　　程昊笑着道："我叫程昊，来找月神医。"

　　"是大将军程昊？"

　　"正是。"

　　小徒弟热情道："我师父就是去您那里了，找颖惠小姐去了。"

　　"怎么，惠儿病了？"

　　"不是，我师父经常去她那里，小姐和我师父可好了。"

程昊恍然颔首:"那正好,我回去找他。"

程昊刚走出济生堂,月生迎面走了过来,月生急忙施礼:"大将军,您来找我?"

程昊笑着疾步上前:"妙羽不舒服了,想请神医过去诊断一下。"

"那我们现在就过去吧。"

他们来到住处,妙羽急忙给月生施礼:"有劳神医了,快快请坐。"

月生坐下,妙羽端起茶壶给月生倒茶,月生一眼就看出妙羽怀孕了,急忙道:"不要客气,夫人是怀孕了,我来诊断一下夫人的脉象。"

妙羽暗自佩服月生的医术,急忙将手腕伸了过去,月生摸了一下妙羽的脉象,微蹙眉头:"夫人经脉紊乱,周身疼痛,恐怕已是第五天了,这两天越发厉害了。"

月生看着妙羽,妙羽点头:"月神医说的丝毫不差。"

"是胎儿引起的。"

妙羽立刻插话:"的确如此。"

月生道:"夫人所孕的这个胎儿,不同于常人所孕,这胎儿与夫人的经脉气血紧密相连,是无法打掉的。这胎儿的气血与夫人的气血不同,就如同上次大将军救治夫人输给夫人真气,夫人无法化解的真气,形成了剧毒。随着孩子的增长,夫人的身体是无法承受的,通常会母子双亡的,最好的结果也是子活母亡。"

妙羽和程昊惊诧不已,程昊焦急地问:"神医有什么办法吗?"

月生道:"必须有一种极阴之药,而且这极阴之药中还要具有阳气,只有这种药材才能将胎儿的气血转化成能与夫人融合的气血,但是,这种药材九州是没有的,不知道夫人的魔界可否有此药?"

妙羽想了片刻:"我听父王说过,在藏幽山的混元万窟阵中,生长着一枝神草,叫混元草。这枝草生长在阵中,起着压阵的作用。这草是魔界中的圣草,也是极阴之草,若食之,能得百年修为,经脉如金刚铁石般坚硬。只是那混元万窟阵是魔祖阴罗所布,没有谁能进入此阵,就是如我父王拥有那等法力的魔君入此阵,也会被困死在里面。至于其他哪里还有这种药材,我就没有听说过。"

程昊道:"我去趟魔界,去寻找这种药材。"

妙羽道:"你对那里一无所知,要去我和你一起去。"

月生连忙摇手:"夫人万万不能去,夫人稍微运用真气还无妨,只是之后会周身疼痛,可是一旦全力激发自身的真气,并长时间的维持,胎儿的气血必将侵入夫人的内脏,夫人是有性命之忧的,这是夫人经历过的。"

程昊面色严峻:"我去。"

月生苦笑着望着程昊:"我说句实话,大将军不要在意。"

程昊诚恳道:"哪里的话,神医请讲。"

月生道:"凭大将军的法力和对药材的识别是难以在魔界找到这种药材。大将军若去恐会耽误时间,夫人当前的状况是等不得大将军去冒险的,我看也只有我去闯一下混元万窟阵去取混元草。"

妙羽紧蹙眉头:"这风险太大了。"

月生道:"这是唯一的办法,风险大也要试一下。夫人你把手给我,你把魔界你能想起的一切,你知道的一切,你的法力和你知道的所有法力都回忆一遍,我可以通过你的回忆知道魔界的情况。"

妙羽把手放在月生的手掌内,按照月生说的,把在魔界所知道的、看到的、自己的所有法力、看到父王的修炼等等都回忆了一遍,然后将手拿开,月生满意地点点头:"我知道魔宫的情况了,我会打听你父王的情况,夫人最高的法力是魔魂大法?"

妙羽惊诧道:"神医法力真是深不可测,妙羽不知怎么感谢恩人。"

"夫人不必客气,我回去安排一下,然后就去魔界。"

程昊和妙羽把月生送出屋,月生飞身离去。

月生来到章海,通过时空通道进入魔界,他按照妙羽的回忆先潜入天煞国的钱库,改写了账簿,拿走了一大笔钱币,而后,找到一位天煞在时的魔宫掌事,他给了掌事一笔钱,掌事告诉他天煞失踪后的情况,并告诉他天寂一直在寻找妙羽,因为妙羽身上有天煞传给她的黑铁玄带,而且他听说天煞已经死了。

月生问他藏幽山在哪,他带着月生拜访了一位从前天煞魔君在时的首领,月生同样给了首领一笔钱,首领把他带到藏幽山附近便行礼道别了。

藏幽山方圆数百里,山的边缘地带灰雾缭绕,山内黑雾弥漫。百里藏幽山群峰险峻,怪石嶙峋。整个藏幽山的百座群山聚成一体,成为一座大阵。

月生施展觅踪大法,将手一挥,整个藏幽山的轮廓尽在眼前。让他意想不到的是弥漫的黑雾竟将大阵包裹起来,而滚滚流动的黑雾像是被某种力量吸引,它只向阵内流动,那黑雾中充满戾气,竟然能挡住他的真气,使他没能看清里面的具体情况。

整个藏幽山的上空总是乌云翻滚,月生将掌中运足真气向着大阵猛然一挥,一道闪电扫过大阵,整个大阵刹那间被照亮,随即恢复了原状。

这一刹那让月生惊骇不已,几乎所有的大山都有这不等的洞窟,洞窟内黑雾蒸腾,盈满杀气,山体是青黑的,从洞窟涌出的黑雾缭绕着山体,翻滚的黑雾具有灵气,它们都被其中一座巍峨高耸的大山的灵气所掌控。这座大山是整个大阵的阵中和阵基,具有超强的灵力,调节着整个混元万窟阵的黑雾运行。而令月生欣喜的是他看到这座大山的侧峰顶部长着一株奇异的黑草。那株黑草挺拔刚韧,灵气十足,硬度如钢铁一般,完全不同于周边的植物。

月生选择巨阵中最近的一处冲入混元万窟阵,他刚从一个山谷冲出,铺天盖地形状各异的巨石从四面八方向他砸来,月生气贯周身,毫不躲避,迎着扑来的巨石一路前冲,巨石与闪电般冲来的月生相撞,即刻巨大的岩石崩裂成碎石,发出接连不断的巨响,碎石的尘埃与黑雾混合在一起,弥漫在山谷。月生已经发现巨石阵的阵眼,他冲到山前,一掌击出,一股巨大的冲击浪撞向山体,将整个山体冲击得剧烈地震颤,他的另一只手挥掌扫去,顷刻间整座山体轰然崩塌。冲来的巨石四散乱撞,不见了踪影。

月生又来到一个山谷,眼前是一个不大的山坳,他飞驰而入,猝然两扇黑色的巨门左右同时向他夹来,他急忙用两手顶住巨门,那巨门的力量着实强大,如同从天空而降的两座大山,就在这相持的刹那,迎面和头顶又同时飞来两扇黑色的巨门,月生即刻松手后退,四扇巨门合在一起,就在这四扇巨门相合的瞬间,月生察觉出四门相合的气流混乱,他随即一掌,四扇合一的巨门顿时崩碎。他顺利地穿过了山坳。

眼看大阵的阵中已在近前时,忽然从地上伸出数条黑烟,那黑烟似数条巨蟒,将月生缠住,黑烟中的真气具有万钧之力,似乎要将月生的筋骨勒断。月生立刻感到难以忍受的压迫,顿时他体内的玉佩骤然启动,周身贯满无穷的能量,他的金身突兀显现,数丈高的金身傲立于空中,金光万丈。

就在金身显现的瞬间,月生的身体迸发出无法估量的力量,缠绕在他身上的数条黑烟即刻淹没在万丈金光中,化作了缕缕轻烟。月生冲到这座大山的脚下,山脚下的魔窟乍然卷起一股黑色巨浪,黑色巨浪的威力好似飓风中的风眼,一下将月生卷入魔窟,并高速旋转直向洞底。月生竭尽全力,激射出真气,逆向发力,顷刻将身体稳定在洞中,他凝聚周身的能量,猛然向着洞内发出,半座大山轰然炸开,一朵赤红蘑菇云冲向天空。

阵中的阵眼已经被月生摧毁,残存半座大山的洞底霍然金光闪耀,同时山体不停地震颤,月生看到洞底下一个金色的笼子内,一只赤红的凤凰在不断地撞击着金色的笼子,月生双掌发力,两道红光围绕这笼子,金色的笼子须臾变红,那只赤凤一下冲出笼子,即刻飞到月生脚下,月生骑在赤凤的背上,他一指侧峰的那株混元草,赤凤张开锋利的双爪,一道红光掠过侧面峰顶,它双爪抓住混元草的枝干,直冲云霄。

混元草的根茎深入到山体内部,连接着洞底魔窟的阵眼,打破封印的赤凤将混元草连根拔起,剩存的半座大山在轰鸣中彻底倒塌。

赤凤冲破魔界,穿过晦海末域,落在一望无际的沙海之中,这里已是九州大陆了。

炙热的阳光照耀在沙丘上,热气蒸腾,站立在沙丘上的赤凤好似一枚璀璨夺目的红色宝石,它的羽毛鲜亮光泽,通体赤红。它将混元草递给月生,随即进入月生的右臂,即刻月生的上臂出现了一幅赤凤纹图。

傍晚,月生来到温源村妙羽的住处,恰好程昊也在,见到月生的突然出现,妙羽和程昊又惊又喜,此时妙羽被胎儿折磨得精疲力竭,浑身浮肿。月生将混元草取出:"这应该就是混元草。"

程昊惊讶万分,眼眶有些湿润。

一股热流涌上妙羽的周身,她从心里钦佩面前的这位年轻人,眸子蕴含着深深的感激。

混元草直立在妙羽面前的空中,妙羽的真气环绕着它,随着妙羽的真气增强,黑色的混元草渐渐地通体乌亮,似玛瑙制成,随后,化成一股黑烟一下窜入妙羽体内。就在混元草化成黑烟,窜入妙羽体内的瞬间,月生猛然发现黑烟中存有顶级法力者的残缺元魂,但他没有毁坏这株救命的混元草,而是由它进入了妙羽的体内。

混元草内的元魂正是魔祖阴罗所聚的残魂,魔祖阴罗战死后,就凭借着他生前所布的混元万窟阵收拢散失的魂魄,他把他散失的元魂放置在阵中,并一点一点地集聚,那株混元草则是他聚齐元魂,准备恢复原身的寄魂之处。混元万窟阵中的所有洞窟都是他经脉集聚和修复的地方。几千年过去了,魔祖阴罗的元魂和经脉在不断地集聚和修复。

混元草进入了妙羽的体内，只是片刻工夫，妙羽立刻感觉全身从未有过的舒爽，不到半个时辰，周身的浮肿全消，有倾国美貌的妙羽又恢复了往日的容光。

混元草进入妙羽体内的刹那，月生的心中就掠过一丝不祥，他知道顶级法力者的残缺元魂必定寄生胎儿体中，这个胎儿体内具有魔界至高元魂，将来长大会是如何他无法得知。尽管他有些郁闷，但他并没说出，以免扫了妙羽和程昊的兴致。

看到妙羽已经完全恢复，月生伸出手："我来帮夫人诊断一下脉象。"

妙羽把手腕伸了过来，月生摸了一下："夫人和胎儿都很安全，下月今日的子夜就是夫人分娩，婴儿出生的时候。"

妙羽和程昊的眼眸闪着惊喜，他们互视了一眼。月生道："大将军和夫人现在可以放心了，你们就等着婴儿出生吧。"

妙羽有些迟疑地问："月先生，你打听到魔宫的情况了吗？"

月生把去魔宫的情况悉数讲给了妙羽，妙羽和程昊脸色都变得十分阴沉，最后月生道："夫人莫要过度忧伤，还要多替婴儿着想，要是有什么不适，赶紧叫我，已经很晚了，月生告辞了。"

程昊和妙羽将月生送出屋门，月生离去。

第二天的下午，程昊把颖惠叫到书房，程昊让颖惠坐下："月生还到你那里去吗？"

颖惠的脸一阵发热，两颊酡红，低头道："最近有些日子没来了。"

程昊目光慈祥，带着商量的语气："你母亲逝世前把你托付给我，我把你当作我的孩子，我知道你和月生的关系很好，如果你真的喜欢月生，我这个义父就给你做主，把你许配给月生，你看如何？"

颖惠的内心十分激动，她轻声道："惠儿听义父安排。"

程昊眸子放着光彩，十分高兴："月生好本事，你嫁给他，以后的日子不会差。我明天就去找月生，咱们听听月生的意思，你等我的消息。"

晚上，程昊将下午与颖惠的谈话告诉了玉儿，玉儿也十分赞同将颖惠许配给月生。

第二天一早，程昊来到南城马坡大街，街道已经开始热闹起来，来往的行人和车辆越来越多，他围着济生堂四周转了一圈，目光停在与济生堂一铺之隔的兴茂客栈，注视片刻，便迈步走向济生堂。

伙计见是程昊，迎了上来："大将军您找我们东家？"

"月生在吗？"

"我带您过去。"

他们穿过前院，来到月生所住的院子，一进院门口，伙计就喊："东家，大将军来找您。"

月生打开屋门，疾步走了过来："大将军，您怎么来了？有什么情况？"

程昊笑着："有件事要和你商量一下。"

伙计转身回前院去了，月生把程昊请到客厅。

程昊道："我来是和你商量颖惠的事。"

月生有些诧异，他望着程昊。

程昊道："我知道你和颖惠很熟，昨天我问了颖惠，她很喜欢你，我想将颖惠许配给你，不知你喜欢不喜欢颖惠，愿意不愿意娶她？"

程昊注视着月生，月生很是感激："我很喜欢颖惠，月生感谢大将军成全我们。"

程昊满意地微笑："颖惠母亲临终前把颖惠托付给我，颖惠就如同我的女儿，你们都愿意，我很高兴，这件事我就替你们做主了，你们什么都不用管，一切由我安排，等我安排好，你就把颖惠娶过来。"

不到半个月，程昊便把兴茂客栈和它旁边的店铺一同收购了下来，这样济生堂和兴茂客栈就连成一体。程昊来到济生堂，他告诉月生他已经将兴茂客栈和旁边的店铺一起买下了，这是他为颖惠婚后做的安排，也是他对妙羽的救命之恩的答谢。并且程昊建议将兴茂客栈与济生堂连通，这样就可以让那些需要频繁治疗的人住下，既免去了他和患者的来回跑路，也方便患者的及时治疗。程昊特意叮嘱月生不想让任何人知道妙羽的事情。

月生非常清楚，他知道妙羽来自魔界，一旦身份暴露即刻就会引来杀身之祸。他答应程昊不会向任何人透露此事，就是颖惠他也不会说的。

他们又对具体的事宜进行一番协商，确定了婚娶的日期，最后程昊将兴茂客栈和旁边店铺的房契交给月生，便离开济生堂。

晚上，程昊告诉玉儿，他把济生堂旁边的兴茂客栈和店铺都买下了送给月生，颖惠嫁过去可以帮他照顾客栈。

玉儿心里很是不悦，她想就是卿儿和婉儿出嫁，程昊也未必肯出这么多钱，为什么要给颖惠花这么多钱，她不解地问："月生是娶我们家颖惠，为什么我们要出这么多钱？"

程昊的目光带着神秘："月生可不是一般人，表面是个神医，其实远非如此，我为什么要把兴茂客栈买下交给月生是有大用的，这个机密目前还不能向你透露，现在只有你、我和月生清楚，你不要对任何人讲包括颖惠。"

"我知道，你的事我不会讲的，你也要小心。"

颖惠出嫁的第四天，妙羽就产下一个男婴，母子都很平安，月生看到妙羽和婴儿都很好，便告辞离开了。

四十六、秘密跟踪

YU PEI JI

　　吴间传递了程昊异常的情报后，不到一个月便收到回复，回复是程昊确被魔女所伤，所疑行踪诡秘亦属正常，望注意观察，小心行事。

　　吴间和娟儿看完回复，知道程昊之所以时常不见踪影定是寻找魔女复仇，因此对程昊的怀疑也就消失了。

　　顺德大街是上颐城一条繁华的商业大街，这日下午，吴间与两位商人在茗雅轩的二楼品茶谈生意，吴间靠窗坐着，正好能看清楚大街斜对面的一家主要专卖女人商品的店铺。

　　大街上车水马龙，人来人往，吴间的目光随意扫向热闹的大街，霍然他看到一个裹得严严实实的人走进斜对面专卖女人商品的店铺，尽管吴间在楼上看不清他的脸，但他走路的行姿吴间一眼就认出此人就是程昊，过了不大会时间，程昊拿着大包小包从商店出来，疾步离去。

　　吴间递给伙计一块银子："结账，不用找了。"

　　伙计谢过离开，二位商人不解地看着吴间，吴间道："我突然想起件重要的事情，要坏大事，我必须马上去办，抱歉了，我得马上去办，你们二位慢慢聊，我先告辞了，二位多多包涵。"

　　吴间匆匆走出茗雅轩，疾步走进斜对面的店铺，伙计立刻迎上来："先生您买些什么？"

"刚才从你们这里出去的那个人好像是我的老乡，那人是不是肤色很白，长得很英俊。"

伙计茫然道："他的脸总是遮着，只能看到眼睛，每次都这样，我从来没有看清楚他的脸。"

"你是说他常来。"

"是的，每周的周二、周三他都会到这里来。"

吴间急忙晃晃脑袋："那就不对了，我认错人了，抱歉。"

吴间走出店铺，这真是大喜过望，他知道程昊每周的周二和周三天一黑就去练功房修炼，这是多年的惯例了。但他为什么每次都要到这里买女人的东西，而且还要遮住脸，把自己裹得严严实实，这可以说明他肯定不是给玉儿和孩子买东西，如果是为某个女子，以程昊的人品和为人，他不至于这么躲躲藏藏，他完全可以名正言顺纳这个女人为妾，而且玉儿也是十分贤惠的女人，程昊的行为如此诡秘，这里面一定有文章。吴间一路思忖着，一个方案在他心里形成。

子夜时分，一袭黑衣的娟儿轻轻打开房门，她沿着墙根来到大榕树下，纵身跃上树干，跳到墙头，飘然越出程府。她疾步来到颖惠院子的大门前，熟练地将门锁打开，闪身溜进漆黑的院落。

颖惠出嫁后就很少回来，院子也就空着，没有人住，只是每隔三四天吴间让人过去打扫一下。娟儿溜进院子，纵身上到正房的房顶，将房顶的两处瓦片掀起，将屋顶捅穿，然后将瓦片放好，之后，便离开了颖惠的院子。

此时已是雨季的末期，恰巧第二天就下起了大雨，第三天的上午，吴间让仆人去打扫一下颖惠的院子，不大会工夫，打扫颖惠院子仆人来找吴间，告诉吴间，颖惠的正房漏了，请他过去看看。

吴间看过，来找程昊道："大将军，刚才去颖惠院子打扫的家仆告诉我，颖惠的正房漏了，我去看了一下，漏得还挺厉害，这雨季还得将近两周才能结束，怎么也得先给漏的地方堵上。我有一个建议，我想把颖惠的院子重新修缮一下，把街门扩大，在院子里修一个马棚，这样颖惠来去就不用把马车停在咱们府宅，这对颖惠来说更方便些。"

程昊颔首："你说得对，这么做非常好。"

"那我就去请人设计，等雨季一过我们就开工。"

"可以,完全可以。"

第二周星期二的下午,吴间老早就来到茗雅轩,他还是坐在上周的座位上,点了一壶茶,坐在那里静静地品着茶,目光紧盯着楼下大街过往的行人和斜对面的那家店铺。

不到一个时辰,吴间果然看到程昊又进来那家店铺,不大会工夫程昊提着一个不大的布包走了出来,并快步消失在行人中。

程昊回到府中,将购买的东西放在练功房旁边的厢房,将门锁好,便回到书房。半个时辰不到,吴间便在书房外求见程昊,程昊让他进来。吴间一进屋门就开口:"大将军,颖惠院子的设计图已经完成了,具体情况您过去看一下,把图纸的设计定下来。"

程昊站起身:"走,我们一起看一下。"

二人走过前院,装作和仆人一起赏花的娟儿看到吴间陪着程昊走过前院,立刻离开仆人向着后院而去。

她走进后院的木料房,这里很少有人来,院里悄无声息,她纵身上房,翻过木料房进入程昊和玉儿的后院,很快潜入到程昊练功的院子。她用偷偷配好的钥匙打开程昊练功房的门锁,进入到里面。

她在里面没有发现什么,立刻出来将门锁好,然后打开厢房的门锁,闪进房里,她发现程昊购买的除了女人所用的化妆品和装饰品、水果和食品,还有儿童的用品。她不敢停留太久,疾步出屋,锁好门,迅速离去。

晚上,娟儿把在练功房后院房间看到的情况告诉了吴间,娟儿很是疑惑:"我在程昊买的东西里看到孩子的用品,这到底是怎么回事?"

吴间有些惊诧,沉吟片刻:"没有多少时间,怎么会有孩子哪?"

"我也想不明白?"娟儿不解地蹙着眉头。

吴间道:"不管怎么样,得搞清楚这些东西是给谁买的,这个人是谁。"

"那些东西里还有新鲜的水果,他不可能放很长时间。"

吴间颔首:"估计他今天夜里就会有所行动,明天下午还是按今天这样,我把他叫到颖惠的院子,你再到那个房间看一下,看看那些东西是否还在?"

第二天,吴间特别去看了从程昊后院清扫出的垃圾,里面既没有娟儿所说的水果的果皮,也没有另外所买东西的垃圾。

下午申时,吴间将修缮颖惠院子的工匠头找来,具体商量了如何施工,最后吴间对工头道:"你今天就把手下人都叫过来,我去程府的后院,把主人找来,他认可了,我们就动工。你先进屋休息一下,我去找主人。"

吴间旁边的一个仆人带着工匠头去颖惠的正房,吴间则奔府中去找程昊。

吴间刚走到后院的门口,程昊正好从大门出来,吴间道:"大将军,我正找您,我把工匠头找来了,您过去定一下,看看是否就按您定好的方案施工?"

"你跟他说清楚了?"程昊问吴间。

吴间点头:"说清楚了。"

"走,过去看看。"

吴间陪着程昊走过前院,走出大门。

一直在前院一间厢房里面注视着前院情况的娟儿,见程昊和吴间走出大门,立刻拉开屋门,从屋里出来,她装作若无其事的样子地走向后院。来到后院,她疾步走进物料房的院子,四周环顾了一下,没有发现任何人,随即纵身窜上房顶,沿着上次的原路来到程昊练功房的后院,再次进到厢房。她发现昨天的东西已经不见了,屋里又放了一些新买的东西,还是有孩子吃的东西。她不敢耽搁,马上出屋锁好门,迅速离开了此地。

吴间安排好颖惠院子的事情,匆匆回到自己的房间,娟儿正坐在屋里,吴间关好屋门,二人走进卧室,吴间问:"怎么样?东西还在吗?"

"昨天买的东西已经不在了,不过,今天又买了一些新的东西,主要是大人和孩子吃的东西。"

吴间脸上露出了一丝淡淡的微笑:"那是他刚买回不久的,今天晚上他一定会将这些东西送过去。"

娟儿语调坚定道:"我们一定要查出他把东西送到哪。"

吴间低头不语,蹙眉沉思着。娟儿迟疑地支吾道:"要不要告诉站里,让他们协助?"

吴间摇头:"程昊法力高强,跟踪他绝非易事,一旦被他察觉,以程昊的敏感,我们的身份就会暴露,现在只能我们两人秘密地查,只有搞清楚怎么回事,才能向站里汇报。"

二人陷入沉默。吴间抬起头,透过窗棂仰望着乌云密布的天空,忽然,他的眸子里闪过一线光芒,不禁随口说道:"我有办法了。"

随即他把计划和盘给娟儿讲述一遍,娟儿频频点头表述赞同,接着二人又商讨一阵,决定明晚就行动。

晚饭后,吴间把住在后院附近,离程昊练功房较近的几个仆人都安排到前院临时做活,估计也要一个多时辰才能干完。他把他们打发走之后,娟儿便来到紧靠后院的那个院子。吴间让娟儿把守通往本院子的过道,监视有无来人,自己则挖开下水道,将排水道用碎石堵上,只留不大的排水空间,做完之后,他把挖开的下水道重新封好,恢复原样后,便和娟儿悄然离开。

午夜前后,雨就开始淅淅沥沥下了起来,将近寅时雨忽然大了起来,雨水打在树叶和窗户上,发出噼噼啪啪的响声,直至天色微明才彻底停止。

早晨,程昊回到练功房的院子,满院的积水已经没过脚面,将近有半个小腿的深度。他疾步来到后院,积水更为严重,雨水已经进到屋里。他急忙叫人去把吴间找来。

吴间一进院,装作吃惊的样子:"怎么会这样,一定是下水道堵了,我马上找人排水,把下水道疏通。"

"后院更严重,你去看一下,马上找人把水排干净。"程昊面带不悦。

吴间立刻找来几个仆人,他分派他们去前院和后院排水,他带着一人来到昨天他挖开下水道的地方,让仆人把下水道挖开,然后让他去后院帮助排水。

仆人走后,他立刻下到排水道内,迅速将堵塞的石块抛了上来,然后从梯子上来,将抛上来的石块倒入已经准备好的一个水坑里。

不到半个时辰,练功房前后院的积水就被排净,吴间又叫几个仆人把前后院打扫干净,便来到程昊书房,吴间道:"前后院已经打扫干净,一会您过去看看,这次积水主要是下水道积水,过两三天颖惠那里的活正好快完了,我想让他们先停一下,把练功房的前后院的下水道修缮一下,我估计用不了几天,大将军看如何?"

"可以,那你就安排吧。"

"那我就去安排了。"说完,退出书房。

六天过去了,第二周的周二下午,练功房院子的下水道已经重砌一大半了,吴间让几个砖瓦匠在敞开的下水道上面铺上木板,就让他们离开了。

临近晚饭的时候,吴间再次来到练功房的院子,他左右观察了一下,发现没有人,便把最前面的一块木板掀开,用两个圆滑的短木支撑木板,在短木的外端搭上两块悬放的砖头,把下水道底部倒着放上一个铁桶,只要踩上木板,木板就会向下滑,两个圆滑的短木自然会撞向两块悬放的砖头,其中砖头落向下水道必然会砸在倒放的铁桶上,在夜晚寂静的后院里必定会发出清澈的响声。吴间把木板放好,仔细看了看,觉得没有问题了,便离开后院。

子夜时分，练功房的院落寂静无声，程昊走出练功房，走向对面的厢房，他的脚刚一踏上木板，木板向前一滑，他猛然跳起，瞬间来到厢屋门前。滑动的圆木使得一块悬放的砖头落在下水道底部铁桶上，发出一声清楚的响声。

程昊并没有在意，从厢房中取出买好的东西，腾空而起向着温源村而去。而在离后院最近的院子里的吴间和娟儿一直敞着门，打开所有的窗户凝神等待后院动静，忽然他们隐约听到一声金属的响声，吴间看了一眼沙漏，正好是子夜时分。

回到前院，吴间和娟儿商量了一番，吴间还是接受娟儿的建议，让站里派一位法力高强的人，在全真寺的塔顶观察一下程昊的去向。

六天很快就过去了，第七天的夜晚，娟儿和一位法力高强的人从全真寺后墙翻入，进到后院的柴房，娟儿小声道："我在这里等着，你去吧。"

那人出了屋，眨眼间飘上全真寺的塔顶，他对着塔顶楼的窗户一挥手，塔顶楼的窗户悄无声息地被打开了，那人从窗户飞入宝塔的顶楼。

临近子夜，那人盘坐在顶楼的窗户的窗沿上，蕴足真气，面对着程府的方向，突兀他感到一个法力极强的人从不远处掠过，向着东冥山方向而去。

程昊刚出府宅不远，就发现全真寺的塔顶有人在修炼，他并没有感到太诧异，便没有去一探究竟，而是心急地向着温源村而去。

那位法力高强的人来到柴房，把刚才的情况告诉了娟儿，便离开了。娟儿看了一眼沙漏正好是子夜时分，可以确定这人就是程昊。

吴间和娟儿已经掌握了程昊行踪的规律，现在他们所要做的是找到程昊所去的地点，摸清楚接受程昊东西的女人和孩子是什么样子。

二人都想到了大泽盆地的东阳镇，吴间道："明天我就去东阳镇，探查一下那里的地形，确定观察的最佳位置。"

娟儿面带兴奋："你最好在镇子两头选好位置，能够将整个镇全部观察清楚，到时我和你一起去。"

吴间领首："明天一早我就去东阳镇。"

时间过得很快，又到了周二，此时已临近傍晚，吴间见过程昊最后一面后，就疾步回到自己的房间，娟儿告诉他："站里的人已经在城外的树林里准备好了，就等我们去了。"

吴间想了一下："你先走，过十几分钟后，我再走。"

将近一更天，他们已经在预先选定的位置埋伏了下来，潜伏的地方是镇子外围的山坡上,躲在这两个地方完全可以将整个镇子尽收眼底。

镇子里的灯火一户户渐渐熄灭,亮光越来越少,没过二更天东阳镇陷入了一片寂静和漆黑,唯有冷月的清辉映照出整个镇子的轮廓。

二更、三更过去了,整个东阳镇就像是在沉睡一样,没有任何动静,娟儿来到吴间身边问:"你发现什么没有?"

吴间道:"没有,什么也没有发现。"

"时间不早了,我们必须马上回去了。"

二人沮丧地离开了东阳镇。

一连两个月吴间和娟儿在东阳镇一无所获,不得已娟儿从站里要来一份整个大泽盆地住户分布图,她和吴间决定对东阳镇以外一户一户进行排查,并请站里派人,直接到东阳镇全面摸查。

倏忽间一年过去了,吴间和娟儿几乎排查了大泽盆地近百户人家,结果大失所望,他们开始怀疑那位法力高强的人所指方向是否正确。两人商议后,决定再排查几户,如果再没有什么线索,就放弃大泽盆地,另想别的办法。

这天已是傍晚,天色已经擦黑,他们来到温源村,从远处望去,影影绰绰看到十几户的屋舍和宅院,宅院根据地形散落在一个不大的山坳里。他们选择了一处能够看到山坳全貌的地方潜伏好,微淡的月光忽隐忽现,凉风习习吹过,他们烦躁地等待着三更天的到来。

已经过了三更天,山坳漆黑一片,什么也看不到。吴间悻悻地对娟儿道:"就这样吧,我们回去吧。"

两人站起身来,娟儿抬头四顾,她的目光突然停在了一处,她拉了一把吴间,手指着远处山梁的一处微亮的小小光点,小声道:"你看那里,是不是人家的灯光?"

两人急忙绕到一处山梁,仔细观察着那个微小的光点,那个光点一直亮着,娟儿兴奋道:"是住户的灯光。"

二人一直凝视到天交四更,吴间对娟儿道:"时间不早了,已经很晚了,我们必须马上回去了。"

他们一路狂奔回到程宅,此时黑夜即将退去,淡淡的夜幕中已经透出熹微的晨光。二人站在程宅的高墙外,娟儿首先纵身越上高墙,她在高墙上走了两步,轻身跳在大榕树上。就在她窜上高墙的时刻,一个家仆正好解完手,站着系裤子,令他惊诧不已的是高墙突然窜上一人,那人正是大家闺秀般的娟儿,娟儿娴熟轻巧地飘落在树干上，一见便知身手不凡，那家仆赶紧又蹲了下去。

站在榕树上的娟儿忽然发现一个黑色头顶在不远处茅厕的墙沿闪了一下，这时吴间已经跃上高墙，他飞身落在榕树的树干上，娟儿刚要说话，就听见院内一户家仆的门发出的吱呀的响声，二人迅速落地，几步窜出院子。

回到房间，娟儿心有余悸道："我刚才好像看到西侧院的茅厕有人，我担心这人看到我。"

吴间道："今天回来太晚了，温源村距这里太远，我们住在这里回来太危险了，我想把后花园那个小院作为我们的一处住处，住在那里就我们的行动就安全方便多了。"

"那院子曾经是鬼院，从来没有人住，我们住过去，会不会引起程昊的怀疑？"

吴间道："我们大多数时间还在这里，需要去小院住的时候我们再去，这样你的行动就比较方便，仆人也不知道你是在府宅还是在后院，也就这两三周，家仆们不会因为这点小事去找程昊，办完事我们就搬回来，程昊不会知道此事的，即便他知道，我就说一个算命占卦的高人，给你算了一卦，你住在后院两周是为了怀孕得子。"

这天傍晚，一轮浑圆的夕阳火红绚烂，吴间和娟儿已经对妙羽的住处观察了很久，他们找到一个最佳观察的地点，静静潜伏下来。

此时二人的心情有些焦虑，他们期待在今夜还能够见到这户的灯火，一年多的排查，多少次他们由期望变成失望，由兴奋变成沮丧。他们真的快没耐心了，或许这是他们最后的运气。

临近子夜，这户人家突然亮起了灯光，吴间和娟儿激动得简直要跳起来，他们的心脏剧烈地狂跳着。今天正是周三，吴间看了一下身旁的沙漏，马上就到子时了，可以断定这户就是程昊的落脚处。真是功夫不负有心人，得来全不费工夫。二人始终处于极度兴奋状态，已经三更过半，这户灯火依然亮着，吴间无比欣慰道："这里就是程昊落脚的地方，时间差不多了，该回去了。"

休息了一日，次日天还未亮，娟儿就只身前往温源村，她对这户的地形和周边的情况进行仔细的观察，令她遗憾的是这户人家的大门始终关着，整个白天没有一人走出大门。

第三天的一早，她又来到温源村，今天正是温源村的早市，在村子大街的一片不大的空地上，每户都拿出自己家的特产摆在地上，各户根据自己的需求进行着交换和买卖。

娟儿在一处山梁上瞭望着那户，没过多久，那户的大门打开了，一个女人带着一个孩子从山梁向山下走，娟儿料定二人定是去赶早市。

娟儿飞快从山梁下来，她走进早市，装作路过此地的问路人，询问下洼村在哪里。一个村民指给她如何到达哪里，她接着又和这位乡民搭上了讪。

她一边和乡民聊着，一边眼睛注视从山梁上走下来的女人和孩子，女人相貌平平，像是个干粗活的。孩子也就七八岁的样子，长得十分结实，亮闪闪的眸子，显出几分灵气。女人拉着孩子的手慢慢地走了过来。

那女人在隔壁的地摊上买了些菜，把一小块碎银递给摊主，她刚拿起买的菜，孩子趁她松开手就要走，女人一把又拉着孩子的手："你又干吗去？不是说好，买完菜就回去吗？"

孩子指着那边的山梁："我想去那边玩会儿。"

"不行，晚回去，你娘亲要生气了。"

孩子站在那里就是不走，那个女人拉了他几下，拉不动他，生气道："月儿，你怎么这么不听话，你自己说好买完菜就回去，以后我还怎么相信你。"

"我要去那边玩一会。"

"下午带你去玩，现在得回去。"女人再次拉扯那孩子，孩子就是不动。

女人无奈道："回去让你娘亲教你功夫。"

孩子的目光变得兴奋了起来："你说的是真的？"

"真的。"女人回答。

孩子这才随着女人往回走去。

娟儿看着女人和孩子走远，对乡民道："真巧，我的孩子也叫月儿，就是没有这孩子壮实。"

乡民绘声绘色道："这孩子可不简单，不是一般的孩子，前一段时间，我们村的都老汉看到草地上有一条毒蛇，那条毒蛇又粗又长，有一米多长，突然向着都老汉咬来，恰巧那孩子正在附近玩，你猜怎么着！眨眼间，那毒蛇被攥在孩子的手里，毒蛇的头都被那孩子攥碎了，据说孩子距都老汉还有挺长一段距离，不知怎么他就把蛇攥在手里了，你说神奇不神奇。"

娟儿道："我刚才听带他买菜的女人说，他的娘亲教他功夫，一定是他的娘亲功夫极高，否则这孩子怎么会有这么快的身手。"

乡民恍然点头："有道理，这孩子的娘亲我们没有见过，好像这孩子的娘亲从来不出来。"

娟儿又和那乡民聊了一会,便匆匆离开了。

娟儿回到程府,吴间正好在屋里,娟儿把此去的收获悉数讲给了吴间,二人联想起程昊从修罗山受伤后就一反常态,一段时间没在府中,程昊是不是因为这个女人,只是这个七八岁的孩子是怎么回事?

吴间盯着娟儿,大胆设想道:"你说,这个女人是不是程昊所说的那个打伤他的魔女。"

娟儿恍然明白,她目光发亮:"那个孩子竟有如此的身手,定是程昊和那魔女的孩子,看来那孩子也是个小魔头。"

吴间满面喜色:"如果真是如此,程昊出了事,我们住在这里的日子就快要结束了。"

二人抑制不住兴奋,彼此会心微笑着。娟儿拍了一下吴间:"终于搞清楚了,谜底就要揭开了。"

吴间收拢了笑容:"程昊为什么要收养一个魔女哪? 还有那个孩子怎么这么大了?"

娟儿道:"他们本来就不是人,程昊也是半人半魔。"

吴间愣了片刻:"我还是有些想不通,那个孩子七八岁的样子,按你说的他们不是人,这倒不见怪。可那魔女打伤了程昊。"他晃了晃头,接着道:"这样,你今夜就去站里一趟,把我们查到的情况和我们的判断全面向站里做个汇报,并让站里尽快提供给我们那女魔的长相。"

在夏洲的王庭,国相又重掌朝政,明王对他颇为仰仗和信任。精神矍铄的国相更是八面威风,颐指气使。这日,国相刚刚下朝,回到国相府,紫布就匆匆找来。国相将他带进书房,坐定后问国相道:"看你匆匆忙忙的样子,有什么事情?"

紫布面带几分得意:"我们放在程昊身边的棋子发挥作用了。"

国相带着几分好奇:"嗯! 说说看。"

紫布把娟儿汇报的情况一点不落地讲给了国相,国相大为惊愕:"此事非同小可,如当真如此,那吴间是应付不了的,看来我要去我师父那里一趟。我们现在就去找明王。"

二人上了马车直奔王庭。

从星期一到星期三,一连三天,每天夜晚吴间和娟儿都在温源村蹲点,星期一那户人家没有亮灯,星期二和星期三都是临近子夜时分灯就亮了。吴间和娟儿终于放了心,可以完全肯定这户就是程昊的落脚点。

星期四临近晚饭的时候,一个陌生人突然来找娟儿,娟儿来到大门,她一见是站里的人,立刻迎了上去,那人递给娟儿一件东西,说了几句话就匆匆离去了。

娟儿回到院子,她让仆人小凤把吴间叫回来,自己走进屋里。她走进卧室,将那件东西打开,是一幅美女的图像。她观看着,这时吴间也走进屋里,来到卧室,他走到近前看着是一幅美女图,似乎明白缘由。

娟儿指着图像:"这就是那个魔女,站里人说,这个凶魔长着绝色美貌,一见就会留下印象,站里来的人让我们今夜子时到站里,听候指派。"

吴间点头:"我说他怎么躲躲藏藏的,原来如此,我们可立大功了。"

四十七、紧急逃离

YU
PEI JI

根据站里的部署，星期六一早，吴间和娟儿夫妇二人要在早市等待那户女人和孩子到来，他们要装作摆摊的，并把女人和孩子吸引过来，以便实施计划。

吴间和娟儿天刚蒙蒙亮就来到温源村，他们在一处山梁隐藏等待着。辰时将近，村民们陆陆续续走出家门，在大街的那块空地铺摆上自己的特产，娟儿看村民来得差不多了，对吴间道："我先下去，你在这里盯着，他们出来，你就过来。"

吴间点头，娟儿走下山梁。

她背着个大筐，来到上次和她聊得十分融洽的那个村民旁边，村民都很惊诧，娟儿面带拘谨和语调谦和："叔叔嫂嫂们，我今天和我夫君回娘家，正好又路过这里，想在这里卖点和换点东西，不知道行不行？"

几个村民笑着道："那有什么不行的，到我这来吧。"村民们热情地给娟儿腾出地方。

娟儿在那个已经熟悉的村民旁边放下竹筐："谢谢叔叔嫂嫂们。"

那个村民很是高兴，热情帮助娟儿把地摊摆好："你夫君哪？"

"他就是事多，方便一下，一会就过来。我买点您的菜。"说着，拿出一块碎银。

那个村民摆着手："你是我们的客人，你需要什么随便拿，我们不要钱。"

村民们道："不要钱，你随便拿。"

娟儿拿出一袋一袋的点心送给村民，随便从几个村民那里拿了些东西。这时，吴间走了过来，他向村民们问候几句，拿着娟儿递过的东西回到自己的地摊上。

远处一个女人带着一个孩子从街头走了过来，慢慢地走到吴间和娟儿的摊前，女人的目光有些诧异，娟儿立刻笑道："大嫂一定是见我眼生，今天我正好路过此地。"

那个村民道："上次她就在我这，你没有注意，她的孩子也叫月儿。"

女人赶忙笑着道："你好，我们这就认识了。"

娟儿指着吴间："这是我夫君。"

女人对着吴间一笑，娟儿立刻拿出一袋点心："这是给您的。"

"你太客气了，我不要。"

娟儿塞给女人："都有，每户一份。"

女人接过点心，吴间拿出一块点心递给孩子，孩子盯着点心，不敢接，他抬头看着女人。吴间拿起孩子的手："拿去，吃吧。"

"不要。"女人有些尴尬的样子

娟儿道："都打开了，吃吧，很好吃的。"

孩子几口就把点心吃了。

女人和孩子又在其他地摊转了转，便离开早市，向着住处走去。

他们上了山梁，走到大门前，女人正准备开门，孩子突然呕吐了起来，女人大惊，就在这时，一个白衣道人出现在面前："这孩子吃得不舒服了，我来给看一下。"

那道士刚要伸手接触孩子，门突然开了，一个人挡住孩子："不用了，我可以治，谢谢大师了。"

原来，当那个道士向孩子发功时，在前院的妙羽立刻感觉到了，她感觉出一股真气和月儿的气息，猝然飞到后院，将大门打开，将身体挡在月儿前面。

那道士见到妙羽，心里就是一惊，这女人正是画中的魔女，正如师父所言，这魔女果然拥有绝色。他一手拱起施礼："既然如此，贫道就不打扰了，告辞了。"

妙羽把月儿抱进屋里，月儿又吐了起来，妙羽用手接着月儿吐出的秽物，立刻感觉出秽物中有毒,妙羽抬头看了一眼杏儿:"食物里有毒,月儿中毒了。"

杏儿慌忙道:"刚才我带月儿去早市,有一对不是本村的夫妇,给月儿一块点心,月儿吃了。"杏儿拿出一袋点心,并把事情的原委和经过讲述了一遍。

妙羽的脸色极其难看,她感觉事情不妙,幸好这个毒药的毒性不大,她发功让月儿尽可能都呕吐出来,然后给月儿喝了些水,立刻又发功使月儿把水呕吐了出来,她用手接着月儿吐出的水,发现没毒了,她这才放心,月儿也觉得没事,她对月儿道:"月儿你躺一会,娘亲出去一会就回来。"

月儿躺下,杏儿站在床边,妙羽阴沉着脸:"我们可能遇到麻烦了,我必须立刻去找程昊,你看好月儿。"

杏儿点点头:"你去吧,这里有我那。"

妙羽打开屋门,飞身而去。

在程府,早饭过后,玉儿带着女仆小蝶往前院走,就听见大门内有人在吵嚷,玉儿对小蝶道:"你过去看看,怎么回事。"

小蝶疾步奔向大门,玉儿站在前院,望着大门。忽然侧院一个中年家仆走出院门,脸上带着几分紧张地对玉儿道:"夫人,我有件事情要跟您讲。"

玉儿转过脸,目光带笑意:"明顺,好多天没见你了,有事?"

明顺向大门看了一眼:"这讲不方便,去我屋里。"

玉儿道:"你先回屋,我一会找你。"

明顺走进侧院,小蝶带着一个矮个子,面色黝黑的男子走了过来,那中年男子一见玉儿,立刻眼睛发光:"夫人您在这。"

玉儿有些诧异道:"你是来要草料钱的?半个月前不就结账了吗?吴总管没给你钱?"

"夫人您说对了,到今天我也没有收到钱,算上这次,我都跑了三次了,上次吴管家让我隔天来,我来了,整整等了一天也见到他,前天下午我找他,他让我今天来拿钱,可他又不在,您得给我做主。"

玉儿对小蝶道:"你带张东家去赵师爷那。"

"谢谢夫人了。"

玉儿不满道:"早就应该把钱给你,这吴管家怎么搞的。"她看一下小蝶:"你带张东家过去,我一会过来。"

小蝶带着张东家走了,玉儿走进明顺的屋里,明顺把头伸向门外,看院子没人,立刻把门关上,将他前些日看到娟儿的情况告诉玉儿。玉儿面色严肃:

"这件事你对其他人讲过吗？"

明顺瞪大眼睛："这种事情我哪敢对其他人讲，我一直憋在肚子里，不敢讲，我觉得还是要告诉夫人。"

"你做得对，这事不要对任何人讲。"

玉儿走出侧院，来到师爷房间，让师爷给张东家结了钱，之后，出了师爷的房间，走向院内吴间的正房，玉儿问吴间手下的几个伙计："吴管家去哪里了？"

没有一个人知道吴间去了哪里。玉儿走出吴间的院子，路过西院吴间的住处，玉儿停住脚步，对小蝶道："你去把娟儿叫出来。"

小蝶走进院子，玉儿想了一下，也跟了进去，这时小蝶已经进到娟儿的屋里，吴间的女仆小锦正坐在椅子上，见小蝶进来，站立起来，小蝶道："夫人要找娟儿。"

"太太病了。"小锦急着要把小锦打发走，因为娟儿说过，有人找我，就说我病了，等我病好再说。

小锦话音刚落，玉儿就走进屋里，小锦一见玉儿，表情立刻紧张起来，慌忙给玉儿行礼："夫人，您怎么过来了？"

"娟儿病了？"

小锦惶恐道："没有，没有，太太昨天就没有住在这里。"

娟儿诧异地问："没住在这里！住在哪了？"

"住在后花园的小院里。"

听到小锦的话，联想起明顺刚才所讲，玉儿感到此事非同小可，玉儿不动声色地回道："嗯！我知道了。"便走出了吴间的西院。

她让小蝶回她的住处，自己直奔程昊的书房，她推门走进书房，程昊正在看读书，见玉儿脸色严峻，程昊目光带着询问地看着玉儿，玉儿便把刚才所发生的情况告诉程昊，程昊大感震惊，自语道："娟儿的来历有问题。"

程昊站起身："你先回去，这事我来处理。"随即，疾步走出书房。

虽然正值上午，强烈的阳光照在身上倒是有些暖意，程昊走进后花园浓密树荫下的小径，院内一片静谧，林荫小径上散落着落叶和枯萎的花瓣，踩在上面发出窸窣的声响。走出树荫，程昊见小院的大门紧闭着，他没有进去，而是绕到后院的后墙，纵身跳上后墙，他向院内扫了一眼，院内悄无声息，没有一人。他又向后院的那条胡同望去，这是一条死胡同，这座墙就是胡同的尽头。深长的胡同早已没有了人家，胡同的入口直接连着后街，此时后街不见一个行人，更不用说是夜晚，吴间两口子住在这里，他们的任何行动自然不会有人发现。

程昊感觉不妙，家里出现了内鬼。他猛然感觉有股真气正向他这里而来，似乎是妙羽。他飞身迎了上去，正是妙羽。

妙羽见程昊迎面而来，焦急道："不好了，快随我回去。"

他们落在前院，冲进屋里，月儿正要睡去，见程昊进来，立刻下地，高兴地扑向程昊，程昊抱起月儿。妙羽把刚刚遇到的事情快速地讲了一遍。程昊放下月儿，随即在兽皮上画出吴间和娟儿的图像，杏儿立刻叫道："就是这两个人。"

这时程昊完全清楚了，吴间早就被王庭收买了，吴间和娟儿就是王庭安插在他身边的奸细，他的一举一动都在王庭的监视之下，现在的情况已经十分危险了，必须马上撤离。

他极快地画了两份一模一样的路线图，他对妙羽道："我带杏儿去村头，让他们通知家里，立刻撤离，你和月儿准备一下，我马上就回来。"

妙羽点了一下头。程昊对杏儿道："我们走。"说着和杏儿走出屋，夹起杏儿飞向村头。

二人落在村头的院子里，林涛夫妇大感惊讶："怎么了，大将军？"

"我家出了奸细，是我的管家夫妇，我和妙羽被监视了，这两个奸细正在赶往上颐城的路上，他们是早市时走的，你必须在他们赶到上颐城之前通知严舵主。"

林涛应道："来得及，我马上飞鸽传送。"

程昊扫了一眼三人："你们马上去准备，我给严舵主写封密信。"

三人立刻退出，程昊在一幅画好的路线图上写下，吴间夫妇早为王庭奸细，速带家人撤离，然后卷好，又给严舵主写了一封信，然后也将其卷好。他让三人进来，林涛即刻将两份书信绑在信鸽腿上，走出房间抛向天空。

程昊又把一幅路线图递给林涛："你们也要马上撤离，这是去往东冥村的路线图，你们务必在我家人之前赶到东冥村。"

林涛面色坚定自信："几年前我去过东冥村，有大将军的路线图，我们一定能提前赶到。"

"你到了东冥村，从村头数起，第四家，黑漆大门，四级台阶，大门的每个门环都有两个蛇头，共四个蛇头。你敲开门，如果是一个四十岁上下的中年男子，你就说我是下幽冥谷的人，我找周船主。如果那个人说，你找对了人，我就是周船主。你就说周东家，您要出海吧？他会说东冥湖是湖，不是海，你是要借我的新船,出海吧?你说我们许大人特别喜欢东冥湖,要住在你这里两天。他会说两天太短了,四天才最合适。"

程昊从怀中掏出一个闪亮的铜牌,上面的狮虎徽标雕刻得十分精致,他将铜牌递给林涛:"你把这块铜牌给他看,他会告诉你,他是四号站的周树。他会安排船,在一个秘密的地方等待仪儿他们到来,仪儿认识他,你和仪儿见面后,把铜牌给她,你们听仪儿的指挥,她会安排你们安全撤离的。"

程昊安排好,还未出屋就觉得不对劲,他疾步走出屋,感觉西边的天边一股强大的真气正急速而来,好似巨大的风暴云团涌向这里,他快似流光闪电来到自家的院中,妙羽和月儿正焦急等待他,他一把抱起月儿,向着东冥山方向飞去,妙羽紧随身边。

他们刚飞不远,程昊突兀发现正对着他们,左右两股真气迎面而来,程昊道:"不好,前面是他们的人。"他转身向北飞驰,北面也有左右两路真气向他们而来,此时他已经感觉到东南西北各路大仙已经将他和妙羽围住,正向他们合力围剿过来。西幽山地形复杂,只有在那里拼死一战了。

程昊站立在西幽山的一座山峰上,峰峦间云雾飘动,山风吹舞他的一袭长袍,他远望着即将来临的对手,目光决绝,这里将是他生命终结的地方,他要用生命为他的妻儿杀出一条血路。

月儿的清澈的目光带着惊恐,他紧紧抱着妙羽,妙羽环顾了一下左右,语调坚定地道:"他们是冲着我来的,只要他们让你和月儿走,我随他们走。"

程昊一抖手,穿苍剑紧握在手中:"他们是不会放过月儿的。"

妙羽的柳眉挑起,杏目圆睁:"那我们今天就死在一起。"她把月儿放在背上:"抓紧娘亲。"

程昊深重地看了一眼妙羽:"待我杀出一条血路,你带月儿走,拜托了。"

突兀间,程昊和妙羽还没有反应过来,他们的背后已经站立一人,来者实在太快了,快得胜过闪电华光。程昊和妙羽猛然回头,见月生站在身后,他们不约而同地叫出:"月神医。"

月生道:"来得不少,凭你们两人很难冲得出去,大将军你守住这里片刻,我带夫人和孩子从南面冲出去。"

程昊激动道:"神医的恩情,程某今世无缘,来世再报。"说完手一挥,将腹中的玉佩放进入月儿的腹中。

妙羽看到程昊将玉佩放进月儿的体内,知道这是和程昊最后的诀别了,她抱紧月儿,月生说了声:"夫人随我来。"

随即向西南方而去。

月生和妙羽刚刚消失,一道金光扑面而来,耀眼的光芒将程昊和山峰染成一片金黄的色彩。来者正是神驹山的太真道宗,当他临近程昊时,程昊将穹苍剑一挥,道宗面前似忽然降下了一块巨大的天幕,这巨大的天幕黑雾翻滚,当中悬浮着数不清的利剑,利剑颤动着,闪着森冷的白芒,好似千百条毒蛇。道宗一抖袍袖,金色的气浪狂飙漫卷,汹涌冲来。金浪和黑雾混合在一起,黑雾中闪着金光,金光中裹着黑雾,众多飞来的利剑被如同铁板般的金浪挡住,但仍有数十把利剑穿透金浪刺向道宗,道宗即刻旋转身形躲开刺来的利剑,并随手拿出降魔钟向着程昊甩去。程昊已将双掌蕴满真气,顶住冲来的金钟,道宗的双掌也贯满真气,将金钟撞向程昊,金钟在两股真气的较量下,忽前忽后地拉锯着。这时,程昊忽然感觉背后一股真气正向着他风驰电掣地袭来,他猛然收回真气,侧身躲过撞向他的金钟,随手对掠过的金钟发力而出,金钟撞向飞驰而来的国相,尽管道宗突然加力让金钟改变了轨道,但金钟的一角还是撞在国相身上,国相被撞飞了出去。

金钟的轨迹被道宗操控成一个椭圆,程昊见金钟向着道宗方向而回,他抓住这机会,运足周身的真气,纵身而起,沿着金钟的轨迹,双掌发出千钧之力,奋力击出,道宗见势不妙,双掌激射出全身的真气,金钟在两股巨大真气的猛然冲击下,骤然崩碎。程昊和道宗都被巨大的气浪撞得各自倒退了数百米。随即一道赤红的火焰和一条金色的光芒交织在一起,程昊和道宗扭打在一处。

被降魔钟撞飞的国相吃力地站立起来,他再次提起神泉剑向着程昊冲来,此时程昊已与道宗纠缠在一起,他感觉出从他侧面杀来的国相,他将穹苍剑虚晃一招,然后向着道宗的胸部刺去。道宗并没极力闪躲,而是将身子一偏,迎着刺来的穹苍剑,穹苍剑从他的肩下刺过,他一只手抓住程昊的手腕。这时,国相已经冲到程昊近前,神泉剑直刺程昊的肋下,程昊将身子向前一倾,神泉剑刺过程昊背后的肌肤,程昊反手一掌将国相打飞,而同时,道宗挥起一掌重重打在程昊的前胸上,顷刻一口鲜血从程昊的口中喷涌而出,鲜红的血滴似漫天散开的火红花瓣,飘洒而下,程昊从空中跌落到地上,须臾,他拄着穹苍剑吃力地站立了起来。道宗站在面前,面带惋惜道:"程昊,你这是何苦哪!"

法明挥剑冲了过来,道宗抬手制止法明,他带着怜悯的目光看着坚持站立的程昊:"程昊,去三重山,我师弟那里,走吧。"

"程昊谢道宗大恩。"鲜血从程昊嘴角滴落下来。

道宗挥手:"走吧。"

程昊飞身而去。

妙羽随着月生向西南飞驰,月生对妙羽道:"前面的两个法阵都是五行阵法,五行相生相克,我把两阵的五行打乱,当两阵合并时,会出现两行相克,瞬间必然裂开,只有这一瞬间,夫人可带月儿冲出法阵。"

妙羽点头。

妙羽深知五行之道,所谓木生火、火生土、土生金、金生水、水生木,金克木、木克土、土克水、水克火、火克金的变化。她注视前方的两个法阵,蓄势待发。

月生冲向其中的一个法阵,当他接近法阵时,忽然向左疾驰,法阵向他扑来。瞬间他又到了另一个法阵,法阵向他冲来,他忽然沿着法阵的边缘向右疾驰,法阵紧随其后。刹那间,他又处在了两个阵法缝隙的中间。两个法阵发现他的位置,随即各自转换方向,向他合拢,就在两阵合拢的须臾,他看到一个法阵正阳气盛,属火,而另一法阵正处少阴,属水,如两法阵相合,正是水火相克,他猝然冲向两个法阵间的中间,两个法阵猛然合在一起,陡然间如两块巨石相撞,两个法阵突然裂开了一道巨缝,就在这一刹那,妙羽携着月儿飞出法阵。而这时月生已处于一个法阵的一角,冲进了法阵,法阵随即将他围着,就在法阵合围的瞬间,他冲出法阵,来到另一法阵的近前,法阵向他冲来,而他立刻向着妙羽相反的方向飞驰,两个法阵随后紧追。

月生在四面合围的大仙面前四处游窜,忽上忽下,忽左忽右,突然消失在崇山峻岭之间,忽然又出现在皑皑的白云之上。所有的大仙都被他肆意地调动和捉弄,而始终都见不到他的影子。月生觉得妙羽已经绝对安全了,便消失得无影无踪了。

太宗等众大仙面面相觑,太宗无奈道:"此魔头的法力高过我们太多,我们不必再找了。"

一位大仙道:"那女魔头去哪里了?会不会就是那女魔头。"

道宗摆手:"不会,我与那女魔头交过手,绝对不是那女魔。"

"那她哪里去了?难道和魔王在一起?"

太宗道:"我们回去再议吧。"

在温源村村头的林涛家,程昊刚走,林涛赶忙准备好必带的东西,他对杏儿道:"杏儿,你不会骑马,一会你和英姬骑一匹马,你拿着东西,我们去后院牵马。"

杏儿拿起布袋:"好的,我去门外等着,你们把门锁好。"说着走出房间。

杏儿走到院门外,随意抬头向村外一望,几匹战马风驰电掣般向着村子奔来,杏儿一眼就看到冲在最前面的娟儿,两人的目光相遇,彼此都是一惊,杏儿抽身回转,将林涛家的大门随手关上,沿着林家的围墙疾步向村里走,她没走几步,几匹战马就来到她的跟前,将她堵住,杏儿故意大叫道:"你们是什么人?想干什么? 我要回家!"

林涛夫妇正牵马到院中,听到杏儿的呼喊,知道不妙,他对英姬道:"去准备东西。"

他在院门内仔细听着外面的动静,渐渐地外面嘈杂了起来,村民都出来围观和询问,林涛看机会到了,他和英姬牵马走出家门,见没有人注意他们,二人疾步走出村外,随后上马飞奔而去。

原来,吴间和娟儿从早市离开,他们便快步来到村外山坡的一处树林中,将战马缰绳解开,走下山坡,上了大路,打马向着上颐城狂奔,一进东阳镇,几个人立即迎了上来:"娟儿,怎么样?"

娟儿兴奋道:"就是那魔女,你们怎么在这里?"

"站里要我们在这里作为后备待命,万一需要人手,我们能帮得上你们。"

吴间道:"娟儿,你带他们去温源村,我必须马上回上颐城。"

于是,娟儿带着几个站里的人奔向温源村。

上颐城宝丰七号的后院,严舵主正在看账,一个侍卫疾步走到门前:"舵主在吗?"

"进来。"

侍卫推门,两步走到桌前,将两个兽皮放在桌上:"急件!"

严舵主打开信件,侍卫退了出去,他还没走出院子,严舵主便喊道:"童宝。"

侍卫童宝走了回来,他站立了片刻,严舵主看完程吴的信,将信递给他,侍卫阅完,惊诧道:"大将军家出了奸细。"

严舵主语调急速道:"你马上带你手下的人过去,吴间已经快到了,在他回来之前,带她们母女三人出城,务必把这幅图交给仪儿。"他把两个兽皮交给侍卫。

侍卫转身离去,严舵主又把管家叫来,对管家道:"这个站不能留了,你把柜子里的材料都销毁,半个时辰把不应该留的东西都毁掉,带着剩余的人撤走。"

"舵主放心,这里交给我。"

严舵主带着几个重要的侍卫,跳上战马,离开了宝丰七号。

童宝带着两个手下人打马奔向程府,来到胡同口,童宝命一个人留在胡同口观察大街的情况,自己带着剩下的一人来到程府的大门。

他们还没有到门口,看门的家仆就看到两匹战马向这里跑来,童宝和他的手下猛地跳下马,看门的家仆急忙开口:"你们找谁?"

童宝道:"受大将军密令,找夫人,快,带我去。"

另一个看门的家仆一听,拔腿跑进院里。童宝对手下道:"你在门外观察。"说着,同家仆走进大院。

他们来到后院,玉儿疾步从屋里出来:"是您找我?"玉儿看着童宝。

童宝上前把程昊写给严舵主的信递给玉儿,玉儿颇为惊讶,她接过信,迅速浏览一遍,脸色大变,急声对一个家仆道:"快去,把仪儿和婉儿找来,快!"

很快,仪儿和婉儿走了过来,玉儿把信递给仪儿,仪儿阅罢,柳眉倒竖,牙关紧咬,童宝把另一封信递给仪儿:"大将军吩咐务必交到公主手里。"

仪儿打开,是去往东冥村的地图。就在这时,童宝的两个手下冲了进来:"不好,衙令派兵来了。"

玉儿对仪儿道:"拿好去东冥村的东西,带婉儿,从后门走。"

仪儿道:"我们一起走。"

玉儿瞪起眼睛:"快带婉儿走,你们一起从后门走,走啊!"

五个人奔向屋后。

玉儿对家仆道:"快准备两辆车。"家仆奔向前院。

程府大门敞开,一辆马车冲出程府,马四蹄张开,向着胡同的另一出口飞奔,而另一辆马车随后也冲出程府,向着衙捕方向冲来,当彼此接近时,双方才勒住马,程昊的家仆故意把马车横了过来,挡住衙捕的去路,两个衙捕跳下马,立刻将家仆捆起,同时把马车拉直,随后向着胡同出口追去。

仪儿五人打马奔到北城门,眼看着两扇高大的红漆大门已被关上,城门下全是守城的士兵,五人沿城墙边的小路奔跑了三四百米,已经接近城墙的尽头,他们看到这段城墙上没有士兵,仪儿道:"我们就从这里上去。"

童宝有些不解,五六十米雄伟高大的城墙怎么上去,他满腹狐疑道:"两位公主能上去吗？"

仪儿道："这点城墙算什么，你们怎么样？能上去吗？"

童宝道："只要两位公主能过去就行，我们自会脱身的。"

仪儿拱手："谢过三位了，我们后会有期。"

仪儿和婉儿带马走到城墙下面，陡然二人从马背上纵身而起，窜上城墙，如长猿攀崖，眨眼间登上城墙，童宝三人看得目瞪口呆，无不暗自佩服，不愧为大将军的女儿，三人一拉马缰，策马而去。

仪儿和婉儿登上城头，跨过城垛，沿着城墙纵身而下，城楼内的士兵看到城墙上突然出现了两个女孩，先是大吃一惊，然后大叫道："有人翻上城墙，抓住她们！"

士兵们向着仪儿和婉儿冲来，他们没跑两步，仪儿和婉儿已经翻过城墙，士兵们把头伸出垛口，向城下向张望，眨眼间仪儿和婉儿已经落地，向着城门外的大路飞奔。

反应快的士兵举弓搭箭，向着仪儿和婉儿射去，十几支利箭飞向仪儿和婉儿，仪儿猝然跃起，将手一挥，一股气浪似暴风卷起，十几支利箭即刻落入仪儿的手中，仪儿叫道："婉儿，接箭。"

婉儿闪到仪儿身旁接过仪儿手中的利箭，城上的士兵都被这两个女孩如此高深的功力惊呆了。这时，仪儿和婉儿已经距大路还有几十米远，忽然城门打开，六匹战马冲出城门，士兵们各持刀枪冲杀过来。仪儿拔剑纵起，迎敌而上，倏忽数道华光闪过，瞬间六个兵士已被砍死在马下，仪儿和婉儿飞身上马，沿着大路打马飞奔。

一队人马随后追来，仪儿叫道："婉儿把箭给我。"

婉儿把大部分箭递给仪儿，二人略微放慢速度，后面的马队越来越近，仪儿回头，估计相距不到三百米，她从后背取下宝弓，从箭囊里取出两支刚才缴获的利箭，箭搭弓上，气贯周身，弓拉满月，猛然回身，两支利箭带着超强的劲力从弦上飞出，利箭似划过的闪电，一下洞穿马的脖子，穿透士兵的腹部，战马连同士兵随即倒下。仪儿的动作敏捷娴熟，快似流星，只是瞬间，六箭射出，婉儿也箭无虚发，连射三箭，眨眼间，九人六马当场毙命，马队停在原地，兵士惊恐无措，没有人再敢上前去追了。此时，仪儿距马队将近千米，彼此的身形已变成模糊的轮廓了，仪儿拿出一支箭，搭在弓上，真气从弓上流过，人与宝弓已融为一体，仪儿回身一箭，弓弦发出嗡的响声，随着声响，利箭已经穿过一个正在张望士兵的喉咙,士兵一头从马上栽倒在地上,其余的士兵们万分惊骇,他们真正领教了两位姑娘的厉害,没有人再敢向前一步,只是望着两位姑娘消失得无影无踪,直到后面的大队人马追了过来。

仪儿和婉儿打马飞奔,过下幽冥谷,穿大泽盆地,进入了上幽冥谷。仪儿抬头望向天空,金色的太阳已在南边,程昊已带她走过多次,她对这条路非常熟悉,她知道必须在天黑前走出银江沼泽,于是她对婉儿道:"我们已经进了上幽冥谷,再往前用不了一个时辰,我们就到了石林谷,石林谷只有白天才不会迷路,过了石林谷,再往前就是林海,过了林海就到了银江沼泽,银江沼泽也只有一条路,我们必须在天黑前走出银江沼泽,一旦天黑看不清路,走偏了,就会陷进沼泽里,走出银江沼泽,剩下的路就好走了,现在我们还得加快速度,一定要在天黑前走出银江沼泽。"

二人催马飞驰。当她们走出石林谷,面前便是低矮绵延的丘陵,这里植物茂密,道路蜿蜒崎岖,她们用了半个多时辰才走出这段丘陵,霍然展现在她们眼前的是一望无际的莽莽林海,茂密的林木拔地参天。林海深处,静谧森然,让人产生一种阴森恐惧的感觉。然而仪儿对这里却是十分熟悉,她知道从哪里走能以最短、最快的路线走出林海。此时,万丈的光芒已将在西边山峰笼罩上一层金黄的色彩,她们牵着马走进阴暗寂静的森林。

当金色光芒已经收敛,似金盘悬浮在西边的浑圆太阳已经泛起微红的色彩,仪儿和婉儿走出森林,前面就是银江沼泽。仪儿在前,婉儿紧跟在后面,她们小心翼翼缓慢前行着,直到天色完全黑下来,她们才走出沼泽。仰望着皎洁的明月,满天的繁星,仪儿终于松了一口气。她们走到一个山丘的树林边,仪儿道:"我们在这里休息一会。"这里也是程昊带她经常休息的地方。

两人在一片树林旁坐下,战马啃食着地上的青草,晚风习习吹过,婉儿满腹忧伤,静静坐着,她思念娘亲,止不住哭泣了起来,嘴里喃喃道:"娘亲怎么样了?我想娘亲。"

仪儿的心里十分难过和痛苦,但在妹妹面前她不能表露出来,她安慰婉儿:"娘亲不会有事的,即便有事,父亲也会有办法的。"

两人休息了不长时间,仪儿担心后面有追兵赶到,于是带着婉儿继续赶路。直到三更天,她们终于来到了那座小山丘旁,沿着小山丘下的道路走下去就到了东冥村。

仪儿带着婉儿翻过小山丘,山丘下有一条已经被青草掩盖的小路,她们走到路的尽头,眼前便是一望无际的黑色湖面,这里就是东冥湖。

　　仪儿带着婉沿着湖边搜寻着,四周静得出奇,没有一点声音,只有她们的脚步声在这寂静的黑夜里发出沙沙的响声,她们没有发现接送她们的人和船,仪儿开始焦虑和忐忑起来,她带着婉儿把马拴到一片树林里,抽出宝剑从树林走了出来。

四十八、虎口脱险

YU PEI JI

　　仪儿和婉儿在湖边徘徊着,一时间无从措手,她们焦虑地等待着,突兀仪儿似乎听到轻微的水浪声,她向着发出声响的方向望去,湖面上影影绰绰有个黑乎乎的东西正向湖边靠近。仪儿一阵惊喜,她带着婉儿,紧握宝剑,悄悄地摸了过去。

　　二人躲在草丛中,一只小舟似幽灵般从黑色的湖面划到岸边,三个黑影跳下小船,其中一人道:"就在这里吧,仪儿应该知道这里。"

　　仪儿听出是周叔的声音,兴奋地从草丛中跳了出来,轻声道:"周叔。"

　　周叔三人走了过来,大家兴奋地聚在一起,叔叔道:"我们到大船上去说。"

　　五人上了小舟,划到大船下,他们进来船舱,各自讲述了自己的情况,仪儿知道父亲也遇到麻烦,心情更加沉重,林涛将狮虎铜牌递给她:"这是大将军临别时嘱咐我,让一定交给小姐。"

　　仪儿接过铜牌,凝视它,她知道这块小小的狮虎铜牌具有千斤的重量,它掌握着夏洲乃至九州的整个情报网络,是总舵主的铜牌。实际上还有一个与它一模一样的狮虎铜牌,就在她的舅舅明轩身上,只是她还不知道。她紧攥这铜牌,极力克制着自己的感情,不让眼泪流出来,她把脸朝向舱外漆黑的夜晚。

　　船舱内一片寂静,没过多时,周树道:"我们再等半个时辰,现在渔船都在返回,等一会儿船就差不多都回村了,我们正好趁着雾还未散去,进入姣江。"

仪儿点点头:"行,我们再等等。"

从上颐城出发的追击仪儿和婉儿的大队人马,一路马不停蹄地追赶下来,他们没有仪儿对这条路那样熟悉,一路追赶得十分艰辛,当他们来到银江沼泽时,天色已经完全黑了下来,士兵们只能全部点燃火把,靠着火把摸索前行,不断有士兵和马陷入沼泽。当他们走出沼泽,已经有十几名士兵和二十多匹战马陷进沼泽,丢掉了性命。他们来到东冥村,天色已经微明,打鱼的渔船陆陆续续回到村子。

全村多人都聚集在湖边,官军的校尉注视着靠岸的每只渔船,船一靠岸,立刻就有士兵登上渔船进行搜查,校尉问村长:"还有没靠岸的船吗?"

村长一直关注着靠岸的每只渔船,他对东冥村的情况了如指掌,一眼就能认出哪只渔船是哪户人家的。当校尉问他,他立刻答道:"还有一条周家的船,其余的都到齐了。"

一个士兵跳下渔船,跑了过来:"没有发现什么。"

校尉蹙起眉头,他们在追赶这两位姑娘时,在东阳镇附近有人告诉过他,这两个女孩就是走的这条路,那么她们会躲到哪里去了?

一个村民指着停在岸边的周家的船:"这不是周树的船吗?"

村长道:"这是那只老船,新船还没回来,估计快了。"

大家举目望向江面,江雾弥漫,什么也看不清楚。忽然大风骤起,弥漫在江面的浓雾随着强劲的北风很快消散而去,一只大船赫然出现在江面上,它正径直向东航行,而不是向村子方向而来。岸上所有的人都注视周家的渔船,等着它转头回来,很快,人们发现船并没有向南掉头的倾向,而是向着东北姣江的方向快速行驶。

所有的人都发现不对劲,校尉命令士兵全部上船,全速追赶周家的那只渔船。校尉登上一艘最大的渔船,其余的士兵分散在各只渔船上,所有的渔船升帆起航,向着周家的大船追来。

北风正劲,校尉所在的那艘大船趁势扬帆,顺风急进,很快校尉的这艘大船与周家的大船越来越近,彼此已经可以模糊看到船上的人员。当双方可以完全看清彼此船上的状况时,周家的大船已完全转向北方,向着姣江快速行驶,由于两艘大船大小一样,只是周家的桅杆略高,船帆稍大。两船一前一后,保持着不变的距离。

两艘大船先后进入了姣江,后面渔船也不断入江。行进了一段,江面开始变窄,江水变得湍急,仪儿站在前舱向姣江的远方望去,江面越来越窄,她对周叔道:"周叔,你这里有干布吗?"

周叔从挂在船壁上的筐里拿出一堆干布:"这些行吗?"

"行,太好了,完全可以。"仪儿取出四支银箭,把撕好的干布绑在银箭的箭杆上,递给婉儿,随口说道:"周叔,婉儿你们随我去船尾。"

三个人出舱走向船尾,林涛夫妇也跟了出来,仪儿站在船尾,北风吹着她那张姣好面容,她那明亮的眸子带着些许轻蔑目光,注视着尾随的大船。

站在船前的校尉终于看到了两位姑娘,他身旁的士兵叫道:"就是这两个女孩。"

校尉颔首,嘴角露出一丝微笑。

江水越来越急,船越行越快,此段到了姣江最窄的地带。仪儿对周叔道:"周叔,前面就是姣江最窄的地方,让我们的船慢一点,等后面的大船行驶到那里,我就把他们的船帆烧掉,那里只能过一艘大船,后面的船是无法同时通过的。"

周叔疾步走向舱里,两艘大船都到了姣江最窄地段,后面的大船离得更近了。仪儿取出一支银箭搭在弓上,刹那间她气运周身,贯满弓箭,弓拉满月,一箭飞出,箭镞似有千钧之力,一道银光,帆顶的缆绳一下被银箭射断,银箭穿透桅杆径直插在上面。接着,仪儿从婉儿那拿过两支银箭,搭在弓上,一只手从两支箭杆掠过,箭杆上的干布随即燃烧起来,眨眼间两支带火的银箭已经插在船帆左右两边,船帆在北风呼啸下,立刻熊熊燃烧了起来。随即又有两支燃烧的银箭掠过燃烧的前帆插入后帆,须臾,整个大船的船帆全部燃烧了起来,不大会工夫大船的船帆就被烧毁,大船只能靠着水流缓慢行进,而周家的大船却顺风扬帆快速行驶着,两船的距离越来越远,当后面的渔船接近时,只能尾随在后面,直到江面变宽,此时,周家的大船已经不见踪影,再追已经没有意义了,不得已船队只得返回。

卞雍的大将军府虽然兀自挂着大将军的牌匾,实际已经完全成为明轩的府宅,他把自己的府宅与大将军府重新设计,经过建造和修缮变成了如今的一体。而明轩的生活更是极度奢华,终日声色犬马,纸醉金迷。

这日,明轩晚上多喝了几杯,感到有些醉意,回到府中早早地就睡了。大约三更天,醉竹轩的后堂管事亲自来到他的寝院,要求马上见明轩。侍卫立刻叫醒明轩,明轩听是醉竹轩的后堂管事来见,知道出大事了,因为没有极其危急的事情,醉竹轩的后堂管事是不会露面的。明轩迅速穿上衣服,疾步走出寝室,他带着后堂管事走进书房。

一进屋,后堂管事将密报递给明轩:"大将军去向不明,玉儿已经被捕,仪儿和婉儿虽逃出上颐城,但生死不明。"

明轩打开密报,迅速看完,脸色异常严峻,这个消息太让他意外和震惊了。后堂管事见明轩看完密报,说道:"我们几个讨论了一下,殷舵主和我们三位管事都认为总舵主应该迅速撤离,这样比较安全和稳妥。"

明轩一语不发,默默地思考着,几分钟过去了,明轩语调沉重道:"就按殷舵主说的去做,殷舵主和你们三位也要撤离。一个时辰后你们在邑河水闸边等我。"

后堂管事走后,明轩回到卧室,他把柜子推开,一个小门显露出来,他推开小门,走进后院。他来到后院正房门前,叫道:"吕典。"

屋门内灯光亮起,吕典从屋门里走出,此人无论是身高、长相、举止都与明轩一模一样,明轩对吕典道:"立刻实施影子计划,你马上发出信息让站点准备,随时接应你们。"

这时,吕典的三个手下也已经出了房间,明轩接着对吕典道:"你要保证他们三人和你在一起,只有这样你的身份才不会暴露。除了我,只有他们三人知道你的身份。"

吕典道:"总舵主放心,除了我们四人,其他人一定会把我当成总舵主。"

"你们要听从吕典的指挥,保护好吕典,接应的人会安排你们安全离开的。"

三人点头:"总舵主放心,我们一定保护好吕典。"

明轩用慈爱目光扫过四人:"好,行动吧。"

明轩回到卧室,他来到书房,将一些秘密文件带到不远的干枯的鱼池里,浇上油点燃,看到文件烧为灰烬,他回到书房,对贴身侍卫道:"把小五和小七叫来。"

很快,小五和小七走进书房,明轩道:"我们马上就要撤离,你们把书房所有的文件全部烧掉。"他又对侍卫道:"你让大主管到客厅来。"

大主管匆忙进到客厅,明轩把密报递给大主管,大主管看罢十分震惊:"总舵主,你应马上离开这里。"

"我一会就把侍卫们带走,这样府里也只有你一人知道全府的情况了,府里的事情你安排好,一定要仔细谨慎,你也要小心。"

"总舵主放心去,有我在,这里不会有事的。"

明轩目光深重看着大主管："我的卧室的柜子后面有一个小门，直通后院，你把后院打扫干净，让秋月四人住过去，那里有一间洗浴房，你告诉她们如何应对官府，另外，还要把那些准备好的信件和书画放进书房，把鱼池清理干净，养上鱼，一切拜托你了。"

"总舵主一路小心，我在这里等着总舵主的消息。"

一个时辰前已经从府里后院的水渠内划出一只小船，在夜色笼罩下，又有两只小船飞快划出水渠，进入邑河。漆黑的夜幕中，四野静谧无声，唯有船桨划出的哗哗水声响，小船飞快行进着，在邑河水闸下停住靠岸，岸上有四个黑影站立着，明轩带着贴身侍卫走上岸："等的时间长了吧？"

殷舵主道："没有，刚来一会，我们去那边说。"

二人走到一处，殷舵主将下一步的计划，具体如何安排向明轩做了汇报。

明轩听罢："就按你的安排，明天傍晚之前，你们必须撤离，务必小心谨慎，别出纰漏。"

明轩和殷舵主回到原处，明轩又嘱咐了几句，随后向他们道别，上船而去。

两天后，明轩一行人来到沂津码头，尤四正站在货船边的码头等候着，见小五一行人出现，便疾步走了过来："五兄，就等你们了。"

明轩一行人走了过来，小五道："都安排妥当了。"

尤四看着小五："一切按您的指示去做的，已经和淡洲联系了，到了淡洲我与站里的孙达接头，应该没有问题，大家上船吧。"尤四带着大伙上了货船，大船随即扬帆起航。

在王庭的勤政宫内，明王听完紫布的汇报："我年轻的时候就听说过这个裴明轩，是裴良的小儿子，一个酒色之徒，现在还是如此。"

"父王，看看这些。"季敏把些信件和书画递给明王："一个地道的色鬼、酒徒，他的后院有一个洗浴房，经常夜晚同四个年轻美貌的女子一起洗浴同睡，那些事情简直龌龊不堪，说出都恶心。"

紫布插话道："这个人没有什么价值。"

明王随意翻了几下信件和书画，蹙起眉头，极度蔑视道："这等之徒就不提了，你们看着办吧。季敏，你还有什么事吗？"

"没有了。"

"那你先回去，本王和都尉还有事情相商。"

季敏退出勤政宫，回到督察司，副督司正等着他回来，见他回来了，立刻来到他的房间:"大人,大王有什么圣谕吗?"

"大王对这些不感兴趣,裘明轩就是个酒色之徒,毫无价值,你看还要抓他吗?"

副督司急忙回道:"抓还是要抓。"

"他又没有犯什么罪,你以什么罪名抓他?"

"他是程昊的小舅子,凭这个就可以抓他,把他抓来问问,有事自然好,没事再把他放了,还是应该稳妥。"

季敏点头表示赞同:"这事就交给你了。"

督察司在卞雍开始抓捕明轩,但无论是他的住所,他所开办的妓院、酒楼和客栈都没有找到他,他们从一个酒楼的主事得知裘明轩去了绵灵城。

绵灵城是夏洲的一座著名城市,这座名城山清水秀,富庶繁华,是鸿商富贾、文人墨客游览享乐的集聚之地。这里酒楼高大,客栈豪华,商区闹市人流如织,车流如梭。最著名的当属十里花街。花街内秦楼楚馆,勾栏瓦舍鳞次栉比,花魁名妓,风骚俏女比比皆是,它是夏洲达官贵人纵欲风流的理想之地。

花街里的郁春楼就是明轩所开,绵灵城自然也是明轩经常所到之处。吕典一行人一直蛰伏在距绵灵城百里山林中的一座寺庙里,这日,他们终于得到卞雍的消息,督察司正在四处搜捕明轩,吕典立刻通知绵灵城内的站点,不久,绵灵城内的站点就派人来到寺庙告诉吕典,郁春楼已经有陌生人日夜蹲守,吕典告诉来人他们的计划,并让他们在城内做好安排。第二天,那人又来到寺庙,把他们安排的具体细节向吕典做了汇报,吕典很满意。那人走后第三天,吕典带着一行十二人出了山林,向着绵灵进发。

吕典将十二人分为五组,前面两组,两人一组,观察前方的情况,中间吕典和他的三个侍卫一组,后面两组,两人一组,注视后方的情况。

临近午时,一个家仆打扮的人走进郁春楼,很快两个掌事和老鸨都站在门前,向大街张望。此举立刻引起一直蹲守监视的三个缉捕的注意。不久,一辆马车赶到近前,吕典从车帷里走了下来,掌事和老鸨疾步迎了过来,双方寒暄着,三个缉捕立刻认出就是明轩,其中一个缉捕:"我们要不要立刻抓捕?"另一个道:"他们这么多人,恐怕不太容易,我们盯住他们,你回去报信。"

三个缉捕正说着,吕典已经一脚迈上车凳:"我下午过来,晚上我们聚一下,让小红作陪。"说完进了车帷。

马车走起,向着前方而去。

走出大街,后面的一组中的一人快马从吕典的马车前走过,吕典知道他们被人盯上了,他和旁边的侍卫会心地一笑。

马车快速行进,当他们接近一个胡同口时,车马突然减慢了速度,赶车的人回头向后张望,故意表现出发现了什么,然后马车拐进胡同。

马车刚一拐进胡同,胡同口的一户大门敞开着,门口站着一个与车夫一模一样装束的人,车夫和车帷内的三人飞速跳下马车,冲进大门,在门外等候的人跳上马车,赶着马车继续前行。

马车慢慢地走出胡同,沿着大街驶进了闹市,这里车来人往,川流不息,两个缉捕也顾不上可能会暴露的风险,尽力跟上,生怕跟丢了。

马车出了闹市,突然加快速度,向着一家客栈奔去,马车一进客栈,伙计就迎了上来,车夫没等伙计说话就问:"厕所在哪?内急。"

伙计指着后面:"后院,后院有厕所。"

车夫扔下马鞭,跑进后院,之前他早就侦查过这里,对这里非常熟悉,他两步拐到后院的山墙,纵身跃上墙顶,飞身落下,几步跑到高墙对面的树林,一个牵着两匹马的人正在那里等待他,见他跑来,两人飞身上马,向着城门的方向奔去。

伙计接过马车,惊讶地发现,马车内空的,他愣了片刻,认为是车夫内急,正巧走到客栈门口,进来解决内急的。他把马车赶到墙边,回到屋里,等了好长时间,发现车夫还没有出现,他疑惑地疾步走进后院的厕所,里面根本就没有人。他向四周环顾一下,后院寂静无人,他不解地走回前院,忽然一群官兵闯了进来,首先闯进来的人指着墙边那辆马车道:"就是这辆车,人在哪?"

"车里没有人,就一个车夫。"伙计把刚才的情况讲了一遍。

头领问两个跟踪的人:"怎么回事?车里的人是什么时候溜走的?"

两个跟踪的人相互看了一眼,一个跟踪的缉捕犹豫了一下:"会不会在闹市,我们怕跟丢了,就跟得近了一些。"

另一个跟踪的缉捕补充:"那里来往的车太多,我们怕认错了,就紧盯着,有可能被他们发现,估计他们是在那里下的车。"

头领指着两人高声道:"你们俩留下,其余的到闹市的各个街口。"

缉捕们随着头领离去。

临近傍晚,吕典一行人已经回到寺庙,大家用完饭,吕典四人离开寺庙,去了下一站点。

四十九、神尊现身

YU PEI JI

　　玉儿没能幸免于难,她的马车出了胡同不久就被追来的缉捕赶上,玉儿被带入衙令府的大牢,由于是大将军的夫人,衙令不敢冒犯,对玉儿还比较客气。督察司的通判对玉儿进行了审讯,玉儿的回答是一概不知,通判无奈,只得将玉儿押往卞雍的督察司。

　　吴间率领官兵将程府查封,但对面的颖惠的住宅是否查封吴间拿不准主意,于是他找到通判,将颖惠的情况汇报给通判,请通判定夺。通判对吴间道:"凡是与程昊有密切关系的人都要抓,财产一律查封。"

　　很快颖惠被送进衙令府的大牢,颖惠的住宅也被查封。通判对颖惠进行了审讯,没有得到任何有价值的东西,决定将颖惠押往卞雍。

　　衙令得知此事,找到通判,衙令带着试探口吻:"大人,颖惠的情况下官略知一二,那颖惠是程昊的义女,刚到及笄之年就嫁给一个叫月生的郎中,出嫁之前还是个孩子,出嫁又不在程昊那里,她哪会知道程昊的情况,不如把她留在上颐,等候上面的裁决。"

　　通判觉得衙令说得有道理,派人把她押到卞雍不值当,也就答应了衙令的请求。通判处理完最后事情,带着一行人返回卞雍。

　　不久,在温源村进行搜查和调查的缉捕取得了重大收获,村民们说杏儿原本不是这个村的,也是近些年搬进来的,刚搬进村子就住在村口,她是个佣人,她的主人是一对夫妇,男的叫林涛,女的叫英姬。一年以后,他们又在村尾的山坡上盖了一座大院,一家三口就搬过去了。他们先头是两头住,近两年夫妇俩才又搬回村头,杏儿就留在村尾,照顾那个魔女和孩子。

缉捕们恍然大悟,杏儿在村头大喊大叫,实际上就是给林家夫妇报信,他们随即闯进林涛家,林家夫妇两天前就不见了踪影。

缉捕们将情况汇报给了衙令,衙令大怒,立刻对杏儿进行审讯,开始杏儿一言不发,衙令对杏儿动用了大刑,杏儿没有扛住,将所知道的事情全部招出。这时衙令才知道月神医与程昊和魔女,甚至那个孩子都有关系,而且这个月生也非同寻常,他立刻将这个情况告知正在神驹山养伤的国相,并把杏儿押往卞雍。

太宗、道宗数位大仙亲自来到济生堂,他们发现了数株九州大陆没有的草药,太宗道:"这几株草来自魔界,看来这是月生绝非等闲,他能自由出入魔界,说明他的法力绝非一般。"

道宗若有所思,语调缓慢道:"会不会这个月生就是帮助魔女逃走的那个神秘人物。"

太宗沉吟片刻:"这可不好说,起码他的法力绝非寻常。我们把颖惠带到九仙山,我在那里布下九龙天罡阵,请各位大仙齐聚于此,那妖魔敢来我们就把他拿获,他若真是从西幽山逃走的魔王,他必会闯入九龙天罡阵营救颖惠,到那时我们众仙就在大阵中与他较量较量。"

于是,太宗在国相的陪伴下找到衙令,衙令诚惶诚恐以大礼相迎,太宗道:"我把颖惠带到九仙山,若她的夫君来找,就让他去辰洲的九仙山找,我在那里等着他。"

就在众大仙合力围剿,搜寻月生的踪迹时,月生已经飞离九州大陆。他站立在赤凤的背上,遥望着浩瀚无垠的天际,深邃幽蓝色的银河缀满如银钻般的繁星,不时陨落的流星划过夜空,闪烁出一道道银白色的弧光。翱翔在辽远空寂太空的赤凤偶尔也发出悠远的长鸣。

月生也不知道赤凤飞了多久,多远,霍然,远方一团白雾中闪烁着耀眼的金光,赤凤向着那团白雾飞去。

赤凤穿过重重浓雾,眼前是一望无际烟波浩渺的金色湖泊,湖面上金色的烟云弥漫流动,赤凤落在一个金色的小岛上,刹那变成月生臂上的纹图。月生感觉出金湖中灵气四溢,仙气氤氲。他走进金湖,忽然似梦似幻,似要昏昏欲睡,他睁大眼睛,振作自己,这时,他已经不能自主地显出了真身,金色的身体与金色的湖泊融为一体,金光闪烁。他看到自己的身影在金波中荡漾,突兀感觉眼眶内灵气充盈,他抬头远眺,发现自己的目力大增。

迢迢千里之外,一座雄伟巍峨的金光宝殿在流动的金雾中忽隐忽现,宝殿上方闪耀着五个金灿灿的大字"无量光天界"。辉煌的宝殿金龙伏檐,金凤盘柱。不远的金山,金瀑飞泻,金蝶飞舞,好一片金光璀璨的黄金世界。月生伫立良久,最后还是不舍地离开,返回了九州。

九仙山是九州最大的洞天福地,这里层峦叠嶂,群山竞秀,山内古木参天,林海葱郁,花谷幽峡间溪水汩汩,从山洞陡崖上飞流直下。而天目山为九仙山之首,它高耸云霄,气势磅礴,有拔地通天之势,擎天捧日之姿。

太宗在八百里九仙山布下了九龙天罡阵。天目山为九龙天罡阵的阵首,其余八个阵眼由玄极大仙、赤天大仙、紫阳大仙、太虚真宗、妙华玄宗等八位仙人分别镇守。国相被程昊一掌打成重伤,道宗帮他疗伤恢复。于是,太宗把道宗、国相和颖惠放置在山青林秀,浓雾缭绕的洞阳山。

太宗和几位大仙腾云临近洞阳之巅,只见云雾汹涌,浓云翻滚,唯有一块云团始终浮在空中纹丝不动,任四周的白云飞逝流动。众仙大感惊诧,太宗袍袖一挥,一股真气冲向那团白云,那团白云立刻四散开来,四散的白云中陡然间隐约浮现出一个巨大金人,随即便云消雾散。众仙惊得面面相觑,云雾中怎么现出金身,几位大仙抬头向东方望去,浑圆的太阳赫然当空,只是如同雪一样的惨白,好似一轮皎洁的明月。太宗望着苍白的太阳,随口道:"昼日如雪神尊降,黑夜血月天魔出。天示何意?"

玄极大仙蹙眉接道:"适逢千年轮回,异象奇生,神尊降世,自会现身,云影虚光不过幻影而已。"

各位大仙相视无语,便各自奔向自己的阵眼。

太宗带着道宗三位来到洞阳山的桃花溪谷,谷底的溪水边有一个灵气充盈的仙洞,太宗对道宗道:"大仙这里如何?"

道宗满意地点头:"这里很好,灵气充足,正是疗伤、修炼的极佳之地。"

"这女子就放在大仙这里,洞阳山就拜托大仙镇守了。"

道宗拱手:"仙长去吧,这里交给我吧。"

太宗回礼离去。

月生回到济生堂,伙计将颖惠被抓,官府搜查的事情悉数告诉了月生,月生脸色大变,听完伙计讲述后,回到自己的院子,他巡视了一下,纵身飞向衙令府。

月生来到衙令府的上空,一挥手,一股气浪撞碎书房的窗户,一下将衙令卷到空中,衙令感到全身要被压碎,刺痛无比,忽然他听到严厉的声音:"你把颖惠抓来了,怎么回事?你要从实讲来,如有一句谎话,我就将你的衙令府和里面所有的人瞬间烧成灰烬。"

顿时衙令的周身都要碎开,疼痛得就要昏厥过去,他大声道:"我说,绝无半句不实。"

于是,衙令将程昊事情的原委,以及颖惠如何被抓,太宗如何交代的一五一十,无一疏漏地告诉了月生。月生抬手将衙令扔回书房,唤出赤凤向着九仙山飞去。

黄昏的夕阳血一般的鲜红,八百里九仙山苍山如黛。月生还在迢迢千里之外就用觅踪大法向着九仙山方向扫过,八百里九仙山尽显掌中,他的目力已经大增,太宗的九龙天罡阵被他看得一清二楚,现在他最急切的是找到颖惠在哪里。当他接近九龙天罡大阵时,他似乎隐隐感觉到颖惠的气息,他把目光盯向雾色弥漫的洞阳山,抬手一挥,一股强大气浪横扫洞阳山,猝然他发现了颖惠的位置,随即从距百里的空中俯冲而下,径直冲向洞阳山。

就在他对洞阳山发功的同时,太宗等众仙立刻发觉了,众仙一齐出动向他扑来,此时道宗正在给国相疗伤,强大的真气掠过洞阳山的片刻,道宗飞身冲出仙洞,直向山顶。国相知道这是颖惠的夫君来解救颖惠,他看到坐在洞里的颖惠正向洞口张望,顿时怒火中烧,这个潜逃犯司南的女儿,他的仇人程昊的义女,还想活着出去,真是痴心妄想,现在就是了结你性命的时候了。他气贯掌中,一下将颖惠吸到近前,随手掐住颖惠的脖子,五指猛地用力,颖惠的颈部被攥碎,头向下一搭,即刻断了气。

月生刚触进九仙山,忽然感到颖惠的气息消失,元魂散出,他的心就是一沉,颖惠遇难了。他的速度极快,快似电闪流光,冲进九龙天罡阵,当他冲到金华山的阵眼时,玄极大仙拦住去路。就见玄极大仙端坐着金莲上,漫天的金色的花瓣飘散而下。月生已经顾不上那么多了,赫然原身显现,花瓣落在他的身上即刻化成一股金烟,当他冲到玄极大仙跟前,玄极大仙还未反应过来,月生抬起一脚将玄极大仙踢出九龙天罡阵。

刹那间他已经冲至赤天大仙的阵眼,一个烈焰燃烧的巨大火球正向他撞来,月生迎面一掌拍去,火球立刻化作漫天散开的星星红点,如烟花绽放后的最后闪烁的光点。赤天大仙的元魂被月生的巨掌拍出体内,身体径直下落,跌落在天姥山峰上。

此时,月生已经冲进洞阳山,道宗这才反应过来,他从左翼扑来,月生左手一挥,金色的花瓣铺天而下,立刻将道宗立刻包围在花瓣之中,道宗的身体多处被金色的花瓣烧伤,他立刻将一层层金雾笼罩全身,形成一个金罩,阻挡住飘落而下的花瓣接触到他的身体。

月生猝然冲到桃花溪谷的山洞前,看到国相手中的颖惠已经逝去,他悲愤交加,怒不可遏,伸出巨大的金掌一把将国相攥碎,并将真火运在掌中,国相被真火烧得连灰都没有了。他将颖惠托在手中,冲向天空。这时一张金网从天而降,他一把将金网扯了过来,甩向山下。此时,十几位大仙冲了过来,只见月生怒目圆睁,衣袖一抖,金色气浪如排山倒海的海啸席卷而来。十几位大仙卷在当中,气浪中带着炽热真火,就是黄金和钢铁遇之也会即刻熔化,十几位大仙拼尽所有的法力和真气在金色的气浪中挣扎。金网与太宗的经脉相连,太宗被甩到山下,他随即运足真气,向月生扑来,月生返身冲来,太宗还未看到月生的身影一个巨大的金掌迎面拍来,此时太宗已经来不及躲闪,他的白色长袍瞬间发出耀眼的金芒,月生的一掌打烂了太宗的长袍,径直打在他的右胸的上部,他右部的胸骨和锁骨都被打碎,右部的大部经脉皆已崩断,他从空中迅速向下跌落,就在这瞬间,他看清楚了月生,同那团白云中显现出的金神一样,他不禁自语:"神尊现世。"

太宗落在山巅,他奋力起来,跪拜道:"太虚有眼无珠不识神尊,多有得罪。"

十几位大仙也看清了月生的面目,不约而同道:"我等目拙,冒犯神尊,罪该万死。"

月生收回真气,唤出赤凤,手上托着颖惠的尸体向着西方而去。

望着颖惠苍白的面容,托着她僵硬的身体,月生的心情悲痛万分,他没有救出颖惠,救出他最亲,最爱的人。在这个世上颖惠是他的唯一亲人,是牵挂他,照料他,与他朝夕相守,风雨与共的爱妻。往事历历在目,他不觉泪盈满眶,一点热泪滴在颖惠脸上。

白云中闪烁着金光,前方就是无量光天界,赤凤奋力地扇动着双翅,他们穿过重重云雾，来到无量光天界。

　　一道光门霍然出现在月生面前，月生站在金湖之中，光门内传出悠缓的声音："一入光门，今缘随了，渡劫三乘，功德浩瀚，修成正果，无边富乐。"

　　月生轻轻将颖惠吹乱的秀发理好，双手托着颖惠的身体，良久凝视着，颖惠双目紧闭，面容苍白，月生心如刀绞般地疼痛，他托起颖惠的身体，将她送进光门。

五十、亡命天涯

YU PEI JI

　　妙羽带着月儿逃离了众仙的围堵,掠过夏洲,来到麟洲。他们飞过万水千山,越过一座座城镇和村庄,当她飞越一片竹林时,忽然从竹林中传来悠扬的古琴声,她顺着琴声觅去,发现在竹林边缘的一角有一座大院。

　　这座大院坐落在山脚下的大路一旁,它的左边是通往山里的幽长峡谷,右边是通往大流城的大道,背后是一条汩汩流淌的溪水,溪水旁是方圆数十里的竹林。

　　清越曼妙的琴声从大院内传出,柔软绵长的曲调在空中袅袅回荡,妙羽带着程月飘落在竹林边,走过溪水上的小石桥,沿着大院的高墙来到大院的正门。

　　妙羽上前扣了三下门环,琴声戛然而止,大门吱呀被打开,一个面目慈善的老妇人站在门内,老妇人看到一个漂亮的女子拉着一个小孩,惊讶地问道:"这位夫人从哪来?找谁啊?"

　　"老奶奶,我和孩子走迷路了,听到琴声就随着声音找到这里。这荒郊野外的,我们也不知道往哪里去,您能不能留宿我们一两日?"

　　老妇人目光带着怜悯:"进来吧。"

　　老妇人关好大门,带着妙羽母子二人走进大院。院子很大,在大院右墙一侧的藤架下，一位六旬开外的老翁端坐在一张古琴后，老翁头发有些花白，眉目慈善。妙羽疾步上前给老人施礼："小女子拜见老人家了，我们母子迷了路，走到您老的府宅，叨扰您老人家了，小女子给老人家见礼了。"说着，又给老翁行礼。

老翁大感惊诧，这女子长得好生漂亮，起身道："夫人不必拘礼，屋里坐吧。"

老翁对老伴道："给他们弄些吃的和水来。"

妙羽和老人坐定，老人问妙羽的来历，妙羽告诉老人自己的男人病死了，大太太说自己克夫，是因为她，她的丈夫才病死的，于是把他们赶出家门，她没有办法，只得带着孩子离开了家，回自己老家，没想送她回老家的那个亲戚没安好心，竟把他们母子骗到他的府宅，逼着要与她成亲，我们母子趁他不备逃了出来，我们一路奔逃，也不知往哪里走，跑进了一片竹林，听到您老人家的琴声，就随着琴声来到您老人家这里，说到最后，妙羽道："老人家，我们母子无亲无故，也不知道这是哪里，老人家如能可怜我们母子，就让我们留宿两日，等我们找到安身之处就马上离开。"

老翁道："没有问题，我这里房子很多，你们就住在这吧。"

妙羽感激道："妙羽谢谢老人家了。"

老翁笑了笑："谁还没遇到难处的时候，帮人一把是理所应当的，夫人不必客气，我们一家四口还和有两个伙计，我同老伴还有两个伙计住在这里，儿子和儿媳妇在大流城，他们开了一家琴行，我们一家以卖琴为生，我在这里制作古琴，儿子和儿媳妇在城里的琴行卖琴。"

第二天早晨，老汉在后院制作古琴，妙羽走到近前，笑着对老翁道："大爷，我也会做古琴，我来帮您一起做吧？"

老翁眸子带着怀疑："你也会制作古琴？"

妙羽坐在一张古琴后面，一手扶弦，一手弹拨，美妙的音符从指间流出。妙羽秀逸高雅之姿，宛若仙人落凡。老翁被眼前女子的美艳、音乐的清绝所折服，不禁赞叹道："夫人的琴艺确实极高，老夫自愧不如。"

"老人家过奖了，小女子实不敢当，过去我也制作过一些古琴，我想先制作一张古琴，老人家弹试一下，如果老人家觉得小女子所做之琴还行，我就给老人家多做几张。"

老翁点头："好，你先试着做一张。"

四天后,妙羽将一张精致的古琴放在琴架上,老汉一见惊讶不已,琴架上古琴的形状比自己所制的美观了许多,琴的弧度圆滑,线条流畅,琴面斜度更深,琴弦两侧对称均匀。老翁抚摸着光滑精美的琴面,手指弹拨着琴弦,琴弦发出的音质清透,高声清脆,低声浑厚,优美音色带着灵动,这让老翁喜欢得爱不释手。他玩味了许久,才反应过来,妙羽还一直站在旁边。

他用惊诧的目光看着眼前这位美丽的小女子,真是意想不到这小女子竟能做出如此精美的古琴,这绝非一般琴匠所能制作出来的,只有顶级的琴匠才有这般绝顶的手艺,只有对古琴具有非凡的造诣,才能制作出这样音质的古琴,老翁简直佩服得五体投地。他对妙羽和这张古琴赞不绝口。

他对妙羽道:"老夫一生好琴,制琴,所见宝琴也算不少,此琴是老夫平生所见最好的一张,实在是难得的宝琴。老夫佩服,佩服啊!"

妙羽见老人如此喜欢,心里很是高兴:"老人家若是喜欢,妙羽就为老人家多做几张。"

老翁的眸子即刻闪出光芒:"孩子,这可是宝琴,若要送到琴行去卖,可卖出个大价钱。"

"那我就和老人家一起制琴,多制作出些好琴。"

不到一月,妙羽和老翁共制作出五张古琴,老翁决定去趟大流城,把这五张古琴送到儿子的琴行。老伴也要去大流城买些东西,于是次日,一个伙计赶着马车,老两口带着五张琴奔往大流城。

大院内只剩下妙羽母子和一个不满十三岁的小伙计,老两口一走,小伙计就算放了假,每天日上三竿才刚睡醒,而妙羽母子天刚蒙蒙亮就已经起来了。妙羽发现这一个月,月儿又长高长壮了许多。这天晨曦初露,妙羽把月儿带到前院,妙羽传授他如何运用真气,将自己腾空而起,运气飞驰。妙羽运足真气,纵身而起,还未落下,月儿已经窜至空中,似电闪划过,冲向群山,妙羽则竭尽全力奋力追赶,母子掠过一座座山峰,在山谷深涧中穿梭飞驰。月儿是如此开心,兴奋,妙羽则由衷地欣慰和快乐。母子临近中午才回到院中。

妙羽对古琴的材质非常了解,老翁使用的材质是较软的松木和柳木,这使得琴弦的力度不够,音质也不理想。好的古琴需要硬质的木料,于是,妙羽决定第二天再去山里寻找一下,有没有理想的木料。

第二天清晨,妙羽带着月儿飞入大山,当灿烂的太阳高悬于东方,山间的雾气消散殆尽,妙羽停在一处山腰的一片树林前,这片树林中的树木笔直参天,木质极硬,妙羽嗅到这种树木有一种特殊的芬芳,这种树木的木质变干后,会发出一股沁馨的香气,这正是制作古琴绝佳的木料。

妙羽告诉月儿如何将真气运于掌中,猝然发力击向大树,轰的一声大树轰然倒下,就在大树轰然倒下的一瞬间,周边的几棵也同时倒下,就在妙羽惊愕的一刹那,月儿已经闪到眼前,妙羽吃惊地问:"是你把这些树撞倒的?"

月儿道:"娘亲用手掌将大树击倒太慢,我直接把它们撞倒了。"

妙羽除了又惊又喜,更加疑惑的是月儿哪来的这么高的法力,就在她眼前,她根本就没有看清楚月儿是怎么把大树撞倒的,速度简直太快了。她清楚自己的法力根本就不是月儿的对手,如果把自己的法术传授给月儿,那么月儿的法力将不可估量。

妙羽正想着,一件更让她意外的事情发生了,月儿掌中突然射出一股黑烟,那黑烟带着深重的戾气,黑烟刹那扫过一棵大树,那棵大树突然从地面而起,腾在空中,月儿站在树干上:"娘亲,你也上来。"

月儿催动着大树,大树如一叶扁舟,冲破云层,掠过山峰,风驰电掣般回到院中。大树刚一着地,月儿便拿起斧子将大树的枝杈砍掉,妙羽拾起一根粗大的枝杈,仔细端详木头的材质,很是满意。就在这时,老两口和伙计赶着马车回来了,马车上还多了一个年轻的女人,四人一进院,都大吃一惊,一棵几人才能合拢的大树横倒在院子中,老者问道:"这么大的树是怎么弄到院子里的?"

月儿立刻得意地高声道:"爷爷,是我搬回来的。"

"怎么大的树,你一个孩子能搬起来?"

月生一下把大树举了起来,随后一手托着大树:"爷爷,再有几棵我也能举起来。"

老翁惊惶道:"是,是,是,孩子快放下。"

月儿掌运真气,大树缓缓落地。老翁和伙计走到近前,用手推了一下大树,那大树纹丝不动,老翁起身,摸着月儿的头:"你可真是神力。"

老翁这才指着刚来的年轻女子给妙羽介绍:"这是我的儿媳妇。"

妙羽急忙施礼:"小女子见过大嫂。"

年轻女子见到眼前的女子如此漂亮,顿时心生不悦,她勉强笑了一下,对妙羽说了声:"你们忙吧。"然后示意公公婆婆去后院,三人走出前院,直奔后院。

一进正房,年轻女子极其不满地对公公道:"爹,您怎么什么人都敢收留,您刚才看到那个孩子了吗，那是一般的孩子吗？您跟我说他们是从竹林过来的，那竹林方圆数十里，里面毒蛇、怪虫到处都是，他们能从那里走出来，能是正常人吗？说不定是什么妖魔，您老人家赶紧让他们母子离开这里。"

听了儿媳妇的话，老两口也觉得有些后怕，老伴道："老头子，儿媳妇说得对，让他们走吧。你要张不开口，我跟他们说。"

老翁挥了一下手："不用，我跟他们说。"

大家吃了一顿午饭后，老翁来到妙羽的屋里，对妙羽道："夫人，儿媳妇这次跟我们回来，是帮助我们老两口收拾东西，我们要长期住在儿媳妇那里了，这里就不再住人了。夫人您看如何？"

妙羽苦笑了一下："妙羽谢谢大爷大妈留宿我们母子二人，我们这就离开这里，只是妙羽还有件事请求老人家。"

"夫人请讲。"

妙羽指着两张还未上弦的古琴："我想把这两张古琴安上弦，用这两张琴去谋生计，不知老人家是否同意？"

老翁急忙道："应该，太应该了，我去给夫人拿弦。"说着，走出屋子。

妙羽带着月儿向大家告别，走出大门前，妙羽指着院中的竖躺着的大树："大爷，这棵大树的木质最适合制作古琴，您老可以用它制作古琴。"接着妙羽对大家道："妙羽谢谢大家，望二老多多保重，谢谢大家了。"

两位老人和众人将妙羽母子送出大门，母子二人沿着大路向着大流城而去。

老翁回到房间十分后悔，他向老伴埋怨不该听儿媳妇的话，老伴小声道："你怎么不明白，妙羽长得少有的美貌，儿媳妇是怕咱们儿子见到她，走了就走了吧。"

老翁无奈地摇摇头。

大流城被称为学士之城、乐府之都。这里书院学宫林立，乐府琴坊遍地。文人士子长袍大袖，宽带束身，飘逸脱俗。这里文化礼仪积淀深厚，大家名仕层出不穷，大多数文人士子饱读诗书，深谙礼乐。文人雅士在会馆集会，饮酒作词，抚琴说曲成为大流城最为风行的时尚。

妙羽母子二人来到大流城，他们穿街走巷，最后在一家简陋的客栈租下一间房暂过了一夜，由于身无分文，只有把唯一的两张古琴卖掉，他们才能在大流城生活下去。于是她带着月儿来到一处热闹的大街，她在大街四处巡视，她的美貌和仪态着实引人注目，不断有人回头观看，尤其她身背一张古琴，几乎让所有路过的士子都放慢脚步，有的甚至驻足凝视。

她发现在大街不远处有一个空的场地，她在那里支上古琴，立刻就有很多人围了过来。她纤手拨弦，琴声曼妙悠扬，美人、仪态、音乐三绝合为一体，令围观者大饱眼福和耳福，年轻的士子更是目不转睛，如醉如痴。琴曲刚一结束，喝彩声一片，几位端庄儒雅之士立刻将银子投向妙羽，随即士子们也纷纷投出银子，须臾妙羽的脚下一地碎银，妙羽起身给围观者施礼："小女妙羽谢谢各位大人，此琴是小女倾心而制，哪位大人喜欢此琴，小女愿以一锭银子卖出。"

围观者中早就有几位古琴行家识得此琴，此琴外观独特优美，音质纯正清脆，是一张难得的宝琴。几位古琴行家一听一锭银子就可卖出，几个人同时冲到妙羽近前，要将此琴买走。妙羽一下愣了，她为难地看向几位，此时其中一位高声道："我愿出五锭把这琴买走。"

这人话音刚落，另一个买者道："我愿出十锭银子。"说着，向人群招手，一个家仆模样的人疾步走了过来，将一个木盒递给主人，那人打开盒子，里面整齐摆放着十锭银子："小姐您看，我把琴买走了。"

妙羽接过木盒，那人将古琴拿走了。其中一位买家带着遗憾对妙羽道："小姐刚才说此琴是小姐倾心而制，我今日没带银两，小姐可否再制作一张，我愿以同样价钱买走。"

妙羽道："我还有一张同样的古琴，如果大人愿意买，明日还是此时此地，我们在这里成交。"

那位买者面露喜色道："我们一言为定。"

人群散去，妙羽拉着月儿走到大街对面，她看到一个大院挂着要出让此院的牌子，妙羽正在观看着牌子，身后一个中年男子小跑着过来："小姐看中这个院子了？"

妙羽点头："这个院子多少银子？"

那个中年男子伸出两个手指头："二十锭银子。"

妙羽笑着晃晃头，准备拉着月儿离开，中年男子伸出胳膊拦住去路："我给小姐打半折，十锭银子，我们马上就可以成交。"

妙羽和那中年男子办完手续，将十锭银子交给了中年男子，带着月儿走进院子。

第二天的上午，妙羽背着琴来到此处，依然是众多的围观者，妙羽把琴放好,围观者中有人高喊:"小姐能否给我们再弹奏一曲。"随着众多人喊着:"小姐再弹奏一曲。"那个买者道:"小姐弹奏一曲吧,我也鉴赏一下这琴的音质。"

妙羽端坐琴后,纤纤素手扶于琴上,弹奏了一曲,立刻又是一片喝彩声,不断有人抛出碎银,又有几位琴家也要购买此琴,妙羽指着大街对面的一个院子道:"七天后,我的琴行就在那里开业,欢迎各位大人光临。"

人群里有人喊道:"开业那天,小姐能否再给我们弹奏一曲。"

"一定给大家弹奏一曲。"

几个琴家来和妙羽约定好,妙羽告诉几位琴家,琴一定能够让大家满意,开业那天还会有不同样式的古琴,让几位买家开业那日再做决定。

很快,书院学宫、乐府琴坊内士子们都在谈论前两日金阜大街那位绝色女子,甚至学府的太学也在谈论此事。他们对女子的绝艳、琴艺以及那两张古琴无不赞不绝口。

妙羽住进院子,立刻买来制作古琴的所有工具和配料,她和月儿再次飞入群山之中,找到月儿撞倒的几棵大树,她和月儿略加修理,月儿施以法术,在深夜凌空飞驰,将几棵大树运回院子。

一连五日,妙羽日夜忙碌,不辞辛苦,一下制作出三张古琴,两张五弦古琴,一张七弦古琴。她对这张七弦古琴很下心血,她把古琴从五根琴弦加成了七根琴弦,使得原来的五音拓展到七音,她把琴的长度和宽度都加长加宽,坡度加大,让琴弦上下空间增加。由于木质坚硬,琴弦更紧,这使得高音更加清脆高亢,低音更加浑厚深沉。同时她在琴弦一侧加上七个琴徽,使得操琴者能够更准更易地把握音律。琴额和琴尾雕刻上花案凤图,使得这张七弦古琴尤为精美高贵,就连她本人都对自己所制作的这张精致的古琴赞赏不已。

第七天的上午巳时,妙羽感觉出门外已经有许多人了,她把三张古琴在屋前的台阶上架好,中间是她最为得意的七弦琴,两旁各一张五弦古琴。她让月儿把院门打开,一下院子进满了人,而且大部分是年轻的男子。

她一袭红衣,衬托着她瓷玉般洁白的肤色,她那绝艳的容貌,窈窕的仪姿,在阳光照耀下,似桃花怒放,莲瓣绽开,美艳得不可方物。所有的人都被她的美艳惊得瞳孔放大,被她的倾国倾城的容貌所彻底折服。一些士子不禁唏嘘:"天下竟有这等美人,真是人间天上。"

妙羽莺声呖呖:"今天是我琴行开业的日子,小女子欢迎各位大人光临,我这里有三张琴。"她指着身前的古琴:"这是一张七弦古琴,它不同于五弦琴,它比五弦多了两个音域。"

她用手指在七弦琴上弹拨一遍,果然弹出七个音符,接着她又将七个音符重新弹奏了一遍:"我用七弦琴给各位大人弹奏一曲《雨铃虞娇》。"

她的纤纤细指开始在琴弦上连续拨动着,另一只手在古琴上不断迅速地变换着弦位,动作似行云流水,宛若瀑布飞泉,曲调优美动听,乐曲时而铿锵激越,时而舒缓悠扬,婉转清越处似沐三月春光,凄切哀怨时如诉无限惆怅,空旷绵长,曼妙灵动,一曲而终,满院鸦雀无声,随后立刻沸腾了起来,所有的人不约而同地齐声喝彩,满院人群一片赞许。"千古清绝。""天籁绝音。"其中一位中年男子十分钦佩道:"技法高妙,一曲绝尘,就是太长陶嵇也奏不出如此曲来。"

中年男子话音刚落,在他侧面不远处传来话声:"严太学说得不错,陶某确实弹奏不了如此高妙乐曲。"说着走向屋前的台阶。

此人正是大流城大名鼎鼎、家喻户晓的陶嵇。陶嵇自幼就绝顶聪慧,勤奋好学,虽然今方年龄二十有八,却满腹经纶,才学八斗,尤其他的琴艺在大流城首屈一指。他身高九尺,玉面似雪,眉目秀如女子,乌黑长发半披半束,一袭白袍俊逸飘洒,风仪绝尘。他是整个大流城所有年轻女子心仪和思慕的男神。

他大步走上台阶,妙羽一见不禁心头一动,暗叹道好一个美男子。陶嵇对着妙羽施礼:"在下霁月学宫太长陶嵇,今日有幸目睹小姐琴艺,聆听清绝之乐,陶某实感三生有幸,敬仰万分。"他注视七弦古琴:"这七弦古琴是陶某平生初见,音质通透,音域拓广,让在下耳目一新,眼界顿开。小姐可否也让陶某试弹一曲?"

妙羽道:"大人果然深谙琴律,大人请。"

陶嵇端坐于七弦琴后,细长的手指在琴弦上弹拨变动,优美的旋律袅袅回荡,飘逸洒脱的琴姿雍容华贵。一曲终结,一片喝彩。妙羽也被陶嵇琴艺所打动,她目光流波异彩:"大人琴艺高妙,小女子钦佩。"

陶嵇站立了起来,此时,台阶上一个一袭红装,美艳得倾国倾城,一个白衣长袍,俊美飘逸得绝尘超凡。二人似天造地设,珠联璧合,让满院士子好不艳羡。

陶嵇眸子闪着光芒:"此琴实在稀有,小姐可愿出售此琴?"

妙羽道:"此琴为小女子亲手所制,今日展示,就是为了出售,大人愿购否?"

"在下愿出五十银锭购买此琴,小姐可否出售?"

"五十银锭太多了,二十银锭即可。"

陶嵇重复道:"三十银锭。"

妙羽道:"就二十吧。"

"三十银锭,小姐不要讨价了,就这么定了。"陶嵇语气带着坚定,不容商议。

妙羽嫣然一笑:"小女子多谢大人了。"

"小姐把琴收好,我下午来取。"

陶嵇告辞后,两张五弦的古琴很快也卖了出去。令妙羽没有想到还有十几位琴家也要购买,其中有五位也要同样的七弦古琴,妙羽只好根据收取定金的前后,确定交付古琴的时间。

妙羽琴行的开业,陶嵇和妙羽两位的演奏很快成为大流城酒楼茶肆、街头巷尾的热议和谈资。

妙羽请陶嵇给她的琴行起个名字,陶嵇将琴行起名为和风,暗衬他的霁月。妙羽则真正忙碌起来,制成的古琴不断售出,但购琴的订单越来越多。拥有一张和风琴行制作的古琴不仅可以表明拥有者琴技造诣的高深,更是财富和身份的象征。

妙羽得知她所用的材质叫麟树,是麟洲特有的树种。由于她没有时间再到山里寻找采伐,只能将此事交给月儿,于是,月儿就承担起伐树运木的任务。

这日,月儿在群山中寻找麟树,已到中午,他来到一处山泉边休息。忽然他觉出山林中有异动,即刻真气贯满周身,他感觉出一只猛虎正往他这里走来。他站立了起来,忽然身子一紧,脑子里一闪,魔祖的元魂突然显灵,他猛然获得灵通,嗅觉和听觉的能力忽然异常强大,他一下嗅到远处的老虎和十几米外大树上蜂巢的气味。他的手心在发热,他忽地窜到具有蜂巢的大树下,将手掌向着蜂巢一挥,一股滚滚黑烟将蜂巢包裹,随即变大的黑蜂倾巢出动,好似一块巨大的黑云,等待着月儿的指令,月儿向猛虎方向一抖手,黑蜂群穿过树林,径直扑向老虎,当月儿来到老虎身边时,老虎已被黑蜂蜇死。

月儿很是得意。他拿起斧头向着深山飞去。他在一处缓坡发现了麟树,他一落地,就发现一处山洞边的岩石上盘着一条白色巨蟒,他看到脚下正在快速地爬行的几只黑色蚂蚁,他用耳细听,立刻就找到蚂蚁的洞穴,随后他将手一挥,黑色的气体覆盖了洞穴,黑蚁立刻变大,争先恐后地爬出洞穴,他将手向着白蛇的方向一挥，黑蚁腾空而起，一下将白蛇覆盖，眨眼的工夫，岩石上只剩下些许支离破碎、零零星星的小块白色蛇皮。

月儿砍倒几棵麟树，修理好枝杈，准备夜间运回。他休息了片刻，便飞回琴行。

他把今天的经历告诉了妙羽。妙羽感到十分的内疚，她知道月儿天资和法力极高，只是缺乏传授攻击和护身的法术，正想着如何去做，月儿将手指放在一根琴弦上，一股黑烟缭绕琴弦，用手在那根弦上一拨，一股强劲的罡气激射而出，对面的厢房石崩木飞，轰的一声整个房间轰然倒塌。

妙羽一直想搬离这里，因为每天一开门就门庭若市，不断有各种身份的男人进到琴行，有的是买琴的，更多的是借买琴与她搭讪，来欣赏她的美貌容姿，以获得视觉的满足。尽管只是半天营业，但总会有人打扰，让她不胜其烦。

大流城的县衙早就听说城里来了一位倾国倾城的美人，而且琴技高绝，又能制作出极品的古琴。县衙也是深通琴艺，颇具才情的文人，一次几个文人聚会，他亲眼见到了妙羽所制的七弦古琴，古琴的新颖精致，令他赞叹不已，听了时下流行的《雨铃虞娇》，更是被其曲乐深深陶醉。他听说孤傲清高的陶嵇正在狂追这位绝色佳人。聚会一散，他紧催车夫，快马加鞭回到府衙，他让师爷带上银锭，直奔和风琴行，要目睹一下这位佳人的芳容。

妙羽正要关门，一辆两匹棕色高头骏马的官车驶到门前，帷幔挑开，一个官派十足的男人从帷帐中走下，眼前的女子让他的眸子立刻放大，心中暗叹好漂亮的娘子，真是国色天香。他笑着开口："在下大流城县衙，不知您此时关门，来得不是时候。"

"县衙大人客气了，快快请进。"

妙羽带着县衙和师爷走进琴房，县衙看到一张制作好的七弦古琴放在琴架上，走到古琴前，指着七弦古琴："这七弦古琴音域更宽，更胜五弦，本县衙确实喜欢，亦想定制一张。"

妙羽嫣然一笑："县衙大人喜欢，就把这张买走吧。"

师爷立刻将一盒银锭递给妙羽，县衙道："本县衙对这七弦还不熟悉，请小姐不吝赐教。"

妙羽走到琴前，纤纤嫩指抚在琴上，柳眉一挑，迷人的眼睛带着柔软温存，莺莺之声徐徐讲述着。看着妙羽姣美的容貌，那忽而挑起的柳眉，又大又亮美到极致的眼睛，县衙的心完全被勾住了，爱慕喜欢得已是神魂颠倒。他的心思都在窥视妙羽的容貌上，根本没有专注在妙羽的讲解上，只是随口应付，为了不让自己尴尬，他赶紧让师爷把琴拿走，随后施礼告辞了。

回到府衙后，他对买来的七弦古琴根本专不下心来，总会不时浮现出妙羽的笑貌，他想赶紧忘记这位女子，但怎么也忘不掉，抹不去，心里暗骂这小女子太他妈的勾人了。

自从从和风琴行回府，朱县衙就有些心烦意乱，时常百爪挠心。师爷看出朱县衙的心思，他思忖着，一定要抓住这次机会，讨好县衙，如果能把这绝色的小娘子给县衙搞定，县衙还不对他感恩至极，以后做些事情，那不就方便多了。于是，他出了府衙，直奔和风琴行。

他刚走到和风琴行的门前，就看见门前停着一辆豪华的马车，他向院内望去正好看到陶嵇的背影，听到陶嵇在说："妙儿，你既然找不到合适地方，就先住在我的竹园舍，现在到这里骚扰你的人越来越多，不能再这样了，你必须到我那里避一避。我的竹园舍最合适。"

妙羽正对着陶嵇，犹豫地望着陶嵇，一时拿不定主意，陶嵇有些焦虑道："妙儿。"

"我去和月儿说一下，我先到你那里看一下，好吗？"

"好，你去和月儿说，我在车里等你。"

师爷急忙转身疾步走开，当他转过身时，他正好看见陶嵇伸手将妙羽拉上车，马车沿着大街驶去。

他走回府衙，朱县衙正一个人坐在厅里发呆，见师爷推门进来，立刻回过神来："师爷找我有事？"

师爷走到近前小声道："老爷，我刚才又去了和风琴行，去找那小娘子，那小女子长得确实貌美。"

县衙一副颓丧无奈的样子："唉！实在勾人。"

"我到了和风琴行，陶嵇正在那里，那小娘子成日被人骚扰，想搬走找个清静地方，陶嵇那小子趁此机会让那小娘子搬到他的竹园舍。"

师爷把话停了下来，身子在椅子上扭动了一下。县衙的眉头立刻蹙了起来，眸子中闪着嫉妒和怨恨："那小娘子去了吗？"

"去了，听那小娘子说要先到他那看看，我回头的时候正好看到陶嵇那小子把那小娘子拉上马车，而且陶嵇那小子管那小娘子叫妙儿，看来关系已经相当亲近了。"

县衙原来张着的手此时已经紧紧攥在一起，不耐烦地恶声道："算了，别再提了。"

师爷把眼睛眯了一下："老爷，这种事情谁先把生米煮成熟饭，这小娘子就属于谁了，老爷能明白我的意思吗？"

朱县衙恍然："师爷的意思？"

师爷凑到朱县衙的耳边，耳语了一阵，朱县衙满意地频频点头。

一辆马车驶上两行茂密高大树木荫翳的青石大道，青石大道直抵红墙大门，大门上悬着一匾，蓝色底漆上刻着三个金色大字"竹园舍"。马车驶进大门，门内是一个不大的由大理石铺垫的广场，迎面是一座小山丘，山丘上是一片葱绿的竹林，山丘下是一条由青石铺成的平坦大道，绕过山丘视野豁然开朗，一池碧绿的湖水，水光潋滟。绕湖而行，不远处是一青砖绿瓦的庭院，步入庭院，假山亭阁，长廊迂回，数间房屋雕梁画栋，陈设考究。出了庭院，沿湖迤逦而行，堤岸上绿柳依依，梧桐成荫。一座巍峨高耸的两层楼阁霍然出现在眼前，楼阁金碧辉煌，富丽堂皇。楼前是一个巨大的平台，由汉白玉而成的围栏和台阶雕栏玉砌，登上楼阁的顶层，凭栏俯瞰，见远方青山之上瀑布飞泻，如一条白练凌空飘下，一条清溪从后门的石桥流入一汪荷塘之中，荷塘周边竹林桃木、绿柳银杏、石亭竹舍参差其间，整个竹园舍清雅幽静，好似一幅秀丽的山水画卷。

站在楼阁的廊上，陶嵇金玉般嗓音娓娓介绍每一处情况，清风习习吹过他们的面容，二人的衣裙飘摆，陶嵇俊美的脸上洋溢着光彩，他紧紧攥住妙羽的手，目光盈满炙热和期待："羽儿，答应我，搬到这里来。"

妙羽娇嫩白皙的脸颊顿时泛起晕红，迷人的目光秋波盈盈。二人相视片刻，妙羽低下绯红的芳容。此时，她已被这位炙热追求的俊美男人深深打动，她方寸大乱，再待下去她就把持不住自己了。她莺声款款道："嵇君，我们回去吧，明天下午你来。"

陶嵇很是激动，他将她的手攥得更紧，另一手轻轻扶住她的柳腰，生怕失去她。妙羽没有回绝，随着他下来楼阁，走到平台上。陶嵇道："我今日就不回去了，我要把园子安排一下，明天下午我去接你和月儿。"

妙羽点了一下头，陶嵇对车夫道："送小姐回去。"

妙羽低下头，疾步走到马车前，进了帷帐。

回到和风琴行，她将大门紧闭，一言不发地坐在屋里发呆。入夜她辗转反侧，不论如何也无法入睡。她的确被陶嵇所打动，所吸引，深深地爱上了这个男人,她想与他厮守在一起,成为一体,不离不弃。可他是人,自己是魔,而且还有月儿,她不能委屈月儿,月儿正是需要她传授法术的时候,她不能再耽误月儿了,她必须忍痛割爱,离开这里,离开她心爱的男人,她必须去找一个新的地方,以便将自己的所有法术传给月儿。

上午,和风琴行还没有开门,就有人不断敲门。妙羽打开门,见是府衙的师爷,急忙笑着道:"是史师爷,大人快请进。"

"叨扰妙小姐,这么早就来打扰,实在抱歉。"

"大人哪的话,也该开门了,大人亲自到小女子这里,一定有什么事情。"

师爷点头道:"是,有点急。今日正是县衙四十岁生日,大人邀请了大流名人学士众多嘉宾,午时举行庆宴。大人对从您这里购买的那张古琴爱不释手,想在庆宴上展示一下琴艺,只是乐曲弹奏还不甚满意,急需妙小姐点拨一二,不知小姐肯否赐教,我这里带了些银两,请小姐过目。"说着拿出木盒。

妙羽用手制止住师爷打开木盒:"大人不可如此,银两我不能收,我去和月儿打个招呼,马上就和大人去趟府衙,大人在车里等我。"

马车进来府衙,师爷带着妙羽走进后院,刚进后院,朱县衙就满面春风,两眼放光从客厅疾步走了出来:"妙小姐来了,贵客,贵客,快快请进,师爷看茶。"

朱县衙殷勤地请妙羽坐下,妙羽坐下:"小女子刚刚听师爷说了,今天是大人的生日,小女子祝大人安康。"说着拿出一个精致的木盒:"一点薄礼,望大人笑纳。"

朱县衙接过木盒,笑着道:"多谢妙小姐。"

这时,师爷托着一个精美的茶盘走了进来,他把一个雕着精美图案的铜茶壶放下,先将一个晶莹剔透的蓝底三色宝光茶盏放在妙羽桌边,然后又将一个棕底三色宝光茶盏放到朱县衙的桌边。他把铜茶壶拿起,给朱县衙倒满茶盏,然后,回身将手用力一攥铜茶壶的壶柄,铜壶内发出极其轻微的常人根本无法听到的响声,妙羽却听得十分清晰,当师爷往她的茶盏倒茶时,她的真气已经掠过流入茶盏的茶水,这是带着蒙汗药的茶水。她不动声色看着县衙道:"大人,琴在哪里?"

朱县衙对史师爷道:"你去把琴准备好,我和妙小姐喝完茶就过去。"

"我马上就去准备。"史师爷转身便往门外走。

朱县衙笑着指着茶盏道:"喝完这盏茶我们就过去。"

妙羽嫣然一笑:"大人请。"说着伸手去拿茶盏。

朱县衙拿起茶盏，妙羽也拿起茶盏，朱县衙将茶放在嘴上，刚品进一点茶水，还未反应过来，莫名其妙地茶盏内剩余的茶水一下全部进入腹中，妙羽品了一口将茶盏放下，朱县衙也放下茶盏，惊愕地发现自己的茶盏内的底色是蓝色的，他忽然感觉不对，身子发软，已经没有一点气力了，眼皮都要睁不开了。

师爷走出门外，转身从门缝向屋内偷窥，发现朱县衙瘫在椅子上，人正往地上溜，他急忙推开屋门冲进来，妙羽装作吃惊样子："大人怎么了？"

师爷大声叫喊，立刻几个捕快跑进屋里，将朱县衙从椅子上连拉带抱了起来，朱县衙用尽气力对师爷道："带妙小姐休息，然后就闭上眼睛睡着了。"

师爷对妙羽道："妙小姐先到西院休息片刻，老爷可能一会就没事了。"

师爷把妙羽带到一间卧室，指着一把椅子道："小姐在这休息片刻，我去看一下老爷。"随即转身走出卧室，就在他将门关闭的瞬间，背后突然感觉被针刺了一下，他随即转过头，发现什么也没有，疼痛也消失了，他迅速把门拉紧，用一把铜锁将门锁上，随后一招手，两个捕快从旁边厢房窜了出来，师爷小声道："看住这里，别让屋里的人走掉。"

就在师爷将要把卧室门关闭的刹那，妙羽的真气刺了师爷的后背一下，就在师爷回头的瞬间，妙羽已经似闪电般飞上屋顶，飞驰而去。

妙羽回到和风琴行，带好特制的两张古琴，带着月儿腾空而起，似流星划过，飞出大流城。

朱县衙被妙羽更换了茶盏，喝了史师爷下的带有蒙汗药的茶水，被抬到厢房，几个人又给朱县衙灌水，又灌解药，费了半个时辰朱县衙才醒了过来，他醒来第一句就问师爷："那小娘子在哪？"

师爷道："在内院老爷的卧室里。"

朱县衙猛地就要坐起来，发现自己的身子一点都没有动，浑身没有一点力气，但他想到那绝艳小娘子现在就在自己的卧室，也不知道从哪里来的力气，居然摇摇晃晃地站立了起来。两个捕快急忙上前搀着他，他对师爷道："去卧室。"

五十一、重返魔界

YU PEI JI

妙羽带着月儿一路向北飞驰,他们掠过城镇村庄,山林湖泊,这时他们身下已是一望无际的金黄沙漠,起伏的沙丘似无垠的金色海洋,望不到尽头,在这死一般寂静的世界里没有一丝的生命,只是绵延不断的沙丘。他们向前飞驰着,忽然俯瞰到广袤无边的黄沙中有一个小小的绿点,他们向着这个绿点俯冲了过去。

只见几座岩石裸露,光秃秃的阴红的山丘,山丘下是一片几平方公里的绿洲。在山丘的脚下有一泓碧绿湖水,湖边长满了绿草,绿草虽然不高,但却十分茂盛。妙羽和月儿飘落在湖边,仰视着几座不高的山丘,发现有一座山丘的半山腰有一个大洞,妙羽和月儿先后飞上石洞,石洞有两人多高,洞内幽深凉爽,很是惬意,妙羽决定就住在这里。

第二天,天刚蒙蒙亮,妙羽就带着月儿到山丘的背面,眼前是辽阔无际的沙漠,妙羽对月儿道:"娘亲把魔魂大法传授给你,你要专心地看。"

妙羽运足真气,开始演示魔幻魂大法,顿时黑烟骤起,四周一下昏暗得近乎傍晚,滚动的黑烟似张开的血盆大口要将这个世界吞噬,浓重的黑烟内数个黑影宛若鬼魅幽灵窜动跳跃,个个充满杀气。忽然浓重的黑烟如海啸卷起,裹起黄沙冲向前方,妙羽站到月儿身旁,他们的脚下是一个巨大的深坑,面前不远处耸立起一座沙丘。

月儿看着妙羽的施展，觉得娘亲的每一个动作和每一次发力都是在缓缓地慢慢地进行，发出的力道好似清风吹过，没有一点杀气和罡力。月儿道："娘亲都是慢动作，使出的真气没有一点劲。娘亲看月儿的。"

月儿跃上沙丘，骤然间黑云漫卷，黄沙四起，天地顿时昏暗起来，妙羽身子被猝起席卷的真气吹得前后摇晃，她立刻运足真气将身子站稳。当她凝神再看时，月儿已经站到她的身边，眼前是一排数里长的高度一样的笔直沙丘，沙丘下是一个数里长的深沟。

妙羽又惊又喜："娘亲什么也没看清楚，你的动作太快了，你就按娘亲的速度，给我做一遍，我要看看你的每一个动作。"

月儿按照妙羽说的做了一遍，动作非常完美，没有一点瑕疵，妙羽拍着月儿的头，高兴道："娘的宝贝真争气，以后娘就靠你了。"

妙羽将自己所有的法术悉数传授给了月儿，月儿天赋异禀，法力超强，对妙羽所授的法术轻而易举便修炼到炉火纯青的地步，并且，他将妙羽制作的特殊兵器，两张五弦古琴渗透了他的真气，五指扫过五弦，激越之声骤响，冲天的戾气进射，如万箭齐发，着实是一件锐利的杀器。

这日正值午时，妙羽和月儿都在洞内，突兀感觉不对，他们同时冲出洞口，凌空而立，山丘忽然开始剧烈地晃动起来，山丘下的湖水已经干枯，所有的沙粒都在震颤和滚动着，大地在颤动，远方传来尖利厉呼啸的声响，昏黄的天边已近似黑天。

妙羽将手往洞口一挥，两张魔琴飞出，并背在他们的背上，妙羽道："沙尘暴，我们离开这里。"

他们冲出沙尘暴，向着北方飞驰，一路往北，妙羽霍然看到山色如黛的绵延群山，他们落到一处林木清秀，瀑布飞泻的深潭边，马上感到一阵清凉和舒爽。妙羽刚一坐下，月儿说道："娘亲，对面那座大山后面有一座大殿，我们去那里休息吧。"

"我们在这里休息片刻就走，这里不是我们久待之地。"

在一座巍峨的大殿之内，宝光大仙正在给弟子们布道，他感觉到丹霞山来了两位不速之客，而且他们的真气异样，绝非正道之人。他对他的大徒弟骧音道："有两个不明者闯入丹霞山，去看一下。"

骧音刚飘落在丹霞山的峰顶，妙羽对月儿道："我们离开这。"说完，跃身而去，飞身向北，刚飞行半里，对面白云之上站着一个目光炯然的长袍老者，此位正是宝光大仙，宝光大仙道："好个魔头，西幽山让你逃走，今日你休想再逃脱，快快束手就擒，老夫会饶了你们母子的性命。"

妙羽柳眉竖起，猝然将魔琴浮在身前，宝光大仙将拂尘一挥道："五行天光阵。"接着对赶来的骧音道："去请紫阳各位大仙。"

宝光大仙身后的弟子们，手持明晃晃的宝剑，急速飞驰，划出一道道白烟，向着妙羽母子围拢了过来。妙羽和月儿手指猛然从琴弦划过，强劲的罡气带着巨大的冲击波，一波接着一波，射出锐利的真气，射出的真气如锋利的刀刃，顷刻将近前的弟子击死击伤，弟子们纷纷从空中跌落。宝光大仙一见，挥起手中的拂尘，一道金光划起，宝光大仙高举着拂尘向着妙羽打去，拂尘刚向下一挥，就与月儿甩出的魔琴撞到一起，拂尘重重砸在魔琴上，两件蕴含强大真气的法器同时撞成碎屑。宝光大仙胳膊还未落下，一个黑影一闪，月儿一掌迎面打来，宝光大仙下意识地一挡，具有千钧之力的真气将他撞飞。宝光大仙自知不敌，想转身逃脱，不想月儿速度太快，似一道电闪赶在宝光大仙背后的上方，一掌霹雳而下，重重打在宝光大仙的后背，宝光大仙栽向山底。他的弟子们见势不妙，四散而逃。

妙羽带着月儿继续北行，赫然出现的山势让她瞳孔骤然放大，这是她刻骨铭心的地方，是她和父王最后分离的地方，也是她被封印十年的地方，这里就是她无比憎恶的修罗山。

她飘落在和父王诀别的地方，伤心的一幕浮现在她的脑海里，她回想起父王离去时和她说的话，"父王过一段时间就回来"，可她永远也见不到父王了。

她的内心无限酸楚和难过，她纵身飞上修罗山之巅，她举目远眺，突兀感觉不好，一股强大真气向她这里而来，她感到这股真气十分熟悉，是她的仇家道宗，月儿准备冲过去，她抓着月儿，自己先冲了上去，她的手指在琴弦上扫过，接着将魔琴向着道宗打去，一股强大的金波将飞来的魔琴撞成齑粉。道宗冲到近前，耀眼的金光向着妙羽劲射而出，就在此时，月儿挡在妙羽前面，魔祖的灵光再次乍现，他本能地启动了体内的玉佩，一下将道宗的真气吸噬，同时双目赤红，他的赤红又目盯向道宗的眼睛，道宗的双目即刻剧痛难忍，视觉模糊，道宗还未反应过来，月儿迎面一掌，打在他的胸前，殷红的鲜血从道宗口中喷出，妙羽又冲了过来，一掌打在道宗的头上，将道宗的元魂打出体内，尸体跌向山下。

这时，妙羽和月儿感觉出从远方不断临近的真气，月儿转身准备迎击过去，妙羽拉住月儿，月儿想甩开妙羽，妙羽双目怒视，厉声道："月儿，听话。"

月儿无奈，随着妙羽驰向章海，冲进大海，他们穿过时空通道，来到魔界的天煞魔国。妙羽从小长在天煞国，对天煞国的地形相当了解。她知道小乌山是罕至之地，无论是魔还是妖轻易都不会前往那里，因为那里煞气太重，且黑雾弥漫，在此逗留会耗损真气。造成这种环境是由于诛魔坑的存在。诛魔坑就在小乌山内，坑边浓重的黑雾能将巨大的坑口掩盖住，诛魔坑深不见底，坑内煞气蒸腾，它具有巨大的磁力，磁力覆盖了整个小乌山，它就是一个黑洞，一旦物体经过它的上方，就会被吸噬到坑内，即刻灰飞烟灭。

妙羽并不知道诛魔坑的具体位置，她只想找一处既不受到煞气的伤害，又没有任何妖和魔涉足的安全之地，因此，她必须沿着小乌山磁场的边缘地带去寻找，于是她和月儿围着小乌山以各自相反的方向分别寻找。

妙羽刚前行不远，眼前出现几座不高的小山，她绕到小山的后面，这里竟然煞气全无，她感觉这里还是比较理想的。忽然她发现旁边的小山有动静，她正向通向旁边小山的山路观望，突兀两个老魔头从山后转出，他们见到不远处的妙羽立刻停止了脚步，表情惊骇不已，妙羽也大感意外，心想这里怎么还会有妖魔到此。她疾步向着他们走来，想向他们问询一下这里的情况。两个老魔头见妙羽快步走来，返身拔腿就跑，显然两老魔头的法力极差，妙羽没有去追，也没有在意。

原来这两个老魔头是天煞魔王在世时，掌管魔宫的珍宝的掌事，魔宫政变之时，两个魔头趁魔宫大乱，偷走了十几样珍宝。他们把这些珍宝藏在小乌山的一个山洞里。天寂做了魔君之后，重新更换了新人掌管魔宫珍宝，两个老魔头留下做了魔宫的巡视，现在年龄大了，掌事打发他们离开魔宫，于是两个老魔头决定来小乌山取出珍宝，把珍宝分了，离开天煞国。他们正要从这条山路进入小乌山，恰与妙羽相遇，两个老魔头认识妙羽，而妙羽并不认识这两个老魔头，这么多年两个老魔头都以为妙羽死了，没想到在这里见到了小公主，他们知道天寂魔君一直在查找小公主，为了获得她的黑铁玄带，所以吓得拔腿就跑。

两个老魔头一口气跑回魔宫，商量了一下，决定将此事告诉掌事，兴许还能得些赏赐，要是立了大功，魔君兴许还能提拔他们。于是他们找到掌事，告诉掌事他们去找一个朋友，在小乌山迷了路，碰到了妙羽小公主。掌事一听，知道此事非同小可，立刻禀告了魔君天寂。

妙羽正在小山的周边巡视勘察，月儿绕了过来，他找到一处便带着妙羽到了那处。这里地势较高,煞气到此几乎殆尽,尽管此地十分安全,但过于潮湿,阴气太重,待在这里很不舒服,还不如那片小山,于是,他们又回到那几座小山。

妙羽正犹豫是否再找新的地方,天寂带着他的两个儿子向着妙羽扑来,妙羽和月儿顿时感觉不对,瞬间天寂出现在妙羽的近前,让妙羽吃了一惊。面对杀父仇人,妙羽恨从心起,眼冒怒火。天寂目光中带着鄙视:"你还活着,把天煞国的黑铁玄带交出来,免得我亲自动手。"

"你个禽兽不如的东西,你也配得上黑铁玄带,我父王身边怎么会有你这么个心如蛇蝎的畜生。"

妙羽正说着,天寂已化成一道闪电冲到妙羽面前一掌打来,他的一掌正好打在迎着他反击而来的月儿掌上,他只觉得手掌一阵剧痛,身子被一股强的气浪撞得向后退去。月儿冲到他的近前,天寂双手一挥,身子一个旋转,一股巨大的黑色龙卷风将月儿卷了进去,黑色的旋风中他和月儿的身形都在滚动,忽然月儿闪到天寂的面前,赤红的双眼如两个熊熊燃烧的火球,射出两道炽热的火焰,天寂的双眼即刻一片模糊。他使出周身的真气向着月儿击出双掌,月儿迎着他的双掌对击过去,天寂被撞击出数百米之外,他的身子还没有控制住,月儿再次冲到近前,抬起双掌击了过来,天寂感觉不好,他将身子骤然下落,然而还是慢了一点,月儿的双掌打在他的双肩上,他的身体向着地面跌下。这时,他感觉到他身后不远处有一股巨大磁力在吸噬着他,那一定是诛魔坑,他气贯周身,奋力重新冲起,月儿又一掌打来,重重地打在他的身子上,但他双手紧紧拽着月儿的胳膊,用尽最后的气力将身体冲向诛魔坑,月儿挥起另一只手向他的肩上拍下,天寂无力地松开了双手,跌入诛魔坑,即刻被高速旋转的磁力所肢解,魂魄和身形俱灭。

月儿对天寂的最后一击虽然将天寂打进诛魔坑,但自己也被巨大的磁力吸了进去,高速旋转的黑色气流形成超级恐怖的旋涡,它的力量之大,转速之快使得月儿的意识开始模糊,他随着旋转的气流急速向着洞底转下,他体内的玉佩突然被本能地启动,吸噬了大量能量,使他的意识猝然清醒,魔祖灵光乍现,他再次获得灵通,他体内的玉佩吸噬着气流的能量,而后瞬间发力,他一下便从旋转的气流中向上冲起一段高度,然后又被卷入旋涡中,再次发力,再次上冲一段高度,就这样不断进行,他离坑口越来越近,而他的身体已经发生了变化,他的肉身已经变得如钢铁一般的坚硬。终于他冲出了诛魔坑。

此时,妙羽正在迎战天寂的两个儿子政雄和政勇,兄弟俩闪电般向着妙羽发动攻击,妙羽使用魔魂大法与俩兄弟打斗在一起,黑色的烟雾中充满戾气,黑烟中一股真气在窜动,数条黑影在迅速不断地变换着位置,忽而黑烟涌向政雄,忽而又将政勇席卷其中,兄弟俩也是忽进忽出,偶尔妙羽与政雄或政勇真气互相撞击,但都没有伤到对方。忽然兄弟俩似乎看到了机会,一个从正面,一个从背后同时冲向黑雾中的那股真气,兄弟俩冲到对面,那股真气没有了,就在兄弟俩迟疑的刹那,政雄的后背被重重击了一掌,他宛若被抛出的石头,被打飞出数十米之外。政勇也慌忙窜出黑雾。

就在这时,月儿冲到政勇的侧面,一掌将政勇从空中打到地上,咚的一声巨响,烟尘四起,碎石崩飞,地面出现了一个大深坑,政勇猛然从大坑中飞出,他不顾一切想要逃走,刚飞到半空,后脖颈一下被一只铁手攥住,脖颈即刻被攥碎,月儿另一只手高高挥起,照着政勇的侧身猛力一击,政勇无头的身体跌落地上,月儿将政勇的头颅甩向空中。

政雄被妙羽打伤,掉头飞向魔宫,妙羽紧追其后,久别的魔宫就在眼前,政雄掠过魔宫,向南径直冲进重阴山,他左手一挥,心念咒语,重阴山的天煞噬魂阵骤然启动,石林内黑雾弥漫,并发出凄厉、刺耳的厉嚎,令闯入者毛骨悚然。巨大的岩石在石林中浮动四窜,它们形状各异,有的岩石边缘如刀刃般锋利,有的形似椎体,它们快速运动着,一旦闯入者进入大阵,悬浮在石林中锋利的岩石就会从四面八方向着入侵者冲去。然而,当妙羽冲到悬浮在石林中的岩石前,岩石便即刻闪开,让出道路。眼看妙羽就要冲了过来,政雄掠过湖面,右手一挥,心中念起咒语,浮在湖中的莲花花瓣斜立,花瓣中剧毒的尖刺立起,花柄扭动着从湖面不断伸高,如一条条直立起的蛇身。政雄自以为可以挡住妙羽,他在空中一回头,妙羽正从水面下冲了出来,政雄见势不妙,便加速径直飞向真武殿,妙羽双手一合一开,心念咒语,骤然数座真武殿向着政雄撞来,政雄急忙躲闪。

真武殿处在重阴山的阴脉上,聚集着重阴山的巨大能量,是天煞噬魂阵的阵眼。这个秘密和咒语只有妙羽和她的父王知道。政雄万万没有想到雄伟的真武殿会这样,一座座真武殿从四方八方冲撞过来,接连不断,越来越多,政雄一个躲闪不及,被一座真武殿重重撞击一下,他的右臂骨头和筋脉俱断,忽然有一处可以躲闪之处,身子一下窜到此处,就在同时一只手从胸口插入,一把将他的心脏攥碎,政雄倒在妙羽脚下,元魂离开了身体。

五十二、掌管魔宫

YU PEI JI

　　妙羽重回临霄宫,召集所有掌事,宣布自今日起程月为天煞国魔君,并令魔司起草魔谕,宣布天寂的十大罪行,昭告天下天寂已被程月处死,程月为天煞国新魔君,天煞国各个首领和领主接到魔谕后,需到魔宫参拜天煞魔君。

　　诸事安排妥当后,她把主管魔丁的掌事传来,她描述了一下她在小乌山见到的两个魔丁的长相,并画出两个魔丁的图像,魔丁掌事立刻认出,对妙羽道:"属下认得,是麻掌事手下的两个巡丁。"

　　妙羽马上又把掌刑司事叫来,让掌刑司事立刻抓捕这两个巡丁,并对掌刑司事道:"本主刚到小乌山,就遇到这两个魔头要进小乌山,他们见到本主就跑了,很快天寂就带着政雄和政勇向本主而来,这两个魔头定是向天寂通风报信了,你带他们去行刑洞,务必把这两个魔头审清楚。"

　　两个魔头一被抓走,麻掌事就慌了,他知道两个魔头肯定会招出他来,他回到住处,拿了些必要的东西,急忙离开了魔宫。

　　两个魔头被带到行刑洞,立刻就将全部经过如实供出,掌刑司事马上将供词呈给妙羽,妙羽还未看完供词,派去抓捕麻掌事的魔丁来报,麻掌事已经不见了,妙羽立刻传令,关闭魔都四门,搜捕麻掌事。

　　麻掌事回家做了一番交代,就匆匆离开,准备逃离魔都。当他来到城门时,城门紧闭,魔丁们正在搜捕他,他慌乱得不知去处,突然一只手在他的背后拍了一下,他惊恐地回过头,来者帽子压得很低,只露着下半张脸,来者低声道:"跟我上车,全魔都正在搜捕你。"

麻掌事被带到落穹山的大云洞,他见洞中的高台上端坐的赢采,疾步上前,跪在高台下:"罪奴拜见太子。"

赢采一副主子的气派,语调傲慢道:"起来吧,起来说话。"

麻掌事站立起来,目光带着惊恐看着赢采,赢采道:"怎么回事麻掌事?妙羽为什么要关闭魔都四门,到处搜捕你?"

麻掌事把事情的经过讲述了一遍,赢采缓缓道:"你不用害怕,到我这里你就安全了,妙羽休想动你一根汗毛,你就放心地住在我这里吧。"

麻掌事再次给赢采跪下:"罪奴感谢太子的救命之恩,我这条命是太子的,今后只有要太子用得着,罪奴定会报答太子恩情,万死不辞。"

赢采对掌管道:"给麻掌事安排住处。"

"是。"掌管回道。

赢采挥了挥手:"你们去吧。"

这日,赢青忽然接到魔宫的魔谕,要他次日到临霄宫拜见新魔君。赢青十分不悦,他急忙找他的师父老鬼墨丹商议。赢青愤愤道:"妙羽让我进宫,拜见她的儿子程月,实际就是让我认她为魔君,真是岂有此理。"

老鬼墨丹道:"你去还是不去?"

"我也没有想好,所以来问问师父。"

老鬼墨丹沉吟片刻:"还是去,看她要做什么,我们也好心里有个数。我担心你若不去,她转而去利用赢采,那就被动了。"

赢青觉得师父说得有道理,决定去魔宫拜见妙羽。

次日,赢青第一次见到程月,上前跪拜:"赢青拜见魔君。"

妙羽过来搀起赢青道:"兄长不必,快快请起,坐下说吧。"

他们寒暄了几句,又聊了些往事,妙羽道:"要不是天寂篡权,现在兄长早就应该有自己的封地了,天寂的儿子政雄已被我打死在重阴山,他的家眷已全部被处死,他的那块领地就归你吧。"

赢青太高兴了,这实在令他意外,他没有想到妙羽会这么大方,就连父王也没有给他封地,这趟真是不虚此行,他和妙羽又聊了一会,便兴高采烈地回去了。

他一进洞,见老鬼墨丹正在洞里,赢青十分诧异道:"师父您怎么在这？我还想一会去找您老人家。"

墨丹道:"我得到确切消息,赢采回落穹山了。妙羽没有和你提赢采吗？"

"没有,只字未提。"

然后,他把与妙羽的会面得意地讲述了一遍。老鬼墨丹道:"没想到,妙羽出手还真是大方。我现在有些担心。"

"师父担心什么？"

"我想下一个她要召见的就是天魂,那老东西诡计多端,一定花言巧语让赢采复出,我担心妙羽上这老东西的当,真的让赢采复出,那样局面就复杂了。"

实际老鬼墨丹有自己的打算,如果赢采复出,以天魂和赢采的实力,他和赢青定会处于下风,如果赢采依然是弑父的罪人,不能复出,妙羽就会看中赢青,以师徒二人的力量足可以抗衡天魂,这样自己就有话语权。所以他必须先一步动手。

赢青的心里十分讨厌这个极端自私的兄长,厌恶他的飞扬跋扈,他是最不愿意赢采复出的,听到他回了落穹山,兴奋的心情立刻烟消云散,他沉吟片刻道:"他勾结天寂弑父,妙羽应该知道,应该不会让他复出,不过,他回落穹山,妙羽只字未提？"

老鬼墨丹道:"看来我得去趟魔宫,面见妙羽,一是摸摸她对赢采的看法。二是提醒她,让赢采复出就等于放虎归山,自取其祸。"

"师父说得极是。"

"我明日就去拜见妙羽。"墨丹说完站起身来,赢青将墨丹送出洞外。

在临霄宫,忽有守卫禀报,墨丹求见魔君,妙羽请墨丹进来。老鬼墨丹一进临霄宫,便十分恭敬向程月跪拜:"墨丹拜见魔君和妙公主。"

妙羽道:"老大人快快请起。"

她让墨丹坐下,寒暄几句之后,墨丹:"公主可知勾结天寂,弑王的赢采回了落穹山。"

妙羽还没来得及考虑赢采的事情,现在提到他勾结天寂,弑王大逆的往事,脸色立刻变得阴沉:"老大人倒是提醒了我,我听父王告诉我,赢采被天寂利用,偷袭父王,老大人可知道当时的情况？"

墨丹添油加醋地讲述了一遍,并告诉妙羽当时值班的几个守卫现在都在魔宫,希望妙羽向这几个守卫求证一下。

墨丹道:"嬴采的背后是有天魂撑腰,现在他未得到魔君的魔谕就离开阴风洞回自己的落穹山,这是不把魔宫和魔君放在眼里,是明目张胆地挑衅。嬴采的秉性,公主是了解的,还望公主小心。"

妙羽目光带着感激:"老大人说得极是,本公主希望老大人能助本公主,您是嬴青的师父,就做魔宫的太师吧。"

老鬼墨丹心里乐开了花,他来之前就思忖妙羽会不会给他个官职,现在真是大喜过望,太师快要与相国平起平坐了,他急忙施礼道:"大王,公主不嫌弃老朽,老夫愿效犬马之劳。"

妙羽赞扬了墨丹一番,墨丹客套了几句,便离开了临霄宫。

几日之后,妙羽在临霄宫召见了天魂,让天魂继续担任天煞的相国,天魂终于松了一口气,妙羽没有触动自己的位置他内心还是十分得意,双方谈得非常融洽,天魂道:"老臣要向公主禀报一件事情。"

"相国请讲。"

"想当年天寂篡位,打伤了大王,嬴采为了救父王,挺身而出,与天寂死战,这才使大王有机会救得公主,嬴采法力不及,被天寂打伤,结果被关进阴风洞,吃尽了苦头,最近才从阴风洞回到落穹山。大王和公主已经封地给嬴青,是不是也应该给嬴采封地?"

妙羽道:"父王将我带入九州大陆时,告诉了我嬴采忤逆,以及被他打伤的事情,这事我再清楚不过了,国有法度,嬴采有罪,当自省其过。"

妙羽的话已经说到这份上了,显然是对嬴采极其不满,自己也不便再说什么了,虚与委蛇地又聊了几句,便起身告辞了。

嬴采回到落穹山心情开始还十分舒畅,天寂死了,天煞国就等于群龙无首,妙羽一个女流之辈掌管魔宫,很快就会大乱起来,到时候自己以太子身份,又有天魂的支持,魔宫早晚要掌握在他的手里。可是实际事与愿违,魔宫并没有大乱,而是又恢复了原来的秩序,嬴青不仅没有闹事,他和他的师父都成为最大的受益者。一个获得了封地,一个成为魔宫的太师。就连自己的岳父也承认妙羽的儿子为新的魔君,他还愿意继续做魔宫的相国,听从妙羽的指令。

他想起他的母后因为妙羽的母亲而自尽,想起自己身为太子,而父王竟如此溺爱妙羽,看到本应属于自己的王位,却是被妙羽坐上,看到嬴青获得如此大片的封地,看到所有的重臣和领主重新拜倒在妙羽脚下,恨得眼睛都要冒出血,牙根都要咬碎。他真是不甘心,他发誓一定要亲手杀死妙羽,夺回王位。

天魂从被传唤拜见了新魔君后，就没有去过赢采那里，这是因为他身为相国没能让赢采复出，感到十分尴尬，他不知道怎么向赢采解释，所以就一直没与赢采见面。

赢采见天魂再没有到他这里来，很是愤愤不平，于是便亲自去拜见自己的岳父。天魂这次没有摆出老丈人的架子，而是和蔼地笑着将赢采请进洞中，赢采苦笑着，笑得十分勉强和难看："小婿没有岳父的消息，就上门来叨扰岳父了。"

天魂一脸惭愧："贤婿说的这是哪里的话，我没有见你，是岳父有愧见你，赢青得到政雄的全部领地，你是太子，理应也得到封地，而且应该更大，我请求妙羽让你复出，妙羽不允，我现在还在想办法，找机会。"于是，天魂把与妙羽的谈话讲给了赢采。

赢采眼露凶光："她不会答应的，您老也不用求她什么，我和她不共戴天，只有大战一场，亲手杀死这个小妖精。相国助我，我们一起动手，除掉她和那小崽子，一举夺下魔宫。"

天魂大为不满："采儿，你就是冲动，你觉得你的法力能比得过天寂吗？天寂、政雄和政勇都不是妙羽和那小魔君的对手，你觉得你能胜得了他们俩，何况还有赢青和那老鬼虎视眈眈地在等待机会，等待着两败俱伤，从中渔利。不要冲动，我们要瞅准时机。"

赢采双目圆瞪，手中的茶杯一下被攥成碎片。他猛地站起身来，带着几分嘲讽道："小婿记住岳父的话了，告辞了。"说完，头也不回地径直走出山洞。

赢采悻悻地离开天魂那里，回到大云洞，他立刻将麻掌事传来问道："麻掌事，你在魔宫那么多年，有你靠得住的人吗？"

麻掌事不假思索答道："有，不过是个女的，是云掌女。"

赢采的眸子立刻闪出光芒："就是掌管所有女丁的云掌女？"

"是的。"

"靠得住吗？"赢采追问了一句。

"绝对靠得住。"

原来这个云掌女是麻掌管的姘头，在魔宫时，每个月他们都会在魔宫的赤溪洞幽会，所以麻掌管很有把握。

赢采道："我安排你和她见面，你让她把魔宫妙羽和魔君的情况定期传送给我，这事能办吗？"

"这事太好办了,您就交给我吧。"

赢采接着道:"我要知道魔宫的情况,云业山有我的人,他会定期与云掌女联系,有什么紧急和重要的情报,云掌女也可以到云业山找他。"

麻掌管回道:"您就放心吧,我一定会交代清楚的。"

赢采满意颔首:"好,你等我安排。"

离魔宫十几里的九洞山住着九尾狐妖,她有一个长得十分俊俏的女儿叫迷妖。这小妖越长越漂亮,相貌妖媚妖艳,身姿亭亭玉立,双目顾盼流波,风情万种。赢采的次子玄启和赢青的长子爵安都迷恋着迷妖。

迷妖的美貌让二位公子神不守舍,他们对迷妖展开了疯狂的追逐和竞争,终日就想着如何讨好迷妖,以获得她的芳心。

玄启和爵安年龄相仿,实力不相上下。迷妖对二位公子都挺喜欢,今天和玄启说说笑笑,明天又和爵安谈得情投意合,她对这二位公子倒是一视同仁。然而近期发生了变化,赢青重新复出,而且获得了封地,自然爵安的实力大大增强,已远超玄启。迷妖的态度也随之发生变化,她的情感已经倾向爵安,而开始疏远玄启。

玄启对迷妖情感的变化已有感觉,但他太喜欢迷妖了,无法放弃和退出,而且他心也不甘,可是又没有办法竞争过爵安,所以他对爵安恨之入骨,恨不得亲手杀死爵安。

天煞国各领地的领主先后到天煞国拜见新魔君和妙羽,以得到魔宫的承认。这日,风竺洞的两位领主鄂灵和蚀月魔拜见新魔君和妙羽,两位领主走进临霄宫,在大殿内叩首跪拜。当两位领主抬头仰视,妙羽脸色骤变,目光诧异地盯着蚀月魔。蚀月魔也一下愣在那里,眸子内带着惶恐和惊愕,在一旁的鄂灵发现妙羽和蚀月魔的表情不对,也大为吃惊。

大殿沉静了片刻,妙羽急忙道:"二位领主快快请起。"

鄂灵和蚀月魔站立起来,鄂灵说了一番恭维之词,表示坚决臣服魔君,听从妙羽的指令,蚀月魔也惊恐地应付了几句。妙羽夸赞了他们一番,便匆匆结束了召见。

两位领主出了临霄宫,蚀月魔心情十分烦乱,他万万没有想到当今掌管天煞国的竟是多年前在修罗山被封印的魔女。现在在魔界只有他知道妙羽的底细,这真是太糟糕了。当时九魅来到西幽山寻子,他正身负重伤,九魅问到玄天,他没敢告诉九魅玄天的事情,只说不知道,是因为怕讲不清楚,反而让九魅怀疑,万没想到今日杀死玄夭的妙羽成了天煞国的实际主人,他心绪大乱,再也没有别的心思了,他必须马上回风竺洞,于是,他对鄂灵道:"我的身体有些不适,我得马上回风竺洞。"

鄂灵惊讶道:"你不去相国那里了? 他老人家对你可有知遇之恩,而且我们已经跟他老人家说好了,相国还再等着我们那。"

"不行,不行,我真的去不了,你替我向相国美言几句。我有点支持不住了。"说完,飞身而去。

鄂灵只身来到相国的住处,相国问:"蚀月那? 怎么就你一个?"

"他说他身体不适,支撑不住了,回风竺洞了。"

相国点点头问道:"你们今天去魔宫,和妙羽谈得如何?"

"走走形式而已,不过,有件怪事。"

相国好奇地问:"什么怪事?"

"我觉得妙羽和蚀月魔认识。"于是,他就把他们拜见妙羽的情景,和蚀月魔出宫的情况如实告诉了天魂,天魂暗自吃惊,但并没有表露出什么,他一如往常和鄂灵交谈了一阵,吃了饭,将鄂灵送走。

鄂灵一走,他立刻唤来他的贴身家奴,让他速去风竺洞,秘密与蚀月魔家的女奴联系,让她留心蚀月魔的情况,有重要的情报迅速与他安排在风竺洞附近的内线联系。

蚀月魔回到风竺洞,他直接进来密室,独自在密室思考了一个多时辰,他左思右想,冥思苦想,反复权衡,最后觉得妙羽一定不会忽视此事,他的存在对妙羽来说不是件好事,因为他手中攥着她杀死玄夭的把柄,很有可能妙羽会找个借口除掉他,自己只是个小小的领主,最后能够怎么样?

他斟酌再三,决定还是把自己的来历和见到妙羽的情况如实告诉了他的妻子乔氏,并把自己想离开魔界的想法与乔氏商量,乔氏觉得这事没有什么大不了的,没有必要小题大做。

一连两天蚀月魔总在发呆,他一直琢磨是留在这里还是离开这里,重回九州大陆,乔氏见他神不守舍的样子很是恼火,她没好气地坐在石凳上,拿出茶杯喝着茶水。蚀月魔见洞里只是他们两个,开口道:"我看我还是回九州大陆,等过一段时间看看是什么动静再回来。"

乔氏大怒:"玄夭又不是你杀的,你担心什么,担心也应该是她妙羽,是她杀死的玄夭,关你什么事? 她要找你麻烦,你就如实把当时情况说出去,让魔宫谁都知道,现在妙羽是魔主,那小子本就该杀,谁敢怎么着,你就是胆子太小。"

蚀月魔无奈摇摇头:"哪有你想得那么简单。"

蚀月魔和乔氏的一番对话,女奴小紫在他们的洞外听得一清二楚,她怕被发现,赶紧离开大洞,出了风笁洞,到联络点汇报了刚才听到蚀月魔和乔氏的对话。

就在鄂灵和蚀月魔拜见妙羽离开魔宫后,程月对妙羽道:"娘亲,月儿多次梦到藏幽山的万窟洞,每个洞窟洞都聚集着魔祖的经脉,孩儿在梦里见过魔祖,他让孩儿将所有洞窟中的黑雾吸噬到体内,他的经脉就会在孩儿体内重生。"

妙羽道:"混元万窟阵,方圆数百里,里面有数万洞窟,你知道你要吸噬多少阴煞之气吗?"

月儿自信道:"孩儿有父亲植入的玉佩,还有魔祖传给孩儿的法力,娘亲就放心吧。"

妙羽蹙着眉头,沉默了片刻:"娘亲不放心,还是和你一起去吧。"

月儿不满道:"娘亲总是不相信月儿,月儿已是钢筋铁骨,没有什么能伤得了月儿,月儿不用娘亲跟着。"

妙羽觉得月儿说得并没有错,而且魔宫也离不开她,她带着忧虑的眼神:"娘知道这些日子你很难受,但你是魔君,你要知道娘的苦心,藏幽山很凶险,你要小心。你把娘的黑铁玄带戴上。"

月儿道:"娘,月儿知道娘的苦心,娘是知道月儿的法力的,娘就放心吧,月儿用不着娘的黑铁玄带,很快就回来的。"

"好,早些回来,别让娘太担心了。"

月儿点点头:"娘,月儿走了。"

妙羽强笑了一下:"去吧。"

下午,妙羽独坐在临霄宫,她想起上午前来朝拜的蚀月魔,修罗山大战的情景浮现在她的眼前,那个目光贪婪的凶恶的少年,在黑暗处躲藏的蚀月魔,看得出来蚀月魔的伤很重,肯定也那个少年所为。那个少年竟然也会魔魂大法,而且要抢夺她的黑铁玄带,可以肯定这个来自魔界的少年不是嬴采的孩子就是嬴青的孩子,因为父王只把魔魂大法传授给了他们兄妹三个。她的心情一下忐忑起来,蚀月魔那紧张和慌乱的表情,说明他知道她杀死的是谁的孩子。他是怎么来到魔界的? 看来这事情很麻烦。

她把管理魔丁的掌事召来："风竺洞的蚀月魔你可知道？"

"属下知道，他是相国的亲信，相国对他的来历守口如瓶，听说是来自九州大陆，属下也不清楚，只有相国知道。"

次日，妙羽朝见了嬴青的师父老鬼墨丹，妙羽问："老大人是魔宫的老臣了，我还得向您老请教，您老知道风竺洞的蚀月魔吗？"

"风竺洞的蚀月魔？鄂灵我倒清楚，好像有个蚀月魔。"墨丹努力地思索着。然后，晃了晃头："老夫还真不太清楚。"

妙羽又和他随意闲聊了几句，然后问："我离开魔宫十多年了，嬴青有没有再添孩子，还是爵安一个，现在也成大孩子了吧？"

"嬴青又添了一子爵英，两个孩子都长大了。"

"他们都在天煞国吗？"

"都在，现在都和嬴青住在一起。"魔丹回答。

妙羽显出思索的样子："我记得嬴采也有一个儿子，现在也长大了吧？"

墨丹道："嬴采的大儿子叫玄夭，多少年不见了，也不知道哪里去了，他的小儿子倒能见到，和爵安一样大。现在和嬴采住在一起。"

妙羽眉头皱了一下，她判断她和程昊杀死的那个凶恶的少年很可能就是玄夭。她若无其事地向墨丹询问了几个领主的情况，然后，墨丹就离去了。

在天魂的住所青山洞，九魅正抱怨蚀月魔不懂礼数，来到天煞国竟然连招呼都不打，当年若不是她救了他的性命，他哪有今天。父女俩正聊着，天魂的贴身奴仆疾步走进洞内，他见九魅在洞内，迟疑地望着天魂，欲言又止，天魂看出他的犹豫："说吧，没有关系。"

贴身奴仆把蚀月魔和他妻子的对话汇报给了天魂，天魂和九魅大为震惊，九魅起身："我去找他。"

天魂不满大声道："魅儿，你坐下，你这么着急，办得了什么大事？"

贴身奴仆退了出去，天魂和九魅商量了一阵，之后，天魂父女离开青山洞，奔往鄂灵的住处。

鄂灵见到天魂十分惊讶，天魂说明来意，告诉鄂灵如何去做。鄂灵按照天魂的吩咐来到风竺洞，距洞口还有十几米，鄂灵站住了，看着一旁的魔丁指着洞口："你说鄂灵在洞口求见领主。"

魔丁走到洞口通禀后，很快蚀月魔走出洞口，他见鄂灵站在洞口远远的地方向他招手，很是纳闷，疾步走了过去。他的目光带着疑惑，还未来得及说话，两道影子从树丛里飞落到他的身边,他一见是天魂和九魅,吃了一惊,并立刻明白是怎么回事。

天魂脸色阴沉,语调中带着冰冷:"蚀领主,老夫有些事情想搞清楚,你跟我回青山洞,我们到那里细谈,不知蚀领主能否和老夫走一趟?"

九魅接过话:"我相信蚀领主不会拒绝的。"

蚀月魔苦笑了一下:"我知道相国和九魅想要问什么,到青山洞我们再细谈。"

天魂点点头,然后转向鄂灵:"老夫谢谢鄂领主,我们回去了。"

鄂灵赶紧给相国施礼:"相国哪里的话,这是属下应该做的,您老和九魅走好。"

天魂轻轻地抬起手,示意鄂灵回去,然后带着蚀月魔返回青山洞。

他们回到青山洞,蚀月魔把玄夭如何二闯修罗山,如何打伤他,以及如何被妙羽杀死的经过如实讲述给了天魂和九魅。

墨丹走后,妙羽在临霄宫沉思了好长一段时间,终于打定主意,决定再次召见蚀月魔,和他沟通一下,了解一下他目前的想法。

她找来一个有些法力的魔丁,让他去风竺洞,把魔谕直接交给蚀月魔。

次日下午,那个魔丁就匆匆赶回临霄宫,他告诉妙羽,他刚到不久蚀月魔已经和天魂一起走了,他只好赶回来了。

妙羽让他退下,立刻将熊掌事召来,她让熊掌事秘密派几个精明的魔丁,监视天魂的青山洞和赢采落穹山的动静。此时妙羽的心情烦乱,她既牵挂着程月,又担心天魂和赢采谋反,她后悔自己反应太迟钝了,在蚀月魔出现之后,还让程月去了藏幽山,现在面对天魂和赢采一伙,她感到孤立无援,势单力薄,不安的情绪和不祥的预感笼罩在她的心头。

五十三、最后一战

百里藏幽山弥漫在黑色的烟雾中,远远望去像是一张倒扣着的黑色锅底,黑雾将群山的轮廓和形状包裹在里面。程月进入其中,翻滚汹涌的煞气立刻将他裹挟,黏稠森凉的黑雾似胶水附着身上,让他的周身感到极为难受。他的视线已经变得十分模糊,忽然他的双目赤红,眸子射出两道红芒。这时山谷的山体、洞窟和形状怪异的草木清晰地展现在他的眼前,他在山谷中迎着蒸腾的煞气飞驰前行,霍然,煞气变得更加黏稠,他看到残缺倒塌以后的山体,山体下堆积着大小不等的巨石,一道道黏稠的黑烟环绕在巨石上,仿佛流动的黑色血液。浓重的黑烟来自巨石旁边深不见底的黑洞。

程月感觉出黑洞内蕴藏着无法估量的能量,他听到洞底发出嗡嗡的响声,当他向洞底望去时,刹那间数条黑烟将他盘绕,黏稠森凉的黑烟如同一条条黑蛇缠绕住他,他体内的气海澎湃,魔祖的影像瞬间闪过他的大脑,他端坐在黑洞之上,关元、百会、天枢、三阴和命门等大穴全部打开,盘绕在身上的条条黑烟被迅速吸噬到体内,注入体内的黑烟贯通他的任督二脉,随后他的身体与黑洞融为一体,整个混元万窟阵浮现在他的脑海里。

赢采和九魅都聚集在相国的青山洞,他们已经达成一致,决定对妙羽动手。老成持重的天魂巡视一下在座的各位:"赢采,你回去把宫内的情况摸清楚,我们还是要谨慎行事,首先把他们母子分开,然后各个击破,你先摸清情况,然后我想办法,把他们母子分开。"

蚀月魔接过话:"妙羽的法力不是很强,我们先把妙羽干掉,剩下一个程月,我们就更有把握了。"

大家一致赞同,实施宫变的计划和步骤基本确定。嬴采和九魅回到大云洞,嬴采立刻派麻掌事与云掌女见面,尽快摸清楚宫里的情况。

第二天一大早,麻掌事就来找嬴采,他告诉嬴采,程月去了藏幽山,魔宫只有妙羽在,程月什么时候回来还不知道。嬴采听到这个消息大喜过望,他带着九魅和儿子玄启再次来到青山洞,他们确定了偷袭魔宫的计划,计划是从四面同时攻击魔宫,嬴采带领一路,天魂带领一路,银缠和九魅带领一路,玄启和蚀月魔带领一路,偷袭的时间定在傍晚酉时。

他们各自回到住所,召集各自掌管的家奴和魔丁,下午申时各自的家奴和魔丁都准备就绪。玄启是最早就准备就绪的,他最后巡视了一番,觉得没有什么问题了,回到自己的洞前,仰望着天空,才到申时,距离行动开始还有将近一个时辰,他思忖了片刻,觉得这个空余时间应该做点什么,他想到迷娇,他要把攻占魔宫的计划告诉迷娇,让迷娇知道他的父亲就要成为天煞的魔君,他也要成为太子,嬴青和爵安都要叩拜在他父王的脚下。想到这,他的情绪有些激动,他急切地想要见到迷娇,他对贴身的奴仆道:"我去趟九洞山,一会就回来。"

他飞驰到九洞山,独自走进迷娇的洞穴,迷娇以为是爵安来了,疾步从小洞走出,见是玄启,勉强笑了一下:"是你,找我有事吗?"

玄启兴奋地走到近前:"告诉你一件重要的事情。"

"什么事情?"

玄启把程月去了藏幽山,魔宫只有妙羽在,他们将要围攻魔宫的事情悉数告诉了迷娇,迷娇带着些许怀疑:"你说的是真的吗?"

玄启语调满怀自信:"当然是真的,我的父亲马上就要成为天煞国的魔君。"

迷娇没有多大兴趣:"那你赶紧去吧,一会就到酉时,祝你们成功。"

玄启大为失望:"还早,娇儿你听我说。"

没等玄启说完,迷娇不高兴地说道:"你走吧,爵安就要来了。"

玄启既恼怒又着急,他一把抓住迷娇的一只胳膊:"你怎么就不明白那!"

正在这时,爵安走进洞穴,他见玄启抓住迷娇的胳膊,上前一把将玄启的手拉开:"你别碰娇儿,她是我的女人。"

迷娇语调带着抱怨和央求："你走吧，我已经答应爵安了。"

爵安鄙视地看着玄启："你还不走？"

玄启藐视地瞥了爵安一眼："娇儿，你相信我，相信我说的。"

"相信，我相信你的。"迷娇蹙着眉头。

爵安恼怒了，他冲着迷娇大声道："你相信他，相信他什么！"

"相信我成为太子。"玄启的眸子里闪着高傲。

爵安带着揶揄："你成为太子，要不是妙羽，你父亲至今还被关在阴风洞。"

"妙羽算个什么东西，今天晚上我们就把她除掉，到时候你看看谁是天煞的魔君。"

爵安冷笑一声："哼！就是妙羽死了，也轮不到你父亲，你看魔宫谁会让一个弑君杀父的做魔宫的魔君。"

玄启被激怒了，他指着爵安："你算个什么东西。"

"你算个什么东西。"爵安反击着。

"你个孬种，敢跟我出去吗？"说完转身往洞外就走。

爵安跟着往外走，迷娇一把抓住爵安的胳膊："你别跟他去。"

爵安挣脱开迷娇的手："这事你别管。"说着，走出洞穴。

蚀月魔来到大云洞找玄启，玄启不在，于是蚀月魔又来找九魅，九魅得知玄启不在，带蚀月魔匆忙来到玄启的洞里，主事的奴仆说玄启去了九洞山，九魅气愤道："什么时候了，还往外走。"她扭头对着蚀月魔道："你在这等着，我去找启儿。"

正说着，一个家仆走到九魅面前："太子找您。"

蚀月魔急忙道："夫人去吧，我去九洞山找启儿。"

蚀月魔焦急地飞向九洞山，距九洞山还有些距离，他就看到玄启和爵安打在一起，他飞驰过来，大喊着："住手，都给我住手。"

玄启和爵安根本就不在意蚀月魔的叫喊，依然打斗在一起，蚀月魔大为恼火，恰巧爵安向着玄启一掌击出，玄启向一侧闪过，一股真气直向蚀月魔冲来，蚀月魔抬手将真气顶住，另一只手一挥，一股气流将爵安缠住。爵安大惊，他没有想到蚀月魔竟然会出手，他的两只胳膊被蚀月魔的真气缠绕住，一下没有挣脱开，玄启趁此时机冲到爵安近前，一只手插入爵安的上腹，蚀月魔万万没有想到玄启会下如此狠手，他一下将玄启推了出去，玄启在被推出的刹那，插入爵安的上腹的四个手指一弯，爵安的胸口被豁开，爵安的身体摇晃了一下，栽倒在地下。

玄启再次冲向爵安,妒火使他失去了理智,他要立刻杀死爵安,蚀月魔上前挡住玄启:"大家都在找你,你要耽误大事了,马上跟我走。"

蚀月魔拉住玄启,向着大云洞而去。

迷娇满面是泪冲到爵安的身旁,爵安两手紧紧摁住胸口,吃力说了一句:"送我回去。"

迷娇将爵安送回住处,赢青见到奄奄一息的爵安,惊得目瞪口呆,随即喊道:"安儿,你怎么啦?"

爵安张开嘴:"玄启。"只说出了两个字就一命呜呼了。

赢青悲痛地摇晃着爵安的身体呼喊着:"安儿,安儿!"

他抬起头,瞪着迷娇,满脸泪痕的迷娇将事情的经过讲述给了赢青,赢青听罢,飞身冲向魔宫。

日光已经偏西,妙羽独自站在大殿的石阶之上,脚下是一条长长的影子。忽然熊掌事气喘吁吁地快步走进大殿前的广场,他见妙羽站在大殿的石阶上,慌忙地跑上石阶:"不好了公主,相国和赢采召集了他们两家所有的家仆和魔丁,看来是要有大行动,奴婢觉得不妙,公主您得马上准备,以备不测。"

妙羽心头一颤,她没有想到事情来得这么快,她看着熊掌事:"你知道莫水湖吗?"

熊掌事有些诧异:"这里离莫水湖挺远,得绕过乌山谷,乌山谷也很难走。"

"魔宫有条小路直通莫水湖,你随我来。"妙羽说罢,飞身向着魔宫的后山缓慢地飘去,熊掌事使出最大的法力奋力跟在妙羽后面,他们飘落在莫水湖旁:"你知道去往藏幽山的路吗?"

"知道。"

"回去,我给魔君写封信,你回去安排一下,天一黑,就去藏幽山,把我的信交给魔君。"

他们重回临霄宫,熊掌事去安排他的事情,妙羽则走进大殿,她把信写完,正思忖着是否自己去藏幽山,熊掌事冲进大殿的广场,妙羽立刻出现在宫殿门前,熊掌事惊慌道:"天煞的家奴带着兵器向魔宫来了。"

妙羽手掌一抖,御案上的信件已在妙羽手中,她把信件递给熊掌事:"按照我刚才带你的路线走,去藏幽山,快。"

熊掌事接过信,飞驰而去。

妙羽见熊掌事离去,愣了片刻,她想躲进重阴山,觉得并不安全。思索片刻,她决定还是先去藏幽山与月儿会合再说,于是,她腾空而起,向着魔宫的后门飞去。

盘坐在黑洞之上的程月双目紧闭,黑洞中的煞气源源不断地注入他的体内,他的脑海展现出万窟阵的全景,虽然合着双目,但每座山,每个洞,每个山谷,每个湖泊,以至于山上草木都清晰地浮现在他的眼前,他看到千万黑雾笼罩的洞窟中挣扎着,挪动着的一缕缕的灵气,它们宛若一条条蠕动的蛔虫,那是魔祖费尽千年集聚精气而修复的经脉。他的意识和身体开始与大阵融为一体,并渐渐地开始操控大阵,他逐步认清每块地域,每座高山,每个洞穴,它们都是魔祖修复的每个部位,每条经脉。他的法力越来越强大,他悬坐在黑洞之上,缓缓地睁开双目,他的双臂向上张开,整个藏幽山的黑雾蒸腾而起,它们剧烈地翻涌着,旋转着。在程月展开双臂的引力下,形成越来越猛烈的飓风,飓风呼啸着,震撼整个藏幽山。程月被卷入到飓风的风眼之中,体内的玉佩急剧吸噬灵气,藏幽山的所有洞窟灵气都进入到程月的体内,魔祖的经脉迅速在他的体内连接和复原。天空中的一轮满月从洁白到金黄,直至变得血红。

妙羽掠向魔宫后门,两条黑影向她飞驰而来,她一回身,感觉出赢采正向她扑来,她转向重阴山,立刻察觉出也有强大的真气正向她而来,她知道是天魂。她锁定了西面的两条黑影,冲了过去,银缠挥起银鞭砸下,九魅举利剑斜扫过来,妙羽两掌击出,强大的气流将银鞭和剑气挡住,接着将手一挥,一股黑雾将银缠和九魅包裹在里面,银缠猛然感觉不对,飞身想逃,被妙羽一掌打在左肩上,身体从黑雾中被打飞出去。此时,赢采冲进黑雾,直取妙羽,妙羽将身子一转,一尊黑色厚重的铁钟将她罩住。赢采五个手指似利爪刺向妙羽,五个利爪被黑色玄铁变成的铁钟挡住,赢采的四个手指一阵剧痛,他右手挥起一掌打下,实实在在砸在铁钟的顶部,他的手被厚厚的铁钟反弹了起来,铁钟向他撞了过来,他闪身躲开。天魂冲了上来,一拳打出,这一拳具有千钧之力,沉重的铁钟被打出几十米,转了一圈,反过来向着天魂撞来。就在这时,赢采猝然从铁钟的下面冲起,一掌打在铁钟底部的铁檐上,铁钟飞起恢复成了一条黑铁的带子。妙羽从铁钟中落了出来,她返身要逃,天魂的三支乌锥从她的背后射入,洞穿她的身体,鲜血染红了下半身。

赢采夺取了黑铁玄带,俯冲而下,妙羽挥手,黑雾将她包裹其中,但她不断流出的热血,让赢采感知到了她的确切位置,他一掌打在了妙羽的前胸,妙羽的身体从黑雾中飞出，她似一片飘落的树叶从空中下落着，她的最后一眼看到的是黑夜中一轮浑圆血红的月亮，这是她的月儿掌控了混元万窟阵，月儿已经有了魔界至高无上的法力，他已是魔界中真正的魔主。她的身体重重地跌落在地上。

愤怒至极的赢青似闪电般冲向魔宫，他要给爵安报仇，杀死玄启这个畜生。当他接近魔宫时，他看到赢采和天魂一伙，他不能贸然冲进去，他想到了程月，只有和程月联手，他才能要玄启和蚀月魔抵命，他返身向着藏幽山而去。

藏幽山的黑雾已经荡然无存，只有乌黑的山体，随处清晰可见的山洞，魔祖的经脉在程月体内迅速修复着，他的法力已经强大到无法估量，他知道这是魔祖赐予他的力量，现在整个魔界再没有谁可以与他抗衡。他站在山峰之巅凝视着血红的满月，他是魔界的真正魔王，这个世界的主宰者。

突然他感到遥远处一股真气向这里而来，他身子一晃来到赢青面前，赢青吓了一跳，定睛一看是程月，急忙将天煞一伙围攻魔宫的情况告诉程月，赢青的话还没讲完，程月一闪已经消失在漆黑的夜空里。

天魂一伙刚从空中落下，聚在一起，程月从空中冲了下来，离程月最近的玄启纵身而起，程月掠过他的脚下，随手抓住玄启的两脚，将他劈成两半，赢采迎面扑来，一掌打来，程月也回击一掌，程月的一掌具有万钧之力，两掌相碰，赢采一臂骨碎筋断，整个身子被撞飞到空中。

九魅疯了一般冲了过来，程月双掌拍下，刹那九魅血肉横飞，成了碎屑。

天魂和银缠凌空而去，正准备向程月攻去，程月已经不见了，银缠还没有反应过来，程月已经在她的背后，程月一掌挥出，银缠的身体被打得四分五裂。

天魂双臂一拢，一股强劲的罡气带着剧烈的狂风向着程月席卷而来，程月手掌一抬，呼啸的黑色飓风将天魂裹挟在当中。

赢采知道自己根本就不是程月的对手，返身便逃，程月已经冲到近前，一掌拍下。陡然一尊厚重的铁钟将赢采罩住，铁钟被拍向地下，带着巨大冲力的铁钟，径直砸向地面，半个铁钟深入地下，程月将手掌向上一抬，铁钟拔地而起，程月猛地将手划成一个弧形，铁钟在充满煞气的黑色气浪中高速地旋转，钟内发出嗡嗡的响声，程月猛地向铁钟的顶部一掌拍去，另一只巨手突然抓住铁钟，用力一抖，赢采被震了出来，铁钟恢复成黑铁玄带，程月收了母亲的黑铁玄带，一只巨手将赢采的头颅擦碎，另一只手将赢采的心脏掏出。看到倒在地上的母亲的身形正在消散，他的眼睛赤红，大叫着，几下将赢采撕成碎片。他冲向母亲。这时天魂从黑雾中冲了出来，程月冲了上去，一把掐住天魂的脖子，两眼射出的红芒即刻将天魂的双目烧成了两个黑色的窟窿，天魂的脸随即变得焦烂，黑气缠绕着天魂，天魂周身的骨头全部错位，断裂的骨头插入天魂的内脏，程月大吼一声："我要灭了你们的全族。"说完，两掌拍在一起，双掌一搓，天魂成了齑粉。

就在赢采被程月从黑钟震出之时，蚀月魔用尽全身法力闪电般飞驰而逃，从藏幽山飞驰而来的赢青正巧看到逃窜中的蚀月魔，他血贯瞳仁，怒火中烧，用足真气向着蚀月魔追去。

程月冲到妙羽倒下的地方，妙羽的最后身形将要散尽。程月泪流满面："娘啊，月儿没有保护好娘亲，娘亲，你别走啊。"

妙羽的身形散尽，程月冲向空中，他双臂伸出，霎时间飓风骤起，攻打魔宫的家奴和魔丁被卷在飓风中，飓风中的戾气似刀割针扎，裹挟在飓风中的家奴和魔丁哀号着，惨叫着，程月大叫一声："都给我死吧。"黑雾中的家奴和魔丁顷刻化成了烟雾和碎屑。

程月飞身冲到落穹山，将赢采住处的所有奴仆和魔丁化为齑粉，一把火将落穹山烧成焦土。他又返身来到青云山，将青云山化为灰烬，随后反复地撞向青云山，双掌击出万钧之力，青云山在剧烈的轰击下成为一片碎石堆积的山丘。

程月余怒未消，他立在空中，怒视着下方，寻找着可以发泄的对象。他周身发出的气场让赶来的所有的首领都惊骇和胆战，他们知道程月的法力强大得无法想象，一挥手就能将他们化成齑粉，他们跪成一片，没有一个发出声响。

赢青飞驰而来，他跪在地上，对程月道："蚀月魔逃了，我追到黑藏谷，亲眼看到他进到谷内，却寻不到他的踪影。"

程月道："黑藏谷底部有个时空通道，穿过时空通道就是九州大陆，蚀月魔定是去了九州大陆。"

赢青眼睛血红："我要替我的安儿报仇，不杀死蚀月魔，绝不再回魔界。"

"随我来。"程月飞身前行，赢青、老鬼墨丹和赢青的儿子爵英紧随其后，他们落在黑藏谷，程月指着黑雾弥漫的山谷："走到山谷的尽头，然后一直下落到谷底，那里有一条时空通道，出来时空通道就是九州大陆。"

赢青三个跪下："多谢魔君。"然后冲入谷中。

蚀月魔通过时空通道来到九州大陆，重回到修罗山，他站在巍峨的山峰之上,脚下流云飘动。他沉思片刻,觉得这里不安全,妙羽和程月就是从九州大陆去魔界的,程月自然知道时空通道,如果他告诉嬴青,嬴青必然会找到这里,自己远不是嬴青的对手,现在必须找一个安全地方躲起来,他盘算着去哪里合适。他想到封印妙羽的道宗,如果躲在道宗修炼的神驹山附近,就可借助大仙的力量,让道宗等大仙与嬴青争斗,到时候自己可以随机应变,相机而动。

他飞驰到神驹山附近的一片树林中,在林中他没有寻得一处满意的地方,抬头仰望,蔚蓝的天空中,一只白鹤从白云中穿出,掠过一座山峰,飞向辽远的天边。他飞身飘落在白鹤飞过的那座大山的半山之处,这里林木葱郁,瀑布飞悬,不远处一潭湖水波光粼粼,静谧的山林倒是理想的栖身之地。他坐在湖边,感到些许惬意。他刚放松身心,忽然觉察出身后有两个法力较弱的修行者向他冲来,他突然飞起,返身一掌将冲在最前的小仙从空中打落在地上。随后一挥手,浓重的黑雾将另一个小仙包裹在里面,小仙眼前一片漆黑,惊骇得不知所措,蚀月魔的一手从小仙的颈部划过,小仙的头颅从颈部飞出,身体跌落到地上。

蔚蓝的海面接连涌起三个几米高的水柱,水花飞溅,嬴青、墨丹和爵英从水花中直冲天空,凌空悬浮在辽阔的海面之上。他们掠过章海的海面,径直冲向西幽山的上空。正在他们在空中俯瞰巡视时,霍然,一股充满真气的黑雾骤起,嬴青一伙即刻发觉到,那是蚀月魔,他们似闪电般冲向蚀月魔。

蚀月魔收回真气还未落地就大吃一惊,他没有想到嬴青来得如此之快,他返身要逃,老鬼墨丹迎面而来,不得已蚀月魔急忙侧身而逃,但嬴青的速度显然比他快得多,一下绕到他的前面,他知道自己已经逃不掉了,只有最后一拼了。他猛然用尽周身的真气,一股劲力强大的真气裹着卷起的碎石和树木,形成一个滚动的圆球,向着嬴青冲来。当滚动的圆球接近嬴青时,嬴青将手一挥,滚动的圆球在原处转了一圈,随即以更快速度反转回去,滚动的圆球瞬间变成了更加巨大的圆球,径直撞向蚀月魔,大块的岩石和拔地而起的大树猛烈地撞在蚀月魔的身上,鲜血从蚀月魔七窍喷出,周身经脉大都断裂,身子飞向高空。当他刚一向下坠落,墨丹射出的黑气将他缠住,嬴青一把攥着他的脖子,另一只手的四指插入他的眼眶内,手一用力将他的前额压碎,并将脑盖掀开。这时爵英的一只手已经插入他的前胸,将他的心脏挖出,随即将他的五脏六腑用强大的真气吸出,嬴青接续一掌打下,蚀月魔的骨肉四散横飞。

神驹山的法明立在云端静观着一切,他见识了魔界的法力,自知自己的法力在赢青面前不堪一击,他带着弟子逃离了神驹山,奔向宝灵大仙的五光山。

赢青一伙占据了神驹山,这里青山飞瀑,景色如画,是难得的洞天福地。他们站在峰巅俯视群山,猛然,一团白云向这里飞驰而来,他们运足真气,向着这团白云冲了过去。

白云忽然消散,四道金光直扑而来,冲在最前面的赢青与宝玄大仙迎面相撞,数条金色光带着强劲的灵力从正面和两侧射向赢青,赢青奋力向前,数条金光变成了一堵八卦状的金墙,与赢青的煞气形成的黑色气墙撞到一起,赶到的宝灵大仙将手中的拂尘划成一圈,金墙中心的太极的阴极陡然将黑色气墙撕开数条缝隙,金光射进裂缝,化成飞速旋转的八刃锋刀,赢青双掌发力,一股巨大黑色旋风将八刃锋刀裹挟在里面,而无法贴近他的身体。

法乐大仙与老鬼墨丹打斗在一起,九条火龙张开獠牙,伸出利爪从四面八方,不同方位向着墨丹冲杀,墨丹射出的盾牌抵挡着火龙的攻击,黑雾将他笼罩和遮蔽在内,只能见到时隐时现的条条赤色火龙。

爵英正巧与太白大仙对阵,金色的锐气与爵英的真气撞在一起,爵英被震得倒退了几米,他还没有来得及还手攻击,太白大仙的锐气再次冲来,爵英发力抵挡,然而金色的锐气发出的劲力越来越强,越来越浓重,并开始变成各种形状的咒符,一些咒符割开爵英的真气,刺进爵英的身体。

墨丹发出的黑雾翻滚旋转,骤然收缩成一条浓浓的黑烟,宛若跃起的猛虎,如划出的闪电,冲向法乐大仙,法乐大仙气贯周身,合掌相迎,然而法乐大仙的力道不及墨丹,被撞飞了出去。随即墨丹返身冲向太白大仙,太白大仙猛然回身,双掌击出,墨丹的真气和太白大仙的真气相持在一起,任何一方稍一松弛,就会被击伤。这给了遍体鳞伤的爵英带来了机会,他冲到太白大仙的背后,挥起胳膊,一掌就要打下,突然一只金色的巨掌一下将他打向高空,巨掌发出的力量太过强大,以致墨丹和太白大仙都被巨掌产生的猛烈气流冲击得飘摆晃动,而爵英则被打成四散横飞的肉屑。

来者正是神尊月生,墨丹见到月生的法力,自知不妙,大喊一声:"快走。"飞身便走,但是一股强大吸力将他吸住,他如一张飘动在空中的纸片,被吸了过来,他集聚起周身全部真气,化成一道黑烟,然而金色巨手一转,赤红的火焰将黑烟包裹在里面,墨丹被烧灼得无法忍受,他冲出火焰,月生反手一掌,手背正打在墨丹的胸前,墨丹的身体即刻四分五裂。

就在爵英被月生打向高空时,赢青调整内息,旋转的黑色飓风勃然大盛,飓风似开闸洪水,骤然冲向宝玄大仙和宝灵大仙,宝灵大仙被撞伤,向后飞出。宝玄大仙的金墙被撞成碎片,宝玄大仙还未来得及反击,赢青的一掌已经重重打在他的前胸,宝玄大仙从空中急速跌落而下。宝灵大仙的拂尘挥下,一道金光向着赢青劈来,赢青躲过金光,向着章海的方向风驰而去。

月生抖手将宝玄大仙吸到近前,同时一个金色的光罩将宝玄大仙的身体罩在当中,光罩瞬间收缩消失,它把宝玄大仙的元魂归入体内。月生落地,将手掌顶在宝玄大仙的背后,骤然发力,一股暖流在宝玄大仙的体内奔流,他的七经八脉注入了月生的真气,宝玄大仙觉得丹田发热,睁开了双眼。站在一旁的宝灵大仙万分惊喜:"感谢神尊的救命之恩。"

月生起身,对着宝灵大仙:"大仙已经没有性命之忧了,你来帮他疗伤。"说罢直冲云霄。

月生冲上云端,一眼就看到逃窜的赢青,赢青似一只黑色的游隼,俯冲进了章海,那里的海底正是通往魔域的时空通道。月生身子一动,径直追了过去。

赢青穿越时空通道,忽然觉得身旁划过一道劲气,随即就消失了。他冲进黑藏谷,一股强大的锐气令他惊骇万分,一只金色的巨掌正向他抓来,他施展出魔魂大法将自己的身形隐蔽,企图寻路而逃。当他在黑雾中向一侧冲去时,五个手指戳进他的右胸,他拼力将身子倒退,右胸的五个大洞涌出了黑烟,此时他已经收回了魔魂大法,却发现自己就在魔魂大法之中,他已经顾不上什么了,使出全部的真气和法力,凝聚成一股锐不可当的黑色气流,径直向前冲,金色的巨掌迎面拍来,黑色的气流被打散,一股强大的冲击波向着四周延伸开来,赢青的身形俱灭,元魂已被打散。

强大的冲击波让正在临霄宫殿前负手而立的程月立刻感应到了,他随着感应向着冲击波的波源探去,他的心里就是一惊,好强大的真气,他身子一晃,凌空飞去。

月生飘然落地,他的脚刚一着地,身子微微一挺,他感觉出向北而来的磅礴浩大、凶猛无比的煞气。他气贯双掌,腾空而起,此时,双方都看到彼此,四掌同时击出,阴阳两股真气撞在一起,一声响彻天地的炸雷,同时一道赤红的电闪似将天空撕裂。他们直冲云霄抢占高度,双方的速度相近,如电闪火光冲出魔界,彼此之间的间距越来越近,月生猛然撞向程月,程月也侧身拼力相迎,他们仿佛两列开足马力飞驰的火车迎面相撞,月生的右肩和上臂变得金红,而程月的右肩和上臂已经出现了道道裂纹,他的黑铁玄带还没有将他罩住,就已经从他的身体脱落而下。月生身上的赤凤也被震出身体,它向着程月的下部冲去,赤凤正撞在从程月身上脱落的已变成铁钟的黑铁玄带上,铁钟被赤凤撞碎,黑铁玄带的碎片顷刻了四散横飞,咽气的赤凤从外空径直跌落而下。

月生丝毫不留喘息之机,他气贯周身,再次向着程月撞去,程月拼尽全力,反击相撞,随着一声巨响,彼此都被震得向后退去。就在退却的刹那,月生的一掌挥下,重重地拍在程月的头顶上,程月的眼前瞬间一片模糊,当他恢复视力的刹那,月生已经在他的身后,月生使出平生的气力一掌打在他的腰部,程月的脊椎和经脉全部被打断,体内的玉佩飞出了身体。

月生一下将程月的玉佩收入体内,阴阳两块玉佩合璧,月生的内力骤然激增,程月返回身向着月生冲来,月生双手同时左右划出弧形,一片金雾将程月包裹在里面,那片金雾随即变成一个金罩,金罩内部真火烈焰熊熊,程月被困在金罩当中,被烈火烧灼着,他使出所有的真气和法力,汇集于一点奋力撞击,然而任他如何四处冲撞,金罩坚硬得无法摧毁,而且变得越来越厚,他的空间越来越小,烈火越来越炙热,里面的压力越来越大,他的身形好似融化的雪人,开始失去了人形,渐渐变成暗红的黑铁。

月生的双掌向着金罩持续不断激射出真气,随着程月身形的熔化,金罩上突兀显出一株漆黑的混元草,随之化成缕缕黑烟,接着又聚合在一起,展示出妙羽的容貌,随即便是妙羽拉着一个目光带着惊恐的孩子,这就是他所救的那个孩子,是程昊和妙羽的儿子。

程月的元魂已经脱离了体内,被真火烧灼着,月生立刻收了真火,他将双掌释放出强劲的煞气,程月的元魂被压了回去,月生双掌用力,一块莹润乌亮的宝石在他的掌中,他俯冲而下,冲入魔界,将手中的宝石扔进藏幽山。他托起死去的赤凤,赤凤的身体瘫软,他将一层金雾罩在它的身上,腾空而起,向着无量光天界飞驰而去。

后　记

时间过得太快了，倏忽之间已经四年过去了。从 2019 年 8 月开始动笔，直至 2021 年 10 月《玉佩记》完稿。两年持之以恒的不懈写作，终于有了一种如释重负和颇有收获的感觉。我的心情是喜悦的。然而这种喜悦却是短暂的，随之而来的便是忐忑和忧虑，我不知道这部付出我两年心血苦思冥想的书稿能否被出版。

的确我是幸运的，陈启辉主任认可了我的书稿，并在出版此书上给予我很大支持，我衷心地感激陈主任。

《玉佩记》是我的第一部长篇小说，完稿之后，找哪个出版社？我是茫然不知的，有幸在沈德军老师的鼎力支持、宋宝强老师的全力推荐，和我曾经的领导顾以信老师的热心帮助下，《玉佩记》才有可能被陈启辉主任看到。

在这春风和煦、柳生新绿的初春之际，《玉佩记》即将出版，我衷心感激你们的支持和帮助。

遇到你们，是我的幸运，衷心地谢谢你们！

作　者

2023 年 3 月 6 日